BASTEI
LÜBBE

Von Johannes K. Soyener sind bei Bastei Lübbe Taschenbücher lieferbar:

12586 (mit Wolfram zu Mondfeld) Der Meister des siebten Siegels (Schuberausgabe)
14406 (mit Wolfram zu Mondfeld) Der Meister des siebten Siegels
14416 Teeclipper (Schuberausgabe)
14971 (mit Bartolomeo Bossi) Die Venus des Velázquez (Schuberausgabe)
15557 Der Chirurg Napoleons
15695 Teeclipper

Über den Autor:

Johannes K. Soyener, geboren 1945 in Altötting, wurde bekannt als Autor historischer Romane, insbesondere durch den Bestseller DER MEISTER DES SIEBTEN SIEGELS (1994). Als erfolgreicher Manager, der über Jahrzehnte bei einem internationalen Pharma-Konzern tätig war, verfügt er über Informationen aus erster Hand. Johannes K. Soyener lebt heute mit seiner Frau Heidi als freier Schriftsteller in Bremen.

JOHANNES K. SOYENER

Das Pharma-Komplott

Thriller

BASTEI
LÜBBE

BASTEI LÜBBE TASCHENBUCH
Band 15 806

1. Auflage: Januar 2008

Vollständige Taschenbuchausgabe der im
Gustav Lübbe Verlag erschienenen Hardcoverausgabe

Bastei Lübbe Taschenbücher und Gustav Lübbe Verlag
in der Verlagsgruppe Lübbe

Lektorat: Helmut W. Pesch
Umschlaggestaltung: Bettina Reubelt
Satz: Kremerdruck GmbH, Lindlar
Druck und Verarbeitung: Ebner & Spiegel, Ulm
Printed in Germany
ISBN 978-3-404-15806-5

»Früher war ich Soldat,
der die Fahne der Firma vorneweg getragen hat.
Heute bin ich nur noch Söldner!«

MANAGER EINES WELTKONZERNS

Für meine Frau Heidi

Inhalt

Die Weltgesundheitsorganisation in Genf hat das erste Jahrzehnt des neuen Jahrtausends als »The Bone and Joint Decade 2000–2010« ausgerufen. In den nächsten 20 Jahren wird sich die Zahl der Knochen- und Gelenkkranken verdoppeln. Allein in Deutschland werden jährlich ungefähr 25 Milliarden Euro für Krankheiten des Skeletts ausgegeben. Dies ist der zweitgrößte Ausgabenbereich im Gesundheitswesen.

Während jede achte Frau an Brustkrebs erkrankt, muss jede dritte Frau mit einem durch Osteoporose bedingten Knochenbruch rechnen. Das Risiko einer Frau, an einer Oberschenkelfraktur zu sterben, ist vergleichbar mit dem Risiko, an Brustkrebs zu sterben, und viermal größer als bei Gebärmutterkrebs.

Osteoporose ist eine Volkskrankheit.

»Bone is everbody's business« – auch für die Pharmaindustrie …

Prolog

Pressesaal Headquarter, Woodbridge, Virginia, USA

Noch nie verrann die Zeit so langsam. »Gottvater« bestimmt die Zeit. Er ist Herr der Zeit. Er allein weiß, wann sie reif ist. Reif, um zu verkünden, wie er sein globales Geschäft in Zukunft zu lenken gedenkt.

Endlich! Zwei Schiebetüren öffnen sich wie von selbst. Gottvater, Edward Connolly, Engländer von Geburt, genannt »Sir Ed«, betritt den Presseraum. Die Zeiger der antiquierten Uhr über dem Eingang weisen himmelwärts. 12.00 Uhr! Es ist still im Saal. Connollys Gefolge, allesamt in schwarzen Anzügen, hält drei Schritte Abstand. Niemand wagt es, auch nur einen Schritt vor ihm zu gehen. Connolly ist Chairman, vereint Vorstands- und Aufsichtsratsvorsitzenden in seiner Person. »Gottvater« muss die Macht mit niemandem teilen, denn er steht auf der Kommandobrücke des Schlachtschiffes GlobalPharm, dessen Kurs er bestimmt und über dessen Feuerkraft er die absolute Kontrolle ausübt.

Sir Ed ist ein Zwerg, nicht größer als eins fünfundsechzig. Sein Rücken ist gekrümmt, was ihn kränklich erscheinen lässt. Heute trägt er einen hellseidenen maßgeschneiderten Anzug. Das Hemd Ton in Ton. Der einzige Farbtupfer baumelt als gelb-blau gestreifte Krawatte um seinen faltigen Hals. Weiß-schwarze Lackschuhe lassen auf eine versteckte Eitelkeit schließen. In der Linken hält er eine abgegriffene bordeauxfarbene Unterschriftenmappe, auf deren Deckel in silbernen Lettern gerade noch sein Name zu erahnen ist und die überhaupt nicht zu seiner Erscheinung passt. In ihr liegt eine Botschaft. Eine Botschaft mit der Wirkung eines seismischen

Bebens, das rund um den Globus aufgezeichnet werden wird. Notiert auf einem kleinen Zettel. Er hätte ihn bequem in seinem Jackett tragen können.

Sir Ed orientiert sich nach links. Vor den Stufen des Podiums verweilt er. Starr und steinern verharrt auch sein Konvoi. Connolly betritt das Podium allein. Seine Blicke streifen über das Journalistenheer, als würden Raketenwerfer ihr Zielgebiet abtasten. Machtinstinkt und Eitelkeiten sind der Kitt, der beide Seiten zusammenhält.

Sir Eds Augen blinzeln im Blitzlichtgewitter der Kameras. Es kann nur eine Sonne geben.

Wie von Geisterhand weichen Klappen zur Seite. Gleichzeitig werden aus dunklen Schächten Bildschirme hochgefahren. Ein leeres Wasserglas kippt. Einige Journalisten glucksen. Im Gefolge lacht niemand. Auf einer riesigen LCD-Wand erscheinen auf dunkelblauem Grund die schwarzen Umrisse der Kontinente und kurz darauf in rotgoldenen, wuchtigen, dreidimensionalen Lettern das Konzernemblem »GlobalPharm«. Ein milliardenstarkes Symbol!

Die Choreographie des Milliarden-Dollar-Festes ist sorgfältig in Szene gesetzt. Sir Eds Manager dürfen jetzt auf dem Podium ihre Plätze einnehmen.

Ausdruckslos blickt er hinab auf die Ansammlung der Köpfe. Die Jahre zuvor gab es vorab immer Pressemitteilungen mit nackten Umsatzzahlen. Diesmal suchen die Journalisten vergebens danach. Statt Zahlen lesen sie nur einen einzigen, mageren Satz: »Es war für GlobalPharm ein beachtliches Jahr!«

Sir Ed wird heute keine Erklärungen abgeben. Er wird die Gefühle der Menschen ansprechen. Er, der Zahlenmensch, wird die übersteigerte Kampfbereitschaft drosseln, von der er besessen ist, wird Vokabeln wie »Arbeiten«, »Kämpfen«, »Einfluss nehmen« und »Macht ausüben« vermeiden. An einem Tag wie diesem wäre das alles unpassend. Dafür wird seine Botschaft die Pressemeute, Börsianer und Analysten im Saal elektrisieren, und er ist sich sicher, danach werden sie sich alle Fragen von selbst beantworten …

Eine Botschaft ohne Bilder ist keine Botschaft. Auf Sir Eds Zeichen drückt sein Finanzchef zur Rechten eine Taste. Von der LCD-Wand gleißt der majestätische Berggipfel des Mont Blanc. Über dem Gipfel wird das letzte Geschäftsjahr eingeblendet.

Der Moment der Offenbarung ist gekommen: Sir Ed beginnt die Gewinnentwicklung von GlobalPharm der letzten fünf Jahre vor den versammelten Zuhörern zu zelebrieren.

In das Bergmassiv wird die Säule des Gewinns eingeblendet: 4,8 Milliarden Dollar. Sie reicht genau bis unter den Gipfel des Mont Blanc. Der Saal wird gleichzeitig mit dem Geklimper hingeworfener Münzen beschallt. Das Journalistenheer zeigt sich amüsiert. Kein erklärendes Wort. Als es wieder still geworden ist, erscheint der Kilimandscharo auf der LCD-Wand. Die Säule des Gewinns vor vier Jahren weist 5,8 Milliarden Dollar aus. Sie entspricht exakt der Gipfelhöhe des höchsten afrikanischen Berges. Kassengeklingel begleitet die Darbietung.

Es folgt der Mount McKinley. Begleitet von einem Trommelwirbel erscheint die Gewinnsäule: 6,2 Milliarden Dollar. Ein Raunen geht durch den Saal. Dann taucht der Nuptse auf, einer der höchsten Gipfel Nepals. Das vorletzte Jahr. 7,8 Milliarden Dollar. Die Gewinnsäule wird aus den Lautsprechern mit frenetischem Applaus bejubelt. Damit schaffte GlobalPharm den Sprung in die Konzernelite der USA. In der Rangordnung der weltweit operierenden Pharmakonzerne bedeutete dies die Position drei …

Die Länge der Präsenz des Nuptse auf der LCD-Wand ist wohl kalkuliert. Die Spannung wächst. Die Menge im Saal erwartet mit steigender Ungeduld den Gewinn für das abgeschlossene Geschäftsjahr.

Plötzlich lässt ein Raketenstart aus den Lautsprechern die Menschen zusammenfahren. Dann herrscht wieder Stille. Auf der LCD-Wand erscheint der gleißende Gipfel des Mount Everest! Die Gewinnsäule mit 8,8 Milliarden Dollar lässt die Augen übergehen, weckt Emotionen. Erste Hände rühren sich. Sie lösen eine Lawine aus. Tosender Beifall brandet zur Empore hoch. Connollys Jünger erheben sich von den Sitzen, das Publikum folgt ihrem Beispiel.

Ein schwaches Lächeln huscht über Sir Eds Gesicht. Er lässt sich Zeit. Dann spricht er altväterlich: »Meine Damen und Herren! Es war wirklich ein beachtliches Jahr! Wir haben zum ersten Mal in der Geschichte und nach einem Jahrzehnt großer Anstrengungen einen einzigartigen Gipfel von über acht Milliarden Dollar Gewinn für GLOBALPHARM erreicht. Damit haben wir uns in die Spitzenränge der internationalen Konzerne katapultiert!« Wieder brandet Beifall auf. Sir Ed gibt seinem Finanzchef ein Zeichen.

Dieser präsentiert Charts mit Umsatz- und Renditezahlen, die in den vierzig wichtigsten Staaten dieser Erde erzielt wurden. Am Ende kommt er auf die vier neuen Medikamente zu sprechen. Es sind Neuentwicklungen zur Behandlung von Aids, Fettsucht und Infektionen. Und Osteoporose! Der Finanzchef blickt zu Sir Ed. Dieser nickt.

Ein wissendes Lächeln umspielt seinen Mund. Er hebt die Hand, als spende er seiner gläubigen Gemeinde den Segen. »Meine Damen und Herren! GLOBALPHARM wird weltweit ein großes Ziel erreichen: die Marktdominanz auf dem Indikationsgebiet der Osteoporose! In wenigen Monaten werden wir in Deutschland ein neues Medikament zur Behandlung des Knochenschwundes auf den Markt bringen: *Osteo-Forte!* Deutschland ist eines der lukrativsten Länder, aber auch ein schwieriger Markt für diese Art von Medikament. Wir werden im Launch-Country unbezahlbare Kenntnisse gewinnen. Ein halbes Jahr später werden wir *Osteo-Forte* in vierzig Ländern gleichzeitig ausbieten. In all diesen Staaten verfügen wir über ein schlagkräftiges Verkäuferheer! Mit ihm werden wir aus der neuen Substanz einen Welterfolg machen! Damit greifen wir nicht mehr nach den höchsten Gipfeln dieser Erde, sondern nach den Sternen.« Wieder huscht ein Lächeln über sein Gesicht. Langsam entnimmt er seiner schäbigen Unterschriftenmappe den kleinen Zettel.

Sir Ed blickt starr in das Publikum, bis es totenstill wird. »Ich habe eine wichtige Botschaft für Sie und die Welt: Sechsmal hintereinander war GLOBALPHARM der Pharmakonzern mit den größten Gewinnzuwächsen. Wir werden daher in den nächsten Monaten mehr Geld für Forschung, Marketing und Vertrieb ausgeben als irgendein anderes Pharmaunternehmen zuvor. Es gibt für uns keine wirkliche Konkurrenz. Unsere Umsatz- und Gewinnerwartung für dieses Jahr wird dazu führen, dass wir vor MEDICAL DRUG WORLD die Nummer eins auf dem Weltmarkt werden.«

Die Journalisten schreiben ihre Blöcke voll. Ihre Kolumnen werden für Turbulenzen an der Börse sorgen.

»Lassen Sie uns jetzt zu den Fragen kommen«, fordert Sir Ed das handverlesene Publikum auf.

Wie erwartet, steht ein Analyst der Wall Street auf: »Was gedenken Sie mit Ihrer gewaltigen Liquidität zu tun?«

Sir Ed wendet sich wiederum an seinen Finanzchef und fragt ihn mit einem schelmischen Blick: »Was tun wir damit, John?«

»Das überlasse ich Ihnen, Sir. Inzwischen werden wir für Sie höllisch darauf aufpassen.«

Sir Ed wendet sich an den Fragensteller. »Die Antwort ist: Die kapitalste Rakete in dieser Welt wird ihre Schubkraft verdoppeln!«

Erstes Kapitel

»Challenge«

Januar

GLOBALPHARM
Headquarter, Woodbridge, Virginia, USA

Episode I

Sir Ed Connolly: »Deutschland ist Launch-Country. Ich will nicht nur Marktdominanz, ich will das Monopol!«

Chief Operating Officer: »Sir, in welchem Zeitraum?«

»Innerhalb von zwölf Monaten! Ich gebe Ihnen eine scharfe Klinge in die Hand. Führen Sie sie exzellent.«

»Sir, wir schlagen uns täglich mit Bravour …«

»Das freut mich!«

»… doch den Gesundheitsinstitutionen fehlt das Geld. Besonders in Deutschland.«

»Wie ich höre, stellt Deutschland jährlich ein garantiertes Arzneimittel-Budget zur Verfügung. Wo also liegt das Problem?«

»Der Nihilismus ist unsere zweite Front.«

»Was tun Sie dagegen?«

»Sir, Disease Mongering! Wir werden unsere Aktionen intensivieren. Die Expertengruppe benötigt jedoch Zeit.«

»Ein Jahr und keinen Tag länger! Zeigen Sie den alten Kutschern, wie sie mit der Peitsche zu knallen haben, und üben Sie Druck auf die German-Sales-Division aus! Ich will meinen Anteil. Holen Sie ihn!«

»Sir, die Division wird den nötigen Druck bekommen!«

»Hören Sie: Ich bin gierig. Machen Sie mich satt! Am besten schmeckt mir der Euro aus Deutschland!«

»Sir, wir werden unsere Ziele erreichen!«

»Machen Sie GLOBALPHARM zur Nummer eins!«

E-Mail I

MEDICAL DRUG WORLD, ZENTRALE DEUTSCHLAND, FRANKFURT AM MAIN

Von:	David Fox, Leiter GE PKN / Bone-Health
Gesendet:	2. Januar, 01.19 Uhr
An:	Westfeld, Michael, Marketingleiter / GE PKN / Bone-Health
Cc:	COC-Deutschland
Betreff:	Neuausbietung von Osteo-Forte durch GlobalPharm

GlobalPharm hat mit Wirkung vom 26. Dezember mit *Osteo-Forte 5 mg* die Zulassung für die Indikation »manifeste postmenopausale Osteoporose« erhalten.

Zulassungstext BfArM: Zur Behandlung der manifesten postmenopausalen Osteoporose: zur Verringerung des Risikos von Wirbelkörperfrakturen, Vorbeugung der Osteoporose bei postmenopausalen Frauen mit einem erhöhten Osteoporoserisiko.

Ich vermute, wir sind das erste Land, in dem GlobalPharm ihr *Osteo-Forte* auf den Markt bringen wird. Ich erwarte Sie Montag um 09.00 Uhr zu einem Strategiegespräch!

Dr. David Fox
Leiter GE PKN / Bone-Health

1

München

Das Taxi parkt vor dem gläsernen, pyramidenähnlichen Eingangsportal der Privatklinik von Professor Dr. med. Andreas Pöttinger in München-Nymphenburg.

Nanette Svensson, Ende fünfzig, bezahlt den Fahrer. Dieser steigt aus und öffnet die hintere Wagentür. Die Frau auf der Rückbank betastet im selben Moment ihre rechte Wange. Sie zögert. »Einen Moment bitte!«

Der Chauffeur erwidert höflich: »Lassen Sie sich Zeit, gnädige Frau.« Dann schließt er wieder die Tür.

»Nana«, wie die Frau von ihren beiden Töchtern genannt wird, schmeckt etwas auf ihrer Zunge. Kein frisches Blut, sondern eher ein Sekret von üblem Geschmack. Eine Welle von Übelkeit steigt in ihr hoch …

Zwischen den Feiertagen hatte sie sich an ihrem Wohnort Bremen einen Zahn ziehen lassen müssen. Nichts Besonderes in ihrem Alter. Doch seit drei Tagen hat sie diesen unangenehmen Geschmack im Mund. Ob sich die Wunde am rechten Unterkiefer entzündet hat?

Frau Svensson entnimmt ihrer Handtasche eine kleine Puderdose, klappt den Spiegel hoch und kontrolliert ihr Aussehen. Die rechte Wange wirkt geschwollen. Sie steckt die Dose weg. Beunruhigt steigt sie aus dem Taxi.

Durch das gläserne Kunstwerk betritt sie die neue Klinik. Professor Pöttinger ist ein Experte auf dem Gebiet der Knochenkrankheiten. In dem Gebäude befindet sich sein neu gegründetes Osteoporose-Zentrum. Eine Einrichtung, die er konzipiert hat, um all denen zu helfen, die es sich leisten können, ihre morschen Knochen kontrolliert gesund pflegen zu lassen.

Durch eine Drehtür gelangt sie in eine moderne Empfangshalle. Der helle Marmorfußboden wirkt aseptisch, wie der Boden eines OPs, und an den Wänden hängen große abstrakte Gemälde, in denen die Farbe Rot dominiert. Nanette setzt ihren Fuß das erste Mal in diesen Neubau. Sie beobachtet, wie eine jüngere Frau im Rollstuhl zum Lift gefahren wird. »Gott sei's gedankt, dass mir so etwas erspart geblieben ist«, sagt sie zu sich. Die geschwollene Wange ist für den Moment vergessen …

Leicht gebeugt steuert sie auf die Mitte der Halle zu. Hinter einem kreisrunden Empfangspult wird sie, wie schon zuvor in der alten Praxis des Professors, von einer eleganten, etwa dreißigjährigen Brünetten freundlich willkommen geheißen: »Grüß Gott, Frau Svensson. Wie war Ihre Reise nach München?«

»Angenehm, danke!«

»Bitte nehmen Sie dort drüben Platz. Professor Pöttinger wird Sie gleich empfangen.«

Nanette macht es sich auf dem schwarzen Ledersofa bequem. Sie hat große Fortschritte gemacht, denn vor zwei Jahren traute sie sich vor Schmerzen nicht einmal, auf einem Stuhl Platz zu nehmen.

Es geschah Samstagmorgen in ihrer Wohnung. Sie wollte nur die versilberte Säule mit dem Blumentopf zur Seite stellen. Ein Geräusch des Brechens in der Wirbelsäule, das sie damals wahrgenommen hatte, kündigte das Desaster an. Plötzlich glaubte sie sich schwer behindert, obwohl sie einige Tage zuvor noch unbeschwert ihren fünfundfünfzigsten Geburtstag gefeiert hatte. Sie befürchtete, die Intensität des stechenden Schmerzes würde sie vernichten. Sie musste mit Morphium betäubt werden, um den Transport in die Klinik zu überstehen. Die vehementen Rückenschmerzen danach machten ihr das Leben zur Hölle …

Ihre Familie reagierte schnell auf den drohenden Schicksalsschlag. Voran Tochter Laura. Sie sorgte dafür, dass ihre Mutter diagnostisch und therapeutisch rasch in kompetente Hände kam. Seit dieser Zeit ist sie nun in München bei *ihrem* Professor in Behandlung.

Laura, verheiratet mit Yves Lasalle, ist bei dem Pharmakonzern GlobalPharm in Berlin beschäftigt und dort als Brand-Managerin für die Produktgruppe Osteoporose zuständig. Sie trägt im Wesentlichen Verantwortung für die Umsetzung der Marketingstrategien und für die strategische Positionierung der betreuten

Medikamente. Das war ein großes Glück für Nanette, denn während ihr Hausarzt die rasenden Rückenschmerzen als einen üblichen »Hexenschuss« abtat, vermutete Laura ein ernstes Problem. Sie nutzte ihren geschäftlichen Kontakt zu Professor Pöttinger …

Der Experte stellte damals die Diagnose: Wirbelkörperfraktur bedingt durch Knochenschwund. Dank des kombinierten Einsatzes von richtiger Ernährung, Bewegungstherapie und einer Dauerbehandlung mit *Osteo-Klast* plus Kalzium wurde ein weiterer Knochenabbau gestoppt. Schon nach einem Jahr war sie der drohenden Aussicht, im Rollstuhl ihr Leben fristen zu müssen, entronnen. *Osteo-Klast*, damals noch ein ganz neues Medikament, wird vom Pharmakonzern GlobalPharm hergestellt und gilt als das beste Mittel für die Behandlung der Osteoporose. Sagt Laura, und die muss es wissen. Gut, wenn man eine solche Tochter hat!

Professor Pöttinger, in Fragen des Knochenschwundes in Europa eine Koryphäe, verordnet das Medikament aus Überzeugung, und Nanette Svensson ist heute zu ihm nach München gereist, um eine Kontrollmessung ihrer Knochendichte vornehmen zu lassen.

2

Pöttingers Assistentin führt Nanette in den Messraum. Nur ein einziges Gerät steht darin. Nana bemerkt: »Ein bisschen leer hier.«

Die Assistentin erwidert zustimmend: »Ja, Frau Svensson, endlich haben wir genügend Platz. Bitte legen Sie sich auf den Tisch.«

Nana kennt die Prozedur. Das DXA-Gerät misst ihre Knochendichte im Bereich der Lendenwirbel. Inzwischen kennt sie sowohl alle Einzelheiten der Messmethode als auch die Aussagekraft der Werte, die das Gerät liefert.

Kurz darauf betritt Professor Pöttinger den Messraum. Nanette lächelt dankbar. Sie hatte damals große Angst vor den Folgen ihrer Wirbelfrakturen. Sie wollte nicht im Rollstuhl landen. Der Mann, der nun ihre Hand in die seine nimmt, hat sie von dieser Furcht erlöst. Er lächelt mit wasserblauen Augen zurück: »Herzlich willkommen, Frau Svensson, und ein gesundes neues Jahr.«

Während die Assistentin das Gerät justiert, erwidert Nanette: »Ach, Herr Professor! Gesundheit, das ist wirklich das Wichtigste. Auch Ihnen alles, alles Gute!«

Pöttinger ist Mitte vierzig, Bürstenschnitt, schlank, kantig, ein durchtrainierter Mann. Seine Persönlichkeit spendet Vertrauen und zieht die Menschen an. Doch kaum jemand vermutet, dass in ihm eine unbeirrbare Kämpfernatur steckt. So hat er den Institutionen und deren Gleichgültigkeit gegenüber der Volkskrankheit Osteoporose den offenen Krieg erklärt. Auf dem Gebiet scheut er keine Auseinandersetzung.

Pöttinger fragt scherzhaft: »Frau Svensson, haben Sie auch brav Ihr Medikament eingenommen?«

»Herr Professor! Ich werde Sie nie enttäuschen.«

Pöttinger blickt auf den Monitor: »Mal sehen …«

Die Messung verläuft schnell und problemlos. Danach reicht die Assistentin Frau Svensson zur Hilfe die Hand: »Sie können jetzt wieder aufstehen.«

Professor Pöttinger im Hintergrund: »Gratuliere! Wir haben wieder einen Fortschritt erzielt.«

Nanette fragt neugierig: »Wie sieht mein T-Wert aus?«

»Er weicht nur noch eine Maßeinheit vom Mittelwert gesunder Frauen ab. Das ist mehr als zufrieden stellend, wenn ich bedenke, wo wir vor zwei Jahren gestanden haben.«

»Oh, das ist sehr beruhigend für mich.«

Pöttinger lobt sie: »Ihre Zuverlässigkeit! Sie haben Ihrem Knochenverfall effektiv Kontra gegeben!«

Nanette simuliert eine Kniebeuge: »Und wie! Sehen Sie nur …«

»Außerdem gibt es bald ein neues Medikament. Ich denke, Ihre Tochter wird Sie darüber informieren.«

»Ja, sie hat mir schon davon erzählt …«

Professor Pöttinger betrachtet plötzlich eingehend ihr Gesicht. »Darf ich?« Seine Hand geht zu ihrem Kinn. Dann dreht er ihren Kopf ein wenig zur Seite. »Was ist mit Ihrer Wange?«

»Ich musste mir zwischen den Feiertagen einen Zahn ziehen lassen.«

»Waren Sie schon zur Kontrolle?«

»Ja, gestern.«

»Was meint der Kollege?«

»Es heilt wohl schlecht. Aber ich habe davon einen unangenehmen Geschmack im Mund. Ich glaube, es hat sich entzündet.«

»Nehmen Sie zusätzlich etwas ein?«

»Nein.«

Professor Pöttinger wird nachdenklich, lässt sich aber nichts anmerken. Er nimmt Frau Svensson bei der Schulter und weist seine Assistentin an: »Bringen Sie Frau Svensson in mein Wartezimmer.« Und an seine Patientin gerichtet: »Warten Sie dort auf mich. Ich will nur etwas überprüfen.«

Pöttinger erinnert sich an einen Vortrag während des Osteologen-Kongresses vor zwei Monaten in Denver, USA. Ein Gedanke treibt ihn in das IT-Zentrum seiner Klinik, eine elektronische Bibliothek mit allen Möglichkeiten für medizinische Recherchearbeiten. Eines der Geräte ist online. Er wählt eine Suchmaschine und gibt zwei Schlagwörter über die Tastatur ein. Danach noch einmal zwei Begriffe. Kurz darauf hat er das Ergebnis. Eine Literaturauflistung zur Problematik: *»Osteonekrosen des Kiefers unter Bisphosphonaten«*. Es geht um die Substanzgruppe, unter die auch *Osteo-Klast* fällt.

Er fühlt sich wie vor zwei Monaten in Denver, als er das erste Mal darüber hörte: skeptisch, da sich die Zusammenhänge für ihn als zu bizarr darstellten.

Seine eigene, kurze Recherche ergibt, dass inzwischen weltweit fast zweihundert Verdachtsfälle gemeldet wurden. Dennoch, die Sache entzieht sich jeder Logik, obwohl dem Auftreten von Knochennekrosen in fast allen Fällen eine Zahnextraktion vorausging. In anderen Fällen waren die Patienten wegen Tumoren bestrahlt worden …

Trotz fehlender Klarheit entschließt sich Professor Pöttinger zu handeln. Er öffnet die Tür zum Wartezimmer: »Bitte, Frau Svensson!«

Nanette hat plötzlich ein ungutes Gefühl. Als sie vor ihm sitzt, blickt sie in sein ernstes Gesicht.

»Ich habe noch eine Frage: Hat ihr Zahnarzt Röntgenaufnahmen gemacht?«

»Ja, hat er. Davor und danach.«

»Haben Sie in letzter Zeit noch irgendeine andere Bestrahlung erhalten?«

Nana überlegt kurz: »Nein, sonst keine.«

»Wie ist der Name Ihres Zahnarztes?« Pöttinger notiert sich Name und Straße. »Wir werden therapeutisch etwas umstellen müssen. Eine reine Vorsichtsmaßnahme, Frau Svensson. Aber Sie müssen meine Anweisung strikt befolgen.«

»Ja, bitte?«

»Sie nehmen ab sofort kein *Osteo-Klast* mehr ein. Ich will in den nächsten Tagen erst etwas abklären. Mein Büro wird Sie verständigen, sobald wir im Besitz der notwendigen Informationen sind.«

Nana kann ihre Betroffenheit kaum unterdrücken. »Was wird aus meinen Knochen, Herr Professor?«

Pöttinger versucht, sie zu beruhigen. »Frau Svensson, im Moment spielt das Absetzen des Medikaments kaum eine Rolle. Da haben wir Zeit. Aber ich möchte mich mit Ihrem Zahnarzt in Verbindung setzen. Es ist wirklich nur eine Vorsichtsmaßnahme.«

»Ich glaube Ihnen. Was passiert aber, wenn ich längere Zeit das Medikament nicht mehr einnehmen darf?«

»So weit sind wir noch lange nicht. Ich bin mir sicher, es wird auch nicht dazu kommen.«

Nana nickt, doch sie ist innerlich aufgewühlt. Als sie die Halle durchquert, sieht sie vor ihrem inneren Auge wieder die jüngere Frau im Rollstuhl …

Als Professor Pöttinger allein ist, ruft er seine Sekretärin und gibt ihr die Anweisung: »Fordern Sie beim Bundesinstitut für Arzneimittel Meldebogen für unerwünschte Arzneimittelwirkungen ab. Einer geht an das Amt, der andere an GlobalPharm!«

3
München

Es gibt Orte des Übergangs, Orte, die einem die Möglichkeit eröffnen, abzuheben. Abzuheben, um über den Wolken zu schweben. Und es gibt Manager, die gewissermaßen notorisch dazu gezwungen werden. Die Welt ist voll von Managern und voll von diesen Orten. Michael Westfeld pflegt an diesen Plätzen gern seine Inspirationen.

München Airport FJS. Das Gewimmel vor den Terminals ähnelt dem Tanz von Insekten, die sich gegenseitig mit ihren Fühlern zu betasten scheinen. Starke Verwirbelungen von Menschen zwischen Ankunft und Abflug. Noch haben sie keine Richtung. Spätestens vor den Gates aber bilden sie eine Einheit, bereit zum Flug in die gleiche Richtung, und manche schicken sich an, dort, wo sie ankommen, das Leben auf dieser Erde wieder etwas zu verändern.

Einige Privilegierte machen es sich an diesem Morgen in den ledergepolsterten Sitzgruppen bequem. Ihre unsichtbaren Abzeichen, die dem Grad ihres Erfolgs und ihrer Verantwortung entsprechen, materialisieren sich in der Senator-Lounge. Ihnen allen ist eines gemeinsam: ihre morgendliche Schweigsamkeit. Manche würden aber ihr Schweigen gern brechen. Man müsste nur die Abzeichen offen tragen, und jeder könnte sich mit Trägern des gleichen Abzeichens unterhalten.

Bei Laura Lasalle, der attraktivsten Frau in der Lounge an diesem Morgen, und Michael Westfeld bleiben die Zeichen unerkannt.

Was bleibt, ist die Beobachtung. Frauen sind geniale Beobachterinnen. Männer unterschätzen das. Ein Spiel – das ewige Spiel. Lauras Gespür braucht nur wenige Sekunden, um zu fühlen, ob dieser Mann in der Lage wäre, ihr Interesse zu wecken. Seine angenehme Präsenz und männliche Vitalität sprechen dafür. Und sie erkennt auch den Söldner in ihm: ein »gut bezahlter Degen« einer Wirtschaftskultur, in der der Kondottiere elegante Designeranzüge trägt. Die Welt ist voll von flüchtigen Begegnungen.

Das Schicksal beschließt, einen Faden in beider Leben einzuweben. Laura wird sich erinnern, wenn sie das Muster versteht …

4

07.10 Uhr! LH 961 von München nach Frankfurt ist zum Einsteigen bereit. Ein Teil der manisch mobilen Geschäftsleute geht eilig zum Gate in Richtung Business-Class. Selbst sonst umgängliche Menschen in Spitzenpositionen mutieren zu Dränglern. Die meisten von ihnen ziehen einen rollbaren Geriatrie-Samsonite hinter sich her. Montag ist Meeting-Tag!

Michael Westfeld begibt sich an Bord. Dieser Mann hat den Charme der ersten Sekunde. Ein männliches Wesen, das mit einem Lächeln im Gesicht geboren wurde. Und mit diesem Lächeln kann er jeden um den Finger wickeln. Kurz darauf unterliegt auch die Stewardess seiner dezenten Anziehung. Die erfahrene Flugbegleiterin hat schon Tausende Passagiere der Business-Class betreut und ist nur noch schwer zu beeindrucken. Sie findet, dass an diesem Mann alles stimmt. Jedenfalls auf den ersten Blick.

»Welchen Platz haben Sie?«

Westfeld lächelt. »Träumeplatz 3A!«

Sympathische Augenblicke sind selten an jenem eisgrauen, frostharten Januartag. Die Flugbegleiterin empfindet ihren Gast erfrischend und prickelnd wie Champagner. Westfelds vitale Ausstrahlung und sein gebräunter Teint lassen den Schluss zu, dass er die Feiertage über viel frische Luft und Sonne getankt haben muss.

Auf Platz 3A nimmt einer der erfolgreichsten Marketing-Manager der deutschen Pharmaindustrie seinen Platz ein, dessen Qualitäten und Erfolge jeden Headhunter zum Träumen bringen.

Westfeld schließt die Augen, um eine Sache zu überdenken, die in diesen Morgenstunden seine ganze Aufmerksamkeit erfordert. Die Ursache seiner Anspannung ist die Mail in seiner linken Brusttasche. Westfeld hat deswegen schlecht geschlafen, was von seiner Frau Fabienne unbemerkt geblieben war. Wie so vieles, seit sie in getrennten Schlafzimmern ihren unterschiedlichen Tag- und Nachtrhythmus pflegen.

5

Fabienne wachte auf. Sie hörte ihren Mann nebenan im Bad, doch fühlte sie sich unfähig aufzustehen. Es war 04.00 Uhr. Manchmal tat sie es noch, um ihm zu zeigen, dass sie willens war, ihre Ehe zu retten. Das Glücksgefühl der ersten Jahre, damals, als sie morgens noch gemeinsam unter die Dusche hüpften, war ihr schon lange abhanden gekommen. Das gemeinsame Frühstück ergab sich nur noch zufällig. Meist an Wochenenden, wenn sie mal nicht getrennt auf Firmen-Events oder Fortbildungs-Kongressen weilten. Fabienne fühlt sich zwar unabhängig, ist selbstbewusst, genießt ihren Wohlstand und ist stolz darauf, dass sie sich nicht über ihren Mann zu definieren braucht, doch dafür leidet sie immer mehr an Michaels ständiger Abwesenheit.

Halb im Schlaf murmelte sie: »Soll das die nächsten Jahre so weitergehen?« Der ausgesprochene Gedanke bewirkte eine Gänsehaut auf ihren Armen. Der Respekt vor Michaels »Vielarbeit« ist längst verflogen. In ihren Augen erstickt er all ihre Gefühle in seinem Aktenkoffer. Vielleicht lag es auch daran, dass ihre Ehe seit dreizehn Jahren ohne Kinder geblieben ist. Hätte Michael allerdings welche und eines davon würde ihm ein Zeugnis ausstellen, er erhielte eine glatte Sechs für das Fach »Familienleben«.

Fabienne hat Wünsche an ihren Mann, doch dieser kennt nur noch das Geschäft und seine Termine. Jedenfalls tut er alles dafür, dass sein Stress glaubwürdig erscheint. Seinen Pocket-PC pflegt er inzwischen akribischer als den Zierrasen vor der Terrasse, und er plant seinen Tagesablauf nach dem Stundentakt. Fabienne hegt den Verdacht, dass er sogar die Stunden für Zärtlichkeiten mit ihr vorausplant. Dabei muss ihm allerdings in jüngerer Zeit häufig etwas dazwischengekommen sein.

6

Michaels »Angina temporis«, die pathologische Zeitknappheit eines Managers, ist erstens nicht planlos und zweitens nicht ohne Ziel. Er hat als Marketingleiter bei MEDICAL DRUG WORLD in Deutschland, dem größten Pharmakonzern der Welt, ein äußerst erfolgreiches Jahr hinter sich. Die Schlagzeilen in den Wirtschaftsmagazinen kann er vorausdenken: *Pharmariese MDW im vergangenen Jahr erneut überproportional gewachsen!*

Aktivitäten, Prioritäten und Hoffnungen konzentrieren sich daher im ersten Quartal des neuen Jahres ausschließlich auf die Steigerung der Marktanteile von *Bonegold*. Die in der Mail angekündigten Veränderungen im Markt wirken zwar bedrohlich, doch seine Analysen verheißen eine weitere Umsatzsteigerung. So hatte er die Ausbietung von *Osteo-Forte* durch GLOBALPHARM Mitte kommenden Jahres zwar prognostiziert, doch gleichzeitig den besorgten Appell von Dr. Fox abgeschmettert, der zwei Umsatzschätzungen forderte: eine mit und eine ohne Neueinführung von *Osteo-Forte*.

MEDICAL DRUG WORLD steht mit *Bonegold*, dem bisherigen Marktführer, in härtester Konkurrenz zu GLOBALPHARM. Dort erzielt ein altes und in der Wirksamkeit schwaches Präparat, *Osteo-Klast*, dank eines aggressiven Außendienstes nach wie vor ansehnliche Umsätze in Deutschland.

Das von Dr. David Fox kurzfristig angesetzte Strategiegespräch nimmt Westfeld daher besonders ernst, obwohl Fox in seinen Augen ein Angsthase ist, der sich an Redemanuskripten festklammert und nur noch Golflöcher im Kopf hat. Dagegen lässt Michael die Tatsache kalt, dass GLOBALPHARM die erwartete Neuausbietung von *Osteo-Forte* in wenigen Monaten starten wird. Die Medikalisierung der Osteoporose muss in seinen Augen in Deutschland nur mit Macht vorangetrieben werden, und die Neuausbietung dürfte, wie schon so oft erlebt, den Markt eher ausweiten als eng stellen. Der Sprengsatz lauert für ihn daher ausschließlich im »Zentralen Finger«, dem futuristischen Bürogebäude von MEDICAL DRUG

World, dessen Kürzel MDW auf dem Dach in Frankfurts City himmelwärts zeigt. Genauer: im Zimmer 2001, der Grünen Etage im zwanzigsten Stock. Der Sprengzünder heißt »Panikmache«, das Dynamit »Umsatzziel *Bonegold*.«

Headquarter London wird Druck ausüben. Während des Anfluges auf Frankfurt ahnt Westfeld, dass diverse Anfragen aus der europäischen Zentrale vorliegen. Sie wiederholen sich wie die Jahreszeiten, die Appelle ebenso: »Die Schätzungen müssen erreicht werden!« Denn schließlich hatte sich der Präsident des Unternehmens mit Sitz New York verpflichtet, jedes Quartal die Wall Street zu informieren. Die Analysten sollen die Aktie hochjubeln, was den Börsenwert von MDW in den nächsten zwölf Monaten über die 100-Milliarden-Dollar-Grenze treiben soll.

Dazu braucht das World-Headquarter in New York verlässliche Zahlen. Besonders aus den Ländern mit den renditeträchtigsten Märkten. Westfeld hatte Realistisches für MDW-Deutschland abgeliefert; dabei unterschätzte er keineswegs den verdammten Konkurrenten GlobalPharm mit seiner Neuausbietung. Für das deutsche wie für das europäische Top-Management ist es zum Gesetz geworden, dass die grünen Umsatzsäulen auf den schönen farbigen Charts eine Treppe nach oben bilden. Erfolg, Geld, Macht und Zukunft – alles hängt von diesem simplen grünen, treppenförmigen Gebilde ab. Sie alle schreiben diese Erfolge fort, niemand erwägt ein Scheitern …

Als das Fahrwerk ausgefahren wird, zieht Westfeld die E-Mail aus seiner Brusttasche. Ein Angsthase, geht es ihm durch den Kopf. Beeindruckt durch das äußerst starke Umsatzvorjahr, befürchtet Fox einen Rückgang der Umsätze. Darin bleibt er unbelehrbar und handelt lieber nach dem Motto: Sichere dich ab, und bedecke dein Hinterteil! Michael vertraut auf seine Fortüne.

Dass das heutige Strategiegespräch auf Westfelds Lebensweg keine kleine Weggabelung sein wird, sondern ein Scheideweg, davon ahnt er allerdings noch nichts.

7
Königstein

Während sich Michael Westfeld im Anflug auf Frankfurt befindet, reicht Martha Fox ihrem Mann die zweite Tasse Tee. Sie umsorgt Davids Umfeld und das Haus perfekt. Ihr Wahlspruch lautet: »Der Mensch braucht Struktur, denn ohne sie bricht der Trieb durch!« Inzwischen macht ihr die »Struktur« Sorgen; denn seit ihr Mann in die Führungsspitze von Medical Drug World Deutschland aufgestiegen ist, hat er sich mehr und mehr zum Grübler entwickelt. Falls ihm jemals die Position als Leiter der Geschäftseinheit genommen würde, dann bestimmt nicht wegen ihr. Das Lächeln ist seinem Gesicht abhanden gekommen, für die engsten Freunde fehlt die Zeit. Dafür darf im Urlaub weder der Laptop noch das Firmen-Handy fehlen. Als Erholung dient ihm der Golfplatz. Er plant seine Golfrunden zwar während der Bürozeiten, spielt aber ausschließlich mit Geschäftspartnern. Über seinen wahren Zustand täuscht auch nicht die entspannte Silvesterparty hinweg, die Martha und David diesmal ausnahmsweise zusammen mit alten Freunden in Kronberg gefeiert hatten. Gegen 02.00 Uhr war man zu Bett gegangen.

Am Neujahrstag, nach dem Mittagsschläfchen, nahm David neugierig seinen Laptop in Betrieb. Entschuldigend wandte er sich an Martha: »Mal sehen, wer uns Neujahrsgrüße schickt.« Kurz darauf brach Hektik aus. David begann E-Mails zu schreiben …

Die Nacht darauf bemerkte Martha, dass ihr Mann wach lag. Wieder einmal – wie so oft. Für sie liegen die Ursachen bei den Zigaretten und der unmenschlichen Belastung. Während des Frühstücks stritt David Marthas Beobachtung strikt ab, nahm aber gleich zwei Tabletten gegen seinen Bluthochdruck ein. Natürlich hatte er sich schlafend gestellt. In Wahrheit hatte es ihm ständig den Brustkorb eingeschnürt, wenn er an die eingegangene E-Mail aus London, die viel zu hohen Zielsetzungen für das erste Quartal, die Jahresschätzung für *Bonegold* und an das unvermeidliche Gespräch mit Westfeld dachte.

Martha sagt: »Achte auf deine Gesundheit! Denk an deinen Hochdruck und an dein Herz.«

David reagiert gereizt: »Ach was! Ich nehme die besten Medikamente ein.« Er vermeidet, ihr dabei ins Gesicht zu sehen.

Liebevoll legt sie ihren Arm um seine Schulter und sagt einfühlsam: »Versuche es noch einmal. Du schaffst es! Lass die Zigaretten weg. Gerade jetzt!«

Das »gerade jetzt« bezieht sich auf die fehlende Fähigkeit ihres Mannes, Stress zu verarbeiten, und wird deutlich an dem Rasierschaum an seinen Ohrläppchen, den er vor Fahrigkeit wieder einmal übersehen hat. Martha ist wachsam. Unbemerkt hat sie die Häkchen auf seiner persönlichen Prioritätenliste geprüft, die wie immer gefaltet auf seinem Schreibtisch liegt. Die Häkchen fehlen hinter einer ganzen Reihe von Vorgängen. In den letzten Monaten hat er offenbar die meisten Entscheidungen vertagen müssen. Martha kennt ihn genau: Je komplexer die Probleme, je rarer die Alternativen und je zwingender die Entscheidungen, desto schrecklicher leidet ihr Mann. Was sie allerdings sehr verwunderte, war ein Büchlein mit dem Titel *Der Fürst*, von Niccolò Machiavelli, das sie schon vor Wochen auf seinem Schreibtisch fand. Als sie darin blätterte, fand sie das Kapitel XXII mit einem Ausrufungszeichen markiert. Das Kapitel trägt die Überschrift: »Von vertrauten Mitarbeitern, die die Herrscher in ihrer Umgebung haben«. Sie ist verwundert. Ihr Mann liest meist nur in Marketingbüchern, aber fast nie anspruchsvolle Lektüre.

Bei Martha entschleunigt die Zeit, wie es so schön heißt. Doch von dieser seltenen Gabe bleibt ihr Mann unberührt. Er bleibt ein Gehetzter. Aber er liebt Martha und spürt, dass sie ihm Halt und Zuversicht gibt. Ebenso wie Juliane von Ambesser, seine Sekretärin. Sie empfängt ihn morgens immer blühend und frisch, organisiert seinen Arbeitstag und ist sein Schutzengel. Ohne ihr Talent wäre er aufgeschmissen.

Während er hektisch die Tasse leert, beobachtet er verstohlen seine Frau. Im Grunde wünscht er sich, mehr Zeit für sie zu haben und mit ihr endlich wieder einmal einen unbeschwerten Urlaub zu genießen. Martha kann so lebendig sein, wenn sie sich aufrichtig freut. In letzter Zeit waren diese Augenblicke allerdings selten.

Im selben Moment denkt sie an die Zeit, als ihr David jeden Abend über Kollegen und Vorgesetzte erzählte, die sein Weiterkommen im »Zentralen Finger« auf die eine oder andere Art beeinflussten. Ihre weiblich-intuitive Sicht hatte ihm bei manch taktischem Zug sehr geholfen …

Plötzlich sagt sie mit eindringlicher Stimme: »Wenn das so weitergeht, steigst du für diese Firma noch ins Grab!« Und fast anklagend: »Warum musstest du auch noch während der Feiertage arbeiten. Irgendwann schmeiße ich diesen Nervtop in die Mülltonne. Niemand dankt es dir, wenn dein Herz einmal streikt.« Darauf tritt sie hinter ihren Mann und legt ihre Hände versöhnlich auf seine Schultern.

Er neigt seinen Kopf zurück und verspricht: »Ich höre auf mit dem Rauchen!« Dann steht er auf, nimmt Martha in seine Arme und sagt: »Februar machen wir auf den Kanaren richtig Urlaub – ohne Laptop!«

8

David Fox steigt in seinen geliebten Jaguar X-Type und steuert wie jeden Morgen die Frankfurter City an.

Martha hat ja Recht. Die Zeit lässt sich aber nicht zurückdrehen. In den letzten zehn Jahren hat sich alles rasend schnell verändert. Damals wirkte offen zur Schau getragener Stress noch wie eine Droge und galt als schick und dynamisch. Heute dagegen bedeutet es, dass man seiner Aufgabe nicht gewachsen ist. Dies gilt besonders für seine Position als Leiter der Geschäftseinheit »Praxis-Klinik-National«, abgekürzt PKN. Augenblicklich reißt er sich zusammen und verordnet sich äußerliche Gelassenheit.

Während David Fox den Königsteiner Berg hinabrollt, denkt er für einen kurzen Moment an Silvester. Besonders an jenen Moment, als er das neue, vielversprechende Jahr freudig begrüßte.

Gleich den Raketen, die den Nachthimmel erleuchteten, hatte er die Zukunft silbrig bis golden gesehen. Die gesetzten Ziele hätte er ohne große Anstrengungen übertreffen können. Außerdem hätte der hervorragende Geschäftsverlauf die Beantwortung der quartalsweise eingehenden Anfragen aus London erleichtert. Was für ein Jahr hatte sich angekündigt: zwölf Monate garantierter Sonnenschein! Von den Charts hätte das Grün intensiver geleuchtet als je zuvor. Dazu der Aktienbonus mit der Aussicht einer Verdoppelung des Jahresgehaltes, plus die Option, auf Rang II zu klettern, was das nächsthöhere Gehaltsband bedeuten würde. Den gelungenen Rutsch genoss er daher am Neujahrstag noch mit einem prämierten Riesling zum Mittagstisch.

Im gleichen Augenblick wird ihm bewusst, dass zur selben Zeit, als ihm der edle Tropfen gerade durch die Kehle rann, im Headquarter New York jemand die Mail für die Europa-Zentrale formuliert haben musste, deren Inhalt er in abgespeckter Form an Michael Westfeld weiterleitete. In ihr kündigt die Abteilung der amerikanischen Marktforschung die Präparate-Innovation des größten Konkurrenten GLOBALPHARM an. Der Kernsatz, der ihn seitdem um den Schlaf bringt, lautet: *Dies hat eine totale Wandlung des Osteoporose-Weltmarktes zur Folge!*

Der Renditeträger Nummer eins ist plötzlich gefährdet. Für MEDICAL DRUG WORLD ein Erdbeben von ungeahntem Ausmaß. Und in Deutschland wird das Epizentrum liegen. Fox ahnt, wie schnell sich dadurch die Gewichte zwischen den Machtträgern im Management verschieben werden. Das Unverzeihlichste in seinen Augen war aber, dass Westfeld seine optimistische Schätzung bei Dr. John Elliot, Ressortleiter Deutschland, durchsetzen konnte. Er, Fox, war der Einzige, der intern rechtzeitig vor solch einer möglichen Marktentwicklung gewarnt hatte. Er reibt sich die Hände: Diese Fehleinschätzung muss endlich Konsequenzen für diesen eitlen Westfeld haben. Elliot, ihr oberster Chef in Deutschland, wird dem »alten Fox« dafür noch danken müssen …

Als er sich der Frankfurter City nähert, steift ihm der Gedanke den Rücken, dass er Westfeld den Bonus erheblich kürzen könnte, sollte er sich seinen Argumenten verschließen. Fox würde das drohende Desaster nicht zu verantworten haben. Er kann zum Tier werden, wenn es um die Gefährdung seiner Position geht. Er ist sich sicher, dass diese erste, zart angedeutete »Maßnahme« seine Überzeugungskraft steigern wird. Ansonsten würde er Westfeld schon klar machen, dass auch glänzende Karrieren sterblich sind.

David Fox, Machiavelli-verblendet, hält sich für *den* Managerfürsten bei MEDICAL DRUG WORLD.

9
Bremen

Laura Lasalle ist mehr als ein wohl klingender Name, mehr als eine ambitionierte Frau und mehr als ein schön anzusehendes Karrierebeispiel, nicht nur bei GLOBALPHARM.

Manch eine Kollegin sehnt sich danach, so zu sein wie sie: jung, wunderbar erfrischend; ein Wesen, das Männerfantasien beflügelt. In ihren Augen stellt sie alles dar, wonach sie heimlich gieren: lachende Verheißung, Zauberkraut und Liebestrank, eine Frau für jede Jahreszeit. Gleichzeitig fürchten ihre Rivalen aber auch ihre Qualitäten: Schlagfertigkeit, Ausdauer, Durchsetzungsvermögen und Wille zum Erfolg. Eine Frau, die sich schon beim ersten Blick einprägt. Männlichen Rivalen gegenüber tritt sie auf, als sei der Sieg ihr angeborenes Recht. Das Streben danach, Dinge verändern zu wollen, ist Laura Lasalle in die Wiege gelegt. Ein Antrieb, entwickelt und beseelt aus einer Vielzahl von Träumen, Erfahrungen und Überzeugungen. Eine davon lautet: »Lebendige Frauen verdienen es, erfolgreich zu sein!«

Das Querdenken pflegt sie, um eigene Grenzen zu überwinden und sich neuen Herausforderungen zu stellen. Kollegen und Vorgesetzte aber, die ihr Engagement zu bremsen versuchen, dazu Energie fressendes Positionsdenken im Kopf haben, sind für sie die Gegner jedweden Aufbruchs – Sklaven ihres Jobs, ihrer Häuser und Autos, die am liebsten Sex mit geschäftlichem Arrangement verknüpfen. Und davon gibt es in ihren Augen viele in der Berliner Zentrale.

Laura ist auf dem Weg in die Hauptstadt. Auf dem Weg zur Auftakttagung des neuen Jahres, der GlobalPharm das Etikett »Challenge« verpasst hat. Sie wäre gern erholt und mit freiem Kopf angereist, doch als sie am Abend ihren Koffer packte, kam es wieder zu einer heftigen Auseinandersetzung mit ihrem Mann Yves.

Laura fühlt sich am Morgen wie gerädert. Kein Wunder. Der Ärger mit Yves, mit dem sie seit fünfzehn Jahren verheiratet ist, und der frühe Flug von Bremen nach Berlin verkürzten die Nacht erheblich. Vor allem das Gespräch mit Yves brachte sie um den Rest ihres Schlafes.

Immerhin hatte er endlich zugegeben, rund 100 000 Euro verspekuliert zu haben. Mit Aktien, hinter denen nur virtuelle Werte standen. Verdammt sei der »Neue Markt«! Zuerst ging es ja eine ganze Zeit gut. Gewinne, Gewinne, Gewinne, beste Renditen … Aber dann der Absturz. Den Verlust wollte er ihr verheimlichen. Bis der Brief von der Bank eintraf, in dem weitere Sicherheiten gefordert wurden. Wenn es nur bei den überzogenen Kreditlinien geblieben wäre! Doch in der Hoffnung, es handle sich nur um eine vorübergehende Baisse an der Börse, hatte sich ihr Mann zusätzlich 50 000 Euro bei der Bank geliehen. Jetzt war er nicht in der Lage, sich allein von seinen Schulden zu befreien …

Doch das ist nur die Oberfläche ihres tief reichenden Konflikts. Ihren Morgenkaffee hatte sie wie in Trance getrunken. Als sie das Haus verließ, stellte Yves sich ihr in den Weg und schrie sich den Frust von der Seele: »Deine Arbeitsgeilheit macht dich blind für den Rest des Lebens! Wo ist die Familie, von der wir einst geträumt haben? Du hast unsere Ehe deiner Karriere geopfert. Ohne diesen Job wäre es nie so weit gekommen …«

Sie konterte diesen Affront mit den Worten: »Ja, stimmt! Ich brauche daher dein Mitgefühl!«

Yves verstummte. Er machte es sich immer leicht mit seinen Schuldzuweisungen. Jetzt, da ihm alles zu misslingen drohte, er sich ohnmächtig fühlte gegenüber den Forderungen der Bank, musste er erkennen, dass er nichts geschaffen hatte, was wirklich von Bestand war. Und das Beste, was er besaß, die Liebe Lauras, hatte er durch eigene Schuld ins Wanken gebracht.

Die Abwesenheit von zu Hause ist inzwischen der vertraute Hintergrund ihres täglichen Lebens. Seit elf Jahren arbeitet sie mittlerweile bei GlobalPharm. Ihren Berufsweg hatte Laura als Betriebswirtin in einem Soft- und Hardware-Unternehmen begonnen und war dort in der Sparte Vertrieb und Marketing äußerst erfolgreich gewesen. Zur selben Zeit hatte sie Yves beim Tennis kennen gelernt. Ob in Shorts oder Nadelstreifenanzug, für sie war er der Botschafter einer verheißungsvollen gemeinsamen Zukunft gewesen. Als Werbetexter verfolgte er hoch gesteckte Ziele. Alles schien ihm machbar: eine eigene Firma, fette Aufträge, Erfolg und Geld sowieso, Familie auch …

Laura dagegen registrierte schon früh den Wandel und Umbau in ihrer Branche. Das Stelleninserat von GlobalPharm in der FAZ kam seinerzeit genau richtig. Quereinsteigerinnen mit ihrem Profil waren heiß begehrt. Der Wechsel war ihr leicht gefallen …

Begonnen hatte sie in der Region Ost. Zuständig für die Betreuung von Ärzten, Kliniken und Apotheken, mit Schwerpunkt Berlin. Mit Cleverness und Engagement übertraf sie die Vorgaben und Ziele. Der Erfolg katapultierte sie im internen Ranking an die Spitze der Erfolgreichen. Aber die häufigen Abend- und Wochenendveranstaltungen sowie überregionale Kongressbetreuung und Konferenzen blieben für ihre Ehe nicht ohne Folgen. Die Entfernung zwischen Berlin und Bremen war zwar mit dem Wagen zu überbrücken, doch physisch nicht durchzuhalten.

Yves wurde währenddessen unerwartet früh zur Selbstständigkeit gezwungen. Die Firma, bei der er angestellt war, musste Konkurs anmelden. Dabei verlor er über Nacht seinen gut dotierten Job. Bewerbungen liefen ins Leere. Die optimistische und idyllische Vorstellung, im Home-Office glücklich und kreativ texten zu können, trog. Während es mit Lauras Karriere steil bergauf ging, geriet Yves mit Kleinaufträgen immer mehr in das berufliche Abseits. Seine Unzufriedenheit wuchs. Er sann nach Wegen, um die innere

Leere zu füllen. Schließlich gab er dem Reiz eines vermeintlichen Fluchtweges nach.

Für Laura war es der Urknall. Yves hatte eine Geliebte! Was nun? Tage und Wochen versuchten sie verbissen, Erkenntnisse und Befürchtungen aufzuarbeiten. Nach zähem, nervenaufreibendem Ringen um die Zukunft ihrer Ehe waren sie sich einig, es noch einmal zu versuchen. Doch unfassbaren Gegnern wie Misstrauen und Eifersucht kann man niemals die Stirn bieten. Das Vertrauen und ihre Liebe waren zerstört. Heute weiß sie: Ihre Entscheidung, sich damals nicht gleich getrennt zu haben, war ein Fehler.

Zur gleichen Zeit etwa wurde sie zu einem Assessment-Center für Führungskräfte eingeladen. Schon lange hatte sie davon geträumt, über die Position als Regionalleiterin hinaus Karriere zu machen. Nun war die Chance da. Doch als ihr Ansinnen in der Firma durchsickerte, formierten sich sogleich die männlichen Seilschaften.

Ihre kommunikative Leistung und der faszinierende Mix ihrer Ausstrahlung ließen den sieben »Kampfrichtern« am Ende jedoch keine andere Wahl. Über drei Jahre leitete sie die Region Nord-West mit Schwerpunkt Bremen und Hamburg. Lange Zeit das ungeliebte Stiefkind im Konzern. Die Marktanteile ihres Präparate-Sortiments waren katastrophal. Verantwortlich dafür war ihr Vorgänger, ein gewisser Dr. Marco Rosinski. Aber dank guter alter Kontakte war dieser bereits auf dem steilen Weg nach oben …

Unter Lauras Zielstrebigkeit erlebte die Region Nord-West einen kometenhaften Aufstieg. Der Funke sprang über. Die professionelle »Landschaftspflege« sprach sich schnell bei den ins Visier genommenen Ärztegruppen herum. Die Instrumente für den Erfolg waren zwar für alle zehn Regionen gleich, doch *sie* erfüllte die Maßnahmen mit Leben. Die Kunden wussten das zu schätzen. Nicht so Yves. Der lehnte diesen »Zirkus«, wie er es nannte, aus innerer Überzeugung ab.

Der Lohn für Laura und ihr Team: Die Präparate ihrer Geschäftseinheit landeten auf den Rezeptblöcken ihrer Ärzte und den

Arzneimittellisten der Kliniken – und sie mit ihrer Region auf dem ersten Platz.

Die Zeit war nun reif, um endgültig durchzustarten. Laura bewarb sich für die Position als Produktgruppen-Managerin Osteoporose nach Berlin. Ihre Referenzen waren die besten, und es gab niemanden, der ihr auf diesem Gebiet das Wasser reichen konnte. Sie bekam den Job. Was sie nicht wusste – gegen die Stimme Rosinskis, doch dank der Weitsicht von Dr. Jean-Claude Brisson, Geschäftsführer von GlobalPharm Deutschland.

Die Markteinführung von *Osteo-Klast* im gleichen Jahr wurde für GlobalPharm Deutschland ein voller Erfolg. Die Quellen des Erfolgs lagen in Lauras Einstellung zu ihrem Job: So nahm sie ihre Ziele genauso wichtig wie die Menschen, die daran arbeiteten. Sie beherrschte das Multitasking der Entscheidungsfindung besser als ihre männlichen Kollegen, während sie sich gleichzeitig als Teamplayer profilierte. Dank ihres immensen Einsatzes wurden die Erwartungen der Geschäftsführung bezüglich des Umsatzes und Marktanteils weit übertroffen.

Für Laura aber war klar: Ihr Erfolg würde zu Staub zerfallen, sollte sie keine Forderung an das Top-Management stellen. Und diese hieß: *Verkaufsleiterin Deutschland.* Sie wäre zweifelsohne die erste Frau auf solch einer Position. Die erste überhaupt bei GlobalPharm.

Die Sache hatte nur einen Haken. Der Posten war besetzt. Mit Dr. Marco Rosinski.

10

Berlin

Nach der letzten Nacht ist Laura froh gewesen, nach Berlin reisen zu können, um Zeit zu gewinnen.

Sie nimmt sich am Flughafen Tegel ein Taxi. Während sie dem Fahrer das Ziel bekannt gibt, klingelt ihr Handy. Laura blickt auf das Display: »Teilnehmer unbekannt«.

»Lasalle.«

»Hallo, Laura«, vernimmt sie die Stimme ihrer Schwester. Aufgeräumt erwidert sie: »Hi, Sabrina! Was gibt's?«

»Danke für deine großzügige Spende für mein bestandenes Diplom! Das wäre nicht nötig gewesen. Aber ich habe mich tierisch gefreut – und Bernd übrigens auch. Die ›Stütze‹ wird unseren Tauchurlaub am Roten Meer vergolden. Zur Huldigung wollen wir dich und Yves einladen. Hast du deinen Kalender greifbar?«

»Gute Idee! Aber vielleicht besser ohne Yves. Wir haben da noch was zu klären …«

»Überrascht mich nicht. Soll ich mit ihm reden?«

»Bitte nicht!«

»Okay! Samstag, 19.00 Uhr?«

»Geht klar! Ich freu mich.«

»Übrigens, Nana hat mich vorhin angerufen. Sie ist aus München zurückgekommen und macht sich große Sorgen.«

»Ich weiß. Sie war zur Kontrolle bei Professor Pöttinger. Warum Sorgen?«

»Da scheint noch etwas anderes zu sein.«

»Was soll da sein?«

»Du kennst doch unsere Mutter. Sie sieht schon wieder Rollstuhl und Sarg in einem.«

»Was war denn in München?«

»Ach, du weißt schon. Sie hat doch vor Weihnachten einen Backenzahn gezogen bekommen. Und nun heilt angeblich die Wunde nicht.«

»Das ist doch kein Drama.«

»Eigentlich nicht. Aber momentan soll sie auf Anweisung ihres Professors keine Medikamente mehr einnehmen. Jetzt hat sie Angst, dass ihre Knochen wieder morsch werden. Am besten wird sein, du rufst sie an.«

Laura wirft einen Blick auf ihre Uhr. »Mach ich!«

»Gut, dann bis Samstag, Schwesterherz!«

11

Berlin erlebt an diesem Morgen ein dichtes Schneetreiben. Laura blickt aus dem Taxi und lässt ihren Blick über die Hotelfassade schweifen. Eine Burg, die jeder Invasion zu trotzen scheint. Sie schüttelt den Kopf und sagt verständnislos: »Was für ein Klotz!«

Drinnen im klimatisierten »Estrel Berlin« herrscht Bahnhofsatmosphäre. Was fehlt, sind Gleise und Züge. In Europas größtem Convention-, Entertainment- und Hotel-Komplex soll in wenigen Stunden der Vorhang aufgezogen werden für die Inszenierung des ersten Aktes einer neuen Herausforderung. »Challenge.« Der Konzern lässt die German Division antreten, um deutlich zu machen, wem der erste Platz auf diesem Planeten von nun an gehören soll. Mit *Osteo-Forte* will man mit dem Sessellift bequem zum Dach der Götter gelangen.

Ihr ist flau im Magen. Nicht wegen der bevorstehenden Tagung, sondern über ihre eigene, kalte Effizienz, mit der sie gedenkt, Rosinski in den nächsten Minuten in der Hotel-Lobby abzupassen.

»Raucher oder Nichtraucher, Frau Lasalle?«, fragt die Empfangsdame am Premium-Check-in-Counter mit Blick auf das Anmeldeformular, das ihr Laura hinübergeschoben hat.

»Nichtraucher bitte!«

»Premium-Suite 113-120, 13. Stock. Die Lifte finden Sie auf der rechten Seite der Halle. Das Gepäck wird Ihnen auf das Zimmer gebracht. Ich wünsche Ihnen einen angenehmen Aufenthalt in unserem Haus.«

Die Floskel »Haus« provoziert. Gerade als Laura den kleinen Folder mit Chipkarte, Zimmerausweis, Namensschild und einer nummerierten Platzkarte wegsteckt, vernimmt sie die bekannte männliche Stimme neben sich. Rosinski keucht: »Guten Morgen, Frau Lasalle.« Die Tragetasche rutscht ihm von der Schulter wie ein Sack Kartoffeln. Der Verkaufsleiter hat wieder an Gewicht zugelegt, denn der oberste Knopf seines Hemdkragens ist offenbar nicht mehr zuzukriegen. Der Hunne, wie ihn seine Mitarbeiter nennen, wirkt blass. Linkisch bildet er mit Zeige- und Mittelfinger das Victory-Zeichen und lächelt. »Ich wünsche uns gute Marktanteile im kommenden Jahr!«

Diesem Lächeln will Laura niemals zum Opfer fallen. Es kann so kalt und drohend sein, kommt unvermittelt und verschwindet ebenso rasch. Rosinski beherrscht es in sämtlichen Lebenslagen, und manchmal zeigt er dabei alle Zähne.

»Danke. Das ist auch mein Wunsch!«

Ohne darauf einzugehen, sagt er: »Sie residieren ja auch auf der Belle Étage! Warten Sie auf mich. Ich checke schnell ein … Wir können ja zusammen …« Im gleichen Atemzug beklagt er sich über die Hektik zum Auftakt des neuen Jahres. In Rosinskis Redeschwall geht jeder Dialog baden. Ihn zu bremsen ist nicht möglich. Laura kann zwar durch kurze Fragen seinen Redefluss etwas lenken, doch eine wirkliche Unterbrechung ist bei Rosinski nur mit Hilfe der Speise- und Getränkekarte möglich.

Dagegen ist das Timing perfekt. Was zufällig erscheint, war genau geplant. »Feinde immer in Spucknähe behalten!« Laura ist zufrieden. In seiner Redseligkeit, so hofft sie, würde er vorab vielleicht eine wichtige Information preisgeben, die sie noch vor dem vereinbarten Gespräch mit ihm benötigt, um ihre Strategie darauf abstimmen zu können. Während einer Telefonkonferenz zwischen den Feiertagen hatten sie sich zum »Fein-Tuning« vor dem Start des Events »Challenge« verabredet. Fein-Tuning, eine Quatschbezeichnung, die für die Durchführung eines letzten Abstimmungsgespräches zum Beispiel vor einer Präsentation Verwendung findet. Rosinski benutzt im Übermaß Anglizismen, spricht aber ansonsten eher schlecht Englisch. Jede große Firma ist bei ihm ein »trust«. GLOBALPHARM ist ständig »up and coming«, zudem muss unablässig die »corporate identity« gestärkt und darf die Suche nach »clearness« nie aufgegeben werden, und vieles ist bei ihm »questionable«.

Laura tritt zur Seite, während Rosinski eincheckt. Ihr Blick schweift durch die Halle und bleibt an der eingezogenen Decke haften. Techniker des »Hauses« nehmen die Reste der Silvesterdekoration ab, hinter denen eine Batterie von Rauchmeldern sichtbar wird. Gegenüber, vor dem Empfangstisch der Veranstaltungsagentur, hat sich inzwischen eine Schlange gebildet. Mitarbeiter von GlobalPharm stehen an, um ihre Tagungsunterlagen und Namensschilder entgegenzunehmen. Viele bekannte Gesichter. Der komplette Außen- und Innendienst Deutschlands, insgesamt so an die eintausend Mitarbeiter und Mitarbeiterinnen, reisen an diesem Montag nach Berlin an.

Rosinski walzt wie ein Sumo-Ringer auf Laura zu. Unbemerkt blickt sie auf die Uhr. Es ist 09.30 Uhr. Um 11.30 Uhr soll das »Fein-Tuning« unter vier Augen stattfinden. Als sie nebeneinander auf die Fahrstühle zugehen, fragt Laura beiläufig: »Wie groß mag der Marktanteil sein, den Woodbrigde von uns erwartet?«

Rosinski weiß sofort, auf was sie anspielt, und lässt sie auflaufen. »Ich nehme an, Sie haben sich darüber Ihre Gedanken gemacht. Ich bin sehr neugierig, was Sie über die Feiertage ausgebrütet haben. Wir sehen uns dann im Besprechungsraum Charlottenburg.«

Laura schluckt die Frechheit wortlos. Ein Aufzug öffnet seinen metallenen Schlund. Rosinski und Laura treten ein. Die Tür schließt, der Aufzug setzt sich in Bewegung.

Die Differenzen zwischen beiden sind ebenso zahlreich wie die Etagen im Hauptgebäude der Berliner Zentrale am Potsdamer Platz. Auf der Beletage angekommen, wartet Laura, bis Rosinski außer Hörweite ist, ehe sie zischt: »Typischer Fall von Silo-Virus!«

Silo-Virus heißt für sie alles, was sich unter Abteilungs-, Kästchen-, Lagerdenken, Grabenkriegen und Bereichsegoismus zusammenfassen lässt, und Rosinski ist der virulenteste dieser Art. Durch sein Verhalten kommt es an den Abteilungsgrenzen immer wieder zu hektischen Aktionen. Da wird gemauert, doch gleichzeitig der schnelle Erfolg gefordert, der Rotstift als Waffe eingesetzt, werden Grabenkriege angezettelt und aus reiner Schikane Kündigungen ausgesprochen. So mussten in mehreren Fällen hohe Abfindungen gezahlt werden, um Skandale zu vermeiden; denn jeder dieser »Manager« hat Leichen im Keller, die er bei Bedarf auferstehen lassen könnte. Manch einer der Pharma-Oberen stapelt diese aus akutem

Platzmangel schon senkrecht. Katastrophen konnten bisher aber mit großzügigen finanziellen Gesten vermieden werden.

Jedenfalls ist in Lauras Augen das Rosinski-Virus ansteckend und gefährlich. Seine Hilflosigkeit bei wichtigen Entscheidungen wurde in der Vergangenheit meist durch hochtrabende Konzepte übertüncht. Sprechblasen, Taktieren auf niedrigem Niveau, doch keine Lösungen der facettenreichen Probleme. Die Vorgaben aus Woodbrigde für das laufende Geschäftsjahr sind exorbitant hoch. Rosinski ahnt, dass sein Stuhl wackelt und Laura Lasalle bereits einen Fuß in der Tür zur Chefetage hat. Noch sieht er eine reelle Chance, ihren Aufstieg zu verhindern. Er glaubt sich im alleinigen Besitz von wichtigen Informationen aus den USA. Doch er irrt.

Lauras Plan steht fest. Zu Silvester hat sie sich geschworen, alle Register zu ziehen, damit der Name Marco Rosinski so schnell wie möglich aus dem Organigramm-Kästchen verschwindet.

12

Mit der Magnetkarte öffnet Laura die Suite. Das Gepäck liegt bereits auf der Garderobe. Der Fernsehapparat läuft. *Willkommen, Frau Lasalle!*, steht dort zu lesen, und aus dem Lautsprecher tönt ein Song von Madonna. Als die Tür hinter ihr lautlos schließt, macht sie den Fernseher aus und holt aus ihrer Tasche zwei Mobiltelefone. Das eine, silbergraue, ist dienstlich, das andere, in ferrarirot, hat Laura privat angeschafft. Sie nimmt das rote Handy und drückt die Wahlwiederholung. Auf dem Display erscheint der Name »Alexa«.

Alexandra Georgiou führt Lauras Büro am Potsdamer Platz. Die junge Frau meldet sich sofort: »Ich hab mir schon gedacht, dass du gleich anrufen wirst.«

»Ja, es hat genau gepasst. Gute Arbeit, Alexa. Ich begegnete dem Hunnen wie zufällig in der Hotelhalle.«

»Und?«

»Keine Info.«

»Scheiße!«

»Es muss eine Mail geben. Fisch sie mir aus seinem Mail-Account heraus.«

»Okay!«

»Wie lange brauchst du dafür?«

»Fünfzehn Minuten.«

»Prima! Ich zähl auf dich.« Laura drückt die rote Taste.

Das »Ferrarirote« hinterlässt bei GlobalPharm keine Spuren. Nur sie und Alexandra Georgiou kennen die Nummer. Alexa ist Griechin, Lauras persönliche Assistentin und zugleich Vertraute. Außerdem ist sie eine hochqualifizierte IT-Spezialistin. Im anonymen Bewerbermarkt hätte sie kaum eine derartige Stelle ergattern können, obwohl ihre Zeugnisse hervorragend sind. Doch Alexandra hatte Glück. Sie ist eine gute Freundin von Lauras Schwester Sabrina. Durch ihren Tipp und Lauras Fürsprache wurde die junge Dame bei GlobalPharm eingestellt.

Alexa hat sich als Glücksgriff erwiesen. Sie zeigt sich sehr hilfsbereit und ist bei PC-Abstürzen und anderen Schwierigkeiten zur Stelle. Für die hilfsbereite griechische Göttin der IT-Systeme gibt es nirgendwo Stolperfallen. Im Gegenteil, ihre Kompetenz hebt sie über Abteilungsgräben sicher hinweg.

Inoffiziell, doch dafür besonders intensiv und zuvorkommend, betreut sie seit gut zwei Jahren Frau Kati Braun, intern »Laufmasche« genannt. Sie ist die gebeutelte Sekretärin von Dr. Marco Rosinski. Laufmasche, mit ihren weichen, puttenähnlichen Gesichtszügen, hat seitdem nur noch den halben Stress auszuhalten, da sich Alexa um sie und ihre Officeprogramme kümmert. Dank der ihr bekannten Zugangscodes und internen Vernetzungstechnik las sie bald alles mit, was in Rosinskis Briefkasten rein- und rausflatterte. Alexa ist seitdem die personifizierte Schnittstelle zwischen USA und Europa. Und durch sie öffnet Laura Lasalle – je nach Bedarf – jedes File auf Rosinskis Festplatte.

Erst jetzt bemerkt sie die Obstschale, den Champagner im Eiskübel und den üppigen Blumenstrauß auf dem Tisch. Eine Geste

Rosinskis. Sie wandert durch die Suite und sagt ironisch: »Mein lieber Attila, damit lass ich mich doch nicht einlullen!«

Mit ihrer Vermutung trifft sie ins Schwarze: Rosinski, in einem Anflug von Aktionismus, verfolgt die Idee, die »human relations« zu seiner wichtigsten Konkurrentin zu verbessern. Ein durchsichtiger Bluff.

Alexa meldet sich: »Ich bin fündig geworden.«

Laura nimmt den Notizblock: »Schieß los! Nur das Wesentliche.«

»Eingegangen am 27. Dezember. Ich zitiere: ›Erstens: Wir erwarten 40 Prozent Marktanteil Osteo-Forte, zwölf Monate nach Markteinführung im deutschen Osteoporose-Markt. Zweitens: Wie von Ihnen prognostiziert, gehen wir davon aus, dass der Umsatz von *Osteo-Klast* auf jeden Fall gehalten wird. Ein Umsatz-Kannibalismus am eigenen Präparat ist unter allen Umständen zu vermeiden. Drittens: Die Mitarbeiter müssen sich darüber bewusst sein, dass jede rezeptierte *Osteo-Klast*-Packung reine Umsatz-Rendite bedeutet. Wir sehen darin einen echten Prüfstein Ihrer Führungsqualität in Deutschland. Viertens: Unser Hauptziel ist es, *Osteo-Forte* als die Therapie der ersten Wahl zur Behandlung der PMO zu etablieren. Durch die Empfehlungen unserer rekrutierten Meinungsbildner muss die Aufmerksamkeit der Ärzte in den wichtigsten Zielgruppen erhöht werden. Aktivieren Sie Ihre Experten! In aller Kürze bedeutet dies, dass *Osteo-Forte* zum »Gold Standard« in der Therapie gemacht werden muss. Fünftens: Das Budget, das zum Launch von *Osteo-Forte* der German Division zur Verfügung gestellt wird, ist das höchste, das wir in der Geschichte von GlobalPharm je bewilligt haben. Wir wünschen der German Division …‹ etc. etc. …«

Als Laura stumm bleibt, fragt Alexa: »Bist du noch dran?«

»Natürlich!«

»Harte Vorgaben!«

»Mehr als das. Wer hat die Mail noch erhalten?«

»Sie ging offensichtlich nur an Rosinski.«

Laura überfliegt ihre Notizen. Wie vom Blitz getroffen, kommt ihr die Erkenntnis. »Alexa! In der Mail steht doch: ›Wie von Ihnen prognostiziert …‹ Ich brauche dringend das Schreiben, in dem er sich festgelegt hat. Außerdem die Nachricht, die du mir vorgelesen hast. Hol dir alles auf deinen PC und mail es mir rüber. Ich werde es abrufen. Du hast eine gute Stunde Zeit. Übrigens, du leistest hervorragende Arbeit!«

»Danke, Laura. Kannst dich auf mich verlassen.«

Laura geht ins Bad, um sich frisch zu machen.

Ein wenig ausruhen? Die kommende Nacht verspricht nicht viel Schlaf. Nach dem Start des offiziellen Teils von »Challenge« ist ein gemeinsames Dinner geplant und im Anschluss daran ein Showprogramm in dem zum Hotel gehörigen »CC«, dem Convention-Center. Kaum Zeit, um Atem zu holen. Ein Blick auf den Zeitplan genügt. Er strotzt nur so vor Hektik. Ohne ausreichende Pausen wird er bei den Mitarbeitern genau das Gegenteil von dem bewirken, was sich das Management davon verspricht: Demotivation und Müdigkeit statt Motivation und Begeisterung. Schade um die horrenden Summen, die für so etwas immer wieder ausgegeben werden …

Ihr ist nach einer Dusche. Schon gleitet der Rock über die Hüften und die Beine entlang zu Boden. Mit einem Griff ist der Body geöffnet und über den Kopf gezogen, sind Strumpfhose und Dessous abgestreift. Die heiße Dusche tut gut. Der Schaum fließt über ihre gebräunte Haut.

Ein angenehmer Duft erfüllt das Bad. Faubourg, ihr Lieblingsduft. Besonders in der kalten Jahreszeit. Das Wasser perlt von ihrer Haut. Die angewärmten Handtücher über der Heizschlange sind richtig schön kuschelig. Ebenso der dicke Frottee-Bademantel. Den Gürtel um die Taille geschlungen, die gelben transparenten Gardinen zugezogen und ab aufs Bett. Die Sonne bricht durch das Grau des Schneetreibens und taucht das Zimmer für einen kurzen Moment in ein warmes Licht. Ein wohliges Gefühl durchfährt ihren Körper und lässt sie völlig relaxen.

Nach einer Stunde wirft sie ihren Pocket-PC an und ruft die E-Mails ab, die ihr Alexa übermittelt hat. Sie öffnet die Anhänge und überfliegt die Texte.

»Das hab ich mir gedacht. Der Mistkerl hat eigenmächtig gehandelt.«

Niemand hat vermutlich mehr Jahre im Sturzraum zwischen Vertikale und Horizontale in seiner Berufszeit zugebracht als er. Der Intrigant ist oft gestrauchelt, doch nie gefallen. Doch das hier ist ein Trick ohne Netz und doppelten Boden. Während sie ihren PC ausschaltet, sagt sie selbstbewusst: »Das wird nicht funktionieren! Rosinski, diesmal fällst du auf die Nase!«

Kurz darauf steht sie vor dem Spiegel und zieht sorgfältig ihre Lippenkonturen nach. Ein prüfender Blick. An ihre Beine schmiegen sich verlockend gemusterte, halterlose Strümpfe. Es sind wahrhaftige Blickfänger. »Kostüm oder Hosenanzug, Laura?« Ihre Wahl fällt auf Letzteres, den dunkelblauen. Er ist ideal für das, was kommt. Definiert, körpernah geschnitten, doch nicht zu eng. Jedenfalls unterstützt er ihre Wirkung. »Rosinski, ich komme!«

13
Frankfurt

Im blauen Gang des zwanzigsten Stockwerks ist es »in«, sich gegenseitig unter den Tisch zu stressen. Hier im »Zentralen Finger« von Medical Drug World in Frankfurt liegen das Eckzimmer 2001 von Dr. David Fox und die Büros seiner Abteilung. In diesem Reservat ist Stress Kult. Er steigert das Gefühl, unersetzbar zu sein.

Einer steht unter besonderem Druck. Walter Steger von der Controllergilde verlässt Fox' Eckzimmer mit den acht Fensterachsen. Fox ruft ihm nach: »Der Markt wird sich rasend schnell verändern. Westfeld soll mit seinen Leuten darüber nachdenken, wie er seine Ziele absichern will. Ich erwarte einen Aktivitätenplan und eine Kostenkalkulation – möglichst gestern!«

Juliane von Ambesser, Fox' Sekretärin, sieht Steger verständnisvoll an. Dieser blickt starr auf ihre Zimmerlinde in Hydrokultur, da er sein über die Feiertage ausgetüfteltes Zeitmanagement für Januar über den Haufen geschmissen sieht. Die Abteilung *Human*

Resources hat ihm Ende des Jahres zwei Assistentenstellen gestrichen, da ihre Analysen ergeben haben, dass durch die neue Software *ein* Controller das managen kann, was früher drei von der Sorte geschafft haben. Dabei ist Steger einer von den wenigen, die ohne Ärmelschoner arbeiten, einer, der hinter die Zahlen schaut, Ursachenanalyse betreibt und Zusammenhänge erfasst.

Fox hat ihn gerade dazu verpflichtet, an allen Sitzungen der Marketingabteilung teilzunehmen, damit er ihm über Inhalte und Ergebnisse berichten kann. Steger fühlt sich, was den Bereich Marketing anbelangt, nicht nur inkompetent, sondern sieht sich auch noch zu Fox' Horchboje abgestellt. An fachfremden Sitzungen teilnehmen und auch noch episch breit darüber berichten zu müssen frisst unnütz Zeit und kostet Nerven.

Als er mit Sodbrennen in sein Büro eilt, keimt trotz allem Hoffnung in ihm. Die wirklich spannende Frage wird sein, ob Westfeld seine Anwesenheit in den Sitzungen überhaupt akzeptieren wird. Fox hat ihn sicher nicht gefragt. Ein Blick auf die Uhr. Der Tag ist noch jung. Spätestens um Mittag herum, so seine Hoffnung, wird die idiotische Anweisung vom Tisch sein.

07.50 Uhr. Michael Westfeld betritt das 19. Stockwerk. Gänge und Fluchtwege sind hier in einem freundlichen Gelb gehalten. Ein Paralleluniversum gegenüber dem 20. Stock.

Osteoporose: Schicksal oder Heilung? Rheumatoide Arthritis – ein neuer Weg der Therapie! Allergie, was tun?

Marktstrategien in Plakatgröße prangen, verpackt in Werbeslogans wie Gebete, von den gelben Wänden. Slogans, hinter denen weltweit gigantische Märkte emporwachsen. Als Marketingleiter der GE PKN / BH, die sinnreiche Abkürzung für »Geschäftseinheit Praxis-Klinik-National / Bone-Health«, hat sie Westfeld für den deutschen Markt mit seinem Team ausgebrütet. Sie künden von den neuen Präparaten. Blockbuster sollen sie allesamt werden. Milliarden in die Kasse spülen – weltweit versteht sich.

Westfeld ist geschichtsbesessen. Die Doppelbödigkeit im Konzern erinnert ihn stark an die Ränkeschmiederei um die Macht an den aristokratischen Höfen von einst. Die Parallelen amüsieren ihn einerseits, andererseits ist er verblüfft über den Zenit an Raffinement und Intrige, den diese Kultur einst darstellte. Der Königshof samt Höflingen betrachtete sich selbst als die Krone der Zivilisation, doch unter der glitzernden Oberfläche kochte und brodelte ein Kessel dunkelster Gefühle wie Gier, Neid, Lust und Hass …

Mehr oder weniger reklamiert in Westfelds Augen jedes Unternehmen für sich, für Fairness, Humanität, Respekt und Menschlichkeit zu stehen. Doch in Wahrheit wallen wie in längst vergangenen Zeiten hässliche Emotionen durch die Paläste der Konzerne. Das Spiel ist dasselbe geblieben. Und wenn die Welt ein riesiger, Ränke schmiedender Hof ist und wir alle in der Falle sitzen, dann macht es keinen Sinn, sich aus dem Spiel herauszuhalten. Für Michael haben sich in der Geschichte nur die Kostüme geändert, nicht aber die Menschen …

Gern recherchiert er daher auch über die Macht des Wortes und des Geldes, um Erkenntnisse für sich daraus zu ziehen. Sie machen ihn gelassener und schaffen Distanz zum Manageralltag.

Eine der Spuren, die er verfolgte, führte ihn zurück bis in das 16. Jahrhundert, bis zu Jakob Fugger dem Reichen. Der schrieb vor fast fünfhundert Jahren: »Die beste Sprache ist immer die Sprache des Kunden.« Das biblische Alter des Postulats hat Westfeld verblüfft.

Weltgeschichte wurde damals zur Geldgeschichte. Michael sieht seitdem die geschichtlichen Zusammenhänge der Neuzeit in einem anderen Licht. Die Fugger standen am Beginn dieser Entwicklung, in der der Begriff »Wirtschaftsmacht« kolossale Bedeutung erlangte. Jakob Fuggers Ziel war stets das Monopol. Was das Monopol der Gold-, Kupfer- und Silberminen Europas anbelangte, war er erfolgreicher als der Ölmagnat John D. Rockefeller. Fugger brachte das eine Machtfülle und eine historische Bedeutung ein, auf die sogar ein Bill Gates nur neidvoll blicken kann.

Ein Konzern von der Übermacht der Fugger ist heute einfach nicht vorstellbar, geht es Westfeld durch den Kopf. Die »übergroßen« Topmanager unserer Zeit wirken dagegen wie Zwerge.

Er erinnert sich an die Worte von John Elliot, Chief of Commercial Operations Center Germany, anlässlich der Jahresabschlusstagung: »Wir sind innovativ! Wir sind erfolgreich!« Mit mächtigem Stimmdruck zitierte Elliot den ersten Psalm aus dem Gebetbuch von MDW. Für Westfeld die Sprache von Zwergen.

Auf dem Weg in sein Büro, entlang des südlichen Ganges, begegnet Michael den ersten vertrauten Gesichtern. Die meisten Bürotüren stehen zum Gang hin offen. Von Office zu Office gehend, tauscht er traditionsgemäß mit jedem seiner Mitarbeiterinnen und Mitarbeiter Glückwünsche zum neuen Jahr aus. Die Fröhlichkeit ist echt.

Karrierefreudige Typen sind darunter, und sie haben das lebende Beispiel direkt vor Augen. Schließlich betritt er sein Büro und begrüßt Maja Weber, seine Sekretärin. Wie üblich tauschen sie Nettigkeiten aus, wobei sie ihm stolz das Silvesterfoto ihres Katers Domingo unter die Nase hält. Maja, von allen »Biene« genannt, ist die ideale Besetzung auf diesem Posten – zuverlässig, vielseitig, liebenswert und loyal.

Auf seinem Schreibtisch liegt ein Blatt Papier. Die Agenda des Tages. Daneben klebt ein Zettel: »Steger will Sie dringend sprechen!« Im gleichen Augenblick erscheint Robert Bullinger, Westfelds persönlicher Assistent, dessen Büro auf dem Gang genau gegenüber liegt. Michael hatte ihn am Neujahrstag kontaktiert, damit er noch einige Unterlagen zusammenstellt, die er für das Gespräch mit Fox benötigt.

Bevor »Biene« den Kaffee serviert, reicht ihm Bullinger die Zusammenstellung. »Die Umsatzgrafiken. Schätzung *Bonegold* liegt obenauf.«

»Danke, Rob!«

Während Biene Michael den Pott Kaffee reicht, deutet dieser auf den Klebezettel. Sie reagiert darauf: »Glaubhaft wichtig! Verbinden?«

Michael erfasst die Bedeutung ihrer Andeutung und nickt. Biene verlässt sein Büro. Robert zögert. Michael reagiert: »Einen Moment, Rob, gleich geht's weiter!« Bullinger schließt hinter sich die Tür.

Kurz darauf läutet Westfelds Telefon. Es ist Steger. Das, was er mitteilt, wirkt wie ein Schub Adrenalin. Am Ende sagt Michael: »Danke. Ich klär das.« Er knallt den Hörer auf die Ablage: »Ich liebe diese Montage!«

Er reibt sich die Lider und vollführt Gedankensprünge. Für Sekunden kreist sein Denken um den ergreifenden mitternächtlichen Moment auf dem Gipfel des Kreuzjochs. Von oben sah man das Silvesterfeuerwerk von Gerlos. Stumm und ohne ein einziges Knallen. In seinen Gedanken sieht er das hübsche Gesicht der Sirene Miriam, die er nach der Rückkehr vom Gipfel an der Hotelbar wiedersah. Augenblicke der erotischen Neujahrsnacht blitzen auf. Das Gefühl, allen Aufgaben und allen Rollen gleichermaßen gerecht werden zu können, trügt. »Im Grunde genommen fehlt mir das Wichtigste«, murmelt er.

Seine Frau Fabienne hatte es vorgezogen, Silvester im Haus ihrer Eltern auf Borkum zu feiern. Er atmet tief durch. Dann blickt er durch das Grau des anbrechenden Tages hinüber zum Messeturm und sinniert: Wem nützt dieser ganze Schwachsinn von Umsatzdaten? Dazu noch Fox, der Verhinderer, Strippenzieher und Blockadebauer. Die Sinnfrage »Was tust du eigentlich hier?« kocht in ihm hoch. Bislang erwies sich seine Karriere als eine Sprintstrecke. Aber ein Dauermarathon, der auch in Zukunft die meisten seiner Kräfte binden würde, das wäre für ihn keine Perspektive.

Michael lässt seine Hand auf die Schreibtischplatte klatschen: »Pass auf, Junge! Verplempere nicht dein Leben!«

14

»Ich melde Sie.« Liebenswürdig klingt die Stimme von Fox' Sekretärin, Juliane von Ambesser. Schwaden von Zigarettenrauch wabern durch den Raum. Fox kann sein Versprechen gegenüber Martha nicht halten. *Gesundheit haben wir uns zur Pflicht gemacht!*, springt gleichzeitig die Headline der firmeneigenen Hauspostille Future ins Auge.

Frau von Ambesser öffnet Fox' Bürotür. »Herr Westfeld!« Daraufhin tritt sie ganz ein und zieht hinter sich die Tür zu. Michael erinnert sich an ein chinesisches Sprichwort: »Die bestverschlossene Tür ist die, welche man offen lassen kann.« Michael amüsiert das kleine Machtspiel. Er hatte Fox bei der letzten Sitzung des COC im Dezember aufgrund gravierender Fehlinterpretationen einiger Daten des deutschen Osteoporose-Marktes regelrecht vorgeführt. Fox wollte damit Westfelds Schätzung für *Bonegold* infrage stellen. Michael weiß, dass Fox ihm dies nie verzeihen wird. Und das Wartenlassen ist Bestandteil seiner Heimzahlung. Die Tür öffnet sich. Frau von Ambesser sagt freundlich: »Herr Fox erwartet Sie.«

Fox trompetet: »Guten Morgen, Herr Westfeld! Ihr Flieger scheint ja pünktlich gelandet zu sein.« Mit einer linkischen Geste winkt er Michael in sein Büro.

»Morgen, Dr. Fox«, erwidert Michael kühl.

Hastig drückt Fox die Zigarette aus. Westfeld hasst Zigarettenqualm, vor allem wenn er sich mit Kaffeearoma und dem aufdringlichen Duft eines Aftershaves mischt. Fox' rundes Gesicht ist nikotinblass. Dem Aussehen nach könnte er weit über sechzig sein, dabei hat er gerade seinen sechsundvierzigsten hinter sich. »Wie geht es den Alpen, dem Freistaat und der CSU?« Während Fox einen lockeren Umgangston an den Tag legt, lässt sich Michael auf dem angebotenen Stuhl am angebauten Halbrund der Schreibtischplatte nieder. Er ignoriert die Frage und blickt stattdessen provozierend auf seine Uhr. Dann zieht er die Mail aus der Brusttasche seines Sakkos, entfaltet das Papier und deutet auf den letzten Satz: »Strategiegespräch. Schießen Sie los!«

Jetzt, da *Bonegold* das Thema ist, wird Fox' Gesprächston hart: »Nun, ich nehme an, die Mail bereitet Ihnen Kopfschmerzen.«

»Ich glaube, Sie verwechseln hier etwas. Der Silvesterkater ist vorbei.« Westfelds Antwort treibt eine leichte Röte in Fox' Gesicht. Während er Michaels Designeranzug taxiert und sich mit der Zunge über die Lippen fährt, reflektiert er: »Na, dann werden Sie die sicher noch bekommen.« Fox greift sich einen Papierstapel von

Tabellen, wedelt damit und legt los: »Ich habe hier die neuesten Marktdaten des letzten Quartals …«

Die Kaskade an Marktdaten hat er sich gerade angelesen, geht es Michael durch den Kopf. Demnach ist der Umsatz des Osteoporose-Markts in den letzten drei Monaten insgesamt leicht rückläufig gewesen. Westfeld kann das nicht beunruhigen, denn dies ist ein Effekt, der am Ende eines Jahres immer zu beobachten ist: Sparappelle der Kassenärztlichen Vereinigungen an die Ärzte und Schwankungen durch Fakturierungsgewohnheiten des Pharmagroßhandels. Doch wie Fox seinen jämmerlichen Informationsvorsprung verkündet, wie er ratzfatz immer drauflos redet, ohne wirklich etwas von dem anvertrauten Geschäft zu verstehen, so handeln Manager nur in schlechten Filmen.

Michael stoppt den Redeschwall. »Computer registrieren nur Zahlen, nicht aber die Realität.«

Die Stimmung ist gereizt. Fox fühlt sich verunsichert, weicht aber einer offenen Konfrontation aus. Stattdessen legt er eine Pause ein, ordnet stumm einige Schreibutensilien und räuspert sich mehrmals. Er kommt zu dem, was *ihm* wichtig ist. »Der tragende Pfeiler unseres Geschäftes ist, wie Sie wissen, *Bonegold*. Die Umsatzerwartungen in diesem Jahr sind in Anbetracht der neuen Situation unrealistisch. Ihre Schätzung für *Bonegold* ist eine einzige Fata Morgana!«

»Ich kenne Ihre Position. Niemand versteht Ihren Pessimismus. Ich auch nicht«, versetzt Michael.

Fox wird massiv: »Es nützt uns doch nichts. Geben Sie es doch endlich zu: Die anvisierte Umsatzhöhe muss von Ihnen nach unten korrigiert werden. Vergessen Sie nicht, ich habe das Gesamtergebnis der GE zu vertreten. Ein dickes Minus schon ab Mitte des Jahres will ich mir nicht leisten, und ich will mich auch nicht jeden Monat für die schlechten Zahlen nach oben hin rechtfertigen müssen. Da sind Sie in der Pflicht. Schließlich sind Sie es gewesen, der sich über meine realistischen Vorschläge hinweggesetzt hat.«

Den Topf umrühren und sehen, was passiert, denkt Westfeld. »Was schlagen Sie vor? Welche Optionen haben wir?«

Fox' Gesichtszüge hellen sich schlagartig auf. Wie aus der Pistole geschossen erwidert er: »Sie reichen an das Commercial Operations Center umgehend meine reduzierte Schätzung nach, in der unser Marktanteilsverlust durch die Neuausbietung von *Osteo-Forte* berücksichtigt ist, und begründen das mit der aktuellen Situation. Elliot wird das verstehen. Einen besseren Dienst können Sie sich und der GE gar nicht erweisen.« Ohne Westfelds Antwort abzuwarten, beugt er sich weit über den Schreibtisch und versucht, einen partnerschaftlichen Ton anzuschlagen: »Und *ich* werde dafür sorgen, dass Ihnen und mir die Prämien erhalten bleiben.«

Michael hält Fox' Vorschlag für grotesk. »Mit Verlaub – ist das Ihre einzige Strategie?«

»Es ist die einzig richtige!«

Westfeld reagiert gelassen: »Dann tun Sie doch das Richtige für sich. Schreiben Sie an das COC: Westfeld weigert sich beharrlich, meine Bedenken gegenüber seiner Umsatz-Fata-Morgana *Bonegold* mitzutragen. Er lehnt den Rückzug aus dem Markt ab und ist sogar bereit, seine Prämie zu riskieren. Punkt, Ende!«

Diesmal ist es Zornesröte, die Fox' bleiches Gesicht überzieht. Die Erinnerung an die bittere Niederlage vor drei Wochen beschleunigt seinen Puls.

Es war im Dezember, eine Woche vor den Feiertagen. Unter der Leitung von »Big Shot«, Dr. John Elliot, trafen sich die sechs GE- und Marketingleiter von MDW-Deutschland zu ihrer monatlichen »G7-Sitzung«. In den Niederungen der Hierarchien heißt die Sitzung »Goldhamster-Stammtisch«.

Ein unumstößlicher Termin für die Manager von Vertrieb und Marketing. Ein erlesener Zirkel, in dem Unsicherheiten und Fehlentscheidungen, sollten sie offenkundig werden, zum Verhängnis werden können. Elliot lebt von diesen Sitzungen, durch die er sich auf den neuesten Stand der Ereignisse bringt.

Neben den Managern der Geschäftseinheiten Onkologie, Dermatologie, Kardiologie, Diabetes, Infektiologie und Neurologie sind Dr. Fox und Westfeld für die Zahlen und Entwicklungen innerhalb der Indikationsgebiete Osteologie, Rheumatologie und Allergologie verantwortlich. In jener Dezember-Sitzung des COC-Deutschland präsentierte Westfeld außerdem den zu erwartenden Umsatz seiner GE für das kommende Jahr. Für Elliot der wichtigste Moment der Sitzung. Nicht ohne Anlass, denn die Gründe für die besondere Dynamik der Gewinn- und Marktanteilsteigerung von MDW-Deutschland in den vergangenen Quartalen lagen im überproportionalen Verordnungsboom von *Bonegold*. Die fabelhafte Entwicklung dieses Präparates bescherte Elliot zum wiederholten Male ein Rekordergebnis.

»Bei diesem Präparat ist Umsatz gleich Rendite«, pflegte er mit Begeisterung auszurufen, wenn er die Erfolgsstory *Bonegold* anhand von Charts präsentierte. Er traf damit den Kern, ist doch der Wirkstoff, ein Bisphosphonat, quasi das Abfallprodukt bei der Waschmittelherstellung einer Konzerntochter. Jedenfalls wuchs MDW damit schneller als die gesamte Pharmabranche.

Elliot wusste, was für ein edles Rennpferd er mit Westfeld in seinem Stall hat. Fox dagegen wollte Michael an jenem Sitzungstag ins Messer laufen lassen, lieferte sich aber dabei fast selbst auf die Schlachtbank. Die Fokussierung auf das »strategisch« wichtige Präparat *Bonegold* stand außer Zweifel. Die mögliche Neuausbietung durch GlobalPharm auch. Aber die Folgerichtigkeit, aufgezeigt durch Westfeld, unter der das gesetzte Umsatzziel erreicht werden soll, versuchte Fox in jener denkwürdigen Sitzung feige zu unterlaufen.

Fox blies die Backen auf: »Meine Herren! Trotz Verdoppelung des Umsatzes von *Bonegold* in den vergangenen zwölf Monaten müssen wir bei einer Neuausbietung durch GlobalPharm mit einem Umsatzrückgang um mehr als die Hälfte rechnen.«

Fox' Behauptung war eine Infamie gegenüber Westfeld, der einen Umsatzzuwachs in zweistelliger Millionenhöhe prognostiziert hatte. Elliot reagierte sauer: »Wird hier etwa eine Seifenoper inszeniert? Herr Fox, worauf gründet sich Ihre Annahme?«

Fox hielt ein Umsatzverhinderungsreferat: »GlobalPharm wird einen hohen Markt- und Verordnungsdruck auf unsere Zielgruppenärzte ausüben. Außerdem ist eine Allianz mit einem zweiten großen Unternehmen zu erwarten. Rund vierhundert Köpfe wird der schlagkräftige Außendienst der Konkurrenz zählen. Es wird zu einem harten Verdrängungswettbewerb kommen, denn wie wir alle wissen, ist das Bessere immer der Feind des Guten. Also, das Terrain, auf dem Westfelds geschätzter Umsatz für das kommende Jahr basiert, wird sich damit erheblich verändern. Stellt sich die Frage: Woher soll ab Mitte des Jahres die Progression kommen?« Und in herablassendem Ton fügte er hinzu: »Unser Herr Marketingleiter sieht die Entwicklung zu euphorisch. Die Fakten sprechen einfach gegen seine Schätzung.«

Elliot griff Fox daraufhin scharf an: »Warum haben Sie Ihre Bedenken nicht erst innerhalb Ihrer GE beraten und analysiert? Warum werfen Sie uns Ihre Behauptungen ungebügelt auf den Tisch?«

Fox wirkte plötzlich blutleer: »Ich … Ich sehe meine Verantwortung für das Geschäft darin …«

Elliot schnitt ihm das Wort ab: »Nehmen Sie Ihre Verantwortung dort wahr, wo sie hingehört: in ihren eigenen vier Wänden. Unverantwortlich, die Polarisierung, die Sie sich hier leisten. Schlechter Stil obendrein! Wenn Herr Westfeld die begründete Schätzung Ihrer GE in dieser Sitzung darstellt, dann verbiete ich mir Ihren untauglichen Versuch, diese durch individuelle Befürchtungen torpedieren zu wollen. Das wäre auch etwas völlig Abartiges in unseren Reihen. Ich bitte daher Herrn Westfeld noch einmal, seine Strategie zur Erreichung der Schätzung für *Bonegold* darzulegen.«

Beifälliges Gemurmel begleitete Elliots Abfuhr. Fox' Gesichtsfarbe wechselte von Kalkweiß zu Puterrot. Er hatte geglaubt, mit einem Ass gegen Michael punkten zu können. Seine Kiefer mahlten. So war es nicht geplant gewesen …

Fox' Gesicht wirkt auch heute wie angemalt. Die gleichen hellroten Flecken wie vor drei Wochen nach dem Verweis durch Big Shot Elliot.

Plötzlich erhebt er sich, als wolle er das Gespräch beenden, ordert aber stattdessen bei Frau von Ambesser Nachschub an Kaffee. Nervös fingert er sich eine Zigarette, steckt sie sich unangezündet zwischen die schmalen Lippen. Mit Daumen und Zeigefinger zwirbelt er die äußere Ecke der Mail, dann giftet er zurück: »Wenn Sie sich quer legen, werden Sie auch die Konsequenzen dafür tragen müssen! Bringen Sie also Ihre Mannschaft auf Trab!«

»Ich soll sie auf Trab bringen? Ist das alles? Ein bisschen wenig, finden Sie nicht auch? Ich hatte mir von Ihnen heute mehr konstruktive Vorschläge erhofft.«

»Was erlauben Sie sich, Westfeld. Ich bin nicht dazu da, Ihre Arbeit zu erledigen.«

»Das mussten Sie noch nie. Die Wahrheit ist doch, dass Sie die reale Situation in unserem Marktsegment einfach nicht zur Kenntnis nehmen.«

Fox' Stimme überschlägt sich: »Ich verbiete mir diesen Ton!«

Michael nutzt Fox' emotionalen Ausrutscher, um ihn weiter unter Druck zu setzen. »Erinnern Sie sich an den rauschhaften Umsatzgipfel von *Bonegold* im dritten Quartal? Da haben Sie cool kassiert wie beim Roulette und sich im Erfolg gesonnt, während *wir* hart dafür gearbeitet haben.«

Fox zieht eine Grimasse und erwidert rotzig: »Ich erwarte von Ihnen, dass ich mich weiter darin sonnen kann.«

»Das haben Sie sich so gedacht«, antwortet Westfeld. »Einen eisigen Schattenplatz können Sie erwarten!«

Fox schreit schrill: »Zügeln Sie sich!«

»Großartig! Dann stellen Sie doch Ihren persönlichen Grabenkrieg ein und üben sich zur Abwechslung einmal in Kooperationsfähigkeit! Das würde allen Beteiligten bei der Abwehr von *Osteo-Forte* helfen.« An Fox' Gesichtsausdruck erkennt Michael, dass Fox eher schockiert als nachdenklich ist. *Die* Gelegenheit, Fakten zu schaffen: »Außerdem ist es eine Frechheit, Steger zum Spitzel zu degradieren. In meinen Konferenzen werde ich das nicht zulassen!«

Fox wechselt seine Gesichtsfarbe wie ein Chamäleon. Er atmet schwer: »Verlassen Sie mein Büro!«

Hinter Westfeld fällt die Tür ins Schloss.

Fox' Augen verwandeln sich in Eis. Langsam beruhigt er sich. Er ist stolz auf sich. Hat er es doch trotz der Emotionen geschafft, seinen letzten Trumpf nicht ausspielen zu müssen. Er zieht eine Statistik hervor. Die Tabelle ist mit dem Stempel *»Streng vertraulich!«* gekennzeichnet. Sein Blick darauf verwandelt ihn. Dann reibt er sich die Hände.

Die Statistik listet die Nebenwirkungsmeldungen von *Bonegold* des letzten halben Jahres auf. Sie ist im Vergleichszeitraum um mehr als vierzig Prozent gestiegen.

Er weiß, seine Prognosen werden eintreffen.

15

Frau von Ambesser fühlt, dass etwas Bedrohliches in der Luft liegt, und wie üblich sind die Sekretärinnen die Ersten, die Lunte riechen. Fox verlangt von ihr umgehend Kopien von Westfelds Spesenabrechnungen der letzten zwölf Monate und vom Kosten-Controlling unter dem Selektionsmerkmal Bonegold, die Einzelpostennachweise über Ausgaben für Symposien und Firmenveranstaltungen sowie alle Honorarabrechnungen, Vergütungen und Zuwendungen an externe Referenten, die Westfeld abgezeichnet hat.

Gestelzt sagt Fox zu Frau von Ambesser: »Der Vorgang ist streng vertraulich!«

»Natürlich«, erwidert diese kaum hörbar.

16

Als Michael sein Büro betritt, sitzt dort Bullinger. Das über die Feiertage neu gegründete Kreativ-Team zur Abwehr von *Osteo-Forte* erwartet ihn im blauen, meditativ leuchtenden »Inspirationsraum«. Ein Raum, der für Marathonsitzungen konzipiert wurde. Verschiebewände mit Metaplantechnik. Dazu bequeme Sitzmöbel, Kaffee-,

Getränke-, Snack-Bar, vertraut und einladend. Michael blickt auf die Uhr und sagt zu Bullinger: »Hat Elliot zugesagt?«

»Er wird in wenigen Minuten hier sein.«

Er zeigt sich zufrieden und wendet sich an Biene: »Rufen Sie Steger an und sagen Sie ihm, die Sache hat sich erledigt.«

Westfeld nimmt seinen Platz ein. Zehn junge werbe- und markterfahrene Menschen umgeben ihn. Hinzu kommt Bullinger, der Erfolgsstorys von Präparaten im Pharmamarkt nachrecherchiert. Er weiß, wie man Sachverhalte komprimiert und verdeutlicht, besitzt ein umfassendes, breit gefächertes Wissen von Literatur über Geopolitik bis hin zu aktuellen politischen Gesundheitsthemen. Ihn hat nicht die Universität, sondern das Leben in die Lehre genommen.

Außerdem ist Bodo Hammerstein mit von der Partie. Er ist die Nummer zwei in der Abteilung Vertrieb und Marketing. Der Achtunddreißigjährige ist Michaels bester Freund, Berater und entschiedener Verfechter seiner Marktstrategien. Sie kennen sich seit mehr als zehn Jahren. Hammerstein absolvierte Salem, studierte Pharmazie, kam danach zu MDW und war Bester im Traineeprogramm. Innerhalb von fünf Jahren durchlief er den Stoffwechsel- und Allergie-Außendienst, wo man ihn jedes Jahr im Club der Besten sah. Nach weiteren vier erfolgreichen Jahren als Regionalleiter in Bayern bekam er von Westfeld den Posten des zentralen Außendienstleiters angeboten. Hammerstein zögerte keinen Augenblick. Ihm unterstehen die zehn Regionalleiter der GE in Deutschland, mitsamt den einhundertzwanzig Mitarbeiterinnen und Mitarbeitern in den Regionen. Er ist als Workaholic bekannt. Bodo und Michael verstehen sich blind.

Hammerstein zieht Michael zur Fensternische. »Es geht um die Einnahmevorschriften für *Bonegold*. Ich sehe ein Problem am Horizont heraufziehen.«

»Was für ein Problem?«

»Das gehäufte Auftreten von Speiseröhren- und Magenulzerationen. Unsere Empfehlungen sind zwar exakt formuliert, aber sie werden von älteren Patientinnen oft nicht eingehalten.«

»Was schlägst du vor?«

»Da häufig vergessen wird, *Bonegold* mit einem Glas Wasser einzunehmen, sollten wir in Richtung ›Gedächtnisstütze‹ marschieren. Das tägliche Ritual mit dem Glas Wasser muss den Patientinnen in Fleisch und Blut übergehen.«

»Soll sich das Team dazu etwas überlegen?«

Hammerstein nickt.

Michael blickt ihn schweigend an. Hammerstein spürt, dass sein Vorschlag akzeptiert ist. »Okay. Machen wir ein Projekt daraus. Inoffiziell!« Dann wirft er einen Blick auf die Uhr. »Es wird Zeit!« Sie begeben sich in den Seminarraum.

Michael blickt in die Runde. Die Gruppe ist neu zusammengesetzt. Eine Kombination von Frauen und Männern unterschiedlicher Qualifikationen, die sowohl in der Innen- als auch in der Außenorganisation gearbeitet haben. Das vorgegebene Thema lautet: »Was tun, um den *Bonegold*-Umsatz zu verdoppeln?«

Sie verstehen ihren Job. Die Suche nach Ideen erfordert Zeit und Kraft, und wo nur das Ergebnis zählt, wird so lange ideenreich gearbeitet, bis das Ergebnis stimmt. Und wenn es wieder mal Mitternacht geworden ist. Die Tür schwingt auf. Big Shot drückt Westfeld die Hand und nimmt lächelnd Platz.

Ohne Umschweife startet Westfeld mit dem Briefing.

»Meine Damen und Herren!

Diesmal werden wir der Neueinführung von GlobalPharm mit besonderem Respekt begegnen. Warum?

Erstens: Unser Konkurrent will mit *Osteo-Forte* die Spitze des Weltmarktes erobern. Deutschland ist Launch Country, Ausbietungsland. Die Forcierung des Themas Osteoporose wird für einen Verordnungsschub sorgen. Frage: Wie können wir davon profitieren?

Zweitens: In diesem reinen Oligopol, viele Nachfrager, aber nur zwei Anbieter, wird es entscheidend darauf ankommen, die Flut der Rezepte unserer Ärzte auf *Bonegold* zu lenken. Frage: Wie erreichen wir das?

Drittens: Thema Osteoporose-Experten! Wir sollten sie auf unsere Linie festlegen, bevor es GlobalPharm gelingt. Wie wir wissen, sind einige Mietmäuler darunter, die für Geld alles verkünden, denn ihre ›wissenschaftliche‹ Meinung richtet sich wie immer nach der Höhe der Honorare, die wir zahlen. Hier sind wir schlichtweg erpressbar. Frage: Wie verpflichten wir die Meinungsbildner auf *Bonegold*? An die Arbeit!«

Elliot bittet Michael in einen angrenzenden Nebenraum. »Westfeld, das ist genau das, was wir brauchen. Sie haben meine volle Unterstützung.«

»Wir tun unser Bestes. Außerdem sollten wir alle Aktivitäten von GlobalPharm während der Ausbietungsphase scharf beobachten. Besonders auf dem Sektor Werbung, Argumentation und bei der Platzierung von Anwendungsbeobachtungen werden mitunter gravierende Fehler gemacht. Wir sollten sie aufdecken und rechtlich dagegen vorgehen.«

Elliot interessiert: »Was versprechen Sie sich davon?«

»Eine neue Strategie. Sie wird die Schlagkraft von GlobalPharm schwächen. Wir benötigen aber jemanden, der Zeit hat, diese Aktivitäten zu beobachten.«

Elliot räuspert sich. »Mit Ihren Vermutungen liegen Sie richtig. Ich hatte heute Morgen ein Gespräch mit London. Man ist besorgt und hat mir eine Menge Fragen gestellt.« Plötzlich geht er nervös auf und ab. Die Augen auf den Boden gerichtet, sagt er: »Vielleicht beurteilen Sie die Situation doch etwas zu optimistisch. London jedenfalls ist sehr, sehr besorgt.« Dann hebt er seinen Kopf. Er blickt an Westfeld vorbei. »Sie werden es bald erfahren.«

Beim Hinausgehen fragt Elliot wie beiläufig: »Wo ist eigentlich Dr. Fox?«

»Er ist dabei, die Umsatzprognosen nach unten zu korrigieren. Übrigens, er wollte Walter Steger als Horchboje in das Team einschleusen. Ich habe das strikt abgelehnt.«

Elliot winkt ab: »Ignorieren Sie doch einfach seine Mätzchen.«

17
Berlin

Laura passiert eine verglaste Passage, die das Hotel mit dem Foyer des Convention-Centers verbindet. Schon die Größe dieser Herberge lehrt die übrigen Kongresshotels Berlins das Fürchten. Rhythmus und Beat des Songs »We are Family« von Sister Sledge dringen an ihr Ohr und lassen sie unwillkürlich im Takt schreiten. Die Symbiose aus Ton, Licht und Farbeffekten erschafft hier eine falsche Welt im kreativen Design. Die Event-Agentur philosophiert dem ungeachtet in ihrem Hochglanz-Prospekt: Wer seine Mitarbeiter begeistern will, muss beeindrucken, bannen, verführen. Ob Produktpräsentationen, Jahresauftakttagungen, Fusionen oder Großveranstaltungen – es sind die sinnlichen Eindrücke, die Atmosphäre, die bewegen und bleibende Eindrücke hinterlassen …

Jedenfalls ist es der Agentur gelungen, mit ihrem modernen »Campaigning« das Top-Management zu einer wahrhaften Krönungsmesse zu verführen.

Auf einer Fläche von dreitausend Quadratmetern verdünnt sich die geballte Anzahl der GLOBALPHARM-Teilnehmer. An den Revers aller Mitarbeiter prangen übergroße Namensschilder mit dem Firmenlogo. Darunter der Slogan im Regenbogenformat: »Challenge«. Beine wippen, Köpfe nicken und Finger klopfen dezent im Rhythmus von Sister Sledge. Im Vorübergehen grüßt Laura lächelnd. Alles lächelt zurück. Tagungslächeln! Vorbei an Mitarbeitern, die in Gruppen an weiß eingedeckten Bistrotischen auf die Eröffnung des Mittagsbuffets warten, steuert Laura auf den Besprechungsraum »Charlottenburg« zu.

Ein Mann löst sich von einem der Tische. »Hallo, Laura! Ich wusste, dass Sie kommen.« Es ist Dr. Richard Harris, geboren in Brighton und seit gut zehn Jahren im Konzern. Sein Vater ist Engländer, seine Mutter Berlinerin. Der sympathische achtunddreißigjährige Jurist lebt mit seinem Freund zusammen. In diesem Punkt hat er sich längst geoutet. Harris ist ein unauffälliger Macher im Hintergrund, der in entscheidenden Sitzungen, Gesprächen und Situationen fast immer präsent ist. Die Gründlichkeit, mit der er den Dingen zuleibe rückt, ist die Basis seines Aufstiegs. Aber er ist auch ein Energiebündel, das gewissermaßen als Verstärker der Ansichten, Leitlinien und Ziele von GlobalPharm Deutschland fungiert. Harris ist promovierter Wirtschaftsjurist, Spezialist für Patentrecht und damit wichtigster Mitarbeiter der Geschäftsleitung Deutschland, dessen oberster Boss Jean-Claude Brisson ist. Zudem hält er engen Kontakt zum VFA, dem Verband forschender Arzneimittelhersteller, und ist zuständig für die nationalen gesundheitspolitischen Zielsetzungen des Unternehmens. Aus seiner einzigartigen Position heraus verfolgt und beeinflusst er die Strategie und Geschäftsentwicklung von GlobalPharm Deutschland. Vor allem ist er aber Pharma-Lobbyist. Ein Mann, der auf diesem Feld alle Waffengattungen beherrscht. Sein Bekenntnis: »Mich reizt es, an der Schnittstelle von Wirtschaft und Politik zu arbeiten und Verbesserungsvorschläge gezielt in den politischen Raum hineinzutragen.«

Von ihm stammt der Satz: »Die Prachtstraße Unter den Linden sollte man umtaufen in ›Unter den Lobbyisten‹. Das wäre treffender.«

Harris ist ein wichtiger Informationsträger im Unternehmen. Doch der Termin drängt: »Tut mit Leid, Dr. Harris! Können wir später reden? Ich bin auf dem Weg zu Rosinski.«

Harris erwidert ruhig: »Keine Sorge. Wir halten den Termin. Ich komme mit.«

So sehen Überraschungen aus, geht es ihr durch den Kopf. Sie vermeidet, Harris nach seinen Motiven zu fragen. Sie würde keine schlüssige Antwort erhalten.

Als sie den Raum betreten, sortiert Rosinski gerade seine Unterlagen. Einige Blätter rutschen ihm aus der Hand, als er Harris sieht. Dessen Anwesenheit bringt ihn offenbar aus der Fassung. Er vergisst, beide zu begrüßen. Dafür flitzen seine Augen zwischen Harris und Laura hin und her, als befürchte er ein Komplott.

Harris kommt ohne Zögern auf den Punkt: »Herr Rosinski, im Auftrag der Geschäftsleitung habe ich etwas mit Ihnen zu klären. Was bedeutet für Sie das Doppelziel *Osteo-Klast* und *Osteo-Forte*?«

Rosinskis Name steht im Programm neben dem Thema: »Strategische Ziele der GE«. Irritiert blickt er zu Laura. »Ich … ich werde die Vorgaben aus Woodbridge präsentieren. Wie in der Mail steht …«

»Was bedeutet das? Was verstehen Sie in diesem Zusammenhang unter ›wie in der Mail steht‹?«

»Ich meine, wir können es schaffen … Beide Ziele … Ich denke an die Erwartungen von Woodbridge.«

»Möchten Sie dem Außendienst dazu Ihre persönliche Meinung vermitteln, oder ist das die Entscheidung der GE?«

Wieder blickt Rosinski nervös zwischen Laura und Harris hin und her. Laura bleibt stumm. Was vor ihren Augen und Ohren passiert, hat absoluten Seltenheitswert. Sie wartet auf Rosinskis Antwort, beobachtet seine Körpersprache, seine Augen und achtet auf sein Verhalten. Schließlich wagt Rosinski eine Kurskorrektur: »Das mit *Osteo-Klast* war eine erste Überlegung.« Seine Augen und Körpersprache verraten, dass er schwindelt. Er stellt die Gegenfrage: »Wie sieht es die Geschäftsführung?«

»Die Geschäftsführung urteilt nach dem, was *sie* für machbar hält oder nicht, Herr Rosinski.«

Rosinski ist mit einem Schlag klar geworden, dass Harris von seinem Alleingang Wind bekommen haben muss. Er beißt sich nervös auf die Lippen. Was will er eigentlich? War es nicht Brisson selbst, der mir die Idee eingepflanzt hat …

Harris spielt Laura den Ball zu: »Möchten Sie und Ihre Mitarbeiter für Rosinskis Doppelziel kämpfen? Die Geschäftsleitung erwartet dazu eine klare Antwort.«

Laura stellt sich ahnungslos: »Mit Verlaub! Wie lautet das Doppelziel?«

Harris reagiert diplomatisch: »Der Zugang zu diesen Informationen, Frau Lasalle, ist auf einen engen Kreis von Entscheidungsträgern beschränkt gewesen. Wie ist also Ihre Einschätzung? Werden wir die *Osteo-Klast*-Umsätze neben der Neueinführung *Osteo-Forte* halten können?«

Laura begreift ihre Chance: »Wenn dies das von Herrn Dr. Rosinski anvisierte Doppelziel darstellt, so halte ich es schlicht für unrealistisch. Wir müssen bei unseren Ärzten voll für *Osteo-Forte* eintreten. *Osteo-Klast* ist dadurch nur noch zweite Wahl. Und das muss Woodbridge akzeptieren. Ist es nicht inhuman, Patienten das bessere Präparat vorzuenthalten? Erwarten wir nicht von unseren Mitarbeitern die absolute Überzeugungskraft bei ihren Gesprächen zu *Osteo-Forte*? Wollen wir die Ärzte ernsthaft von Umstellungen auf *Osteo-Forte* abhalten? Nein, auf diese Weise würden wir uns selbst die Hände binden. Denn für alle ist eindeutig, wem die Zukunft gehört.«

Harris fixiert Rosinskis Augen: »Damit dürfte klar sein, was das Auditorium heute von Ihnen zu hören bekommt. Vielen Dank für Ihre Kooperation!« Harris hebt die Hand und verlässt den Raum.

Rosinski ist blass geworden. »Lassen Sie uns das Nötigste besprechen«, sagt er mit heiserer Stimme.

Trotz ihrer Souveränität im Umgang mit allen Rosinskis dieser Welt beschleicht Laura jedes Mal ein ungutes Gefühl, wenn sie mit ihm allein ist. Schon sein hungriger Blick lässt sie frösteln.

In barschem Ton fährt er fort: »Die Zulassung für *Osteo-Forte* ist da. Es ist Ihnen doch hoffentlich klar, was das bedeutet?«

Rosinski beweist wieder einmal, dass er die integrative Kraft einer Spaltaxt besitzt.

»Natürlich!«

»Damit steht der Termin der Markteinführung«, bemerkt er beiläufig.

Diese Information überrascht Laura. »Wann bieten wir aus?«

»Ende Juni wird die Ausbietungskonferenz sein, und zum 1. Juli starten wir im Markt. Die Auswahl des Ortes der Ausbietung überlasse ich Ihrer Abteilung.«

»Nationaler oder europäischer Raum?«

»Europäisch. Der Ort soll attraktiv sein. Mondän! Der Bedeutung angemessen. Budget ist dafür mehr als reichlich eingeplant.« Während Laura sich Notizen macht, schiebt er nach: »Ich würde den Mittelmeerraum wählen.«

»München wäre genauso gut!«

Rosinski schmerzt der Kopf. Er erwidert gereizt: »Mittelmeerraum ist gewünscht. Und mondän!«

»Nizza ist ein schöner Ort«, erwidert Laura wie von fern.

»Ganz recht: Das heißt im Klartext: Deadline ist der 1. April. Sie haben für die Organisation genau drei Monate Zeit.« Seine Stimme hat wieder diesen leicht heiseren Klang. Außerdem räuspert er sich in fast jedem zweiten Satz. Laura kennt dieses Gebaren. Typisch für Situationen, in denen Rosinski klar überfordert ist. »Frau Lasalle, Woodbridge geht in seinem Verkaufsplan für *Osteo-Forte* von zehn Millionen Euro für das zweite Halbjahr aus. Dass wir die Umsatzplanungen für *Osteo-Klast* korrigieren werden, habe ich gerade von Harris vernommen.«

Laura ist damit aus dem Obligo. Doch auch ohne dieses Theater lastet die Umsatzverantwortung für beide Präparate auf Lauras Schultern. Sie provoziert Rosinski: »Haben Sie diese heroische Zielsetzung einfach hingenommen, oder war das eine freiwillige Vereinbarung?«

»Hin … hingenommen …?« Rosinski verschluckt sich dabei fast. »Wie soll ich das verstehen?«

»Ich habe den Eindruck, Sie haben sich verspekuliert, weil Sie nirgendwo anecken wollen. Es sei denn, Sie haben das Zahlenwerk selbst vorgeschlagen.«

Rosinskis Stimme überschlägt sich: »Frau Lasalle, vergreifen Sie sich nicht im Ton!«

»Es geht um zehn Millionen Euro *Osteo-Forte* in sechs Monaten und noch einmal um die Verteidigung von rund einundzwanzig Millionen Euro Umsatz *Osteo-Klast*. Ich denke, Herr Dr. Rosinski, der Ton kann nicht klar genug sein!«

»Na denn! Um *ganz* klar zu sein: Ich setze ganz auf Ihre Performance!«

Laura kann die Antwort nur schwer verdauen. Sie sieht den Augenblick gekommen, um Rosinski an den Rand zu drängen: »Das hat weniger mit meiner Performance zu tun als mit Ihren Manipulationen. Allein darum geht es.«

Rosinski wirkt plötzlich noch blasser. Er hat es unerwartet eilig, nimmt einen Folder, auf dem in Rot die Wörter »*Osteo-Forte*-Einführung« prangen, und schlenzt ihn über den Tisch. »Die aktuelle Marktanalyse! Mittwoch früh, wie Sie wissen, haben wir die erste Marketing-Konferenz in diesem Jahr. Sie sollten das bis dahin durchgearbeitet haben. Ich erwarte Ihre Vorschläge und Ideen zu folgenden Punkten: Vorbereitungspläne für die ersten sechs Monate. Außerdem eine Strategie, wie wir es schaffen, *Osteo-Forte* in der Osteoporose-Therapie als Gold-Standard zu etablieren. Vielleicht denken Sie auch schon über den Werbeplan nach, Etatgröße, Außendienstschulungen et cetera et cetera!«

Laura beobachtet amüsiert, wie Rosinski seinen Frust ablädt. Seine Anweisungen sind nichts als Theaterdonner.

Sein schlechtes Rückzugsgefecht lässt sie innerlich triumphieren, denn sie hat die Strategie für *Osteo-Forte* längst im Kopf. Durchschlagend!

Die Stimme des Schicksals dagegen bleibt ungehört: »Hör mir jetzt genau zu«, wispert es aus den Unterlagen. »Ich werde dein Leben verändern.«

18

Der Auftakt zum Event erzeugt unter den Verantwortlichen des GlobalPharm-Veranstaltungsmanagements eine Spannung wie bei einem Fußball-Champions-League-Finale. Die Macher aber halten sich für die wahren Champions. Sie wollen an diesem Nachmittag das Spiel gewinnen. Möglichst ohne Gegentor. Die Event-Agentur – treibende Kraft hochwirksamer Beeinflussung – demonstriert den Machern die Dynamik ihres Slogans: »Wir haben Ihre Mitarbeiter schon für Sie eingewickelt!«

Eine geschickt eingefädelte Verführung, mit der die viel beschworenen Wünsche zur Ruhe und Besinnlichkeit anlässlich der Feiertage nachhaltig aus den Seelen gehebelt werden sollen.

Ein samtener kardinalroter Vorhang versperrt die freie Sicht auf die Lobby vor dem Estrel-Kongress-Saal. Die Zugangskontrollen erwecken den Eindruck, als würde man einen Hochsicherheitstrakt betreten wollen. Man prüft die Eintrittsberechtigung, darauf folgt ein peinlicher Sicherheitscheck der Taschen und Aktenkoffer. Jemand in der Menge amüsiert sich: »Wahrscheinlich treffen wir gleich den Präsidenten der Vereinigten Staaten.« Eine weibliche Stimme erwidert: »Fehlt nur noch, dass das Hotel abgeriegelt und der Luftraum darüber gesperrt wird.« Die Mehrheit der GlobalPharm-Event-Gemeinde lässt die Prozedur mit stoischem Trotz über sich ergehen.

Laura passiert den Einlass und bekommt aus der Hand einer aufgedonnerten Glücksfee ein goldenes Säckchen mit Jetons zugesteckt. Die Göttin gurrt: »Ich bin an Ihrer Seite!«

Schlagfertig erwidert Laura: »Gut, dann folgen Sie mir unauffällig!«

Ein gequältes Lächeln ist die Antwort. Der schwere Vorhang wird für Laura einen Spalt zur Seite gezogen. Sie tritt ein. Ein undefinierbares Gejohle brandet an ihr Ohr. Das Dunkel wird durch das Lichtspektakel einer Laserkanone erhellt. Die Dekoration, Ausstattung und Szenerie spiegeln die Atmosphäre einer Zockerhöhle wider, die die Teilnehmer mit Gesprächsstoff in jedweder Richtung versorgt. Der Schriftzug »Casino Royal« leuchtet plötzlich grell über ihrem Kopf. Am liebsten würde sie nicht glauben, was sie sehen muss: Roulette- und reihum Black-Jack-Tische, obendrein ein Spalier von einarmigen Banditen, dazwischen gut aussehende männliche und aufreizend leicht bekleidete weibliche Croupiers.

Ein Mann tritt an Laura heran. Sie kann sein Gesicht im Halbdunkel zunächst nicht erkennen. »Frau Lasalle, ist das nicht fantastisch?«

Laura ist überrascht. Es ist Dr. Jean-Claude Brisson, oberster Boss von GlobalPharm Deutschland. Bevor sie antworten kann, fährt er schwärmerisch fort: »Wissen Sie, für mich ist so ein Event immer wieder ein emotionales Erlebnis. Diesmal ist es das glaubwürdige Gesicht unseres Unternehmens, und es steht heute intensiver denn je in direkter Kommunikation mit unseren Mitarbeitern.«

»Wie meinen Sie das?«

»Probieren Sie es selbst! Egal, welchen Betrag Sie an den Spieltischen und Automaten einsetzen, Sie können nur gewinnen! Das ist unsere Botschaft.«

Bevor Laura antworten kann, berührt er ihre Schulter und sagt: »Verzeihung! Sie sehen mich gleich auf der Bühne.«

Kaum ist Brisson entschwunden, gesellt sich Markus Frey, zentraler Außendienstleiter Deutschland, zu ihr. Er führt acht regionale Außendienstleiter mit insgesamt einhundertzwanzig Mitarbeitern. Frey ist, bildlich gesehen, das Scharnier der Drehtür, wenn es um die Umsetzung von Marketing-Aktivitäten geht. Aus der Distanz hat er das Gespräch mitbekommen. »Hier herrscht der glatte Wahnsinn, Laura. Sieh dir das an!«

Markus geht zu einem der einarmigen Banditen, wirft einen Jeton ein und zieht den Arm herunter. »Du glaubst es nicht! Sie haben die Banditen glatt umgerüstet.«

Laura traut ihren Augen nicht. Auf den Walzen, dem Gewinnplan und der Frontscheibe über der Auszahlungsschale erscheinen das Logo der Firma und das Logo von *Osteo-Forte*.

»Sieh dir mal den Jeton an!«

»Wie sinnig!«, reflektiert Laura. Auf dem Jeton ist das Logo von *Osteo-Klast* aufgeprägt.

Markus sagt süffisant: »Das ist die heilige Wandlung! Das Wunder von GlobalPharm!«

Lauras innerer Widerstand regt sich. »Markus, das geht mir auf den Geist.«

»Mir auch! Gehen wir in den Saal?«

Markus hat die Platzkarte zwölf, Laura dreizehn. Vor Brissons Auftritt hat sich im Kongress-Saal Ermattung breit gemacht. Kein Wunder. Disco-Oldies sollten die Stimmung anheizen, doch sie ließen den Spieltrieb im Casino Royal schneller erlahmen als von den Machern vorausgesehen. Manche haben im Halbdunkel das Jackett abgelegt. Sogar Rosinski lehnt sich tief in seinem Sitz zurück, sodass sich die Hosenträger zum Bersten über dem mächtigen Leib spannen.

Zu perfekt orchestriert ist diese Tagung, als dass noch Platz für Überraschungen ist. Bis hin ins kleinste Detail ist alles eingeplant und festgezurrt, so wie auf einer langweilig gewordenen Silvesterparty, wo jeder nur den Glockenschlag erwartet, damit man ein Glas Sekt hinunterkippen und endlich ins Bett gehen kann.

Nach dem ersten Gong füllt sich der Saal rasch. Eine bizarre Lasershow und Tänzerinnen in hautengen Trikots künden davon, dass die Veranstaltung ihrem Höhepunkt zutreibt. Endlich – vor den Vorhang tritt ein bekannter TV-Sportmoderator des Deutschen Fernsehens. Der Routinier ist auserkoren, die Veranstaltung zu moderieren. Mit seiner souveränen Art beherrscht er Bühne und Publikum. Triumphal kündigt er Brisson an, als wäre er Caesar.

Begleitet von einem magisch wirkenden Lichtkegel schreitet der oberste Boss von GlobalPharm Deutschland an das Rednerpult. Vor knapp einer Stunde hat er noch mit Chairman Sir Ed Connolly, Woodbridge, telefoniert. Seine Instruktionen waren eindeutig. Brisson glaubt die wichtigste Rede zu halten, die je für ihn getextet wurde.

»›Challenge‹! Blicken wir zusammen in die Zukunft, meine Damen und Herren! Ist Zukunft jene Zeit, in der unsere Geschäfte gut gehen, Ärzte treu unsere Präparate verordnen und in der unsere Gehälter gesichert sind? Natürlich – werden viele von Ihnen sagen –, das wäre eine gute Zukunft. Das würde uns und unseren Familien schon reichen.

Nun, mir wäre das zu wenig, und es wäre schon gar keine Herausforderung. Warum sage ich das? Uns muss die Zukunft schon deshalb interessieren, da wir den Rest unseres Lebens in ihr verbringen werden. Explizit heißt das für GlobalPharm: Die Zukunft unseres Weltkonzerns ist nur dann gesichert, wenn wir uns alle dieser Einsicht öffnen. Ich betone daher: Sie alle, wie Sie hier sitzen, sind unsere Zukunft! Sie haben die Fähigkeit und das Know-how, um sich in den Dienst unserer zukünftigen Projekte und ehrgeizigen Ambitionen zu stellen. Besonders hier in Deutschland.«

Markus flüstert Laura zu: »Die Zukunft ist die Ausrede all jener, die in der Gegenwart nichts tun wollen.« Sie muss schmunzeln, während Brisson mit seiner Rede fortfährt.

»GlobalPharm hat ein fantastisches Jahr hinter sich. Wir haben weltweit eine operative Umsatzrendite von plus 36 Prozent erzielt. Europa rangiert mit 32 Prozent knapp darunter. Auch in Deutschland sind wir gut vorangekommen, wenn wir auch in der Entwicklung mit nur 26 Prozent unter dem Schnitt von Europa geblieben sind. Darauf können wir nicht stolz sein. Doch das war vorgestern.«

Laura flüstert zurück: »Das Wirtschaftswachstum in Deutschland liegt bei knapp 1,0 Prozent! Was glauben die Amis und der Rest von Europa eigentlich, wo wir hier leben?« Markus nickt zustimmend.

»Meine Damen und Herren, Woodbridge, USA, hat für Deutschland daher das wichtigste Ziel des neuen Jahres definiert: Wir treten an, dafür zu kämpfen, dass GlobalPharm zum größten Pharmakonzern der Welt aufsteigt, der seine starke Präsenz in Europa ausbauen und sein Standbein in Deutschland festigen will. Der Schlüssel dazu ist unser neues strategisches Produkt *Osteo-Forte*, für das wir überraschend schnell die Zulassung erhalten haben. Deutschland wird als erstes Land *Osteo-Forte* im Markt einführen.«

Starker Beifall begleitet Brissons offizielle Bekanntgabe der Neueinführung.

»Das zeigt uns, welches Vertrauen das Headquarter USA in unser Können und unsere Arbeit setzt. Enttäuschen wir Woodbridge nicht. Machen wir *Osteo-Forte* zum Wachstumstreiber, damit wir dem Unternehmen noch mehr Schubkraft verleihen! Geben wir mit der erfolgreichen Neueinführung von *Osteo-Forte* der Welt ein Beispiel, wie erfolgreich wir in Deutschland sein können. Investieren wir unsere Kraft, um der GlobalPharm-Welt Glanz zu verleihen.«

»Machen wir!«, ruft ein Mitarbeiter fröhlich dazwischen. Heiterkeit erfüllt den Saal.

Nachdem wieder Ruhe eingekehrt ist, fährt Brisson fort: »Lassen Sie mich, meine Damen und Herren, ein wenig auf die Volkskrankheit Osteoporose eingehen: Die Kosten für die Behandlung von Frakturen aufgrund von Knochenschwund steigen explosionsartig. In einigen europäischen Ländern ist die Osteoporose für mehr Krankenhaustage verantwortlich als jede andere Krankheit. Die Folgekosten zur Behandlung von 2,3 Millionen Osteoporose-bedingten Frakturen in den USA und Europa werden auf 27 Milliarden Euro jährlich geschätzt. Meine Damen und Herren, das ist unser Zukunftsmarkt. Um ihn noch rascher aufzuschließen, benötigen wir einen starken Partner, eine starke Allianz. Ich freue mich daher, Ihnen bekannt geben zu können, dass wir einen starken amerikanischen Co-Marketing-Partner in unser Boot holen konnten: Es ist GATES PHARMACY!«

Beifall auf den Plätzen der Führungsriege, dagegen Irritationen bei den Mitarbeitern. Brisson fährt fort: »Mit *Osteo-Forte* haben wir das beste Präparat für diesen gigantischen Markt. Holen wir unseren Anteil! Werden wir die Nummer eins auf dieser Erde!«

Endlich haben seine Worte gezündet. Viele der Zuhörer applaudieren den starken Worten. Ein Co-Marketing-Partner ist zwar zu erwarten gewesen, doch für Laura taucht GATES PHARMACY in diesem Zusammenhang als neue Unbekannte auf. Sie weiß über »Kooperationen« der Vergangenheit, dass die Mehrheit der Mitarbeiter im Außendienst diese Art von »Arbeitsteilung« hasst, denn der Erfolg ist grundsätzlich geteilt, den Misserfolg hat aber jeder Einzelne zu verantworten. Kontroversen sind daher programmiert. GATES PHARMACY, ein mit Hygieneartikeln und Waschmitteln global agierender, rein amerikanischer Konzern, war noch nie zimperlich in der Wahl der Methoden, wenn es darum ging, ihren Managern Höchstleistungen abzufordern. Die Abstimmung der Aktivitäten untereinander, überlegt Laura, würde nicht einfach werden ...

Brisson geht in seiner Rede noch auf die »Pipeline« des Konzerns ein, Synonym dafür, welche neuen Substanzen sich in der klinischen Entwicklung befinden. Am Ende seiner Rede kommt er auf die Gesundheitspolitik zu sprechen ...

»Noch ein Wort zur Gesundheitsministerin. Was sie veranstaltet, ist pures Raubrittertum ohne Ehr, dafür mit viel Tadel. Erst letztes Jahr haben die vierundvierzig forschenden Arzneimittelhersteller 200 Millionen Euro an die Krankenkassen abgeführt. Ein herber Verlust. Dafür hatte die Ministerin auf eine sozialistisch anmutende Preisregulierung verzichtet.«

Laura raunt Markus zu: »Das ist nur die halbe Wahrheit. Die Verluste für uns wären sonst in Europa dreimal so hoch ausgefallen, da sich die EU-Staaten an den hohen deutschen Preisen orientieren.«

»Die Ministerin leistet sich nun einen eklatanten Wortbruch. Per Eilgesetz soll nun ein sechsprozentiger Zwangsabschlag im Wert von 420 Millionen Euro greifen, und obendrein wollen sie und ihre Einflüsterer einen zweijährigen Preisstopp verhängen. Kein Wunder, dass die Wirtschaft lahmt, wenn das Vertrauen in die Politik baden geht. Während die Pharmaindustrie in den USA, Großbritannien und Frankreich als Schlüsselbranche des beginnenden Jahrtausends angesehen wird, gilt diese Industrie in Deutschland nur als Kostenverursacher. In Frankreich kümmern sich der Premier und sein Wirtschaftsminister um das Wohlergehen unserer Branche, in Deutschland dagegen eine inkompetente Sozialpolitikerin. Doch damit kein Zweifel besteht: Ich mag die Gesundheitsministerin. Vor allem, wenn sie scheitert!«

Brausender Beifall begleitet Brissons Worte.

»Meine Damen und Herren. Wir lassen uns durch staatliche Reglementierung nicht lähmen. Frau Minister, nehmen Sie es endlich zur Kenntnis: Wir tun sehr viel für die Volksgesundheit. Und Ihnen, meine Damen und Herren, sage ich: *Osteo-Forte* ist eine scharfe Klinge – für die Gesundheit und gegen MDW. Unsere Aufgabe besteht darin, sicherzustellen, dass die Klinge scharf bleibt. ›Challenge‹! Nehmen Sie sie an!«

Der Beifall für Brisson ist höflich. Sein Abgang von der Bühne beschert den Teilnehmern eine kleine Pause. Laura registriert sehr bewusst, was in den Reihen hinter ihr, in denen die Mitarbeiter sitzen, vorgeht. Wortfetzen, die an ihr Ohr dringen, bestätigen ihren Eindruck. Die Mehrheit ist skeptisch, was die Allianz mit GATES PHARMACY betrifft.

Markus wendet sich an Laura: »Was hältst du davon?«

»Es gab Zeiten, da waren die Reden weniger zynisch, und die Überzeugungskraft unserer Topmanager hat die Menschen echt begeistert.«

»Wer kennt schon seine wahren Gefühle und Interessen?«

»Du musst dich nur fragen, welche Interessen dir hinsichtlich deiner Außendienstleiter am Herzen liegen. Was würdest du tun, damit sie deinen Ansichten folgen?«

»Schritt für Schritt vorgehen, sie aktiv mit einbeziehen, wo immer es möglich ist. Das Prinzip ist uralt. Salomon hat so seinen Tempel gebaut und Bill Gates Microsoft.«

Laura lächelt. »Ich wusste es schon immer: Du bist auf dem richtigen Posten.«

Während der TV-Sportmoderator mit seiner gepflegten Lässigkeit eine weitere Showeinlage ankündigt, begibt sich Rosinski im Schutz des abgedunkelten Saales hinter die Bühne. Im gleichen Augenblick sieht Laura, wie Harris ihm folgt. Wenig später tritt Rosinski an das Rednerpult. Laura denkt an die exorbitant hohen Umsatzerwartungen und sagt zu Markus: »Wenn er jetzt einen Fehler macht, kippt die Stimmung endgültig.«

Sie wartet gespannt. Rosinski spricht mit hoher, eindringlicher Stimme, die ebenso intelligent wie selbstbewusst klingt. Er beginnt seine Präsentation mit dem Verlesen des Zulassungstextes für *Osteo-Forte*. Danach folgt eine bunte PowerPoint-Präsentation mit Zielkonzepten der GE für das neue Jahr. Laura wundert sich, weil sich Rosinski nach ihrem Geschmack viel zu lange über ein Nebenthema, die anstehende Einführung einer neuen Software für die Innen- und Außendienst-Steuerung, auslässt.

Am Ende bleibt zu ihrer Überraschung die Darstellung der Umsatzplanungen für das alte und neue Präparat gänzlich aus. Erst als eine couragierte Mitarbeiterin aus der dritten Reihe hinterfragt: »Was wird eigentlich aus *Osteo-Klast*?«, erwidert Rosinski mit Blick auf Laura: »Eine interessante Frage, die ich an Frau Lasalle weitergebe.«

Techniker reichen ihr ein Funkmikrofon, mit dem sie auf die Bühne geht. »Liebe Mitarbeiterinnen und Mitarbeiter! Das Bessere ist immer der Feind des Guten! Darin besteht kein Zweifel. *Osteo-Forte* gehört daher die Zukunft. Natürlich müssen wir eine glaubwürdige Sprachregelung parat haben, wenn unsere Ärzte fragen, was sie mit ihren *Osteo-Klast*-Patienten machen sollen. Vor allen Dingen deshalb, da ohne Zweifel große Zufriedenheit vorherrscht. Wir werden daher gemeinsam an dieser wichtigen Formulierung feilen. Zwanzig Millionen Euro Umsatz *Osteo-Klast* sind eine Bank für Sie, für mich wie für unser Unternehmen. Da wir aber von Realismus geprägt sind, können wir behaupten: *Osteo-Forte* wird idealerweise zum kommenden Blockbuster heranwachsen.« Und in souveräner Art schließt sie: »Ich versichere allen, wir werden spätestens zum Ausbietungstermin eine glaubwürdige Antwort auf die Frage nach *Osteo-Klast* parat haben.« Zustimmung auf allen Plätzen.

Als sie die Bühne verlässt, steht Brisson hinter den Kulissen in einer Pose, als würde Hamlet auf Dornröschen warten. Er ist nicht der ruhige, emotionslose Fels, als den Laura ihn sonst erlebt. Seine Stimme klingt fremd in Lauras Ohren: »Gratuliere! Ich freue mich über Ihre Absicht, große Bälle spielen zu wollen. Vor allem aber bin ich beruhigt, da Sie keinen Kannibalismus an unseren *Osteo-Klast*-Umsätzen zulassen werden.«

»Dr. Brisson, wir bekommen ein Glaubwürdigkeitsproblem.«

Brissons Gesichtszüge versteinern. Er besitzt ein ausgeprägtes Gefühl für Sätze, die im Gedächtnis haften bleiben. »Frau Lasalle! Machen Sie sich frei davon, ethische Garantien mitverkaufen zu müssen. *Osteo-Klast* ist ein Marken-Mythos, und *Osteo-Forte* wird hoffentlich zu einem neuen Marken-Mythos werden. Ich erwarte, dass sie dieses ›Glaubwürdigkeitsproblem‹ in den Griff kriegen. Das verstehe ich unter erfolgreichem Pharma-Marketing!«

Widerspruch regt sich. Lauras Instinkt warnt aber davor, in diesem Moment einen Schlagabtausch mit Brisson zu riskieren. Sie zwingt sich, verbindlich zu bleiben. »Ich habe Sie verstanden. Wir werden versuchen, unsere Kampagne anzupassen.«

Brisson zeigt sich zufrieden. »Im Übrigen wird Sie Rosinski dabei intensiv unterstützen.«

Lauras Alarmglocke schrillt: »Wobei konkret?«

»Er ist von mir beauftragt, unser geplantes Experten-Symposion auf März vorzuziehen, damit wir unsere Freunde so schnell wie möglich auf Linie bekommen. Rosinski ist verantwortlich für Organisation, Inhalt und Ablauf.«

»Ohne jegliche Abstimmung mit meiner GE?«

»Ist das überhaupt noch zeitgemäß? Abstimmungsprobleme sind doch für den Papierkorb …«

Brissons Ironie ist ihr verdächtig. »Jetzt ist mir klar, warum meine Ablage ständig überquillt«, erwidert sie schlagfertig.

19

Laura ist in ihrer Suite. Ihr bleibt noch eine knappe halbe Stunde, bevor das Abendprogramm startet. Zeit genug, um ihre Mutter anzurufen. »Hallo, Nana! Na, wie war's in München?«

»Ach, Laura! Gut, dass du anrufst. Ich bin völlig fertig mit den Nerven. Stell dir vor, ich darf das *Osteo-Klast* nicht mehr einnehmen!«

»Erzähl mal bitte von vorn!«

Lauras Mutter schildert den Besuch bei Professor Pöttinger in allen Einzelheiten und schließt mit der Frage: »Was hältst denn du davon?«

»Ich finde es sehr gut, dass Professor Pöttinger der Sache auf den Grund gehen will. Nachdem dein T-Wert sich so positiv entwickelt hat, kannst du ruhig einige Wochen mit *Osteo-Klast* pausieren. Da kann inzwischen nichts passieren.«

»Trotzdem, könntest du dich mal bei Professor Pöttinger erkundigen?«

»Das mach ich gleich nach der Tagung.«

»Kannst du auch bei meinem Zahnarzt anrufen? Ich glaube, mein Kieferknochen eitert.«

»Rufe ich auch an. Mach dir keine Sorgen. Du wirst sicher ein Antibiotikum von ihm bekommen. Das wirkt sofort. Dann ist bald alles wieder in bester Ordnung. Hast du schon einen Termin?«

»Ja, morgen Nachmittag um vier.«

»Das ist gut, dann werde ich gegen drei Uhr in der Praxis anrufen. Ich melde mich danach bei dir. Gut so?«

»Ja, Laura, du bist mir eine große Hilfe.«

»Dafür hast du mich!«

»Ich bin stolz auf dich!«

Laura legt auf. Im gleichen Moment erinnert sie sich an eine Literaturstelle, die sie im Herbst letzten Jahres auf dem Schreibtisch hatte. In einer New-Yorker Klinik für Mund- und Kieferchirurgie fiel eine Gruppe von Patienten mit nekrotischen Läsionen des Kiefers auf, denen eine klinische Eigenschaft gemeinsam war: Sie hatten alle eine Dauertherapie mit den auch in Deutschland zugelassenen Bisphosphonaten hinter sich. Ausnahmslos aber Infusionen.

Ein Patient hatte auch *Bonegold* erhalten …

Zweites Kapitel

»Pharma-Bullshit-Bingo«

Februar

Episode II

Sir Ed Connolly: »Wie viele Stiefel haben wir in Deutschland auf dem Boden?«

Chief Operating Officer: »Einhundertzwanzig im Außendienst für das Marktsegment Osteoporose, Sir!«

»Für eine schnelle Marktdurchdringung mit *Osteo-Forte* ist das zu wenig.«

»Dann müssen wir zusätzliche Calls kaufen!«

»Welchen Partner haben wir für Deutschland im Angebot?«

»Sir, für diese Strategie passt Gates Pharmacy.«

»Schildern Sie mir das Profil von Gates.«

»Gehört zu 100 Prozent Roxxon & Lion, Cincinnati, Ohio.«

»Pflegemittel? Wäsche? Haushalt? Habe ich mich verhört?«

»Nein, Sir! Pharma ist ein neues Geschäftsfeld für R&L. Gates hat in Deutschland einhundert Pharmaberater im Stall, und sie sind in allen Staaten vertreten, in denen wir ausbieten werden.«

»Hungrig nach Umsatz also!«

»Am Verhungern, Sir! Schmales Präparateportfolio. Die Personal- und Vertriebskosten sind im Verhältnis zu hoch. R&L sucht einen starken Partner für die zarte Tochter.«

»Das ist gut für eine globale Allianz!«

»Sir, wann soll Gates Pharmacy in unsere Vertriebsstrategie eingeführt werden?«

»Sofort!«

»Sir! Wie behandeln wir die Allianz mit Gates in der Presse?«

»Kein offizielles Statement. Wenn wir erfolgreich sind, wird

Medical Drug World schnell Wind davon bekommen, denn sie verfügen über einen besseren Zugang zur Association of Former Intelligence Officers. Jede Woche ohne Gegenreaktion ist für uns daher pures Gold.«

E-Mail II

MEDICAL DRUG WORLD, PO-CENTER EUROPA, ENGLAND

Von: Al Williams, President Pharmaceutical Operations Europe, London
Gesendet: 1. Februar, 07.00 Uhr
An: Dr. Elliot, John, Chief of COC, Deutschland
Cc: –

Betreff: GlobalPharm / *Osteo-Forte*

Nach Analyse von In-house-based-Customer-Relationship-Management, New York, sind die kritischen Erfolgspositionen unserer Gegenmaßnahmen zur Verhinderung einer erfolgreichen Marktetablierung von *Osteo-Forte (O-F)* einer neuen Beurteilung zu unterziehen. Wir sehen eine beträchtliche Informationslücke, die sofort geschlossen werden muss. Unser Headquarter in New York besteht auf einem besonderen Verfahren in Deutschland. Wir müssen ausschließen, dass der Zufall zu unserer größten Hilfe heranreift, denn bisher ist nicht gesichert,

- wer COC-Deutschland mit Informationen über die Kampagneziele von GlobalPharm versorgt,
- wer die Kampagneverantwortlichen herausfiltert,
- wer Informationen über Zielpersonen beschafft, die von GlobalPharm für *O-F* gewonnen werden sollen,
- wer Informationen über den Einführungsplan von *O-F* besorgt,
- wer Informationen über den Umfang der von GlobalPharm eingesetzten Ressourcen beschafft,
- welche Netzwerke von GlobalPharm für *O-F* in Deutschland aufgebaut werden,
- welche Sonderprogramme zur Kundenbindung gestartet werden,
- was für *O-F* die Werbebotschaft und das Gesprächsziel Nummer eins ist,

– wer die verborgenen Schwächen des *O-F*-Konzepts von GlobalPharm analysiert,
– welche Rechtsübertretungen – nach dem deutschen AMG – GlobalPharm während der Prä- und Postkampagnen für *O-F* unterlaufen.

Der Pharmaceutical Intelligence Service wird Sie bei Ihren Aufgaben unterstützen. Die Art der Arbeit wird lautlos und sehr effizient sein. Es gibt keine greifbaren Personen, daher auch keine Folgen. Der faktische Nachweis einer Wirtschaftsspionage kann nicht geführt werden. Über die Strategie 90-60-30 werden wir Sie gesondert informieren.

Benennen Sie Mr Michael Westfeld als Kontaktperson für das PIS-Network. Ihm wird ein »Private Investigator« zur Seite gestellt. Das Budget dafür ist von COC-Deutschland bereitzustellen. Ein Besuchstermin von Mr W. bei POC-Europa in London ist sofort zu vereinbaren. Der informierte Personenkreis ist streng auf Sie und Mr W. begrenzt!

Al Williams
Pharmaceutical Operations Europe
London

I
Frankfurt

Regionalleiter Paul-Maria Schneider kommt aus Köln. Ein waschechter Rheinländer! Er ist der Meister der mimischen Spontanentgleisung, spricht verschiedene Landesdialekte, beherrscht den informellen Nachrichtenaustausch wie kein anderer und bringt seine Kollegen regelmäßig zur Verzweiflung. Schneider ist Seniorkollege und auch Platzhirsch. Der Letzte seiner Art. Er ist nach Frankfurt angereist, wie immer an jedem zweiten Mittwoch des Monats. Angereist zur Tagung der Regionalleiter der GE PKN / Bone-Health. Genau wie seine sieben Kollegen aus der Republik, geführt durch den Leiter der Außenorganisation, Kürzel LAO, Bodo Hammerstein. Man trifft sich vor dem Tagungsraum. Dreißig Minuten noch bis zum Beginn.

Schneider steht mit seinen Kollegen aus München, Stuttgart und Berlin an einem der Bistrotische, schlürft seinen Morgenkaffee und zieht an seinem Zigarillo. Es gäbe viel Wichtiges, worüber man zur frühen Stunde philosophieren könnte. Angefangen von pharmapolitischen Einflüssen auf die Verschreibungen der Ärzte, der aktuellen Umsatzentwicklung, drohenden Fusionen, der Markteinführung von *Osteo-Forte* durch den schärfsten Konkurrenten GlobalPharm, über Gerüchte anstehender Frühpensionierungen, den fortwährenden Personalabbau, neuerliche Reorganisationsabsichten bis hin zu den Machtkämpfen innerhalb des Managements im »Zentralen Finger«. Doch an diesem Morgen interessiert nur eine einzige Information. Schneider spritzt sie wie das Kontrastmittel vor dem Röntgen: »Die Staatsanwaltschaft durchsucht gerade die Büros der GE Kardiologie!«

Dr. Werner Lachmann aus Berlin, ein feister Exil-Schwabe, speckig und mit erheblich intrigantem Potenzial ausgestattet, erdreistet sich zu erwidern: »Geh, du spinnst ja!«

Stille herrscht am Tisch. Schneiders Blick verliert sich in der Endlosigkeit. Lachmann nervt mit seinem schwäbischen Dialekt: »Hab i was Falschas gsagt?«

Tillmann Ziege aus Stuttgart, der sich gern in Schneiders Magnetfeld begibt, antwortet trocken und auf Hochdeutsch: »Grundsätzlich! Also halt jetzt deine Klappe!«

Schneider ignoriert Lachmann, schmunzelt und flüstert: »Das wird den Ben Scott die Karriere kosten.« Er meint damit den Produktgruppenleiter der GE Kardiologie.

Johannes Faust, Regionalleiter München, insistiert: »Was ist da eigentlich vorgefallen?«

Schneider lächelt wissend: »Ebel-Uhren haben sie eingekauft und an Ärzte verschenkt, die dafür ihren ACE-Hemmer verordnen müssen. Das Ganze noch verknüpft mit einer Anwendungsbeobachtung. Die Idee ist ja nicht neu, doch die ganze Aktion muss höchst stümperhaft durchgezogen worden sein. Also, ich meine, in unserer GE wäre das nicht passiert.«

Ziege zeigt sich ungeduldig: »Mensch, Paul-Maria, komm zur Sache.«

Vielbedeutend zieht Schneider am Zigarillo und bläst den Qualm in die Runde: »Nun wart doch ab! Interessanterweise haben sie statt der Uhren Blutdruckmessgeräte auf den Rechnungen stehen. Wie ich das sehe, muss sie jemand aus den eigenen Reihen bei der Steuer und der Staatsanwaltschaft verpfiffen haben.«

»Scheiße! Das hat für uns alle Konsequenzen«, kommentiert Faust.

»So seh ich das auch«, stimmt Schneider zu. »Mal abwarten, was wir heute noch darüber zu hören bekommen.«

Ziege darauf: »Diese Idioten! Das hat uns gerade noch gefehlt! Jetzt, wo wir in der Verwendung der Budgets höchste Flexibilität brauchen.« Dabei reibt er Zeigefinger und Daumen gegeneinander, als ob ein Krügerrand dazwischen läge. »Jetzt werden sie die letzten Schlupflöcher dichtmachen! Wenn das passiert, ist *Bonegold* bei unseren speziellen Fachärzten unten durch.«

Lachmann ereifert sich: »Sie sollen sich ihre teuren AWBs und Kundenbindungsprogramme sonst wohin stecken. Ich lasse mich doch nicht wegen krummer Sachen ans Kreuz schlagen.«

Schneider röhrt wie ein Hirsch zur Brunft: »Du bist doch schon krumm.«

Der verbale Schlagabtausch zwischen Schneider und Lachmann findet sein rasches Ende mit dem Eintreffen der übrigen Kollegen. Lachmann verflucht den Tag, an dem sie zu Kollegen wurden. Und beide lauern auf den Tag, an dem sie eine erneute Umstrukturierung scheidet …

Beide führen allerdings ihre Regionen äußerst erfolgreich. Doch egal wie erfolgreich, sie alle werden wie immer einen Großteil der Tagung damit verbringen, ihre Erfolge rational zu begründen, obwohl niemand weiß, warum eine Strategie in einer Region besser zieht als anderswo. Dieser Wahnsinn erzeugt die Spannung, die eigentlich jede Sitzung bestimmt.

Lachmann nimmt im Konferenzraum Platz und zückt die BILD-Zeitung. Sein Blick bleibt an der nackten Schönheit auf Seite eins haften.

Zur gleichen Stunde sitzen Hammerstein und Bullinger in Michael Westfelds Büro, um die Gewichtung der geplanten Aktivitäten von *Bonegold* im ersten Halbjahr zur Abwehr von *Osteo-Forte* ein letztes Mal zu prüfen. Es sind die Ergebnisse des Kreativ-Teams.

Michael meint zu Hammerstein: »Ich erwarte, dass unsere Regionalleiter zusammen mit ihren Mitarbeitern bei ausgewählten Ärzten und Kliniken alle Hindernisse beseitigen, die einer dauerhaften Verordnung und Verwendung von *Bonegold* entgegenstehen. Wir müssen unsere Ressourcen für *Bonegold* dort platzieren, wo sie *Osteo-Forte* wirksam abblocken. Der Rhythmus unserer Aktivitäten muss seinen Höhepunkt noch vor Juli erreichen, denn nach unseren Informationen steht fest, dass GLOBALPHARM zu diesem Zeitpunkt ausbieten wird.« Daraufhin nimmt er seinen zentralen Außendienstleiter in die Pflicht: »Bodo! Genau das musst du deinen Männern klar machen.«

Hammerstein nickt zustimmend. Er überfliegt noch einmal die Ergebnisliste des Kreativ-Teams. »Wie verfahren wir zeitlich gesehen mit der Sonderaktion ›Kliniken‹ sowie den Projekten ›Kundenbindungsprogramme‹ und ›Meinungsbildner‹?«

»Die Sonderaktion ›Kliniken‹ sprechen wir im März an. Die beiden anderen Punkte werden wir heute festzurren.«

Hammerstein blickt auf die Uhr. »Es ist so weit.«

Gerade als sie Westfelds Büro verlassen wollen, klingelt das Telefon. Biene blickt auf das Display und sagt: »Es ist Elliot.«

Michael zögert. Sie nimmt den Anruf entgegen: »Ja, Dr. Elliot, Herr Westfeld steht neben mir.«

Michael wendet sich an Bodo: »Ich komme nach.« Daraufhin nimmt er den Hörer entgegen: »Ja, bitte?«

Elliots Stimme klingt frostig: »In einer Stunde Treffen der G7 im Sitzungssaal A-1.«

Michael legt auf und flucht: »Verdammte *Ad-hoc*-Besprechungen!«

Biene zeigt sich verständnisvoll. »Es ist sicher wegen der Durchsuchung.«

Die Sache hat inzwischen bereits die Runde gemacht. »Da brauchen nur ein paar Polizisten ins Haus zu kommen, und schon spielt Elliot verrückt.«

Michael blickt auf die Uhr, seine Stimme klingt frostig: »Elliot muss das aushalten. Dafür ist er schließlich Chef.« Und gleich darauf in versöhnlichem Ton: »Im Angesicht des Scharfrichters darf er mir ausnahmsweise einmal den Vormittag vermasseln.«

2

Auf dem Weg zum Treppenhaus begegnet Michael Dr. David Fox. Fahrig winkt er Westfeld heran: »Wissen Sie Genaueres über das Treffen bei Elliot?«

»Nein!«

»Eine Vermutung?«

»Sorry, ich bin auf dem Weg zur Konferenz.« Michael eilt in das Treppenhaus. Fox kann wie ein Zahnarzt sein, der den Bohrer ansetzt und nicht mehr aufhört. Michael hat sich eisern antrainiert, erst dann über Dinge intensiv nachzudenken, wenn die Informationslage ein Ergebnis verspricht.

Im Moment, als er den Tagungsraum betritt, wird er mit einem spontanen Klopfen begrüßt. Hammerstein, der eine rote Krawatte zu einem dunklen Anzug trägt, lässt Gläser mit Prosecco an seine Außendienstleiter servieren.

Kurz darauf erhebt er das Glas: »Männer! Das erfolgreichste Jahr in der Geschichte der GE liegt hinter uns.« Über den Beamer präsentiert Hammerstein daraufhin die Ergebnisse.

»Mit plus 61 Prozent liegen wir weit vor allen anderen Geschäftseinheiten von MDW in Deutschland. Dafür meinen herzlichen Dank an Sie und Ihre Mannschaften. Ebenso an den Geburtshelfer unseres Erfolges: unseren Marketingleiter Herrn Westfeld!« Kraftvoller Applaus unterstreicht seine Worte.

Leidenschaftlich fährt er fort: »Wir, die Außendienstleiter in dieser GE, gelten im Konzern als elitär, erfahren und manchmal auch zu wissenschaftlich. Unsere oberste Führung im HQ Europe, London, würde uns aber gern das Etikett jung, hungrig, ehrgeizig und flexibel verpassen. Das würde besser dem Schema eines erfolgreichen Mitarbeiterprofils entsprechen.«

Hammerstein macht eine kleine Pause. Der Beamer projiziert eine saftige Weide des Voralpengebietes, auf der eine goldene Kuh weidet.

»Blicken wir also voraus. Nichts ist so vergänglich wie der Erfolg von gestern! Das ist unsere goldene Kuh *Bonegold* auf der fetten Weide. Über lange Zeit durfte sie ungestört auf dem wunderschönen Weidegrund Osteoporose grasen. Die Idylle ist für sie bald vorbei. Ein Bulle will ihr spätestens ab Mitte des Jahres Gesellschaft leisten. Er trägt den Zuchtnamen *Osteo-Forte* und steht noch in der Box von GlobalPharm. Keine Frage, man wird versuchen, ihn auf die besten Weidegründe zu führen. Aggressiv, wie Bullen nun mal sind, wird er versuchen, das Areal für sich einzunehmen. Doch er wird enttäuscht sein. Da wir dieses bestens kennen, werden wir die fettesten Wiesen zum richtigen Zeitpunkt mähen. Wir wollen den Bullen nicht gerade verhungern lassen, aber wir werden höllisch darauf achten, dass er rank und schlank bleibt. Bevor wir das taktische Konzept durchgehen, zunächst eine detaillierte Analyse der Wirksubstanz. Die Daten stammen aus den Registrierungsunterlagen von *Osteo-Forte* in den Staaten. Aktuellstes Material!«

Hammersteins Wirkung auf seine ADLs ist fesselnd. Michael ist sehr zufrieden mit dem Einstieg in diese wichtige Tagung. Sein eigener Part ist für 11.00 Uhr eingeplant. Er blickt auf die Uhr und sagt zu Bodo: »Elliot hat eine Sitzung anberaumt.«

3

Bis auf einen Kollegen sind die G7-Mitglieder versammelt. Michael nimmt neben Fox Platz. Gespannte Stille herrscht im Raum. Ungewissheit und emotionale Kälte nagt an allen. Ben Scott, GE-Leiter Kardiologie, sitzt isoliert, verloren in Raum und Zeit. Elliot geht auf und ab. Seine Sekretärin kommt und reicht ihm einen Zettel. Er blickt darauf und sagt schließlich: »Wir sind komplett.«

Dann nimmt er am Kopf des Tisches Platz. Vor ihm liegt ein kleiner Stapel Papier. Seine Mimik zeigt Besorgnis. Big Shot legt los: »Meine Herren, wir haben uns ein Problem eingehandelt, das über das Übliche weit hinausgeht. Sicher ist Ihnen zu Ohren gekommen, dass wir seit den frühen Morgenstunden die Staatsanwaltschaft im Hause haben. Als Ressortleiter von COC-Deutschland trage ich für alle Geschäftsvorgänge die Verantwortung. Ich mache aber kein Geheimnis um das, was in unserem Hause gerade geschieht.« Elliots Stimme vibriert. »Wir sind angeschwärzt worden. Jemand aus unseren Reihen muss der Justiz einen Hinweis gegeben haben. Mehr will ich zum jetzigen Zeitpunkt nicht sagen.«

Elliot legt wieder eine bedeutungsvolle Pause ein. Unerwartet schlägt seine flache Hand auf die Tischplatte.

»Ich werde mir aber nicht vorwerfen lassen, dass die Corporate Governance von MDW Deutschland insuffizient ist.« Er meint damit die Unternehmensführung und -kontrolle. »Im Detail ist das, was von der Staatsanwaltschaft vermutet wird, für unser Image eine Katastrophe. Ob es den Mitarbeitern gefällt oder nicht: Die Richtlinien der Geschäftsabwicklung sind einzuhalten! Manch einer züchtet in seiner GE wohl Champignons, nach der Devise: Decke sie mit Mist zu und halte sie im Dunkeln! Wer prüft eigentlich vorab die Rechnungen in Ihrer GE? Wer von Ihnen stellt Fragen zur Plausibilität? Warum werden die Akten und Datenfiles nicht bereinigt, wenn schon Leichen produziert werden? Stehen denn bei Ihnen die Aktenschränke offen? Wer hat Zugriff auf Ihre Festplatte? Warum machen wir es denen, die uns Schaden zufügen wollen, so einfach?«

Betretenes Schweigen herrscht im Raum. Elliot nimmt einen Teil Blätter vom Papierstapel und wedelt damit. »Ich empfehle Ihnen dies zur Lektüre. Sie finden in diesem Papier zusammengefasst die steuerlichen Bestimmungen, denen auch wir unterliegen. Merken Sie sich: Die Staatsanwaltschaft fahndet nicht primär nach einer Firma, sondern zieht verantwortliche Personen zur Rechenschaft! Sie sind also gefragt. Sollten Sie eine Pilzkultur im Keller haben, sorgen Sie dafür, dass sie verschwindet. Das heißt: Wenn Sie persönlich-private Geschenk- oder Zuwendungslisten illegal in Ihrer GE führen, sind diese sofort aus den Akten zu entfernen und auf Datenträgern zu löschen. Ich verpflichte Sie daher zu einer internen Bereinigung! Sie erhalten hiermit die dienstliche Anweisung, dass in Zukunft derartige Listen in diesem Gebäude weder archiviert noch gespeichert werden. Ich erwarte Vollzug bis morgen!«

Am Ende lässt er das Papier verteilen und hebt die Sitzung auf. Keiner der GE-Leiter nimmt sich Zeit für einen Kaffee. Keiner ist bereit, Ben Scott ermunternd auf die Schulter zu klopfen. Jeder ist zu sehr mit sich selbst beschäftigt, Elliots Warnungen und die eigenen Befürchtungen aufzuarbeiten. Als Michael den Sitzungsraum verlässt, versucht Fox ihn anzusprechen, doch Elliot tritt dazwischen und bittet Michael zu sich. Als Fox sich ungeniert daneben stellt, sagt Elliot kalt: »Später!«

Konsterniert marschiert Fox ab. Zu Michaels völliger Überraschung interessiert sich Big Shot erneut für das genaue Timing der Aktivitäten zur Abwehr von *Osteo-Forte*. Michael informiert ihn. Die Aktivitäten sind abgestimmt auf die Markteinführung von *Osteo-Forte* zum 1. Juli. Als Michael endet, blickt Elliot in einen Brief auf seinem Schreibtisch. »Neunzig-sechzig-dreißig!«, sagt er geheimnisvoll.

»Was bedeutet das?«

Elliot macht eine bedeutungsvolle Pause. »Herr Westfeld! Ich verpflichte Sie darauf, über alles, was jetzt kommt, Stillschweigen zu bewahren!«

Michael nickt zustimmend.

»New York und London machen Zeitvorgaben. In neunzig Tagen, also bis Ende März, sollen unsere Planungen abgeschlossen sein. Bis Ende Mai müssen wir exakt wissen, was der Gegner treibt, und dann gibt es den letzten Feinschliff, danach nur noch Störfeuer.«

Michael zeigt sich erstaunt: »Sind wir im Krieg?«

»Nicht wirklich, aber unser Headquarter in New York besteht auf einem besonderen Verfahren in Deutschland. Die daraus gewonnenen Erfahrungen sollen helfen, die spätere Ausbietung von *Osteo-Forte* in Europa, Fernost und vor allem in den Staaten zu torpedieren. Schließlich ist Nordamerika für unseren Konzern der wichtigste Markt auf diesem Globus.«

Michael sieht Elliot verdutzt an. »Sind wir hier das Testlabor?«

»Es gibt Risiken. Wir werden sie minimieren.«

»Ich verstehe immer noch nicht. Können Sie Klartext reden?«

»Uns steht ab sofort so etwas wie ein Geheimdienst zur Seite. Ein *Pharmaceutical Intelligence Service*, wie es inoffiziell heißt.«

In diesem Moment hat Michael erfasst, worum es geht. »Im Ernst? GlobalPharm soll ausspioniert werden?«

Elliot erwidert frostig: »Als Objekt durchaus, aber der Bezeichnung ›Spionage‹ muss ich widersprechen. Spionage ist illegal. Der

PIS beschafft die gesuchten Informationen ausschließlich mit legalen Mitteln. Alles, was sie tun, ist legal.«

»Und?«

»Sie werden sich an die entscheidenden Führungskräfte heranmachen, ihre Meinungen, ihre Motivation und natürlich auch ihre Loyalität ausloten. Inwieweit wir uns deren Mitarbeit sichern, wird für uns zweitrangig sein. Ist auch gut so. Das würde Sie und mich doch nur unnötig belasten.«

Elliots Gesichtsausdruck erinnert Michael an den Mephisto in Goethes Faust, gespielt von Gustav Gründgens. Elliots Suggestivkraft, seine Rücksichtslosigkeit und seine Intelligenz machen ihn zu einem höchst gefährlichen Mann. Michael insistiert: »Traut man uns in New York und London nicht zu, dass wir uns auf dem deutschen Markt gegenüber GlobalPharm behaupten?«

»Das Headquarter erwartet, entgegen Ihrer Einschätzung, einen harten Verdrängungswettbewerb, der mit allen Mitteln geführt wird. Damit werden Sie von nun an leben müssen. Die Regieanweisung aus London ist unwiderruflich. Sie sollten allerdings auch an die Vorteile denken, die uns durch die unsichtbare Komponente PIS geboten werden.«

Unsichtbare Komponente? PIS? Michael findet das lächerlich. Das Wort »Bullshit« liegt ihm auf der Zunge. Beherrscht fragt er: »Wer weiß davon?«

»Über die Auftraggeber und den Verlauf der Studie wird selbstverständlich eine dicke Decke des Schweigens gelegt.«

»Ist Dr. Fox mit dieser ›Studie‹ vertraut?«

»Nein. Niemand außer Ihnen und mir weiß, dass wir unsere Messer wetzen.«

»Wie werden sich die Kontakte mit diesem ›Dienst‹ gestalten?«

»Sie allein werden mit dem Private Investigator Kontakt halten. Exklusiv! Jedes Wort bleibt selbstredend streng vertraulich. Mich interessieren nur die Informationen, die Sie erhalten, und die Maßnahmen, die Sie daraus ableiten. Es gibt aber ein spezielles Budget, und dafür trage ich die Verantwortung. Wir werden uns daher im konkreten Fall immer verständigen müssen.«

»Sie und ich allein?«

»Keine Sekretärin, kein Controller, kein Bullinger, kein Fox, einfach *niemand*! Klar? Nur Sie und ich haben Kenntnis von dieser Sache.« Elliot erhebt sich. »Ich nehme an, Sie wissen das Vertrauen, das ich in Sie setze, zu schätzen.«

Michael nickt wortlos. Er nimmt die Sache gelassen. Es gibt keinen Hebelpunkt, der ihn aus der Verankerung seiner Prinzipien lupfen könnte.

Big Shot fährt fort: »Die meisten Menschen tragen in sich Wünsche, deren Erfüllung sie höchste Priorität einräumen. Ich frage mich, gibt es eine solche Priorität in Westfelds Karriereplanung? Meine Antwort ist: Ja!«

Elliots Kalkül kann berechnender nicht sein.

Michael macht den Test: »Zweifeln Sie an meiner Bereitschaft, mehr Führungsverantwortung zu übernehmen?«

Elliot bleibt direkt vor Westfelds Stuhl stehen und blickt lächelnd auf ihn herab: »Lassen Sie sich für morgen einen Flug nach London buchen. Übermorgen erfahren Sie im Headquarter weitere Details. Vice President Mr Williams erwartet Sie um 10.00 Uhr. Im Übrigen wird man Sie fragen, ob sie bereit sind, am Ende des Jahres eine neue Position zu übernehmen. Sie sollten wissen, dass der Vorschlag von mir kommt. Melden Sie sich bei mir, wenn Sie aus London zurück sind.«

Der Aufzug bringt ihn wieder auf die Ebene der Konferenzräume. »Neunzig-sechzig-dreißig!«, murmelt er. Die Formel fängt an, ihm zu gefallen. Er wird sie übernehmen und ihr die Begriffe Planung, Durchführung und Zielerreichung zuordnen.

4

Hammerstein und seine Außendienstleiter zelebrieren gerade die erste Kaffeepause. Kurzerhand gesellt sich Westfeld zu Wolfgang Müller aus Berlin, der sich mit Hermann Fassbender, Dortmund, an einem der Bistrotische über den Solidarpakt II in die Haare geraten ist. Müller ist gebürtiger Dresdner und trat nach der Wende dem Unternehmen bei.

Fassbender tönt: »... 165 Milliarden werden wir für euch bis zum Jahr 2019 bezahlen. Trotz großer Töne einiger Politiker werdet ihr hoffentlich nicht mehr bekommen. Stattdessen solltet ihr endlich einmal Dankbarkeit zeigen, statt ständig zu jammern und zu fordern.«

Während Hammerstein Michael eine Tasse Kaffee reicht, erwidert Müller süffisant: »Ihr Wessis habt schon gelernt, effektvoll zu leiden, lange bevor es überhaupt bei euch etwas zu leiden gab. An Opfer-Rhetorik werdet ihr da von niemandem übertroffen.«

»Trotzdem könntet ihr angesichts der mächtigen Flutwelle von Euros etwas Dankbarkeit erkennen lassen.«

»Dankbarkeit! Wenn ich das schon höre. Ich frage dich: Ist etwa der von euch über Jahrzehnte hinweg subventionierte Bergmann dankbar?«

Fassbender fehlt zu diesem Vergleich die passende Antwort. Müller fühlt sich obenauf: »Ich verrate es dir. Nicht die Spur! Dein Bergmann fühlt sich schon immer als Arbeiteraristokrat und Mythendarsteller, der lediglich bekommt, was ihm zusteht. Und das ist ihm immer zu wenig.«

Fassbender darauf: »Das rechtfertigt nicht, dass immer mehr Milliarden verschleudert werden. Weit über eine Billion Euro sind in den Osten geflossen. Die Frage ist nur, wohin? Und wenn ich nur an den Risikostrukturausgleich der Krankenkassen denke, krieg ich so 'n Hals. Damit finanzieren wir indirekt den Umsatz in deinem Bezirk noch mit!«

Müller läuft vor Zorn rot an. Michael sieht sich gefordert: »Herr Fassbender, so einfach liegen die Dinge nicht. Der Krankenkassenausgleich ist in meinen Augen unverzichtbar.«

Fassbender begehrt auf: »Warum eigentlich? Das ist doch nicht einzusehen.«

»Er soll allen Versicherten unabhängig von Alter, Einkommen, Familienstand und Lebenslage den Zugang zu allen medizinisch notwendigen und angemessenen Leistungen sichern. Das ist ein

Gebot des Grundgesetzes, und es ist ein Gebot des Einigungsvertrages. Wer den Risikostrukturausgleich aushebeln will, sägt an den Wurzeln unserer Verfassung.«

»Danke«, erwidert Müller erleichtert. Und schadenfroh zu Fassbender: »Dafür liegen die Ausgaben der ostdeutschen Kassen bei den Medikamenten auf Westniveau! Das pusht am Ende *deine* Umsatzprämie, mein lieber Hermann.«

Fassbender trinkt wortlos seine Tasse leer. Im gleichen Augenblick kündigt die Glocke das Ende der Kaffeepause an. Michaels Gedanken kreisen noch um das diskutierte Problem. Der Osten ist gut für den Pharmamarkt und seine Innovationen, überlegt er, verordnen doch die ostdeutschen Ärzte am schnellsten die innovativen Medikamente. Das war bei *Bonegold* so, und es wird bei *Osteo-Forte* nicht anders sein. Michael ist überzeugt davon, dass sein Konzept gerade im Osten besonders gut greifen wird.

Bevor Westfeld mit seiner Präsentation beginnt, winkt er seinen Assistenten Robert Bullinger und seinen Außendienstleiter Bodo Hammerstein zu sich. Vor ihren Augen notiert er »90–60–30« auf einen Schreibblock. Gebannt blicken beide auf die Zahlenreihe. »Das Zeitkorsett ist enger geschnürt. Aktuelle Studienergebnisse, Wirkungs- und Nebenwirkungsprofil der Wirksubstanz von *Osteo-Forte* und die vermutlichen Argumentationsschwerpunkte bilden den Inhalt des ersten Teils. Der zweite befasst sich mit Vorgaben bei den Zielgruppen wie Orthopäden, Endokrinologen, Internisten und Allgemeinmediziner. Das ›Graubrot‹ des Außendienstes.«

Die Blockadestrategie gegen die Markteinführung von *Osteo-Forte* soll zum 1. April mit der Platzierung von Anwendungsbeobachtungen und bezahlten Projekten wie Knochendichtemessungen zwecks Einstellung von neuen Patienten auf das eigene Produkt beginnen. Letzteres erhält das Etikett »Kundenbindungsprogramme«. Flankiert wird das Ganze mit Events und Workshops, für Ärzte, die sich für die medikamentöse Behandlung der Osteoporose engagieren. Unerwähnt bleiben vorerst die Sonderaktionen bei Meinungsbildnern und so genannten Investitionsprogrammen, die im Vertrieb unter dem Kürzel »Titel X« rangieren.

Ohne ein Wort über den Inhalt seines Gespräches mit Elliot zu erwähnen, hat er am Ende seiner Präsentation der Formel »90–60–30« Leben eingehaucht.

Michael beendet seine Präsentation mit der Aufforderung: »Wir werden untergehen, wenn wir in der verbleibenden Zeit nur unseren Strafraum verteidigen. Mit dem heutigen Tag stürmen wir in die Offensive.«

5

»Frau von Ambesser, ich erwarte Herrn Fox in meinem Büro.«

»Ich werde es Herrn Fox sofort mitteilen.«

Sie drückt die Sprechtaste »F«: »Herr Dr. Elliot ist jetzt für Sie zu sprechen. In seinem Büro.«

Obgleich Fox um das Gespräch gebeten hat, reagiert sein Magen mit einer überschießenden Säuresekretion. Schnell schluckt er noch eine Zantic. Angst ist sein Begleiter. Angst vor Veränderung, Angst vor einem Karriereknick. Er spürt schon seit Wochen einen schleichenden Prozess der Veränderung um sich herum.

Vor Tagen, beim Mittagstisch, sprach der Personalchef von einer möglichen Neudefinition der Positionen in den Führungsetagen, was postwendend sein Herzrasen verstärkte. Schlafstörungen, Gereiztheit und depressive Stimmungen im Schlepptau. Fox fürchtet nichts so sehr wie eine Einbuße von Macht und Status. Auch Martha machte sich verstärkt Sorgen und riet ihrem Mann, mit Elliot darüber zu sprechen.

Nach der steigenden Taktzahl der An- und Abfragen zu urteilen, die das europäische Headquarter in London an ihn richtet, fühlt sich Fox zwar als »Innenminister« der Deutschland-Zentrale, doch an dieser Aufgabe droht er eher zu ersticken. Seine Liste der unerledigten Punkte wächst stetig …

Hinzu kommen noch die Konflikte mit Westfeld. Er sieht sich von ihm ausgebremst. Sitzungs-Protokolle und Memos ersetzen keinesfalls die direkte Kommunikation und beantworten schon gar nicht drängende Fragen. Bedrucktes Papier allein bringt ihm nur das Bestehen einer Wahrscheinlichkeit nahe, nicht aber die Realitäten. Gespräche mit dem Marketingleiter bleiben einsilbig, und die mangelnde Akzeptanz seiner Abteilung ihm gegenüber, dem »Leiter der GE«, nagt am Selbstverständnis. Es ist dringend geboten, mit Hilfe von Elliot die Situation wieder unter Kontrolle zu bekommen.

»Ohne Wenn und Aber!«, macht er sich Mut, als er das Büro von Big Shot betritt.

Elliot vermeidet jegliche Floskel. »Was gibt's?«

Fox kommt ebenfalls ohne Umschweife auf den Kern seiner Problemlage: »Es geht um die Abteilung Marketing. Konkret um Herrn Westfeld.«

»Ich höre.«

»Ich fühle mich durch ihn und seine Abteilung ignoriert.«

Elliot sieht sich durch dieses Eingeständnis bestätigt. Fox sieht sich immer noch als Hammer und ist doch schon längst zum Amboss geworden. Die Zeit ist reif! Sie bietet dem Taktiker Elliot die Chance, über Fox endlich die Quarantäne zu verhängen. Schon seit gut einem Jahr sieht er in der Position »Leiter der GE« die Möglichkeit eines fabelhaften personellen Verschiebebahnhofs. »Sie werden ignoriert? Was soll ich konkret darunter verstehen?«

»Wenn ich an das letzte Zielsetzungsgespräch mit Ihnen denke, dann besteht ein Teil meiner Verantwortung auch darin, dass ich mit meiner Unterschrift die Verantwortung mittrage, dass im Marketing nicht Millionenbeträge in der Kommunikationsmaschinerie verfeuert werden.« Fox reicht Elliot ein Konzeptpapier von Westfelds Kreativ-Team, das er sich besorgt hat. »Sehen Sie selbst. Das Planungspapier habe ich mir selbst beschaffen müssen. Demnach sollen Persönlichkeiten aus Sport, Film und Politik in eine Werbekampagne für *Bonegold* eingebunden werden.«

»Fox, das sind Konzepte! Was ist daran so verwunderlich?«

»Zum einen die Kosten, die darin veranschlagt werden, zum anderen haben wir unsere Medikamente noch nie in der Öffentlichkeit beworben. Das ist nicht ohne Brisanz und kann ein Fass ohne Boden bedeuten.«

»Warum haben Sie Ihre Bedenken nicht direkt mit Westfeld besprochen?«

»Habe ich.«

»Und?«

»Ich sage es ungern: Verbalakrobatik, nichts als geschicktes Drumherumreden! Ich habe den Verdacht, er entzieht sich jeglicher Kontrolle. Zudem benimmt er sich elitär und arrogant. Ist Ihnen dies nicht auch schon aufgefallen?«

Elliot legt seine Hände mit Bedacht auf den Schreibtisch und faltet sie wie zum Gebet. »Herr Fox, Sie sitzen im toten Winkel. Und das ist extrem gefährlich.«

»Wieso?«

»Man sieht die Überholer nicht.«

»Sie meinen …?«

»Besonders gefährlich ist es, wenn Sie Ihre eigene Spur dabei verlassen. Ich meine, der mehrfache Blick über die Schulter rettet Leben.«

Fox' Magen schmerzt. »Sie … sehen … mich … auf dem toten Gleis?«

»Ja! Ihr Bild von Westfeld und die Realität klaffen weit auseinander. Das führt zu Missverständnissen und schürt Konflikte. Verlieren Sie mir nicht auch noch den Durchblick.«

»Was soll man machen, wenn einer nicht will?«

Elliot lässt ihn abblitzen: »Herr Fox, es gibt einen ganzen Werkzeugkasten personalpolitischer Instrumente. Führen Sie mit ihm ein Konfliktgespräch, so wie Sie es in einem der zahlreichen Seminare gelernt haben.«

Fox glaubt alles auf eine Karte setzen zu müssen: »Guter Hinweis! Wenn Westfeld nicht spurt, werde ich ihn erst ermahnen und danach abmahnen.«

Elliot knetet sich die Hände bis zur Blutleere. Er hält Fox das Papier unter die Nase. »Die Verfasser solcher Konzepte sind auf ihrem Gebiet Spezialisten, die wissen, was erfolgreich sein kann.

Außerdem, wenn Sie gegen Westfeld mit Ermahnungen agieren wollen, geht Ihre Akzeptanz völlig baden. In meinen Augen liegt der Mangel an funktionierender Kommunikation ganz auf Ihrer Seite.«

Fox reagiert mit Blutleere im Gesicht und bekommt Atemnot … Kalter Schweiß tritt auf seine Stirn. Elliot bemerkt den veränderten Zustand: »Ist Ihnen nicht gut?«

»Es geht schon«, kommt es gequält zurück.

Elliot steht auf. »Legen Sie sich in der Sozialstation hin. Frau Dr. Krupp wird gleich nach Ihnen sehen.« Er begleitet Fox hinaus. »Gute Besserung!«

Dem Sekretariat gibt er Anweisung: »Lassen Sie Frau Krupp nach ihm sehen. Danach soll er sich nach Hause bringen lassen.« Er überlegt einen Moment, dann gibt er Anweisung: »Verbinden Sie mich mit London.«

6

Berlin

Es ist Freitag früh. In der deutschen GlobalPharm-Zentrale am Potsdamer Platz unterhalten sich Laura und Harris unter vier Augen. Sie hatten sich vor wenigen Tagen zu einem Arbeitsessen getroffen und sind aus kollegialer Sympathie zum »Du« übergegangen. Es geht um Gates Pharmacy und die gemeinsame Allianz für *Osteo-Forte*.

Laura ist aufgebracht: »Ich werde diese Unverschämtheiten nicht länger hinnehmen!«

Richard Harris, Brissons Krisenfeuerwehr, erwidert ruhig: »Was die gemeinsame Markteinführung angeht, gibt es wohl keine Alternative.«

»Grundsätzlich ist das ja auch in Ordnung. Doch sieh dir nur die Liste ihrer Forderungen an!« Laura nimmt den Entwurf des Ausbietungsplans und deutet auf den zweiten Absatz. »Hast du das gelesen? Hier die ›drei Ks‹: Kooperation, Koordination und Kommunikation. Bereits von der ersten Minute an, so fordern GATES' Schnüffler, müssen die Planungen gemeinsam durchgeführt werden.« Laura schlägt mit ihrer Rückhand auf das Papier. »Wenn das durchgeht, sitzen sie im Kern unserer Datenbank und spazieren rein und raus wie durch ein offen stehendes Scheunentor. Sie werden das, was unsere Mitarbeiter jahrelang an Kontakten aufgebaut und an Daten eingepflegt haben, völlig abschöpfen. GATES erschnüffelt sich damit ganz legal unser Know-how. GLOBALPHARM, ein Glashaus! Und was erhalten wir im Gegenzug? Nichts! Rein gar nichts!«

»Deine Befürchtungen nehme ich ernst. Aber sie helfen im Moment nicht weiter. Die Verträge für den gemeinsamen Vertrieb sind geschlossen. Wenn wir die vorgegebenen Ziele erreichen wollen, müssen wir mit GATES gemeinsam powern. Wir müssen unserer Zielgruppe von Ärzten mindestens acht Mal im zweiten Halbjahr *Osteo-Forte* einimpfen. Das heißt, je vier Besuche von GATES und vier von uns. Das ist nur durch einen koordinierten Datenabgleich möglich. Die Regionalleiter werden auf dieses Vorgehen ebenso verpflichtet wie die Mitarbeiterinnen und Mitarbeiter vor Ort.«

Laura bleibt hart: »Ich habe nichts dagegen, wenn frei zugängliche Daten beschafft und ausgewertet werden. Doch hier erkenne ich schon im Ansatz, dass GATES die Allianz dazu benutzt, einen systematischen Gewinn von Erkenntnissen über unsere Ärzte zu bekommen. Warum sollen wir die Besuchswürdigkeit unserer Orthopäden über die Verordnungsgewohnheiten hinaus noch weiter begründen? Was geht es GATES an, wie hoch die Besuchshäufigkeit in der Vergangenheit war, wie viele Arzthelferinnen die Ärzte beschäftigen, wie viele Scheine sie haben, welche Hobbys sie pflegen, wie gut der persönliche Kontakt des Mitarbeiters ist, wie oft wir in den einzelnen Arzt investiert haben und wie häufig er zu Fortbildungsveranstaltungen, Bewirtungen oder Arzneimittelprüfungen motiviert werden konnte? Das Ganze hier gipfelt in der frechen Frage: Wie viel zuverlässige Top-Verordner hat jeder Mitarbeiter in seinem Bezirk?«

Harris zeigt sich nachdenklich. »Bloomberg weiß offensichtlich genau, was er will. Jetzt ist mir auch klar, warum wir im Connection-Team einen Informations-Broker sitzen haben.«

Laura entgegnet: »So ein ›friendly spy‹ hat mir gerade noch gefehlt. Ich hoffe nur, dass er neben der Beherrschung von Spitzel-Methoden auch genügend vom Business versteht.«

Jeff Bloomberg, Leiter Marketing und Vertrieb GATES PHARMACY Deutschland, den Harris erwähnt, steht hierarchisch gesehen zwar auf der Stufe von Rosinski, ist jedoch in der Sache gezwungen, mit Laura eng zu kooperieren.

Eindringlich fährt Laura fort: »Wir müssen weiter denken als bis zum nächsten Meeting. Wir müssen festlegen und definieren, was wir mittelfristig an Informationen an GATES PHARMACY weitergeben wollen. Es kann nicht sein, dass Woodbridge und Brisson, nur um rasch funktionierende Connections-Teams zu installieren, alle Vorsicht fahren lassen und ohne Bedenken Zugeständnisse machen, die in der Auswirkung für das ganze Unternehmen verheerend sind.«

Harris lächelt. »Ich habe verstanden: Wir müssen die Heimatverteidigung stärken. Liebe Laura, für mich gibt es keine Informationen, die man heute auf dem Pharma-Weltmarkt nicht kaufen oder stehlen könnte.«

»Sicher kann jede Datenbank im Prinzip kopiert werden, doch unsere ist besonders schützenswert, da wir in diesem Verordnungsmarkt die Spezialisten sind.«

»Übrigens habe ich erfahren, dass es nicht nur in Nordamerika, sondern auch in Skandinavien und Großbritannien ein Co-Marketing mit GATES PHARMACY geben wird.«

»Ich wusste es, wir sind das Experimentierlabor, an deren Ergebnissen sich der Rest der Welt orientieren wird.«

Harris blickt auf die Uhr. »Wir sehen uns gleich auf der FT.«

Mit »FT« benutzt Harris das Kürzel für eine Führungsteambesprechung mit Brisson. Beim Hinausgehen fragt Laura: »Kennst du die Interpretation von ›Team‹?«

»Nein!«

»›Toll, ein anderer macht's‹!«

Als Laura allein ist, wirft sie einen Blick auf den Stapel Post im Eingangskorb. Ein Kuvert erregt ihre besondere Aufmerksamkeit. Die Adresse ist von Hand geschrieben. Unverkennbar die eilig wirkenden Linien der Schriftzüge von Yves. »Was soll das denn?«

7

Im ersten Augenblick will Laura das Kuvert in das Fach ihres Schreibtisches legen. Doch ihr ist, als würde Yves' Geist aus dem Briefumschlag drängen. Beklemmung überfällt sie. Mechanisch greift sie nach dem Brieföffner. Für einen Moment sieht sie ihren Mann zu Hause an seinem Schreibtisch sitzen. Eine stille, finstere Figur.

Zwei Blätter zieht sie aus dem Umschlag. Ihre Augen folgen den handschriftlichen Zeilen auf der ersten Seite …

Laura! Ich vermag nicht zu ergründen, wann das Leben zwischen uns zerbrochen ist. Vielleicht geschah es eines Nachts oder während du einmal das Haus verlassen hast oder gerade jetzt, da du nicht mehr heimkommst. Oder schon vor Jahren. Vielleicht hat unsere Liebe auch nie begonnen. Wir lebten nebeneinander, schliefen zusammen, tasteten nach des anderen Hand … Es gibt für mich nichts mehr zu tasten. Ich kann nichts mehr tun. Ich schaffe es nicht, dieser Finsternis und Verwirrung noch einen einzigen lebenswerten Augenblick abzutrotzen. Die Welt ist grau, öde und kalt. Wie lange kann man so leben? Wohin soll ich mich flüchten?

Yves

Sie fühlt, wie seine Verzweiflung zwischen den Zeilen hervorquillt. Kein Trompetenlärm wie sonst. Laura weiß, dass sie nicht erst seit gestern so leben, nicht erst seit einem Jahr, sondern seitdem sie einander kennen.

Ihr Blick fällt auf die zweite Seite. Ein Informationsblatt! Adresse und Telefonnummer eines »Psychosozialen Krisendienstes«. Sie liest den darunterstehenden Text. Ihre Augen weiten sich.

Suizid

Selbstmord, Selbsttötung, Freitod oder Suizid (lateinisch sui caedere, sich selbst totschlagen) ist die Beendigung des eigenen Lebens durch eine eigene Handlung, bei der die sich selbst tötende Person sich der tödlichen Konsequenzen dieser Handlung bzw. deren Unterlassung bewusst ist.

Die bei weitem häufigsten Suizidursachen sind nicht – wie fälschlicherweise häufig angenommen oder unterstellt wird – psychische Erkrankungen, sondern reale Lebensprobleme. Suizide gibt es aus vielen Gründen, z. B. als Konsequenz einer Lebenskrise …

Betroffenheit und Skepsis mischen sich. Laura legt die beiden Blätter in ein Schreibtischfach und verschließt dieses. Seit drei Wochen hat sie Yves nicht mehr gesehen. Laura hat sich seit geraumer Zeit Yves' Einfluss entzogen. Instinktiv spürt sie, dass er versucht, mit dieser Handlung wieder Kontrolle über sie zu gewinnen.

Es ist so weit. Das Fiasko schreit nach einer Lösung. Auf diese Art ist kein Leben zu führen und schon gar nicht zu gestalten. Ihr Blick geht zum Telefon, dann zur Uhr. Sie zögert einen Moment. »Nicht schon wieder …«, murmelt sie. Wie oft schon wurde sie durch ihre Gefühle aufs Kreuz gelegt? Sie verlässt sich auf ihren Verstand und zwingt sich dazu, aufzuhören, über Yves' Seelenlage nachzudenken. Eins ist jedoch nicht von der Hand zu weisen: Ihr Privatleben hat den absoluten Gefrierpunkt erreicht.

Mit Beklemmung verlässt sie ihr Büro.

8

Als Laura den Tagungsraum betritt, ist Yves' Schreiben aus ihrem Kopf verbannt. Pünktlich um 09.00 Uhr startet das Meeting, an dem auch Brisson, Harris, Rosinski, Frey und Starnberg, Produktmanager für *Osteo-Klast* und *Osteo-Forte*, teilnehmen. Es geht um die Festlegung der Programmpunkte und deren Inhalte für das Treffen mit dem Führungsquartett von GATES PHARMACY am kommenden Montag im Crown Plaza.

Sie hatte die Tage zuvor einen Volltreffer gelandet. Bei ihrer Internet-Recherche stieß sie in den Vereinigten Staaten auf die *Society of Competitive Intelligence Professionals* (SCIP), eine Firma, die sich gewerbsmäßig mit dem Ausspähen von Konkurrenten und Geschäftspartnern befasst. Über diese Quelle förderte sie Sensationelles zu Tage. Doch Laura sieht den Zeitpunkt noch nicht gekommen, damit aufzutrumpfen. Sie wird lediglich zur Vorsicht mit den firmeneigenen Kundendaten gegenüber GATES raten.

Brisson eröffnet die Sitzung mit der Verlesung einer E-Mail: »Woodbridge erwartet, dass die Erfolgsstory von *Osteo-Klast* nun gemeinsam in der Allianz mit GATES PHARMACY und deren Außendienst mit *Osteo-Forte* fortgesetzt wird. Die Zeit der Einzelkämpfer im Außendienst ist vorbei. Um erfolgreich zu sein, *muss* man gemeinsam an einem Ziel arbeiten.«

Dabei geht er auf die »drei Ks« ein. »Die Kooperation verbindet zwei Weltkonzerne mit unterschiedlichen Stärken, die, synergistisch genutzt, einen entscheidenden Wettbewerbsvorteil bringen. Durch die Koordination der Aktivitäten – bis hin zu lokalen Initiativen – wird ein siegreiches Konzept geschaffen. Und Kommunikation ist Voraussetzung für die erfolgreiche Vermarktung von *Osteo-Forte*: nach innen wie nach außen!«

Niemand fühlt sich nach diesen Phrasen vom Stuhl gerissen.

Brisson spricht nun frei: »Die *Alliance for Better Bone Health* ist eine langfristig angelegte, globale Partnerschaft, gewidmet einer weltweiten Verbesserung der Knochengesundheit durch *Osteo-Forte*.«

Laura amüsiert sich, weil die Bezeichnung »Bone Health« inzwischen von allen in der Branche mit Beschlag belegt wird, was auch in jeder Broschüre der Konkurrenz zum Ausdruck kommt. Brisson fährt fort: »Das heißt, es müssen mehr Diagnosen gestellt werden, damit auch mehr Patienten mit *Osteo-Forte* behandelt werden können. Das muss im Mittelpunkt unserer Besprechung mit Gates Pharmacy stehen.« Daraufhin wendet er sich an seinen rechten Sitznachbarn: »Herr Rosinski, wie läuft's?«

Überrascht räuspert sich dieser mehrmals. »Nicht wirklich gut – das mit der ›Allianz‹. Es sind noch wesentliche Fragen offen. Zum Beispiel, wer in wichtigen Entscheidungen am Ende das Sagen hat. Jeff Bloomberg, Chairman von Gates Pharmacy in Deutschland, ist der Auffassung, dass Entscheidungen nur im Konsens getroffen werden können. Das stiftet Verwirrung in unseren Reihen und ist daher abzulehnen. Wir müssen in kontroversen Fragen allein entscheiden können. *Osteo-Forte* ist unser Baby. Wir müssen hier führen! Eindeutig!«

Laura ist erstaunt über Rosinskis treffende Worte, kann sich aber keinen Reim darauf machen. Ohne sich mit jemandem abgesprochen zu haben, erhöht Rosinski den Druck auf Brisson, der die Richtlinienkompetenz hat. Doch Brisson nimmt Rosinskis Ausführungen ohne Kommentar zur Kenntnis. Nach einer Pause fragt er ihn: »Wie läuft es mit Malta?« Niemand im Raum versteht, was Brisson damit genau meint.

»Wir tagen in Malta im ›Le Meridien‹. Der Rücklauf an Zusagen unserer Experten ist überraschend gut, bis auf zwei nationale werden alle kommen. Die aus den anderen europäischen Ländern haben komplett zugesagt.« Gleichzeitig verteilt er eine Namensliste über den Tisch. »Der aktuelle Stand.«

»Erfreulich, erfreulich!«, kommentiert Brisson Rosinskis Liste.

»Es gibt ein weiteres Problem.«

»Was für eins?«

»Gates hat Wind davon bekommen. Sie pochen auf eine Teilnahme in Malta.«

Brisson konzentriert sich ganz auf Rosinski: »Wie das?«

»Ich vermute, durch eine Befragung einer Reihe unserer Meinungsbildner.« Rosinski umschreibt damit das gezielte Aushorchen zur Erlangung von Informationen.

Brisson weicht einer Vertiefung der Angelegenheit aus. »Herr Rosinski, das sollten wir gesondert besprechen.«

Stattdessen wendet er sich an Laura: »Frau Lasalle, wie sind Ihre ersten Erfahrungen mit GATES?«

»Nach den ersten Kontakten stellt sich die Frage: Wie verfahren wir wirklich mit dem Know-how unseres Außendienstes, unserer Datenbank, und wie verhalten wir uns im Connections-Team in dieser Frage gegenüber dem Führungsquartett von GATES?«

Brisson nickt, doch Laura ist sich sicher, dass Brisson nicht die geringste Ahnung hat von dem, was sie wirklich bewegt. »Dr. Brisson, Sie haben mich nach ersten Eindrücken gefragt. Was mich stört, sind spezielle Agenturen, mit denen GATES offenkundig zusammenarbeitet.«

»Welche Agenturen?«

»Corporate Intelligence und Corporate Analysis.«

Die Runde blickt verdutzt. Brissons Körpersprache verrät hohe Anspannung.

»Was wollen Sie damit sagen?«

Laura nimmt ein vorbereitetes Papier in die Hand. Brissons Augen sind starr auf sie gerichtet, während Laura fortfährt. »Informationsvorteile sind Erfolgsfaktoren, die über Überleben und Untergang im Wettbewerb entscheiden. Ein Konzern, der keine Informationsvorteile hat, geht früher oder später unter. Ich habe den Eindruck, dass GATES mit seinem Forderungskatalog den Vorstoß wagt, uns im Marketing und Vertrieb die Erfolgsfaktoren zu klauen!«

»Woran machen Sie das fest?«

Laura reicht Brisson den Forderungskatalog von GATES PHARMACY. »GATES' Ziel ist eindeutig: Beschaffung von Daten, die sonst nur schwer zu bekommen sind. Ich bin nicht bereit, mehr Daten herauszugeben als die Verordnungsstärke unserer Orthopäden. Alles andere bleibt unter Verschluss. Ich erwarte Ihre Entscheidung.«

Brisson ist verblüfft. Rat suchend blickt er zu Harris. »Wie ist Ihre Meinung dazu?«

»Ich bin der gleichen Meinung! Eine GE, die über die Verordnungsstärke hinaus auch über die kleinsten Besonderheiten ihrer Verordner Bescheid weiß, hält pures Gold in den Händen. Kein Wunder also, dass sich GATES PHARMACY dafür interessiert. Unkomplizierter als in einer Allianz zapfen Sie keine Datenbank an. Die Forderung von GATES, auch in Malta dabei sein zu wollen, passt exakt ins Bild.«

Brisson provoziert: »Ich glaube, Sie sehen Gespenster!«

»Sir, ich denke stets genau das, was Sie denken, was immer Sie denken werden oder was immer Sie denken könnten. Ja, die Realität zeigt sich gespenstisch«, kontert Harris geschickt. Er zeigt große Fähigkeit, was die Aufrechterhaltung der Atmosphäre von Respekt anbelangt. »Übrigens, nach meiner Kenntnis benutzt jedes offensiv agierende amerikanische Unternehmen Kanäle, um Firmen auszuspähen. Woodbridge, das heißt wir selbst, arbeiten in den Staaten mit der *Federation of American Scientists*, abgekürzt FAS, zusammen. Ein professionelles Forum, um Informationen zum eigenen Wohle und dem der ganzen Nation auszutauschen. Überdies sind wir Sponsor der *National Military Intelligence Association*. In diesem Verein werden Informationen weitergegeben, die eindeutig durch Spionage erlangt werden.«

Brisson hält sich bedeckt. In solchen Momenten ist nicht auszumachen, ob er im Besitz der gleichen Erkenntnisse ist oder pokert.

Brissons Entscheidung überrascht alle: »Gut, wir sollten uns keine Läuse in den Pelz setzen lassen.« Erleichterung zeigt sich in den Gesichtern. »Kommen wir zum Ausbietungsplan. Was sind die Aufgaben der Allianz? Bitte, Frau Lasalle.«

»Herr Brisson, bevor ich mit meiner Präsentation beginne, möchte ich, dass Sie eine wichtige Maßnahme bei GATES PHARMACY durchsetzen.«

»Schießen Sie los!«

»Lola Limbrock, Alexandra Georgiou, Markus Frey und Tim Starnberg sollten gemeinsam mit mir an einer der nächsten Außendiensttagungen bei GATES teilnehmen. Gut wäre auch, wenn Harris uns im Namen der Geschäftsführung vor Ort unterstützen könnte. Ich bitte Sie, dieser taktischen Maßnahme Priorität einzuräumen.«

»Warum sollte ich?«

»Wir müssen uns ein Bild über die Führungsqualitäten des Partners machen und sollten dabei auch der Leistungsbereitschaft des Außendienstes den Puls fühlen. Ganz nebenbei können wir sicher mit einzelnen Mitarbeitern in informellen Kontakt treten. Harris könnte sich bei diesem Treffen ganz auf Bloomberg und seine Mitstreiter konzentrieren.«

Alle Anwesenden unterstützen die Forderung Lauras durch ihr Klopfen.

Brisson darauf spöttisch: »Gut! Wenn wir schon zur Lebenspartnerschaft mit GATES verdonnert sind, dann haben auch wir beim Partner Anspruch auf völlige Transparenz. Frau Lasalle, ich gebe Ihnen Bescheid.«

Harris bildet unbemerkt von Brisson mit seinen Fingern ein »Victory«.

Laura zeigt sich zufrieden und eröffnet ihre PowerPoint-Präsentation »Strategien der Allianz«.

Die Ziele sind ambitioniert: *Osteo-Forte* soll als *der* »Gold-Standard« in der Osteoporose-Therapie etabliert werden. Die Ärzte sind davon zu überzeugen, dass *Osteo-Forte* als einziges Medikament im Markt eine schnelle und dauerhafte Frakturreduktion bewirkt, und schon ein Jahr nach Ausbietung soll *Osteo-Forte* als Marktführer *Bonegold* an der Spitze ablösen. Am Ende formuliert sie die Prämisse: »Das wird nur gelingen, wenn wir es schaffen, eine erhebliche Ausweitung von Diagnose und Therapie der Osteoporose im deutschen Pharmamarkt durchzusetzen!«

Nach einer knappen halben Stunde ist Laura mit ihrer Präsentation fertig.

Brisson kommt während der Diskussion auf den letzten Punkt zurück. »Frau Lasalle, bei allem, was wir tun, halte ich das Ziel ›Ausweitung von Diagnose und Therapie‹ für das Wichtigste überhaupt. Woodbridge sitzt uns hier im Nacken. Was tun wir konkret, um dieses Ziel zu erreichen?«

Laura hat die Frage erwartet. »Es gibt eine große Möglichkeit, die Bedürfnisse der Patienten besser zu treffen. Die Daten, die es zur Behandlung der Osteoporose gibt, zeigen, dass nur etwa ein Drittel aller Osteoporose-Patienten diagnostiziert werden. Von diesen werden wiederum nur etwa zwei Drittel behandelt. Und zu guter Letzt erhalten von den behandelten Patienten nur etwa 20 Prozent ein Bisphosphonat.«

»Da eröffnen sich ja enorme Chancen!«

»So ist es! Ich empfinde die Tatsache aber eher als einen ungeheuren Skandal in der Gesundheitspolitik dieser Republik. Diese ›Nicht-Behandlung‹ verursacht exorbitant hohe Folgekosten, die das Gesundheitssystem enorm belasten. Diesen Tatbestand unterschlägt die Gesundheitsministerin aber, und die Ärzte verdrängen die Realität, da sie sich um die Überschreitung ihres Arzneimittel-Budgets mehr Sorgen machen als um die drohenden Wirbel- und Oberschenkelhalsbrüche ihrer Patientinnen.«

»So krass hat mir das noch niemand gesagt.«

»An diesem Beispiel lässt sich die Schizophrenie unserer Gesundheitspolitik am besten belegen. Die operativen Kosten belasten ja die Kliniken, also sparen die Praxen unter dem Budgetdruck bei den präventiven Maßnahmen. Es ist keine Seltenheit, dass unsere Mitarbeiter zu hören bekommen: ›Sollen doch die Knochen krachen, wichtig ist, ich überschreite nicht mein Budget!‹ Das krankenkassenpflichtige Volk wird in diesem Punkt bewusst dumm gehalten, denn es soll ja weiterhin klaglos durch steigende Beiträge gemolken werden.«

Brisson grimmig: »Das Zitat sollte man plakatieren!«

»Genau an diesem Punkt werden wir über die Medien und unsere Meinungsbildner Druck aufbauen. Wenn die Forderung zur Behandlung vom aufgeklärten Patienten kommt, haben Ärzte stets nachgegeben, und Politiker sind schon immer in Panik auf den PR-Zug ›Gesundheitsbewusstsein‹ und ›Vorbeugung‹ aufgesprungen. Aber auch nur dann! In diesem Falle rechne ich auch ausnahmsweise mit MDW, die hoffentlich die Gunst der Stunde begreifen werden.«

»Wie wollen wir GATES fordern?«

»GATES PHARMACY wird gefordert, indem sie die Kosten zur Hälfte tragen werden.«

Laura informiert Brisson über die geplanten Einführungsaktivitäten wie Symposien, regionale Fortbildungsveranstaltungen, PR- und Patienten-Programme, Gründung von Qualitätszirkeln, Artikeln in Fach- und Laienpresse, Hotline-Aktionen unter Einbeziehung der regionalen Expertengruppen, die in den letzten Jahren rekrutiert worden sind.

Am Ende ihrer Ausführungen zeigt sich Brisson äußerst zufrieden: »Stellen Sie das bitte in gleicher Weise am Montag dar!«

9

Laura versucht, ihren Mann telefonisch zu erreichen. Vergeblich. Auch der Anruf bei ihrer Schwester bringt keine neuen Erkenntnisse.

»Berechnender kann man seinen Frust wohl nicht ausleben«, kommentiert Sabrina die verfahrene Situation. Sie erklärt sich jedoch bereit, sofort nach Yves zu sehen. Laura ist für den Moment erleichtert. Das Wochenende in Berlin wollte sie ruhig gestalten, da am Montag das wichtige Treffen mit der kompletten Führungsriege von GATES PHARMACY stattfindet. Doch sie beschließt letztendlich, am Samstagmorgen nach Bremen zu fahren, obwohl sie sich sicher ist, dass Yves taktiert. Gleichzeitig nimmt sie sich vor, Nana zu besuchen, die immer noch unter den Folgen der Zahnextraktion leidet …

Kurz bevor sie das Büro verlassen will, taucht Brisson in ihrem Büro auf. »Ihre Teilnahme an der nächsten Außendiensttagung bei GATES geht okay. Sie findet heute in einer Woche in Köln statt.«

»Wunderbar! Im Namen der GE – danke!«

»Ein Frage noch …« Brisson zögert. »Frau Lasalle, Sie erwähnten heute bei der Besprechung den Begriff ›Corporate Intelligence‹. Wie kommen Sie darauf?«

Laura bittet Brisson, Platz zu nehmen. Nach einem Moment des Schweigens antwortet sie: »Wir haben sichere Informationen darüber, dass GATES in den Staaten Kunde der *Society of Competitive Intelligence Professionals* ist. Wie wir herausgefunden haben, ist die Society auf dem Gebiet des gewerbsmäßigen Datensammelns einsame Spitze!«

»Wer hat diese sicheren Informationen, von denen Sie sprechen?«

Obwohl Alexandra die Internet-Recherchen intensiv vorantreibt, nennt sie ihren Namen nicht. »Harris scheint davon Kenntnis zu haben.«

Brisson winkt ab. »Das alles ist doch weit weg von Berlin. Außerdem arbeiten wir in Europa und nicht in den Staaten.«

»Kontinente und Entfernungen spielen in Zeiten der elektronischen Vernetzung kaum noch eine Rolle. Außerdem besitzt SCIP in Düsseldorf eine Niederlassung. Werfen Sie einen Blick auf die Internet-Homepage von SCIP, und machen Sie sich selbst ein Bild. Ich denke nur, wir sollten uns vorsehen.«

Brisson senkt seinen Blick und erhebt sich. »Frau Lasalle, ich muss Sie verpflichten, über Ihre Erkenntnisse Stillschweigen zu bewahren. Ich möchte nicht, dass Vorgänge, die nur schwer verifizierbar sind, thematisiert werden. Das kostet nur Energie und bringt Unruhe in die Organisation. Sie tragen mir dafür Verantwortung, dass es in ihrer GE nicht dazu kommt.«

Schon will Laura gegen den Maulkorb protestieren. Es wäre ein Leichtes für sie, seine Argumente zu zerpflücken. Doch Laura besinnt sich. Erfolgreicher ist es, überlegt sie, Brisson gegenüber Loyalität zu zeigen. Wenn sie die Methoden nachweisen kann, die GATES anwendet, um Firmendaten auszuspionieren, wird das dazu führen, dass Brisson einen Teil seiner Macht verlieren wird. Rosinski wäre zudem völlig kaltgestellt. Sie würde ihn endlich beerben.

Sie nickt stumm, was Brisson ein Lächeln abnötigt. In der Tür stehend, sagt er: »Übrigens habe ich zugestimmt, dass GATES mit uns eine gemeinsame Außendienstleiter-Tagung durchführt. Das ist der Eintrittspreis für Sie nächste Woche bei GATES. Ich erwarte Ihre Terminvorschläge bis Montag.«

Als Laura allein ist, elektrisiert sie plötzlich ein Gedanke. Sie drückt eine der codierten Ruftasten. Eine weibliche Stimme meldet sich: »Hallo, Laura!«

»Hallo, Alexa. Komm bitte in mein Büro …«

10

Bremen

Sabrina informierte Laura gegen 23.00 Uhr, dass Yves zu Hause ist. Nach vier Stunden Fahrt trifft Laura Samstagmorgen in Bremen ein. Hinter dem Bremer Kreuz nimmt sie die Abfahrt Vahr. Die Schneemenge auf der Kurfürstenallee hat Seltenheitswert. Morgenwinterdämmerung. Laura vergisst die erste Rüttelschwelle in ihrer Straße. Der Wagen holpert heftig. Das Haus liegt im »Alarmanlagenland«, in Schwachhausen. Ein nobler Stadtteil voller gut gestellter, gesetzestreuer Bürger. Die beste Adresse in Bremen. Ihr Zuhause, eine alte Kaufmannsvilla, im Jahr 1932 erbaut, besitzt einen unverwechselbaren Charme. Die Fassade bietet den Anblick von Wohlstand und Exklusivität. Der kleine Park im rückwärtigen Teil, eine wahre Oase der Entspannung, ist von der Straße nicht einzusehen.

Früher standen zur Begrüßung oft Kerzen in den Fenstern, und der Geruch von gutem Essen schwebte einem entgegen. Das ist vorbei. Das warme, einladende Haus hat die Aura eines kalten Februarmorgens angenommen. Die Nachbarn haben natürlich gemerkt, dass es in Haus Nummer 107 Veränderungen gegeben hat.

Gegen 08.00 Uhr betritt Laura den Vorgarten. Ihr ist, als überschreite sie eine fremde Grenze.

An der Garderobe zieht Laura ihren Mantel aus. Sogar im Haus empfindet sie abweisende Kühle. Sie trägt ein einfaches, aber umwerfendes blaues Samtkleid mit tiefem, rundem Ausschnitt. Dazu eine Perlenkette. Ihr Outfit ist genau kalkuliert für das, was sie vorhat. In der Küche brennt das Licht. Die Vorhänge sind noch zugezogen. Kaffeeduft liegt in der Luft.

Die Tür wird aufgestoßen. Sie überraschen einander wie Einbrecher, die sich gegenseitig ertappen. Yves, noch im Morgenrock, hält eine Tasse Kaffee in der Hand. Mit seinem sprießenden Bart wirkt er ungepflegt. Offenbar ist er gerade aufgestanden. Der erste Blickkontakt. Zusammenstoßend und abprallend zugleich. Seine Gesichtszüge wirken versteinert. Das Gesicht eines erschöpften Wettläufers, der auf dem letzten Platz gelandet ist. Sein verlorener Lauf um Laura.

»Guten Morgen, Yves«, haucht sie.

»Willkommen in diesem tristen Loch!« Seine Stimme klingt resignierend. Er sieht durch sie hindurch, sieht aus, als wäre er das hilflose Opfer, das allein Mitleid verdient. Gleichzeitig hat sie das Gefühl, dass Yves für sich Schutz reklamiert. Einer jener Augenblicke, die alles auf den Kopf stellen. Die Anspannung im Raum wächst, wird unerträglich.

Sie tritt an Yves heran. Eine Gelegenheit. Sie berührt seinen Arm. »Lass uns vernünftig sein. Ich bin nur wegen dir nach Hause gekommen.«

Yves zieht widerwillig seinen Arm zurück. »Fass mich nicht an!« Ein Blick wie ein Messer. Obwohl Yves psychische Erschöpfung an den Tag legt, spürt Laura, dass diese plötzlich in Gewalt umschlagen kann. Polternd fährt er fort: »Nach Hause, ja … ein Zuhause gibt es nicht mehr. Zuhause muss man vergessen! Bemüh dich nicht!« Dann taxiert er sie von oben bis unten: »Ich finde dich zum Kotzen!«

Da ist sie wieder, die aufblitzende Härte. Dann schreit er sich seinen Frust von der Seele. Ihr ist, als höre sie seine sich überschlagende Stimme direkt neben sich. »Begreife endlich! Ich ertrage diese Entfremdung nicht …« Unerwartet fällt er plötzlich auf die Knie, beugt sein Haupt und schlägt mit der Faust auf den Boden. »Verdammt! Ja, ich vermisse deine Stimme, das Geräusch deiner Schritte, deinen Duft. Ich kann so nicht mehr existieren. Ich mache Schluss! Du hast mir geschworen … bis dass der Tod uns scheidet!« Daraufhin schüttelt ihn ein Weinkrampf.

Laura kniet nieder. Trotz seiner fortwährenden Demütigungen kann sie nicht anders und legt ihre Hand auf seinen Nacken. Als er sich ein wenig beruhigt hat, erwidert sie: »Ich verstehe dich.« Ihre Stimme klingt sanft, versöhnlich.

Yves scheint von ihrer Geste völlig überrascht zu sein. Er bleibt auf den Knien. Endlich hebt er den Kopf. Er sieht aus wie jemand, der vergessen hat, wer er ist. Unpassend dazu seine Stimme. Sie klingt plötzlich hart und fordernd: »Dann komm zurück nach Bremen! Wir haben noch ein gemeinsames Schlafzimmer, und den Tisch decke ich immer noch für zwei.«

Laura erwidert: »Ich bitte dich: Setz dich. Bitte!«

Yves nimmt zögerlich am Küchentisch Platz, und Laura setzt sich ihm gegenüber. Ihre Augen fixieren die seinen. »Yves, es gibt für mich kein Zurück mehr.« Schon will er aufbrausen, doch Laura hebt energisch ihre Hand. »Ganz ruhig. Hör zu! Was ich dir jetzt sage, ist endgültig. Uns hilft nur die Wahrheit.«

Yves höhnt: »Die Wahrheit? Dann raus damit!«

»Unsere Gemeinsamkeiten sind aufgezehrt. Ich kann und will nicht mehr mit dir in einer Ehe leben. Sie ist ein Trümmerhaufen. Sie besteht nur noch auf dem Papier. Du wirst dein Leben ohne mich gestalten müssen.«

Yves sieht sich erneut erniedrigt. Sein Mund verzieht sich. Hasserfüllt zischt er über den Tisch: »Gestalten? Woher plötzlich deine poetische Ader? Verarschen kann ich mich selbst! Gib zu: Du übst dich gerade in einer Bettenpolonaise in Berlin! Du hast doch längst heimlich Rache genommen für meinen Fehltritt.« Darauf in verächtlichem Ton: »Wer weiß, wo du inzwischen überall herumvögelst!«

Laura bleibt gefasst. Für sie ist die Zeit des Zögerns und der Halbherzigkeiten ein für alle Male vorbei. »Ich bin gekommen, um dir meinen Entschluss mitzuteilen. Nicht per Post, nicht über das Telefon, nicht über einen Anwalt, sondern von Angesicht zu Angesicht. Yves, ich werde die Scheidung einreichen!« Im gleichen Moment steht sie auf und fährt fort: »Über die Modalitäten können wir uns in den nächsten Wochen verständigen. Ich werde jetzt nach oben gehen und einige Sachen einpacken.«

Yves springt auf und baut sich vor ihr auf. Sein Mund verzieht sich noch mehr. Laura fühlt sich bedroht. Dann schnappt er ihren Arm, presst sie an sich, während seine andere Hand ihre Brust berührt. Völlig aufgewühlt provoziert er: »Wie ist er denn im Bett? Erzähl schon! Wie besorgt er es dir? Auf dem Schreibtisch? In seinem Haus? Oder vögelt ihr im Wagen?«

Er quetscht ihre Brust. Sie schreit: »Du tust mir weh!« Seine körperliche Dominanz gefällt ihm offensichtlich. Der Stuhl fällt um, der Tisch droht umzukippen. Eine Tasse zerspringt am Boden. Sein Zustand droht vollends außer Kontrolle zu geraten. Laura zieht ihr Knie an und rammt es Yves zwischen die Schenkel. Ihm bleibt die Luft weg. Er lässt sie los. Yves sinkt zusammen.

Im Treppenhaus hört Laura das Läuten des Telefons. Sie läuft hinaus. »Gott sei's gedankt!« Sie weiß, wer anruft. Atemlos fragt sie: »Sabrina?«

»Ja! Ich bin's. Was ist mit dir? Alles okay bei euch?«

»Komm schnell! Sofort! Hörst du?« Sabrina erwidert nichts, sondern legt auf. Laura hört Yves in der Küche stöhnen. Darauf will sie keine Rücksicht nehmen. Es ist sein erster tätlicher Angriff gewesen. Ihr Puls rast. Sie hofft, dass er an der Stelle bleibt, wo er zu liegen kam. Weiß der Himmel, zu was er noch fähig ist …

Dann spult sie exakt ihren Plan ab. Im Kopf die Liste, dazu jeden Handgriff, der nötig ist, beginnt sie ihre Sachen einzusammeln. Erst nimmt sie den Zweitschlüssel von der Ablage an sich und öffnet die Haustür. Dann packt sie ihre Aktentasche, die sie im Flur abgestellt hat, und eilt in ihr Arbeitszimmer.

Erleichterung. Die beiden wichtigen Aktenordner stehen an ihrem Platz: »Policen/Versicherungen« und »Steuererklärung/Belege«. Auf den ersten Blick sind die Unterlagen vollständig. Die Ordner verschwinden in die Tasche. Danach leert sie die beiden Schubladen ihres Schreibtisches, in denen sie wichtige Dokumente, das Familienbuch und diverse Ausweispapiere aufbewahrt. Nebenbei horcht sie auf Geräusche im Treppenhaus.

Flugs nimmt sie die beiden Safeschlüssel. Einer passt in das Schloss des Haussafes. Dort liegen Notar-Urkunden, Sparbücher und diverse Unterlagen ihrer persönlichen Kapitalanlagen. Nichts davon gehört Yves. Er hat schon lange alle seine Geldreserven und das geliehene Kapital an der Börse verzockt. Der andere Schlüssel gehört zum Schließfach der Bank, in dem sie ihren Schmuck aufbewahrt. Die wichtigsten Kleidungsstücke würde sie später mit Sabrina in ihren Wagen packen.

Als sie das dritte Mal vom Auto kommend das Treppenhaus betritt, kommt ihr Yves auf dem Flur entgegen. Er steht unsicher auf den Beinen. Sein Gesicht ist kalkweiß. Sie ignoriert ihn und steigt trotz ihrer inneren Aufregung ohne Hast die Treppe empor. Im Ankleidezimmer leert sie rasch den Safe.

Ein Wagen fährt vor. Die Wagentür schließt mit dumpfem Schlag. Befreit atmet sie durch.

Kurz darauf hört sie Sabrinas aufgeregte Stimme im Treppenhaus. »Laura? Alles okay?« Dann etwas unsicher: »Wo bist du?«

»Ich bin hier oben«, erwidert sie und blickt hinunter. Sabrina sieht das figurbetonte Outfit und schüttelt darüber unmerklich den Kopf. Im gleichen Moment tritt Yves neben sie. Mit schmerzverzerrtem Gesicht deutet er auf seine Frau. »Deine glorreiche Schwester. Sie hat mich zur Raserei gebracht. Sie erzählte mir, dass sie in eine bessere Zukunft aufbrechen wird.«

Sabrina macht hinter Yves' Rücken eine Geste der Besänftigung. Laura nickt. Yves' Stimme wird aggressiv: »Sieh sie dir an! Dein Schwesterherz hat vorhin die große Nummer abgezogen, die Scheidungsnummer. Sie denkt nur noch an ihre Karriere, an andere Menschen denkt sie nicht.«

Laura steigt die Treppe herab und erwidert: »Wo war die Moral in den entscheidenden Momenten deines Lebens?«

»Schnauze! Komm runter von diesem Trip! Ich lass mich nicht von dir verspotten!«

»Hört endlich auf!«, schreit Sabrina dazwischen und schiebt Yves in Richtung Küche.

Dort lässt er sich widerstandslos auf einen Stuhl drücken. Er verbirgt sein Gesicht hinter den Händen und fängt an zu lamentieren. »Was mach ich nur? Ich bin abgestürzt, abgestürzt von der

Steilküste des Lebens. Deine Schwester hat mich vom Kliff gestoßen. In ihren Augen war ich immer ein Versager. Es macht ihr doch Spaß, mich betteln zu sehen.«

»Yves, mein Gott noch mal! Sei nicht so selbstgerecht. Wie oft haben wir darüber geredet? Du weißt es doch besser. Es ist eine Menge Rücksicht und Geld die letzten Jahre in deine Richtung geflossen. Bernd, ich und auch Laura, wir alle haben versucht, dir zu helfen.«

Arrogant erwidert er: »Na und? Sie ist meine Frau. Gut, sie hält mich aus. Sie kann es sich leisten, ihr könnt es euch leisten. So viel zur Wohltätigkeit.«

»Yves! Hör auf, so zu reden. Du zerstörst damit alles. An Lauras Entscheidung wirst du nichts mehr ändern.«

»Ach was, ändern! Ich weiß, ich bin gerichtet – jetzt doppelt gerichtet. Blut, Gemetzel … das alles ist doch ganz nach eurem Geschmack!«

Während Laura in Eile ihre Kleider ins Auto packt, versucht Sabrina beruhigend auf Yves einzuwirken. »Du irrst dich. Laura hat viel für dich getan. Auch in ihren schwersten Zeiten. Vergiss das nie!« Sie schenkt ihm Kaffee nach. »Hier, trink das.«

Yves hält sich die Tasse unter das Kinn, als sollte sie seine Worte auffangen. »Wie sie am frühen Morgen hier herumturnt, ist doch der Gipfel. Sieh nur, wie aufreizend sie gekleidet ist. Sie hat mich nur deshalb provoziert, damit sie sich noch schroffer umdrehen und davonmachen kann.«

Sabrina blickt zur Decke. »Yves! Das ist nun wirklich absurd.« Yves erwidert nichts darauf. Sabrina legt die Hand auf seinen Arm: »Ich werde mit meiner Schwester reden. Sie wird dir finanziell noch einmal helfen. Also schlag dir diese Tür nicht zu.«

Yves ballt seine Hand zur Faust und lässt sie auf den Tisch krachen. Verbitterung quillt aus ihm heraus. »Sie hat nicht verhindert, dass mein Leben in die Brüche ging. Mir kann man nichts vormachen. Ich werde nicht verlassen, ich werde ersetzt!«

Inzwischen hat Laura alles zum Wagen gebracht. Sie nähert sich der Küchentür, bleibt stehen. Sie bebt innerlich. Ihr Mantel hängt über dem Arm. Leise sagt sie zu Sabrina: »Ich habe das Nötigste eingepackt. Wir können …«

Yves will aufstehen. Sabrina legt ihre Hand auf seine Schulter und drückt ihn auf den Stuhl zurück. »Bleib sitzen. Es ist besser so.«

Bewusst nimmt Yves dieses letzte Bild von Laura im Türrahmen in sich auf. Tonlos bewegt er die Lippen: »Auf Wiedersehen, Laura.«

Plötzlich steht er auf – bleibt aber wie angewurzelt stehen. Das Geräusch der schnellen Schritte im Treppenhaus passt zum Klang der zuschlagenden Tür. Seine Starre löst sich. Er geht zum Fenster.

Laura ist für ihn immer noch ein beflügelnder Anblick. Die schwingenden Hüften seiner entschlossen dahinschreitenden Frau sind der reinste Blickfang. Man sieht es ihrem Schritt an: Sie hat viel zu gewinnen und meint es mit ihrer Entscheidung todernst. Sie geht fort. Kein Blick zurück!

Abrupt wendet er sich ab. Yves hört, wie zwei Autos gestartet werden. Er fühlt sich doppelt verurteilt – fühlt doppelten Schmerz. Er sinkt auf den Stuhl nieder. Sitzt da, bewegungslos, und sinkt und sinkt …

Was Sabrina und Laura nicht ahnen: Auf dem Boden der Aussichtslosigkeit aufgeschlagen, will er Laura nicht nachstehen. Auch Yves meint es plötzlich todernst. Eine Maßnahme der Glaubwürdigkeit, der Moment der Wahrheit. Das Leben, das noch seines ist, soll nach diesem endgültigen Weggang sein Ende finden. Er greift im Affekt das Küchenmesser und schneidet sich dort, wo er die Pulsader vermutet.

In diesem Augenblick steigt Laura noch einmal aus ihrem Wagen und bittet Sabrina, bei Yves zu bleiben. Zur Sicherheit …

Nach wenigen Kilometern trifft Laura bei ihrer Mutter ein. Die Freude über den unerwarteten Besuch ist groß.

Bevor Laura Nana über den wahren Grund ihres Aufenthalts in Bremen aufklärt, lässt sie sich über ihren letzten Zahnarztbesuch informieren.

Nana seufzt. Ihre Aussprache ist etwas undeutlich: »Ach ja,

mein Zahnarzt gibt sich größte Mühe. Er hat mit einem Sanierungsplan begonnen …«

»Was genau wird da gemacht?«

»Er sprach von einer Sanierung des Infektionsherdes. Ich muss viel Mundhygiene betreiben. Spülen, spülen, spülen!«

»Nimmst du etwas ein?«

»Ja, ein Antibiotikum.«

»Was sonst noch?«

»Ich gehe regelmäßig zur Zahnreinigung. Eine scharfe Knochenkante hat er entfernt, weil ich meine Zunge daran wund gescheuert habe.«

»Verspürst du eine Besserung?«

»Ein wenig schon. Doch die Wunde will und will sich nicht schließen.«

»Du musst Geduld haben. So etwas braucht seine Zeit …«

Später bringt Laura ihrer Mutter schonend ihre Absicht bei, sich von Yves zu trennen. Sie erzählt ihr ausführlich, was in den letzten Stunden zu Hause passiert ist …

Nana nimmt daraufhin Laura in den Arm: »Mein Kind, damit habe ich irgendwann einmal gerechnet. Ich bin sicher, du weißt, was du tust. Was auch gewesen sein mag, als deine Mutter stehe ich immer an deiner Seite.«

II

Berlin

Sabrina alarmierte den Notarzt. Erst Sonntag, als alles überstanden ist, informiert sie ihre Schwester. »Er ist außer Lebensgefahr.«

Laura reagiert betroffen: »Ich komme noch heute nach Bremen, Sabrina.«

»Bleib in Berlin! Es macht keinen Sinn. Yves will dich auf keinen Fall sehen. Vielleicht ist das für ihn die Wende. Er will sein Leben wieder ins Gleichgewicht bringen. Ich habe ihm auch einen Tipp gegeben.«

»Was hast du ihm geraten?«

»Eine andere Frau!«

Laura bleibt die Spucke weg.

Als sie den Hörer aufgelegt hat, wird ihr klar, was im Leben wirklich zählt: Gesundheit, Liebe und Glück. Die Katastrophe ist gerade noch einmal abgewendet worden. Der Kelch ist vorübergegangen.

Doch in Zeiten, in der der berufliche Druck wächst, obendrein Vorgaben ständig erhöht werden, werden Situationen heraufbeschworen, die einen zwingen, für sein Leben neue Entscheidungen zu treffen. Die Balance in Lauras Leben zwischen Anspannung und Entspannung droht zu kippen.

»Lieben und Lachen, wohin hat sich das verflüchtigt?«

12

Der Taxifahrer öffnet Alexa die Tür: »Guten Morgen, Laura.«

Laura lächelt zurück, als würde ungetrübtes Glück ihr Gesicht überfluten. Die Spuren des dramatischen Wochenendes sieht man ihr nicht an. Alexa nimmt neben ihr auf der Rückbank Platz und gurtet sich an.

Laura bittet den Taxifahrer: »Zum Crown Plaza.«

Alexa mustert das perfekte Outfit ihrer Chefin. Die blonden, hochgesteckten Haare geben den Blick auf hübsche Perlenstecker frei. In ihrem schwarzen, elegant geschnittenen Max-Mara-Hosenanzug ist sie ganz Business-Woman, mit einem Touch anziehender Weiblichkeit.

Als Schmuck trägt sie am Revers ein arabisches Ornament in Gold. Ihre Füße stecken in schicken Bally-Schuhen mit halbhohen Absätzen. Neben ihr eine stilvolle flache Handtasche aus Lackleder, in die auch dünne Akten passen.

Bewundernd sagt Alexa: »Das Wolfsrudel von GATES wird dir aus der Hand fressen.«

»Hoffentlich sind sie nicht zu hungrig und beißen zu.« Laura deutet kurz auf den Taxifahrer und dämpft ihre Stimme. »Sag, was hältst du von meiner Vermutung, dass wir ausspioniert werden?«

»Ich denke, du vermutest richtig. Wenn GATES schon so dreist ist, dann wird es MDW umso mehr sein. Damit ist tatsächlich zu rechnen, auch wenn wir bislang keine konkreten Anhaltspunkte haben.«

»Wir müssen ein waches Auge darauf haben.« Nach einer Pause kommt Laura auf das Gespräch vom Freitag zurück: »Hast du über GATES noch etwas herausbekommen?«

Alexandra flüstert zurück: »Der Anfang ist gemacht. Ich habe am Samstag per Mail die letzten Geschäftsberichte angefordert.«

Alexa reicht ihr den Ausdruck. »GATES PHARMACY wird als eigenständige Firma geführt. Ich habe nur das ausgewiesene Eigenkapital ein wenig unter die Lupe genommen und mit den letzten Jahren verglichen. Meine Anmerkungen dazu findest du auf dem zweiten Blatt.« Alexa deutet auf das Zahlenkonvolut. »Die Balance zwischen Aktiv- und Passivseite ist fast ausgehebelt. Für mich hat GATES PHARMACY ein erhebliches Finanzierungsproblem.«

»Zu geringes Eigenkapital?«

»Davon ist auszugehen.«

Während sich das Taxi durch den Berliner Berufsverkehr frisst und Alexa in der neuesten Ausgabe von *Cosmopolitan* blättert, wandern Lauras Augen über das Zahlenwerk.

»Crown Plaza!«, kündigt der Taxifahrer an.

Laura erblickt die Fassade. Zwei Worte, zwei Lügen. Die Krone fehlt, die Plaza auch.

Laura und Alexa betreten die Hotel-Lobby. Sie erblicken Harris. Neben ihm steht ein unauffälliger Mann. Harris macht Laura und Alexa mit Jeff Bloomberg bekannt. Die kalten Hände passen zu der frostigen Begrüßung.

Bloomberg ist ein völlig untypischer Vertreter der sonst so eloquenten Pharmawelt. Er wirkt eher wie ein Vertreter des gehobenen deutschen Beamtenapparates. Unauffällig, doch sorgfältig gekleidet, mit dem Aussehen eines Asketen, ohne einer zu sein. Den Blick eisig auf Harris gerichtet, fragt er im Ton eines Kommandierenden:

»Sind Sie vollzählig?« Als Harris nickt, erteilt er den nächsten Befehl: »Folgen Sie mir bitte!«

Harris lächelt in sich hinein, während Bloomberg Laura verstohlen von oben bis unten im Visier behält. Vor dem Tagungsraum »Genf« warten bereits Lola Limbrock, Markus Frey und Tim Starnberg. Übergangslos heißt Bloomberg die »Partner von GlobalPharm« willkommen und dankt für deren Erscheinen. Daraufhin winkt er seine Mitarbeiter heran und macht das Connections-Team untereinander bekannt.

Laura, Harris und ihre Mitstreiter erfahren, wer in welcher Höhe am Totempfahl der Rangordnung bei Gates Pharmacy hängt. Schon ziemlich weit oben angelangt ist Kenneth Moore, Stellvertreter von Bloomberg, ein typischer »Young Professional« mit einem B.A. in »European Studies«, Auslandserfahrung und interkultureller Kompetenz, wie Bloomberg ihn hochjubelt. Gleich darunter Rudolf Wess als zentraler Außendienstleiter. Auf den ersten Blick sympathisch. Wenn Bloomberg der Leitwolf ist, dann ist Wess sein Welpe. Dr. Miriam Bergmann ist Produktmanagerin. Ein Eisvogel mit einer riesigen Anstecknadel am eleganten Jackett über dem Busen, die bei jedem Schritt mitwogt. Dazu das Milchgesicht Ulf Lehnert, der als medizinisch-wissenschaftlicher Referent vorgestellt wird, und Bob Herbert für die Kommunikation nach innen und außen. William Spiegel schließlich ist als IT-Spezialist dabei.

Lauras innerer Seismograph schlägt aus: Spiegel ist der Informations-Broker. Derjenige, der ganz unten, quasi noch unter der Erde, die Wühlarbeit für Gates erledigen soll.

Der Konferenztisch ist in Blockform angeordnet. Das Team nimmt Platz. Lauras Präsentation verläuft wie geplant. Ihr Auftritt erweckt in Bloomberg eine Begehrlichkeit, als befände er sich in einer Delikatessenabteilung.

Nach zwei Stunden ist man sich in der Strategie einig. Das Ergebnis ist die Übereinstimmung im gemeinsamen Vorgehen während der ersten sechs Monate nach Ausbietung von *Osteo-Forte*. Ebenfalls was die PR-Aktionen »Gesundheitsbewusstsein« und

»Vorbeugung« betrifft. Die angestrebte Kostenteilung wird von GATES akzeptiert.

Danach beginnt das subtile Ringen um die firmeneigenen Zielgruppendaten. Ein virtueller Boxring, aus dem es offenbar kein Entrinnen gibt. Die ersten Runden gehen an Laura. Doch in der sich anschließenden Diskussion um die komplette Offenlegung und Nutzung der Daten zeigt sich, dass Bloomberg zu den Typen gehört, die Widerstand suchen, damit sie ihre Messer daran wetzen können. In der letzten Runde geht es, wie vorausgeahnt, nur noch um die Art des Transfers der Kundendaten an GATES. Bloomberg übergibt sein Messer an William Spiegel, der bis dahin geschwiegen hat. Er wird von Bloomberg aufgefordert, die Details mit Laura auf die Schnelle festzuzurren.

Spiegels Vorschlag ist eine Frechheit: »Am besten wird es sein, ich komme in Ihre Abteilung Commercial Effectiveness, und wir erledigen das direkt vor Ort. Dabei können wir uns ansehen, was an Daten für jeden Zielgruppenarzt bei Ihnen gespeichert ist. Das bietet außerdem den Vorteil, dass wir die Daten, wie vorgegeben, sofort unkompliziert überspielen können. Damit folgen wir der Richtlinie ihres Headquarters in Woodbrigde.«

Laura entgegnet darauf: »Herr Spiegel, ein guter Vorschlag. Wir sind für eine rasche und unkomplizierte Zusammenarbeit gerade auf diesem sensiblen Sektor. Natürlich haben wir an diese wichtige Voraussetzung gedacht. Ein Datenträger mit allen erforderlichen Informationen für die gemeinsame effiziente Bearbeitung des Osteoporose-Marktes ist daher in Vorbereitung. Ich bitte im Gegenzug auch um Ihre Daten. Ich bin sicher, dies hilft uns, im Umfeld der deutschen Gesundheitspolitik unsere Ressourcen optimal zu bündeln.«

Das ist nicht das, was Bloomberg und sein Team erwartet hat. Spiegels Mimik reflektiert den Widerhall, das Echo seines Gedankens: Wie komme ich auf direktem Weg an Codes und Schlüsselmanagement von GLOBALPHARM Deutschland?

Spiegel zeigt ein Haifischlächeln: »Vielen Dank, Frau Lasalle. Ich bin mir sicher, wir kommen zusammen. GATES tut den ersten

Schritt. Sie bekommen von mir einen Laptop, auf dem sich unsere spezielle Zielgruppen-Datenbank befindet. Machen Sie sich damit einfach vertraut. Dazu eine externe Festplatte mit USB-Anschluss, auf der Sie Ihre Daten für uns aufspielen können. Wenn alles okay ist, hoffe ich sehr, dass wir in Zukunft keine Festplatten mehr hin und her tragen werden.« Dann blickt er selbstzufrieden in die Runde. »Niemand kann auf Dauer akzeptieren, knappe Zeitressourcen mit IT-Steinzeit-Aktionen zu verplempern.«

Gelassen, aber verbindlich lächelnd erwidert Laura: »Wie Sie wissen, Herr Spiegel, sind nur wenige Knochen bei der Geburt vollkommen entwickelt. Das Knochenwachstum ist erst am Ende der Pubertät abgeschlossen.« Sie hat die Lacher auf ihrer Seite. Sachlich fährt sie fort: »Gates Pharmacy ist doch hoffentlich nicht entgangen, dass wir in der Neuzeit stehen und in die Zukunft blicken. Dafür steht unsere professionelle Kundenfokussierung. Sie werden bekommen, was unserem gemeinsamen Erfolg hilfreich sein wird.«

Bloomberg wendet sich an Harris. Sein Verhalten ist aggressiv: »Richard! Ich bin in Zukunft gegen verdeckte Kartenspiele. Das behindert unsere Zusammenarbeit.«

Harris reagiert darauf maßvoll: »Jeff, ich denke, wir können diese unfruchtbare Diskussion schnell beenden. Gates Pharmacy, wie auch wir, beachten doch nur notwendige Sicherheitsvorschriften. Salopp formuliert: Jedes Unternehmen will sich damit vor Plaudertaschen im System schützen. Das Zusammenwachsen der Knochen hat doch gerade erst begonnen.« Jetzt hat er das Lachen auf seiner Seite. Damit ist die erste Krise überspielt.

Bloomberg zeigt ein emotionsloses Pokergesicht. Ruhig im Ton, wendet er sich an Spiegel: »Wann benötigen wir die Daten von GlobalPharm?«

»So schnell wie möglich.« Dann richtet sich seine Frage an Laura: »Frau Lasalle, nächste Woche in Köln?«

Laura blickt zu Alexa. Diese nickt zustimmend. Laura erwidert: »Nächste Woche, Herr Bloomberg.«

Spiegels Blicke ruhen plötzlich auf Alexa wie auf einer offenen

Auster, die es auszuschlürfen gilt. Frech lügt er mit schmeichlerischer Stimme: »Ich freue mich darauf, Sie einweisen und Ihnen die Hard- und Software übergeben zu dürfen.«

Auf dem Weg zum Taxi legt Alexa den Finger auf ihren Mund, als Zeichen zur Schweigsamkeit. Spiegels Laptop legt sie in den Kofferraum. Kaum dass Laura und sie Platz genommen haben, zeigt sie Spiegels Visitenkarte und legt los: »Der Hai wollte sich doch glatt mit mir verabreden. Er bot an, ich solle ihn kontaktieren, wenn ich nicht klarkomme.«

»Ich hab ihn am Konferenztisch beobachtet. Seine Hände zitterten leicht. Der Mann steht unter Erfolgszwang. Er arbeitet sicher für eine fette Prämie.«

Alexa erwidert: »Dann ist das Gerät sicher präpariert.«

»Was soll daran präpariert sein?«

»Ich denke, sowohl die Tastatur als auch Bauteile der Hardware und die von Spiegel mitgelieferte Software dürften manipuliert sein. Möglich, dass sie darauf hoffen, dass wir damit an unseren Zentralrechner gehen und unsere Zugangscodes über die Tastatur eingeben. Alles, was wir bei der Überspielung tun, lässt sich damit exakt verfolgen. Eine Mini-Wanze ist ebenfalls darin zu vermuten. Sie könnten abhören, was wir besprechen.«

»Jetzt ist mir klar, was Harris mit ›Plaudertasche‹ meinte. Gibt es Möglichkeiten, diese Manipulationen am Gerät aufzudecken?«

»Offiziell gibt es solche Sicherheitsüberprüfungen bei uns nicht. Ich habe aber ein, zwei qualifizierte Freunde, die das können.«

»Was sind das für Freunde?«

»Sie gehören dem CCC an, dem Chaos Computer Club. Freunde, die gern in unverständlichen Kürzeln reden und selbst zur Toilette ihr Notebook mitnehmen.«

»Merkwürdige Freunde.«

»Das kann man wohl sagen. Im Sommer treffen sie sich zu Tausenden irgendwo auf einem Campingplatz, haben aber in jedem Zelt genug Strom, um locker Kontinente zu überbrücken. Bist du daran interessiert?«

»Und ob! Ich bin scharf auf Ergebnisse.«

13
Köln

Der Airbus von Berlin nach Köln startet pünktlich. Bis zur Landung ist genügend Zeit, um mit Alexa Maßnahmen zur »Affäre S«, wie sie den Tatbestand der Wirtschaftsspionage durch den Kooperationspartner nennen, auszutauschen …

Alexas Freunde aus der Hacker-Szene haben Spiegels Laptop unter die Lupe genommen. Das Ergebnis ist beachtlich. So fand sich ein Key-Logger-Programm auf dem Rechner, das per Trojaner die Überwachung der PCs von Zielpersonen unterstützen soll. Der Key-Logger speichert jede Tastatureingabe, sodass diese später abgerufen werden kann. Das Gerät besitzt darüber hinaus einen Mini-Keyghost, dessen Modul sich direkt im Tastaturadapter befindet. Damit kann jeder Krypto-Schlüssel abgefangen werden. Laura hat die Untersuchungsergebnisse dokumentieren lassen.

»Wirst du damit zu Brisson gehen?«, fragt Alexa.

»Natürlich, wenn der richtige Zeitpunkt gekommen ist.«

Im persönlichen Arbeitsbereich hat die »Affäre S« sie zu weiteren Sicherheitsmaßnahmen gezwungen. Aufgrund der Erkenntnisse hat Laura Alexa angewiesen, ihren Daten-PC und den von Markus Frey vom externen Netz zu nehmen. E-Mail- und Internetzugang sollen in Zukunft nur noch mit einem von Geschäftsdaten »gesäuberten« Rechner genutzt werden. Harris hat noch am gleichen Tag nachgezogen. Da die Mitarbeiter in den Regionen mit eigenen Datenbeständen arbeiten und die täglichen Arztbesuche und Personendaten mit einem sicheren Verschlüsselungsprogramm kommunizieren, ist hier ein möglicher Datenangriff so gut wie ausgeschlossen.

Lauras Fazit lautet: »Als ob MDW als Gegner im Markt nicht schon reichen würde. Nein, man setzt uns auch noch wahre Blutsauger im Namen der Kooperation in den Pelz.«

Darauf Alexa: »Wirtschaftsspionage besitzt im Pharmamarkt eine strategische Komponente. Darauf müssen wir reagieren.«

»Was wir allerdings heute bei GATES herausfinden wollen, das kann uns keine Wanze und kein Keyghost liefern.«

Laura fischt sich aus ihrer Tasche den Hotelprospekt. Der Werbetext verspricht allen Gästen First-Class-Niveau, elegantes Ambiente, Köstlichkeiten der internationalen und deutschen Küche, persönlichen Service und herzliche Gastfreundschaft. Gleichzeitig propagiert er die »Maritim«-Philosophie: Weltoffenheit, Gastfreundschaft, Individualität, Aufgeschlossenheit, professionelle Kongress- und Veranstaltungseinrichtungen. Sie reicht den Prospekt Alexa und bemerkt sarkastisch: »Der richtige Rahmen, um abgeschöpft zu werden!«

Die Teilnehmer von GlobalPharm aus Berlin stecken sich die Namensschilder an und betreten das elegante Hotel. Es besticht durch seine lichtdurchflutete Halle. Ein Mix aus Kathedrale und Opernvestibül, garniert mit diversen Restaurants und Geschäften. Alexa verabschiedet sich. Sie trifft sich mit Spiegel in einem separaten Besprechungsraum, um ihm den Laptop mit den aufgespielten Zielgruppendaten zu übergeben.

An der Rezeption des Hotels erwartet sie die Empfangsdame. Sie lächelt herzlich und bittet die Gruppe, ihr zu folgen. Sie bahnt eine Gasse durch die Mitarbeiter von Gates Pharmacy, die vor dem Konferenzraum die Kaffeetische belagern. Montag ist Meetingtag …

Die Aufgaben sind verteilt. Es gilt die Führungsqualität der Gates-Riege und das Leistungsklima bei den zehn Außendienstleitern auszuloten.

Harris, Frey, Starnberg und Rosinski sind schon einen Tag vorher nach Köln angereist. Sie haben ihre Plätze an der U-Formation der Tische eingenommen. Als Laura sich umsieht, entdeckt sie vier Damen an Laptops, die an einem separaten Tisch ihre PCs betreuen. Der Grund ihrer Anwesenheit bleibt im Dunkeln.

Die Begrüßung im Konferenzsaal durch den zentralen Außendienstleiter von Gates Pharmacy ist höflich distanziert. Man könne sich ja in den Kaffeepausen und beim Lunch näher bekannt machen.

Es herrscht verordnete Disziplin unter den Außendienstleitern. Mit ernster Miene lauschen sie den verkündeten Zielen der Tagung.

Vornehmlich sind es die Umsatzerwartungen für GATES' Präparateprogramm im kommenden Jahr. Der »Welpe« legt sich ins Zeug. PowerPoint und Beamer kommen zum Einsatz. Ein Festival von grafischen Charts, gebacken in 3D-Torten, Säulen und Gebirgszacken, ergießt sich über das Auge. Soll-Ist-Vergleiche ohne Ende, gemixt mit Verordnungs- und Absatzprognosen von Marktforschungs-Instituten. Das Ganze garniert mit Wortleichen wie Marktgröße, Marktdynamik, Marktstrukturen, kumulative Umsatzziele, Marktanteilsausweitung, Marktanteilsverlauf und Marktdurchdringung …

Markus raunt Timm zu: »Wenn unsere Ärzte das hier erleben könnten, was sie alles tun und lassen müssen …«

»Dieser Grafik- und Zahlenwust spült GATES keinen einzigen Euro mehr in die Kasse. Uns übrigens auch nicht«, entgegnet Timm.

In den ersten zwei Stunden der Tagung erlebt Laura das starre Konzept der immer noch etablierten Managermethode, die, beherrscht vom Formalismus bloßer Kennzahlenorientierung, inbrünstig zelebriert wird. Fragen werden keine gestellt, eine Diskussion ist nicht vorgesehen. Am Ende trommelt Bloomberg hart mit den Knöcheln seiner Faust auf die Tischplatte. Ihm hat die Präsentation offenbar gut gefallen. Ein kurzes Lächeln. Es erinnert sie an Rosinskis Lächeln, der seit langem wieder einmal links neben ihr sitzt …

In der ersten Kaffeepause steht Laura mit den AD-Leitern aus München und Stuttgart am Bistrotisch. Als endlich das Thema auf *Osteo-Forte* und die künftige Zusammenarbeit zwischen GATES PHARMACY und GLOBALPHARM kommt, ist die Kaffeepause schon zu Ende.

Den zweiten Part bestreitet das »Milchgesicht«, Ulf Lehnert, medizinisch-wissenschaftlicher Referent zum Fortbildungsthema »Osteoporose – Diagnostik, Prävention und Therapie«.

Mit Begeisterung in der Stimme fordert er: »Machen wir das erste Jahrzehnt dieses Jahrtausends zu einer Bone-Dekade! In den nächsten zwanzig Jahren wird sich die Zahl der Behandlungsbedürftigen verdoppeln! Also: *Bone is everybody's business!*«

Seine anfänglich euphorische Begeisterung für dieses Thema verebbt schon nach dem fünften Satz. Milchgesichts Frontalvortrag ermüdet die Teilnehmer schnell. Erst in den letzten Minuten seines Vortrages gewinnt er wieder etwas an Farbe, als er die »neue Ära in der Behandlung von Knochenschwund« durch *Osteo-Forte* besingt …

»Das ging ja hurtig über die Bühne!«, lobt ihn anschließend Wess wie nebenbei.

Schichtwechsel: Der »Eisvogel« Dr. Miriam Bergmann ist an der Reihe. Sie referiert zum Thema »Osteoporose: Markt-Umsatz-Chancen«. Sie trägt wiederum eine riesige Anstecknadel in Form eines Skorpions an ihrem Busen. Die Teilnehmer wirken plötzlich locker und aufgekratzt, als sie nach vorn schreitet. Laura beobachtet, wie der ADL aus München rasch an fünf seiner Kollegen Blätter verteilt. Die Kästchen darauf sehen aus wie bei einem Kreuzworträtsel. Geliebter Zeitvertreib während langweiliger Konferenzen – Bullshit-Bingo!

Eisvogel legt los. Deutsch ist nicht ihr »Ding«. Sie schämt sich fast dafür. Ein Platzregen neudummdeutscher adaptierter Anglizismen prasselt auf die Teilnehmer nieder: *Blockbuster, High-Potential, Feedback, Investment, Microbricks, Activity, Premium-Strategie, Calls, Synergy, Wording, Event-Marketing, USP, Core-Competition, Opinion-Leader, Segmentation, Panel-Analysis, Targeting.*

»Bingo!«, zischelt einer der AD-Leiter nach gut vier Minuten triumphierend seinem Kollegen zu. Nach einer weiteren Minute flüstert sein Kollege mit einem »Bingo!« zurück.

Harris blickt Laura fragend an. Ihr ist sofort klar, dass es sich hier um ein Spiel handelt. Offensichtlich kreuzt man immer dann, wenn einer jener Hohlbegriffe fällt, auf dem Zettel den betreffenden Begriff an und wagt bei Erreichen einer waagrecht, senkrecht oder diagonal zusammenhängenden Reihe dieser Worthülsen ein »Bingo!«. Der Sieger steht damit wohl fest.

Beim Lunch nimmt Laura gezielt am Tisch der »Süddeutschen« Platz. Schon bald hat sie deren Sympathien gewonnen.

Unbekümmert fragt sie: »Bingo! Was für ein interessantes Spiel haben Sie da vorhin gespielt?«

Der AD-Leiter von Bayern erwidert: »Frau Miriam versucht uns ihr Sprachgepansche als das wahre Leben zu verkaufen. Auf Ihren Tagungen, Frau Lasalle, da bin ich mir fast sicher, wird das nicht anders sein. Vielleicht gibt es auch bei Ihnen Meetings, an deren Ende es außer Bullshit nichts mehr gibt.«

»GlobalPharm hat viele Muttersprachen im Konzern. Englisch ist Konzernsprache. Doch ich bemühe mich um Deutsch in meinen Reden und Präsentationen. Bullshit-Faktor null.«

»Wenn es so ist, sind Sie die erste Führungskraft in meinen Augen, die nicht versucht, uns mit Verbalhülsen einzulullen.«

»So ist es! Mich interessiert aber das Spiel selbst. Seien Sie doch so nett: Zeigen Sie mir Ihr Blatt.«

Der Kollege von Gates zieht einen gefalteten Zettel aus der Innentasche seines Sakkos, glättet ihn und reicht ihn Laura. Sie wirft einen Blick darauf.

Management	Pipeline	~~Targeting~~	~~Calls~~	Global Player	~~Opinion-Leader~~
Communication	Force-Präparat	Focus	~~Segmentation~~	Corporate Identity	Tools
~~Wording~~	~~Panel~~	~~Premium-Strategie~~	~~Relationship~~	~~Synergy~~	Sponsoring
~~USP~~	~~Core-Competition~~	Task Force	~~High-Potential~~	Business Unit	Statement
Message	~~Blockbuster~~	~~Activity~~	~~Microbricks~~	Profit	Benefit
~~Feedback~~	Innovationen	Co-Marketing	~~Investment~~	Human Resources	~~Event-Marketing~~

Die Reihe des vierten Segments ist von oben nach unten durchgekreuzt.

»Damit habe ich vorhin glatt einhundert Euro verdient!«, verkündet er stolz.

Laura stellt sich ahnungslos. »Wie das?«

»Ich habe insgesamt zehn Bullshit-Tabellen angefertigt. Die Begriffe sind gleich, doch sie sind auf jedem Blatt unterschiedlich gemischt. Wer am schnellsten eine Reihe oder Diagonale komplett hat, ist Erster.«

»Darf ich das Blatt behalten?«

»Natürlich. Die Spieler sollten bloß auf die branchenspezifischen Ausdrücke achten und auf die Wortwahl ihrer Phrasendrescher!«

»Sie sind ein guter Zuhörer. Wie ich bemerkt habe, hatten Sie schon nach fünf Minuten gewonnen«, erwidert Laura.

»Ja, unsere Aufmerksamkeit steigt bei Frau Miriam dramatisch an. Sie ist Top beim Bullshit-Bingo. Wir lieben sie!«

Als sie zum Tagungsraum zurückkehren, fragt Laura den Bullshit-König des Tages: »Wie ist Ihre Einschätzung, was unsere zukünftige Zusammenarbeit anbelangt?«

»Im Vertrauen, Frau Lasalle. Wir erleben einen solchen Druck, dass manche von uns sich während der Tagungen übergeben müssen.«

Laura ist betroffen. »Worin besteht der Druck?«

»Umsatzschätzungen, Anzahl der Besuche pro Mitarbeiter und Tag und pausenlose Kontrolle. Wo man hinsieht: Controlling und Reporting. Wir ersticken in Anfragen und Analysen. Nicht der Arzt ist wichtig, sondern diejenigen, die noch nie einen Arzt oder Kunden in ihrem Leben gesprochen haben. Dazu nervt unser nicht funktionierendes IT-System, das aber als das fortschrittlichste gepriesen wird, was auf Gottes Erdboden zu haben ist.«

»Ein goldenes Kalb.«

»Ja, aber nur für unsere Controller und Topmanager, die selbst aber keine Besuchsdaten abarbeiten müssen. Dafür aber haben sie uns diesen Mist angedreht!«

Laura insistiert: »Wie wünschen Sie sich unsere Zusammenarbeit?«

»Eine solche Frage habe ich noch nie gestellt bekommen.«

»Wir fragen unsere AD-Leiter immer, was sich verbessern lässt.«

»Das gibt es bei uns nicht.«

»Warum nicht?«

»Das Vertrauen fehlt. Zwischen den Managern in der mittleren Führungsebene wie auch unter den Topmanagern. Wir können nur hoffen, dass sich das Klima durch die Allianz mit Ihnen ein wenig verbessert.«

Das Gespräch wird unterbrochen, als Rudolf Wess sich demonstrativ neben seinem Außendienstleiter aufbaut …

Nach der Tagung geht es direkt zurück nach Berlin. Am Flughafen Tegel sitzt man zusammen, um sich über das Erlebte auszutauschen. Die Runde, einschließlich Rosinski, ist sich einig. Ein Kranker hat sich mit ins Bett gelegt. Die praktische Seite der Synergien-Utopie ist erschütternd.

Als Laura sich mit dem Taxi zu ihrem Apartment bringen lässt, hört sie noch einmal die Nachricht von Alexa ab.

»Ich habe erfolgreich hinter die feindliche Linie gespäht. Rufe dich gegen 21.00 Uhr auf ›Rot‹ an!«

Drittes Kapitel

»Disease Mongering«

März

Im Machtzentrum vom GlobalPharm
Headquarter, Woodbridge, Virginia, USA

Episode III

Sir Ed Connolly: »Was haben wir in Deutschland erreicht?«

Chief Operating Officer: »Die Kutscher werden auf Malta zeigen, dass sie gelernt haben, hart mit der Peitsche zu knallen!«

»Gelernt? Was genau?«

»Sir, zwei Dinge: Erstens, sie werden gegen den aufkeimenden medikamentösen Altersrassismus ins Feld ziehen. Zweitens, sie werden die Leitlinien dafür schaffen, dass die Behandlung der Osteoporose in einem frühen Stadium beginnen muss.«

»Details, Officer!«

»Durch vermehrte Knochendichtemessungen und frühzeitige Verordnung von *Osteo-Forte* werden die Patienten strömen und mit ihnen die Euros in unsere Kassen.«

»Wie wollen Sie das erreichen?«

»Sir, wir fahren zweigleisig. Zum einen wird durch die neue Deutsche Osteoporose-Liga der entscheidende Messparameter für die Knochendichtebestimmung verändert. Das bringt uns Massen von neuen Patienten. Zum anderen durch eine ›Disease-Education-Kampagne‹.«

»Stellen Sie sicher, dass wir die Unterstützung der Interessenvertreter erhalten.«

»Sir, wir arbeiten daran.«

»Wer ist eigentlich Chairman dieser Liga?«

»Er wird in Malta gewählt, Sir. Wir bestimmen, wer es werden wird.«

»Das gefällt mir, Officer!«

E-Mail III

MEDICAL DRUG WORLD, PO-CENTER EUROPA, ENGLAND

Von:	Pharmaceutical Operations Europe, London
Gesendet:	1. März, 07.00 Uhr
An:	Westfeld, Michael, Marketingleiter / GE PKN / Bone-Health, Frankfurt am Main
Cc:	–

Lieber Mr Westfeld!

Ich erwarte Sie morgen, 10.00 Uhr, zu einem persönlichen Gespräch in London. Planen Sie bitte eine Gesprächszeit von zwei Stunden ein.

Ich wünsche Ihnen einen angenehmen Flug.

Mit freundlichen Grüßen,
Al Williams

Medical Drug World
Vice President, Pharmaceutical Operations Europe,
London

I
London

Vice President Al Williams beugt sich in seinem weißen Ledersessel nach vorn, streift die Zigarre vorsichtig im schweren silbernen Aschenbecher ab. »Man braucht ein Schwein, um zu wissen, wo die Trüffel sind.«

Westfeld, hellwach, muss schmunzeln: »Ein zutreffendes Bild, Mr Williams!«

Williams, in Dallas, Texas, geboren, rammt sich die Zigarre in sein Boxergesicht. Was zur Abrundung seiner grobschlächtigen Aura fehlt, ist der randvolle Tumbler Bourbon. Den Blick eisig auf Westfeld gerichtet, erkundigt er sich mit rauer Stimme: »Würden Sie Ihre Gegner ausspionieren lassen?«

»Im Prinzip ja. Informationsbeschaffung ist eine Not, keine Tugend.«

»Beim heiligen Kojoten! Ihre Antwort gefällt mir. Talentierte Manager sollten nicht blind in der Wildnis herumlaufen!« Schallend lacht er über die eigenen Worte.

»Wie darf ich das verstehen?«

Williams' Lächeln ist das einer Hyäne, die niemandem erlaubt, an seinen Worten zu zweifeln. »Nur wer Konzepte bedingungslos verfolgt, diktiert der Welt den eigenen Takt. Sie haben das Glück, mir zu begegnen und mit mir den Takt zu bestimmen. Mein Konzept: Wir setzen die Standards in der Pharmawelt. Sowohl in der Osteoporose-Therapie als auch in der Konkurrenzspionage. Luxus pur. Verstanden? Okay.«

Daraufhin drückt er einen Knopf auf seiner Telefonanlage und mustert Michael wie einen käuflichen Bullen. »Ich sehe es Ihnen an. Was für Sie in diesem Moment zählt, ist Ihr Egoismus. Das ist auch gut so. Er wird in unserem Umfeld zur wichtigsten Triebfeder. Ein Mann, dem diese Feder bricht, taugt zu nichts mehr. Nach dem, was mir über Sie berichtet wurde, ist Ihre Triebfeder rostfrei und gut geölt.«

»Ich bin nicht von Ehrgeiz zerfressen! Ich bin Lustarbeiter.«

Die Hyäne heult auf. »So etwas Dämliches habe ich noch nie gehört. Wer ist schon Lustarbeiter?«

Michael schluckt die Kröte und antwortet ruhig. »Sie, Mr Williams!«

Der Texaner stutzt. Dann entschließt er sich, das Signal positiv zu interpretieren. Ein Lächeln breitet sich über das Boxergesicht.

Die dick gepolsterte Bürotür öffnet sich lautlos. Ein Mann in devoter Haltung kommt herein. »Mein Hilfsmatrose«, kommentiert der Vice President.

Der Mann überreicht der Hyäne eine dünne Ledermappe und verlässt unverzüglich den Raum im Rückwärtsgang.

Williams wirft einen Blick auf das Schreiben in der Mappe, kramt in seinem Gedächtnis, nickt am Ende, klappt die Mappe zu und wirft sie in den Ablagekorb. Seine Aufmerksamkeit konzentriert sich wieder auf Michael.

»Wir beschäftigen einen Hofstaat von Spezialisten aller Art. Also, haben wir uns gedacht, warum nicht einen Spezialisten für das Land, in dem Sie geboren wurden, wenn doch in Ihrer Marketingvitrine noch genügend Platz ist für einen Pharmacy-Investigator.«

Michael gelingt es, eine höflich unterkühlte Miene aufzusetzen. »Was erhoffen Sie sich davon?«

Das Boxergesicht poltert los: »Was für eine Frage, Mike! Wir geben Ihnen alles an die Hand, damit Sie Ihre Ziele am Ende des Jahres erreichen. Ohne Informationen über die Aktivitäten von GlobalPharm bleiben Sie blind und werden kläglich versagen. Als Erstes erwarte ich, dass Sie diesen Fakt schlucken.«

»Was macht Sie so sicher?«

»Weil wir die Planungen von GlobalPharm im Ansatz verfolgen. Sie sind effizient. Die Erkenntnisse darüber bereiten uns Sorgen.«

»Bitte erklären Sie mir das.«

Der Vice President lehnt sich zurück, zieht gierig an der Zigarre und nebelt sich ein. »Aus der Sicht der Konkurrenzspionage ist Deutschland für uns ein gefüllter Gabentisch. GlobalPharm ist dabei, seine Osteoporose-Experten mit *Osteo-Forte* auf Linie zu bringen. Wie Sie längst wissen, Mike, will GLOBALPHARM seine Strategien mit Hilfe von regionalen Netzen umsetzen. Sie knüpfen sie rasch, und sie scheinen tragfähig zu sein. Kennen Sie die Anzahl der geplanten Netze?«

»Ich denke, sie sind nach Vertriebsregionen ausgerichtet. Etwa zehn.«

Genüsslich blickt Williams hinüber auf die Bäume des Lanthorns Wood. »Nehmen Sie das ruhig mal drei! Die GLOBALPHARM-Strategie riecht nach Erfolg. Ähnlich wird es in den anderen europäischen Märkten laufen. Danach sind die Staaten dran. Wir nehmen sehr ernst, was da passiert.«

»Das habe ich auch von Dr. Elliot gehört. Trotzdem, die Aktivitäten unseres Gegners bedeuten Wasser auf unsere Mühlen.«

»Wenn Ihnen das Wasser nicht schon vorher abgedreht wird.«

»Das Thema Osteoporose kommt in die Köpfe. Das wird den Markt ausweiten.«

»Aber fälschlicherweise identifiziert mit *Osteo-Forte*!«

»Meinen Sie?«

»Fakt! Es herrscht Krieg – Wirtschaftskrieg. Die Beweise liegen vor. Wir müssen uns daher die Möglichkeit schaffen, diese Netze für uns zu nutzen.«

»Was sind das für Beweise, und wer liefert sie?«

»Wir arbeiten mit den gleichen Organisationen zusammen wie GLOBALPHARM.«

»Was sind das für Organisationen?«

»Es gibt für unsere Zwecke zwei. Da ist zum einen die FAS, *Federation of American Scientists*, und zum anderen unsere SCIP, *Society of Competitive Intelligence Professionals*, die wiederum von der mächtigen *Association of Former Intelligence Officers* gelenkt wird. Wer uns die Beweise liefert, ist für Sie nicht entscheidend.«

»Mit Verlaub, wie kann es sein, dass sich der Auftrag im Kern gegen eine Firma aus dem eigenen Land richtet?«

Wieder zeigt Williams sein Hyänenlächeln: »Nehmen Sie zur

Kenntnis: In Texas weiß der letzte Cowboy, dass die Dienste von FBI und CIA parallel und auch gegeneinander arbeiten.«

Westfeld gibt sich ahnungslos: »In den USA mag das ja zutreffen, aber gilt das auch für Europa?«

Williams fühlt sich wie ein Falkner, der seinem kostbaren Zögling zum ersten Mal die Kappe abnimmt. »Ach, Europa! Deutschland ist für unsere Dienste ein Eldorado. Zum Glück wird die flächendeckende amerikanische Wirtschaftsspionage weitgehend ignoriert. Unser Vorteil.«

Michael entschließt sich, das Thema weiter anzuheizen, um sein Gegenüber aus der Reserve zu locken. »Ich bewundere das amerikanische System und dessen vielfältige Möglichkeiten. Besonders bewundere ich Ihre Detailkenntnisse und danke Ihnen für Ihre Offenheit! Für mich ist das die reinste Lehrstunde.«

Williams' strenge Miene hellt sich auf: »Gut, Mike! Dann will ich Ihnen die Augen öffnen. Wenn wir wollen, kommen wir an alle pharmakologischen und klinischen Daten von neuen Substanzen heran. Wir lassen die Konkurrenz absaugen, noch bevor die Wirkstoffe in die klinische Erprobungsphase gehen.«

»Gilt das auch für inneramerikanische Firmen?«

»Ja, natürlich! Für alle Pharmaunternehmen – ich betone: für alle! Wenn es um Marktvorteile geht, gibt es keine Rücksichten auf Flaggen. Nirgendwo!«

»Das nenne ich konsequent. Trotzdem klingt das alles wie Superman und James Bond in einem. Das kann doch eine einzige Agentur nicht bewältigen. Nicht einmal der MI6 hier in London«, provoziert Michael.

Triumph spiegelt sich in Williams' Gesicht. Gönnerhaft erwidert er: »Richtig. Das sind eben die USA! Und wir Texaner im Besonderen. Mike, natürlich können Sie das nicht wissen. Die NSA, die *National Security Agency*, leistet unserer Agentur technische Unterstützung. Keine E-Mail, kein Fax oder Telefonat, das sie nicht auf Inhalte abklopfen können.«

»Und Sie sind sich sicher, dass GLOBALPHARM nichts ahnt, nichts von unseren Aktivitäten mitbekommt? Sie sagten vorhin:

Wir arbeiten mit den gleichen Diensten zusammen wie GLOBALPHARM. Schnarcht da etwa ein Teil vorsätzlich?«

»Könnte man meinen. Doch Sie müssen wissen: Diejenigen amerikanischen Konzerne, die die besten Beziehungen ins Weiße Haus unterhalten, machen bei den Geheimdiensten das Rennen. Personell wie finanziell. Wir haben jedenfalls mit unseren Parteispenden auf den zukünftigen Präsidenten gesetzt. Das sichert uns nun einen Platz in der ersten Reihe.«

Michael insistiert: »GLOBALPHARM Deutschland! Darf ich darauf zurückkommen?«

»Immer zu!«

»Welche Beweise liegen vor?«

Ohne einen Augenblick zu zögern, erwidert Williams: »Rund zweihundert deutsche Osteoporose-Experten treffen sich auf Malta, um an drei Tagen ihren Chairman zu küren. Dazu stoßen rund zehn überregionale Opinion-Leader aus England, Frankreich, Italien, Schweden, Österreich, Schweiz, Spanien und den Niederlanden.«

Michael fühlt sich durch Williams' Informationen in die Defensive gedrängt. Er hat zwar von einem solchen Kongress gehört, die volle Tragweite aber ist ihm bislang nicht bewusst gewesen. Er hat Mühe, die Überraschung zu verbergen. »Ich kenne das. Für viele von ihnen ist es immer wichtiger, in solchen Kreisen aufzutreten, als Patienten zu behandeln.«

»Nun, sie wissen genau, dass in La Valetta durch GLOBALPHARM goldene Pfründe zur Verteilung anstehen. Dass sich die Knochenexperten somit prostituieren, ist ja nur verständlich.« Wiederum zieht Williams an seiner Zigarre. Leise dringt seine Stimme durch den weißen Qualm: »Es werden viele Ihrer Experten dorthin reisen. Ihre Freunde, die uns angeblich die Stange halten …«

»Ich verstehe. Damit geraten sie zwangsläufig in unser Visier.«

Die Hyäne zeigt ihr Lächeln. »Mike! Wir werden das Angraben unserer Freunde zu verhindern wissen. Doch das ist nicht alles.«

»Das heißt im Klartext?«

»Also, wir werden Unruhe nach Malta tragen. Eitelkeiten, Eifersucht und Neid werden uns dabei helfen. Sagen Sie mir, wen

Sie aus der Riege der Ihnen bekannten Mietmäuler für den besten Chairman halten.«

Michael antwortet prompt. »Professor Andreas Pöttinger, München!«

Williams nimmt die Ledermappe wieder aus dem Ausgangskorb und wirft kurz einen Blick hinein. »Ihre Begründung?«

»Universitär, agil, charismatisch, durchsetzungsfähig, visionär, glaubwürdig und zuverlässig. Wie ich erfahren habe, aber auch ein Sturkopf mit Streitkultur. Leider kein Ordinarius.«

»Schön! Dazu eine schlechte, eine traurige und eine katastrophale Nachricht. Die schlechte: Mit der Glaubwürdigkeit und Zuverlässigkeit wird es ein Ende haben, wenn er Chairman wird. Traurig, dass Ihre erheblichen Investitionen in diesen Herrn damit verloren sind. Und katastrophal könnte sich sein neu gegründetes interdisziplinäres Osteoporose-Zentrum auf den Umsatz von *Bonegold* auswirken, sollte GlobalPharm bei ihm zum Zuge kommen.«

Unsicher geworden, erwidert Michael: »Wir werden das Symposium auf Malta nicht verhindern können …«

Mit zorniger Stimme antwortet Williams: »Typisch europäisch! Ich kann nicht verstehen, wie schnell hier die Waffen gestreckt werden.«

Betretenes Schweigen herrscht im Raum. Gefährlich leise fährt die Hyäne fort: »Ich werde Ihnen ein Lehrbeispiel geben. Fakt wird sein: Ihr zuverlässiger, glaubwürdiger Professor und Freund des Hauses wird seine Kandidatur zurückziehen. Nicht aus Enttäuschung, aber aus Zorn.«

»Verraten Sie mir, woher Sie das wissen!«

»Ich sagte es doch: Deutschland ist aus der Perspektive der Wirtschafts- und Spionageabwehr eine Wüste. Wir haben durch geeignete Maßnahmen herausgefunden, dass der Stuhl schon im Vorfeld vergeben wurde. Wenn Sie so wollen, ein Komplott hinter den Kulissen gegen unseren hoffnungsfrohen Professor. Er weiß es nur noch nicht.«

»Ich denke, er wird es erfahren.«

»Zum richtigen Zeitpunkt, am richtigen Ort!«

»Durch wen?«

»Durch Sie!«

»In der Antike wurde der Überbringer schlechter Nachrichten gesteinigt.«

»Mike, Sie wissen es besser. In diesem Fall gewinnen Sie einen Freund zurück, der Ihnen dank Ihres Hinweises ewig die Stange halten wird. Sie haben ihn treffsicher charakterisiert. Er wird für uns in Zukunft alles tun.«

»Wann soll für ihn der Zeitpunkt der Offenbarung kommen?«

»Das wird Ihnen unser Private Investigator mitteilen.«

»Wie heißt er?«

»Nennen wir ihn einfach ›Topas‹. Er wird sich unter diesem Namen bei Ihnen melden. Wie diese Treffen arrangiert werden, sollten wir ihm, dem Profi, überlassen. Die Zusammenarbeit funktioniert zweigleisig. Sie sagen ihm, was Sie über GlobalPharm, die Experten und *Osteo-Forte* wissen wollen. Umgekehrt bekommen Sie unaufgefordert Dossiers zu bestimmten Personen, Kampagnen, Konzepten, Netzwerken und Events. Außerdem werden wir alle Aktivitäten des Gegners juristisch unter die Lupe nehmen, damit wir sofort einstweilige Verfügungen erwirken können. Die wirksamsten Störfeuer während der Markteinführung von *Osteo-Forte*.«

»Was habe ich zu beachten, wenn ich mit Dr. Elliot darüber spreche?«

»Sie sprechen mit niemandem darüber. Dr. Elliot wird von mir unterrichtet. Er stellt nur das Budget zur Verfügung.«

»Wie gestaltet sich der Kontakt zu Ihnen?«

»Wenn nötig, komme *ich* auf Sie zu. Topas ist Ihr Ansprechpartner. Und noch etwas: In der jetzigen Phase benutzen Sie nur verschlüsselte E-Mails, wenn es um Topas, mich und GlobalPharm geht. Dafür bekommen Sie diesen speziellen Krypto-Schlüssel für Ihren PC.« Williams greift in die Schublade. »Installation, Anleitung und Schlüsselpaar finden Sie auf diesem Memory-Stick.«

Michael greift sich den Stick.

Williams erhebt sich und lenkt seine Schritte in kunstvoll vernähten Cowboystiefeln zum Wandschrank, öffnet das Kühl- und Getränkefach, entnimmt zwei kristallene Tumbler und wirft bananenförmige Eiswürfel hinein. Dann füllt er die Tumbler zu einem Drittel mit einem Kessler Kentucky Bourbon. Stolz verkündet er: »In den Vereinigten Staaten ein Bestseller, in Europa nicht auf dem Markt.« Daraufhin reicht er Michael einen der Tumbler: »Mike! Mein Name ist Al. Sie sind der richtige Mann für Deutschland!« Dann hebt er das Glas gegen die Fensterfront, blickt hindurch und sinniert: »Das Beste an England ist Schottland! Auf das Wohl der Feinde unserer Feinde!«

Michael wiederholt: »Auf das Wohl der Feinde unserer Feinde!«

Er, der am liebsten Scotch trinkt, kennt diesen alten schottischen Trinkspruch und vergibt dem Bourbon trinkenden Texaner seine Unwissenheit.

Al leert sein Glas mit zwei Zügen, legt die abgebrannte Zigarre in den Aschenbecher und die freie Hand auf Michaels Schulter. »Ich habe Ihren Marketingplan für *Bonegold* durchgesehen. Das Raster gefällt mir. Ich erwarte Härte in der Umsetzung, Mike.«

»Die Plausibilität ist die beste Deckung und die Zwillingsschwester der Tarnung. In diesem Sinne werde ich für Sie den Wirtschaftskrieg führen!«

Al zeigt ein zufriedenes Lächeln. Mit seiner Pranke schlägt er Michael ins Kreuz: »Ich will Sie am Ende des Jahres in einer Position neben Elliot sehen.«

Michael traut seinen Ohren kaum. Danach hat er nie gestrebt. Welch mächtiger Schritt auf der Pyramide zum Ziel …

2

München

Professor Andreas Pöttinger betritt pünktlich um 11.00 Uhr das futuristische Atrium des »Kempinski-Airport«-Hotels, München. Der Flieger zum Osteoporose-Workshop nach Malta, via Rom, geht um 14.00 Uhr. Gut eine Stunde Zeit bis zum Check-in.

In wenigen Stunden beginnt auf der Insel der Malteserritter mit dem Dinner der Countdown für den Abschuss der Rakete »Osteo-Forte« zur erfolgreichen Einführung in Deutschland. GlobalPharm lädt die Knochen-Experten Europas zum Big Business. Das Corps der Meinungsbildner steht bereit, das Marketingkonzept in die höchsten wissenschaftlichen Weihen einzunebeln.

Pöttinger ist bereit, seine Einschätzungen und Bewertungen teuer zu verkaufen. Der *Osteo-Forte*-Workshop in La Valetta trägt den Untertitel: »Osteoporose – nur eine ›erfundene‹ Volkskrankheit?«, und kein Geringerer als Pöttinger selbst hat das Leitthema bei GlobalPharm auf die Agenda gebracht. Sein persönliches Ziel ist die nachhaltige Veränderung der Wahrnehmung dieser Erkrankung in der Bevölkerung. Besonders unter den älteren Frauen. Dreh- und Angelpunkt der Diagnostik ist die Normierung der Messgrößen für die Knochendichte.

Die Osteoporose-Kommission der Weltgesundheitsorganisation legte vor mehr als zwölf Jahren fest, dass bereits der natürliche Abbau des Knochens im Alter als Osteoporose anzusehen ist. Demnach liegt sie vor, wenn die Knochenmasse ungefähr 20 bis 35 Prozent unterhalb des Normwertes liegt. Das würde ein Minus von mehr als 2,5 in der Knochendichtemessung bedeuten. Dieser Wert wird auch als »T-Score« bezeichnet. Ein Wert von minus 1 bis minus 2 gilt dagegen lediglich als Osteopenie – die Vorstufe der manifesten Osteoporose.

Der T-Score ist somit die Messlatte. Gemessen wird er mit der DXA-Methode. Es ist der weltweite Standard der Knochendichte-Messtechnik, bei der die Lendenwirbelsäule *und* die Hüfte auf Knochenschwund hin untersucht werden. Die Veränderung des T-Score durch die Osteoporose-Medikation ist auch das international akzeptierte Kriterium zur Beurteilung der Wirksamkeit des Medikaments in klinischen Studien. Auf die Anhebung des T-Score-Werts wird es auf Malta ankommen, denn dieser gibt an, wann der Patient als behandlungsbedürftig gilt.

Nach interner Analyse von GlobalPharm muss er, damit Osteoporose endlich als Volkskrankheit anerkannt wird, von minus

2,5 auf minus 2,0 heraufgesetzt werden – Umsatzzuwächse in ungeahnten Höhen wären damit programmiert.

Pöttinger jedoch will den neuen T-Score keineswegs für die manifeste Osteoporose absegnen. Was der Strategie und den Interessen nicht nur von GlobalPharm, sondern auch von MDW im Wege steht. Er ist überzeugt davon, das Thema Osteoporose in der breiten Bevölkerung auch ohne Manipulation des T-Scores bewusst machen zu können.

Die Meinung unter den honorigen Mitgliedern des Dachverbandes der deutschsprachigen Gesellschaften für Osteologie ist darüber ebenfalls geteilt, ebenso in den übrigen europäischen Gesellschaften. Je nach berufspolitischen Interessenslagen und nach Forschungs- und Studienaufträgen der Pharmakonzerne schwingt das Pendel zwischen den zersplitterten wissenschaftlichen Gesellschaften hin und her. Kein Wunder, die unterschiedlichen Interessen unter Orthopäden, Gynäkologen, Rheumatologen und Endokrinologen haben schon immer jeglichen Konsens verhindert …

Trotz dieser Differenzen über das »medizinische Erziehungsprogramm« der Bevölkerung signalisierten Pöttingers Kollegen aus allen Teilen Deutschlands in zahlreichen Telefonaten und E-Mails breite Unterstützung für seine Vorstellungen und für seine Kandidatur für die Präsidentschaft der neu aus der Taufe zu hebenden Deutschen Osteoporose-Liga.

Im Festsaal des Le Meridien in Valetta, so glaubt er noch am Flughafen München, wartet nun der Stuhl, auf dem er in weniger als vierundzwanzig Stunden Platz nehmen wird. Eine Position, von der aus sich der Eingriff in die Entwicklung des noch jungen Osteoporose-Marktes vortrefflich gestalten ließe. Die Pharmakonzerne würden Schlange stehen … Von evidenzbasierter Osteoporose-Therapie über die Erarbeitung von Therapieleitlinien bis hin zu ehrlichen Arzneimittelstudien, so träumt er, wird das Spektrum reichen. Die Wahrnehmung des Knochenschwundes würde sich dank seiner Initiative verändern, hin zur »Volkskrankheit Osteoporose«!

In diesem Punkt sieht sich Pöttinger einig mit GlobalPharm

und deren Philosophie, die so vortrefflich von Laura Lasalle an ihn herangetragen wurde: »Erweitern wir die Grenzen dessen, was im öffentlichen Bewusstsein als behandlungsbedürftige und behandelbare Krankheit wahrgenommen wird, um Ihre Position als *der* Osteoporose-Experte Deutschlands zu festigen und den Markt für *Osteo-Forte* zu vergrößern.«

Laura, deren Mutter bei ihm Patientin ist und gerade unter einer schweren Nebenwirkung zu leiden hat, ist dem Professor mehr als sympathisch. Die Gespräche mit ihr sind seinerseits immer von einem begehrlichen Prickeln begleitet. Am liebsten würde er an Laura persönlich die Knochendichtemessung mit einem »Full-Body-DXA-Scanner« vornehmen. Das würde vielleicht helfen, die Distanz zu verkürzen …

Was ihn bei der ganzen Sache mächtig stört, ist Ton und Art, wie er für *Osteo-Forte* von anderer Seite vereinnahmt werden soll. Vor allem die unverschämten Forderungen eines gewissen Dr. Rosinski nerven ihn, die ihm die ansonsten wunderbare Zusammenarbeit, vor allem mit Frau Lasalle, verleidet. Hat doch Rosinski zudem die Frechheit besessen, ihn zu fragen, ob er, statt eine Privatklinik zu eröffnen, nicht besser beraten wäre, einen Lehrstuhl an der Uni zu beerben …

Der Anruf von Michael Westfeld kam daher zum richtigen Zeitpunkt. Ließ er ihn doch vergessen, dass er im Vergleich zu den Ordinarien der Universitätskliniken und den Präsidenten der Osteologie-Gesellschaften immer noch eine kleine Nummer ist. Mit GlobalPharm und MDW gleichzeitig im Rücken, so seine Überlegung, ist das Manko eines fehlenden Lehrstuhls locker zu verschmerzen. Er ist heiß darauf, die Aufrüstung seiner bahnbrechenden Privatklinik mit teuren Diagnosegeräten durch GlobalPharm und Medical Drug World finanziert zu bekommen. Beide im Boot zu haben ist Teil seiner Strategie. Ein Drahtseilakt, der beherrschbar erscheint, da beide Konzerne mit ihren Präparaten auf eine verheißungsvolle Zukunft bauen.

Er selbst sieht sich als Teil dieser Zukunft, sieht sich als zukünftiger Großmeister, was die Förderung des Knochenbewusstseins in der Öffentlichkeit anbelangt. Die neu eröffnete Privatklinik ist in ihrer Art einmalig, das Konzept stimmig, doch die Voraussetzungen sind mehr als dürftig …

Das interdisziplinär konzipierte Diagnostik- und Therapiezentrum für Knochenerkrankungen hat finanzielle Unterstützung bitter notwendig. Pöttinger benötigt daher dringend Sponsoren für die hohen Leasingraten der unterschiedlichen Diagnosegeräte, die aber unabdingbar sind, um im Konkurrenzkampf mit den Großkliniken zu überleben. Das Treffen mit Westfeld wird, so seine Hoffnung, daher ein entscheidender Schritt zur Stabilisierung seiner Finanzen sein.

Auch für Michael ist dieses Treffen sehr wichtig. Die »Nightflight Bar« im linksseitigen Teil des Atriums ist als Treffpunkt wie geschaffen. Er kennt die gläserne Kempinski-Halle mit ihren hässlichen Palmen aus Plastik von vielen Begegnungen mit Kunden und diversen Tagungen. Die Öffentlichkeit des Ortes ist ideal, denn man kann das Kommen und Gehen in der Hotelhalle, ohne aufzufallen, gut beobachten. So besetzt er eine am Rand gelegene Sitzgruppe und fühlt sich in dem engen roten Plastiksessel wie abgetaucht.

Den Anstoß für seinen Anruf bei seinem Freund Andreas Pöttinger zum jetzigen Zeitpunkt gab die Begegnung mit Topas. Kurioserweise im Vierer-Sessellift in Skizell am Wochenende. Vermummt mit Mütze, Skibrille und Overall, outete er sich, während er sich neben Michael setzte. Die brisante Unterlage, eingeschweißt in eine Folie, auf 2600 Meter Höhe übernommen, ließ die Alarmlampen im Frankfurter »Finger« leuchten. Michael hätte es nie für möglich gehalten, doch Topas zog schon nach den ersten Treffen die Informationsfäden im lukrativen Puppentheater der Meinungsbildner. Seine illegalen Quellen sprudelten so ergiebig, dass man manch einen Ordinarius auf der Diritissima in den Abgrund hätte befördern können.

Alarm gab ein abgefangenes Fax, in dem das nationale Advisory Board, ein von GlobalPharm berufenes Beratergremium, allen Workshop-Teilnehmern drei Namen zur Kenntnis gab, die in Valletta für die Präsidentschaft kandidieren würden. »Ein Bulle, zwei Ochsen!«, kommentierte Michael das Fax.

Für den, der die Osteoporose-Szene kennt, war klar, wer als Präsident infrage kommt. Als Chairman und Kandidat wurde Andreas' größter Konkurrent aus Berlin, sein Kollege Karl-Otto Wellenstein, benannt, was schon im Vorfeld einer Entscheidung gleichkam. Das Fax trägt die Unterschrift eines Dr. Marco Rosinski.

Geradezu als ein Hit las sich das Protokoll eines Telefonats zwischen den Kollegen Wellenstein und Baumholder aus Bad Pyrmont. In ihm wird Andreas als Risikofaktor bezeichnet, wenn es darum geht, den T-Score für die manifeste Osteoporose anzuheben. Man will ihn keinesfalls an der Spitze sehen und tituliert ihn als ehemaliges »MDW-Mietmaul«. Ebenso als einen Bremser, der die Richtlinien von gestern vertritt. Zitat: »Der beste Moment, mein Freund, um Andreas endlich aus unserer Experten-Runde zu entfernen!«

Aufs Feinste von GLOBALPHARM orchestriert, sollten die »Wackelkandidaten« auf Karl-Otto Wellenstein eingestimmt werden.

Michael winkt von seiner Ecke herüber, als Andreas auf die Sitzgruppen zusteuert. Sie begrüßen einander mit Vornamen. Beide sind sie Mitte vierzig, schlank, sportlich, Selbstdenker von seltener Art. Was an Pöttinger sofort auffällt, sind die klaren, etwas listigen Augen, mit denen er Michael mustert. Niemand kann ahnen, dass sich hinter diesem Blick auch ein beträchtliches Aggressionspotenzial verbirgt.

Andreas selbst erzählte Michael vor Jahren eine Episode, in der er schilderte, wie er sich in frühen Zeiten mit seinem ehemaligen Klinikchef derart in die Wolle geriet, dass dieser ihn vom Dienst suspendierte. Andreas ist ein Mann des Protestes. Nach einem Jahr hatte sich Andreas erfolgreich in die Klinik zurückgeklagt, was ihm den Stempel des Unbeugsamen aufdrückte. Seitdem wird der Streitbare von Kollegen bewundert und von den ehemaligen betroffenen Ordinarien verachtet. Michael mag Andreas gerade wegen dieser gezeigten Haltung, da er es als sympathisch empfindet, wenn einer geschickt antiquierte Pfründe bekämpft. Ebenfalls seine gelebte Bescheidenheit.

Sie kennen sich, seit Hammerstein ihn vor Jahren bat, ihn zu begleiten, um ein *Bonegold*-Projekt mit ihm zu besprechen. Es ging um die Indikation der kortikosteroidinduzierten Osteoporose und der Osteoporose beim Mann. Beide Male sollte die Wirksamkeit und die Verträglichkeit von *Bonegold* getestet werden. Außerdem sollte eine höhere Dosierung zum Zuge kommen, dafür nur einmal wöchentlich. Und ganz nebenbei sollte die Arbeit auch ordentlich honoriert werden. Von Anfang an war es eine fruchtbare Zusammenarbeit – für beide Seiten …

Andreas lächelt mit seinen wasserblauen Augen. Ohne einen Schnörkel kommt er auf den Punkt: »Was kannst du für mich tun?«

»Ungeniert unsere Gedanken austauschen.«

»Ich nehme an, du weißt, wohin ich unterwegs bin.«

»Ja, natürlich. Ich dachte schon, du hast ein Rückzugsprojekt gestartet, um dich von MDW abzusetzen.«

»Ich benötige beide, GlobalPharm und MDW, und habe daher nicht vor, jemanden auszugrenzen oder gar gegeneinander auszuspielen. Unsere Freundschaft, Michael, bleibt davon unberührt.«

»Das glaub ich dir aufs Wort. Ich habe immer an deine Geradlinigkeit geglaubt, daher halte ich es für ein Zeichen meiner aufrichtigen Freundschaft, dir mit Informationen zu helfen.«

»Was für Informationen? Schieß los!«

Michael hat an der Antwort gefeilt. Er weiß, sie muss widerspruchsfrei sein und durchgehalten werden können.

»Das Fell des Bären ist bereits verteilt! Vor vier Tagen ausgekungelt. Sie werden einen anderen zum Präsidenten wählen. Du fliegst als Stimmvieh nach Malta.«

Seltsam gefasst harkt Andreas nach: »Wer wird es deiner Meinung nach werden?«

»Wellenstein!«

Andreas zeigt sich erstaunt, dann lächelt er gequält. In Wirklichkeit traf ihn Michael mit einer Kugel in den Kopf. Nach einer Pause bricht es aus ihm heraus: »Du wirst doch nicht sagen wollen, GlobalPharm bescheißt mich? Aus welcher Ecke stammen deine Informationen?«

Michael beschleicht das Gefühl, dass Andreas den sofortigen Show-down sucht. »Ein Dokument mit Unterschrift!«

Andreas' Gesicht verändert sich völlig, als hätte man ihm gerade seinen geliebten Mercedes weggenommen. »Ich muss für diese Schweinerei einen Beweis haben.«

Michael zieht die Faxinformation hervor. Nichts darauf ist geschwärzt. Er reicht das Blatt kommentarlos an Andreas.

Dieser geht den Verteiler durch. Sein Name fehlt. Er schüttelt ungläubig den Kopf: »Eine Zirkusnummer der Sonderklasse!«

Andreas beschließt, sich Gewissheit zu verschaffen. Er zieht sein Handy aus der Tasche und wählt eine programmierte Nummer. Michael fühlt sich dabei wie im Auge eines Wirbelsturms.

»Hier spricht Andreas!« – und nach einer kurzen Pause: »Ja, ich bin schon in der Nähe des Terminals. Was ich dich fragen wollte: Du hast doch auch das Fax bekommen. Wer kommt für dich als Präsident infrage?«

Als er die Antwort bekommt, senkt er den Blick. »Klaus, ich habe nichts anderes von dir erwartet! Wir sehen uns …«

Dann geht er noch einmal die Verteilerliste durch und wählt eine zweite Nummer. »Tomas, ich bin's, Andreas!« Und nach dem üblichen Hin und Her: »Ich kann das Kerosin schon riechen. Hast du das Fax von GLOBALPHARM erhalten? … Und, deine Meinung?«

Die Antwort zieht sich in die Länge. Andreas schießt die Zornesröte ins Gesicht: »Da fragst du noch? Natürlich bin ich enttäuscht. Ihr habt das Fell ohne mich verteilt!«

Schweres Atmen begleitet ein langes Schweigen. Seine Wut ist wie mit Händen zu fassen. Abrupt kommt es über seine Lippen: »Ich wünsche dir eine gute Reise nach Malta!« Bebend vor Zorn steckt er das Handy weg. »Eines Tages werden diese parasitären Schmeißfliegen zerquetscht.«

Er sieht Michael an, der stumm das Fax aus seinen Händen nimmt und wieder wegsteckt. »Es stimmt. Ich danke dir.«

»Espresso?« Andreas nickt.

Nachdem Michael die Bestellung aufgegeben hat, fragt ihn Andreas: »Wie bist du an das Fax gekommen?«

»Jeder hat in diesem Klüngel treue Freunde. Die Maschen des Zaunes waren in diesem Fall eng gezogen.«

»Schon sehr eng, würde ich sagen. Kennst du Wellenstein persönlich?«

»Auf Kongressen und Events haben wir uns gesprochen. Du weißt, er hat für uns die Doppelblindstudie gemacht.«

»Dieser Doppelblindprofessor!«

Michael erwidert nichts darauf.

»Verdammt! Sie werden die Quittung von mir bekommen. Aber … La Valetta ade!«

Michael fühlt, wie sein Freund am Köder knabbert. »Überlege es dir. Mach dir ein paar schöne Tage auf Malta.«

»Nein, kommt nicht infrage. Es kotzt mich an! Die Enttäuschung wird vorübergehen, aber der Verrat nicht.«

»Ich kann mir vorstellen, dass du in dieser Position, zum Wohle der Patienten, Bahnbrechendes auf die Beine gestellt hättest. Doch wer sagt dir, dass dies nur auf einem dieser inflationären Präsidentenstühle möglich ist?«

Endlich tönt es wie aus einer Gruft: »Gut! Du und MDW haben nun endgültig das Heft in der Hand.«

Michael will keinesfalls Genugtuung zeigen, sondern sich das Mäntelchen professioneller Redlichkeit umhängen. »Einverstanden, Andreas! Lass uns die Arbeit fortsetzen wie zu Beginn der *Bonegold*-Ära. Wir stehen am Anfang einer grandiosen Entwicklung.«

»Ich habe geglaubt, dass sich manches auf zwei Schultern leichter tragen lässt. Aber wenn du es allein stemmen kannst …«

»Was steht im Pflichtenheft?«

»Die Liste der benötigten Geräte ist lang und teuer!«

»Alles eine Frage der Gegenseitigkeit. In der Sache waren wir uns doch immer schnell einig. Niemand soll sich verbiegen.«

Andreas gibt Michael Recht: »Du bist für mich immer ein guter Sparringspartner gewesen. Wann sprechen wir über die Details?«

Beide ziehen ihre Kalender. »Heute in einer Woche? Gleiche Zeit?« Andreas stimmt zu.

»Komm nach Frankfurt. Es geht hier um ein größeres Investment. Ohne unseren Justiziar wird es nicht gehen. In Zeiten des Antikorruptionsgesetzes sollten sich beide Seiten absichern.«

»Ich komme!« Ein Blick auf die Uhr. Ohne ein weiteres Wort verabschiedet er sich.

Die Sorge, die Michael noch vor einigen Stunden bedrückt hatte, ist einer vielversprechenden Perspektive gewichen. Andreas Pöttinger ist wieder auf dem richtigen Pfad. Topas' Informationen sind mit Gold nicht aufzuwiegen. Gleichzeitig begreift er: »Je mehr du weißt, desto klarer weißt du, wie wenig du weißt.«

Morgen ist ein weiteres Treffen mit Topas vereinbart. Danach will ihn Al Williams telefonisch sprechen. Seit seinem Besuch in London das erste Mal, dass »Boxergesicht« ihn kontaktiert. Der persönliche Kontakt zu dem obersten Boss der Europa-Zentrale tut seinem Ego unerwartet gut.

Eigentlich läuft im Moment alles positiv. Dennoch fühlt er sich wie angeschlagen. Ein Gefühl, das er für einige Stunden hatte verdrängen können. Fabienne ist wieder verreist. Ohne ihn zu informieren, ist sie irgendwohin abgedampft. Ein Zettel mit einem Zweizeiler auf dem Küchentisch war alles. Michael beginnt wieder, von *der* Frau zu träumen, die fest an seiner Seite steht, seine Liebe erwidert und mit der er sich über alles, was ihn bewegt, mit Lust und Interesse austauschen kann. Immer häufiger pflegt er seine Vision, dass irgendwo auf diesem Erdball eine Frau den gleichen Wunsch hegt …

3
Malta

Wie machtvoll handelte doch vor mehr als zweihundert Jahren Napoleon, als er mit seiner Flotte von Toulon nach Ägypten segelte. Eigentlich wollte er nur die Wasservorräte der Flotte auf Malta ergänzen. Ein Blick auf das braune Eiland weckte allerdings den Tatendrang des Strategen. Brueys, sein Admiral, erhält den Befehl:

»Die Insel muss unter französische Kontrolle gebracht werden!« Und gleich darauf der Gedanke: »Warum nicht dem Großmeister der Malteserritter gleich ein Ultimatum diktieren?«

Er verlangt die Kapitulation der Malteserritter. Nichts kann sich seinem Willen widersetzen, und das beflügelt seine Fantasie. Jahrhunderte hat es gedauert, den Staat des Malteserordens erblühen zu lassen. Ihm genügen ein paar Stunden, einen neuen Staat zu schaffen. Sechzehn Paragraphen reichen für eine neue Inselverwaltung und um mit den Adelstiteln Schluss zu machen. Er diktiert sie im wappengeschmückten Ordenssaal der Festung.

GlobalPharm würde über die Knochen-Ritter ebenso gern die Kontrolle ausüben, aber im Festsaal des »Le Meridien« fehlt dem Unternehmen ein Napoleon. Zur Erreichung der Ziele des Konzerns bedürfte es aber einen Feldherrn mit den Qualitäten des Korsen, denn eine ganze medizinische Landschaft soll möglichst rasch verändert werden. Doch der »Ordenssaal« der Experten verkümmert bereits am ersten Tag zum Wartesaal der Zauderer.

Die Affäre um Pöttinger überschattet den Auftakt. Nur mühsam lassen sich aufkeimende Ressentiments seiner Anhänger mit individuellen Projektzusagen ersticken. Doch trotz reservierter Haltung und unterkühlter Atmosphäre wird Professor Wellenstein zum Präsidenten der Deutschen Osteoporose-Liga gewählt.

Erst die Charmeoffensive Jean-Claude Brissons während des Dinners und an der Hotelbar, verbunden mit lukrativen Studien-Offerten, bringt das Schiff wieder auf Kurs. Dafür bekommt Rosinski den Unmut Brissons zu spüren. Laura und Harris meistern das facettenreiche Geschehen des ersten Tages und können verhindern, dass die wichtigsten Kunden auf Distanz gehen. Als äußerst hilfreich erweist sich hierbei das ausgewählte Fünf-Sterne-Refugium, das den Autoritäten ein mehrtägiges exklusives Ambiente, fernab des Patienten- und Klinikbetriebes, bietet.

Am nächsten Tag gelingt es, sie auf die Führung und Mitarbeit in den neuen Osteoporose-Netzwerken einzuschwören. Für Laura ist damit der wichtigste Meilenstein gesetzt, denn ohne deren Einbindung und »Goodwill« ist für sie eine erfolgreiche Marktbearbeitung mit *Osteo-Forte* kaum machbar.

Die elementarste Entscheidung ist allerdings noch nicht gefallen. Das eingeflogene Koryphäenrudel soll nun den brisantesten Paragraphen absegnen.

Der T-Score soll für Europa neu definiert werden – so will es die Macht im GLOBALPHARM-Headquarter, Woodbridge. Dann könnte man dem Knochenschwund endlich unbeschwert und ohne Skrupel das Etikett »Volkskrankheit« ankleben. Für GLOBALPHARM würde der daraus resultierende Verordnungsboom den Himmel der Zukunft in schönstem Rosa färben. Ein Signal für den Rest der Welt. In Folge aber auch ein kräftiger Kursanstieg der GLOBALPHARM-Aktien und damit die Ausschüttung fetter Prämien für das Topmanagement.

Doch das Für und Wider tobt unerwartet heftig um das Rednerpult. Ursache ist der couragierte Beitrag eines jungen Privatdozenten aus Dresden, der aus einem Fachartikel des britischen *Nuffield Council on Bioethics* zitiert. Das *Council* besteht aus einem elitären Zirkel von Philosophen, Ärzten und Wissenschaftlern und hält die »Medikalisierung des Lebens« für einen neuen Megatrend. Die Stimme des Dresdners bebt: »Das Problem liegt doch in der Tendenz, die Osteoporose so breit zu definieren, dass mehr und mehr Individuen im Netz der Diagnose hängen bleiben. Ich jedenfalls fühle mich genötigt! Und Sie, meine Kolleginnen und Kollegen, sollten sich ebenfalls von diesem üblen Marketingtrick distanzieren!«

Daraufhin ruft ein Kollege aus dem Plenum spöttisch: »›Die Diagnose ist eine der häufigsten Krankheiten!‹ Karl Kraus!«

Das Plenum johlt. Brisson zeigt sich empört. Neben ihm Jeff Bloomberg von GATES. Er schüttelt demonstrativ den Kopf. Rosinski vergräbt sein Gesicht. Aus Lauras Sicht trägt er für dieses Desaster die Verantwortung. Er hat den potenziellen Brandherd ignoriert und daher unterlassen, ihn im Keim zu ersticken. Erst das Drama um Pöttinger kurz vor dem Abflug und nun dieses Theater.

Sie sah das Übel kommen. Als die Liste der Teilnehmer zirkulierte, hatte sie Rosinski vor »dem Dresdner« gewarnt. Eine Einladung an ihn hätte nie ausgesprochen werden dürfen, doch Rosinski hatte sich offensichtlich von ihm breitschlagen lassen und sich nie gefragt, woher er überhaupt Wind von Malta bekommen hatte. Er ist Leiter des Bereichs »Evidenzbasierte Medizin« im Verein *Medizinischer Dienst der Spitzenverbände der Krankenkassen* und bekannt dafür, dass er vehement vor der kommerziellen Vermarktung von »weichen Indikationen« durch die Pharmaindustrie warnt.

Der Malta-Workshop bietet ihm nun die beste Plattform für seine Agitation. Die demaskierende Art, mit der er sich über den Begriff *Disease Mongering*, »Handel mit Krankheiten«, auslässt, droht die Stimmung erneut zu kippen. Laura beschleicht das Gefühl, dass die angestrebte Experten-Kooperation gerade zu Grabe getragen wird. Professor Wellenstein zeigt sich als Moderator überfordert. Er unterbricht den Workshop und schickt die Teilnehmer in die Pause.

Während Brisson mit Rosinski von der Bildfläche verschwindet, drängt sich Bloomberg an Laura heran. Seine Worte lassen an Schärfe nichts zu wünschen übrig. »Wer sein Image derart beschädigt, wer seine Kampagneziele derart verfehlt, muss die Konsequenzen fürchten! Ich jedenfalls bin nicht bereit, für diese Missstände auch nur einen einzigen Euro auszugeben.«

»Herr Bloomberg, wir trauern jetzt schon alle um Ihre vergeudeten Euros. Obwohl noch nicht entschieden ist, ob wir das Ziel verfehlen werden. Aber bitte, vielleicht ist Ihre Warnung vor der Aufkündigung unserer Kooperation in diesem Moment das einzig Richtige! Ich werde Woodbridge davon unterrichten.«

»Da haben Sie mich völlig missverstanden!«

»Sagten Sie nicht eben, Sie wollten sich von Ihrem Investment distanzieren?«

»Ich sagte … Ach was! Sie verstehen sehr gut, was ich meine.«

»Ich schlage vor, Sie trinken jetzt mal einen Tee. Das beruhigt …«

Bloomberg entfernt sich im gleichen Moment, als Harris herantritt. »Was war?«

»Bloomberg hat Dampf abgelassen. Kaffeepause! Komm mit.«

Sie mischen sich mit ihrem Kaffee unter die Teilnehmer und fühlen die Krise und das nahende Scheitern. Auch diejenigen, die sehr genau zwischen Fachkompetenz und Polemik zu differenzieren verstehen, schwimmen plötzlich auf einer Woge der Häme. Ein rheinischer Dialekt trifft ihre Ohren: »Ich nehme an, die Regie ist Ihnen aus den Händen jenommen. Das ist sicher nicht nach Ihrem Jeschmack.«

Unaufgefordert tönt es auf Hochdeutsch zurück: »So ganz unberechtigt finde ich das Ganze nicht. Einst wurde von Osteoporose nur dann gesprochen, wenn das altersbedingte Schwinden der Knochenmasse tatsächlich zu einer Fraktur geführt hatte.«

»Ich pflichte Ihnen bei!«, reagiert der Kölner. Und mit einem mitleidigen Blick auf Laura: »Das war weit vor den Zeiten von GlobalPharm!«

Darauf der Stuttgarter: »Kein Wunder, nach der ursprünglichen Definition waren es nur 1,2 Prozent der über 74-Jährigen. Das reicht für das Etikett ›Volkskrankheit‹ einfach nicht aus.«

Süffisant erwidert sein Kollege: »Sehen Sie, wir müssen die Osteoporose völlig neu erfinden.«

Der Stuttgarter wendet sich nun direkt an Laura: »Ich nehme an, mit diesem Messtrick wollen Sie die Hälfte der Bevölkerung ab dem 40. Lebensjahr bis ins hohe Alter mit *Osteo-Forte* versorgen.«

Laura antwortet mit einem entwaffnenden Lächeln. »Zu seiner Gesundheit wird keiner gezwungen. Aber es ist ein Angebot.«

Unerwartet schlägt sich der Kölner auf Lauras Seite: »Herr Kollege, geben Sie doch zu, dass auch Sie auf dieser Welt so lange leben möchten wie möglich, und zwar ohne Knochenbrüche und Rollstuhl.«

Der Stuttgarter grinst sich eins: »Natürlich! Und ich hoffe, so lange wie möglich auch ohne *Osteo-Forte*!«

Laura taxiert ihn. Sein Übergewicht ist exorbitant, der Bewegungsmangel hat sich an seinen Hamsterbacken manifestiert, die schon über der Kinnlinie hängen. Amüsiert pflichtet sie dem Rheinländer bei: »Ich hoffe in seinem Interesse, dass er dem demographischen Trend der Osteoporose beim Mann stramm trotzt.«

Sein Kollege aus Köln klopft ihm lässig den Bauch: »So alt wollen Sie doch gar nicht werden! Stimmt's?«

Während des Hin und Her beobachtet Laura, wie Brisson wieder im Foyer erscheint, Professor Wellenstein am Arm nimmt und ihn zurück in den Plenumssaal führt. Rosinski folgt beiden auf dem Fuß. Brisson schließt vor Rosinskis Nase die Tür.

Kurz zuvor hat ihn Brisson wegen des Dresdners zur Rede gestellt. Rosinski lavierte, gab gewundene Rechtfertigungen, fiel sich selbst ins Wort und konnte sich am Ende nur ungenau an eine »gezielte« Auswahl dieses Experten erinnern. Brisson drohte ihm wegen des Ausfalls von Pöttinger und bei einer Ablehnung des anvisierten T-Scores durch das Plenum mit harten Konsequenzen.

Rosinski wurmt die Sache: »Einer ist immer der Loser«, knurrt er vor sich hin. »Ich bin der Loser von Malta!«

Laura entschließt sich, zu Harris' Gruppe zu wechseln. Sie nimmt ihn zur Seite. »Ich hoffe, Brisson reißt das Ruder herum.«

»Er wird Wellenstein deswegen gerade in der Mangel haben.« Harris zürnt: »Wie ein Kaiser ohne Kleider stehen wir da. Ich glaube, Rosinski würde sich am liebsten in Luft auflösen.«

»Der Sesselkleber?«, zischt Laura.

»Hast du eine Idee, wie der T-Score noch zu retten ist?«

»Bieten wir ihnen ein gut bezahltes Patienten-Screening an.« Damit meint sie eine Reihenuntersuchung, ein bei Ärzten besonders beliebtes, weil lukratives Verfahren. »Vorausgesetzt, das Budget hält das aus. Auf jeden Fall bleiben wir damit im Geschäft und üben Schadensbegrenzung.«

Harris atmet durch: »Prima! Ich werde es Brisson flüstern. Mach dir dazu noch ein paar Gedanken, und halte dich bereit. Vielleicht hast du heute noch einen Auftritt.«

Im Saal kontrollieren Techniker Beamer und Notebook, während der Service die Tischgetränke ergänzt. Wellenstein und Brisson sind unter sich.

Brisson fordert eindringlich: »Herr Wellenstein, ich möchte

Sie noch einmal an Ihr Versprechen erinnern: Die Festlegung des T-Scores auf minus 2,0 als Marker für die manifeste Osteoporose ist das Ziel dieses Workshops. Ich betone: die Festlegung!«

Wellenstein beschwichtigt: »Seien Sie meiner Empfehlung sicher.«

»Eine Empfehlung reicht nicht!«

»Wer hat eigentlich diesen Idioten aus Dresden eingeladen?«

»Das werde ich intern klären. Sie aber zerpflücken mir dieses Greenhorn! Bringen Sie die Teilnehmer auf Kurs. Ich erwarte die Zustimmung des Plenums. Motivieren Sie Ihre Kollegen! Ich will Ergebnisse sehen! Das ist Teil unserer Geschäftsgrundlage!«

Während der Gong die Pause beendet, sich die Türen schließen und die Teilnehmer ihre Plätze einnehmen, erklimmt Wellenstein entschlossen das Rednerpult. Sein Gesicht wirkt wie kaltes Porzellan. Gespannte Aufmerksamkeit macht sich breit.

»Liebe Kolleginnen und Kollegen!

Jeder von uns will lange leben, aber keiner von uns will alt werden! Wer will das bestreiten? Die kritische Masse der Altersverteilung einer veränderten Gesellschaft ist in weniger als zehn Jahren erreicht! Wir wissen es bereits, dennoch verdrängen wir beharrlich die Fakten.

Es ist daher geradezu grotesk, dass das Ausmaß des demographischen Bebens auch von uns, den verantwortlichen Medizinern, unterschätzt wird. Hinzu kommen gravierende Rechenfehler in den Statistiken der Krankenkassen und der Sozial- und Rentenversicherungen. Dort werden wir buchstäblich zu früh zu Tode gerechnet, was sich verheerend auf unsere Zukunft auswirken wird.

Vielleicht fragen Sie sich: Was hat das mit unserem Osteoporose-Workshop zu tun? Welche Rolle spielt der T-Score? Welches Ziel verfolgt ›der da oben‹ eigentlich? Mein Ziel ist es, Sie aufzurütteln, damit wir heute endlich die Weichen richtig stellen. Wir werden ein neues Gleis befahren – das Gleis der Prävention zur Vermeidung der manifesten Osteoporose!

Ich behaupte: Ministerien wie Kassen haben nur eine Strategie, wenn es um das Altern geht: die Zahl der Therapieberechtigten zu limitieren, um Kosten zu begrenzen. Konkret: Der deutschen Regierung geht es darum, die Arzneimittelkosten zu senken – und das um jeden Preis! Wer weiß es nicht? Ist es nicht besser – und billiger –, Knochenbrüche zu verhindern, als sie zu behandeln? Aber was tun wir in diesem Staat? Wir unterstützen mit unserer Einstellung ein Kranken- statt ein Gesundheitssystem!

Mit Verlaub: Wir leben, was die Versorgung und Therapie der immer älter werdenden Menschen anbelangt, in einer geistigen Krise. Durch die ständigen Diskussionen über zu hohe Kosten im Gesundheitswesen zeigen wir uns verunsichert, deprimiert, kleinmütig und pessimistisch. Wir sind offenbar außerstande, der ständig steigenden Lebenserwartung endlich den medizinisch-volkswirtschaftlich sinnvollen Tribut zu zollen. Prävention ist inzwischen zum Hasswort aller Gesundheitspolitiker verkommen. Vor allem, wenn es um die Osteoporose geht. Es gilt, diese Politik mit Geschlossenheit zu verändern. Dafür sitzen wir hier!«

Plötzlich springt der Dresdner auf: »Auf welchen Fakten gründen ihre Forderungen?«

»Lassen Sie sich aufklären, Herr Kollege: Im Gegensatz zu vielen medizinischen und wirtschaftlichen Statistiken haften demographischen Vorausberechnungen eine auffallende Genauigkeit an. Ein Beispiel: Die Zahl der über 60-Jährigen wird sich bis 2030 nahezu verdoppeln. Sie steigt weiter bis zum Jahre 2050.«

Der Dresdner erwidert aggressiv: »Herr Kollege, warum propagieren Sie eine Apokalypse, die allein schon durch die stetige Zuwanderung in unsere Republik ad absurdum geführt wird?«

Wellenstein entgegnet mit Stahl in der Stimme: »Meine Antwort lautet: Hier wird nichts propagiert, sondern hier wird Propaganda, besonders die aus Ihrem Munde, liquidiert!«

Beifall begleitet Wellensteins Erwiderung. Angriffslustig fährt er fort: »Offenbar rechnen Sie sich und Ihr eigenes Alter aus den Zukunftsszenarien heraus. Es wird Ihnen nichts nützen. Sie gehören zu der Armee der Betroffenen. Tun Sie also nicht so, als ob Sie persönlich damit nichts zu tun hätten. Liebe Kolleginnen und Kollegen, wir gehören zu der Streitmacht der zukünftigen Alten!

Wollen wir trotzdem einer Propaganda folgen, die sich gegen unsere eigene Existenz richtet?«

»Kommt nicht infrage! Niemals! Ohne uns!«, kommt breite Zustimmung aus den Reihen der Teilnehmer.

»Daran wird weder eine hypothetische Zuwanderung von jüngeren Menschen noch ein kaum zu erwartender Boom an Geburten etwas Gravierendes ändern. Die Zahl der Jugendlichen schmilzt bis zum Jahr 2050 kontinuierlich von rund siebzehn Millionen auf unter zehn Millionen ab. Die Alterung der Gesellschaft ist nicht aufzuhalten. Akzeptieren wir endlich die Fakten, und stellen wir uns der Verantwortung!«

Der Dresdner verlässt das Plenum. Rosinski folgt ihm.

Wellenstein schmunzelt und fährt fort: »Zu den Fakten: In Europa gibt es jedes Jahr 400 000 Hüftfrakturen, 270 000 klinisch wahrgenommene Wirbelbrüche und 340 000 Unterarmbrüche. Davon entfallen allein auf Deutschland rund 150 000 Hüftfrakturen. Diese Zahlen nehmen mit steigendem Alter der Bevölkerung zu: So wird die Zahl der Hüftbrüche bis 2025 um 60 Prozent zunehmen, was dann allein 650 000 Hüftfrakturen in Europa bedeutet. Das Lebenszeit-Risiko einer Frau, eine Hüftfraktur zu erleiden, ist größer als die Summe ihrer Risiken für Brustkrebs, Gebärmutterkrebs und Ovarialkrebs. Nicht von ungefähr zählt die WHO die Osteoporose inzwischen zu den kostenintensivsten Krankheiten weltweit.

Angesichts der Tatsachen wäre es ein Skandal ohnegleichen, wenn wir die Möglichkeiten der Frakturprävention ungenutzt lassen. Lassen wir nicht zu, dass man uns eines Tages zum Vorwurf macht: Milliarden hätten eingespart werden können, doch die Experten zeigten sich unfähig, darauf rechtzeitig zu reagieren! Lassen Sie uns daher zur Prävention und Therapie der Osteoporose drei Punkte beschließen:

Erstens: Jedem Bürger dieses Landes sollte ab dem 50. Lebensjahr die Möglichkeit der Frühdiagnostik in Form einer Knochendichtemessung in regelmäßigen Abständen zur Verfügung stehen.

Zweitens: Der T-Score zur Bestimmung der manifesten Osteoporose ist im Sinne einer Frakturfolge-Kostenvermeidung von minus 2,5 auf minus 2,0 neu festzuschreiben.

Drittens: Jeder Patient, bei dem eine Osteoporose festgestellt wird, muss angemessen behandelt werden.

Gönnen wir uns die Anhebung auch in unserem ureigenen Interesse. Wir begrüßen und unterstützen die Kampagne von GlobalPharm, sonst wird sich in der Wahrnehmung der Osteoporose in Deutschland wenig ändern. Ich danke Herrn Brisson und Frau Lasalle, denn GlobalPharm wird ein beachtliches Budget bereitstellen, damit wir ein zusätzliches Patienten-Screening durchführen können. Wer für die Annahme der drei Punkte ist, der hebe seine Hand.«

Laura blickt sich um. Fast alle Hände sind oben. Brisson erhebt sich und applaudiert Wellenstein. Voller Stolz schlägt sein Ego ein imaginäres Pfauenrad. Bloomberg rührt keine Hand. Laura und Harris erheben sich ebenfalls und klatschen Beifall. Harris kommentiert Wellensteins Rede: »Das hat er wirklich gut gemacht.«

Laura erwidert süßsauer: »Ja, hat er! Und dank Rosinski hat er uns so ganz nebenbei eine gigantische Summe an Honoraren für das Patienten-Screening abgeknöpft.«

»Das Geld ist doch gut investiert. Denk an die Chancen der Marktbearbeitung!«

»In jeder Hinsicht eine einmalige und faszinierende Perspektive, lieber Harris.«

»Wenn ich dich so ansehe, besitzt du die Ausstrahlung einer Siegerin.«

Ihr Blick geht an ihm vorbei. »Das kommt daher, weil Brisson mir gerade zulächelt und Bloomberg sich vergaloppiert hat.«

Er nimmt sie am Arm. »Komm mit, du hast dir einen Drink verdient.«

Auf dem Weg zur sonnigen Terrasse des Hotels schaltet Laura routinemäßig ihre Handys ein, um Nachrichten aus Berlin abzuhören.

Nachricht eins ist von ihrer Schwester. Sie wollte über Yves und Nana berichten. Nachricht zwei kam vom Scheidungsanwalt, der die Gehaltsunterlagen der letzten zwölf Monate für die Unterhaltsklage von Yves benötigt. Nachricht drei ist von Alexa: »Professor Pöttinger, München, bittet dringend um deinen Rückruf. Möglichst heute noch. Zur Sicherheit die Nummer, unter der er zu erreichen ist …«

Sie erzählt Harris davon. »Interessant«, kommentiert er die Information.

»Keine Frage, der Anruf von Pöttinger hat was.«

Der Kellner serviert auf einem Tablett Lauras Lieblingscocktail. Harris hatte zwei Bellinis geordert. Er reicht ihr das Glas. »Was willst du tun?«

»Herz, Bauch und Seele sind das Verlässlichste, was eine Managerin zum Erfolg braucht. Ich nehme die Nase noch hinzu.«

»Damit du sie in den Wind halten kannst?«

»Im Gegenteil! Um zu riechen, ob etwas stinkt.«

»Und, was riechst du?«

Sie bemerken, wie der Tagungsfotograf sich anschickt, sie abzulichten. Als die Prozedur vorüber ist, erwidert Laura: »Rosinski ist angeschlagen. Ich fürchte, er wird damit unkalkulierbar.«

»Ich werde dafür sorgen, dass Woodbridge von den Vorgängen hier auf Malta Kenntnis erlangt. Kümmere du dich um Pöttinger und informiere mich, wenn du es für wichtig hältst.«

»Ich werde erst einmal darüber schlafen. Ich frage mich nur, wie wichtig der Anruf sein kann.«

»Das wirst du dann ja sehen!«

»Frühestens morgen.« Die Gläser erklingen.

Laura ist klar, dass Alexa Infos über Rosinski, Wellenstein und Pöttinger ausgraben muss. Stichwort: »Malta-Wahl des Chairman«.

Viertes Kapitel

»Gold-Sponsoren«

April

GlobalPharm
Headquarter, Woodbridge, Virginia, USA

Episode IV

Sir Ed Connolly: »Ich erhalte widersprüchliche Nachrichten über Malta!«

Chief Operating Officer: »Die Wahl wurde gerettet. Doch nicht alles lief nach Plan!«

»Wer ist für das Network-based-Customer-Relationship-Management verantwortlich?«

»Für die Selling-CRM innerhalb der German Division ist es Dr. Marco Rosinski.«

»Von Gates Pharmacy bekam ich einen Bericht ihres Chairman in Deutschland. Ein Jeff Bloomberg fordert darin Konsequenzen. Obendrein die Beschwerde eines Professors aus München. Offenbar der Verlierer in Sachen Malta. Ich hasse Post aus den Niederungen des Business!«

»In der Tat, ein wichtiger Opinion-Leader wurde verärgert.«

»Der Prolog für die Zukunft darf keine negativen Fußnoten bekommen. Unsere Reputation ist heilig! Vollziehen Sie die Konsequenzen!«

»Ja, Sir! Service-based-CRM und In-house-based-CRM sind in den kritischen Erfolgspositionen zu reorganisieren. Die Performance wird mit der Neubesetzung stimmen.«

»Sie haben freie Hand. In den oberen und mittleren Rängen tummeln sich zu viele Leute mit großspurigen Ideen, die Konzepte, Papier und Worte lieben, aber alles andere als erfahrene Manager sind. Nutzen Sie daher die Situation. Reorganisieren Sie!«

»Wie Sie wünschen, Sir!«

E-Mail IV

Von:	Topas
Gesendet:	[getilgt]
An:	W. M.
Cc:	–
Betreff:	‹Kein Thema›

– *O-F* / Kampagneverantwortlicher Malta
– *O-F* / Netzwerk, Zielpersonen
– *O-F* / Netzwerk, Sonderprogramm
– *O-F* / Ressourcen
– Doppelkopf

Kontakt!

I
Frankfurt

MDW, 18.15 Uhr. Die Abteilungen im »Zentralen Finger« sind nur noch spärlich besetzt. Robert Bullinger reicht das Strategiepapier »Neunzig Tage« über Michaels Schreibtisch: »Das Konvolut zur Abwehr von *Osteo-Forte*!«

Michael nimmt das Papier entgegen. Er kennt den Inhalt. »Jetzt kommt es darauf an, die Maßnahmen effizient umzusetzen.« Er blättert darin. »Nichts vergessen?«

»Osteoporose-Zentren, Prüfärzte, alle Experten, die auf Malta dabei waren, und Ärzte, die sich bisher von GLOBALPHARM für die Netzwerke haben rekrutieren lassen.«

»Die besten Auswahlkriterien für unsere Aktionen.«

»Damit werden wir Neueinstellungen von *Osteo-Forte* erheblich reduzieren können.«

»Wenn GLOBALPHARM auch noch flächendeckend seine Prüfungen streuen wird, dann bricht die reinste Studien-Flut über das Land herein.«

Michael sarkastisch: »Das ist ein weiterer Härtetest für unsere Ärzte! Was haben wir über das Präparate-Profil von *Osteo-Forte* herausgefunden?«

»Nur klinische Studien. Die üblichen Prüfergebnisse. Alles aus den Staaten. Das sagt aber nichts über die zukünftigen Argumentationsschwerpunkte aus.«

Michael im Brustton der Überzeugung: »Bald werden wir alles darüber wissen!«

Bullinger reibt sich das Kinn. »Darf ich dich etwas Spezielles fragen?«

»Nur zu!«

»Dein Informationsstand über das, was GLOBALPHARM tut, wird mir langsam unheimlich. Wie hast du es nur geschafft, an die Teilnehmerliste von Malta heranzukommen?«

»Es wäre traurig, Bob, wenn wir immer nur auf das reagieren würden, was die Konkurrenz uns erst relativ spät offenbart. Das wäre in meinen Augen schlechtes Marketing! Aber, um gute Arbeit leisten zu können, muss man wissen, was der Gegner in der Zukunft plant. Schaffen wir das, machen wir einen guten Job und versetzen unsere Mitarbeiter in die Lage, ihren Job ebenfalls gut zu machen.«

»Und woher weißt du, was die Konkurrenz plant?«

»Jeder hat doch seinen Pool von Eingeweihten, aus dem er seine Informationen erhält. Außerdem haben unsere Marktforscher hervorragende …«

»Das meine ich nicht«, unterbricht ihn Bob. »Ich meine, ohne deinen Input hätte es dreimal so lange gedauert, und ohne deine Informationen, wer von GlobalPharm in *Osteo-Forte*-Prüfungen eingebunden werden soll, würden wir heute noch herumrätseln. Allein durch dein Wissen haben wir praktisch schon die Vorgaben zur kommenden 60-Tage-Planung erfüllt.«

»Unser Wissen, Bob! Unseres!«

»Okay, okay! Aber du machst das Licht an.«

»Ich hatte eben Glück, bin einigen Tipps nachgegangen und dabei fündig geworden. Im Grunde sind es die Fehler der anderen, von denen wir profitieren. Im Tennis läuft es genauso. Die meisten Punkte machst du durch die Fehler deines Gegners.«

Bob spürt, dass er nicht die Antworten bekommt, die er sich erhofft, und wechselt das Thema.

»90–60–30! Du hast einmal gesagt: Man erreicht nichts, wenn man sich vor einen Zug stellt, um ihn aufzuhalten. Was ist, wenn wir trotz aller Gegenmaßnahmen *Osteo-Forte* nicht aufhalten können?«

»Wir wollen und werden *Osteo-Forte* nicht stoppen. Aber wir stellen geschickt einige Weichen und bestimmen damit die Fahrtstrecke.«

Bob blickt in seinen Terminkalender. »Wir haben insgesamt noch neunzig Tage.«

»Die heiße Phase unserer Blockadestrategie gegen *Osteo-Forte* werden wir beginnen, wenn die Ärzte aus den Osterferien zurück sind. Beim nächsten Meeting der Abteilung werden wir uns alle auf den aktuellsten Stand bringen. Wann kommen die AWBs zum Versand?«

Michael meint damit die Anwendungsbeobachtungen für *Bonegold*, Medikamentenprüfungen am Patienten.

Diese sind zwar vom Gesetzgeber vorgeschrieben, aber im Grunde nur Gefälligkeitsstudien, die sehr gut dotiert werden und als Quelle willkommener Nebeneinnahmen von den Ärzten gern angenommen werden.

Bob legt seinen Finger in die Wunde: »Stichwort ›Kundenbindungsprogramm‹: Knochendichtemessung! Wie hoch schätzt du das Risiko, dass die Ärzte die von uns finanzierten Messungen nicht auch für *Osteo-Forte* verwenden?«

»Das wäre wieder Betrug am System. Es gibt daher nur eine Möglichkeit, wie wir zu unseren Verordnungen kommen.«

»Du machst mich neugierig.«

»Hier müssen die Prüfärzte endlich einmal unseren Bedenken Rechnung tragen.«

Bob staunt: »Wie das denn?«

»Es gibt für mich und die Mitarbeiter nur eine einzige echte Kontrolle der Ärzte: Sie müssen die Kopien der *Bonegold*-Rezepte vorlegen.«

»Werden sich da nicht viele kontrolliert fühlen?«

»Mein lieber Bob! In diesen Zeiten geht alles. Ich bin sicher, wenn wir eine, sagen wir, zusätzliche Glaubwürdigkeitsprämie ausloben, werden es unsere Prüfärzte hinnehmen.«

Bob zeigt sich beeindruckt. »Wenn es tatsächlich so kommt, dann nehmen wir jede Hürde.«

»Das will ich doch hoffen.« Nebenbei holt sich Michael die grafikanimierte Ablaufplanung der *Osteo-Forte*- und *Bonegold*-Aktivitäten auf seinen Bildschirm. Er scrollt, bis der Chart »Kongresse und Workshops« erscheint.

»Ich sehe gerade, wir haben einen einzigen wirklich wichtigen Kongress vor uns: den Deutschen Osteoporose-Kongress im Mai in Hamburg. Und im Herbst feiern wir den Welt-Osteoporose-Tag. GLOBALPHARM wird diese Termine ebenfalls im Auge haben.

Ich kann mir gut vorstellen, dass sie alles dafür tun werden, um in Hamburg das Pre-Marketing für *Osteo-Forte* voranzutreiben.«

»Siehst du Probleme?«

»Nein, ich sehe Risiken. Es sind die gleichen wie die des Gegners. Entweder wir haben für uns bereits die richtigen Referenten verpflichtet, oder es wird uns noch viel kosten, sie für unsere Sache zu gewinnen.«

»Sag schon, was zu tun ist!«

»Versuche, etwas über das Kongress-Programm herauszukriegen. Frage an, wer die Referenten für das Satelliten-Symposion von GlobalPharm sind.«

»Okay!«

Bullinger verabschiedet sich. Michael nimmt seinen Taschenkalender und blickt auf den Klebezettel, um sicherzugehen.

»20.00 Uhr«, murmelt er. Darunter steht »Doppelkopf«. Was deutet Topas damit an?

Exakt auf die Minute tritt er mit ihm in Kontakt …

2

Bevor sich Michael Westfeld in den Osterurlaub verabschiedet, treffen sich die Arbeitsgruppen von Vertrieb und Marketing noch einmal. Bullinger und Hammerstein präsentieren den aktuellen Stand der Aktivitäten. Big Shot Elliot und die Teams der Abteilung Marketing und Vertrieb lauschen den Ergebnissen. Danach präsentiert der Chef der IT-Abteilung das neue internetbasierte Außendienst-Portal, das den Mitarbeitern ab Mai sowohl ein internes als auch externes Informations- und Serviceangebot zur Verfügung stellt.

Am Ende gibt ein vor Selbstsicherheit strotzender Westfeld einen Ausblick auf die folgenden Wochen. Elliot blickt verunsichert, da er Westfeld gebeten hatte, ihm unaufgefordert über die Kontakte und Gespräche mit dem Private Investigator zu berichten. Michaels Hinweis auf die Anweisung Londons, in diesem sensiblen

Bereich absolute Diskretion walten zu lassen, irritiert Elliot sehr, auch wenn Vice President Al Williams mitteilen ließ, er werde Elliot direkt über wichtige Erkenntnisse unterrichten.

Ungeachtet aller Spannungen übt Michael die Normalität: »Das Kernstück unserer Maßnahmen konzentriert sich in den nächsten Wochen auf die Festigung der Verordnungstreue unserer Ärzte. Sie werden uns gegenüber in ihrem Verordnungsverhalten loyal sein, da wir in den Regionen verstärkt ein kontinuierliches Beziehungsmarketing pflegen. Hier haben wir deutlich die Nase vorn!

Zudem haben wir erkannt, dass GlobalPharm auf ein nationales, auf Ärzte beschränktes Netzwerk baut. Dazu gehört auch und vor allem die Deutsche Osteoporose-Liga, die auf Malta von ihnen ins Leben gerufen wurde. Nach unseren Informationen benutzen sie diese Plattform auch, um mit allen Mitteln den T-Score nach oben zu korrigieren. Das soll uns recht sein. Davon können wir nur profitieren.

Wir jedoch setzen in Zukunft verstärkt auf ein Patientenbeziehungsmanagement. Ein Programm, das unterstützt wird von berühmten weiblichen Persönlichkeiten aus Sport, TV, Film und Politik. Sie werden in allen Medien die Aufmerksamkeit der Frauen auf die Osteoporose lenken. Dabei werden sie geschickt unser Präparat einfließen lassen, ohne dass wir rechtlich gesehen auf ein Riff laufen. Der Verordnungsdruck auf die Ärzte wird von dieser Seite am stärksten zu spüren sein. Wir verlassen uns damit nicht mehr allein auf die alten Glaubenssätze …«

Big Shot unterbricht Westfeld. »Stichwort ›alte Glaubenssätze‹! Ich hätte doch gern gewusst, worauf wir uns nicht mehr verlassen.«

»Gern, Dr. Elliot. Zu den etablierten Glaubenssätzen, die sich zunehmend als trügerisch erweisen, gehört jener: ›Je öfter die wichtigsten Verordner besucht werden, desto häufiger verschreiben sie unser Präparat!‹«

»Was ist daran trügerisch?«, wirft Elliot ein.

»Der erhoffte Erfolg kehrt sich ins Gegenteil. GlobalPharm hat Gates als Partner mit ins Boot genommen. Sie verfolgen damit die Strategie des Co-Marketings, um auf diese Weise die gleichen Ärzte durch mehrere Außendienstlinien besuchen zu lassen. Nach einer Umfrage nervt solch ein Vorgehen vor allem die Ärzte selbst. Sie lehnen eine Mehrfach-Berieselung grundlegend ab. Schon der Zweitbesuch wird abgewürgt, da er als Zeitklau empfunden wird. Keine Mitarbeiterin und kein Mitarbeiter führt darüber Statistik, wie oft sie oder er aus diesem Grund schon abgewimmelt wurde. Im Übrigen sind auch die Mitarbeiter genervt.«

Elliot zeigt sich irritiert. »Noch so eine Erkenntnis?«

»Sicher! Ein anderer Glaubenssatz, der geradezu verehrt wird, lautet: ›Je mehr Stiefel wir im Feld haben – pardon, je größer die Außendienste, desto höher im Ergebnis der Marktanteil!‹«

»Das lässt sich doch nicht verleugnen!«

Michael reagiert sachlich: »Wir stellen fest: Die Anzahl der niedergelassenen Ärzte stagniert. Die Anzahl der Netzwerk- und Gemeinschaftspraxen wächst. Es stürzen sich alle Pharmareferenten auf diese wenigen Praxen mit hohem Verordnungspotenzial. Gerade diese Arztpraxen sind effizient durchorganisiert. Der Empfang der Pharmareferenten gestaltet sich dadurch schwierig. Was nutzt es GLOBALPHARM und GATES, wenn versucht wird, mit mehreren Linien dort aufzukreuzen? Das vergeudet Ressourcen und mindert die Schlagkraft, denn die Besuchskapazität der Mitarbeiter ist limitiert. Den Marktanteil haben diese hochgelobten Scheinaktivitäten noch nie nach oben getrieben.«

»Sie erstaunen mich!«, lässt sich Elliot vernehmen.

Michael setzt noch einen drauf: »Einen Glaubenssatz will ich bei dieser Gelegenheit noch widerlegen: ›Wir wissen alles über unsere Ärzte durch das IT-gestützte Erfassungssystem.‹ Einen größeren Trugschluss hat es in der Pharmawelt nie gegeben. Ich will dazu nur einen einzigen Punkt nennen: Die Systeme sind nur dann zu gebrauchen, wenn sie durch die Mitarbeiter – ohne Einfluss von eingekauftem Datenschrott und aufgezwungenen Verordnungspotenzialen – langfristig gepflegt und optimiert werden dürfen. Ich wüsste nicht, dass eine solche ›Pflege‹ jemals stattgefunden hat.«

Elliot rutscht auf seinem Stuhl hin und her: »Ich kann mir beim besten Willen nicht vorstellen, dass es erfolgreicher sein soll, wenn wir es den Mitarbeitern überlassen.«

Michael schmunzelt: »Es wäre wünschenswert, dass die Mitarbeiter in ihren Besuchsprogrammen überhaupt etwas darüber finden würden, wenn sich zum Beispiel ein Arzt aus seinem Gebiet im Call-Center wegen irgendeiner Sache beschwert! Sollten wir nicht alles über unsere Kunden wissen?«

»Sind Sie sich sicher, dass der Mitarbeiter keine Information über einen solchen Anruf erhält?«

Michael ernst: »Ich kenne keinen einzigen Fall!«

Elliot ist sprachlos. Michael fährt fort: »Wir sind doch schon dankbar, wenn die Systeme überhaupt funktionieren. Ich kenne einen Weltkonzern, da sitzen die Mitarbeiter abends Stunden an ihren Laptops wegen Praxen, die das System einfach nicht findet. Benutzen sie Google, dann haben sie die Sprechzeiten meist in wenigen Minuten gefunden …«

Kurz darauf ist die Sitzung beendet. Beim Hinausgehen lässt es sich Elliot nicht nehmen, Michael aus der Reserve zu locken: »Ich habe aus London gehört, Sie treffen sich demnächst mit ihrem Private Investigator.«

»Oh, da sind Sie besser informiert als ich. Wo soll das sein?«

Elliot wahrt sein Gesicht: »Äh … Das wird Ihnen noch mitgeteilt.«

Mit gesenktem Blick verlässt er Michaels Büro.

3
Sestriere

Eines der schneesichersten und besten Skigebiete im Frühling sechzig Kilometer westlich von Turin. Kurz vor der Ortschaft Cesana Torinese führt die Hauptstraße über den uralten Montgenèvre-Pass, der das Piemont mit der Provence verbindet. Will man nach Sestriere, führt der Weg direkt durch Cesana über eine schmale, kurvenreiche Straße, die sich den größten Teil der Strecke durch einen Wald schlängelt, nach oben.

Gut vier Kilometer vor der Passhöhe treten die Berge in den Hintergrund, und der Blick erfasst nun die sich darbietende Hochebene, auf der turmförmige Hotelbauten die Harmonie der grandiosen Bergwelt stören. Man wird das Gefühl nicht los, in einen Tolkien-Film geraten zu sein, denn in dieser prachtvollen Hochgebirgslandschaft wirkt einer der runden »Campanile« wie der abweisende Turm von Cirith Ungol in »Der Herr der Ringe«.

Michael hat den Ort für sich vor mehr als zwanzig Jahren entdeckt. Das erste Mal war er mit einer Kommilitonin in die Cottischen Alpen gekommen. Sie hieß Marlene, hielt auf den Pisten verdammt gut mit, war nett und anschmiegsam. Die Erinnerungen daran waren längst verblasst …

Später buchten er und Fabienne ihren Urlaub immer im »Grand Hotel«. Aufkeimende Gedanken daran trübten jedoch seine Laune und ließen ihn vor zwei Jahren ins »Belvedere« wechseln. Das Hotel liegt etwas abseits vom Zentrum und dem hässlichen Turm.

Michael verbringt seinen Osterurlaub nun seit drei Jahren allein an diesem Ort, der auf eine lange Tradition in Sachen Wintersport zurückblickt. Nicht nur der Weltcup, der hier jedes Jahr Station macht, trägt zu seinem Bekanntheitsgrad bei, sondern auch der Giro d'Italia und die Winter-Olympiade.

Nirgendwo kann man den Begriff Hochgebirge so eindringlich und ungestört erleben wie hier, gibt es so viele täglich frisch präparierte Pisten, die selbst um Ostern herum kaum jemand benutzt. Nirgendwo ein Drängeln und Anstehen an den Liften. Michael passiert es jedes Jahr, dass er um die Mittagszeit völlig allein mit dem Viererlift auf dem Gipfel des Monte Motta ankommt und die Piste bei der Abfahrt nur ihm gehört. Hinzu kommen die grandiosen Skischaukeln nach Claviere und Montgenèvre.

Für die anspruchsvollen und gepflegten Pisten am Monte Sises, Motta und Banchetta gibt es für ihn keine Alternative. Schon gar nicht zu dieser Jahreszeit. Auch wegen des mediterranen Frühlingsklimas und der Wonnen des gepflegten Après-Ski.

Michael lässt seinen Skitag gern vor einer der einladenden Outside-Bars ausklingen, streckt sich in der wärmenden Sonne und versüßt sich den Nachmittag mit coolen Drinks und knackig gebräunten Skihasen, die seine Ohren mit Plaudereien und seine Augen mit weiblichen Rundungen in Spaghetti-Tops verwöhnen …

In diesen Momenten treten sogar die brisanten Ereignisse rund um MDW und GlobalPharm in den Hintergrund. Eine Glanzleistung war ihm mit der Bindung von Professor Pöttinger an sein Unternehmen gelungen. MDW bezahlt die Leasingraten für Pöttingers Messgeräte. Dafür stellt er alle Patienten mit der Diagnose Osteoporose auf *Bonegold* ein. Nebenbei wird gemessen, dokumentiert und publiziert, was einem möglichen Verdacht vorbeugt, Pöttinger hätte sich einseitig von MDW abhängig gemacht. Einen der wichtigsten Verordner in Deutschland hatten sie also wieder in der Tasche …

Frankfurt und London hätten es lieber gesehen, Michael hätte in diesen turbulenten Zeiten seinen Urlaub gestrichen. Nun erinnert ihn das Handy in seinem Overall an den geschlossenen Kompromiss, wonach er zumindest verfügbar bleibt. Ein weiteres wichtiges Treffen mit Topas soll am Urlaubsort stattfinden. Auf Anweisung Londons muss er daher rund um die Uhr auf Empfang bleiben. Mit Sicherheit würden sie es begrüßen, wenn er Handy und Headset mit auf die Piste nehmen würde, wie gestern ein Wichtigtuer morgens auf der Spitze des Monte Motta, der mit gerunzelter Stirn und bedeutungsschwerem Blick etwas von Börsenkursen faselte.

Michaels Urlaubswoche ist die eines Singles. Wenn auch die Vielzahl der Meetings den Geist wach hält und ihm das Gefühl schenkt, ein aktives Mitglied in einer erfolgreichen Managerkaste zu sein, so ist doch eines klar: Nirgendwo kriecht die nächtliche Einsamkeit schneller heran als im ungenutzten Doppelbett des »Belvedere«.

In diesen Nächten fällt es leicht, aus sich herauszutreten, sich von außen zu beobachten und Wunschbilder zur Seite zu schieben. Sich jede Sekunde im Griff haben zu wollen, den eigenen Gefühlen nie freien Lauf zu lassen, immer nur nüchtern, rational und beherrscht zu denken und zu handeln wäre ein absurder Anspruch. Die Unterdrückung der eigenen Emotionen und Bedürfnisse käme einer Selbstverleugnung gleich.

Gedanken über das eigene Leben drängen sich auf. In diesen Stunden fällt es leicht, Werte und Moralvorstellungen, von denen man sich lenken lässt, zu überprüfen, außerdem lassen sich Denkweisen und Handlungsmuster aus der eigenen Vergangenheit ableiten. Warum bin ich so geworden? Was bin ich für ein Mensch?

Als Kind und in den frühen Jugendjahren war Michael ein Tagträumer. Er hatte Spaß daran, sich verborgene Welten auszudenken, die irgendeiner womöglich groben Wirklichkeit nicht bedurften. Feine Anstöße reichten, um die innere Abenteuermaschine in Gang zu setzen. In der Schule saß er manchmal einfach nur da, starrte aus dem Fenster und war in einer ganz anderen Welt. Es fiel ihm schwer, sich auf etwas zu konzentrieren, deshalb war er nur ein mittelmäßiger Schüler, der aber, dank seiner Dominanz im Sport, immer zum Klassensprecher gekürt wurde.

Statt schulischer Spitzenleistungen wehte durch seine Jugend noch die Luft romantischer Landschaften und Seen. Für Kunst und musische Erziehung war seine Mutter Miriam verantwortlich. Aufgewachsen am Chiemsee, lernte er auf der Jolle seines Vaters segeln und hatte durch die vielen Reisen in den Süden zudem die Schönheiten der Alpen, Südtirols und der Toskana lieben gelernt. Menschen, Segelsport und bezaubernde Landschaften ließen ihn selbst als Student noch davon träumen, irgendwann einmal Theaterstücke zu schreiben, die Land und Menschen samt ihrer Lebensart zum Thema haben sollten.

Doch sein Vater setzte der Fantasiewelt schnell ein Ende. »Ich diene der Firma, die uns ernährt und dir eine vernünftige Ausbildung garantiert!«, sagte er oft bei Tisch, wenn es um Michaels Zukunft ging. Sein Vater Richard gehörte fast dreißig Jahre einem Traditionsunternehmen der ehemaligen deutschen Großchemie an, bis zu dem Zeitpunkt, als die ersten tief greifenden Umstrukturierungen Ende der Siebzigerjahre ihn in den unfreiwilligen Vorruhestand versetzten. Er war ein strenger Vater, den stets Affären begleiteten, von denen Mutter wusste, aber nichts erzählte, wie Michael erst viel später erfuhr.

Die Konzentration auf das Wesentliche begann für ihn an jenem Tag, als sein Vater an einem Hirntumor starb. Michael war gerade fünfzehn geworden. Die Mutter konnte diesen Verlust nicht ausgleichen. Zu intensiv war die Prägung durch den Vater. Wie in Filmsequenzen blitzte die Vorstellung in ihm auf, sein Leben würde ebenfalls bald enden. Er fühlte eine Zerbrechlichkeit, von der er glaubte, dass sie ihn nie verlassen würde. Erst die Erfahrung, dass sein aufkeimender Lerneifer Früchte trug und ihn zu einem glänzenden Abitur führte, half ihm, den Tod seines Vaters zu überwinden. Die Lebensfreude kehrte zurück. Er lernte die Magie des Moments zu genießen.

Als Pharmaziestudent war sein großes Ziel noch eine eigene Apotheke. Doch ohne Tradition in diesem Gewerbe war daran nicht zu denken. Es fehlte schlichtweg das Kapital, um mit einer Neugründung wirtschaftlich erfolgreich zu sein. Festbetragsregelungen und harte Reglementierungen im Gesundheitswesen taten ihr Übriges, um ihn endgültig von seinem Traum abzubringen. Als er dann seine erste Anstellung als Apotheker antrat, glaubte er, sein Glück mit einer Berufskollegin aus München, mit Fabienne, gefunden zu haben.

Es geschah während einer Firmenbesichtigung in Basel. Sie war sehr hübsch mit ihrem sonnengebräunten Teint, dem kastanienbraunen Haar und dem knallgelben Hosenanzug. Sie wirkte spontan und distanziert zugleich.

Am Abend, im Hotel beim Dinner, wurde er neben sie platziert. Natürlich glaubte er, irgendetwas zur Situation der Pharmazie sagen zu müssen, was sie allerdings mit einer schlagfertigen Antwort und mit einem Blick, der den seinen gebannt an ihre dunklen Augen fesselte, wegblies. Sie wandte sich daraufhin betont dem Mann an ihrer anderen Seite zu. Dennoch wurde er das Gefühl nicht los, dass mehr in ihrem Blick gelegen hatte. In jener Nacht sah er sie noch einmal.

Michael konnte nicht einschlafen und entschloss sich zu einem Single Malt in der Hotelbar. Als er mit einem Lagavulin im Glas quer durch die Lobby zur angrenzenden Disco wanderte, sah er seine Tischnachbarin mit Vollgas zu den Hits *Pinball Wizard* von The Who und *Here I Go Again* von Whitesnake rocken. Sie bewegte sich mit geschlossenen Augen mitten auf der Tanzfläche, ihr Körper vibrierte mit den Rockklängen, und sie war wie verwandelt. Mit ihren rhythmischen Bewegungen zog sie die Augen der Nachtschwärmer auf sich. Sie tanzte, und es schien, nur für sich allein. Michael war fasziniert.

Am Abreisetag, beim Lunch, erzählte er ihr von seiner großen Leidenschaft, dem Hochseesegeln, und von attraktiven Segelrevieren in der Ägäis. Sie tauschten Visitenkarten. Tage später besorgte er sich die LPs, spielte sie oft für sich und pflegte seine Tagträume. Über E-Mails hielten sie Kontakt und begegneten sich im gleichen Jahr auf dem Deutschen Apotheker-Tag in München.

Zwölf Monate später, als Fabienne seine Frau wurde, hegte seine Mutter den Verdacht, Michael könnte die Verbindung mit Fabienne nur deswegen eingegangen sein, um eines Tages in die Apotheke seiner Schwiegereltern einzusteigen. Miriam und Fabienne verstanden sich nicht sonderlich gut.

Doch dieser Schritt hätte weder Michael noch Fabiennes Eltern gefallen. Geld für eine Apotheken-Neugründung war bei seinen Schwiegereltern zwar reichlich vorhanden, doch Michael wollte seine beruflichen Ziele aus eigener Kraft erreichen. Er bewarb sich beim Pharma-Riesen MEDICAL DRUG WORLD für das Ressort Marketing und Vertrieb und trat in das amerikanisch geprägte Unternehmen ein.

Neben seiner Karriere bei MDW baute er mit seiner Frau ein lukratives Immobiliengeschäft auf, das seitdem von ihr geführt wurde. Schließlich brachte sie das Kapital mit. Der Gewinn wurde wieder investiert. Fabienne liebte Pferde und den Reitsport, wogegen sein Herz für das Segeln und das Skifahren schlug.

Ein guter Teil seiner Erfolge resultierten aus Insiderinformationen, die sich durch die beruflichen Verbindungen seiner Frau ergaben. Mittlerweile saß Fabienne in den entscheidenden Kontrollgremien des Deutschen Apothekerverbandes und erhielt auch bei der KVB, der Kassenärztlichen Vereinigung Bayerns, als Prüfpharmazeutin Einblick in die Politik der Kassen. Außerdem lieferte sie Michael aktuelle Zahlen über das Verordnungsverhalten der niedergelassenen Ärzte sowie Informationen über die Machtkämpfe und Zukunftspläne der Krankenkassenverbände Deutschlands.

Davon profitierten auch Michaels »Kunden«. Einladungen zum Essen, in die Oper, Ausstellungen oder sonstige Events wurden von ihnen gern angenommen. Mit Fabienne an seiner Seite war die Rolle der »kompetenten« Frau perfekt besetzt. Erträumt hatte sich Michael jedoch von seiner Ehefrau etwas ganz anderes. Ein zärtliches Miteinander war äußerst selten …

Quer im Doppelbett liegend, hängt er seinen Gedanken nach. Sie wandern dorthin zurück, als er die heiße Solo-Einlage Fabiennes in der Hoteldisco beobachtete. Er hatte damals geglaubt, dass ihre unter Rock und Beat entfesselte Leidenschaft sich auch für ihn entfachen würde. Doch das blieb ein Irrtum. Er hat sie nie wecken dürfen. Sie hat ihn nie in den letzten Winkel ihres Herzens vordringen lassen …

Der Mond am wolkenlosen Himmel taucht das Zimmer in ein milchiges Licht. Michael sinniert: Mein Leben mit Fabienne ist nicht mehr als ein gut arrangiertes Nebeneinander. Das eigentliche Leben besteht nur noch aus Geschäftsterminen, Umsatzzahlen und Marktstrategien. Er war nie ein Karrierebesessener gewesen. Ihm fiel fast alles wie von selbst zu.

Wo war aber die Zeit für ausgedehnte Zweisamkeiten? Das fröhlich gestimmte Frühstück auf der sonnigen Terrasse? Wo die verregneten kalten Sonntage zwischen Bett, Kühlschrank und Toilette?

Michael erhebt sich aus den Kissen und blickt hinaus in die klare Nacht. In diesem Moment fällt er wohl die bitterste Entscheidung seines Lebens. Am geöffneten Fenster saugt er die kalte Luft tief in seine Lungen: »Nach meiner Rückkehr werde ich mit Fabienne reden.«

Am letzten Tag seines Urlaubs trifft er Topas auf dem Monte Motta. Erkennung: schwarzer Ski-Overall und Salomon Carver in Ferrarirot.

Topas' Mail hat sich in sein Gedächtnis eingebrannt:

O-F-Kampagneverantwortlicher Malta, Netzwerk, Zielpersonen, Sonderprogramme, Ressourcen, Doppelkopf!

Michael steht quer zum Steilhang. Er ist allein. Sein Blick geht hinüber zum Schlepplift. Unfassbar: Ostersamstag – wie üblich ist der Gipfel um die Mittagszeit verwaist. Er beobachtet, wie sich ein einzelner Skifahrer dem Schlepplift nähert. Gut zweihundert Höhenmeter mögen es noch bis zum Gipfel sein. In der gleißenden Mittagssonne reflektiert das Rot seiner Skier besonders gut.

Wenig später schwingt er heran. Beide tragen reflektierende Brillengläser, die die Augen nicht erkennen lassen. Wie üblich übergibt ihm Topas Papiere in einer eingeschweißten Klarsichthülle. Im Gegensatz zu den wortkargen Treffen in der Vergangenheit zeigt sich der Agent unerwartet gesprächig. »Punkt eins: Sie werden eine neue Gegenspielerin bekommen: Laura Lasalle! Ihr wird die Verantwortung für *Osteo-Forte* in Deutschland übertragen. Ihre Vita mit Foto befindet sich in den Unterlagen. Punkt zwei: Pöttinger ist ein Doppelkopf. Er sucht intensiv Kontakt zu GlobalPharm. Lasalle verdankt ihren Aufstieg zur Verkaufsleiterin zum Teil seiner geschickten Intrige.«

Michael ist froh, im Augenblick der Enttäuschung keinem direkten Blickkontakt mit Topas ausgesetzt zu sein. »Kennen wir Pöttingers Motive?«

»Er benötigt dringend weitere Sponsoren für seine Privatklinik. Ihr Angebot reicht ihm nicht. Eine Art Demonstration von Unabhängigkeit. Er will sich durch Zuwendungen der Industrie eine gesicherte Zukunft erkaufen. Sein Osteoporose-Zentrum ist dabei Dreh- und Angelpunkt.«

»Neue Informationen zum Kongress in Hamburg?«

Topas tippt auf das Paket, das Michael inzwischen unter seinen Overall gesteckt hat: »Die Liste der handverlesenen Personen, die von GlobalPharm zum Satelliten-Symposion eingeladen sind. Wellenstein wird während der Eröffnungsrede die Volkskrankheit Osteoporose beschwören. Der Auftritt von Pöttinger findet parallel zum Satelliten-Symposion statt. Die Experten-Elite wird bei seinem Vortrag fehlen. Ein Schachzug Wellensteins.«

»Kennen wir die Kernpunkte des Symposions?«

»Die Referenten kommen aus den Staaten. Sie werden das Profil und die Marketingstrategie von *Osteo-Forte* vorstellen.«

»Ich bin mir sicher, Sie wissen, was zu tun ist!«

Topas prüft den Sitz seiner Brille und stürzt sich auf seinen Brettern den Steilhang hinab …

4
Berlin

Laura lässt sich mit München verbinden: »Guten Tag, Herr Professor Pöttinger!«

»Grüß Gott, Frau Lasalle! Klappt ja gut mit dem Rückruf.«

»Nichts ist schädlicher als Passivität!«, erwidert sie frisch.

Pöttinger lacht am anderen Ende: »Das ist gut, das muss ich mir merken! Wie geht es denn Ihrer verehrten Frau Mutter?«

»Sie befindet sich in konservativer Behandlung bei ihrem Zahnarzt. Was mich beunruhigt, ist die letzte Röntgenaufnahme des Unterkiefers. Sie zeigt ein »Mottenfraß«-ähnliches Bild. Sie hat mitunter starke Schmerzen und kann kaum noch feste Nahrung aufnehmen.«

»Ich empfehle, einen Kieferchirurgen zu konsultieren. Das Gesamtbild der Symptome, die Ihre Frau Mutter zeigt, wird Einfluss darauf haben, ob eine operative Inervention empfohlen werden kann oder nicht.«

»Noch glaubt sie an eine Heilung ohne kieferchirurgischen Eingriff.«

»Ich bin gern bei der Vermittlung behilflich. Halten Sie mich bitte auf dem Laufenden.«

»Danke!«

Pöttinger kommt auf sein Anliegen zurück: »Stichwort Malta. Eigentlich hatte ich mir dort eine aktive Rolle erhofft.«

»Ja, dumm gelaufen. Soviel ich weiß, haben Sie kurzfristig abgesagt.«

»Deswegen wollte ich Sie sprechen. Sind Sie über das, was im Vorfeld gelaufen ist, informiert?«

Laura leugnet: »Nein!«

Pöttinger macht eine Pause. »Das habe ich mir gedacht.«

»Mit Verlaub, was haben Sie sich gedacht?«

»Wie ich in Erfahrung bringen konnte, ist die Wahl des Chairman schon vor meinem Abflug entschieden gewesen. Frau Lasalle, ich habe mir schon gedacht, dass Sie von dieser Manipulation nichts wissen. Das spricht für Sie!«

»Manipulation? Da könnte ich ja glatt beleidigt sein. Bitte erklären Sie mir, worum es geht.«

»Die Wahrheit kann nicht beleidigend sein. Ihr Rosinski hat sie kräftig verbogen.«

»So, und wie?«

»Seine Unterschrift steht auf einem Fax. Auf besagtem Fax wird Wellenstein als Chairman favorisiert. Sie haben Breitseiten gegen mich gefeuert. Gegen zwei Kugeln hätte ich mich behauptet, aber nicht gegen sieben. Bezeichnend, dass mein Name auf dem Verteiler fehlt. Lassen Sie es sich von ihm zeigen.«

Laura hält sich bedeckt. »Ich kann es kaum glauben, doch Sie können sicher sein: Ich werde der Sache nachgehen.«

»Wissen Sie, Frau Lasalle, man lässt sich nicht gern austricksen. Schon gar nicht aus dem Hinterhalt. Schade, dass Ihre Firma hierbei die Feder geführt hat.«

»Herr Professor Pöttinger, da muss ich aber widersprechen. Sie sind die Nummer eins, wenn es um die Indikation Osteoporose in unserem Hause geht. Daher habe ich Ihnen in meinem letzten Schreiben auch versichert, dass wir an einer engen Zusammenarbeit interessiert sind.«

»Frau Lasalle, ich mache Ihnen persönlich keinen Vorwurf, doch die Regeln wurden in Ihrem Hause gebrochen.«

»Herr Professor Pöttinger, auf mein Wort können Sie sich verlassen. Dazu kennen Sie mich lange genug. Die Regeln, auch wenn sie in Ihren Augen gebrochen sind, müssen wir jetzt neu definieren. Welche schlagen Sie vor?«

Pöttinger ist durch Lauras klaren Stellungsbezug beeindruckt. »So einfach wie möglich, Frau Lasalle. Ich bin auf Wiedergutmachung angewiesen. Wann sind Sie das nächste Mal in München?«

»Lassen Sie mich sehen. Geht es nächste Woche Freitag bei Ihnen?«

»Freitag lässt sich einrichten. Am besten nach den Vorlesungen. Sagen wir gegen 17.00 Uhr?«

Laura kann ihre Verwunderung gerade noch unterdrücken. »Sehen Sie vormittags vielleicht eine Möglichkeit?«

»Leider nein. Wie Sie wissen, habe ich an der Uni noch meine Verpflichtungen. Die Semesterprüfungen stehen an. Ab 17.00 Uhr können wir uns aber ohne Zeitdruck unterhalten.«

»Gut, ich werde es einrichten.«

»Ich freue mich auf Ihren Besuch. Auf Wiedersehen, Frau Lasalle!«

5

Der hauchzarte kupferfarbene Morgenhimmel verspricht einen sonnig-warmen Frühlingstag. Laura entschließt sich, ihren Tag mit Jogging durch die Villengegend Grunewald und Wannsee zu starten. Seit drei Wochen läuft sie wieder regelmäßig und hat gleich drei Kilo abgenommen. Die körperliche Fitness ist nicht nur für ihr Selbstbewusstsein gut, sondern unübersehbar auch für ihre Attraktivität. Sie fühlt sich wie neugeboren …

Früher als üblich betritt sie ihr Büro. Als sie routinemäßig ihren PC einschaltet, blinkt in ihrem Outlook-Kalender das Zeichen »Termin«. Ein Mausklick bringt ihn auf den Bildschirm: »Ich erwarte Sie um 08.15 Uhr in meinem Büro! J.C.B.« Das Kürzel für Jean-Claude Brisson.

Ihr Weg durch die Gänge führt sie am Büro von Rosinski vorbei. Männer der firmeneigenen Security sind dabei, Papier und Akten wegzukarren. Die Türen der anderen Büros sind merkwürdigerweise geschlossen. Auf die Minute pünktlich betritt sie Brissons Büro.

»Guten Morgen, Frau Lasalle. Treten Sie näher«, dringt Brissons Stimme überschwänglich an ihr Ohr.

»Guten Morgen!«, erwidert sie gut gelaunt.

Seine Hand weist zur ledergepolsterten Sitzgruppe. »Nehmen Sie doch bitte Platz.« Laura fühlt sich wie auf dem Laufsteg. »Mein Kompliment! Gut sehen Sie aus!«

Brissons Bemerkung beweist ihr, dass er sie von oben bis unten gemustert hat. »Danke!«

Das bekannte, nichts sagende J.C.B.-Schweigen macht sich breit. Vor jeder wichtigen Ankündigung zelebriert er es. Ein unangenehmes Ritual für alle Betroffenen. Laura zählt stumm die Sekunden. Brisson genießt ihre Anwesenheit. Für Laura ist sein Gehabe dagegen nur peinlich. Endlich bricht er das Schweigen: »Jedes Unternehmen, Frau Lasalle, sucht die besten Leute für bestimmte Aufgaben. Eigentlich klar, doch so einfach, wie sich das anhört, ist es nicht. Besonders nicht in der Situation, in der wir uns befinden.«

Laura zeigt keine Reaktion. Wieder Schweigen … Plötzlich sagt Brisson wie aus der Pistole geschossen: »Wir suchen Ersatz für Herrn Rosinski!«

»Tatsächlich?«, rutscht es Laura heraus.

Brisson grinst. »Im Vertrauen: Burn-out-Syndrom im Endstadium.« Sein Gesicht nimmt wieder ernste Züge an. »Rosinski ist kein Manager, er ist eine Drohne: fleißig und brauchbar. Er wird ein neues Aufgabengebiet übernehmen. Gesundheitspolitik oder so was Ähnliches.« Daraufhin fixiert er Lauras Blick. »Die Entscheidung fiel übrigens auch wegen Ihnen.«

»Wegen mir? Das müssen Sie mir näher erklären.«

»Woodbridge hat einen Brief erhalten. Ein Professor aus München hat sich über Rosinski beschwert. Wie Sie wissen, ist Malta für uns gerade noch einmal gut gegangen. Hinter den Kulissen registrierten wir allerdings einen Orkan Stärke elf! Die Anschuldigungen des Professors sind zwar nicht ausschlaggebend für unsere Entscheidungen, doch sie brachten das Fass zum Überlaufen. Ich konnte Ihren Chef in dieser Position nicht mehr halten. Der bayerische Professor, ich glaube er heißt Pöttinger, will nun, wenn überhaupt, nur noch mit Ihnen verhandeln, wenn es um *Osteo-Forte* geht.« Brisson lehnt sich extrem weit in seinem Sessel zurück. »Außerdem sehen Sie sich beim Qualifying um den Posten doch selbst in der Pole-Position!«

»Stimmt! Was kann fairer sein, als auf dieser Position endlich Fantasie, Kreativität und Schlagkraft zu beweisen.«

»Ja, es geht um hohe Ziele …«

»… die uns Woodbridge aufs Auge drückt.«

»Oh, Frau Lasalle, Sie eilen mir einige Schritte voraus. Zunächst einmal: Wie steht es mit Pöttinger?«

»Das ist kein Problem für mich. Ich hatte Professor Pöttinger gestern am Telefon. Er machte einige Andeutungen, was Rosinski betrifft, und sprach von Wiedergutmachung. Wir haben einen Termin für kommende Woche in München vereinbart.«

Brisson räkelt sich. »Gut so. Ich bin sicher, Sie kriegen ihn wieder ins Boot.« Ein süffisantes Lächeln begleitet seine Worte. »Doch zurück zu der frei gewordenen Position. Wie Sie sehen, sind wir flexibel und besitzen den Mut, die Pferde auch im Galopp zu wechseln. Ich halte es für eine hervorragende Lösung, wenn Sie und Harris sich die Aufgaben von Rosinski zunächst teilen. Es reicht, wenn Harris mich auf dem Laufenden hält. Wie stehen Sie zu unserer Entscheidung?«

Laura blickt in seine lauernden Augen. Nun ist sie es, die ihre Skepsis mit einem Schweigen ausdrückt.

Brisson zeigt sich verunsichert. Statt Sprachlosigkeit hat er eher einen Jubelschrei erwartet. Er drängt auf eine Antwort: »Nur zu! Frei raus. Sagen Sie mir, was Sie darüber denken.«

Lauras Instinkt reagiert. Cool erwidert sie: »Herr Brisson, meine Entscheidung, ob ich Rosinskis Position annehmen soll oder nicht, hängt davon ab, ob die Teilung der Aufgabe für mich akzeptabel ist. Ich sage nein!«

Brisson fühlt sich düpiert: »Ich muss doch sehr bitten, Frau Lasalle. Wenn Sie nicht begreifen, dass dieser Job die Chance ihres Lebens ist …«

»Der ganze Job, nicht der halbe!«

Brisson warnt: »Stellen Sie sich nicht quer!«

»Ende ich dann auf dem Grund irgendeines Sees? Das, wofür Sie mich brauchen, schaffe ich nur bei klaren Verhältnissen. Ich nehme jede Herausforderung an. Nur eben keine halben Sachen!«

Brisson macht eine wegwerfende Handbewegung. Dann lenkt er ein: »Kommen wir zum Kern der Sache. Was ist für Sie drin?«

»Das Übliche«, erwidert sie fröhlich. »Geld. Ach, außerdem natürlich der Kick, den so eine Position mit sich bringt.«

»Na schön. Sprechen wir übers Geld. Eine Viertelmillion Euro! Außerdem versüßen wir das Angebot mit Aktien. Und der Option auf die ganze Stelle.«

Sie tut es mit einem Schulterzucken ab. »Wann?«

»Spätestens Ende des Jahres, wenn *Osteo-Forte* sein Ziel erreicht hat.«

Laura setzt alles auf eine Karte: »Gut, dann haben Sie und ich ja noch mindestens acht Monate Bedenkzeit.«

Brisson springt auf: »Das ist ja unglaublich! Wie ist das möglich? Ich mache Ihnen ein hervorragendes Angebot, und Sie fegen es vom Tisch.«

»Ich fege weder die erhebliche Mehrarbeit noch das viele Geld und schon gar nicht die Aktien vom Tisch. Aber die halbe Zwitterstelle und alle Konflikte, die mit solch einer Situation einhergehen. Ich sage Ihnen etwas: Es ist für *mich* kaum zu glauben: Sie bieten mir diese wichtige Position an, und dennoch treffen Sie keine klare Entscheidung. Warum fehlt das Vertrauen in mich?«

Er weicht ihrem Blick aus. »Natürlich habe ich das nötige Vertrauen in Sie. Ich verstehe außerdem Ihre Bedenken. Ich kann das nur nicht allein entscheiden. Woodbridge will, dass Sie in diese Position hineinwachsen.«

»Für mich sind das Symptome der Ohnmacht. Eine absurde Konstellation in einer Zeit, in der wir uns auf große Ziele konzentrieren müssen.«

Brisson überlegt. Er wandert auf und ab. Dann nimmt er wieder Platz. »Frau Lasalle, um Ihnen entgegenzukommen, werde ich mich dafür einsetzen, dass Sie spätestens in drei Monaten als Verkaufsleiterin Deutschlands inthronisiert werden. Ist das ein Wort?«

»Nein!«

6

München

Laura lässt sich mit dem Taxi vom Hotel »Hilton«, Tucherpark, nach Nymphenburg, zur Privatklinik von Professor Pöttinger fahren.

Der Professor blickt in seinem Zimmer auf die Uhr. Angespannt erwartet er Lauras Besuch. Seine Augen überfliegen noch einmal die Faxnachricht aus Berlin. Im »Ristorante Casale« ist ein Tisch für 19.00 Uhr reserviert …

Er blickt auf die Uhr. Knapp kalkuliert, geht es ihm durch den Kopf. Plötzlich bleibt sein Blick an der schwungvollen Unterschrift »L. Lasalle« hängen. Der Schriftzug zieht sich über Firmenname und Stellung hinweg. »Sieh an! Verkaufsleiterin Deutschland! Da macht jemand mächtig Karriere!«, murmelt er anerkennend.

Von seinem Zimmer aus lässt sich die Auffahrt gut überblicken. Kurz darauf beobachtet er, wie Laura aus dem Taxi steigt. Ihren Mantel über den Arm gelegt, hebt sie den Kopf wie eine griechische Göttin. Statt in einen weißen fließenden Chiton gehüllt zu sein, trägt sie ein rotes, raffiniert geschnittenes Kostüm. Der Rock endet knapp oberhalb der Knie.

Vermutlich ein Leben ohne Hindernisse, geht es Pöttinger durch den Sinn, als er ihre Schritte zum Eingang hin verfolgt. Eine Frau, die Entschlossenheit und Durchsetzungsvermögen ausstrahlt und zugleich eine positive Lebenseinstellung erkennen lässt.

Der erste warme Frühlingstag geht seinem Ende entgegen. Das Thermometer war tagsüber auf fast zwanzig Grad geklettert. Pöttinger nimmt sich vor, seine Chancen auszuloten. Entsprechend charmant gestaltet sich der Empfang. »Schön, Sie zu sehen, Frau Lasalle! Hatten Sie eine gute Anreise?«

»Ja, doch ich fliege nicht gern.«

Gefangen von ihrer Ausstrahlung, überhört Pöttinger ihre Antwort. »Darf ich Ihnen den Mantel abnehmen?«

»Bitte!« Laura blickt hinaus auf das erste zarte Grün. Manchmal träumt sie davon, zu den Menschen zu gehören, die das Glück haben, hier zu wohnen und ihr Geld zu verdienen. »München hat es gut. Der Frühling kündigt sich immer zuerst im Süden an.«

»Ja … Ich habe gehört, dass einige unserer Biergärten heute schon gut besucht waren.« Pöttinger zeigt auf die Sitzgruppe: »Ach, nehmen Sie doch bitte Platz.« Das Büro strahlt eine angenehme Atmosphäre aus. Kaum etwas erinnert an eine Klinik.

Er zieht sich den zweiten Sessel heran. »Neues von Ihrer verehrten Frau Mutter?«

»Einige scharfe Knochenkanten und Ecken wurden geglättet. Auf Ihren Rat hin wird sie nächste Woche in Bremen einem Kieferchirurgen vorgestellt.«

»Ich werde Ihnen zwei, drei Zentren nennen, auf die Sie bei Bedarf zurückgreifen können.«

»Das ist sehr nett von Ihnen. Danke!«

Pöttinger steift seinen Rücken und deutet auf die Faxnachricht auf seinem Schreibtisch. »Ich gratuliere Ihnen zum Aufstieg! Hat man Herrn Rosinski in die Wüste geschickt?«

Laura entschließt sich für das Einstreuen einiger Anglizismen, die immer helfen, die harten Realitäten weichzuspülen. »Unser Human-Resource-Management bot ihm eine neue Challenge an.«

Pöttinger reagiert belustigt. »Neue ›Challenge‹! So nennt man das also heute.«

Laura bleibt ernst. »Eine gute Lösung für ihn.«

»Und auch für unsere künftige Zusammenarbeit, Frau Lasalle.«

»Das will ich doch hoffen.«

Pöttinger wirft einen Blick auf seine Armbanduhr. »Ich schlage vor, ich zeige Ihnen erst mal meine neuen Ambulanzräume, und anschließend können wir es ja locker angehen lassen. Einverstanden?«

Lauras Erfahrung und geschärftes Ohr verraten ihr sofort die

Stoßrichtung der Anfrage: Ist ein netter Abend drin oder nur *l'affaire triste*? Laura reagiert neutral. »Ich freue mich auf das ›Casale‹. Immer wenn ich in München bin, nutze ich die Gelegenheit, um dort zu essen. Die Pasta ist hervorragend und der Fisch ein Gedicht.«

»Eine gute Wahl. Dann können wir dort ja den Abend ausklingen lassen.«

Laura erhebt sich. »Also los!« Die Besichtigung der neuen Ambulanz ist für Laura im Grunde genommen eine lästige Formsache, denn aus Rosinskis Unterlagen geht hervor, dass Pöttinger schon seit geraumer Zeit von GLOBALPHARM Unterstützung für seine Geräte im Osteoporose-Zentrum fordert.

Auf dem Weg versucht Pöttinger wiederum geschickt, etwas über ihre persönliche Situation herauszubekommen. »Schaffen Sie es nach ihrem Karrieresprung denn noch, einen gesunden Rhythmus zwischen beruflicher An- und Entspannung zu finden? Unterbrechen Sie Ihren harten Job hin und wieder durch spontane Unternehmungen?«

»Mein Mann und ich nutzen jede Gelegenheit für glückliche Stunden!«

»Ah! Sie sind immer noch glücklich verheiratet?«

»Sie etwa nicht?«

»Es gibt Phasen ...«

Laura lenkt das Gespräch auf die Sache: »Wie entwickelt sich Ihre neue Ambulanz?«

»Es könnte besser laufen. Ohne die Unterstützung der Industrie hätte ich einige Probleme mehr.«

Laura spürt instinktiv, dass Pöttinger diese Information bewusst einfließen lässt, als kleinen Hinweis auf die Konkurrenz ...

Wenig später betreten sie die Ambulanzräume. Von der Nutzfläche her gesehen glatt überdimensioniert. Großzügige Empfangszimmer, Funktionsräume mit Archiv und vier Messräume, bestückt mit weißen, steril wirkenden Geräten mit integrierten Monitoren. Anhand der Liegeflächen sind die Messplätze schnell gezählt. Pöttinger erklärt, ergänzt und formuliert mit begeisterten Worten den

Nutzen von Röntgen-, DXA-, QCT- und MRT-Diagnostik, bis er alle Geräte vorgeführt hat. Kein Zweifel, der Professor ist stolz auf das, was er ins Leben gerufen hat.

In seinem Patientensprechzimmer fallen Laura die aufgerissenen Kartons oben auf den Schränken auf. Es sind drei Stück. Der Schriftzug *Bonegold* ist leicht zu erkennen. Es mögen gut und gern noch zweihundert Packungen darin gestapelt sein.

»Sie setzen auf mehrere Sponsoren?«

»Ich muss mich selbst finanzieren. Die Klinik ist zwar gut gestartet, aber die laufenden Kosten für die Geräte sind immens. Hier erhoffe ich mir Ihre Unterstützung.«

»Wie viele Patienten schleusen Sie hier täglich durch?«

»Inzwischen mögen es gut vierzig bis sechzig sein. Ich stehe erst am Anfang.«

»Wie viele kommen davon für die Therapie mit Bisphosphonaten infrage?«

»Unterschiedlich. Im Moment vielleicht zehn bis zwanzig Prozent. Doch das wird sich in den kommenden Jahren verzehnfachen. Das beweist die Altersstatistik.«

Laura zeigt auf die Kartons: »Wie ich sehe, ist unser Mitbewerber gut vertreten.«

Pöttinger verzieht keine Mine. »Frau Lasalle, ich bin für alle und alles offen. Auch wenn ich von Ihrer Firma nicht gut behandelt worden bin. Doch was mich interessiert, ist Ihr Standpunkt.«

»Was im Umfeld von Malta auch immer hinter den Kulissen los gewesen sein mag, einen Bruch mit Ihnen hätte ich nie riskiert. Verlässlichkeit ist Voraussetzung für eine dauerhafte und für beide Seiten gewinnbringende Zusammenarbeit.«

Pöttinger nickt zustimmend. »Was können Sie mir anbieten?«

Laura zeigt auf die Uhr über dem Eingang. »Bei einem guten Glas Wein lässt sich so etwas besser besprechen. Wir sollten uns auf den Weg ins ›Ristorante Casale‹ machen.«

»Ich nehme Sie in meinem Wagen mit. Einverstanden?«

»Ach ja, das ist gut. Dann benötige ich kein Taxi.«

Als er ihr in den Mantel hilft, umfasst er von hinten kurz ihre

Schultern. Laura kann es nicht fassen. Ohne ein Wort darüber zu verlieren, macht sie einen Schritt zur Tür …

Das »Ristorante Casale« ist berühmt für Küche und Keller. Giorgio Malandra und Mario Bensi sind Meister im Zubereiten von Pasta jeder Art und wahre Künstler im Grillen von Seefischen und Wild. Streicheleinheiten für den Gaumen. Genau das Richtige, wenn das Managen einen wieder einmal aufzufressen droht. Schon die Begrüßung ist eine unverwechselbare Zeremonie. Laura fühlt sich, als kehre sie heim zur Familie. Pöttinger kann sich über so viel Herzlichkeit nur wundern. Der Tisch in der linken hinteren Ecke ist ihr angestammter Platz.

Ein Platz, den Pöttinger ideal findet, um das Geschäftliche mit dem Privaten zu verbinden. Das Restaurant ist bis auf den letzten Platz gefüllt. Der Professor genießt die neugierigen Blicke …

Giorgio selbst lässt es sich nicht nehmen, das Menü zu komponieren. Er empfiehlt Gemüsesuppe mit Pesto, als kleinen Zwischengang Hummer auf hausgemachten Nudeln mit Basilikum und als Hauptgang Wildkaninchen à la Venetien. Dazu Weine aus dem Friaul und der Toskana.

Laura gelingt es, das Gespräch auf die therapeutischen Schlüsselfragen zu lenken: Welche Schmerztherapie ist bei Osteoporose sinnvoll? Ist von einer Hormontherapie abzuraten? Wie kontrolliere ich den Therapieerfolg? Die Atmosphäre bleibt bis zum Hauptgang entspannt und locker. Als der Traum von mariniertem und geschmortem Kaninchenrücken in einer Kräuter-Weißwein-Madeira-Sauce serviert wird, formuliert Pöttinger seine Vorstellungen. »Ich denke, die Übernahme eines Teils der Leasingraten für die Geräte und die Unterstützung meiner Osteoporose-Tagung im Juli wäre für GLOBALPHARM eine gute Investition.«

»In welcher Größenordnung bewegen sich die Leasingraten?«

»Etwa Hunderttausend fehlen mir im Budget!«

»Welche Möglichkeiten sehen Sie, Einstellungen mit *Osteo-Forte* vorzunehmen?«

»Sie haben ja die Kartons gesehen. Ich greife hinein und gebe dem Patienten das Muster. Der weiterverordnende Arzt orientiert sich daran. Jede Packung initiiert eine Dauerverordnung von über einem bis zwei Jahren. Das kann von mir aus im Wechsel passieren.«

»Wo findet sich GlobalPharm bei Ihrem Kongress wieder?«

»Sie können meine ganze Angebotspalette nutzen: Infostand, Honorare der Referenten übernehmen, einschließlich der Reisekosten mit Übernachtung, Referentenabend sponsern, Kostenübernahme für den Druck der Einladungen, Portokosten oder auch das Catering. Wer drei Positionen übernimmt, wird als ›Gold-Sponsor‹ in der Vorankündigung und im Programm erscheinen.«

Laura lässt Messer und Gabel sinken. »Wie bitte? Gold-Sponsor?«

»Ein Image-Anreiz besonders für GlobalPharm und MDW. Ich will fairnesshalber auch nach außen hin deutlich machen, wer sich für das Thema Osteoporose und Knochengesundheit besonders engagiert.«

»Das heißt, Sie vergeben Medaillen? Gold, Silber und Bronze?«

Pöttinger strahlt. »Wie bei einer Olympiade! Wer nur zwei Positionen übernimmt, bekommt Silber, der Rest Bronze.«

Laura hält seinen Vorschlag für einen GAU. Gesundheitspolitisch wie auch für das Image der Pharmakonzerne. »Prima Idee. Darüber muss man nachdenken. Was hält denn MDW von Ihrer Idee?«

»Die Idee kommt von MDW!«

»Das überrascht mich völlig. Sehen Sie nicht einen Konflikt darin, auf zwei Hochzeiten gleichzeitig tanzen zu wollen?«

»Wie ich schon sagte, Frau Lasalle: Ich bin nach allen Seiten offen.« Pöttinger erhebt sein Glas und will Laura zum Trinken animieren: »Und mit Ihnen, mit Verlaub, würde ich am liebsten tanzen!«

Laura erhebt ihr Glas und schenkt ihm ein bezauberndes Lächeln. »Mit Verlaub, das sollten Sie mit Ihrer Frau abklären!«

»Und ich dachte, Sie wollten mir etwas anbieten.«

Laura ignoriert seine Anzüglichkeiten. »Natürlich! Ich werde mir über den Kongress Gedanken machen und Ihnen mitteilen, ob wir als Sponsor uns die Hufe mit Gold, Silber oder Bronze beschlagen lassen werden. Die Details kann dann unser Außendienstleiter mit Ihnen abstimmen …«

Giorgio tritt heran und empfiehlt als Dessert Birnen à la Casanova. Eine Delikatesse in einer Milch-Mandellikör-Crème!

Laura knüpft wieder an: »Was für uns sicher von hohem Interesse ist, sind die zukünftigen Einstellungen mit *Osteo-Forte*. Ich kann mir gut vorstellen, dass wir hier schnell zu einem Agreement kommen werden.«

Pöttinger strahlt. »Darauf sollten wir mit Champagner anstoßen – auf meine Kosten!«

»Schöne Gesten schätze ich sehr!«

Etwas später, beim Espresso, sondiert Pöttinger die Chancen für ein weiteres Treffen. »Werden Sie auf dem Deutschen Orthopäden-Kongress sein?«

»Mit Sicherheit.«

»Das passt ja gut. Ich selbst halte dort einen Vortrag über die Therapie der Osteoporose. Wenn Sie Dias haben oder eine PPT-Präsentation, dann würde ich *Osteo-Forte* in mein Referat einbauen. Wir können auch gern eine Vorbesprechung einplanen.«

»Danke für Ihre Kooperation. Das ist mehr, als ich eigentlich erwartet habe. Ich komme ganz sicher darauf zurück.«

Als Laura die Rechnung begleicht, bietet sich Pöttinger an: »Darf ich Sie zum Hotel bringen?«

»Herzlichen Dank, aber ich nehme ein Taxi. Ich rufe Sie nächste Woche an.«

»Ja, und halten Sie mich über den Zustand Ihrer Mutter auf dem Laufenden.«

Als das Taxi eintrifft, verlässt Laura als Erste das Restaurant. Pöttinger sagt bewundernd zu Giorgio, der ihm in den Mantel hilft: »Eine begehrenswerte Frau!«

»Bei dieser Frau werde ich zum heiligen Giorgio, jener, der angeritten kommt, um sie zu retten!« Er sagt es mit Ernst in der Stimme, und Pöttinger sieht ihn fragend an …

Fünftes Kapitel

»Doppelpass«

Mai

GLOBALPHARM
Headquarter, Woodbridge, Virginia, USA

Episode V

Sir Ed Connolly: »Ich höre von einer Positiv- und einer Negativliste von weiteren Festbeträgen in Deutschland.«

Chief Operating Officer: »Die Behörden in Deutschland versuchen die Quellen unseres Reichtums durch Diktate auszutrocknen.«

»Diese Bürokraten haben ihre forschende nationale Pharmaindustrie durch die gesetzliche Förderung der Nachahmer aus den Charts verdrängt. Und das in einem einzigen Jahrzehnt. Was für eine staatlich gelenkte Vernichtung! Was wissen wir über die Reaktionen der deutschen Pharmakonzerne?«

»Sie reagieren mit unsinnigen Fusionen und pausenlosen Umstrukturierungen. Fehlende Innovationen werden das Desaster perfekt machen.«

»Über dieses nationale Drama können wir uns zwar freuen, doch wir werden dieser innovationsfeindlichen Regierung die Stirn bieten. Welche Ziele verfolgen die Spitzen der staatlichen Institutionen?«

»Deutschland ist bankrott, doch um ihr unseliges Tun zu verlängern, ist ihnen jedes Mittel recht, um die gigantischen Löcher im Staatshaushalt zu stopfen. Sie wollen an unsere Honigtöpfe! Das Gesundheitsministerium verfolgt die Strategie, die Qualität von innovativen Medikamenten infrage zu stellen, damit deren Patentlaufzeiten verkürzt werden und die Ärzte stattdessen billige Nachahmungen verordnen. Sie glauben dadurch die Kosten im Gesundheitssystem zu senken.«

»Das ist ein fataler Trugschluss! Die Regierung hat am Gängelband der Industrie zu laufen und nicht umgekehrt. Wenn sie sich mit uns anlegen wollen, werden sie sich die Finger verbrennen!«

»Was schlagen Sie vor?«

»Stellen Sie die neue Malta-Ehe zwischen Wissenschaft und Geschäft auf die Probe. Lassen Sie unsere Task-Force in den Berliner Ministerien aktiv werden, und unser Netzwerk ›Deutsche Osteoporose-Liga‹ soll das Kräftemessen auf Regierung, Ärzte und Patienten ausweiten! Die Schlacht wird auf diesem Wege entschieden. Zu unseren Gunsten natürlich!«

E-Mail V

MEDICAL DRUG WORLD, PO-CENTER EUROPA, ENGLAND

Von:	Pharmaceutical Operations Europe, London, PIS-Network-Service-Management
Gesendet:	1. Mai, 07:00
An:	Westfeld, Michael, Marketingleiter / GE PKN / Bone-Health
Cc:	–
Betreff:	Gegenstrategie GlobalPharm

Wir haben Hinweise erhalten, dass GlobalPharm eine ernst zu nehmende Angriffsstrategie gewählt hat, um *Osteo-Forte* besser in den Markt zu führen.

Bei der Massenverordnung von *Bonegold* traten in den vergangenen drei Jahren auch einige Nebenwirkungen zutage. In Einzelfällen kam es zu erosiven Magenschleimhautdefekten. Die Ursache ist, wie wir wissen, im Wesentlichen auf Einnahmefehler der Patientinnen zurückzuführen.

Nach unseren Informationen versucht GlobalPharm mit neuem Datenmaterial die Unbedenklichkeit bzw. Ungefährlichkeit von *Bonegold* infrage zu stellen. Wir werden herausfinden, wer die Studien in Auftrag gegeben hat.

Beobachten Sie den Markt genau und »impfen« Sie Ihre Meinungsbildner. Die gute Verträglichkeit von *Bonegold* muss von Ihnen immer wieder betont werden. Mit diesem Marketingtrick will GlobalPharm unser Original *Bonegold* verdrängen.

Die noch offenen Fragen

- Welche Sonderprogramme werden zur Markteinführung von *Osteo-Forte* gestartet?
- Wie lautet die Werbebotschaft, und was ist das Gesprächsziel Nummer 1?
- Wo liegen die Schwächen des O-F-Konzeptes von GlobalPharm?
- Welche Rechtsübertretungen leistet sich GlobalPharm – während der Prä- und Postkampagnen für O-F – nach dem deutschen AMG?

werden so schnell wie möglich beantwortet.

Pharmaceutical Operation Center Europe
PIS-Network-Service-Management

I
Hamburg

Manch ein berühmter Gast hat das »Weiße Schloss« durch seinen Besuch schon geziert. Seine Außenfassade verspricht viel für das Innere. Zimmer und Säle beglücken Präsidenten, Kaiser, Könige, Fürsten, Vorstände von Industrie und Banken, Stars aller Sparten und Menschen, die das Wirtschaftsleben prägen. Das Atlantic-Hotel, das »Weiße Schloss an der Alster«, lud schon immer weltgewandte Gäste der Geschichte an Tische, Bar und in die Betten.

Das noble Fünf-Sterne-Hotel ist auch würdig genug, um darin therapeutische Durchbrüche zu feiern. Jener therapeutische Fortschritt aber, für den sich Professor Karl-Otto Wellenstein einsetzen wird, kann in Wahrheit nicht einmal ein ganzes Tagesprogramm ausfüllen. Denn es werden keine Irrtümer widerlegt und keine falschen Theorien ausgemerzt. Dieser Fortschritt zeigt sich strömungsarm wie das Wasser der aufgestauten Alster.

Der Professor ist daher auf der Suche nach einer Attraktion: Der Deutsche Osteoporose-Kongress soll in diesem Palais zu einem großen Event werden. Ungern eröffnet er einen Kongress vor gähnend leeren Stuhlreihen. Doch da es keine echten wissenschaftlichen Fortschritte zu präsentieren gibt, die einen interessierten Arzt anlocken könnten, nach Hamburg zu reisen, bleibt ihm nur noch das Drumherum. Die Full-Service-Agentur »First-Targeting-Event« hilft ihm aus diesem Dilemma heraus. Das Briefing der Agentur schmeichelt seinem Ego. Der Event-Manager verspricht: »Sie werden ein volles Haus haben, wenn Sie unseren Vorschlägen folgen.«

Wellenstein antwortet darauf: »Das Wichtigste ist, dass während meiner Eröffnungsansprache der große Festsaal bis auf den letzten Platz besetzt ist!«

»Keine Sorge!«

»Also, was schlagen Sie vor?«

Im Bewusstsein des üppigen Pharma-Sponsoring, mit dem sich Ärztekongresse und Unterhaltung wie in keiner anderen Disziplin verbinden lassen, erwidert der Manager: »Wir haben einschlägige Erfahrung, wie man die Entscheidung der Ärzte beeinflusst und ihnen das Kommen erleichtert. Herr Professor, wir halten es mit Jean-Jacques Rousseau: Nicht wer am ältesten wird, hat am längsten gelebt, sondern wer am intensivsten erlebt hat!«

»Ich kenne Rousseau: Erlebe dein Leben – oder stirb!«

»Verzeihung, es war nicht meine Absicht, Sie zu belehren.«

»Zur Sache!«

»Wir werden die Teilnehmer und ihre Begleitpersonen während des Kongresses aktiv integrieren. Auch wenn das Zeitalter der Sparmaßnahmen angebrochen zu sein scheint, die Sehnsucht nach Erlebnissen, die man nur einmal im Leben hat, ist ungebrochen. Wir befriedigen diese Sehnsucht durch Schaffung von Traumwelten. Daher starten wir mit einem stimmungsvollen Auftakt: dem Atlantik-Festbankett.«

»Klingt alltäglich. Was ist das Besondere daran?«

»Der Auftakt gleicht einem Staatsbankett. Die glanzvolle Dekoration, das prächtige Meer, von Kerzenschein verzauberte Gäste. Die Brigade der Köche zelebriert ein Fünf-Gänge-Menü, das von Kellnern in Livree serviert wird. Je zwei sind für eine Tafel zuständig. Das Probe-Essen wird Sie überzeugen.«

»Schön! Was bietet der zweite Abend?«

»Wir lassen die Gäste in das Erlebnis eines Frühlingsballs eintauchen. Stargäste und drei renommierte Bands sorgen dafür.«

»Was passiert an den freien Nachmittagen?«

»Wie von Ihnen gewünscht, locken wir mit der Golf-Akademie und einem Poloturnier. Am Ende gibt es für die VIPs Helikopter-Rundflüge über Hamburg.«

Wellenstein fragt erstaunt: »Können wir uns das alles überhaupt leisten?«

Der Event-Manager zückt die Geldgeberliste: »Sehen Sie, die Sponsoren-Sterne glänzen von Platin bis Bronze. Damit können wir auch das Freizeitprogramm der Begleitpersonen vollständig finanzieren.«

Wellenstein darauf: »Was haben wir da im Angebot?«

»Wir bieten außergewöhnliche Erlebniswelten wie die Shopping-Tour in Begleitung von erfahrenen Stylisten, einen Workshop in der Kunsthalle für alle, die ihrer Kreativität freien Lauf lassen wollen, oder das Vocal-Coaching. Wer Talent hat, lernt zwei Songs aus einem berühmten Musical. Wer sich dagegen erholen will, dem wird mit einem Besuch der Energy-Clinic geholfen. Individuelle Behandlungen und Therapien stehen zur Auswahl. Wer es lieber prickelnd mag, der wählt den Besuch des Erotik-Museums auf der Reeperbahn, und wer es gern beschaulich hat, der macht mit einem Kunstsachverständigen einen Antiquitätenbummel durch die Deichtorhallen. Alternativ bieten wir noch ein Tee-Seminar in der Speicherstadt an und das Verkosten von Spezialitäten im Fischereihafenrestaurant. Als kleinen Leckerbissen haben wir auf besondere Anfrage noch das Champagner-Roulett anzubieten.«

»Was für ein Roulett?«

»Champagner-Roulett. Die Damen werden bestellt. Ein Glücksspiel mit gepfefferter Erotik.«

Der Professor atmet durch. »Das streichen wir.«

»Für Sie wäre die Sache natürlich kostenneutral!«

»Mal sehen.« Ohne das Thema zu vertiefen, fährt Wellenstein fort: »Ich schlage vor, dass wir uns doppelt absichern. Einmal sollten wir uns die Refinanzierungsmöglichkeit über Eintrittspreise und Teilnehmergebühren offen halten, zum andern sollte die Höhe der Gebühr der steuerlich geforderten Selbstbeteiligung genügen.«

»O Gott! Das schreckt ab und wirkt wie eine Zutrittsschranke. Sie begrenzen damit die Zahl der Teilnehmer unnötig. Herr Professor, Sie müssen daran denken, dass bei dieser Art von Veranstaltung nur der ›Erlebnis-Event‹ zählt. Und wenn schon eine Selbstkostenpauschale für Teilnehmer und Begleitpersonen festgelegt werden soll, dann bitte fiktiv. Die steuerliche Seite regeln wir mit den Pharma-Sponsoren.«

Wellenstein: »Ich möchte in kein Obligo geraten!«

Der Event-Manager reagiert entschieden: »Das werden Sie nicht. Wir arbeiten korrekt. Wir werden die gesetzlichen Normen sowie die allgemein anerkannten Grundsätze des ärztlichen Berufsrechts einhalten. Doch mal ehrlich, Herr Professor, wer opfert denn heute noch in seiner Freizeit Geliebte, Frau und Familie für ein paar noch so interessante Studienergebnisse? Nein, da muss schon ein erheblicher Anreiz geboten werden! Nicht nur für die Teilnehmer, sondern auch für deren Begleitpersonen. Dafür können Sie sich persönlich über eine hohe Beteiligung freuen und die Pharmaindustrie über einen gut besuchten Kongress. Nicht zu vergessen: keine Stornierungskosten für Restaurants, Musicalkarten, Busse und Hotelbetten. Das, aber auch nur das, stößt auf Kritik der Kosten-Controller der Pharmaunternehmen. Also müssen die scharf kalkulierten Kosten auch ausgeschöpft werden. Sie wollen doch im nächsten Jahr Ihren Kongress sicher wieder zu einem Event machen!«

Professor Karl-Otto Wellenstein ist lernfähig. Das Teilnehmermanagement überzeugt ihn. Er akzeptiert die Vorschläge, aber selbstverständlich nur, um die Sitzreihen im Auditorium hinlänglich zu füllen. Die Platin-, Gold-, Silber- und Bronzesponsoren werden es ihm danken. Für die positive Beeinflussung der Verordnungsbereitschaft der Ärzte im Sinne der Sponsoren hat *er* alles getan …

2

Berlin

Laura hat den Kern ihres Management-Teams um sich versammelt. Vor ihrer Abreise nach Hamburg analysiert sie mit Harris, Markus, Tim und Alexa brisante Berichte der Außendienstleiter. Aus den Regionen wird berichtet, dass exakt die Kliniken und Praxen, in denen Anwendungsbeobachtungen mit *Osteo-Forte* platziert werden sollten, von MDW kontaktiert worden sind. Praktisch im Handstreich hat der Marktgegner seine *Bonegold*-AWBs untergebracht. Die Erfolgsquote von MDW wird inzwischen auf über siebzig Prozent geschätzt …

»*Oh shit!*«, schimpft Harris.

Laura ist blass vor Wut. »Ich denke, damit ist alles klar. Für mich besteht kein Zweifel. MDW ist im Besitz der Datenauswahl unserer Prüfärzte. Die Dateien liefen über den Server in die Regionen zu unseren Außendienstleitern, wurden dort optimiert und kamen wieder zurück. Das wäre eine Möglichkeit, um Zugriff zu erhalten.«

Markus wirft ein: »Jeder Außendienstleiter bekam aber nur seine spezifischen Dateien, also ausschließlich die für seine Region.«

»Danke für den Hinweis«, erwidert Laura. »Das beweist nur zu deutlich, was passiert sein muss. Da die Gegenaktion von MDW flächendeckend verlief, heißt das, wir haben eine Sicherheitslücke in unserem System! Gelingt es uns nicht, sie umgehend zu schließen, werden wir weiterhin von MDW ausspioniert.«

Harris bekräftigt: »Zweifellos ist es ihnen gelungen, die Crème de la Crème an Informationen abzuschöpfen. Ich frage mich nur, wie wir das in Zukunft verhindern können.«

Alexa meldet sich zu Wort: »Wie wär's mit einer kalkulierten Grenzverletzung?«

»Was meinst du damit?«, möchte Laura wissen.

»Ich kenne inzwischen einen Spezialisten, der einen Penetrationsversuch machen …«

»… wovon redest du da?«

»Penetrationsversuch! Ist schon richtig. So nennt man das Angreifen von firmeneigenen Computersystemen im Auftrag und Einverständnis des Besitzers.«

Harris' Interesse ist geweckt. »Wie funktioniert das genau?«

»Es handelt sich quasi um einen bezahlten Einbruch. Der Mann ist hauptberuflich ein international anerkannter Rechnerknacker. Seriös und inzwischen für renommierte Firmen tätig. Seine Dienste sind käuflich.«

Laura ist besorgt. »Wie steht es mit seiner Verschwiegenheit?«

»Wie ich schon sagte: absolut seriös! Seine Referenzen können sich sehen lassen. Klar, seine Hilfe setzt natürlich von unserer Seite ein Höchstmaß an Vertrauen voraus.«

Darauf Laura: »Ich habe damit kein Problem. Wichtig ist allein, dass unser elektronisches Leck abgedichtet wird. Er soll unser hausinternes System daraufhin untersuchen, ob und wie leicht sich Unbefugte Zugang zu unseren geheimen Daten verschaffen können.«

»Wie steht es mit der Sicherheit unseres Marketingkonzeptes insgesamt?«, meldet sich Harris zu Wort.

»Es ist streng untersagt, vertrauliche Daten und Konzepte auf Computern abzulegen, mit denen wir online gehen. Wir haben das intern festgelegt.«

»Okay, ich werde Brisson über die Aktion ›kalkulierte Grenzverletzung‹ informieren.«

3
Hamburg

Kongressauftakt. Der starke Wind verwandelt die Fontäne der Binnenalster in Gischt und weht sie exakt nach Südwest. Europas Fahnen an den Masten vor dem Atlantik-Hotel dagegen wehen in alle Richtungen. Routiniert steuert der Portier sein Personal in dem Chaos aus Menschen, Koffern und Karossen.

In der Hotelhalle, im ausladenden Sessel neben dem Kamin, sitzt Michael Westfeld, entspannt und eloquent, als würde er die »Flaute« um sich herum genießen. Daneben, schwarzer Anzug, leuchtende Krawatte, angespannt und schweigend, Professor Pöttinger. Er ist auf Einladung Michaels schon einen Tag früher angereist. Beim Abendessen im Fischereihafenrestaurant hatte Michael seinem Geschäftsfreund zwischen Hummersalat und Lofoten-Krai unmissverständlich die Exklusivität des Investments von MDW in seine Geräte klar gemacht: »Du darfst die hohen Erwartungen, die wir in dich und dein Zentrum setzen, keinesfalls enttäuschen oder gar mit anderen Aktivitäten unterlaufen! Außerdem fordern wir, dass du für *Bonegold* Flagge zeigst. Das muss dir doch leicht fallen, wenn ich bedenke, wie GlobalPharm dich gelinkt hat.«

Pöttinger fühlt den Druck, der auf ihn ausgeübt wird. Er beginnt zu begreifen, dass man ihn durch das Sponsoring der hohen

Leasingraten für seine Messgeräte massiv »angefüttert« hat. Dabei wollte er ursprünglich Abhängigkeiten vermeiden und für alle Firmen offen sein. Das Boot, in dem er segelt, trägt jedoch den Namen von MDW. Er ist zuversichtlich, es mit Geschick an der Klippe GLOBALPHARM vorbeisteuern zu können, denn Laura will ihn gleich nach ihrer Ankunft im Hotel sprechen.

Aus den Augenwinkeln heraus beobachtet Pöttinger die Rezeption. Er ist sich sicher, Frau Lasalle würde unübersehbar aus dem Gewühl von Orthopäden, Endokrinologen, Gynäkologen und Internisten, die jetzt im Minutentakt in die Hotellobby rauschen, herausstechen. Er überlegt, ob es nicht besser wäre, ihren Anruf im Zimmer entgegenzunehmen.

Michael bemerkt Andreas' unruhige Blicke: »Erwartest du jemanden?«

Lächelnd erwidert dieser: »Ja, ich habe noch ein Date mit einer sehr attraktiven Dame.«

»Kollegin?«

»Wie man's nimmt.«

Der Barkeeper bringt Kaffee und Kuchen. Bullinger meldet Michael: »Beamer läuft, Zimmerpflanze gegossen, Devotionalien platziert, Kollektion ausgebreitet.« Soll heißen, dass der Informationsstand fertig aufgebaut und mit allem bestückt ist, was so ein Kongress erfordert.

Pöttinger wendet sich an Michael: »Wird *Bonegold* in Deutschland die Nummer eins bleiben, wenn *Osteo-Forte* kommt?«

»Die Aktivitäten explodieren derzeit. Der Markt wird sich ausweiten. Beide Konzerne werden profitieren.«

»Trefft ihr keine Maßnahmen zur Abwehr?«

»*Bonegold* haben die Ärzte fest in der Feder, doch muss man den therapeutischen Nutzen auch hier immer wieder deutlich hervorheben. Deine Kollegen haben jahrelange Erfahrung mit *Bonegold* und großes Vertrauen zu dem Produkt. Das ist es, was du morgen explizit verkünden musst – therapeutische Erfahrung und das Vertrauen in unser Medikament! Vor allem in die glänzende Verträglichkeit. Vergiss das nicht!«

Pöttinger entgegnet darauf: »Es ist schon von Vorteil, wenn ich mich bei der Diskussion der Nebenwirkungen zurückhalte. Es gibt Grund zur Sorge. Das Marktschreierische passt da nicht!«

Michael fragt nicht nach, sondern reagiert hart: »Genauso offensiv, wie du mit unserer Unterstützung dein Osteoporose-Zentrum zu einer festen Institution machst, muss ich *Bonegold* nach vorn bringen. Mit Verlaub, Andreas, du bist morgen das Kreuz-Ass in diesem Spiel.«

»Es heißt, das Bessere ist der Feind des Guten! Wie sieht deine Firma den Unterschied zwischen dem neuen Medikament und *Bonegold*?«

Michael zwingt sich zur Besonnenheit. Gelassen erwidert er: »Ich hoffe, nach dem Kongress etwas schlauer zu sein.« Und nach einer Pause fügt er hinzu: »Glaubst du an die Möglichkeit eines schnelleren Wirkeintritts in dieser Substanzklasse?«

Pöttinger stutzt: »Das klingt ja nach brandneuen Informationen!«

»Vermutungen!« Michael stellt die Frage noch einmal: »Wie denkst du über einen schnelleren Wirkungseintritt?«

»Halte ich für unwahrscheinlich. Dieser Fragestellung sollten wir jedoch nachgehen.«

»Wenn wir den Markt im Griff behalten, können wir über alle Projekte reden. Es muss jetzt allerdings unser vordringliches Ziel sein, Marktführer im Segment Osteoporose zu bleiben und, wenn möglich, darin unsere Position auszubauen. Glaube mir, unser neues Marketingkonzept wird greifen, und du wirst der Leader sein. Denk morgen bei deinem Vortrag daran!«

4

Michael entschließt sich, vor Beginn des Festbanketts den Saal zu inspizieren. Der Event-Manager begleitet ihn. Die Pracht ist überwältigend. Er gewinnt den Eindruck, als würde in wenigen Minuten ein Staatsbankett eröffnet. Der Festsaal ist mit Rundtischen arrangiert, an denen jeweils vierzehn Personen Platz finden. Feinste Dekoration, edle Gedecke, funkelnde Gläser, prachtvolle Tischgestecke und Kerzen in mehrarmigen silbernen Leuchtern, wohin das Auge auch blickt.

Nahe dem Podium befinden sich drei Tische mit Namensschildern. Als »Goldsponsor« hat er sich offenbar das Privileg erworben, am Referententisch des Chairmans zu sitzen. Jedenfalls entdeckt er sein Namensschild vier Stühle links von Wellenstein. Er geht einmal um den Tisch herum, um sich die anderen Namen einzuprägen. Zwei Stühle weiter entdeckt er auf einem der Schilder den Schriftzug »Lasalle«.

Erinnerungen an das Gespräch mit Topas auf dem Monte Motta werden wach. Das ist sie! Seine direkte Gegenspielerin bei GlobalPharm.

Am linken Nebentisch entdeckt er das Namensschild von Pöttinger. »Andreas ist doch Referent«, sagt er zu sich. In einem unbeobachteten Augenblick tauscht er kurzerhand die Tischkarte mit dem Professor aus Halle neben sich.

Andreas sitzt somit zwischen Laura Lasalle und ihm – zwei Fliegen mit einer Klappe …

Währenddessen meldet sich Pöttingers Handy mit dem Klingelton des Radetzkymarsches. »Pöttinger!«

»Lasalle!«

Pöttinger blickt auf seine Uhr. »Guten Abend! Hatten Sie eine angenehme Anreise?«

»Die A1 ist wie immer überlastet. An diesem Wochenende sind viele auf dem Weg ans Meer. Die Frühlingssonne lockt die Menschen ins Freie.«

»Sie wollten mich dringend sprechen. Wenn ich auf die Uhr blicke, beginnt in wenigen …«

»Ich weiß. Ich möchte Sie über etwas informieren, was für Sie von Interesse ist. Ich bin sicher, Sie können die Charts gut für Ihren Vortrag nutzen. Wenn Sie wollen, tauschen wir uns nach dem Bankett darüber aus.«

»Nichts lieber als das, Frau Lasalle! Ich lade Sie ein, mich in die Bar zu begleiten.«

Sie schweigt einen Moment: »Ich danke Ihnen für Ihr Interesse.« Daraufhin schaltet sie ihr Handy aus und schüttelt den Kopf. Pöttinger ist ihr zu berechnend. Während sie ihr Make-up im Spiegel kontrolliert, murmelt sie vor sich hin: »Der Kerl verfolgt nur einen Zweck ...«

Laura fühlt, wie die Stadt sie in ihren Bann zieht, der Abend, das Symposion, die Stimme des Professors, der so passabel sagen kann, was er sich insgeheim erwartet.

Ein Stockwerk über ihr überprüft Michael den Sitz seiner bordeauxfarbenen Krawatte. Sie passt perfekt zu seinem schwarzen Anzug, der mit feinen Nadelstreifen durchwirkt ist.

Der Zimmersafe steht noch offen. Bevor er seine Hotelsuite verlässt, will er sich noch einmal vergewissern. Er nimmt die ihm von Topas zugespielte Setcard von Laura Lasalle heraus. Das Foto oben rechts ist ein wenig unscharf. Das Halbporträt zeigt sie auf einer sonnigen Terrasse, mit einem Cocktailglas in der Hand. Anscheinend während einer Unterhaltung aufgenommen. Skandinavierin, könnte man denken. Sie hätte zwanzig oder auch fünfundzwanzig sein können. Wie ein guter Polizist versucht er sich ihr Bild und ihre charakteristischen Merkmale einzuprägen. Laura Lasalle: 38 Jahre, 173 cm, Konfektionsgröße 36, grüngraue Augen, schulterlange dunkelblonde Haare. Meist hochgesteckt. Vor kurzem von Bremen nach Berlin umgezogen. Scheidung eingereicht. Danach folgen die Angaben über ihren Aufstieg bei GlobalPharm ...

Würde sicher eine gute Figur in einem Palmers- oder Wolford-Katalog machen, denkt er. Vielleicht hat sie sich schon mal als Model versucht, denn ihr Gesicht hat Ähnlichkeit mit einer Frau, die er irgendwo schon einmal gesehen hat.

Er wirft kurz einen Blick auf die anderen Setcards und prägt sich Fotos und Namen ein: Brisson, Harris, Frey, Starnberg und Bloomberg von Gates Pharmacy. Die Liste der Referenten, die zugleich den Kern des Netzwerks der Deutschen Osteoporose-Liga darstellen, steckt er in die rechte Innenseite seines Sakkos. Die Setcards legt er zurück in den Safe.

5

Westfeld und Pöttinger betreten gemeinsam den Festsaal. Michael steuert zielstrebig auf die reservierten Plätze zu. Wellenstein ist schon anwesend. Als Pöttinger hinter seinen Stuhl tritt, begegnen sich ihre Blicke. Schnell hat Andreas die Situation erfasst. Erfreut über die vermeintliche Geste, am zentralen Referententisch Platz nehmen zu dürfen, geht er lächelnd auf ihn zu.

Karl-Otto Wellenstein, der über die Umbesetzung an seinem Tisch noch nicht im Bilde ist, reagiert linkisch. Die Feindseligkeit zwischen beiden ist versteckt, doch eindeutig vorhanden. Da entdeckt Karl-Otto einen Kollegen aus Stuttgart, der sich mit seiner Gattin dem Tisch nähert. »Evelyn, meine verehrte …«, begrüßt er sie süßlich. Ihr Gatte, mit einem neuen, schweren, dunklen Brillengestell auf der Nase, dazu noch etwas feister als in Malta, bläht seine Hamsterbacken und umarmt Karl-Otto freundschaftlich: »Sei mir gegrüßt, altes Haus!« Er zeigt in den Saal: »Noble Hütte!«

»Damit ihr euch wohl fühlt.«

Pöttinger hat inzwischen seinen Platz am Referententisch neben Michael eingenommen. Als Wellenstein das Ehepaar an die Plätze delegiert, nimmt er seinen Rivalen auf dem Stuhl an der Tafel wahr. Im gleichen Moment registriert er das Namensschild. Nur mühsam kann er seine Irritation verbergen. Michael tut, als hätte er damit nichts zu tun.

In wenigen Minuten umlagert die elitäre und exklusive Knochenlobby Deutschlands die drei Tische. Überall optimistische Gesichter. Ordinarien und Chefärzte aus Leipzig, Bad Pyrmont und Frankfurt suchen ihre Plätze. Wellenstein wuselt hin und her. Man kennt sich. Andreas macht Michael mit den Tischgästen bekannt. Die Verwunderung über Pöttingers Anwesenheit ist ihren Gesichtern abzulesen. Seine kurzfristige Absage von Malta wird immer noch als Eklat empfunden. Hinter seinem Rücken wird darüber getuschelt und Unverständnis über seinen Platz an der »Ehrentafel« geäußert. Fände morgen das Satelliten-Symposion von GlobalPharm, die Veranstaltung neben dem Hauptprogramm, nicht parallel zu Andreas' Vortrag statt, sie alle würden sein Referat boykottieren.

Der Professor aus Leipzig hat sein Namensschild gefunden. Er ist ebenso gut genährt wie sein Kollege aus Stuttgart. Im Gegensatz zu ihm ist er jedoch eine herausragende Erscheinung mit einer ausgeprägten Selbstsicherheit, wie sie mit dem Erfolg einhergeht. Michael begegnete ihm auf einer Tagung in Erlangen. Seine Frau trägt eine dreireihige Perlenkette auf ihrem schwarzen Kleid und verbreitet den Duft von zu viel Spray auf ihrem silbergrauen Haar. Von Neugier getrieben, fragt sie Michael lautstark nach Herkunft und Position. Erst dann gibt sie sich zufrieden.

Zwei weitere Pärchen aus Berlin und Hamburg stehen zur Begrüßung bereit. Die vier Unbekannten haben das übliche Aha-Erlebnis mit Michael. »Welch eine Ehre! Sie sind also einer der fürstlichen Spender …«

Die junge Frau des Professors aus Berlin mustert Michael unbekümmert. Frau Gabriele, eine blonde, figürlich ins Auge fallende Mittdreißigerin, entpuppt sich als Internistin. »Von Ihren Mitarbeitern bekam ich immer die schönen Kalender, Kugelschreiber und Schreibblöcke geschenkt. In letzter Zeit vermisse ich diese kleinen Nettigkeiten allerdings.« Und nach einem kurzen Zögern fügt sie hinzu: »Ach, was ich nicht vergessen darf: Ich habe von Ihnen nur ein Economy-Class-Ticket bekommen, bin aber Business-Class geflogen. Ich darf Sie bitten, mir die Differenz zu erstatten.«

Michael lächelt bei so viel Bekenntnis ohne Charme …

Ihr Mann schlägt in die gleiche Kerbe: »Endlich spreche ich mit dem Boss! Wissen Sie, wir profitieren sehr davon, dass Sie uns mit Fachliteratur auf dem Laufenden halten. Allerdings fehlen mir einige Standardwerke. Unser Bibliotheksetat ist ebenso schmal wie das Weiterbildungsbudget. Ich möchte Sie daher um einen Gefallen bitten … Ach was, ich schreibe es Ihnen besser gleich auf!«

Der Mann aus Stuttgart zieht nach: »Da fällt mir ein, wir haben demnächst Jubiläum. Außerdem könnten wir etwas Unterstützung für die medizinisch-technische Ausstattung gebrauchen. Wir haben mit der Anwendungsbeobachtung *Bonegold* schon begonnen …« Mit seinen Wurstfingern bildet er ein kleines Rechteck: »Kann ich Ihre Karte haben …?«

Michael fühlt sich wie in einem Basar. Die Begrüßung mit den Hamburgern und mit Dr. Baumholder aus Bad Pyrmont verdient dagegen das Prädikat »höflich, distanziert«. Der Chefarzt aus dem berühmten Bad ziert sich mit einer hübschen, charmanten Begleiterin. Er nennt sie Elena. Ihrem Teint nach zu urteilen, ist sie süchtig nach Sonne. Von dieser Seite kommen ausnahmsweise keine Wünsche …

Das genaue Gegenteil davon ist Professor Eylert, Lehrstuhlinhaber aus Frankfurt. Obwohl er ganz in der Nähe des »Zentralen Fingers« arbeitet, vermeidet Michael einen engeren Kontakt. Eylert ist ein pathologischer Schnorrer. Nicht nur bei seinen Mitarbeitern im Außendienst, sondern in der ganzen Branche stößt seine ungenierte Art inzwischen auf Ablehnung. Prompt kommt er in Kamikaze-Manier auf Michael zugeschossen. »Herr Westfeld, schön dass wir uns wenigstens bei solchen Anlässen begegnen.« Er macht auf Vertraulichkeit: »Wissen Sie, ich halte nämlich einen Osteoporose-Vortrag in Madrid. Außerdem habe ich, wie Sie wissen, *Bonegold* auf die Arzneimittelliste gebracht. Wie ich Herrn Bullinger schon sagte, bin ich bereit, ihr Medikament in allen Belangen voranzustellen. Ich rechne dabei mit der freundlichen Übernahme meiner Flug- und Hotelkosten Ihrerseits. Übrigens reise ich mit einer Begleitperson. Ich gehe davon aus, dass Sie mir die drei Verlängerungstage finanzieren …«

Michael empfindet Stil und Ansinnen Eylerts als eine Frechheit. Mit trockener Originalität erwidert er für alle vernehmlich: »Herr Professor Eylert, ich hatte eigentlich nicht vor, Sie zu bestechen.«

Das Gesicht des Professors nimmt die Züge einer geschminkten Leiche an. Er reagiert säuerlich, sein Ehrgeiz ist gefährlich: »Die universitäre Medizin ist nicht käuflich. Nicht einmal für Sie.«

Michael lässt ihn abblitzen: »Sehen Sie, genauso pflegen wir unsere universitären Verbindungen: offen und in der Sache korrekt! Mein Mitarbeiter kann das ja mit Ihrer Verwaltung abklären.«

Mit der Begriffsstutzigkeit eines Schwerhörigen, der hinter sich horcht, wenn man von vorn mit ihm spricht, erwidert er: »So etwas delegiert man nicht. Das ist Chefsache!«

»Oh! Ich verstehe Sie. Mein Chef wird sich gern darum kümmern!«, betont Michael vergnügt.

Das ist ein Blattschuss. Jeder am Tisch kennt inzwischen die geltenden Vorschriften, die für Kongressreisen von Staatsbediensteten an den Universitäten gelten. Wellenstein blickt peinlich berührt in den Saal, Pöttinger schüttelt über seinen Kollegen den Kopf. Als Michael neben ihm Platz nimmt, raunt er ihm zu: »Diese Artgenossen gehören für immer ausgerottet!« Und kurz darauf: »Der da hat schon wieder eine neue Begleitung. Das ist die vierte Frau innerhalb eines halben Jahres, die er mir vorstellt.«

Wellenstein blickt in Richtung Eingang. Eine Matrone, Mitte fünfzig, nähert sich dem Tisch: Frau Wellenstein. Auffällig ihr poppiges Outfit, das sich mit »Hippie meets Africa« beschreiben lässt. Der Gipfel ist der bunte sechsreihige Ethnoschmuck um ihren Hals, dessen Gewicht ihr den Rücken zu krümmen scheint. Offensichtlich hat sie sich aus dem Kleiderschrank ihrer neunzehnjährigen Tochter bedient.

Die aufmerksamen, bewundernden Blicke durch das Spalier der Tische gelten jedoch der Dame neben ihr. Eine Aura von feminin-sinnlich bis kühl-distanziert umgibt sie. Die Frau, kein modebewusstes Diätopfer, besitzt Modelqualitäten, die sie mit einem einzigartigen Dresscode kombiniert. Über schlanke, feine, netzbestrumpfte Beine und eine betont weibliche Figur zieht sich ein knielanger, raffiniert geschnittener lindgrüner Rock. Die Kostümjacke schmiegt sich weich an ihre Brüste. Ihr kunstvoll hochgestecktes Haar gibt ihr das Aussehen einer griechischen Statue. Elegant und gleichzeitig sportlich fit, sieht man ihr an, dass sie gewohnt ist, auf den Events der Welt parkettsicher aufzutreten. Der Kontrast zu Madame Wellenstein kann stärker nicht sein.

Der Professor geht einige Schritte auf seine Frau zu, blickt an ihr vorbei und streckt dann Laura devot die Hand entgegen. »Herzlich willkommen, Frau Lasalle! Ich hatte schon befürchtet, Sie würden sich verspäten.«

Mit einem Lächeln, das Eisberge zum Schmelzen bringt, erwidert sie Wellensteins Gruß. Daraufhin übergibt sie ihm diskret ein Kuvert. »Von Dr. Brisson! Bitte lesen Sie den Text noch vor Ihrer Ansprache.« Wellenstein nickt.

Die Neugier der Menschen am Tisch ist geweckt. Sie geraten in Bewegung. Während die Blicke der Ehefrauen mehr Neid als Sympathie verraten, gebärden sich ihre Männer, als würde ein gemeinsames Fotoshooting mit Laura stattfinden. Von allen Seiten beäugt und belauert, macht sie die Begrüßungsrunde. Vom Handkuss bis zum Bückling reicht die Palette des Rituals. »Oh, sehr erfreut ...« – »Angenehm ...« – »Welch eine Zierde an unserem Tisch!«

»Wir hatten schon ...«, hört Michael Laura sagen, als sie Pöttinger begrüßt.

Dann ein Augenaufschlag, der erste Blickkontakt. Erst flüchtig, dann fest. Die Berührung der Hände. Ein Moment, der für beide etwas länger dauert als gewollt. Kurzes Überlegen. Michael weiß es im gleichen Moment wie Laura. Sie begegnen sich das zweite Mal in ihrem Leben ...

»Michael Westfeld, MDW!«

»Sehr erfreut. Laura Lasalle, GlobalPharm!« Ihre Tonart ist Dur. Die Komponistin weiß die Töne zu setzen. Sie nimmt neben Pöttinger Platz, der sogleich demonstriert, wie nahe er der attraktiven Frau an seiner Seite steht. Durch Lauras Esprit und Eloquenz bleibt die Spannung am Tisch auf hohem Niveau.

Verkaufsleiterin Deutschland, Scheidung eingereicht, geht es Michael durch den Kopf. Jeder Mann an ihrer Seite müsste glücklich sein. Doch dürfte es bestimmt nicht einfach sein, ihren Erwartungen gerecht zu werden. Michael registriert den freundlichen Umgangston zwischen Pöttinger und ihr. Er selbst unternimmt keinen Versuch, mit Laura Lasalle Konversation zu betreiben, obwohl seine Neugier ständig zunimmt. Zu ungünstig ist der Blickwinkel zu ihr. Wenn er sich im Stuhl zurücklehnt, kann er die feinen Härchen von reinstem Blond, die in ihrem Nacken einen Flaum bilden, betrachten. Er fühlt eine sinnliche, körperliche Ausstrahlung, die von ihr ausgeht. Für einen Augenblick stellt er sich vor, wie sie vor dem Spiegel ihre Arme hebt, um ihr Haar hochzustecken, und er hinter sie tritt …

Am Tisch kommen die Einzelgespräche in Gang. Informationshappen werden ausgetauscht, Pointen werden wichtiger als Wahrheiten, Effekthascherei und Schaumschlägerei machen sich neben banalen Alltäglichkeiten breit. Michael hat Mühe, sich auf die Fragen seiner Tischnachbarin zur Linken, der Internistin, zu konzentrieren. Nicht die Zerstreutheit ist schuld daran. Aus dem Augenwinkel beobachtet er den Pegel in Lauras Glas, als ließe sich damit die Zeit messen. Sie trinkt ihren Weißwein sehr langsam. Er versucht zu ergründen, wo er dieser Frau begegnet sein könnte. Ein Rätsel, das nach einer Lösung schreit.

Michael ist nicht der Einzige, der grübelt. Wellenstein tut es ihm gleich. Wenn auch aus einem anderen Grund. Ursache ist das persönliche Schreiben von Jean-Claude Brisson, dessen Inhalt er inzwischen kennt. Eine ungewöhnliche Härte zeigt sich in seinem kalten Porzellangesicht.

Der Mann steht plötzlich unter Druck, die Anspannung ist immens. Es beginnt bei seinen Füßen, die unablässig auf und nieder wippen, und setzt sich fort in den Beinen, die mal rechts, mal links übereinander geschlagen werden. Der Rumpf rutscht auf dem Stuhl vor und zurück. Der Oberkörper dreht und wendet sich, die Finger trommeln auf den Tisch. Er ist von Unruhe erfasst. Nebenbei treten ständig Kollegen an ihn heran, um ihn zu begrüßen und in Smalltalk zu verwickeln, was offensichtlich seinen Gedankenfluss stört.

Indessen strömt die livrierte Armada in den Festsaal, um die Vorbereitungen für den ersten Gang des Menüs zu treffen. Während die Gläser gefüllt werden, zieht Wellenstein Brissons Schreiben noch einmal hervor, überfliegt es hektisch und kritzelt Notizen darauf. Michael vermutet, dass er seine Begrüßungsrede ein letztes Mal redigiert. Als er dabei wieder von jemandem gestört wird, steht er auf und verschwindet in Richtung Ausgang. In der Toilette versucht sich der Professor auf den Inhalt des Briefes zu konzentrieren.

Sehr verehrter Präsident, lieber Herr Wellenstein,

aufgrund unserer großzügigen und unverzichtbaren Unterstützung Ihres Kongresses sehe ich Sie in der Pflicht, um im Sinne des Wohlergehens der Patienten mit uns am gleichen Strang zu ziehen.

Ich verlasse mich darauf, dass Sie die einmalige Chance nutzen, um in Ihrer Eröffnungsrede auf die neueste Entwicklung in Sachen »Positivliste« einzugehen, mit dem Ziel, die Kolleginnen und Kollegen sowie die Mitgliedsunternehmen auf die Linie des Verbandes Forschender Arzneimittelhersteller (VFA) einzuschwören.

Zur Erinnerung s. Malta: Der VFA setzt sich nachdrücklich für eine qualitativ hochwertige Versorgung der Patienten und Versicherten mit modernen Arzneimitteln ein. Daher lehnt der VFA den vorliegenden Gesetzentwurf, der eine neue Innovationshürde gegen moderne und hochwirksame Arzneimittel aufbauen will, ab. Mit dem in Deutschland bereits bestehenden Instrumentarium kann eine Arzneimitteltherapie, die sich an Qualität und Wirtschaftlichkeit orientiert, ohne weiteres erzielt werden. Eine zusätzliche Positivliste, die auch die Erstattungsfähigkeit von neu zugelassenen Arzneimitteln systematisch reglementiert, ist vor diesem Hintergrund überflüssig.

Stellen Sie daher während Ihrer Rede fest:

- Die Positivliste verhindert Innovationen.
- Die Positivliste diskreditiert die bestehenden aufwändigen nationalen und europäischen Zulassungsverfahren.
- Die Positivliste verstößt in ihren Anhängen gegen eine rationale Arzneimitteltherapie.

– Das Arzneimittel-Positivlistengesetz ist in verfassungsrechtlicher Hinsicht äußerst bedenklich.

Absolut unakzeptabel ist der Plan der Gesundheitsministerin, auch die patentgeschützten Bisphosphonate wie das neue, bessere und schneller wirksamere *Osteo-Forte*, das Ihnen GlobalPharm in Kürze zur Verfügung stellen wird, nur als eingeschränkt verordnungsfähig auszuweisen. Lediglich bei »manifester Osteoporose«, die mindestens eine Fraktur voraussetzt, soll in Zukunft die Erstattungsfähigkeit gegeben sein …

Im Stehen benutzt Wellenstein die Toilettentür als Schreibunterlage und fügt an dieser Stelle seine Anmerkungen ein:

Diese Einschränkung, liebe Kolleginnen und Kollegen, bedeutet, dass die Garantie, möglichst ohne Osteoporose gesund alt zu werden, auslaufen wird. Ab sechzig, so glaubt wohl die Ministerin, ist die biologische Nützlichkeit überschritten! Sie sagt damit: Der alte Körper kostet zu viel. Vom umschwärmten Beitragszahler der ersten Klasse mutieren unsere Osteoporose-Patienten allmählich zu blinden Passagieren, die über Bord geworfen werden sollen! Sich jung fühlen ist doch kein Selbstbetrug! Der Wille, sich auch noch im Alter »jung« zu fühlen, ist in Wahrheit der Wille zum Leben.

Lassen wir uns daher nicht durch die Positivliste einschüchtern! Sie ist als altersrassistisch anzuprangern! Wir mit unseren alternden Knochen werden in dieser Republik bald die Mehrheit sein. Lassen wir uns daher das zukünftige Investment in unsere noch heilen Knochen weder ausreden noch verbieten. Stehen wir auf gegen die Gerontophobie im Gesundheitsministerium, die uns zumutet, erst bei einer bestehenden Wirbelkörperfraktur demnächst *Osteo-Forte* verordnen zu dürfen. Ohne uns! Unsere Mission ist es, dafür zu sorgen, dass die Betroffenen gesund alt werden. Ich kenne keine andere!

Wellenstein kehrt zurück. Das Festbankett ist in vollem Gange. Michael beobachtet jede seiner Bewegungen. Der Präsident verzichtet auf die Vorspeise. Stattdessen leert er mit drei Zügen das Glas Mineralwasser. Seine Mimik zeigt hohe Konzentration. Vor dem ersten Hauptgang erklimmt Wellenstein schließlich das Rednerpult.

Der Stuttgarter wendet sich am Tisch an Wellensteins Frau: »Ich kenne Karl-Otto als ruhigen, entschlossenen Mann. Warum ist er so nervös? Hat Ihr Mann einen schlechten Tag?«

Die Antwort erübrigt sich. Er vermeidet die sonst üblichen Eröffnungsfloskeln. Dafür klingt seine Stimme durchdringend und scharf: »Unsere neu gegründete Deutsche Osteoporose-Liga erlebt gleich zu Beginn ihrer Gründung eine Zeit großer Veränderungen. Und dennoch stehen die wirklichen Veränderungen erst bevor …«

Michael sieht sich um: zustimmendes Nicken an allen Tischen. Wellenstein wird von Minute zu Minute besser. »Wenn wir den Tod nicht selbst abschaffen können, so doch bei bestimmten Indikationen seine engste Begleiterin, die Krankheit!« Der Saal spendet zwischendurch Beifall. Als er die Positivliste, im Sinne von Global-Pharm und MDW, anprangert, wird er mit Rufen unterstützt. Der vorgegebene Text zeigt die gewünschte Wirkung. Die letzten Sätze des Präsidenten begeistern die Zuhörer. Am Ende applaudieren die Kongressteilnehmer im Stehen.

Zwei Plätze neben Michael steht eine strahlende Laura. Auch sie zeigt, dass sie mit der Eröffnungsrede sehr zufrieden ist. Michael zieht für sich das Fazit: Wellensteins Rede ist gut für die Ausbeutung der Goldader Osteoporose-Therapie.

Als der Nachtisch gereicht wird, gratuliert Laura Wellenstein zu seiner Rede. Der Kollege aus Stuttgart sieht sich widerlegt und schweigt betreten. Michael wendet sich an Andreas: »Ich freue mich auf deinen Vortrag morgen. Was mir bei Wellenstein heute Abend imponiert hat, ist sein unbeirrbarer Optimismus.«

»Hoffen wir, dass er von den Ereignissen nicht demontiert wird.«

»Warum so pessimistisch?«

Andreas reibt sich das Kinn. »Die Basis seines Optimismus ist in meinen Augen die Abhängigkeit von GlobalPharm!«

6

Allmählich leert sich der Festsaal. In guter Stimmung geht man auseinander. Nur vereinzelt befinden sich noch Gruppen im Gespräch. Auch die Referententafel zeigt Lücken. Die Internistin versucht Michael mit Beschlag zu belegen, während ihr Mann sich im Saal mit Kollegen unterhält. Unaufgefordert doziert sie über Gefühlshormone und schafft ein Klima der Zweideutigkeiten.

Es geht um Hormon- und Botenstoffe, die nach ihrer Auffassung Partnerwahl, Eifersucht und Seitensprünge steuern. Die reizvolle Ärztin lebt offenbar mit ihren Erkenntnissen über Hemm- und Zwangswirkungen von Dopamin, Testosteron, Vasopressin und Serotonin in bester Harmonie. Eifrig parliert sie gegenüber Michael: »Nach dem heutigen Erkenntnisstand steht zweifelsfrei fest: Nur die biologischen Programme entfachen in uns das Feuer der Leidenschaften. Unsere Sexualität wird durch Erbgut und Körpersäfte bestimmt.«

Bevor Michael antworten kann, verabschieden sich Andreas Pöttinger und Laura Lasalle. Zu Michaels Überraschung verlassen sie einträchtig zusammen die Tafel. Michael beobachtet noch, wie sie sich gemeinsam zum Ausgang bewegen.

Die Internistin legt für einen langen Moment ihre Hand auf seinen Unterarm: »Der Gott der Liebe, Eros, hat endgültig ausgedient.«

Michael nerven ihre Plattheiten. »Der eigene Wille und die eigene Entscheidungskraft zählen!«

Sie setzt sich gerade, drückt den Rücken durch, sodass sich ihre Brustwarzen durch das Top abzeichnen. »Da irren Sie! Männer reagieren eindeutig hormonell und nicht mit dem Verstand. Das beweist ein aktueller Versuch in den USA.«

Michael stöhnt: »USA und Psychologie …«

»Lieber Herr Westfeld, das Ergebnis war mehr als eindeutig. Ein Psychologe hat eine schöne Frau auf Männerjagd geschickt. Sie flüsterte ihnen ins Ohr: ›Würdest du heute Abend mit mir schlafen?‹ Fünfundsiebzig Prozent der Männer sagten sofort ja. Umgekehrt – ein schöner junger Mann stellte fremden Frauen die gleiche Frage, und es kam dabei heraus, dass lediglich sechs Prozent der Frauen auf das Angebot eingingen.«

Michaels Antwort zielt darauf ab, die Unterhaltung zu beenden: »Verzeihung! Meiner Meinung nach beweist das nur eins: Frauen fallen auf unausgegorene Tests eines dämlichen Psychologen einfach nicht rein.«

Die Internistin reagiert verbissen: »Die gleiche Situation haben wir beim One-Night-Stand!«

»Und mit wem haben die Männer dann bitteschön einen One-Night-Stand? Mit anderen Männern? Oder teilen sich die vielen Männer die wenigen von Testosteron dominierten Frauen?«

»Es ist aber so …«

»Sie entschuldigen mich bitte. Ich wünsche eine angenehme Nacht.«

Michael beschließt, in der Bar noch einen Drink zu nehmen.

7

Auf der kleinen Empore, direkt unter einer der Karikaturen Udo Lindenbergs, finden Laura und Pöttinger einen Platz. Andreas lächelt charmant: »Was wünschen Sie?«

»Für mich bitte einen Baileys auf Eis.«

»Okay!« Er winkt dem Ober und bestellt. »… und für mich bitte einen Ramazotti auf Eis.« Seine Aufmerksamkeit gilt wieder ganz Laura. »Gratuliere! Die Professionalität Ihrer Arbeit ist bewundernswert. Wellenstein entpuppte sich ja als ein wahrer Meinungsmacher.«

»Hat er für Sie nicht ins Schwarze getroffen?«

Pöttinger antwortet darauf sarkastisch: »Ich bin schwer getroffen! Das war der Muhammad Ali der Osteoporose. Sie können stolz auf ihn sein.«

Laura macht das Spiel mit. »Sie hauen aber auch kräftig drauf. Was hat Ihnen missfallen?«

»Wellenstein unterwirft sich Ihrem taktischen Marketing. Er muss sich in meinen Augen um die Ethik seines Tuns sorgen.«

»Er hat sich weit aus dem Fenster gelehnt. Das ist richtig. Aber er hat es auch für Ihre Ziele getan.«

»Ich habe nichts gegen eine Positivliste.«

»Sie nicht, aber Ihre Patienten! Spätestens dann, wenn sie die besseren Pillen nicht mehr auf Rezept bekommen. Sie selbst werden es genau dann spüren, wenn sich in Ihrer Klinik gähnende Leere auftut«, entgegnet Laura angriffslustig.

Pöttinger lächelt gequält: »Das werde ich überleben.«

»Wir alle würden es überleben. Aber im Ernst! Wir würden auch lieber Levis-Jeans herstellen oder Coca-Cola vertreiben. Das wäre risikoärmer und gewinnträchtiger. Vor allem aber würde der Staat darauf keinen gesetzlichen Einfluss nehmen. Wir jedoch müssen uns wehren, denn der Lebenszyklus unserer Präparate wird bedroht durch den fortwährenden Versuch des Staates, auf dem Rücken von Industrie, Ärzten, Apothekern und Patienten Politik zu betreiben.«

»Ach was. Der Staat kennt die Milliardengewinne der Pharmaindustrie.«

»Er verschweigt aber die Unsummen, die für Forschung, Arzneimittelsicherheit und Zulassung investiert, aber vor allem riskiert werden. Außerdem tut er das doch nur, um seine Misswirtschaft und die eigene verfehlte Gesundheitspolitik zu verschleiern.«

Pöttinger hält dagegen: »Harte Worte, die Sie wählen. Doch es gibt unwiderlegbare Punkte, wonach sich alle Pharmastrategen dem Thema Ethik stellen müssen.«

»Da bin ich aber jetzt gespannt!«

»Ich möchte nur zwei davon nennen. Ethikpunkt Preis: Ein

Präparat, von dem ein Konzern überzeugt ist, sollte einem großen Kreis von Menschen nutzen. Auch in der Dritten Welt sollte …«

»Wir können keine Medikamente verschenken, die viel Geld gekostet haben!«, fällt Laura ihm ins Wort. »Wir werden uns dafür sicher Kritik gefallen lassen müssen …«

Pöttinger ignoriert das Gesagte. »Ethikpunkt zwei, Frau Lasalle, bezieht sich auf das Marketing von Arzneimitteln: Propaganda stößt immer auf tiefes Misstrauen. Aufklärung ist zwar weniger spektakulär, doch schafft sie auf Dauer Vertrauen.«

»Haben Sie es sich nicht auf die Fahnen geschrieben, zukünftige Osteoporose-Werbung für Ihr Zentrum als Mittel zur intensiven Beeinflussung von älteren Frauen einzusetzen? Erwarten Sie nicht unsere massive Unterstützung für Ihre Art von Propaganda? Entspricht es nicht Ihrer Ethik, wenn Frauen sich in Zukunft aufgrund Ihrer Propaganda frei entscheiden, ob sie sich das Thema Osteoporose-Kontrolle zu Eigen machen?«

Pöttinger wechselt die Gesichtsfarbe wie ein Chamäleon, doch zeigt er sich schlüpfrig wie ein Aal. Spöttisch erwidert er: »Sie gefallen mir, wenn Sie so kämpferisch sind.«

Laura überhört seine Bemerkung. »Im Übrigen, Herr Professor Pöttinger, Aufklärung ist ein gutes Stichwort.«

»Sie können den ›Professor‹ ruhig weglassen.«

»Danke! Ich wollte Sie ebenfalls über zwei Dinge informieren, die Sie morgen quasi als ›Aufklärung‹ in Ihren Vortrag einbauen sollten.«

»Um was geht es?«

Laura entnimmt ihrer Handtasche einen Memory-Stick. »Einmal geht es um gravierende Nebenwirkungen, die bei *Bonegold*-Patienten in den Staaten aufgetreten sind und die bislang von MDW vertuscht wurden. Es entspricht sicher Ihrer tief empfundenen Ethik, dies morgen nicht unter den Teppich kehren zu wollen.« Laura hebt den Stick wie einen Lippenstift vor ihr Gesicht.

Pöttinger blickt besorgt drein: »Um was für gravierende Nebenwirkungen handelt es sich?«

»Lokale toxische Effekte. Schleimhautläsionen, Ösophagitis,

Ösophagusstrikturen, aber auch Erosionen und Ulzera im Magen. Man sieht es schon an der Strukturformel. Es liegt nach Ansicht der Experten an der Aminogruppe, die sich ätzend auf Ösophagus-, Magen- und Darmschleimhaut auswirkt.«

»Da wurde sicher zu wenig Wasser bei Einnahme der Tablette getrunken.«

»Nein, das eben gerade nicht! MDW ist der Sache – sagen wir – nur sehr diskret nachgegangen. Patientinnen dürfen sich nach der Einnahme von *Bonegold* keinesfalls hinlegen. Schwierig bei vorwiegend älteren und zum Teil bettlägerigen Damen. Aber das ist nur eine der möglichen Ursachen. Die Gefahr der Ulcerationen ist jedenfalls bitter ernst zu nehmen.«

»Wie ist man darauf gekommen?«

»Eine Cross-over-Studie mit *Bonegold*, *Aspirin* und Placebo sollte die Schleimhautschäden in Speiseröhre, Magen und Bulbus duodeni prospektiv erfassen.«

»Wer hat die Studie gemacht?«

»Das Department of Medicine am Veterans Affairs Medical Center und das Baylor College of Medicine, Houston, Texas.«

»Wer hat sie in Auftrag gegeben?«

»Das entzieht sich meiner Kenntnis.«

»Was wurde genau untersucht?«

»Zwölf gesunde Freiwillige nahmen die Medikamente über vier Tage ein und wurden endoskopisch überwacht. Unter Placebo waren keine sichtbaren Schleimhautveränderungen nachweisbar. Aspirin und *Bonegold* führten zu sichtbaren Schäden in mehr als zwei Dritteln der Fälle. Bei der Hälfte der Probanden wurden diese Schleimhautschäden als schwerwiegend eingestuft; ein Patient entwickelte nach Einnahme von *Bonegold* ein Magengeschwür. Somit ist das primäre Amino-Bisphosphonat genauso gastrotoxisch wie Aspirin! Da die Therapie der Osteoporose sich jedoch über mindestens ein Jahr erstrecken sollte, stellt *Bonegold* für die Patientinnen nach den neuesten Erkenntnissen ein hohes Risiko dar.«

»Wie sieht es unter *Osteo-Forte* aus?«

»Völlig unbedenklich! Patienten können parallel alles das einnehmen, was sie unter *Bonegold* nicht dürfen. Wir haben diese Frage sehr penibel untersucht.« Sie stellt ihr Glas ab und zieht ein gefaltetes Blatt aus der Tasche. »Die Ergebnisse mit *Osteo-Forte*! Kombiniert mit Aspirin und NSAR bei 1400 Hoch-Risikopatienten. Wie Sie sehen, ergibt die Kombination im Gegensatz zu *Bonegold* keine einzige Verschlechterung. Sie finden die Auswertung der Studien-Ergebnisse als PowerPoint-Dateien auf diesem Memory-Stick. Eine beeindruckende Darstellung der guten Verträglichkeit!«

Pöttinger ist misstrauisch bei so viel positiv propagierter Verträglichkeit. Seine Gedanken kreisen um die vermuteten Osteonekrosen des Kiefers unter *Osteo-Klast*, *Bonegold* und anderen im Markt befindlichen Bisphosphonaten.

Er sieht sich in einer Falle sitzen. Basiert doch sein morgiger Vortrag im Wesentlichen auf der langen Therapieerfahrung mit *Bonegold* im Verordnungsmarkt. Geradezu eine Hymne hat er Michael versprochen.

Die Drinks werden serviert. Pöttinger, etwas abwesend, nimmt sich seinen zuerst. Sie prosten sich zu.

Laura reicht ihm den Memory-Stick: »Darauf finden Sie auch Dateien über *Osteo-Forte*, die morgen von einem unserer Referenten aus den USA den Netzwerk-Mitgliedern gezeigt werden. Die ersten Studienergebnisse über die Wirksamkeit und Schnelligkeit von *Osteo-Forte* nach einem Jahr Behandlung.«

Pöttinger nimmt den Stick an sich und steckt ihn stumm weg.

»Sie sind damit exklusiv vorab informiert«, sagt Laura stolz.

»Welche Bedingungen knüpfen Sie daran?«

»Sie dürfen die Ergebnisse von *Osteo-Forte* zeigen, doch weder als Datei noch als Papier an Dritte weitergeben.«

Pöttinger zeigt sich skeptisch. »Das ist alles?«

»Sehen Sie es als eine Geste meinerseits, als Anerkennung für Ihre Kooperationsbereitschaft und für Ihre Fürsorge meiner Mutter gegenüber. Ich knüpfe keine Bedingung daran. Ich verlasse mich lediglich auf Ihre Ethikpunkte.«

Ein Blick auf ihre Uhr, dann erhebt sie sich. »Danke für den Drink. Schlafen Sie gut.«

Pöttinger ist sichtlich ratlos. Er weiß, dass er nicht mehr auf Distanz gehen kann. Er wollte sich an niemanden binden, wollte die Suppe nur am Kochen halten, doch jetzt hatte er sich daran verbrüht. Dass es nicht versehentlich geschah, ärgerte ihn am meisten. Dem gnadenlosen Zugriff beider Konzerne kann er sich kaum mehr entziehen. Es sei denn, er schlüge sich auf eine Seite, was unweigerlich dazu führen würde, dass seine Reputation als unabhängiger Osteoporose-Experte verloren gehen würde. Vom finanziellen Schaden ganz abgesehen …

Unbemerkt von Laura und Andreas hatte es sich Michael inzwischen auf einem Barhocker bequem gemacht. Von seinem Platz aus konnte er beide diskret beobachten. Angestrengt hatte er jede noch so kleine Geste verfolgt und für sich zu interpretieren versucht. Eine angestrengte Unterhaltung schien im Gange zu sein. Er sah, dass die GLOBALPHARM-Grazie Pöttinger irgendetwas zusteckte.

Topas hat tatsächlich Recht. Andreas treibt ein doppeltes Spiel. Zu gern hätte er aber Aufschluss darüber, ob er irgendeine besondere Verbindung mit Frau Lasalle pflegt und in welcher Art er mit GLOBALPHARM kooperiert.

Michael nippt an seinem Whisky und sinniert: Wer weiß schon genau, was sich alles hinter den Kulissen abspielt? Fatal wäre es für ihn, so seine Befürchtung, wenn die Dame ihre weiblichen Waffen einsetzen würde. Dieses Spiel könnte er niemals gewinnen. Dafür konnte sich der Konflikt mit Andreas über Nacht ausweiten. Doch schon beruhigt ihn der Gedanke, dass er dank Topas Andreas noch rechtzeitig das Zaumzeug hatte anlegen können. Er kann sich den Abmachungen nicht mehr entziehen. Das wäre das Aus für sein Osteoporose-Zentrum. Er wird den Doppelpass mit ihm spielen müssen …

Laura schlüpft im gleichen Moment nachdenklich unter ihre Bettdecke. Fairness und Anstand, so geht es ihr durch den Kopf, sind der

Pharmawelt völlig abhanden gekommen. Die Doppelbödigkeit auf allen Ebenen erinnert sie stark an die überlieferten Ränkeschmiedereien um die Macht an den Fürstenhöfen von einst. Allerdings sind sie inzwischen subtiler und diabolischer geworden.

In den vergangenen Wochen schwappten außerdem Meldungen ihrer Außendienste in die Zentrale, denen sie entnahm, dass MDW überall bei den Ärzten Anwendungsbeobachtungen platzieren konnte, die ursprünglich für *Osteo-Forte* gedacht gewesen waren. Effizient und präzise, so das Fazit innerhalb der Führungsriege der German Divison, werden von MDW Gegenstrategien durchgeführt, die Erkenntnisse voraussetzen, die sie nur durch das Abschöpfen von internen Informationen über die Auswahl der Prüfärzte entwickeln konnten. Und das bundesweit.

In diesem Schachspiel droht schnell das Matt, wenn die nächsten Züge blind ausgeführt werden. Brisson hatte sofort grünes Licht für den Informatiker gegeben, der die Sicherheitslücken im firmeneigenen Netz aufspüren und schließen soll. Welche Rolle mochte Michael Westfeld, der MDW-Höfling, wie sie ihn insgeheim tituliert, dabei spielen, der zwei Stühle weiter links gesessen hatte? Sie erinnerte sich noch genau, wann und wo sie den Typ schon einmal gesehen hatte: Anfang des Jahres früh morgens im Münchener Airport in der VIP-Lounge. Er war ihr gleich aufgefallen. Ein Musterfall an männlicher Ausstrahlung. Eine Frau vergisst so etwas nicht. Diesem Marketing-Hengst ist ein Strich durch die Rechnung zu machen!

Die Nebenwirkungsdiskussion um *Bonegold* kommt ihr da gerade recht. Ein mächtiger Warnschuss gegenüber MDW. Die Unbedenklichkeit von *Bonegold* infrage zu stellen ist zwar eine äußerst knifflige Sache, doch schließlich kann man beweisen, dass die Verträglichkeit von *Osteo-Forte* besser ist. Diese Tatsache würde MDW ins Mark treffen. Und sollte der Datenklau von MDW nicht eingestellt werden, so würde sie aus der Schwäche von *Bonegold* ein cleveres, wenn auch skrupelloses Marketing stricken.

Korrekte, aber selektive Informationen in den Markt zu pumpen war schon immer eine verlässliche Strategie gewesen, um das

Vertrauen in ein Medikament zu untergraben und es schließlich aus dem Markt zu hebeln. Natürlich ist das Ganze auch mit einem Risiko verbunden. Der Schuss könnte nach hinten losgehen, denn die komplette Medikamentengruppe könnte in Verruf geraten. Klar, mit Risiko kann man scheitern, ohne Risiko muss man es.

»No risk – no fun«, denkt Laura noch und schließt zufrieden die Augen. Morgen würde sie Westfeld mit einer Sache verblüffen. *Osteo-Klast*, ihre Mutter und die weitreichenden Folgen hatte sie in jenen Stunden erfolgreich verdrängt …

8

Laura zeigt ein freundliches Gesicht: »Guten Morgen, Herr Westfeld, darf ich mich an Ihren Tisch setzen?«

Michael, völlig überrascht, zeigt auf den Stuhl gegenüber: »Aber gern, Frau Lasalle.«

Sie stellt ihren Milchkaffee auf dem Tisch ab und nimmt Platz. Ohne ein weiteres Wort von Michael abzuwarten, greift sie an: »Sie wissen, was heute für ein Tag ist?«

Michael gut gelaunt: »Im Moment bin ich völlig zeitlos.«

»Ich bin sicher, das heutige Datum, der Tag und der Ort werden sich in ihr Gedächtnis eingraben.« Plötzlich wirkt ihr Blick wie der eines Richters bei der Urteilsverkündung: »Heute ist der Tag, Herr Westfeld, an dem Sie zur Kenntnis nehmen müssen, dass wir die Art Ihrer Informationsbeschaffung durchschaut haben. Es ist es vorbei mit dem Abschöpfen unserer Daten! Außerdem werden Sie die Konsequenzen Ihrer Wühlarbeit bald zu spüren bekommen.«

Michael ist sprachlos. Laura zeigt wieder ein freundliches Lächeln. Ihre Augen sind auf die Binnenalster gerichtet: »Ein wunderschöner Tag heute. Finden Sie nicht auch?«

Daraufhin erhebt sie sich und verlässt den Frühstücksraum.

9

Berlin

Dr. Richard Harris blickt auf vielversprechende Monate seiner Lobbyistenarbeit zurück. Innerhalb des VFA, unter dessen Schirm er auch die Interessen von GLOBALPHARM vertritt, ist er in der Abteilung Marktordnung-Gesundheitssystem akkreditiert.

Würde man Harris nach seiner Arbeit als Lobbyist befragen, bekäme man zur Antwort: »Sehen Sie, ich muss ein Vertrauensverhältnis aufbauen zwischen mir und den hochrangigen Beamten. Das mache ich einerseits über solide fachliche Arbeit, andererseits über die Fähigkeit, komplizierte Zusammenhänge auf den Punkt zu bringen. Das oberste Gebot in diesem einflussreichen Job lautet aber: Herstellung des Interessenausgleichs!«

Harris hat inzwischen Eingang gefunden in den kleinen Kreis der wirklich einflussreichen Leute. Das sind zwei bis drei Politiker in jeder Bundestagsfraktion, dazu die wichtigen Ministerialbeamten und nicht zuletzt rund zehn meinungsbildende Journalisten.

Zur Vollendung seines Torbogens »Knochengesundheit« fehlt ihm nur noch der Schlussstein Alfons Hasselbach. Nach Auffassung der Lobbyistenriege innerhalb des VFA sind Gesprächstermine mit ihm schwer zu vereinbaren. In der Behandlung ist er der Schwierigste, jedoch einer, der die erste Geige spielt, wenn Verbesserungsvorschläge von außen in den Gesetzgebungsprozess eingebracht werden sollen. Den hilfreichen Tipp »Hasselbach« erhielt Harris von der Chefin des VFA, die im Gesundheitsministerium »der General« genannt wird. »Wenn Sie Hasselbach für sich gewinnen, sind Sie mit Ihren Verbesserungsvorschlägen so gut wie durch!«

Harris wird über das Call-Center des Gesundheitsministeriums mit dem Staatssekretär, den er sprechen möchte, verbunden. Eine helle, jung klingende Stimme dringt an sein Ohr: »Was verschafft mir die Ehre?«

»Harris, VFA, Leiter der Konzernrepräsentanz für Bundesangelegenheiten. Es geht um einen Gesprächstermin.«

Die Stimme räuspert sich. »Mhm! Welchen Konzern vertreten Sie?«

»GlobalPharm, Gesundheitsressort Osteologie!«

»Ich möchte Ihnen eine Frage stellen.«

»Bitte sehr!«

»Besitzen Sie Kenntnisse über Aristoteles?«

»Nicht umfassend.«

»Kennen Sie die Zweige seiner Philosophie?«

»Zwei davon!«

»Und welche sind das?«

»Ethik und Politik!«

Nach einer kurzen Pause: »Nicht schlecht – wir werden uns sehen!«

»Morgen? 12.00 Uhr?«

»13.00 Uhr!«

»Im ›Café Einstein‹, Unter den Linden?«

»Nein! Zu viele Lobbyisten und Politiker.«

»Dann machen Sie einen Vorschlag.«

»›Literaturcafé Tucher‹, Pariser Platz, gleich am Brandenburger Tor.«

10

Harris ist auf dem Weg zum »Literaturcafé«. Auf dem Weg dorthin erinnert er sich an die Worte seines Vorgängers: »Denken Sie daran, wir Lobbyisten entscheiden nichts, wir beraten nur und speisen Fakten in den politischen Prozess. Unsere Arbeit hat mit aktiver Einflussnahme nichts zu tun. Wir helfen aber der Politik, Fehler zu vermeiden!«

Seine persönlich gemachten Erfahrungen weichen davon kaum ab. Für ihn existiert zwischen Politikern und Lobbyisten ein Verhältnis der gegenseitigen Abhängigkeit. Die Parlamentarier haben keine breiten Expertenstäbe hinter sich, die die komplexen Themen der gesundheitspolitischen Auseinandersetzung für sie analysieren.

Die Konzerne liefern Informationen, die die Interessen ausgleichen sollen. Eine möglichst knappe und stichhaltige Argumentation ist daher immer das Beste. Außerdem schätzen Politiker aussagefähige Statistiken und Studien, da sie zur Ausarbeitung der Gesetze unverzichtbare Informationsquellen darstellen.

Fünf nach eins. Es ist so weit.

Alfons Hasselbach, hoher Beamter im Gesundheitsministerium, ist mittlerweile zu einem ergrauten Mann geworden. Aufgrund seiner außerordentlichen Kompetenz hat der Einundsechzigjährige während seiner Amtsperiode inzwischen drei Regierungen gedient. Sein ewiger Kampf mit Fraktionen sowie Ministern, Abgeordneten und Pharma-Lobbyisten beiderlei Geschlechts ist ihm ins Gesicht geschrieben: Tränensäcke und zerfurchte Wangen sind Zeugen vieler sorgenvoller Jahre.

Die Begrüßung ist höflich distanziert.

»Möchten Sie etwas essen?«, eröffnet Harris das Gespräch.

»Danke, nein. Ich nehme einen Cappuccino.«

Harris hat das Gefühl, Hasselbach blickt durch ihn hindurch. Kaum dass er es sich bequem gemacht hat, kommt die erste Frage über seine Lippen. »Was ist Ihr Anliegen?«

»Thema Osteologie, Knochengesundheit!«

»Konkret!«

»Zwei Punkte: Verbesserung der Diagnostik und Übersichtsdaten aus den Studien zu *Osteo-Forte*.«

»Beginnen Sie mit dem letzten Punkt.«

»Die Übersichtsdaten dienen zur Transparenz, auf Basis welcher Studien das Medikament demnächst weltweit zugelassen wird. Außerdem ergibt sich daraus eine Neubewertung der unterschiedlichen Qualitäten von Bisphosphonaten.«

»Nach welchen Kriterien?«

»Gemäß den Kriterien einer Evidenz-basierten Medizin. Die Unterschiede zeigen, vor allem die Wirksamkeits- und Verträglichkeitsstudien, dass wir eine Innovation auf den Markt bringen.«

»Wie steht es mit der Studienqualität?«

»Entsprechend den Vorschriften der US-Zulassungsbehörde

sind auch hier in Deutschland alle Studien unabhängigen Wissenschaftlern zur Auswertung zugänglich.«

»Lassen Sie mir die Studien zukommen. Was liegt Ihnen noch am Herzen?«

»Wir haben Sorge, dass die neue Generation der Bisphosphonate im Gesundheitsministerium fälschlicherweise als Scheininnovation abgetan wird. Der Patentschutz steht auf dem Prüfstand, und die Positivliste droht fortwährend als Gewitterwolke am Horizont.«

Hasselbachs aufblitzendes Lächeln wirkt wie ein Riss in einer alten Mauer, durch die Licht dringt. »Bei der Substanzgruppe der Bisphosphonate geht es in meinen Augen um die Resteverwertung der Waschpulverproduktion. Hätten Sie ein kausal wirkendes Medikament gegen Bluthochdruck erforscht, so hätten Sie keine Veranlassung, mit mir über Patentschutz und die Positivliste zu sprechen.«

»Mit Verlaub, es verhält sich genau umgekehrt. Mit *Osteo-Forte* betreiben Ärzte eine wirksame Therapie! Hochdruck dagegen heilen sie immer noch nicht.«

»Ich bin sicher, mit genügend Bewegung, ausgewogener Ernährung und Änderung der Lebensgewohnheiten würde man bei beiden Indikationen Erfolge erzielen.«

»Das heißt, Sie haben keine hohe Meinung von unserer Forschungsleistung auf dem Gebiet der Osteoporose?«

Der hohe Beamte schmunzelt: »Nüchtern betrachtet, ist Ihrem Konzern in Wahrheit die Abteilung ›Research‹ abhanden gekommen. Sie haben das Fach gewechselt und das Schild ›Vertrieb und Marketing‹ an die Türen Ihrer Labore geschraubt. Ihre Kernkompetenz auf dem Gebiet der Arzneimittelforschung heißt nun Marketing!«

Harris zwingt sich zur Besonnenheit. »Wir geben mehr Geld für Forschung aus als je zuvor!«

»Die Frage ist doch, was im Auftrag des Marketings erforscht werden soll. Erst vor Monaten las ich von Ihrem Chairman Edward Connolly über diese neue spezielle Philosophie. Ich habe mir die beeindruckende Losung gemerkt: ›Die kapitalste Rakete in dieser Welt wird ihre Schubkraft verdoppeln!‹ Bei rund acht Milliarden Gewinn werden sogar Worte zu Waffen. Einziger Sinn und Zweck Ihres Konzerns ist doch das Geldverdienen und die Eroberung der Märkte, nicht aber die Gesundheit der Menschen dieses Landes!«

Harris schüttelt energisch den Kopf. »Ziehen wir doch hinsichtlich der Kostensteigerung einfach einen Vergleich: Hätte sich der Benzinpreis genauso bedächtig entwickelt wie die Arzneimittelkosten, würde der Liter Benzin heute ein paar Cent kosten.«

»Ihre Gewinnmargen sind immer noch zu hoch.«

»Wir investieren viele Milliarden Dollar in die Arzneimittelforschung, in der es keine Erfolgsgarantien gibt. Immerhin finden wir bessere Medikamente für verbreitete Krankheiten, die wir den Menschen zur Verfügung stellen, wie eben *Osteo-Forte*!«

»Ihre Neuausbietung bleibt eine Scheininnovation.«

»Wir sind nicht die Ersten. Das ist wahr …«

»Ich liebe es, wenn Lobbyisten einsichtig werden. Nun, auch ich will Ihnen etwas erzählen, wenn auch aus der neueren Geschichte: Es war einmal eine so genannte unabhängige WHO-Kommission, die sich vor mehr als zehn Jahren auf ein Treffen mit zwei großen, einflussreichen amerikanischen Pharmariesen einließ. Es ging um die Definition der Krankheit Osteoporose. Am Ende legte man sich fest. Fazit: Schon der altersbedingte allmähliche Abbau der Knochenmasse sollte als behandelbare Osteoporose gelten.« Hasselbach zeigt ein breites Grinsen. »Das wäre ein Festival für Sie geworden, denn jeder Mensch ab fünfunddreißig litte demnach an Osteoporose. Natürlich musste man das schnell umdefinieren. Das macht man, wie Sie wissen, durch das Setzen von Grenzwerten. Der Rest dürfte Ihnen bekannt sein.«

»Die Zeit schreitet voran. Heute wissen wir es eben besser. Die Mehrheit hält aber Osteoporose immer noch für eine logische Folge des Alterns. Wir werden das ändern.«

»Wissen Sie, ich bin nicht der Souffleur der Ministerin und schon gar nicht der unbesungene Held der deutschen Gesundheitstragödie. Ich muss aber die zukünftige Finanzierung der medizinischen Versorgung insgesamt im Auge behalten.«

»Sie treffen damit genau den Kern des Problems. Jede Minute bricht ein Knochen wegen Osteoporose. Für uns ist daher die ablehnende Haltung des Ministeriums unverständlich, wenn wir uns für eine frühzeitige Knochendichtemessung einsetzen; denn es lässt sich beweisen, dass die Kosten für die Prävention letztendlich niedriger sind als die für die Behandlung von Wirbelkörperfrakturen.«

Hasselbach reagiert kalt: »Ihr Gedanke ist lobenswert. Doch das hatten wir schon. Ende der Achtzigerjahre, als die Knochendichtemessung ohne Einschränkungen abrechnungsfähig war, erlebten wir einen Boom ohnegleichen. Ohne Skrupel wurde alles gemessen, was durch die Praxistür hereinkam. Ein Volltreffer für die Ärzteschaft. Die Knochendichtemessung kam der Lizenz zum Gelddrucken nahe.«

»Das war sicher ein gravierender Betrug am System, aber das ist Vergangenheit. Die heute bestehenden Kriterien beugen einer Wiederholung dieses Missbrauchs vor. Aber gar nichts zu tun, das wäre noch viel schlimmer. Spätkomplikationen in Form von Knochenbrüchen sind unvermeidlich. Die Folgekosten gehen in die Milliarden. Hier kann im Gesundheitswesen effizient und spürbar eingespart werden. Es ist für uns unfassbar, dass dies nicht geschehen soll.«

»Das hört sich einfach an, zu einfach, um wahr zu sein. Die Messung der Knochendichte ist zur Vorhersage von Knochenbrüchen völlig ungeeignet. Hier prasseln die Argumente wie ein Konfettiregen auf uns nieder, ein Mix von Mythen, Erfindungen und Lügen.«

Harris reagiert scharf: »Die heutigen Messmethoden sind absolut zuverlässig. Und wir werden keine Mittel scheuen, um durch Aufklärung mit den Mythen aufzuräumen, denn das Lebenszeitrisiko einer Frau, eine Hüftfraktur zu erleiden, ist größer als die Summe ihrer Risiken für Brust-, Gebärmutter- und Eierstockkrebs zusammen. Das ist keine Lüge!«

Hasselbach zeigt ein nachdenkliches Gesicht. Dann kneift er die Augen zusammen: »Wie hoch schätzen Sie das Einsparungspotenzial?«

»In Deutschland liegen die vermeidbaren Kosten durch Osteoporose-bedingte Knochenbrüche im Bereich zwischen 4,5 und 5 Milliarden Euro jährlich. Außerdem erhöhen Oberschenkelhalsbrüche das Risiko eines frühzeitigen Todes. Erst jüngst wurden die Ergebnisse einer Studie aus Kalifornien veröffentlicht, denen zufolge der lebensverkürzende Effekt derartiger Frakturen mehr als zehn Jahre betragen kann.«

Hasselbach überlegt. Erneut tritt Stille ein. »Können Sie mir die Studie mal zukommen lassen?«

Harris fühlt, dass er einen Ansatzpunkt gefunden hat: »Gern! Die Kosten-Nutzen-Relation spricht eindeutig für *Osteo-Forte*. Wann werden Sie diese Chance für Staat und Gesellschaft realisieren?«

»Kontaktieren Sie mich in vier Wochen wieder.« Hasselbach erhebt sich, legt das abgezählte Geld neben die leere Tasse und reicht Harris die Hand.

Sechstes Kapitel

»Provence & Côte d'Azur«

Juni

GlobalPharm
Headquarter, Woodbridge, Virginia, USA

Episode VI

Sir Ed Connolly: »Dass MDW seine Mechanismen außer Kraft gesetzt hat, Nebenwirkungen gleich bei ihrem Auftreten der FDA zu melden, ist Fakt. Was wissen wir exakt darüber?«

Chief Operating Officer: »Offensichtlich wurden die Meldungen zurückgehalten, Sir. Die Leute im Medical-Drug-Department und im Marketing haben Angst vor Umsatzeinbrüchen.«

»Oh! Verständlich. Ohne massiven Druck von außen würden wir auch so handeln.«

»Gewiss.«

»Wie ich aus Deutschland gehört habe, hat MDW unsere Datenbanken angezapft. Was haben wir dagegen unternommen?«

»Ein Spezialist untersucht derzeit die Sicherheitslücken im Server.«

»Wie ernst ist der Schaden, der uns zugefügt worden ist?«

»Die Studien können nur schleppend platziert werden, da die wichtigsten Prüfer für MDW verpflichtet wurden.«

»Haben wir eine Gegenstrategie?«

»*Strategy for victory:* Auf einem wichtigen Kongress in Deutschland sind die Nebenwirkungen von *Bonegold* bekannt gegeben worden. Eine Reihe von Prüfern hat daraufhin die MDW-Studie abgebrochen. Man ist sich sicher, den Großteil der Prüfer auf *Osteo-Forte* umpolen zu können.«

»Ich verstehe! Wie steht es momentan mit der Drug-List der Regierung?«

»Die Arbeit unserer Lobbyisten trägt Früchte. Die Positivliste, samt der Kosten-Nutzen-Abwägung von Arzneimitteln, ist vom Tisch!«

»Gute Arbeit. Das sind hervorragende Nachrichten! Lassen Sie die Umsatzschätzung für *Osteo-Forte* nach oben korrigieren!«

»Sir, unsere Manager in Deutschland wären sicher enttäuscht, wenn wir nicht mehr von ihnen fordern würden.«

E-Mail VI

Von: Topas
Gesendet: [getilgt]
An: W. M.
Cc: –

Betreff: ‹Kein Thema›

- Keine Erkenntnisse in Hamburg. Daten und Unterlagen wurden ohne Hardcopy an die Teilnehmer kommuniziert. Nur Vorträge.
- Die »AWB-Aktion« hat den Gegner sensibilisiert.
- Bestehende Sicherheitslücken im Netz von GP wurden geschlossen.
- Ein weiteres Problem ergibt sich durch ein neues Kryptographie-Verfahren, das den E-Mail-Verkehr innerhalb des Marketings von GP absichert.

Chancen »Opio« werden geprüft.

Kontakt!

1

Nizza

Als sich Picasso Ende der Zwanzigerjahre in St. Paul-de-Vence nach den Fremden im Colombe d'Or erkundigte, erwiderte der Portier dem Maler, dass es sich um einen Engländer handele. Reisende jedweder Herkunft – inklusive der Franzosen – bezeichnete der Beschließer des Hauses als Engländer. Den Mann kümmerten Nationalitäten nicht …

An der unzugänglichen blauen Küste, abgeschnitten von mächtigen Gebirgen, betrachtete die sardisch geprägte Bevölkerung die Franzosen jahrhundertelang als fremde Ungeheuer. In Cannes sieht man die Bürger von Nizza übrigens noch heute so.

Deutsche kamen bis Mitte des 19. Jahrhunderts hier kaum vor. Vielleicht auch deshalb nicht, weil in den Alpes-Maritimes, bis hinunter zum Massif d'Estérel, die Banditen mit Reisenden aus dem Norden kurzen Prozess machten.

Heute kommen die »Nordländer« in Massen über die Alpen an die Côte, und zwar frei und unbehelligt! Allerdings kaum wegen der Ursprünglichkeit und Geschichte, sondern mehr wegen des Flairs und der mondänen Orte, die zu allen Zeiten Prominenz anlocken. Im Departement Alpes-Maritimes, etwa dreißig Kilometer nordwestlich der Baie des Anges – der Engelsbucht von Nizza –, liegt das unbekannte Dorf Opio, das durch das Licht der Provence verwöhnt wird. Dort ist zwar die Schönheit der Landschaft durch die Anlage »ClubMed« entstellt, aber die Transportkapazität des Flughafens von Nizza bis nach Opio macht es möglich, gut vierhundert Mitarbeiter von GATES und GLOBALPHARM in dieses künstliche Club-Paradies zu verfrachten. Zweieinhalb Tage lang soll dort professionelles *Osteo-Forte*-Marketing die Teams beeindrucken. Kulissen des Glücks – so die Eigenwerbung! Ein idealer Platz, um die sonst so anstrengende Realität vergessen zu machen …

Die »Hyperrealität *Osteo-Forte*«, wie Bloomberg, Chairman von GATES PHARMACY, den Launch-Event gern zu nennen pflegt, hätte nach Meinung von Laura in dieser Form besser nach München gepasst, da das Programm keine Minute für den Bildungsraum Provence übrig lässt. Mittwoch Anreisetag. Abflug-Flughafen für alle ist Frankfurt. Donnerstag bis Samstagmittag Tagung und danach gleich der Rückflug nach Frankfurt.

Dass es so kam, lag an Bloomberg. Er bestand auf Arbeit ohne organisierten Müßiggang! Dazu forderte er »ästhetische Codes« wie *Osteo-Forte*-Symbole, einheitliche Kappen und bedruckte T-Shirts für alle, ein Teambuilding-Event, eine »Opio-News«-Zeitung, Gruppenfotos, Workshops, Opinion-Leader Wellenstein als Festredner, exakte Zeitpläne und eine spezielle Frauenriege, verkleidet als Glücksfeen in den Farben des *Osteo-Forte*-Logos.

»Der perfekten Inszenierung«, so das Credo Bloombergs, »hat sich das Befinden der Teilnehmer unterzuordnen!«

Laura zu Bloomberg: »Bei diesem Ablauf riskieren wir bei unseren Mitarbeitern eher einen Tagungskoller als einen Motivationsschub für die Ausbietung!«

Damit setzte sie einen Ausflug nach Cannes durch. Gleich gegenüber dem legendären »Carlton«, auf dessen Stufen im Blitzlichtgewitter des Filmfestivals eine diamantenbehangene Nicole Kidman den Herren DiCaprio und Clooney die Schau stahl, wird man also abends am Strand in Beduinen-Zelten wenigstens etwas vom Flair der mondänen Côte d'Azur mitbekommen.

Ein Teil von Lauras Stab, bestehend aus Alexandra Georgiou, Tim Starnberg, Lola Limbrock und Markus Frey, Leiter der Außenorganisation, ist schon am Sonntag in die Provence gereist, um vor Ort die Organisation und die Sicherheitsvorkehrungen zu überwachen. Brisson wird morgen nachkommen.

Laura sitzt im Omnibus neben Harris, der sie vom Flughafen Nizza nach Opio bringt. Als sie der alte fünfeckige Donjon der Burg von Villeneuve-Loubet begrüßt, seufzt Harris: »Das Zeitkorsett garantiert, dass Provence und Côte d'Azur keine Chance haben, uns wenigstens ein bisschen zu verzaubern.«

»Du kannst sicher sein, wenn wir hätten entscheiden können, wäre ein komplett freier Tag drin gewesen.«

Hinter Laura und Harris unterhalten sich unterdessen Bettina aus Görlitz und Renate aus Halle. Sie sind Kolleginnen im Außendienst bei GlobalPharm und gehören der Region Berlin an. Bettina zieht scharf die Luft ein. »Das mit Opio hier hab ich meinem Mann erst am Sonntag erzählt.«

Renate besorgt: »Gab's 'ne Szene?«

»O Gott! Das war ein richtiger Schock für ihn. Er sah mich ungläubig an und sagte: ›Was, du fährst schon wieder ohne mich? Ganze vier Tage? Mit einer Horde Männer?‹«

»Dein Mann meint wohl, du suchst dir einen neuen und kommst nie wieder.«

»Ach was! Er weiß, dass ich ihm treu bin, doch er wird schlecht damit fertig, wenn ich allein unterwegs bin. Drei Tage hab ich gebraucht, um ihn zu beruhigen. Er leidet wie Sau.«

»Denk dir nichts, Betty, mir geht's ähnlich. Meiner sagt zwar nichts, doch ich hör ihn knirschen. Und mein Siebenjähriger weinte und flehte mich an: ›Mama, fahr nicht nach Frankreich!‹«

»Mensch, Renate, rechne mal die letzten vier Wochen zusammen. Wann waren wir da eigentlich bei unseren Familien? Drei Konferenztage in Berlin. Dann zwei mit den Kollegen von Gates in Magdeburg. Dazu drei Abendveranstaltungen unter der Woche in meinem Bezirk und so ganz nebenbei am letzten Wochenende Standbetreuung auf dem Orthopäden-Kongress in Dresden. Hinterher gleich Frankreich und obendrein auch noch die Urlaubssperre für die kommenden zwei Monate.«

»Du hast Recht, Betty, so gesehen tagen wir nur noch. Ich frage mich, was uns das hier schon bringen soll.«

»Vier Tage Zirkus!«

»Gesprächsunterlagen und ein Leitfaden hätten mir gereicht.«

»Bis kurz …« Bettys Stimme bricht. Dann ist sie wieder da, und Renate kann fühlen, dass das Launch-Theater ihrer Kollegin alles abverlangt. »… Bis kurz vor der Abreise konnte ich meinem Mann nicht mal sagen, wo dieses Opio überhaupt liegt. Ist auch egal. Wir sehen sowieso nichts vom Land. Wir sind schließlich hier, um zu tagen! Und was ist mit unseren Besuchszielen für das Halbjahr? Drei bis vier Besuche bei den Orthopäden hätten wir machen sollen. Bei dieser Tagungswut fehlt mir einfach die Zeit für meine Kunden. In meinen Augen haben die doch einen an der Waffel!«

Renate pflichtet ihrer Kollegin bei: »Und neuerdings dazu noch die ständige Absprache mit dem Kollegen von GATES. Der Typ da vorn in der vierten Reihe ruft mich ständig an und will mich über meine besten Verordner aushorchen. Der geht mir so was von auf den Keks!«

»Lass dich bloß nicht melken! Ich mach es eiskalt so, wie unser Chef es gesagt hat: so viel Info wie nötig, so wenig wie möglich.«

»Ich wünschte mir, das könnte auch für Veranstaltungen wie die hier gelten.«

Betty streckt sich auf ihrem Sitz. »Ich mach mal kurz die Augen zu. Bin um vier Uhr aufgestanden und hundemüde.«

»Träum was Schönes!«

»Mach ich. Am besten von meinem Schatz daheim!«

Der Bus kurvt durch sanftes Hügelland, das der Toskana ähnlich ist, und spuckt die Teilnehmer nach beschwerlicher Fahrt endlich an der clubeigenen Haltestelle aus.

2
Opio

Am späten Mittwochnachmittag werden die Zimmer bezogen. Der Slogan des Club-Ressorts, Kulisse des Glücks, widerspricht dem Motiv und dem Stil der Tagung. Nach außen hin zeigt sich alles bunt und lustvoll. Das mediterrane Ambiente bietet die typische Mischung aus baulichen Kuben mit pastellfarbenem Putz, Terrakotta-Ziegeln und -Belägen, rankenden Bougainvilleen, Olivenbäumen und Palmen. Die Staffage gaukelt etwas von Ausspannen und Nichtstun vor. Backstage dagegen sind Themen-Parks rund um Osteo-Forte gestaltet. Weniger lustig, dafür aber knallhart wird bald in mehr als zehn klimatisierten Tagungsräumen Wissen über Diagnostik und Therapie des Knochenschwunds vermittelt. In

Gruppen und im Stundentakt müssen die Spezialthemen abgearbeitet werden.

Für die wichtigsten Momente jedoch wie Präsentationen und Festvorträge wird man sich im »Chapiteau«, einem großen Tagungszelt, treffen. Das Zelt steht etwas abseits vom Hauptgebäude. Bei dem häufigen Hin und Her zwischen Zelt und Tagungsräumen ist zwar Hektik programmiert, doch Bewegung hat noch niemandem geschadet.

Laura betritt die Ankunftshalle. Ihr Blick fällt auf ein Plakat gleich neben der Rezeption:

> Geld kann viel kaufen – mit Ausnahme von Gefühlen! Der Mensch steht bei uns im Mittelpunkt. Motivieren Sie Ihre Mitarbeiter! Geben Sie ihnen das Gefühl, sich für das richtige Unternehmen entschieden zu haben. Für einen Arbeitgeber, dem persönliche Aspekte ebenso wichtig sind wie wirtschaftliche, sind Sie bei uns richtig! Machen Sie aus Ihrem Aufenthalt wahre Feste der Motivation. Denn eine fantasievolle ›Bauch-Stimulation‹ unter Palmen in der Provence bewirkt mehr als eine reine ›Kopf-Argumentation‹. Bieten Sie Ihren Produktneuheiten die Bühne, die sie verdienen. Lassen Sie aus Hierarchien Fantasien werden …

So eine Sülze! Ein Blick auf die Uhr. Vor dem Cocktailempfang im Freien ist ein Treffen mit Jeff Bloomberg geplant. Es geht um die Koordination des gemeinsamen Auftritts während der Begrüßung und um den Ablauf des nächsten Tages. Es bleiben ihr noch zwei Stunden.

3

Laura hängt sich die Tragetasche mit ihrem Laptop über die Schulter. Auf dem Weg zum Raum »Grasse« durchquert sie die Empfangshalle, den Kreuzungspunkt aller Hotelflügel und daher stark frequentiert. Dort trifft sie auf Alexa, Lola, Markus und Tim. Es wird gelacht. Nach kurzem Smalltalk über Anreise und Wetter erkundigt sich Laura: »Steht die Organisation?«

Alexa hebt den Daumen.

»Wie steht es um unsere Sicherheit?«, fragt Laura weiter.

»Der Sicherheitsdienst aus Marseille hat seine technischen Vorbereitungen abgeschlossen.«

Laura zeigt sich zufrieden, übergibt ihren Laptop an Alexa und blickt in die Runde: »Wie besprochen: Laptops vorerst alle in den Hotel-Safe! Wo sind die Unterlagen?«

»Im Tagungszelt.«

»Die Sales-Folder bleiben bis Freitag unter Verschluss! Okay, wir sehen uns dann bei der Begrüßung. Bis gleich.«

Laura ist schon einige Schritte entfernt, als Alexa ruft: »Eine Sekunde noch …«

»Was gibt's?«

»Entschuldige bitte, es könnte wichtig sein. Ich habe an der Rezeption mitbekommen, dass Brisson zusammen mit Rosinski anreist.«

Laura überlegt einen kurzen Moment. »Und wenn schon. Danke für die Info.«

Seit Laura vor zwei Monaten als erste Frau in die Reihe der deutschen Top-Pharmamanager aufstieg, haben sich die Vorurteile ihrer Gegner verflüchtigt, die prognostizierten, sie werde sich in dieser Position zwangsläufig selbst isolieren. Vor allem die Gescheiterten, die in der Katine an der »Tafel der verlorenen Träume« zusammenhocken, unter »Vorsitz« des finanziell zurückgestuften Rosinski, schürten vergeblich das Misstrauen gegen sie.

Inzwischen hat sich die Situation deutlich entspannt. Ihr intimer Widersacher, so scheint es, hat sich geschlagen gegeben. Laura hat um sich eine kleine Gruppe ihr ergebener Mitarbeiter mit hoher Einsatzbereitschaft geschart. Neben zwei Außendienstleitern ist es ihr vor allem gelungen, Harris mit ins Boot zu holen, was der »professionellen Meinungsbildung« in ihrer Geschäftseinheit beachtlichen Auftrieb gibt. Ihre Durchsetzungsstärke spürt auch

Brisson, der meist nur noch zum Abnicken von Entscheidungen gefragt ist …

Vor dem Besprechungsraum »Grasse« steht Bloomberg, der sich mit seinem Stellvertreter, Kenneth Moore, unterhält. Beide verstummen, als Laura sich nähert. Bloomberg betrachtet Laura und registriert jedes noch so kleine Detail: Lauras rotes Kleid im Flamenco-Stil, die Spaghettiträger, die ihre sonnengebräunten Schultern hervorheben, und der ausgefallene Kettenanhänger, der seinen Blick noch mehr auf ihre Dekolleté lenkt. Dazu die Betonung der Taille und der asymmetrisch geschnittene Saum, der ihr eine sehr feminine Ausstrahlung verleiht.

Nichts an Bloomberg verrät seine Gedanken, aber hinter seiner Stirn kreisen sie intensiv um Lauras Sexleben. Seitdem er weiß, dass Laura in Scheidung lebt, ist sie für ihn ein Objekt der Begierde. In seiner Fantasie ist sie ihm jederzeit gefügig, was ihn ungeheuer erregt. Wären Bloombergs Gedanken sichtbar, hätte Laura schon längst die Flucht ergriffen.

Man begrüßt sich herzlich, fragt nach der Anreise und macht Scherze. Danach entlässt Bloomberg seinen Stellvertreter und öffnet Laura die Tür zum Besprechungsraum. Die Luft darin ist stickig. Das Mobiliar zweckmäßig. Kein Ort, um sich in eine fröhlich-lockere Begrüßungslaune zu bringen.

»Wissen Sie was?« Laura deutet hinüber zur südlichen Glasfront der Eingangshalle. »Wir machen es uns draußen am Pool gemütlich.«

Enttäuscht darüber, dass ihm nun die Intimität der Zweisamkeit verloren geht, murmelt Bloomberg: »Wie Sie wünschen …«

Als sie ins Freie treten, empfängt sie die angenehme laue Luft des Nachmittags. Laura bemerkt: »In diesen bequemen Korbsesseln lässt es sich doch besser plaudern. Finden Sie nicht auch?«

Im Moment, da sie ihre Beine übereinander schlägt, wandert Bloombergs Blick über ihre wohlgeformten Schenkel. Danach zum Pool. »Ja, sehr angenehm. Ich hätte Lust, mit Ihnen … äh … zu baden.«

»Ich habe Lust auf einen Drink.«

Bloomberg winkt den Service heran. »Was hätten Sie gern?«

»Bitter Lemon auf Eis.«

»Zwei Mal, bitte«, gibt Bloomberg die Bestellung auf.

Laura eröffnet: »Sie hatten ja empfohlen, eine gemeinsame Begrüßung vorzunehmen. Ich schlage daher vor, jeder von uns beschränkt sich auf fünf, maximal zehn Sätze und gibt dann das Wort wieder zurück. Vielleicht in der Art, dass der, der gerade am Zug ist, die Rede leicht fortführen kann.«

Bloomberg nickt: »Gute Idee!«

»Wie lange wollen wir reden?«

»Mhm! Maximal zehn Minuten.«

»Okay! Wer macht den Pflichttext?« Laura meint damit Hinweise zur Organisation und Ablauf der Tagung.

»Beginnen Sie mit der Begrüßung, darauf folgt die Wechselrede, und danach sind Sie wieder mit dem Pflichttext dran. Den Abgesang mache ich dann. Einverstanden?«

Diesmal nickt Laura: »Einverstanden!« Nach einer kleinen Pause legt sie nach: »Wir sollten auf eine Spielregel achten. Sie und ich kennen die Schlacht der Wörter. Ich meine damit, wir sollten das Managementvokabular heute Abend außen vor lassen. Setzen wir auf die Spontaneität unserer Ideen. Das wirkt sympathisch. Gewinnen wir auch die, die es hassen, vier Tage von ihren Familien getrennt zu sein.«

»Frau Lasalle, ich erwarte, dass wir in den kommenden Tagen keinen Zweifel daran lassen, dass wir die gesetzten Ziele mit *Osteo-Forte* erreichen. Das wird ohne Druck nicht gehen. Wissen Sie, ich sehe die Mitarbeiter mehr als Spieler ohne Stammplatzgarantie. Eine einmalige Chance, mehr Leistung zu bekommen. Jede vorgegaukelte Zerstreuung mindert in meinen Augen den Leistungsdruck!«

Laura lächelt entspannt, blinzelt in das Licht und setzt sich die Sonnenbrille auf. Ihr Rock rutscht ein Stück nach oben und lenkt Bloombergs Blick unwillkürlich auf ihre nackte Haut. »Ich habe kürzlich einen Essay gelesen, Herr Bloomberg. Es handelte von der schwierigen Kunst, spazieren zu gehen. Mein Fazit daraus lautet: Nur wer genüsslich flanieren kann, wird besser werden, da sein müdes Hirn wieder mit Sauerstoff durchlüftet wird.« Daraufhin schlägt sie ihr anderes Bein über und gewährt Bloomberg einen verlockenden Einblick, der ihm jedoch lediglich zeigt, was er nie wird genießen können.

4

St. Paul-de-Vence

Die D36 führt durch das hügelige Hinterland der Côte d'Azur und scheint direkt zurück ins Mittelalter zu führen. Sie endet an der Festungsmauer von St. Paul-de-Vence, die sich schützend um das Dorf legt, als müsse der Ort vor der Moderne bewahrt werden.

Während zwölf Kilometer weiter westlich, im Club-Ressort von Opio, Laura mit Bloomberg das Begrüßungsritual abstimmt, bestellt sich Michael auf der Terrasse des »Café de la Place« von St. Paul-de-Vence einen Café au lait.

Einen besseren Treffpunkt mit Topas als diesen hätte er nicht wählen können. Der Flughafen Nizza ist von hier schnell zu erreichen, und die zahlreichen Gäste gewähren Anonymität – auch für Michael. Sein englischer Pass lautet auf den Namen Billy Webster. Wie auch die Flugkarten und die Hotelreservierung. Schließlich ist das, was Topas betreibt, höchst illegal.

Die Situation hat sich in den letzten Wochen verschärft, GlobalPharm hat den internen Umgang mit sensiblen Dateien einem hohen Sicherheitsstandard unterworfen. Die Ankündigungen von Frau Lasalle während des Frühstücks in Hamburg haben sich bestätigt. Die Verunsicherung in London und New York ist gewachsen, nachdem der Informationsfluss über die speziellen Marketingaktivitäten von *Osteo-Forte* fast versiegt ist und die Nebenwirkungsdiskussion um *Bonegold* durch den Gegner eindeutig forciert wird. Schon deshalb ist das exakte Konzept der Einführungskampagne besonders begehrt, doch darüber konnte man nach wie vor nichts herausfinden.

Vice President Al Williams ordnete daher an, vor Ort mit Topas Kontakt zu halten, um Maßnahmen schneller abstimmen zu können. Der Texaner erteilte seine Order und überging Elliot, was nicht nur die Zusammenarbeit zwischen den Beteiligten erheblich belastet, sondern die Position von Elliot untergräbt. London ist es inzwischen gewohnt, im Umgang mit Frankfurt auf den Knopf zu drücken, und erwartet wie selbstverständlich, dass alles nach seinen Vorstellungen läuft. Dessen ungeachtet: Jedermann bei MDW, ob in Deutschland, England oder in den Staaten, weiß, dass in diesen Tagen in Opio von GLOBALPHARM die Katze aus dem Sack gelassen wird. Nur noch fünf Tage bis zum ersten Rezept …

Michael atmet tief durch. Die außergewöhnliche Atmosphäre des Ortes ist bestens geeignet, um düstere Gedanken zu vertreiben. Manager, die nicht abschalten können, überlegt er selbstkritisch, sollten vor den Mauern bleiben. Die Menschen an den Tischen rings um ihn tun an der »Place« genau das, was er selbst und die Berühmtheiten, die sich in diesen Künstlerort verliebten, damals auch schon taten: Kaffee schlürfen, schauen und die Seele baumeln lassen. Gern hätte er dies unbeschwert nachempfunden, doch der Versuch, seinen Kopf für angenehme Ablenkung freizubekommen, strandet am geplanten Treffen mit einem Menschen, dessen Mission er im Grunde zutiefst verachtet. Angesichts der Schönheit und Unbeschwertheit des Ortes, des Reizes hübscher Frauen, der aufkeimenden Laune, selbst zum Künstler zu werden, macht sich in seinem Herzen eine Mischung aus Zweifel und Widerwille breit: Was tust du hier eigentlich? Genieße dein Leben! Löse dich aus dem Zwang des Gewinnmaximierens! Dieser Ort, geht es ihm durch den Kopf, ist kostbar, da er einen zur Besinnung mahnt. Was bedeuten hier schon Schlagworte wie Marketingkonzept oder Marktführerschaft? Was hilft dir dieser Mist am Ende? Es geht doch auch ohne diesen Wahnsinn …

Michael erinnert sich lieber an das, was er über St. Paul gelesen hat. Yves Montand spielte nach dem Genuss seines Milchkaffees meist eine Partie Pétanque auf dem Platz gegenüber. Er warf die Kugel manchmal mit prominenten Partnern wie Charlie Chaplin,

Grace Kelly, Marlene Dietrich, Jean-Paul Sartre, Lino Ventura oder Simone de Beauvoir.

Für einen Moment schließt Michael die Augen und projiziert in Gedanken Yves Montand, die Zigarette im Mundwinkel, mit seiner Geliebten und späteren Frau Simone Signoret auf den Platz. In seiner Fantasie spielen sie gegen Ventura und den schmächtigen Francis Roux, den Besitzer des berühmten Hotels »Colombe d'Or«, die Goldene Taube, schräg gegenüber, in dem auch Michael sein Zimmer gebucht hat. Neben ihm zeichnet Chagall gelangweilt mit seinem Fuß einen seiner schwebenden Engel in den Sand, während Picasso sich Farbe und Pinsel besorgt hat und beginnt, eine Pétanque-Kugel zu bemalen ...

In dieser Vertrautheit würde er am liebsten mit einer charmanten Frau eine Flasche Rotwein trinken, statt auf die Uhr zu blicken, um das Treffen mit Topas nicht zu verpassen.

Zur selben Zeit, als in Opio im Freien die offizielle Begrüßung stattfindet, schlendert Michael über den Marktplatz hinüber in das feine, ziegelgedeckte Hotel »Colombe d'Or«. Er nimmt, wie vereinbart, am reservierten Tisch auf der Terrasse unter dem Feigenbaum Platz. Das Hotel selbst ist ein Juwel, eine idyllische Komposition aus Terrakotta, leuchtenden Keramikkacheln, bemalten Holzdecken und einer unschätzbaren Gemäldesammlung. Eine Pilgerstätte für Kunstliebhaber. Denn nicht nur Yves Montand liebte dieses Hotel, sondern vor allem die Garde berühmter Maler wie Matisse, Bonnard, Braque, Utrillo und Chagall. Manch ein Maler beglich seine Rechnungen bei Vater Roux nicht mit Francs, sondern mit einem Gemälde oder einer Skizze. Ob geschenkt, in Zahlung genommen oder gekauft, die Familie Roux kam so zu einer beneidenswerten Kunstsammlung.

Michael schmunzelt bei diesem Gedanken. Liefert doch Vater Roux damit das beste Beispiel dafür, dass »gut Ding Weile haben will«. Und das in einer Zeit, da Tempo alles zu beherrschen scheint. Paul Roux hat Vertrauen in die Bilder von Chagall und Matisse gehabt und der Entwicklung die nötige Zeit gegeben. Die erzielte Rendite lässt sich heute gar nicht mehr berechnen.

Wieder ein Blick auf die Uhr. Michael überlegt, was er zu tun hat, sollte Topas doch noch erfolgreich sein. Viel Zeit blieb nicht. Eigentlich überhaupt keine. Jedenfalls stehen die Juristen bei Fuß, um die Werbebotschaften von *Osteo-Forte* umgehend auf Übertretungen des Arzneimittelgesetzes hin zu überprüfen. In der Regel werden sie immer fündig. Juristische Einsprüche und einstweilige Verfügungen kann man dann innerhalb von vierundzwanzig Stunden auf den Weg bringen. O-Ton des gestiefelten Texaners Williams: »Ein juristischer Angriff muss für den Marktgegner die Wirkung eines Quantensprunges haben. Rückwärts!«

In der Praxis bedeutet das Einziehen von Argumentationsunterlagen, Anzeigen und Werbebroschüren eine Verunsicherung des gesamten Außendienstes. Die Neugestaltung nimmt mitunter Wochen in Anspruch. Über die Kosten wird nie geredet. Der zweite Schritt ist für Michael der dringendere: Die Einnordung des eigenen Außendienstes auf das *Osteo-Forte*-Gesprächskonzept, um bei den Ärzten wirksam und kompetent dagegen argumentieren zu können.

Sollte die Chance »Opio« jedoch nicht genutzt werden können, heißt es Rückgriff nehmen auf das, was sich über Fachzeitschriften, Ärzte und eigene Beobachtung abgreifen lässt. Das bedeutet jedoch Zeitverlust.

Michael blickt auf. Er hat das Kommen seines »Private Investigator« nicht bemerkt.

Topas nimmt ohne ein Wort neben ihm Platz. Die Szene könnte für einen Agentenfilm gut sein. Topas, maskiert durch eine dunkle Sonnenbrille, trägt einen hellen, sportlich und dennoch elegant geschnittenen Anzug, schwarzes Hemd und teure bordeauxfarbene Schuhe. Ohne ein weiteres Wort zu verschwenden, redet er Klartext: »Mr Webster, es wird eng.«

»Setzen Sie mich ins Bild!«

Wortlos zieht Topas aus dem Jackett ein gefaltetes DIN-A4-Blatt und reicht es Michael. Ein Original. Die Überschrift lautet: *Osteo-Forte, Einführungstagung, Opio.* Darunter, nach Tagen gegliedert, das Ablaufprogramm. Der Freitag fesselt Michaels Aufmerksamkeit: 08.45–09.30 Uhr »Präsentation des Sales-Folder« und 11.55–12.35 Uhr »Need for Speed«. Dahinter steht jeweils »Chapiteau«. Er blickt zu Topas und versucht durch die dunklen Gläser seine Augen zu erkennen. Dann deutet er mit dem Finger auf das Blatt: »Übermorgen!«

Trotz des Schattenplatzes nimmt Topas die Sonnenbrille nicht ab.

»Wie sieht Ihr Plan aus?«

»Meine Auftraggeber schätzen mich gerade dafür, dass ich Geheimnisse bewahren kann«, sagt Topas gedehnt und justiert die Brille auf seiner Nase.

»Was bedeutet ›Chapiteau‹?«

»Tagungszelt.«

»Wie stehen die Chancen?«

Topas schweigt einen Augenblick, als wolle er Michael, alias Billy Webster, die Antwort selbst herausfinden lassen. »Gut.«

»Das heißt, Sie haben die Lösung vor Augen.«

»*Voilà!*« Topas richtet sich auf. »Bleiben Sie von jetzt an immer auf Empfang, ich rufe Sie an, sobald die Fische im Netz sind.«

5
Opio

Donnerstagmorgen. Der Zutritt zum Chapiteau, das gut vierhundert Menschen Platz bietet, erfolgt durch ein Spalier junger, ansprechender Frauen, die Elfenkostüme tragen, deren Stil und Farben dem Medikamentenlogo von *Osteo-Forte* entsprechen. Die Einlasskontrolle dagegen wird von Bodyguard-Typen des »Executive Security Service«, ESS Marseille, durchgeführt, die ihre durchnummerierten Plaketten an den dunkelblauen Uniformjacken wie Ehrenzeichen tragen. Das Kommando hat Viktor. Er ist der Einzige, der keine nummerierte Plakette trägt.

Die Entscheidung, die Sicherheitsfrage einer französischen Security-Firma zu übertragen, wurde wegen der Erkenntnisse über die

Spionagetätigkeit von MDW getroffen. Das Sicherheitskonzept ist daher auf Angriffe dieser speziellen Art angelegt. Brisson, Bloomberg und die Clubdirektion zogen mit Laura an einem Strick.

Zu den Aufgaben des ESS gehören nicht nur die Eingangskontrollen, sondern auch die Bühnensicherheit, Front- wie Backstage, dazu Patrouillendienste. Das Chapiteau selbst wird zusätzlich gesichert durch mobile Alarmsysteme, Kontrollgänge und eine 24-Stunden-Videoüberwachung. Mappen mit Unterlagen für die Mitarbeiter sind dort eingelagert. Ebenfalls das elektronische Equipment. Es ist im Zelt besser geschützt als in jedem Hotelsafe oder gar auf den Zimmern.

Die Frauen und Männer der ESS versehen ihren Dienst professionell. Sie verweigern konsequent jeder Person den Zutritt, die keinen Tagungsausweis mit Lichtbild um den Hals baumeln hat.

Das Mehrzweckzelt ist klimatisiert und technisch komplett ausgerüstet. Eine stockwerkhohe Projektionsfläche ragt hinter dem großen Podium empor. Auf ihr wird gerade ein Musikvideo von ABBA präsentiert, das für eine beschwingte Atmosphäre sorgen soll. Links und rechts der Bühne befinden sich LCD-Wände, auf denen zum Klang der ABBA-Rhythmen das *Osteo-Forte*-Logo rotiert.

Außer Brisson weiß niemand, dass die gesamte Veranstaltung auf Anordnung von Woodbridge mitgeschnitten wird. Und zwar vom Sicherheitsdienst.

Ohne Ankündigung wird gleich zu Beginn ein Video aus New York eingespielt. Raketenstarts in Serie vermitteln die Illusion einer Aufbruchstimmung. Dazu beschallen martialische Fanfarenklänge das Zelt. Nahtlos erscheint die Skyline von Manhattan, danach das GlobalPharm-Building und schließlich Sir Ed Connolly in einer Kulisse, die dem Oval Office des Präsidenten in Washington gleicht. Er wirkt zerbrechlich, das erzwungene Lächeln gefriert sogleich im Gesicht.

»Gottvater regiert aus weiter Ferne, doch wenn er eingreift, tut er es mit biblischer Strenge«, flüstert Harris Laura zu.

»Gottvater hört alles! Also sei vorsichtig«, flüstert sie zurück.

Schmallippig beginnt Sir Ed seine kurze Rede. In jedem seiner Sätze wird deutlich, was er von seinen Angestellten erwartet. Es sind genau die Worte, die er bei der ersten Pressekonferenz in Woodbridge vermieden hat: *Arbeiten! Kämpfen! Einfluss ausüben! Herausforderung und Marktdominanz!* Am Ende krönt er seine Worte mit dem Satz: »Sie sind da, um mich glücklich zu machen!«

Statt Beifall gibt es Empörung und schallendes Gelächter.

Brisson betritt pikiert das Podium. Mit seiner Eröffnungsrede sorgt er gleich für erhebliche Unruhe.

Thomas und Toni, wissenschaftlich-medizinische Key-Account-Manager im Außendienst von GLOBALPHARM und auf dem Weg die Karriereleiter hinauf, vertreten sich in der ersten Pause etwas abseits vom Zelt die Füße. Wie ihre Kolleginnen und Kollegen haben sie die Präsentation der »übergeordneten Ziele« durch Brisson über sich ergehen lassen. Thomas, approbierter Biologe, für den Moral und Ethik keine Worthülsen sind, ist über die Messkriterien und den Zeitplan aufgebracht: »Die sind verrückt! Wie willst du denn in sechs Monaten die Zahl deiner Qualitätszirkel verdoppeln?« Er meint damit Ärztegruppierungen, die sich zum Ziel gesetzt haben, in »Zirkeln« die Diagnose und Behandlung ihrer Osteoporosepatienten zu verbessern.

Toni will ihn beruhigen: »Wart doch erst mal ab! Lass es uns versuchen.«

»Vergiss es! Reinstes Wunschdenken.«

»Warum siehst du immer alles so negativ?«

»Negativ? Ich sehe es realistisch! So ganz nebenbei wird auch noch gefordert, dass wir uns permanent mit den Field Medics von GATES abstimmen sollen. Die können mich mal!«

»Mensch, Thomas, jetzt vermiese dir doch nicht den Tag. Erst einmal müssen wir *Osteo-Forte* in die bestehenden Qualitätszirkel integrieren und unsere Erfahrungen damit sammeln. Alles Weitere wird sich daraus ergeben.«

»Ich glaube, Toni, du begreifst nicht, um was es hier geht. Unsere Manager sind doch nur noch die Briefträger ihrer Vorgesetzten in Virginia. Dort wird entschieden und nicht bei uns in Berlin. Die

Manager in den Staaten pfeifen auf deine Erfahrungen. Die wollen Lösungen, die Dollars bringen!«

»Okay, okay! Die Erwartungen müssen erfüllt werden.«

»Um jeden Preis. Da wird in Zukunft kein einziges Ziel nach unten korrigiert.«

Toni bleibt stehen und tippt Thomas auf die Brust: »Ich mache mir über etwas ganz anderes Sorgen. Was auf dich und mich zurollt, ist das angekündigte Public-Relations-Programm. Hast du dir gemerkt, was Brisson uns zumutet?«

»Ich denke schon. Wir sollen dafür sorgen, dass das Thema Osteoporose häufiger von der Regenbogenpresse aufgegriffen wird …«

»… und der zweite Teil seiner Vision?«

Thomas erwidert: »Frauen mit einem potenziellen Osteoporose-Risiko sollen beispielsweise durch *Super Illu* und *Bunte* ermutigt werden, sich von ihrem Arzt beraten und untersuchen zu lassen. Aber das wird doch von Berlin aus gesteuert, wenn ich es richtig begriffen habe.«

»Ja, aber du als Biologe und ich als Chemiker diskutieren bald auf dem Niveau von *Bild der Frau* und dem *Goldenen Blatt*.«

»Stimmt! Das ist der neue Trend.«

Toni kickt einen Stein weg: »Die verheizen uns!«

6

Auch in Lauras Gedanken hallen Brissons letzte Sätze nach: »… Mit dem Einzelkämpfertum hat es ein Ende! Es lebe die Allianz, denn die Kreativität ist nicht das Genie des Einzelnen, sondern das Produkt seiner Umgebung, die sie fördert. Kreativität, meine Damen und Herren, ist also das Ergebnis unserer Strategie! Jeder, der erfolgreich sein will, muss daher unsere Strategie leben! Das ist keine Empfehlung, sondern eine Forderung! Denn Deutschland ist Launch-Country! Die USA, England und viele andere Länder, in denen *Osteo-Forte* demnächst ausgeboten wird, blicken auf uns. Wir stehen in den kommenden Monaten weltweit im Rampenlicht! Nun, ich spüre es hier oben: Sie haben Biss! Sie wollen gewinnen! Daher werden Sie auch gewinnen! *Osteo-Forte* gebührt der Siegerkranz! Also, greifen Sie an! Werden Sie Nummer eins im Osteoporose-Markt Deutschland! Woodbridge wäre enttäuscht, wenn es nicht so käme!«

Der Beifall war verhalten. Die Art der ›Motivation‹ erzeugte eher Unbehagen bei den Menschen. Kein besonders guter Start. Lediglich Bloomberg und Rosinski zeigten sich begeistert.

Laura hört Stimmen aus den hinteren Reihen: »Ist das zu fassen? ›Woodbridge wäre enttäuscht …‹ So ein Blödsinn!« Sie vermeidet es, sich umzudrehen.

Als sie sich während der Pause ein Schweppes eingießt, tritt Markus an sie heran: »Verstehst du Brisson?«

Laura hält sich bedeckt. »Wir kennen ihn ja.«

Markus reagiert sauer: »Das erzeugt nur Widerstand. Was glaubst du, was ich von meinen Leuten über diesen Schwachsinn zu hören bekomme.«

»Ich bin sicher, du kriegst das hin. Deine erfahrenen Außendienstleiter, die Mitarbeiter, das Präparat und der Therapiefortschritt sichern uns den Erfolg!«

»Ich habe nicht gerade wenig Lust, ihm meine Meinung zu sagen!«

Laura blickt ihn scharf an: »Das lässt du schön bleiben!«

Markus ereifert sich: »Was weiß der denn schon von der täglichen Arbeit meines Außendienstes?«

»Was zählt, ist, dass *wir* es wissen! Also mach jetzt kein Theater!«

»Okay«, kommt es resignierend über seine Lippen.

Nach der Pause ist Laura mit ihrem Part »Marketing-Überblick« an der Reihe. Sie teilt sich die Aufgabe wiederum mit Bloomberg, der nach ihr dran ist. Während sie ihren Laserpointer prüft, denkt sie sich: Brisson schauspielert bedenkenlos, genauso wie alle seines Kalibers, und alle haben es gemerkt. Brisson sprach mit einer geliehenen Stimme …

Dazu passt auch das Aufkreuzen von Rosinski. Warum hat ihn

Brisson überhaupt nach Opio mitgeschleift? Was sucht er hier in seiner Funktion als »Gesundheitsexperte«, der Harris zugeordnet ist. Harris selbst zeigte sich überrascht über Rosinskis Anwesenheit. Brisson hatte ihn einfach übergangen. Laura zweifelt immer mehr an Brissons Integrität. Auch die Ruppigkeit, die er in den letzten Wochen an den Tag legte, war ihr vorher fremd. Verwunderlich, denn die Ergebnisse in den beiden letzten Monaten können sich sehen lassen. Das trifft auf die Abstimmung mit GATES genauso zu wie auf die Rückgewinnung der Prüfärzte für die Anwendungsbeobachtungen.

Harris, der die gleiche Beobachtung machte, gestand ihr vor wenigen Tagen: »Neuerdings bin ich in der Geschäftsleitung von Männern umgeben, die mir erklären wollen, wie die Welt funktioniert.«

»Ärgert dich das?«

»Ich kann nicht behaupten, dass ich davon profitiere.«

»Es wird immer Idioten geben«, sagte sie tröstend. »Daran werden wir uns gewöhnen müssen.«

Während sie das riesige Podium betritt, wird das Musikvideo von ABBA auf der großen Projektionswand durch das *Osteo-Forte*-Logo ersetzt, während ihr Konterfei auf den beiden seitlichen LCD-Wänden erscheint. Ihre sympathisch-attraktive Ausstrahlung entlockt dem Publikum begeisterte Pfiffe und Beifall.

Es ist so weit. Ohne rhetorische Floskeln formuliert sie ihre ersten Sätze. Sie treffen den Kern: »Die Behandlung der Osteoporose ist ein Wettlauf mit der Zeit! Dieser Wettlauf wird ab Montag mit der Neuausbietung von *Osteo-Forte* beginnen.« Sie legt eine bedeutungsvolle Pause ein. Auf ein Zeichen hin erscheint eine simple Grafik auf der Leinwand: zwei fette Pfeile, die nach unten weisen. Laura führt aus: »Mit *Osteo-Forte* senken wir innerhalb eines einzigen Jahres das Risiko neuer Wirbelkörperfrakturen bei Frauen um 65 Prozent und bei der Gruppe der Frauen mit erhöhtem Frakturrisiko sogar um 74 Prozent! Ich betone: innerhalb eines Jahres! Diesen Wettlauf werden wir daher mit einer beweisbaren Therapiedauer gewinnen. Das sind absolut neue Daten, die unser Gegner weder vorweisen noch widerlegen kann. Die Zukunft gehört uns! Unsere Aufgabe …«

Laura wird plötzlich von einer Welle des Aufatmens unterbrochen, da jeder im Zelt ermessen kann, was es bedeutet, dem Arzt erstmalig eine angemessene und sinnvolle Therapiedauer empfehlen zu können. Bislang wurde diese zentrale Frage stets wie ein Riff mühsam umschifft. Im Schnitt wurden aber drei Jahre zugrunde gelegt. Die Verkürzung um ganze zwei Jahre bedeutet daher einen Quantensprung in der Behandlung.

Als die Begeisterung sich legt, fährt Laura fort: »Überzeugen wir die Ärzte, damit *Osteo-Forte* zum Gold-Standard in der Osteoporose-Therapie wird! Zum Nutzen der Patienten …«

Erneut brandet Beifall auf. Unten in der ersten Reihe neigt Rosinski seinen Kopf zu Bloomberg und flüstert gehässig: »Unsere Primadonna ist immer gut für eine Showeinlage!«

Bloomberg ignoriert Rosinskis Entgleisung.

Laura kommt zum nächsten Punkt: Die Headline »Außendienst und Pläne« erscheint. Daraufhin wird es wieder still im Zelt. Ihre Ausführungen werden mit großer Aufmerksamkeit verfolgt:

- Einstiegs- und Folgeverordnungen bei selektierten Ärzten initiieren
- Ausnutzung von Meinungsbildnerempfehlungen, um die Aufmerksamkeit der Ärzte für Verordnungen von *Osteo-Forte* zu erhöhen
- Ausweitung von Diagnose und Therapie der Osteoporose, zur Erhöhung der Anzahl der *Osteo-Forte*-Patienten
- zusätzliches Kundenbindungsprogramm zur Unterstützung der Folgeverordnungen von *Osteo-Forte*

Speziell der letzte Punkt fesselt die Aufmerksamkeit aller. Das »KP« soll dazu dienen, dass neben den 10 000 Patienten, die innerhalb der Anwendungsbeobachtungen bis Ende August auf *Osteo-Forte* eingestellt sein müssen, weitere 10 000 rekrutiert werden. Jeder Arzt, so die Idee, bekommt ein NTX-Point-of-Care-Messgerät.

Das sind kleine Geräte, die in den USA hergestellt und bisher nur dort vertrieben werden. NTX-POC-Messgeräte dienen dazu, den Ausgangswert eines Knochenumbauparameters zu ermitteln. Nach drei Monaten misst man erneut und erwartet einen niedrigeren Wert, der das Ansprechen der Patientin auf die *Osteo-Forte*-Therapie beweist. Der Arzt hat also ein Kontrollinstrument in der Hand, das ihm den Therapie-Erfolg schon nach drei Monaten anzeigt. Auch das eine Revolution.

Hinter den treffenden Bildern und den präzisen Gedanken Lauras spüren die Zuhörer die Begeisterung für den Job. Am Ende der Präsentation sind die Teilnehmer positiv gestimmt, und ihr Enthusiasmus für *Osteo-Forte* ist geweckt. Unter starkem Beifall verlässt Laura das Podium.

Nun erklimmt Bloomberg die Bühne und beginnt die Feinheiten der gemeinsamen Besuchsplanung vorzustellen. Es ist sein persönliches Steckenpferd, den Mitarbeiterinnen und Mitarbeitern den Sinn einer hochfrequenten Besuchsstrategie einzubläuen. Dazu gehört sein spezielles »Guerilla-Marketing«, wie Harris es kürzlich bezeichnete.

Bloomberg stellt es vor: »Wie Sie sehen werden, gehen wir neue Wege. Viele der Rat suchenden Patienten erwerben sich dank Internet einen beachtlichen Informationsstand über ihre Erkrankung. Wir wissen, dass Ärzte aufgeklärten Patienten eher innovative Präparate verordnen als den unwissenden. Wir tragen dem Rechnung und haben daher wichtige Aktivitäten an eine Agentur vergeben, deren Mitarbeiter in unserem Sinne in allen bekannten Internet-Patientenforen, in denen über Osteoporose diskutiert wird, mitmischen werden.« Lob und Beifall begleiten seine Ausführungen.

Ein Beispiel, wie das Netz in Zukunft genutzt wird, liefert er gleich mit: »Hallo, Frauen, ich habe gerade gelesen, dass GLOBALPHARM und GATES ein neues Präparat gegen Knochenschwund auf den Markt gebracht haben. Es verkürzt die Therapie der morschen Knochen um Jahre und ist zudem verträglicher. Ich hab's unter GlobalPharm.com und GatesPharmacy.com gefunden.« Eine Lachsalve der Begeisterung donnert durch das Zelt.

Am Ende hämmert er allen Zuhörern die Dringlichkeit zur erfolgreichen Durchführung von regionalen Einführungssymposien und Fortbildungsveranstaltungen ein. Er schließt seine Präsentation mit einer etwas schiefen Analogie: »Wir sind die *ersten* und nicht die letzten Mohikaner in einem grenzenlosen goldenen Markt!«

Bloomberg verlässt unter Beifall das Podium. Damit beginnt die letzte Pause vor dem Mittagessen. Der Moment ist gekommen, in dem Brisson sich gezwungen sieht, den Akteuren ein wohlverdientes Lob auszusprechen. Er tut es in der Hoffnung, entspannter zu wirken, als er in Wahrheit ist: »Wir alle haben dank ihrer exzellenten Vorbereitung eine Sternstunde des Pharma-Marketings erlebt. Ich bin sicher, das wird sich auf unsere Gesamtperformance auswirken.«

Während er spricht, meidet er den Blickkontakt mit Laura. Sie ahnt nicht, dass Brisson ein neues, höheres *Osteo-Forte*-Umsatzziel von Woodbridge aufs Auge gedrückt bekommen hat. Er hat sich entschlossen, die neuen Zahlen erst am Abreisetag öffentlich zu machen. Nach Auffassung des Headquarters sollen noch im laufenden Jahr rund vier Millionen Euro mehr in die *Osteo-Forte*-Kasse gespült werden.

Während Laura in der Pause von allen Seiten beansprucht wird, fällt ihr Blick auf das Technikgerüst. Für einen kurzen Augenblick ist ihr, als richte dort oben ein Mann die Kamera auf sie aus. Doch gleich verwirft sie diesen Gedanken wieder, da ihr einfällt, dass der EES zur Überwachung des Chapiteau dort oben eine Videokontrolle installiert hat.

7

Zwei Außendienstleiter von GATES stehen nahe dem Zelt unter einem schattenspendenden Baum und unterhalten sich. Der Mann aus Bayern sagt anerkennend: »Die Lasalle hat Klasse!«

Sein Kollege aus Hannover erwidert: »Tolles Weib! Und Sie bringt es auf den Punkt …«

»Dagegen ist unser Mohikaner nur ein großkotziger Antreiber …«

»… aber sensibel in der Respektierung seiner eigenen Person«, vollendet der Hannoveraner bissig.

Der Bayer lästert weiter: »Nach dem, was er uns heute angedroht hat, wird er sein Bett in der Controlling-Abteilung aufbauen müssen. Für mich ist er einfach *die* Kapazität auf dem Gebiet der Besuchsfrequenzen!«

»Sag mal, ist Bloomberg eigentlich verheiratet?«

Der Bayer süffisant: »Es heißt, er ist ein guter Gatte – aber kein praktizierender.«

»Na ja, wenn man nach vierzehn Stunden völlig ausgelaugt nach Hause kommt, befriedigt von Marketingerfolgen und erotisch knisternden Besuchsstatistiken, da geht die Lust schon mal flöten.«

»Das dürfte noch nicht alles sein«, setzt der Bayer einen drauf. »Sein Ehrgeiz, alles unter Kontrolle zu haben, geht im Bett schnell nach hinten los. Der verwechselt da sicher etwas …«

»Ein Fall für die Psychologencouch.«

»Da kann ich ihn mir auch besser vorstellen als im Bett!«

8

Kurz vor Beginn der Mittagspause, als noch die Ablauforganisation der Workshops für den Nachmittag vorgestellt wird, verlässt Brisson das Chapiteau, gefolgt von Rosinski. Als sie ins Freie treten, springt sie die Mittagshitze an. Nach wenigen Schritten beginnt Rosinski zu schwitzen. Auf dem Weg zum Restaurant »L'Olympiade« wählen sie den Weg durch die schattenspendende parkähnliche Grünanlage.

Brisson kennt die Psyche seines ehemaligen Verkaufsleiters. Er, der nach der Krise in Malta als Leiche zurückgeblieben ist, wartet sehnlichst auf seine Wiederauferstehung. Seine neuen Erkenntnisse könnten sich im Falle eines Scheiterns von *Osteo-Forte* für Brisson als nützlich erweisen. »Was ich Ihnen noch sagen wollte, eine interessante Analyse, die Sie mir haben zukommen lassen.«

Rosinski wittert seine Chance: »Sie sagten mir zwar vor Wochen, dass ich mich aus allen Projekten heraushalten soll, doch ich hielt es für meine Pflicht, Sie über wichtige Entwicklungen zu informieren.« Etwas zögerlich schiebt er nach: »Wie nützlich sind meine Daten für Sie?«

Brisson ignoriert die Frage. »Wie sind Sie eigentlich daran gekommen?«

Rosinski antwortet darauf in verhaltenem Triumph: »Recherche! Ich habe nun endlich Zeit genug, um aus der Nachrichtenflut des Internets das herauszufiltern, was für unser Geschäft langfristig von Bedeutung sein könnte.«

»Ich hoffe, Wahrheit und virtuelle Realität lassen sich dabei noch unterscheiden.«

»Das Verhältnis zwischen speziellen Selbsthilfegruppen und Pharmakonzernen gewinnt zunehmend an Bedeutung!«, sagt Rosinski im Brustton der Überzeugung.

Brisson legt eine Leimspur: »Wenn Sie Ihre Erkenntnisse in Beziehung setzen zu dem, was Sie gerade mitbekommen haben, welche Schlüsse ziehen Sie daraus?«

Rosinski bleibt an der Frage kleben: »Die Ihnen vorliegende Analyse besagt, dass der wichtigste Bündnispartner der Pharmaindustrie in Zukunft die Selbsthilfegruppen sein werden. Das reicht von Asthma und Diabetes über erektile Dysfunktion bis Bettnässen. Wir dagegen setzen neben den Außendiensten auf Qualitätszirkel, Meinungsbildner, Fortbildungsveranstaltungen, Regenbogenpresse und, wie Bloomberg uns heute verriet, auch auf Internet-Foren.« Der Weg zum Restaurant führt über einen Hügel. Rosinski ist schweißgebadet. Sein Atem geht kürzer. Er bleibt stehen, um zu verschnaufen. Keuchend fährt er fort: »Unsere Marketing-Instrumente sind alle sehr, sehr teuer! Ich denke, es geht in Zukunft auch kostengünstiger. Wie sich feststellen lässt, sind Selbsthilfegruppen schon heute ein unschätzbares Kapital. Auch für uns und die Indikation Osteoporose.«

»Wie das?«

»Ihre Glaubwürdigkeit!«

»Na denn …«

»Sie werden sehen. Selbsthilfegruppen sind unverzichtbare Glieder in der Vertriebskette. In unserem Konzept aber sind sie nicht existent!« Rosinski und Brisson tauschen einen kurzen Blick miteinander: Sie haben sich verstanden.

Am Eingang des »L'Olympiade« steuert Brisson auf die Toilette zu. Kurz bevor er darin verschwindet, gibt er in Auftrag: »Fertigen Sie für mich einen Bericht an, der die Richtigkeit Ihres letzten Punktes beweist. Spätestens Mitte nächster Woche benötige ich ihn.«

Rosinski schwebt wie auf Wolken. Er gefällt sich in der Doppelrolle des Saboteurs und des Zuträgers. Kann er doch auf der einen Seite Rache nehmen für seine Absetzung als Verkaufsleiter und auf der anderen Seite seine Chancen für ein eventuelles Comeback nutzen. Sieht er doch in Brisson den Einzigen, der für ihn den Schlüssel zur Rückkehr in die Führungsriege besitzt.

Während am Nachmittag die Mitarbeiter in Gruppen zu den Workshops eilen, relaxt Rosinski feist und selbstzufrieden am Pool.

9

Es ist Freitag, kurz nach 07.00 Uhr. Die Teilnehmer genießen das Terrassenfrühstück in der milden, würzigen Luft der Provence. Fünf Kollegen aus Hamburg haben sich einen Tisch in der Morgensonne ergattert. Die Nacht war kurz. Trotz des anstrengenden Tages wurde bis in die Morgenstunden hinein die Bar belagert.

Der Jüngste von ihnen streckt sich und blinzelt in die Sonne: »Wer sagt's denn: Der Trend geht wieder Richtung Mensch!«

Der Älteste am Tisch resümiert mit geschwollenen Augen: »War ich froh, als das Geschwätz gestern endlich zu Ende war. Mir war, als tauchte ich im letzten Moment aus einem Meer der Worte auf, in dem ich zu ertrinken glaubte.«

Darauf sein Kollege: »Dafür wärst du an der Bar ersoffen, wenn wir dich nicht gerettet hätten.«

»Habt ihr mich ins Bett gebracht?«

»Klar! Du wolltest zwar, dass dich die Blonde aus Köln aufs Zimmer trägt, doch du warst ihr einfach zu schwer.«

»Zum Stemmen übrigens auch«, juxt ein anderer. Alle am Tisch amüsieren sich.

Dickauge wird ernst: »Aber mal ehrlich, die haben uns doch gestern so was von zugetextet. Das Ganze hätte man in einer Stunde abhandeln können.«

Einer pflichtet ihm bei: »Hoffentlich wird's heute nicht wieder so langatmig.«

Sein Gegenüber entgegnet: »Das Wichtigste wird sein, welche Botschaften wir unseren Ärzten mit welchen Unterlagen verklickern sollen.«

»Ist mir gleich! Ich argumentiere nie nach Leitfaden und Gesprächsunterlagen, ich handle aus dem Bauch heraus. Das ist mein Erfolg«, meint der Kollege neben ihm.

Ein anderer sieht es genauso: »Ich benutze Unterlagen auch nur, wenn's passt.«

»Der Instinkt ist und bleibt meine zweite Religion. Ha! Ist das nicht ein schöner Satz? Darauf könnt ich glatt einen ausgeben.«

»Gib nicht so an. Ich habe die Clubkreditkarte!« Dickauge blickt auf die Uhr: »Leute, es wird Zeit. Auf ins Chapiteau!«

Die Männer erheben sich. Im Gegensatz zu den Workshops vom gestrigen Nachmittag wird der Vormittag heute von ihnen mit Spannung erwartet.

Laura hat sich das Frühstück in ihrem Zimmer servieren lassen. Sie liebt es, ihren Tag ohne Gequassel zu starten. Alexa ruft auf dem roten Handy an und meldet sich nach Nizza ab, um Professor Wellenstein am Flughafen abzuholen. Er wird zur Motivation ein Referat halten: »Need for Speed«, eine Hymne auf *Osteo-Forte*!

Wenig später, auf dem Weg ins Chapiteau, trifft Laura in der Hotelhalle im Strom der Menschen zufällig auf Harris, Markus und Bloomberg. Brisson hatte sie gestern alle zum Abendessen inklusive Manöverkritik geladen. Provokant, wie er sich manchmal verhält, hatte er auch Rosinski an den Tisch gebeten.

Es gibt psychologisch keinen idealeren Zeitpunkt für ein solches Routinegeplapper als das Abendessen nach einem stressigen, aber insgesamt erfolgreichen Tag, ging es Laura durch den Kopf.

Brisson, Rosinski und auch Bloomberg sprachen dem Wein kräftig zu. Während Rosinski mit glasigen Augen sprachlos in ihr Dekolleté starrte, fragte Brisson Laura zur fortgeschrittenen Stunde plötzlich nach Osteoporose-Selbsthilfegruppen und deren Einbindung in das *Osteo-Forte*-Marketingkonzept. Ihr Hinweis auf die Einbindung der Gruppen über die Schiene Medien und Ärzte prallte an ihm ab. Nach weiteren Gläsern offenbarte er mit lallender Stimme: »Liebe Frau Lasalle … direkt einbinden! Die Patienten … nur direkt! Das ist der Weg … zum Zaster!« Nach einer Weile legte er nach: »Behandeln Sie die Mitarbeiter … nicht zu weich! Sie sind, sind … sind … zu sehr … beliebt! Leistung … nur Leistung! Das allein zählt!«

Sie konnte es sich nicht verkneifen, darauf zu reagieren: »Die Bereitschaft unserer Mitarbeiter und Mitarbeiterinnen, erfolgreich zu arbeiten, ist größer, als in Woodbridge allgemein angenommen wird.«

Er verkniff das Gesicht und winkte ab. Sein Verhalten war in jener Minute eine Prüfung für ihre Selbstkontrolle, ein Spiel, bei dem nur der gewinnen kann, der die Gelassenheit behält. Sicher spielte Neid bei ihm eine Rolle, da er wusste, dass seine Eröffnungsrede keine Begeisterungsstürme entfacht hatte. Dagegen war nicht zu übersehen, dass die Teilnehmer von Lauras Charme, ihrer Ausstrahlung und Kompetenz beeindruckt waren.

Offensichtlich hielt Brisson dem enormen Druck, der seit mehr als einer Woche auf ihm lastete, nicht stand. Der Eindruck konnte auch nicht durch die zahlreichen Trinksprüche übertüncht werden, mit denen am Ende auf die große Familie der Allianz angestoßen wurde. Laura kam der Abend vor wie ein Probe-Essen vor einer Hochzeit, bei dem aber einige ernste Meinungsverschiedenheiten innerhalb der »Familie« unter der Decke gehalten wurden.

Während sie gemeinsam Richtung Chapiteau gehen, wendet sich Laura an Bloomberg: »Wir sollten noch einmal prüfen, ob die Dateien für die anstehenden Präsentationen auf Ihrem Laptop funktionieren.«

»Gute Idee. Daran habe ich auch schon gedacht.«

Aus Sicherheitsgründen hatte sie sich mit dem Wachpersonal darauf verständigt, dass Bloombergs fest installierter Laptop über Nacht im Chapiteau verblieb, da auf ihm ebenso alle Präsentationen aufgespielt sind wie auf ihrem eigenen Gerät. Da das Zelt rund um die Uhr bewacht und kontrolliert wird, gab es keinen Anlass, das Risiko einzugehen, die Geräte mit aufs Zimmer zu nehmen. Ihr eigener fand gerade noch im Hotelsafe Platz, was sich schon am ersten Tag als sehr umständlich erwies, da der Herr, der den Safeschlüssel hatte, selten an seinem Platz war.

Laura beobachtet, wie Bloomberg, auf Zeichen des Technikers, seinen Computer startet. Das Gerät ist an einen Beamer angeschlossen. Sie beobachtet das Hochfahren auf der Projektionswand und erkennt, dass der Zugangscode fehlt. Erstaunt fragt sie nach: »Habe ich richtig gesehen? Sie müssen kein Passwort eingeben?«

Bloombergs Lächeln misslingt. »Ich kann mir Passwörter nicht merken. Mein Laptop ist an diesem Ort doch so sicher wie in Abrahams Schoß.«

Laura schüttelt den Kopf. »Darum geht es doch nicht, Herr Bloomberg. Unabhängig von allen Sicherheitsmaßnahmen, die wir veranlasst haben, müssen wir selbst die Sicherheitsstandards einhalten, auf die wir uns verständigt haben. Ich muss darauf bestehen!«

»Na gut, wie Sie meinen.«

Auf Anweisung Lauras aktiviert Alexa die Sicherheitssoftware auf Bloombergs Laptop. Genau um 08.30 Uhr blicken Laura und Bloomberg gleichzeitig auf die Uhr. »Wo bleibt Brisson? Wissen Sie etwas?« Laura beantwortet seine Frage mit einem Achselzucken.

»Wahrscheinlich ist er indisponiert. Hat gestern auch viel zu viel gegessen und noch mehr getrunken. Soll ich eröffnen?«

Laura nickt.

10

Das Chapiteau ist an jenem Freitag Schauplatz all dessen, was die Ärzte Deutschlands ab Montag über Knochenschwund eingeimpft bekommen sollen. Es ist nicht irgendein Freitag.

Für GlobalPharm ist es der Tag, an dem sich der Konzern anschickt, einen Weltmarkt zu erobern, und dazu die Marktdominanz anpeilt, um gigantische Gewinne einzufahren.

Kenneth Moore, Stellvertreter von Bloomberg, ein Mann mit Auslandserfahrung und interkultureller Kompetenz, betritt die Bühne, um den heiß erwarteten Sales-Folder vorzustellen. Ein Mann mit einer leidenschaftlichen, leicht erregbaren und stolzen Persönlichkeit. Zwar hat der Youngster noch nie eine Arztpraxis von innen gesehen, dennoch hat Bloomberg die Aufgabe an ihn delegiert.

Auf der Projektionswand erscheint die Karikatur eines Athleten mit geflügeltem Helm und Sandalen. Der erste Blick auf die Darstellung stiftet Verwirrung. Der Athlet sprintet von links nach rechts auf einer skelettierten Wirbelsäule, die, einem erigierten Phallus ähnlich, aus runden Beckenschaufeln ragt. Der seltsame Mann hat einen Teil der Strecke darauf bereits zurückgelegt und überzieht hinter sich die vorher von Osteoporose zerfressenen Wirbelkörper mit einer platinglänzenden Schutzschicht. Laura und ihr Team haben das Werbekonzept der amerikanischen Agentur übernehmen müssen und konnten inhaltlich nur marginal etwas verändern. Laura spricht stumm ein Gebet.

Moores Stimme klingt feierlich: »Hermes, unser schneller Götterbote, wird ab heute zum Boten einer globalen Botschaft. Ein Bote, der mit verheißungsvollem und siegesgewissem Antlitz verkündet, dass wir mit *Osteo-Forte* nicht nur den Wettlauf gegen die Osteoporose gewinnen, sondern dieser auch immer einen Schritt voraus sein werden.«

Gelächter mischt sich mit beifälligem Gemurmel. Bloomberg beginnt zu applaudieren. Es dauert etwas, bis das Zelt höflich seinem Beispiel folgt.

Lauras Gebet wurde erhört. Sie ist froh, dass keine Zwischenrufe erfolgen, die Hermes als Sympathieträger vernichten könnten, denn er ist in der griechischen Mythologie auch der schlaue Gott der Diebe und Betrüger.

Moores Haltung signalisiert Konzentration. Seine Stimme klingt nun eindringlich: »Hinter dem Krankheitsbild Osteoporose verbergen sich reiche Goldadern, die es freizulegen gilt. Abbaureif mit jedem Besuch, den Sie absolvieren. Was haben die Ärzte über Osteoporose-Therapie ab heute neu zu lernen?«

Moore wird feierlich: »Meine Damen und Herren, wir alle kennen die Kardinalfrage unserer Ärzte, die da lautet: ›Wie lange muss ich denn mit *Osteo-Forte* therapieren? Wie effektiv und schnell zeigt sich die Wirkung?‹« Moore legt an Lautstärke zu: »Die Zeit ausweichender Argumentationstaktiken wegen wachsweicher Studienergebnisse ist vorbei!«

Seine Worte werden durch spontanen Beifall belohnt.

»Bislang waren die vorhandenen Therapien nicht ausreichend, um der geforderten schnellen Wirkung zu genügen! Alte Präparate wie Kalzium und Vitamin D_3 wirkten, wenn überhaupt, erst nach mehr als fünf Jahren. Andere haben ihre Wirkung erst nach drei Jahren bewiesen, wie *Bonegold*!« Es folgen die passenden Grafiken zum Thema.

»Nun zu den sensationellen Therapieergebnissen von *Osteo-Forte*: Bei rund 3500 Patientinnen, die prävalente Frakturen hatten, wurde innerhalb nur eines Jahres durch *Osteo-Forte* die Anzahl der neuen Wirbelkörperfrakturen um 65 Prozent gesenkt. Aber bei den Hochrisikopatientinnen, die eine Behandlung erst recht nötig haben, nämlich die, die schon mehr als zwei Wirbelkörperfrakturen haben, ist *Osteo-Forte* noch wirksamer. Es senkt die Anzahl der neuen Wirbelkörperfrakturen um 74 Prozent innerhalb eines Jahres. Das ist schlichtweg eine Sensation! Diese Daten werden gerade – zu Ihrer Unterstützung – im ›Journal of the American Medical Association‹ veröffentlicht.«

Begeisterung macht sich im Zelt breit. Moore hat Mühe fortzufahren. »Diese fantastischen Ergebnisse innerhalb eines Jahres konnten nicht nur anhand dieser einen Studie belegt werden. Wir können darüber hinaus mit multiplen Studien belegen, dass die Einjahresdaten auch konsistent sind. Ein wesentlicher Vorteil in Ihrer Argumentationskette, da nur *Osteo-Forte* konsistente Studienergebnisse vorlegen kann.«

Es folgt die Darstellung der nordamerikanischen und europäischen Studien. Sie wurden mit über 10 000 Patienten durchgeführt. Daraufhin zeigt Moore die Ergebnisse der Dreijahresstudie. Sie beweisen, dass *Osteo-Forte* selbst über drei Jahre hinaus auf hohem Niveau wirkt.

Wiederum legt Moore eine bedeutungsvolle Pause ein. »Ich komme zur zweiten Kernaussage. Ziel ist es, mit diesem Argumentationspunkt *Bonegold* für immer aus dem Feld zu schlagen!«

Als Headline erscheint: »*Osteo-Forte* – Verträglichkeit vergleichbar mit Placebo!« Gespannte Aufmerksamkeit herrscht im Zelt. »Meine Damen und Herren, wir haben in unseren Studien ganz bewusst keine Einschränkung gastrointestinaler Risikopatienten getroffen. Also Damen, die NSAR, H2-Antagonisten oder PP-Hemmer parallel eingenommen haben, sind nicht, wie sonst üblich, aus der Studie ausgeschlossen worden, sondern man hat sie erfasst und auch ausgewertet.« Die entsprechenden Grafiken werden eingeblendet.

»Und der größte Vorteil gegenüber *Bonegold*: Unsere Patientinnen haben die Freiheit, *Osteo-Forte* einzunehmen, wann immer sie es wollen. Sie müssen dazu kein Glas Wasser auf nüchternen Magen trinken und können das Medikament auch im Liegen einnehmen.«

Donnernder Applaus der Begeisterung wogt durch das Zelt. Moore nutzt die Situation zu einer weiteren Attacke auf den Konkurrenten: »In allen Punkten, die ich vorgetragen habe, ist *Bonegold* hoffnungslos unterlegen. Doch das Allerwichtigste dürfte sein: Weder Speiseröhren- noch Magen-Darm-Ulzerationen sind bei *Osteo-Forte* zu befürchten. Im Gegenteil: Der Arzt befindet sich mit *Osteo-Forte* immer auf der sicheren Seite! Ich frage Sie: Gibt es in Zukunft noch einen einzigen Grund, *Bonegold* zu verordnen?«

»Nein!!!«, erbebt das Zelt.

»Dann gibt es auch keinen Grund, MDW zu schonen!«

Das Team um Laura, Bloomberg und die wissenschaftlichen Referenten der Allianz zeigen strahlende Gesichter. Laura, zwar erleichtert, ist mit einer derart massiven Herausstellung der Nebenwirkungen von *Bonegold* nicht zufrieden. Für sie ist das eine falsche Gewichtung. Im Moment des Jubels erscheint Brisson in einem khakifarbenen Dreiteiler mit rotem Einstecktuch und rotbraun gestreifter Krawatte. Vom hinteren Eingang kommend, marschiert er nach vorn und nimmt auf dem Stuhl Platz, der für ihn freigehalten wurde.

»Claude hat sich verändert«, flüstert Markus zu Alexa.

»Ja, er hat sein Lächeln verloren«, erwidert sie.

Brisson hat Schwierigkeiten, sich über den Grund der allgemeinen Freude zu orientieren. Fragend blickt er in die Runde, doch alle ignorieren seine Unsicherheit. Bis auf Rosinski, der sich offenbar eine Möglichkeit überlegt, wie er seinem Herrn dienlich sein kann. Plötzlich steht Brisson auf und tritt an Laura heran. »Wie läuft's?«

»Wie Sie hören, gut! Sehr gut!«

»So … Dann bin ich ja beruhigt …«

Moores Präsentation ist in trockenen Tüchern. Abschließend werden Packungsgrößen und Preise vorgestellt und am Ende die Liste der Ausstattung der Mitarbeiter abgearbeitet.

Während der Pause geht Laura auf Bloomberg zu. »Moore hat das gut gemacht. Ich denke, unsere Außendienste werden im Gesprächstraining mit dem Konzept gut zurechtkommen.«

Bloomberg triumphierend: »Auf GATES können Sie sich verlassen!««

»Ich bitte Sie, Ihren Außendienstleitern zu sagen, dass wir uns vor der Mittagspause, während die Gesprächsmappen an die Mitarbeiter verteilt werden, hier versammeln.«

»Warum?«

»Nur eine positive Argumentation über *Osteo-Forte* wird uns den Erfolg sichern. Wir müssen daher sicherstellen, dass sich unsere Mitarbeiter im Gesprächstraining nicht in nutzlose Nebenwirkungsdiskussionen über *Bonegold* verstricken.«

»So ein Unsinn. Gut gegen Böse, das funktioniert immer!«

Laura verschlägt es den Atem. Sie reagiert hart: »Das ist es, was wir nicht wollen!«

Inzwischen ist Alexa mit Professor Wellenstein in Opio eingetroffen. Seine Zusage, vor den Außendiensten zum Thema »Need for Speed« zu sprechen, hat der Professor erst gegeben, als Brisson ihm zur Flugreise, dem fürstlichen Honorar und den üppigen Tagesspesen auch noch drei Nächte im »Negresco« spendierte. Doppelzimmer mit Full-Service versteht sich …

Die Investition lohnt sich. Wellenstein läuft zu Höchstform auf. Dies umso mehr, da man »unter sich« ist und er keine Kritik von Fachkollegen zu befürchten hat. Er wird dafür bezahlt, die Mitarbeiter durch seine Präsenz und wissenschaftliche Kompetenz für den Start mit *Osteo-Forte* zu motivieren. Intelligent wie selbstbewusst erklingen Sätze der Superlative: »Ich bin gekommen, um mit Ihnen auf diesem Festsymposion den Durchbruch in der medikamentösen Behandlung der Osteoporose zu feiern!

Zum ersten Mal passiert es, dass mein Vertrauen, das ich in ein Präparat setze, sich nicht nur am Patienten verifiziert, sondern bei den behandelten Patienten auch den Willen zum Leben wieder erweckt …

Wenn schon Falten, graue Haare und das Datum unserer Geburt den zukünftigen Wert unseres Lebens charakterisieren, dann müssen nicht auch noch poröse Knochen hinzukommen!

Es gibt für mich, was *Osteo-Forte* anbelangt, keinen Grund, auf MDW Rücksicht zu nehmen. Wissenschaftliche Erkenntnisse und die Qualität Ihres Medikaments stellen mich auf Ihre Seite.

Need for Speed: Wir alle gewinnen Zeit.

Mit *Osteo-Forte* kann und muss bei Bedarf jeder Knochen gefestigt werden. Wir können das Alter daher mit gesundem Skelett durchschreiten.

Ich werde an allen politischen Stellen deutlich machen, dass trotz der Innovationsstärke von GlobalPharm der Preis von *Osteo-Forte* nicht über dem von *Bonegold* liegt!

Sie haben einen Feuerwehrschlauch voll gewichtiger Information. Bringen Sie das Wasser der Erkenntnis dorthin, wo es benötigt wird, damit alle Hindernisse beseitigt werden, die einem breiten Einsatz von *Osteo-Forte* im Wege stehen. Ich helfe Ihnen dabei mit meiner ganzen Kraft!«

Stehende Ovationen begleiten seinen Abgang vom Podium. Aus den Augenwinkeln heraus beobachtet Laura, wie Bloomberg auf Brisson einredet. Kurz darauf winkt Brisson Laura zu sich. Seine autoritäre Pose wird durch das Zittern in seiner Stimme widerlegt. »Was die Argumentation anbelangt, Frau Lassalle, werden wir doch hoffentlich nicht nur unseren eigenen Strafraum verteidigen. Die gravierenden Nebenwirkungen von *Bonegold* fordern von uns geradezu die Offensive!«

Laura hört die Argumente Bloombergs aus Brissons Worten. Sie ziehen sich hinter das Podium zurück. Das Wortgefecht um die offensive Herausstellung der Nebenwirkungen von *Bonegold* wird mit Schärfe geführt. Bloombergs Polarisierung ist das Kernthema. Am Ende des Disputs behält Laura mit der Formel »Nebenwirkungen nur auf Verlangen beim Arzt ansprechen« die Oberhand. Brisson sonnt sich: »Da bin ich ja gerade zum richtigen Zeitpunkt erschienen, um die Wogen zu glätten.«

Für Laura ist klar: Bloomberg ist wie ein Funke im Heuschober. Man muss ihn wie das Feuer komplett löschen.

11

Nach dem Mittagessen und dem Gruppenfoto beginnt im angeordneten einheitlichen Outfit das Teambuilding-Event auf dem Clubgelände. Während der sportliche Wettbewerb unter einigen Teilnehmern für Abwechslung sorgt, verschließt ein uniformierter Mann vom ESS Marseille den Eingang des Chapiteau. Sorgfältig zieht er durch die Ösen der Zeltbahnen eine Edelstahlkette und sichert diese durch ein Schloss. Während er den Schlüssel wegsteckt, wird von einem zweiten Uniformierten eine der Videokameras angehalten. Mit der anderen zoomt er das Podium heran. Als ein dritter Mann vom ESS das Podium betritt, fokussiert er ihn. Es ist Viktor. Der Einzige, den alle anderen respektvoll bei seinem Namen nennen. Jener bekommt seine Anweisungen über ein Headset. Gezielt lenkt Viktor seine Schritte zum Rednerpult, auf dessen Ablagefläche Bloombergs Powerbook ruht. Mit geübten Handgriffen entfernt er das Verbindungskabel zum Beamer, drückt den Einschaltknopf und beobachtet, wie das Startprogramm hochfährt.

»Die Einwahl ist codiert!«, übermittelt er Topas seine Feststellung.

»Das macht nichts. Abbauen und mitbringen! Wie viele Mappen hast du?«

»Zwölf!«

»Das reicht. Vergiss das Video nicht.«

»Okay!«

Während auf dem Gelände in sengender Sonne der Team-Wettkampf tobt, setzt sich ein weiß lackierter Citroën mit seiner brisanten Fracht in Richtung Cannes in Bewegung.

12

St. Paul-de-Vence, Cannes

Die Stunden verrinnen quälend langsam. Michael Westfelds Handy liegt seit Tagen griffbereit. Er hasst diese Art von Warterei. Seit dem Treffen mit Topas will die Zerstreuung im »Colombe d'Or« nicht mehr so recht gelingen. Michael spielt mit dem Gedanken, abzureisen. Dann wieder sucht er nach einer Erklärung für die Sprunghaftigkeit seiner Gedanken. Misst London der erhofften Information nicht viel zu viel Bedeutung bei? Wer kontrolliert eigentlich das Spiel? Vielleicht sitzt auf dem Präsidentenstuhl im World-Headquarter in New York ein Zyklop, der mit seinem Auge im gleichen Moment gebannt auf Opio starrt.

Unerwartet beginnt sein Handy auf der Glasplatte zu vibrieren, dann ertönt die Melodie von *Amacing Grace*. »Endlich!«, stößt er erleichtert aus. Es ist 17.00 Uhr. Michael wartet einige Sekunden, bevor er die Taste drückt. Dann lauscht er gebannt der Stimme. Sie ist leise, irritierend fremd. Die Stimme verschluckt die Konsonanten. Sie gehört nicht Topas, sie gehört Al Williams, Vice President, MDW Pharmaceutical Operations Europe, London. Zwei gequälte, in Deutsch gesprochene Sätze kriechen in sein Ohr. »Billy Webster, reisen Sie Montag nach London. Ich erwarte eine genaue Analyse von dem, was Topas Ihnen übergeben wird.«

»Wann wird …« Al hat das Gespräch beendet.

Michael reagiert ärgerlich: »Spionage macht anscheinend allmächtig und verleiht hellseherische Fähigkeiten. Analyse! Bis Montag!«

Michael wandert in seinem kleinen Zimmer auf und ab. Hin und wieder bleibt er stehen und wirft einen Blick auf die sanfte, zauberhafte Hügellandschaft, über der flirrend die Nachmittagshitze steht. Doch er ist zu sehr in Gedanken, um irgendetwas um sich herum bewusst wahrzunehmen. Daraufhin lümmelt er sich in den Sessel, wartet, stellt sich die Geduld eines auf der Lauer liegenden Raubtieres vor. Es geht immer um Macht und Beute, schießt es ihm durch den Kopf. Letzteres bedeutet Wachstum und Stärke, wogegen Macht zum Ziel hat, zukünftige Ereignisse ein Stück weit zu beeinflussen. GlobalPharm würde allerdings schnell herausfinden, wer Auftraggeber und Nutznießer dieser illegalen Aktionen ist. Wie machtvoll werden sie darauf reagieren?

Die Dämmerung bricht herein, als *Amacing Grace* ihn erneut überrascht. Michael spricht, ohne ein Wort abzuwarten: »Ich habe von Ihrem Fischfang gehört.«

Nach einer Pause erwidert Topas: »Die Fische sind im Netz. Wir haben auch einen harpunierten Pottwal an Bord. Sein Tran ist besonders wertvoll.«

Michaels Forderung ist kurz und knapp: »Übergeben Sie mir das Material. London will bis Montag wissen, was Sache ist.«

»Machen Sie sich auf den Weg nach Cannes. Ich erwarte Sie in der Rue Notre Dame.«

»Ein wenig genauer, wenn ich bitten darf.«

»Vom Boulevard de la Croisette biegen Sie in die Rue de Serbes ein. Links davon zweigt die Rue Notre Dame ab. Fahren Sie zum letzten Haus auf der linken Seite. Ich versichere Ihnen, wir servieren Ihnen eine Gold-Dorade!«

Siebtes Kapitel

»Profiteure – made in Woodbridge«

Juli

GlobalPharm
Headquarter, Woodbridge, Virginia, USA

Episode VII

Sir Ed Connolly: »Wie ist meine Videoansprache in Frankreich aufgenommen worden?«

Chief Operating Officer: »Sir, Ihre Rede wurde von Standing Ovations begleitet. Die Mitarbeiter der German Division waren happy, Ihre Stimme zu hören.«

»Wie gestaltete sich der Verlauf des Meetings?«

»Ein erfolgreicher Launch. Positives Denken wird die Schlagkraft erhöhen.«

»Ich entnehme dem Bericht von Brisson, dass es ein Problem gab.«

»Sir, nicht der Rede wert. Der Rückflug verzögerte sich etwas.«

»Neues über die Aktivitäten von MDW?«

»Haben sich abgeschwächt. Die internen Abwehrmaßnahmen sind effizient.«

»Welchen Preis nehmen wir jetzt für unsere Pille?«

»Sir, die Tagestherapiekosten sind mit *Bonegold* identisch.«

»Was geschieht aktuell!?«

»Der Werbefeldzug für *Osteo-Forte* ist gestartet.«

»Der neueste Stand?«

»Rund einhundert Meetings werden in diesem Monat in Deutschland durchgeführt. Über Presse, Rundfunk und Werbung wird Osteoporose als *die* Volkskrankheit Einzug in die Köpfe der Bevölkerung halten.«

»Wie steht es mit der Prognose der neuen Umsatzvorgaben?«

»Deutschland hat sie zur Kenntnis genommen.«

»Zur Kenntnis? Das reicht nicht, Officer! Ich erwarte Planerfüllung!«

E-Mail VII

Von: Topas
Gesendet: [getilgt]
An: W. M.
Cc: –

Betreff: ‹Kein Thema›

- O-F / AWB – Unterlagen werden direkt nach London geschickt.
- GlobalPharm macht intern MDW für das Geschehen in Opio verantwortlich.
- Gegenmaßnahmen von GlobalPharm eingeleitet. Noch keine Details bekannt.

I

Opio, Cannes

Mitternacht ist vorüber. Die Männer vom ESS Marseille ziehen sich aus dem Clubgelände zurück. Der vertraglich vereinbarte Objektschutz für das Chapiteau endete um vierundzwanzig Uhr.

Währenddessen herrscht in den VIP-Zelten am Strand von Cannes ein wildes Durcheinander von Stimmen und Stimmungen. Etwas abseits der Zelte vertreten sich Brisson, Harris, Frey und Laura die Füße. Brisson hat die Karten in Weinlaune auf den Tisch gelegt. Nun wird heftig darüber diskutiert, ob es klug ist, den Teilnehmern am Ende der Ausbietungstagung die neuen Umsatzvorgaben bekannt zu geben. Laura stemmte sich gegen die Arroganz aus dem Headquarter, indem sie Brissons Vorhaben im Hinblick auf die Motivation der Mitarbeiter als kontraproduktiv brandmarkte. Harris und Frey pflichteten ihr bei, während Bloomberg bei Brisson antichambrierte.

Laura hat das richtige Gespür für die vorherrschende Stimmung. Den Mitarbeitern ist die Allianz, trotz aller Beschwörungen, Eventabende und Charmeoffensiven, fremd und bedrohlich geblieben. Daran änderten auch die guten Argumente für *Osteo-Forte* nichts.

Am deutlichsten äußerten sich zwei AD-Leiter von GATES zu der Allianz-Philosophie: »Die haben doch völlig die Bodenhaftung verloren. Sie kreisen isoliert in ihrem Raumschiff da oben und sind begeistert von ihrem erfolgreichen Start!«

Brisson gibt sich stur: »Was spricht eigentlich gegen die Bekanntgabe unserer ambitionierten Targets am heutigen Abreisetag?«

Laura antwortet: »Wir machen hier einen auf happy, und gleichzeitig fordern wir schon wieder mit einer neuen Umsatzkeule mehr Härte und Aggressivität im Markt. Das passt nicht! Verzichten wir wenigstens morgen auf das demotivierende Herumreiten auf Zahlen und Daten.«

Harris unterstützt Laura: »Ob neue oder alte Vorgaben, wir sollten den Markt auf unsere Aktivitäten erst einmal reagieren lassen. Bei der Indikation Osteoporose entscheidet der Arzt und im Verbund mehr denn je das Arzneimittelbudget, ob er sich unseren Vorstellungen anschließen will oder nicht. Das gilt es abzuwarten. Ob es uns gefällt oder nicht.«

»Mal sehen!« Brisson bleibt damit im Ungefähren. Laura gewinnt gleichwohl den Eindruck, dass ihr Chef einsichtig ist. Sie glaubt aber auch, dass ihm zu dieser Stunde für eine Entscheidung einfach die geistige Frische fehlt, und betont noch einmal: »Lassen Sie uns die ersten vier Wochen abwarten.«

Niemand ahnt zu dieser frühen Stunde, dass unweit des Strandes in der Rue Notre Dame ihre ambitionierten Umsatzziele vollends aus dem Bereich des Machbaren entglitten sind.

2

Vor mehr als drei Stunden passierte Michael einen geparkten Bus-Konvoi auf dem Boulevard de la Croisette. Hinter den Scheiben klebten nummerierte Schilder mit Firmenlogos. Am Strand, unterhalb des Hotels Carlton, leuchteten Zelte wie UFOs. Die Szene belustigte ihn. Ein Slogan aus einem Hotelprospekt fiel ihm ein: »Open-Air-Event mit Anfasskultur, die alle berührt.«

Vor den Geschäften in der Rue Notre Dame wimmelte es von Touristen. Michael fand das bezeichnete Haus. Ein Gittertor rollte zur Seite, ein zweites öffnete sich nach oben. Er parkte den Leihwagen im Innenhof, wo ihn ein großer, extrem durchtrainierter Mann in einer blauen Uniform erwartete. Geübt musterte er Michael, dann lächelte er und nickte knapp. Er hatte einen Schneidezahn aus Gold. Michael hatte den Eindruck, der Mann lächelte ununterbrochen, da der Goldzahn ständig zu sehen war. Er griff sich die Reisetasche und ließ sich von Goldzahn durch den Hintereingang in das Haus führen.

Der Mann mit dem Dauergrinsen war auf Befehl und Gehorsam gedrillt. Ein altersschwacher Aufzug, in dem die Luft zum Schneiden war, brachte sie in den vierten Stock. »Bitte«, sagte der

Gorilla und drückte die gegenüberliegende Tür auf. Der Gang und die Räume dahinter lagen im Dunkeln. Die Jalousien waren heruntergelassen. Michael zögerte …

»Es ist alles in bester Ordnung«, begrüßte ihn Topas aus dem Dunkel heraus. Michael trat näher, während Topas das Licht anknipste. »Willkommen in Cannes! Kein Vergleich mit dem ›Colombe d'Or‹, doch funktionell«, sagte er mit knarrender Stimme.

»Vor wem verstecken wir uns eigentlich?«, fragte Michael ironisch.

»Ich wünschte, ich wüsste es.«

Michael suchte den Augenkontakt: »Ich glaube, Sie wissen es.«

Topas ging nicht darauf ein. Seine Hand beschrieb einen Kreisbogen: »Schreibtisch, Schlafcouch, Kühlschrank, Dusche und im Gang die Toilette. Dazu eine funktionierende Klimaanlage. Ansonsten absolut ruhig hier!« Er näherte sich dem Schreibtisch und klopfte triumphierend auf eine fünf Zentimeter dicke Ledermappe. Ihr Inhalt war gesichert durch einen normalen Reißverschluss. »Ein Teil der Beute! Wir sind dabei, sie zu komplettieren.«

»Wie ist das zu verstehen?«

»Sie bekommen noch einen Laptop mit allen Präsentationsdateien. Es gibt auch eine Videoaufzeichnung über die Dauer von zwei Tagen.«

Michael hob anerkennend den Daumen.

»Mein Instinkt sagt mir, dass Sie mit der Arbeit beginnen wollen.«

»So ist es«, erwiderte Michael.

»Wenn Sie etwas benötigen, drücken Sie die Taste eins dort auf dem Telefon.« Topas schloss die Tür hinter sich.

Michael machte sich sofort an die Arbeit. Schauer der Freude liefen ihm über den Rücken, als seine Hand über die Mappe strich. Eine unbewusste, kontaktsensible Interaktion mit weitreichenden Folgen. Doch das lag in der Zukunft. Er hoffte, dass der Inhalt des edlen Leders dazu taugen würde, drohende Millionenverluste für MDW abzuwenden. Allerdings ahnte er nicht, dass mit dem Öffnen gleichzeitig ein Faden gesponnen wurde, der sich unaufhaltsam in sein Leben und in das eines anderen Menschen einzuweben begann …

Das obenauf liegende Tagungsprogramm und das Inhaltsverzeichnis vermittelten einen guten ersten Überblick. Sein Notizblock füllte sich. Zur gleichen Zeit, als der erste GlobalPharm-Bus zur Rückfahrt nach Opio startete, notierte sich Michael unter dem Stichwort »einstweilige Verfügungen«:

Versprechungen des »Götterboten« prüfen: »Der Osteoporose einen Schritt voraus!« Das Logo und der Slogan befinden sich auf jeder Unterlage! Außerdem die Suggestion der grafisch dargestellten Gesundung der Wirbelsäule!

Ein erfolgreicher Einspruch würde bedeuten, GlobalPharm müsste alle Unterlagen einziehen und vernichten …

Jetzt nimmt er sich die Argumentationspunkte für das konzipierte Arztgespräch vor. Ein Lächeln huscht über sein Gesicht. Er murmelt: »Die gleichen Schlagwörter, dieselbe Suggestion. Nur der Mix ist anders.«

Er erhebt sich, schaltet die Klimaanlage aus und öffnet das Fenster. Trotz hellen Mondscheins wirkt die Hinterhofidylle von Cannes deprimierend. Immerhin sorgt die Nacht für angenehme Temperaturen in den abgewohnten Räumen. Plötzlich hört er, wie jemand hinter ihm das Zimmer betritt.

»Wir haben den Code geknackt!« Topas trägt einen Laptop unter dem Arm.

»Gratuliere!«

Er stellt ihn auf den Schreibtisch und schließt ihn an. Während er hochfährt, sagt er: »Mr Webster …«

»Benutzen Sie bitte meinen richtigen Namen!«, fordert Michael.

»Sorry! Sie sind hier in Frankreich. Deckname ist Standard. Wir können davon nicht abweichen.« Er tippt auf das Gerät: »Er gehört Ihnen. Sie können darauf arbeiten und nehmen ihn direkt mit nach London. Wir haben alle Dateien in das File ›Opio‹ kopiert.« Daraufhin reicht er Michael einen Zettel. »Lernen Sie das Passwort auswendig. Danach geben Sie mir bitte den Zettel zurück.«

»Was heißt *direkt* mitnehmen nach London?«

»Sie haben einen Flug. Nizza – London um 17.00 Uhr. Sie übernachten im Westminster, Leinster Square, Bayswater.«

In Michael beginnt es zu kochen: »Wieso denn das? Ich wollte in Frankfurt einen Zwischenstopp einlegen.«

»Mr Webster, meine Aufgabe ist es, alle Risiken auszuschalten. Wenn Sie in London gelandet sind, ist die Operation Opio beendet.«

»Und warum ist mein Abflug so spät? Es geht doch sicher um 14.00 Uhr noch eine Maschine nach London.«

»13.45 Uhr startet der Jumbo von ›GLOBAL-GATES‹ zurück nach Frankfurt. Es ist nicht ratsam, sich dann am Flughafen blicken zu lassen.«

Michael schluckt die Kröte. Er blickt auf die Uhr. »Ich brauche einen starken Kaffee.« Als Topas das Zimmer verlassen will, stellt Michael noch eine Frage: »Haben Sie ein Exemplar der Anwendungsbeobachtungen ergattern können?«

»Noch nicht. Aber wir werden einen kompletten Drucksatz bekommen.«

Gegen drei Uhr morgens ist der Papierkram das erste Mal gesichtet. Die Argumente für *Osteo-Forte* sind in seinem Schreibblock aufgelistet. Als Nächstes nimmt er sich für London die Anfertigung einer PowerPoint-Präsentation vor. Seine Augen brennen. Er starrt die graue Wand an. In seinem Kopf entwickelt sich ein pulsierender Schmerz. Er entscheidet sich für die Schlafcouch.

3
Opio

Alexa meldet sich aus dem Chapiteau. Ihre Stimme klingt panisch. »Katastrophe! Du musst sofort kommen. Bloombergs Laptop ist verschwunden!«

»Wo verschwunden?«

»Aus dem Zelt. Weg! Einfach weg!«

»Sag, dass das nicht wahr ist!«

»Es ist wahr! So wahr ich hier stehe!«

»So eine Scheiße!« Nach einer kurzen Pause fragt Laura: »Weiß es Bloomberg schon?«

»Er hat es gerade selbst festgestellt.«

»Ich mach mich auf den Weg.«

Nachdem sie die Verbindung getrennt hat, macht sie sich Luft: »Verdammt! Der Mann begreift auch gar nichts! Es war doch klar abgesprochen, das Ding spätestens Freitagnachmittag mitzunehmen. Wie konnte er das ignorieren!« Ihre Gedanken fahren Karussell, während sie zum Zelt eilt. »Das riecht nach gezieltem Klau!« Kurz darauf: »MDW! Scheißfirma!« Die Logik ist ebenso klar wie erbarmungslos: Wer sonst konnte an einem lausigen Laptop Interesse haben? Ein Desaster!

Laura betritt das Zelt.

Alexa, Markus und der Techniker stehen bei Bloomberg. Über seinen Brauen glänzen kleine Schweißtropfen. »Guten Morgen«, kommt es kleinlaut über seine Lippen. Laura sucht nach irgendwelchen beruhigenden Anzeichen. Es gibt keine. »Haben Sie etwas in Erfahrung bringen können?«

Erwartungsvolles Schweigen. Bloomberg wickelt das Ende seiner Krawatte um den Finger und schüttelt langsam den Kopf. »Ich habe mit der Rezeption telefoniert. Sie wissen von nichts.«

»Alles abgesucht?«

Der Techniker antwortet: »Das Zelt war geschlossen, die Kette unbeschädigt, das Schloss war ordnungsgemäß angebracht. Ich bin außen und innen entlanggelaufen. Das Zelt weist auf den ersten Blick nirgendwo eine Beschädigung auf.«

Profis, geht es Laura durch den Kopf. Sie wendet sich an Alexa: »Gib mir bitte die Nummer der Security!«

Laura geht mit Alexa zum Ausgang. Während sie die Nummer in ihr Handy tippt, raunt sie ihr zu: »Dass es so kommen würde, habe ich kaum für möglich gehalten.«

Laura unwirsch: »Dieser Schwachkopf bringt uns noch um Kopf und Kragen!«

Die Gegenseite meldet sich: »ESS Marseille, Victor! Kann ich etwas für Sie tun?«

»Lasalle, GlobalPharm. Haben Sie unseren Laptop auf dem Rednerpult in Verwahrung genommen?«

»Nein, Madame Lasalle. Nicht dass ich wüsste. Was ist damit?«

»Wir vermuten, dass er uns aus dem Chapiteau gestohlen wurde. Wie Sie wissen, befand er sich auf dem Rednerpult. Wir fragen uns, wie das passieren konnte.«

»Ich selbst habe gegen 23.45 Uhr einen letzten Rundgang gemacht. Danach habe ich den ordnungsgemäßen Verschluss des Zeltes überprüft. Ist das Zelt beschädigt?«

»Der Techniker konnte nichts feststellen. Das Zelt war heute Morgen, nach seiner Aussage, verschlossen. Bei einem Rundgang außen wie innen konnten keine Auffälligkeiten festgestellt werden.«

»Frau Lasalle, der Laptop war noch da, als wir das Zelt verschlossen haben.«

Laura blickt hinauf zum Gerüst. »Hatten Sie nicht eine Videoüberwachung oben auf dem Gerüst installiert?«

»Ja, bis 24.00 Uhr.«

»Überprüfen Sie das Video!«

»Selbstverständlich werden wir alles noch einmal für Sie überprüfen.«

»Victor, was geht da vor? Wie ist Ihre Meinung dazu?«

»Das Ding kann sich nicht in Luft aufgelöst haben. Wenn Sie Diebstahl vermuten, sind Sie gezwungen, sofort eine Anzeige zu machen.«

»Wir werden das prüfen. Was können *Sie* für uns tun? *Sie* hatten doch die Verantwortung.«

»Sie haben richtig bemerkt: Wir hatten die Verantwortung bis Mitternacht. Aber wir werden noch einmal das Video überprüfen.«

»Machen Sie einen Schnelldurchlauf. Rufen Sie mich bitte bis spätestens 11.00 Uhr zurück. Ich will Gewissheit haben!«

»Selbstverständlich, Madame Lasalle.«

Laura wendet sich an Alexa: »Hol meinen Laptop. Wir starten nach Plan.«

Auf dem Weg zurück ins Hotel versucht sie Brisson zu erreichen. Fehlanzeige! Er drückt alle codierten Anrufe auf seinem Handy weg. Das üppige Frühstück auf der sonnigen Terrasse verträgt zu dieser frühen Stunde keine Anrufe des Personals.

Laura entdeckt Brisson gerade, als dieser in sein Croissant beißt. Er trägt einen Blazer mit protzigen Goldknöpfen.

Während sie schildert, was vorgefallen ist, trommelt Brisson mit den Fingern auf der Tischplatte und schlürft seinen Kaffee. Dann zieht er die Brauen zusammen und bemüht sich, einen gelassenen Eindruck zu machen. »Wir müssen vermeiden, dass dieser Vorfall nach außen dringt. Abgesehen von der Security sollten Sie den Hoteldirektor bitten, uns bei der Aufklärung zu unterstützen. Vielleicht ist einer vom Personal der Dieb.«

»In drei Stunden reisen wir hier ab, und am Montag ist die Ausbietung. Nach Rücksprache mit der Security muss bei Verdacht auf Diebstahl umgehend Anzeige erstattet werden. Ich denke, wir sollten dies tun.«

»Nein! Das kostet Zeit, und wenn wir auch noch darlegen, was dieser Diebstahl für uns bedeutet, glaubt manch einer an einen Stoff für einen guten Thriller.«

»Und wenn wir nichts unternehmen, wird's ein Fortsetzungsroman.«

»Warten Sie den Rückruf der Security ab. Sollte uns das keine Aufklärung geben, dann kehren wir die Angelegenheit unter den Teppich.«

Beim Aufstehen bemerkt sie: »Bloombergs Fehler wird eine Lawine an Problemen auslösen.«

In Brissons Gesicht zeigt sich Stress. »Dafür gibt es bis jetzt keinen einzigen Beweis!«

Lauras rotes Handy klingelt. Sie deutet darauf: »... vielleicht schon die Security.«

Alexa meldet sich: »Tim berichtet mir gerade, dass drei seiner Mitarbeiter ihre Tagungsmappen vermissen.«

»Auch das noch! Danke für die Info.«

Brisson fragt neugierig: »Gibt es Neuigkeiten?«

»Es fehlen inzwischen auch drei Mappen. Unsere Ausbietungskonzepte sind verraten. Wir werden gezielt ausspioniert.«

Brisson köpft brutal sein Ei. »Sie sehen das viel zu dramatisch! Warum sollten gerade wir hier ausspioniert werden? Außerdem, wer will das verantworten?«

»Einzig und allein MDW!«

Brisson wippt unaufhörlich mit dem rechten Fuß. »Vermutungen, Frau Lasalle. Alles Vermutungen! Denken Sie daran: Ich wünsche keine Publicity!«

»Herrgott, verstehen Sie endlich! Hier geht es ums Ganze. Die machen weiter, Schritt für Schritt. Ihre kriminelle Energie ist ungeheuerlich. Wenn das rauskommt, wird Sir Ed uns an die Wand stellen!«

»Frau Lasalle, zu Ihrem Schutz: Ich habe das nicht zur Kenntnis genommen.«

Laura furchtlos: »Diese Leute werden nicht ungestraft davonkommen. Jetzt zeigen wir es ihnen!«

Ohne eine Erwiderung abzuwarten, verlässt sie Brisson. Auf dem Weg zurück erinnert sie sich an den charmanten MDW-Höfling Westfeld. Sie ballt die Hand zur Faust und schwört sich: Ich werde dafür sorgen, dass er eines Tages auf allen vieren angekrochen kommt!

Inzwischen ist auch Harris über die Vorfälle informiert. Er fängt Laura am Eingang des Chapiteau ab. »Hegst du den gleichen Verdacht?«

»Ja, ich bin mir sicher. MDW hat uns kalt erwischt, weil Bloomberg gepennt hat!«

»Was meint der Chef?«

»Ich wollte ihn bewegen, Anzeige zu erstatten.«

»Und?«

»Abgelehnt! Er fürchtet Publicity. Ich hoffe, sein Teppich ist groß genug, um das alles drunterzukehren.«

»Na ja! Wir haben keine gesicherten Anhaltspunkte.«

»Addiere die Ereignisse der letzten Monate einfach zusammen. Diese Krise begann schleichend, ist aber mit dem heutigen Tage schon dramatischer, als wir es wahrhaben wollen. Ich hege die schlimmsten Befürchtungen.«

»Ich hoffe, du irrst dich diesmal.«

»Ich irre mich nicht.«

Alexa tritt hinzu. Laura schnippt mit den Fingern. »Wir müssen auf den Busch klopfen. Vielleicht tappt der Dieb in die Falle.«

Alexa blickt erwartungsvoll.

»Lass dich mit dem Taxi sofort zum Flughafen bringen. Stell während der Fahrt fest, welche Flüge heute von Nizza direkt nach Frankfurt gehen. Nimm dein Flugticket, check ein und sei kreativ.«

»Wie kreativ?«

»Ich denke an einen Manager. Du kennst ihn von Hamburg. Sein Name ist Michael Westfeld. Der smarte Marketingleiter von MDW. Ich will wissen, ob er sich hier aufhält. Lass ihn ausrufen. Lock ihn zur Information. Beobachte auch das Gate Nizza–Frankfurt. Sei einfach tricky. Bist doch 'ne Frau.«

»Was mache ich, wenn er mir leibhaftig gegenübersteht?«

»Dann haben wir schon gewonnen. Sag ihm: Wir wissen alles. Wir werden ihn zur Rechenschaft ziehen. Er soll mich kontaktieren. Die einzige Chance für ihn, da wieder rauszukommen. Halt mich auf dem Laufenden!«

»Bin so gut wie unterwegs«, erwidert Alexa tatendurstig.

Harris ist besorgt: »Hältst du das für klug?«

»Schlage Wellen, um Fische zu fangen! Bring deine Feinde aus der Fassung!«

Harris reibt sich das Kinn: »In der Tat, wir können nur gewinnen.«

»Wir werden sie schlachten!« Ein Blick auf die Uhr: »Wir haben noch zehn Minuten.«

Das Zelt füllt sich. Sie nehmen ihre Plätze ein. Laura wendet sich noch einmal an Harris: »Tust du mir einen Gefallen?«

»Klar doch!«

»Bitte übernimm für mich die Einweisung zum Gesprächstraining. Ich muss noch etwas überprüfen.« Laura verlässt das Zelt.

4
Nizza

Der Flughafen von Nizza brodelt in schwüler Hitze. Der Taxifahrer hebt Michaels Gepäck heraus und nimmt das Geld entgegen. Die Übergabe an den schweißtriefenden Gepäckträger funktioniert wie die Übergabe eines Staffelstabes. Der Laptop hängt in einer Tragetasche über seiner Schulter. Es scheint, als ströme hier an diesem Nachmittag die ganze Welt zusammen. Viele langbeinige Frauen in kurzen Röcken sind darunter, doch er ist gedanklich zu abwesend, um die schöne Weiblichkeit wahrzunehmen. Zu sehr beschäftigt ihn die Stimme auf seiner Mailbox.

Die Stimme bat um Rückruf. Dumpf ahnt er, was auf ihn zukommt. »Mit was wird sie mich konfrontieren?«, fragt er sich.

Michael betritt das Flughafengebäude. Das Gedränge darin ist beängstigend. Irgendetwas stimmt hier nicht. Sind die Menschen wirklich sicher, dass sie hierher wollen, in diesen Brutkasten? Auch im Abfertigungsgebäude befinden sich zu viele Menschen. Als »Billy Webster« mit Laptop alle Kontrollen und Schleusen passiert, trifft ihn der Schlag. Es wimmelt von Menschen, die T-Shirts mit dem Logo von *Osteo-Forte* tragen. An einen Rückzug ist nicht zu denken. Mit Fassung sagt er sich: »Da muss ich jetzt wohl durch!«

Das Mitarbeiter-Bataillon von GLOBALPHARM und GATES PHARMACY verteilt sich auf Sitzbänke, okkupiert Toiletten, Kiosk, Snack-Bars und das Restaurant. Alles in Pharma-Hand! Die Ursache ist schnell herausgefunden: Der gecharterte Großraumflieger nach Frankfurt ist wegen eines technischen Defekts ausgefallen. Ein Ersatzflugzeug ist nicht in Sicht.

Es gibt keine getrennten Areale im Abflugbereich. Der Zugang zu den Gates bedingt den zwangsweisen Aufenthalt in jener Halle. »Mist! Was nützt mir jetzt die Tarnung durch den Decknamen?«, grollt er innerlich. Sein erster Gedanke ist: Kappe! Sonnenbrille! Zeitung!

Eine Sitzreihe, die dem Abflug-Gate »Athen« zuzuordnen ist, lockt mit einem freien Sitzplatz. Der Platz ist perfekt, da er von dort das Gate zur Maschine nach London gut im Auge behalten kann. Eine knappe Stunde noch!

Halbwegs getarnt mit Kappe und Sonnenbrille belegt er den Sitz und versteckt sich hinter seiner Zeitung. Nebenbei belauscht er ein Gespräch zwischen einem Bayern, der für GLOBALPHARM arbeitet, und dessen Kollegen aus dem Norden.

»Hei! Wia gfreit di de Erlebnisökonomie Nizza?«

»Du meinst das Erlebnis-Klo?«

»Na, du woast scho. De Ökonomie vom obwartn und nix gnaus woas ma ned.«

»Ja mei!«, ahmt der andere ihn nach.

»I sog das! Klo bleibt Klo! Ois Scheise nachhat! A ganzer Berg Scheise! Am liabstn war i dahoam blim. De häddn ma ois auf zwoar Seitn schreim kena. Des häd ma glangt!«

»Mir auch! Mensch Toni, du bist doch im Betriebsrat. Wir sollten durchsetzen, dass wir den Montag als Urlaubstag bekommen.«

»Des is des Minimum!«, tönt Toni lautstark. »Valass di drauf. Außadem! Wennst so überlegst, de ganze Motivation is beim Deife! Und wenn de hi is de Motivation, des sog i da, nachat kriagst das ned so schneu widda zruck! Und des Geud a ned, wost rausgschmissn host!«

»Toni, ich habe dich zwar nicht ganz verstanden, aber sicher hast du Recht …«

Die Konzentration fällt Michael schwer, da pausenlos Ansagen über die Lautsprecher ertönen. Plötzlich, wie vom Blitz getroffen, die Durchsage: »*Mr Michael Westfeld, please contact the information. Mr Westfeld please!*«

»Ich glaube, das ist schon das vierte Mal«, sagt jemand zwei Sitze weiter. Intuitiv entschließt er sich, den Aufruf zu ignorieren. Reglos versucht Michael das Geschehene zu begreifen. Denn das, was sich abspielt, entzieht sich völlig seiner Kontrolle. Seine

Gedanken überschlagen sich. Verdammt, der Laptop. Bin ich in eine gigantische Falle gelaufen? Was, wenn jemand herantritt und brüllt: »He da! Westfeld! Sie sind gemeint!«

Aufgeregte Stimmen. Er spürt, wie eine Gruppe sich nähert. Unerwartet dringt eine bekannte weibliche Stimme an sein Ohr. Er sieht das dazugehörige Gesicht vor seinem inneren Auge. Laura Lasalle! Sein Atem stockt. Sein Puls rast. Im gleichen Moment macht er sich Selbstvorwürfe: »Was bist du für ein Idiot! Auf was hast du dich da bloß eingelassen? Du musst verrückt sein!«

Der Augenblick der Enttarnung scheint gekommen. Die Zeitung sinkt. Schon will er sich erheben, doch Frau Lasalle und ihre drei Begleiter sprechen ihn weder an, noch beachten sie ihn. Sie bleiben unverhofft keine zwei Meter von ihm entfernt stehen. Er nimmt die Zeitung hoch und lauscht: »… vor Mitternacht ist mit keiner Ersatzmaschine zu rechnen.«

Ihm ist, als tauche er aus der Tiefe des Ozeans auf, in dem er zu ertrinken drohte. Einer der Männer erwidert: »Frankfurt hat Nachtlandeverbot. Das heißt, wir kommen hier vor Sonntagmorgen gar nicht weg.«

Der zweite Mann ereifert sich: »Scheiße! Denkt an unsere Frauen! Warum buchen wir nicht einfach auf Linienflüge um?«

Der dritte widerspricht: »Geht nicht, Herr Frey, das Gepäck ist schon in Container verladen. Rechnen Sie durch, was uns Ihr Vorschlag kosten würde. Die Reisekosten sprengen jetzt schon jeden Rahmen.«

Die weibliche Stimme reagiert energisch: »Markus, trommle alle Außendienstleiter zusammen! Treffen in der VIP-Lounge. Wir werden eine Lösung finden.«

Die Gruppe entfernt sich. Michael wagt nicht, seine Zeitung umzublättern. Dafür atmet er mehrmals tief durch. Plötzlich schiebt sich der ewige Rat seines Vaters ins Bewusstsein: »Junge, gib dich so redlich wie möglich. Behalte eine weiße Weste! Hörst du? Achte auf dein makelloses Erscheinungsbild, und lasse dich nicht zum Handlanger für die üblen Machenschaften anderer machen!« Michael leistet still Abbitte. Der Nachsatz seines ausschweifenden

Vaters, mit einem Augenzwinkern nachgeschoben, wirkt beruhigend: »Sollten dir aber selbst grobe Fehler unterlaufen, dann halte sie geheim.«

Endlich erfolgt der Aufruf seines Fluges Nizza–London. Michael wartet ab, bis sich die Menschenschlange vor der Bordkontrolle abgebaut hat.

Michaels Handy vibriert. Er eilt zum Abflug-Gate. Geschafft!

5
Cannes

Nach seiner Abreise aus dem Club verschwand Dr. Marco Rosinski von den Radarschirmen seiner Vorgesetzten. Während in Nizza das Warten auf das Ersatzflugzeug begann, hielt ein Taxi vor der prachtvollen Fassade des »Carlton« an der Croisette. Ein Mann mit Sonnenbrille bezahlte, begab sich zur Rezeption und ließ sich mit einem Gast verbinden.

Genau eine Stunde vorher bezog Rosinski im mondänen Hotel die Roman-Polanski-Suite. Der Mann, der sich mit der Suite verbinden ließ, hatte auch die Reservierung veranlasst.

Im Salon der Suite, der im luxuriösen neo-kolonialistischen Stil unter Verwendung von hellem Holz, Marmor und Pastellfarben gestaltet ist, prostete sich Rosinski vor dem Spiegel mit einem Glas Champagner zu: »Alles bezahlt!«

Er hatte das Gefühl, nun endlich am Treffpunkt der Superreichen und Superschönen angekommen zu sein. Er füllte sich das Glas. Erneut prostete er sich zu: »Ein Rosinski lässt sich nicht abservieren!« Dann leerte er das Glas mit einem Zug. Marco spürte die wachsende Spannung, die sich seiner bemächtigte. In wenigen Minuten würde sein Leben eine entscheidende Wendung nehmen …

Es begann an einem Nachmittag. Seine Frau bekam einen Anruf: »Hier spricht die Assistentin von Herrn Ben Hartman, Pharma-Personal-Management. Wir nehmen an, Ihr Mann befindet sich im Büro. Ist es Ihnen recht, wenn Herr Hartman ihn heute Abend anruft?«

Private Investigators operieren unter recht mannigfachen Tarnungen. Da gibt es Markt- und Meinungsforscher, Verkaufstrainer, Strategieberater, Headhunter, Betriebsprüfer, Anwälte und sogar Mediziner der verschiedenen Fachgruppen. Ben Hartmann betreibt sein Hauptgeschäft als Headhunter und als »Topas« das Parallelgeschäft im Schatten …

Hartman trat mit Rosinski vor wenigen Wochen in Kontakt. »Unsere Auftraggeber sind Unternehmen, die im weltweiten Pharmageschäft tätig sind. Für meinen Auftraggeber sind Ihre Qualifikationen von Interesse. Außerdem richtet sich der Blick auf Informationen, die Sie besitzen. Es besteht durchaus die Möglichkeit, dass wir Sie aus dem Feuer holen …«

Gerade Hartmans letzte Bemerkung machte Marco baff und zugleich neugierig. Was wusste dieser Hartman über ihn, und welche Informationen konnten von Interesse sein? Der Nebel lichtete sich etwas nach dem zweiten Kontakt. Auf Rosinskis Bitte um genauere Angaben bekam er zur Antwort: »Wir beobachten Personalmärkte und liefern Informationen an Firmen. Ein informelles Netz internationaler Zusammenarbeit mit raschem Austausch von bestimmten Erkenntnissen. Sie scheinen in unseren Augen für diese Art Kooperation geeignet.«

Rosinski legte eine Denkpause ein und füllt sich wieder das Glas. Hartman schlug vor, sich anlässlich der Tagung an der Côte d'Azur zu treffen.

Die Einblicke Hartmans erstaunten Rosinski. Keinesfalls wollte er ihm gegenüber die verloren gegangene Entscheidungsfreiheit eingestehen. Eines war klar: Er musste mit an die Côte d'Azur. Der erste Schritt konnte nicht viel Schaden anrichten, war nicht irreversibel. Durch Diensteifrigkeit machte er gegenüber Brisson seine Nützlichkeit deutlich. Die Kooperationswilligkeit von GATES, die Stimmung unter den Mitarbeitern und die kritische Beobachtung bestimmter Aktivitäten gehörten plötzlich zu seinen vornehmlichen Aufgaben. Er sah sich plötzlich von unerwarteten Chancen umzingelt …

Das Summen des Telefons ließ Marco zum Hörer greifen. Hartman bat seinen Gast zum Gespräch auf die Terrasse. Sie war von ausländischen Touristen schon recht bevölkert. Wie üblich hatte Headhunter Ben an der Ostseite einen Tisch reserviert. Von dort konnte man alle Gäste und die Ein- und Ausgänge im Auge behalten. Ein dritter Mann warf durch ein Marinefernrohr einen prüfenden Blick auf die Terrasse. Das Gerät konnte mit einem Restlichtverstärker gekoppelt werden und ermöglichte eine uneingeschränkte Beobachtung. Mit seiner Spezialkamera machte der Beobachter qualitativ hochwertige Fotos.

Weißwein und Salate wurden geordert. Rosinskis Körperhaltung war angespannt. Trotz Alkohol legte sich seine Nervosität nur langsam. Hartman war gesprächig. Rosinski stellte alle Schalthebel auf Empfang, lauschte einer Reihenfolge von Plattitüden aus dem Universalkatalog der Unternehmensleitbilder, die sein Gegenüber von sich gab. Er platzte fast vor Neugier, etwas über das andere Thema zu erfahren.

Wie ein Dirigent, der sich einen kurzen Moment der Aufmerksamkeit seines Ersten Geigers vergewissert, unterbrach Hartman seine Ausführungen. »Fragen?«

»Mich interessiert, was Sie mir anbieten können und welche Informationen Sie sich von mir erhoffen.«

»Richtig! Herr Dr. Rosinski, es geht heute nur um Sie. Also hören Sie auf Ihren Bauch. Ich denke, er spricht schon seit geraumer Zeit mit Ihnen. Für einen unserer Auftraggeber sind die Unterlagen der *Osteo-Forte*-Anwendungsbeobachtungen von Interesse. Sie sollen beschafft werden.«

Rosinski zeigte sich enttäuscht. Naiv versuchte er zu hinterfragen: »Wer ist eigentlich Ihr Auftraggeber? Was soll an einer AWB schon von Interesse sein?«

»Wir sind Treuhänder. Genaueres entzieht sich daher meiner Kenntnis. Die Sache an sich ist völlig harmlos und legal, doch offenbar von Bedeutung. Es muss nur schnell gehen.«

»Wie schnell?«

»Wenn Sie wieder zurück sind. Sagen wir spätestens in sieben

Tagen. Der Auftraggeber forscht auf dem Gebiet und benötigt aktuelle Informationen.«

»Was steckt eigentlich genau dahinter?«

»Vielfach geht es um vertiefende Informationen über Konkurrenten im Bereich Produktaktivitäten. Beobachtung der Märkte und das Sammeln von Informationen finden auf allen Kontinenten dieser Erde statt. Beobachter wie Sie, die ein umfangreiches Wissen auf dem Arzneimittelsektor besitzen, sind daher sehr gefragt.«

»Welche Vorteile ziehe ich daraus?«

»Gewinnbringende. Eines Tages auch die völlige Unabhängigkeit. Einen Mann wie Sie stellt man nicht in den Schatten.«

Rosinski war wiederum verblüfft. »Was wissen Sie über mich?«

Hartman ließ sich nicht aus der Reserve locken. »Sie haben gute Freunde. Ihr Ruf ist in der Branche exzellent. Sie werden geschätzt, vor allem bei Ihren Partnern und der Konkurrenz. Wir hätten Sie sonst nie kontaktiert.«

»Haben Sie für mich ein Angebot?«

»Sie sind im Angebot! Sie müssen immer gefragt sein und überall gebraucht werden. Je mehr man sich auf Sie verlässt, umso begehrlicher werden Sie. Der Erfolg anderer sollte von Ihnen abhängen, nicht umgekehrt. Fangen Sie an, sich unentbehrlich zu machen.« Hartman zog aus dem Jackett ein Kuvert mit Euroscheinen und reichte es demonstrativ über den Tisch. Als Rosinski zugriff, hielt er für einen Moment das Kuvert fest. »Heute in sieben Tagen in Frankfurt! Wir werden Sie kontaktieren.«

Rosinski nickte. Er hatte aus dem Bauch heraus entschieden und die Fakten so lange hin und her geschoben, bis auch sein Kopf damit einverstanden war.

»Wir wollen, dass Sie sich die Tage richtig entspannen. Sie genießen daher durch unseren Auftraggeber in diesem Palast Fullservice. Vielleicht gehen Sie schon bald auf Großwildjagd.« Rosinski strahlte über das ganze Gesicht, und Hartman hob sein Glas: »Auf eine gute Zusammenarbeit.«

Der Toast war auch das Zeichen für eine Dame, die unweit der beiden die Szene beobachtet hatte. Sie trat heran. Hartman machte sie mit Rosinski bekannt. »Frau Nancy Dimon! Expertin für Marktbeobachtung.«

Hartman beobachtete, wie Rosinski die topografische Vermessung ihrer Figur vornahm. Nancy war eine Barbiepuppe, und man sah ihr an, dass sie beliebig um- und ausgezogen werden konnte, wenn die Kasse stimmte.

Topas verabschiedete sich diskret.

6

London

Das Gebäude scheint ausgestorben zu sein, obwohl er es genau um 08.30 Uhr betritt. Al Williams' Sekretärin, mit pechschwarz gefärbtem Haar, Typ Kleopatra, zeigt ein missmutiges Gesicht. Vielleicht ist das Büro schuld an ihrer Laune. Es liegt im Zentrum des Gebäudes, ohne Fenster, ohne Sonne, ohne das Grün des Lanthorns Wood und damit ohne Ablenkung. Sie informiert ihren Chef über die Gegensprechanlage und fordert Michael auf, Platz zu nehmen. »Mr Williams befindet sich noch in einer wichtigen Besprechung. Bitte gedulden Sie sich etwas.«

Ernüchterung tritt ein. Vielleicht hat Michael dem Tag zu viel Bedeutung beigemessen. Kritische Gedanken drängen sich auf.

Endlich, Kleopatra öffnet die gepolsterte Tür. Gemessenen Schritts betritt Michael Williams' Büro. Am Konferenztisch sitzen vier Männer. Einer von ihnen ist Oliver Braun, Hausjustiziar im »Zentralen Finger«. Michael ist von seiner Anwesenheit überrascht. Die Stühle an den beiden Kopfenden sind frei. Die Männer am Tisch zeigen versteinerte Gesichter.

»Guten Morgen, die Herren!«

Lustlos ernst wird sein Gruß erwidert. Braun übernimmt die Initiative und stellt seine Kollegen vor, Anwälte aus London und New York. »Setzen Sie sich, Herr Westfeld.« Unheilvolles liegt in seiner Stimme. »Wir müssen noch ein wenig warten.«

Michael fühlt sich verunsichert. Es muss etwas schief gelaufen sein. Warum durfte er nicht nach Frankfurt fliegen, und warum schart Williams gleich vier Rechtsanwälte um sich? Warum schweigen sie so beharrlich? Argwöhnisch beäugt er die Juristen, schließlich wendet er sich an Braun: »Ist etwas passiert?«

»Ja, Herr Westfeld, das kann man wohl sagen.« Plötzlich erscheint auf seinem Gesicht ein breites Grinsen. »Es ist Großartiges passiert!«

Im gleichen Moment wird die Tür zu einem Nebenraum aufgestoßen. Al Williams betritt das Büro, gefolgt von seinem Bürodiener, der fünf schwarze Ledermappen feierlich auf beiden Händen trägt. Obenauf liegt eine DVD. Gleichzeitig bringt Kleopatra Champagner.

Williams klopft mit seiner Pranke Michaels Schulter. »Gratuliere, Mike!« Die anderen klatschen Beifall. Dazwischen knallt der Champagnerkorken. Michael zeigt sich reserviert.

Williams gönnerhaft: »Mike, wie ich sehe, sind Sie in Bestform! Ihnen haben wir das Gelingen des Coups zu verdanken.«

Williams weiß es besser, geht es Michael durch den Kopf, und er widersteht der Versuchung, sich an Stelle von Topas den Lorbeerkranz aufsetzen zu lassen. Seine Antwort garniert er mit einem wissenden Lächeln: »Al, durch Ihre Dienste haben wir das erhalten, was wir für eine Gegenstrategie benötigen.«

Williams entgegnet generös: »Der einzige Glanz, den ich in meiner Umgebung dulde, meine Herren, ist Mikes Bescheidenheit!«

Auf seinen Wink hin kredenzt Kleopatra den Champagner. Er selbst tanzt aus der Reihe und genehmigt sich einen Bourbon auf Eis. Al benimmt sich, als wäre er plötzlich von einem Fieber erfasst: Hastig lässt er den Bourbon im Glas kreisen, dann schnüffelt er, als wäre Koks darin, benetzt sich die Lippen, worauf er den Tumbler gegen das Licht hält, als suche er darin nach einem Geheimnis. Dabei knallen regelmäßig die Absätze seiner Cowboystiefel aneinander. »Mike! Mit Ihrem Einsatz haben Sie uns von den nervtötenden Lamentos Ihres Herrn Fox befreit! Dafür haben Sie sich eine fette Prämie verdient.« Während er Michael ein Kuvert überreicht, klatschen die Juristen Beifall.

»Sie haben uns einen fliegenden Start verschafft. Seit Samstag haben wir endlich die Nase vorn. Ohne Sie hätten wir viele Millionen Euro an Umsatz eingebüßt. Cheers!«

»Cheers!«, rufen die Rechtsanwälte im Chor. Michael leert sein Glas in zwei Zügen. Kleopatra schenkt nach.

Williams führt die Anwälte zur Sitzgruppe. »Mike, nehmen Sie doch in dem bequemen Sessel Platz, und erzählen Sie uns etwas über Ihre sommerlichen Erlebnisse in Cannes und Nizza.«

Michael verspürt wenig Lust, Details zu enthüllen. Auch nicht, wie knapp er der unangenehmen Situation in Nizza entronnen ist. »Meine sommerlichen Erlebnisse, meine Herren, beschränkten sich an der Côte d'Azur auf Schwüle, Hitze und Staub. An dieser Küste ist der Sommer nur auf einer Yacht zu ertragen. Doch für einen Törn fehlte leider die Zeit. Dafür gab es sehr viel Wartezeit. Bis Freitag hielt ich nichts in Händen. Ich war zeitweilig von jeglichen Informationen abgeschnitten, aber am Ergebnis sehen Sie, dass die Aufgabe vor Ort von den Diensten exzellent gelöst wurde.«

»Das ist ja so spannend wie der Wetterbericht vor dem Urlaubsantritt!«, bemerkt Al belustigt.

Michael zeigt auf den Konferenztisch: »Außerdem sehe ich, dass die Unterlagen schneller auf Ihrem Schreibtisch gelandet sind als meine Maschine in London.«

»Oh, die Kurierdienste sind in ihrer Schnelligkeit heutzutage unschlagbar. Aber was uns interessiert, ist die Tatsache, dass man Sie am Flughafen in Nizza mehrfach aufgerufen hat. Wie haben Sie darauf reagiert?«

»Erstaunt! Jemand hat wohl richtig kombiniert.«

Mr Tompkins, Fachanwalt für Arzneimittelrecht in der Europazentrale in London, insistiert: »Haben Sie das Gefühl, dass Sie in Nizza jemand erkannt hat?«

»Vermutlich nein.«

»Sie vermuten?«

»Ich vermute.«

»Wir wissen, dass eine Frau Alexandra Georgiou Sie hat ausrufen lassen. Sie ist die persönliche Assistentin von Frau Lasalle, der

Verkaufsleiterin von GlobalPharm Deutschland. Kennen Sie die Damen?«

»Frau Lasalle ist mir durch die üblichen Begegnungen – Kongresse, Workshops und Meetings – bekannt.«

Braun wendet sich an Michael: »Sind Sie gestern von irgendeiner Seite kontaktiert worden?«

Michael sieht sich plötzlich einem Verhör ausgesetzt. »Ich verstehe Sie nicht.«

»Ich meine, ob GlobalPharm versucht hat, mit Ihnen in Kontakt zu treten.«

»Nein!«, erwidert Michael glaubwürdig und ein wenig unwirsch.

Brauns Kollege aus New York will eine Frage stellen, doch Williams platzt dazwischen. Süffisant beginnt er zu schwadronieren: »Ich kann das alles gut verstehen. Stellen Sie sich vor, meine Herren: Erst gehen GlobalPharms Konzepte über den Jordan, dann müssen die Eventgeschädigten rund zwölf Stunden auf ihren Rückflug warten, werden Sonntagmorgen auf einem ehemaligen Militärflughafen im Hunsrück abgesetzt und von dort mit Bussen in alle Richtungen abtransportiert. Kein Wunder, dass sie sich aufregen …«

Michael erkundigt sich: »War der Ausfall des Flugzeugs unsere Idee?«

Williams erwidert bedeutungsvoll: »Darüber lässt sich vortrefflich spekulieren.«

»Mr Williams«, klinkt sich der Anwalt aus New York ein. »Ich möchte Herrn Westfeld darauf verpflichten, in dieser Phase mit keiner Person von GlobalPharm in direkten Kontakt zu treten. Es sei denn, er hat vorher mit uns Rücksprache genommen.«

»Was ist in Ihren Augen daran so lebensgefährlich?«, entgegnet Michael belustigt.

»Wenn wir nach Ihrer Analyse später unser Vorgehen festlegen, werden Sie verstehen, wie viel Dynamit in der Sache steckt. Wir wollen nicht mit GlobalPharm zusammen in die Luft fliegen.«

Williams klopft sich auf die Schenkel. »Das Gute daran ist,

wir haben zwei ganze Tage gewonnen, denn der komplette Außendienst unseres Gegners muss sich heute von den Strapazen erst einmal erholen. Der erste Schwung ist dahin, der zweite wird gar nicht erst kommen. Wir werden sie vollends deprimieren.«

Eine Stunde ist vergangen, die Technik ist aufgebaut, als Williams das Signal gibt. Er zeigt auf die schwarzen Ledermappen: »An die Arbeit, meine Herren!«

Michael und die Anwälte nehmen ihre Plätze ein. Williams eröffnet die Sitzung mit der Verlesung eines Papiers aus der Zentrale in New York, das den Stempel »top secret« trägt.

»New York teilt uns mit:

›GlobalPharm verfolgt eine neue Strategie! Mit der Neuausbietung *Osteo-Forte* soll das Vertrauen der Ärzte gegenüber *Bonegold* zerstört werden.

Dies geschieht durch einen ungeheuerlichen Vorgang, der in der Pharmageschichte ohne Beispiel ist. Zum ersten Mal wagt ein Konkurrent aus purem Eigennutz, die Ärzteschaft über mögliche Nebenwirkungen von *Bonegold* aufzuklären. Dabei wird der Grundkonsens zerstört, dass Entscheidungen, derartige Informationen zu veröffentlichen, in erster Linie der betroffenen Konzernleitung vorbehalten sind.

Dessen ungeachtet werden die ambitionierten Umsatzziele von *Bonegold* beibehalten. Dafür werden dem Topmanagement bei Erreichung höhere Prämien zugestanden. Unsere Gegenstrategie hat daher zum Ziel, die Aufklärungs-Kampagne von GlobalPharm wirksam zu unterbinden. Das erreichen wir am sichersten, wenn wir die Ausbietung von *Osteo-Forte* von Beginn an torpedieren. Alles, was diesem Ziel dient, ist von Ihrer Seite sofort einzuleiten. Es versteht sich, dass die offiziellen Gegenmaßnahmen dem geltenden Recht und Gesetz entsprechen müssen. Verdeckte Maßnahmen haben verdeckt zu bleiben. Ein weiterer Imageschaden ist strikt zu vermeiden. Stoppen Sie GlobalPharm! Verpassen Sie den Agitatoren einen gehörigen Denkzettel!‹

So weit New York. Meine Herren, die Moral ist auf unserer Seite. Packen wir den Stier bei den Hörnern!«

Zuweilen kommt der Texaner Michael weniger wie ein Matador vor als wie ein Zirkusartist, der zu Beginn mit einem Fuß auf dem weißen unbefleckten Schimmel steht und mit dem anderen auf einem schwarzen, wild gewordenen »Streit-Ross«. Beide Pferde tragen Scheuklappen, beide sollen im Markt kämpfen. Michael ist sich sicher, wenn es ernst wird, sind die Zügel des Streit-Rosses längst an ihn übergeben. Ausnahmslos würde er allein das schwarze reiten …

Williams steht auf und drückt einen Knopf auf dem Schreibtisch. Er leitet die Sitzung im Stile eines Kommandoführers. Der Bürodiener erscheint und bedient die Technik.

»Zur Einstimmung möchte ich die Prämien bekannt geben, die Sie sich in diesem Jahr zusätzlich verdienen können.«

Ein Teil der Bürowand wird abgesenkt, alles blickt gespannt auf den überdimensionalen Bildschirm. Auf tiefblauem Grund erscheinen fette, in Gelb gehaltene Zahlen. Ein Raunen geht durch Williams' Büro.

Michael braucht nicht zu rechnen. Für ihn ist ein halbes Jahresgehalt drin. Kaum dass er realisiert hat, welch ein Anreiz ihm hier geboten wird, schnarrt die Stimme des Texaners: »Ihre Analyse, Herr Westfeld!«

7

Der vierzigjährige Douglas Foley, Harvard-Absolvent mit einem Jura-Abschluss der Georgetown University, gibt Al Williams gegen 18.00 Uhr wortgewandt die Beschlüsse bekannt. Foley gilt im World-Headquarter, New York, als der Spezialist für europäisches Arzneimittelrecht. Man schätzt drüben seine kurzen, prägnanten Formulierungen.

»Mr Williams, meine Herren. Die exzellente Analyse von Herrn Westfeld hat unsere Einschätzung bestätigt. Der Schriftsatz zur Erlangung einer strafbewehrten Unterlassungserklärung wird morgen beim Landgericht Berlin durch Kollege Braun eingereicht.«

»Wie hoch setzen wir die Vertragsstrafe an?«, will Williams wissen.

»Nach der Schwere des Verstoßes werden wir eine Million Euro durchsetzen können. Angriffspunkt bietet uns die irreführende Werbebotschaft: ›Der Osteoporose einen Schritt voraus!‹ und ›Die Behandlung der Osteoporose ist ein Wettlauf mit der Zeit!‹. In Verbindung mit dem falschen Heilungsversprechen durch den Götterboten Hermes haben sich die Werbetexter von GLOBALPHARM selbst ein Bein gestellt. Wissentlich!«

»Wie das?«

Michael antwortet anstelle des Anwalts: »GLOBALPHARM pokert. Beide Außendienste hätten mindestens zwei bis vier Mal die Ärzte kontaktiert, bis eine Unterlassungserklärung unter normalen Umständen wirksam geworden wäre. Das hätte gereicht, um die Werbebotschaft zu vermitteln. Das Risiko schien kalkulierbar.«

»Und nun?«

»Verheerende Folgen! Ihr gesamtes Werbekonzept ist damit abgeschossen. Wir werden einen Dominoeffekt der Verunsicherung erleben.«

Williams wendet sich wieder an Foley: »Haben wir noch weitere Pfeile im Köcher?«

»Ja! Unzulässige Vorgehensweise bei den Anwendungsbeobachtungen. Die Unterlagen werden in wenigen Tagen eintreffen. Ein kleiner Trick wird uns dabei helfen, eine weitere Abmahnung bei Gericht erwirken zu können.«

»Wie sieht das Timing aus?«

»Die effektivste Wirkung erzielen wir, wenn wir den Einspruch in drei Wochen einreichen, nämlich dann, wenn alle Anwendungsbeobachtungen durch GLOBALPHARM platziert sind. Sie werden gezwungen sein, die Unterlagen wieder einzusammeln. Das wird die Prüfärzte verunsichern und kostet eine Menge Verordnungen.«

»Welche Maßnahmen ergreifen wir gegen ihre unsägliche Nebenwirkungskampagne?«

»Mr Williams, bis gestern hatten wir nichts in den Händen.

Heute haben wir ein Gegengewicht geschaffen, mit dem wir auch Bedingungen diktieren können.«

»Wird GlobalPharm darauf eingehen?«

»Sie werden keine andere Wahl haben.«

Al hinterfragt: »GlobalPharm wird bald herausgefunden haben, dass wir sie abgeschöpft haben. Was können sie gegen uns unternehmen?«

»Nichts! Ein erfolgreicher Coup der Konkurrenz, Mr Williams, gilt eher als peinlich fürs eigene Haus. Man schweigt oder dementiert gar.«

Als die Anwälte das Büro verlassen, bittet Williams Michael, noch einen Moment zu bleiben.

»Whiskey?«

»Danke, nein.«

Williams genehmigt sich einen weiteren Bourbon. Seine Stimme wird eindringlich: »Bevor Sie nach Frankfurt zurückfliegen, will ich Ihnen noch etwas mit auf den Weg geben. Auch wenn wir einen weiteren Joker haben, der stechen wird, so ist das noch lange nicht der Sieg.«

»Wir werden unsere Strategien offensiv umsetzen.«

Williams zeigt sein Hyänenlächeln: »Davon bin ich überzeugt, Mike. Doch das wird nicht reichen. Ich möchte, dass Sie Ihrem Außendienst klar machen, dass Marktanteilsverluste Personalreduzierungen nach sich ziehen werden.«

Michael schwillt der Kamm. Dennoch zwingt er sich zu einem Lächeln: »Al, Sie wollen doch wohl keinen Druck an der falschen Stelle ausüben. Ich habe Sie sicher falsch verstanden.«

Williams reagiert eisig: »Völlig falsch! Sehen wir einmal ab von Ihrem Gehalt, den üppigen Prämien und sonstigen Vergünstigungen, dann stechen mir besonders die Gehälter Ihrer höchstbezahlten Mitarbeiter im Außendienst ins Auge. Im europäischen Vergleich rangieren diese nämlich an der Spitze. Also verlange ich, dass Sie auch Spitzenleistungen erbringen. Gilt im Übrigen auch für Ihre Prämie! Habe ich mich klar ausgedrückt?«

Das Lächeln verschwindet aus Michaels Gesicht. »Ich verstehe!«

»Fantastisch! Also, Mike, New York interessiert ausschließlich die Rendite, die wir abliefern. Diese kommt primär aus good old Germany! Jede *Osteo-Forte*-Verordnung mindert also in Zukunft unsere Rendite. Ich habe daher entschieden, personelle Maßnahmen zu ergreifen, sollte unser Joker bis zum Jahresende nicht stechen.«

»Das ist absurd!«, entfährt es Michael, »Sie können diese Entscheidung doch nicht vom ersten Halbjahresergebnis abhängig machen.«

Der Texaner entgegnet lautstark: »Mike, ich verlange absolute Loyalität von Ihnen, sonst können Sie Ihre Karrierepläne durch den Reißwolf jagen!« Daraufhin greift er sich die DVD-Scheibe. »Schauen Sie sich das hier an! So erobert man Märkte. Unser Gegner ist heiß darauf, uns vom Markt zu fegen!« Plötzlich eine Geste scheinbarer Vernunft: »Der Gedanke an entgangene Gewinne macht mich rasend. Sie sind ein Mann mit harten Eiern. Das gefällt mir. Sie werden dafür sorgen, dass GlobalPharm mit seinem *Osteo-Forte* an die Wand fährt!«

»Wir werden alles dafür tun.« »Gut, das hätten wir also geklärt.«

Michael schränkt ein: »Nur bedingt. Auch wenn wir in den nächsten Monaten einige Euro verlieren sollten, so wird der Markt in Deutschland in den nächsten Jahren auf diesem Indikationsgebiet enorm wachsen. Wir würden uns also unnötig schwächen, wenn wir kurzfristige Stagnationen mit Personalentscheidungen verknüpfen würden. *Never change a winning team!*«

Al leert seinen Tumbler, knallt die Hacken zusammen: »Nein, Mike! Es bleibt bei meiner Entscheidung. Haben Sie nicht eine Riege gut bezahlter Revolvermänner?«

»Wie bitte?«

»Außendienstleiter oder wie man das bei Ihnen nennt. Sie brauchen sich die Hände nicht einmal schmutzig zu machen.«

»Wenn es so weit kommen sollte …«

Williams unterbricht: »Zeigen Sie Härte! Sie sind mein Mann für die Zukunft! Vergessen Sie das nicht!«

8

Berlin

Der sommerliche Montag wird für Laura zum berühmten »Tag danach«. Sie lüftet ihre Wohnung in Grunewald, deckt den Strandkorb auf dem Balkon ab und macht es sich darin im Bikini bequem. Nebenbei trinkt sie ihren Cappuccino und lauscht der Musik, die vom Nachbarhaus durch das Geäst der Bäume dringt. Die Handys sind aus, der Anrufbeantworter ist eingeschaltet, und die Post liegt unbeachtet auf dem Tisch.

Die Ruhe ist zwar eingekehrt, doch die erwünschte Entspannung will sich nicht einstellen. Eine der Ursachen ist der Anruf ihrer Schwester. Nanas Zustand hat sich sehr verschlechtert. Sie kann nur noch Flüssigkeiten zu sich nehmen. Sie verliert rapide an Gewicht. Die Schmerzen nehmen vehement zu. Die Dosis der Schmerzmittel steigt. Sie nimmt sich vor, Professor Pöttinger erneut zu kontaktieren. Obwohl sich Nana gegen eine Klinikeinweisung wehrt, scheint eine stationäre Behandlung unumgänglich …

Außerdem hängt ihr Nizza nach. Von einer Vermutung angetrieben, verließ sie das Zelt, um sich mit der Zentrale von MDW in Frankfurt verbinden zu lassen.

»Herr Westfeld ist verreist«, bekam sie als Auskunft.

»Können Sie mir die Nummer seines Diensthandys geben? Es ist dringend.« Sie hatte Erfolg damit. Später, am Flughafen Nizza, wählte sie Westfelds Nummer – und der Besitzer des Handys meldete sich.

»Westfeld!« Seine Stimme klang gehetzt und die Hintergrundgeräusche waren die eines Airports.

»Laura Lassalle, GlobalPharm! Sie haben etwas, das mir gehört. Ich möchte es zurück …«

Mit unsicherer Stimme fragte er, was sie meinte. Sie antwortete prompt: »Unseren Laptop! Ich fordere Sie auf …«

Westfeld sagte etwas von schlechter Verbindung. Danach war die Verbindung unterbrochen. Sie hatte das Mögliche im Unmöglichen versucht. Ohne einen Beweis in der Hand fühlte sie sich spätestens an diesem Punkt in ihren Vermutungen bestätigt.

Sie hätte Anzeige erstattet, doch Brisson versteifte sich aufs Abwarten. »Wir sind stabiler als die Titanic! Hier wird kein Eisbergslalom gefahren! Ich verlange von allen Führungskräften eine Verbesserung der Krisen-Performance!«

»Bullshit!«, zischte Laura. Er hielt die Sache wohl für ein aufregendes Spiel. Nein, der Diebstahl war für sie ein bezahlter Auftrag …

Brisson brach seinen Versuch, am späten Nachmittag vor den Mitarbeitern in der Abflughalle von Nizza über die Verzögerung des Heimfluges zu sprechen, schlagartig ab, als sein Erscheinen mit einem schrillen Pfeifkonzert quittiert wurde. Trotz der massiven Widrigkeiten konnten die hochkochenden Emotionen der Mitarbeiter durch Frey und seine Außendienstleiter gekühlt werden. Wirkung zeigte auch das Zugeständnis von zwei freien Tagen, die der Betriebsrat Brisson noch in Nizza abringen konnte. Bitter zwar, aber der Ausbietungstag war somit durch »höhere Gewalt« auf den kommenden Mittwoch verschoben.

Das Warten in der unbequemen Abflughalle endete erst am Sonntag um 02.00 Uhr morgens. Es war eine Erlösung, als die Boeing 777 endlich vom Flughafen Nizza abhob, um Kurs auf Frankfurt-Hahn im Hunsrück zu nehmen, um dort am Sonntagmorgen mit rund vierzehn Stunden Verspätung zu landen. Nur Rosinski blieb in Nizza zurück.

In Hahn warteten rund zwanzig angeforderte Busse, um die Mitarbeiter zum Airport Frankfurt zu bringen. Ein Großteil entschied sich aber zur sofortigen Weiterreise zu ihren Heimatorten, um wenigstens den Sonntag im Kreise der Familie verbringen zu können. Brisson hatte sich den VIP-Fahrdienst einer Mietwagenfirma bestellt, um nach Berlin zu kommen, und Bloomberg machte sich mit einem zweiten Fahrdienst in Richtung Köln aus dem Staub …

Laura, im Strandkorb liegend, schließt ihre Augen. Bloomberg, sie hätte ihn kreuzigen können …

Schon in Nizza zog sie für sich die Konsequenzen daraus, denn sie würde dafür sorgen müssen, dass es mit Kraft weitergeht, als sei nichts geschehen. Aber wie schnell würde MDW reagieren? Harris, Frey, Starnberg und Alexa, mit denen sie noch in Nizza darüber beriet, waren sich über die möglichen Folgen unsicher.

Laura blinzelt in die Sonne. Traumhaft – ein wolkenloser Himmel, ein laues Lüftchen, nicht zu heiß. Angenehmer als an der Côte d'Azur. Wie viel Zeit zur Besinnung waren ihr in den letzten Monaten vergönnt gewesen, geht es ihr durch den Kopf. Urlaub? Daran ist im Moment nicht zu denken. Auch für sie gilt die angeordnete Urlaubssperre bis Ende Juli. Der Monat ist gespickt mit Fortbildungsaktivitäten, darunter der erste überregionale Osteoporose-Workshop mit Professor Pöttinger in München.

Der Gedanke an die kommenden prallen Tage verdrängt die dunklen Wolken von Opio. »Ich liebe es, die Dinge im wahrsten Sinne des Wortes in die Hand nehmen zu können«, sagt sie zu sich. »Niemand wird sein Leben und das aktuelle Geschehen zu hundert Prozent im Griff haben.«

Die Erkenntnis schenkt ihr für den Moment innere Ruhe. Laura spürt instinktiv, dass sie diese innere Ruhe benötigt, um sich auf das konzentrieren zu können, was die kommenden Tage an Überraschungen bieten werden. Sie streckt sich. Gern würde sie jetzt mit dem Mann ihrer Träume kuscheln. Mit erotischen Gedanken entschwindet sie für eine knappe Stunde in das Reich der Träumereien.

Ihre Wohnungsklingel reißt sie aus dem Halbschlaf. Sie schaltet die Gegensprechanlage ein. »Ja, bitte?«

»Einschreiben für Sie!«

Post vom Familiengericht. Laura überfliegt den Brief. Ihr Scheidungstermin ist festgelegt: 13. August.

Sie geht zum Kühlschrank und holt sich einen Piccolo. Vor dem Spiegel stehend prostet sie sich zu: »Eine gute Nachricht – am Tag danach!«

9

Freitag, 14.00 Uhr. Die Konferenzschaltung zu den Außendienstleitern steht. Markus moderiert den Erfahrungsaustausch über *Osteo-Forte*. Abgefragt werden in der ersten Runde die Meinungen zu den Punkten Akzeptanz der Argumente, Einsatz der Gesprächsmappe, Preis, Verordnungsbereitschaft und aufgetretene Besonderheiten.

Das Feedback aus den Südregionen ist äußerst positiv. Aus den Nord-Ost-Regionen wird beim Punkt »Verordnungsbereitschaft« Zurückhaltung signalisiert. Die Ärzte scheuen angeblich aus Kostengründen einen breiten Einsatz von *Osteo-Forte*, obwohl fast Preisgleichheit zu *Bonegold* besteht.

Markus eröffnet die zweite Runde mit der Frage: »Wie funktioniert die Besuchsabstimmung mit GATES?«

Das Ergebnis ist eindeutig: Man hat sich abgestimmt. Mehr auch nicht.

In Runde drei geht es um die Nebenwirkungen von *Bonegold*. Das Feedback ist geradezu euphorisch. Ohne Ausnahme, so bestätigen alle Regionalleiter, wird die unproblematische Einnahme von *Osteo-Forte* und die bessere Verträglichkeit von den Ärzten als »der Hit« empfunden. Umstellungen von *Bonegold* auf *Osteo-Forte* seien durch diesen therapeutischen Vorteil programmiert.

Bevor Markus die Konferenzschaltung beenden will, stellt Laura noch eine Frage: »Was überzeugt in den Gesprächen stärker: die Schnelligkeit der Therapie oder die bessere Verträglichkeit gegenüber *Bonegold*? Bitte gewichten Sie.«

»Gleichrangig!«, lautet die einhellige Meinung.

Markus beendet die Konferenz: »Ein klares Votum, meine Herren. Wir sprechen uns nächste Woche Freitag um die gleiche Zeit.«

Laura gibt sich schadenfroh: »Es lebe das bessere Medikament!«

10

Montag, 09.30 Uhr. Brisson ordert die Führungsriege in den Besprechungsraum eins. Harris, Frey, Starnberg, Limbrock, Alexa und Syndikus Metz belegen die Plätze um den ovalen Tisch. Als Brisson eintritt, vermeidet er den Blickkontakt mit Laura. Sie beschleicht ein ungutes Gefühl, denn sie kennt inzwischen sein psychisches Korsett. Gleich würde eine Bombe hochgehen.

»Guten Morgen!« Brissons Stimme vibriert. »Wir alle stehen ab heute auf dem Prüfstand. Ich will es kurz machen: Wir sind über das LG Berlin abgemahnt worden. MDW hat gegen unsere Werbeaussagen in Verbindung mit *Osteo-Forte* eine Abmahnung gegen uns erwirkt. Herr Metz hat vor dieser Sitzung die Schriftsätze geprüft.« Brisson wendet sich an Rechtsanwalt Metz: »Bitte!«

Der Jurist blickt in die Runde, als ob er ein ungeladener Gast bei einer Party wäre. »Meine Damen und Herren …« Monoton und ohne jegliche Emotion trägt Metz den Schriftsatz des Gerichts vor. Am Ende ist klar, an der Abmahnung ist nicht zu rütteln. Die Schnelligkeit, mit der MDW den Gerichtsbeschluss erwirken konnte, ist erschreckend. Der Super-GAU ist eingetreten.

»Ich muss Sie verpflichten, alle Punkte zu erfüllen. Eine Unterlassungserklärung wird heute noch auf den Weg gebracht. Dabei muss unserer Außenorganisation unmissverständlich und mit dem notwendigen Nachdruck vor Augen geführt werden, dass und wie das Verbot einzuhalten ist. Alle erforderlichen und zumutbaren Maßnahmen müssen von uns und Gates sofort getroffen werden, um das rechtswidrige Verhalten abzustellen. Bei Zuwiderhandlung drohen uns drakonische Geldstrafen. Sogar jeder einzelne Mitarbeiter wird bei einem Verstoß noch mit 50 000 Euro Strafe belegt. Kommunizieren Sie das sofort nach außen. Ich erwarte Ihre Vollzugsmeldung bis 12.00 Uhr!«

Brisson sagt in resignierendem Ton: »Hat jemand eine Idee parat?«

Laura zeigt Entschlossenheit: »Die Taktik von MDW wird scheitern! Wir werden die Nebenwirkungen von *Bonegold* nun massiv herausstellen. MDW hat Wind gesät und wird Sturm ernten.«

»Reicht das?«

»Nicht ganz. Daher werden wir Druck aufbauen. Die Einnahmevorschriften von *Bonegold* sind kompliziert und gefährlich, wenn sie vom Patienten vergessen oder nicht verstanden werden. Das ist die vorrangige Botschaft, die wir auf rund einhundert Veranstaltungen verkünden lassen werden.«

Ihre Worte schaffen Erleichterung und erzeugen ein »Jetzt erst recht«.

Laura versteht die Gunst der Stunde für sich zu nutzen: »Herr Brisson, wir benötigen mehr Handlungsfreiheit.«

»In welcher Form?«

»Wir müssen mit gleicher Schnelligkeit reagieren wie MDW. Die neuen Unterlagen müssen sofort produziert werden. Eine langwierige Abstimmungsprozedur mit der Marketingzentrale in Woodbridge wäre ein Zeitverlust, den wir uns nicht leisten können. Ich schlage vor, wir erfüllen alle Auflagen des Gerichts und legen sofort los!«

Brisson stimmt zu. Metz bleibt stumm, während alle anderen begeistert auf die Tischplatte klopfen.

II

Harris klärt mit Bloomberg das weitere Vorgehen ab. Gegen 11.00 Uhr gehen E-Mails an beide Außenorganisationen. Nichts an den bisherigen Unterlagen darf mehr abgegeben oder im Arztgespräch Verwendung finden. Die Außendienstleiter beider Linien werden verpflichtet, die Gesprächsmappen zu vernichten. Alle anderen Werbematerialien werden zentral gesammelt und ebenfalls vernichtet. Um 13.00 Uhr steht die Konferenzschaltung mit den Regionalleitern.

Laura und Markus führen sie durch. Sie eröffnet die Runde: »Meine Herren! Für MDW ist die Torpedierung unserer Ausbietung das erklärte Ziel. Das lassen wir uns nicht gefallen.« In kurzen Sätzen schildert Laura die Situation und gibt die neue Gewichtung der Argumentation bekannt.

Markus fordert zum Feedback auf: »Wie ist Ihre Reaktion?«

Hamburg meldet sich: »Müssen wir auch verbal alles befolgen?«

Laura antwortet: »Unter vier Augen können unsere Mitarbeiter dem Arzt alles sagen. Wir bleiben daher bei der kompletten Argumentationsschiene, wie in Opio abgesprochen. Wir werden aber die Nachteile der Einnahmevorschriften und die Gefahr der drohenden Nebenwirkungen von *Bonegold* ab heute offensiv vortragen. Wir werden MDW eine Lektion erteilen. Es dürfen allerdings keine schriftlichen Unterlagen dazu abgegeben werden.«

Stuttgart meldet sich: »Wo kein Kläger, da kein Richter?«

Laura schmunzelt. »Das kann man so sehen!«

Frankfurt stellt die nächste Frage: »Wann kommen die neuen Unterlagen?«

Markus antwortet: »Wir sind dabei, sie mit Hochdruck zu produzieren. Fünf bis sechs Tage werden wir aber dennoch brauchen.«

»Das überbrücken wir locker!«

München möchte wissen: »Was ist mit dem Kongressstand nächste Woche?«

Laura hat eine spontane Idee: »Der bleibt so, wie er ist. Wir werden lediglich die Slogans überkleben. Und das möglichst schlampig, sodass es auffällt. Jeden interessierten Arzt werden wir über die Angst von MDW aufklären.«

»Welche Angst?«

»Angst vor den Vorteilen von *Osteo-Forte*.«

»Genial!«

Laura richtet sich wieder an alle: »Meine Herren, einem Punkt müssen Sie die nächsten Tage die absolute Priorität einräumen: Briefen Sie Ihre Referenten noch einmal für die kommenden Fortbildungsveranstaltungen. Ein Schwerpunkt muss der einfachere Einnahmemodus von *Osteo-Forte* gegenüber *Bonegold* sein. Das Risiko und die zu erwartenden Nebenwirkungen müssen auf jeder Veranstaltung zum Thema gemacht werden. Gehen Sie die Präsentationsfolien mit den Referenten durch und sorgen Sie dafür, dass sie auch gezeigt werden. Sollten Sie Unterstützung benötigen, informieren Sie uns umgehend.«

München fragt: »Wellenstein referiert ja auf dem Workshop in München. Wer brieft ihn und Pöttinger?«

Laura darauf: »Das ist meine Party!«

12

Wellenstein und Laura haben sich zum Mittagessen im Restaurant »Altes Zollhaus« verabredet. Eine Idylle im Großstadtdschungel. Alte Bauernmöbel und sorgfältig restauriertes Fachwerk bieten mitten in Berlin eine malerische Idylle im Landhausstil. Wellenstein zeigt sich empört über das, was Laura ihm über Opio mitteilt. »Das ist ja Krieg! Wie erklären Sie sich diese Aggressivität unter zwei amerikanischen Konzernen?«

»Sie haben panische Angst davor, nicht die Nummer eins im Weltmarkt zu werden. Mit ihrem aufgeblähten Aktienwert ist MDW vom Wachstum so abhängig wie der Junkie vom nächsten Schuss.«

»Und Sie wollen diesem Giganten eine Lektion erteilen?«

»Eine Lektion, die sie nicht vergessen werden.«

»Eine heikle Angelegenheit. Was stellen Sie sich vor?«

»Das Ego der Mächtigen spielt die ausschlaggebende Rolle. Sie werden nie im Leben zugeben können, dass ihre ambitionierten Ziele die Ursache für ein derartig kriminelles Vorgehen sind. Ich vermute, das ist auf den Vorstandsetagen schon zu einer Art Mentalität geworden. Wir können in diesem besonderen Fall nur mit unserer Qualität kontern und gnadenlos die Risiken von *Bonegold* herausstellen. Dafür erbitte ich Ihre Unterstützung.«

Wellenstein erstaunt: »Ist das alles, was Sie von mir verlangen?«

»Alles! Verkünden Sie die Wahrheit. Geben Sie Ihrem Referat eine kleine Gewichtung. Ihr Wort zählt.«

Wellenstein will es genau wissen: »Was erwarten Sie sich exakt?«

»Sie wissen um die Problematik der falschen Einnahme von *Bonegold*. Gerade bei älteren Patienten kann das fatale Auswirkungen haben. Wir werden aber die Osteoporosebehandlung insgesamt nur dann voranbringen, wenn die Medikamente das Prädikat ›unbedenklich‹ und ›risikoarm‹ behalten. Deshalb sollten Sie dafür plädieren, dass *Osteo-Forte* in der Verordnung der Vorzug eingeräumt wird.«

»Kein Problem!«

Laura zieht die Folie »Verträglichkeit bei Patienten mit erhöhtem Risiko« und die Darstellung »Vorteile der flexiblen und unproblematischen Einnahme« aus ihrer Tasche. »Sie kennen diese Darstellungen. Ich bitte Sie, beide Punkte auf dem Workshop zu problematisieren und als Lösung des Ganzen *Osteo-Forte* zu empfehlen.«

»Wie gesagt, damit habe ich kein Problem, denn es entspricht den Tatsachen.«

Laura strahlt: »Ich danke Ihnen für Ihre Unterstützung.«

»Frau Lasalle, ich versichere Ihnen, meinen Einfluss auch dahingehend geltend zu machen, dass sich die Situation zwischen den beiden Firmen wieder entspannt.«

»Das würden wir sehr begrüßen.«

Wellenstein lächelt und zieht einen Zettel aus seinem Jackett. »Eine Bitte von meiner Seite. Ich habe einen begabten Doktoranden und mit ihm eine zusätzliche Planstelle zu finanzieren. Denken Sie an unser Drittmittelkonto?«

Geben und Nehmen ist Wellensteins Devise. Laura sieht keinen Spielraum. »Keine Frage! Über die Höhe können wir ja *nach* München reden.«

Achtes Kapitel

»Laura und Michael«

August

GlobalPharm
Headquarter, Woodbridge, Virginia, USA

Episode VIII

Sir Ed Connolly: »Auf welcher Position managt Frau Lasalle unser Geschäft?«

Chief Operating Officer: »Sir, sie ist Verkaufsleiterin und entscheidet, was mit *Osteo-Forte* in Deutschland passiert.«

»Was erlaubt sie sich mit ihrem Bericht?«

»Sir, er entspricht der Wahrheit.«

»Was die Wahrheit ist, bestimme ich! Das ist Einmischung von unten, die ich nicht dulden werde.«

»Sir, eine frühzeitige Problemerkennung kann von Nutzen sein.«

»Die German Division schadet sich selbst. Die ersten Zahlen sind enttäuschend. *Wir* allein erkennen Probleme, und nur *wir* werden sie bei Bedarf auch lösen. Wenn nötig, sofort!«

»Sir, ich erwarte Ihre Anweisungen.«

»Ich befehle ›up or out‹! Formulieren Sie unsere konkreten Erwartungen in Bezug auf Umsatz und Kundenzufriedenheit für die nächsten beiden Monate. Wenn Frau Lasalle es nicht schafft, sie zu erreichen, wird sie das Unternehmen in angemessener Frist verlassen. Die Treppe wird von oben gekehrt. Brisson muss durchgreifen. Ohne Pardon!«

»Sir, ich gebe zu bedenken: Wir wechseln die Pferde im Galopp.«

»Es gibt Bessere. Ich denke an promovierte, hungrige Berufsanfänger, die gelernt haben, ihrem Doktorvater ergeben zu dienen!«

»Sir, wir werden die bedingungslose Loyalität einfordern.«

»Übrigens, die Umsatzeinbrüche bei MDW könnten größer sein. Die Nebenwirkungskampagne *Bonegold* muss daher verschärft werden!«

»Sir, das wird unsere Antwort auf Opio sein!«

E-Mail VIII

MEDICAL DRUG WORLD, PO-CENTER EUROPA, ENGLAND

Von: Vice President Al Williams, Pharmaceutical Operations Europe, London
Gesendet: 1. August, 07.00 Uhr
An: Dr. John Elliot, Chief of COC, Deutschland
Cc: –

Betreff: Umsatzentwicklung *Bonegold* / NW-Kampagne GlobalPharm

Sehr geehrter Herr Dr. Elliot,

die Umsatz-Entwicklung von *Bonegold* in Deutschland gibt Anlass zu höchster Besorgnis. Wir sehen uns daher gezwungen, Fakten zu schaffen:

1. Die neue Chancen/Risiko-Abwägung durch das Controlling zwingt uns, einen Kosten-Airbag einzubauen, der dem Unkosten-Äquivalent von 50 Planstellen entspricht.
2. Anfang Oktober werden wir eine endgültige Hochrechnung für das Jahresergebnis *Bonegold* vornehmen. Gilt die Verfehlung des Zieles als gesichert, ist bis zum 31. Dezember die Planstellenkürzung umzusetzen.
3. Für die operative Umsetzung sind Sie allein verantwortlich.

Wir sehen aber eine gute Chance, die Nebenwirkungskampagne von GlobalPharm zu stoppen. Dazu werde ich nach Frankfurt kommen. Mein Büro wird einen Termin mit Ihnen vereinbaren.

Darüber hinaus erwarte ich, dass die Fähigkeiten ihrer Außenorganisation zum Tragen gebracht werden, damit der attraktive Osteoporose-Markt für uns wieder optimal ausgeschöpft wird.

Selbstverständlich würde die Erreichung der Umsatzvorgaben dazu führen, Ihre personellen Ressourcen unangetastet zu lassen. Machen Sie das Ihrer Organisation klar.

Wir wünschen Ihnen viel Erfolg bei der Erreichung Ihrer Ziele!

Mr Al Williams
Medical Drug World
Vice President, Pharmaceutical Operations Europe, London

I

Starnberger See

Das erste August-Wochenende steht vor der Tür. Für den Süden Deutschlands ist hochsommerliches Wetter angesagt, und der Wetterbericht verspricht für die Seen Oberbayerns optimale Segelbedingungen. Vier bis fünf Windstärken sind drin. Der Starnberger See, Michaels Segelheimat, zieht ihn daher magisch an. Sein »Rennschwein«, eine Kielyacht, die auf den Namen Laisser-faire getauft ist, wartet darauf, endlich wieder einmal auf den Wellen zu reiten. Viele Regatten hat er mit ihr in den vergangenen Jahren gewonnen.

Wegen wachsender Sorgen hat Michael sich fest vorgenommen, am Wochenende abzuschalten. Dessen ungeachtet hat er sich mit Fabienne darauf verständigt, am Sonntagabend eine Entscheidung über ihre Ehe zu treffen.

Samstagmorgen. Der Wecker klingelt um 06.00 Uhr. Um diese Zeit ist auf der Autobahn nach Starnberg mit keinem Stau zu rechnen. Michael nimmt die Ausfahrt Percha und parkt seinen Wagen auf dem Gelände der Bootswerft Sattler. Er hat seinen Liegeplatz dort seit mehr als zwanzig Jahren.

Eine Werft mit Tradition. Bis zum Jahr 1501 lässt sich die Geschichte der Familie Sattler am Starnberger See zurückverfolgen, der bis in die Sechzigerjahre des letzten Jahrhunderts noch Würmsee hieß. Als eines der ältesten Fischergeschlechter ist die Verbundenheit zum See für die Sattlers seit jeher Hauptbestandteil des täglichen Lebens. Rennjollen, die die Werft verließen, wurden bis in die Schweiz und nach Österreich verkauft. Leistungsfähige Regatta-Yachten werden noch heute auf Kiel gelegt. Dank ihrer Qualität kämpfen sie fast ausschließlich um die vordersten Plätze. Ernst Sattler, Seniorchef, führt jetzt die Werft mit seinen beiden Söhnen.

Michael ist an diesem Morgen einer der Ersten auf dem Werftgelände. Die Kühlbox, bestückt mit Wein, Wasser und Dallmayer-Schmankerln, findet ihren angestammten Platz unter dem Vordeck.

Mit geübten Handgriffen ist die offene, knapp zehn Meter lange Kielyacht, Typ Trias, zum Auslaufen bereit. Michael segelt heute allein, um sich von Wind, Wasser und Wellen fordern zu lassen.

Ein romantischer Stichkanal verbindet den kleinen Hafen mit dem See. Eine Fußgängerbrücke spannt sich darüber. Als sie sich öffnet, verlässt die *Laisser-faire* unter Motorhilfe den Hafen.

Seniorchef Ernst, der an diesem Morgen »Zugbrückendienst« schiebt, sagt zu seiner Frau: »Ich glaube, in diesem Jahr ist er erst das dritte Mal auf dem See …«

Es weht ein lauer Wind aus Südwest. Auf kürzestem Weg steuert die Trias eine freie Boje an. An ihr wird festgemacht, um die Segel zu setzen. Die Schoten sind nicht belegt, die Segel knattern im Wind. Michael wirft die Festmacherleine los, eilt zurück in die Plicht, greift sich mit der einen Hand die Ruderpinne, luvt an und holt mit der anderen die Genua dicht. Danach das Großsegel. Bis auf zwei Segler, die gerade aus der Nachbarwerft auslaufen, gehört die Starnberger Bucht Michael allein. Es scheint, als hätte jemand den See für ihn in dieser Stunde leer gekauft.

Die *Laisser-faire* luvt weiter an, bis sie hoch am Wind segelt. In wenigen Augenblicken stimmt der Trimm. Auf der hohen Kante sitzend, holt Michael acht bis zehn Knoten Speed heraus. Die Trimmmöglichkeiten von Mast und Segel lassen keine Wünsche offen. Sein Herz geht vor Freude auf. Im Morgendunst erscheinen die Voralpen wie mit einem Weichzeichner gemalt. Was hat dieser See, was andere nicht haben? Vielleicht ein bisschen zu viel von allem: ein majestätisches Landschaftspanorama, Beschaulichkeit, Tradition, Restaurants für jeden Geldbeutel und erdbebensichere Biergärten. Entlang der Ufer zeigen sich die Juwele individueller Architektur. Keine andere Gegend in Bayern besitzt so viele alte Villen und Schlösschen wie die Ufergestade des Starnberger Sees.

Der Kurs ist Ritual. Vorbei an Starnberg, Pöcking und Feldafing geht es mit einigen Kreuzschlägen zur Tutzinger Bucht. Dort ist der Wind gut und stetig, da die Öffnung nach Westen wie eine Düse wirkt. Ein Mann, ein Boot – eins werden mit Wind, Wasser und Kurs. Dann geht es zurück in das türkisfarbene Flachwasser der Roseninsel. Anker werfen, Segel bergen, baden, sonnen und ein wenig schlemmen. So lässt es sich leben …

Michael gleitet ins Wasser, um sich zu erfrischen. Wieder an Bord, spannt er das Sonnensegel über das Deck und genießt Weißbrot, Käse und Rotwein. Was zählt, ist die Stimmung des Augenblicks und die Freiheit der Gedanken.

Das Handy klingelt. Ein Lärm, der den Menschen inzwischen am häufigsten belästigt. Schon will er das Gerät abschalten, doch die Nummer auf dem Display hindert ihn daran. Es ist der Regionalleiter aus München. »Herr Faust, was gibt's?«

»Störe ich Sie?«

»Wie man's nimmt.«

»Ich kann Hammerstein nicht erreichen. Ich denke, es ist wichtig.«

»Schießen Sie los.«

»Ich hatte gestern Tagung mit meinen Mitarbeitern. In den Praxen tobt der Krieg. Unsere Ärzte haben schon nach wenigen Wochen die Schnauze voll vom Thema Osteoporose! Mit einer sauberen Argumentation ist kaum noch durchzukommen.«

Michael hat das Gleiche inzwischen auch aus anderen Regionen gehört und ist sich sicher, dass die Aggressionen Londons nicht Teil der Lösung, sondern Teil des Problems sind. »Wir werden am Montag darüber entscheiden.«

»Da ist noch etwas.«

»Ich höre!«

»Die Art unserer Vorgehensweise schafft eine gefährliche Distanz zwischen uns und den Ärzten. Wenn wir und GlobalPharm uns weiter auf dem Rücken unserer Kunden gegenseitig zerfleischen, werden wir sie noch vergrößern. Der Ton ist auf beiden Seiten einfach nicht mehr angemessen.«

»Was schlagen Sie vor?«

»Vielleicht ein absurder Gedanke: Doch am besten wird sein, wir verständigen uns mit GlobalPharm.«

»Und was ist, wenn uns das nicht gelingt?«

»Dann verlieren beide!«

»Ich bin hier auf dem Starnberger See. Wo sind Sie gerade?«

»Ich relaxe im Garten. Wir können uns aber jederzeit treffen.«

»Um 20.00 Uhr bei Lello im ›Via Veneto‹?«

»Okay! Ich werde da sein.«

Michael lichtet den Anker. Es fällt ihm schwer, jetzt schon den Hafen anzusteuern.

2

München

Kurz nacheinander treffen Michael und Faust im »Via Veneto« in der Maximilianstraße ein. Michael streckt die Hand aus: »Danke, dass Sie gekommen sind.«

»Kein Problem!«, erwidert Faust knapp.

Sie nehmen am reservierten Tisch Platz und wählen aus den Vorschlägen des Kellners ein Abendmenü aus.

Faust ist in Michaels Augen ein Regionalleiter, der genügend Moral und Mumm hat, seinen Überzeugungen zu folgen. Er fordert ihn daher auf: »Erzählen Sie von Ihren Eindrücken! Was spielt sich draußen ab?«

»Ich habe gestern Besuche mit meinem besten Mitarbeiter hier in München gemacht. In sieben von neun Praxen bekamen wir von den Ärzten zu hören: Sie können mit mir über alles reden, meine Herren, nur nicht über Osteoporose!«

Ohne sich etwas anmerken zu lassen, fühlt sich Michael verunsichert. »Und worauf führen Sie das zurück?«

»Wir haben einfach schlechte Karten. Die wichtigsten Verordner sind unseren Informationen gegenüber nicht mehr aufgeschlossen. Wir haben zu viel agiert. Leider in die falsche Richtung.«

»Was genau ist falsch gelaufen?«

»Einfach alles. Vor allem die Abmahnungen an GlobalPharm und die Tatsache, dass wir es waren, die sie zur Rückholung ihrer Anwendungsbeobachtungen gezwungen haben. GlobalPharm argumentiert bei den Verordnern, dass wir das nur getan haben, weil wir die Qualität von *Osteo-Forte* fürchten. Der Arzt ist natürlich neugierig, will die Hintergründe wissen, und sie erklären wie nebenbei – episch breit – die Vorteile ihrer Substanz. Das Argument der besseren Verträglichkeit von *Osteo-Forte* wirkt sich auf *Bonegold* besonders negativ aus. GlobalPharm ist in den Augen der Verordner zum Opfer unserer Machenschaften geworden. Wir sind die Scharfmacher, wir werden zu Angreifern abgestempelt.«

»Sehen Sie das nicht zu dramatisch?«

»Eher realistisch! Ein Orthopäde berichtete, was er in den letzten fünf Wochen ertragen hat: zwei Besuche von GlobalPharm, zwei von Gates Pharmacy, zwei von uns. Außer der Reihe: GlobalPharm mit der Einrichtung der AWB und eine Woche später der Besuch wegen der Rückholung. Acht Mal Osteoporose in wenigen Wochen! Der Unterschied: ›Global-Gates‹ war dreimal öfter vor Ort. Sechs Mal contra *Bonegold*! Diese Besuchsfrequenz schafft manch guter Außendienst erst in einem Zeitraum von zwei Jahren.«

»Was meinen Sie, ist die Konkurrenz auf der Siegerstraße?«

»Sie haben jedenfalls stark an Boden gewonnen, und wir haben ihnen dabei auch noch geholfen.«

In diesem Moment fällt es Michael wie Schuppen von den Augen. Er erkennt, dass es sich bei der Diskussion um die Nebenwirkungen um einen entscheidenden Punkt handelt, der ihn zwingt, die Richtung neu zu bestimmen. »Ich weiß Ihre offenen Worte zu schätzen. Wir werden unsere Vorgehensweise ändern müssen.«

Faust erkennt in Michaels Augen das erste Mal Besorgnis. »Glauben Sie mir: Es geht nicht um taktische Winkelzüge. Schon gar nicht um unsere Kollegen, die mit hoher Motivation im Einsatz sind. Es geht um unsere Glaubwürdigkeit.«

»Befürchten Sie einen allgemeinen Umsatzeinbruch?«

»Schauen Sie doch, was draußen passiert. Die Unmengen Arzneimittelmuster, die kostenlos an Patienten abgegeben werden. Um die gesetzlich begrenzten zwei Ärztemuster kümmert sich kein Schwein. Weder bei uns noch bei Gates, noch bei GlobalPharm.

Sicher werden auch Patienten von *Bonegold* auf *Osteo-Forte* umgestellt. Unsere Ärzte wollen Erfahrungen sammeln. Das ist normal!«

»Was wir nicht ändern können, sind die Einnahmevorschriften von *Bonegold*. Zugegeben, unsere größte Schwachstelle. Sobald erst einmal die ersten Praxiserfahrungen mit *Osteo-Forte* vorliegen, könnte das zum Problem werden.«

Faust wirkt erleichtert, dass seine Bedenken offenbar ernst genommen werden. »Jetzt haben wir Urlaubszeit bei Mitarbeitern und Ärzten. Da passiert relativ wenig, und die Zeit fördert das Vergessen. Aber ab September sollten wir mit einer neuen *Bonegold*-Story bei unseren Verordnern aufschlagen.«

»Ich vertraue Ihrem Urteil. Wir werden einiges sofort ändern und rasch Alternativen entwickeln.«

»Damit wären wir schon einen großen Schritt weiter.«

»Haben Sie einen Vorschlag, wie wir die vorhandenen Dissonanzen dämpfen können?«

»Wir müssen alle Hindernisse beseitigen, die einem sachlichen Informationsaustausch entgegenstehen. Ein Burgfrieden mit GlobalPharm wäre da sehr hilfreich.«

»Ich werde es mir durch den Kopf gehen lassen«, sagt Michael nachdenklich.

3

Fabienne ist eine stolze Frau. Daher achtete sie darauf, Schwierigkeiten mit Michael vor ihren Eltern zu verheimlichen. Sie fand sich in den letzten Jahren mit der Abkühlung ihrer Ehe ab. Eine Flucht aus dieser Ehe wurde für sie in den letzten zwei Jahren ein immer wiederkehrender Traum. Ihr Fluchthelfer erschien vor Monaten in Gestalt eines ehemaligen Marineoffiziers und Erben eines Gestüts.

Sie lernten sich auf Borkum kennen, und ihre Intuition sagte ihr, dass er passen könnte. Der pensionierte Offizier war selbst vor zehn Jahren von seiner ersten Frau geschieden worden. Ihr Interesse wuchs, und so folgte sie seiner Einladung auf Ruysdael, seinem Gestüt in der Nähe Papenburgs. Sie verliebten sich ineinander.

Der Marineoffizier, Kapitänleutnant im Ruhestand, ist das genaue Gegenteil von Michael. Obwohl ein blasser Typ und vierzehn Jahre älter als Fabienne, ist ihr Liebhaber genau der Mann, von dem sie schon lange geträumt hat. Denn »Kaleu« bringt ihr Interesse und Verständnis entgegen. Er nimmt sich Zeit für sie. Das Wichtigste ist jedoch, dass ihr Offizier immer zu Hause ist, wenn sie von ihren Verpflichtungen heimkehrt.

Kaleu ist daher zu ihrem Rettungsanker geworden.

Gestärkt durch diese Liebe, kam sie mit ihm an jenem Sonntag nach München zurück, um ihre Ehe nach eigenen Vorstellungen zu beenden. Sie logierten im Hilton-Tucherpark und besuchten ehemals gemeinsame Freunde von Fabienne und Michael, um sich als neues Paar vorzustellen. Offen sprachen sie darüber, dass die Trennung in zwei Tagen vollzogen werden sollte.

Die Bühne ist gefegt für ihren Auftritt, und sie nimmt sich vor, alles dafür zu tun, diese als moralische Siegerin zu verlassen. Eine Mercedes-Limousine rollt Sonntagabend vor das Haus, Kaleu öffnet die Beifahrertür, Fabienne steigt mit einem glücklichen Lächeln aus und lässt sich an seinem Arm zum Eingang geleiten. Sie rechnet damit, von Michael durch eines der Fenster beobachtet zu werden. Sie kann nicht umhin, ihre weiblichen Reize vorzuführen. Sie freut sich, eine liebende Frau zu sein, und gibt sich sehr feminin.

4

Michael öffnet die Tür.

»Gib mir ein Zeichen, wenn du mich brauchen solltest!«, dringt eine Stimme an Michaels Ohr, die gewohnt ist, Befehle zu geben. Der Ton überrascht ihn, und gleichzeitig fühlt er sich davon provoziert. Erst als sie sich im Kaminzimmer gegenüberstehen, fragt er Fabienne: »Dein Chauffeur?«

Seine Frau kostet die Situation aus: »Ja, er steuert mein Leben. Ein fantastischer Mann!«

»Schön für dich. Dann dürfte ja alles klar sein!«, versucht er sich über die Situation hinwegzuretten.

»Ich hoffe sehr. Ich habe mir schon immer einen Mann gewünscht, der mich liebt, den ich liebe und der für mich da ist.«

Mit einem solchen Schlag hat Michael nicht gerechnet. Er hat zwar bemerkt, dass sie gestern im Haus gewesen sein muss, aber die Vorstellung, dass sie dabei augenscheinlich in Begleitung war, senkt sich wie ein Eisbrocken in seine Magengrube. »Dann hast du ja endlich einen Seelentröster an deiner Seite. Gratuliere!«

Fabienne merkt an seiner Stimme, dass ihm die gewohnte Souveränität abgeht. Es fällt ihm offensichtlich schwer, seine verletzte Eitelkeit zu verstecken. »Ja, ich liebe ihn, und ich will die Scheidung!«

An diesem Punkt fängt sich Michael. Er fragt sich, ob ihre Inszenierung nicht ein ganz besonders virtuoses Täuschungsmanöver ist. »Du hast ja Sinn fürs richtige Schlusswort entwickelt.«

Fabienne genießt es, zu zeigen, dass sie ihm einen Schritt voraus ist. »Ich habe mich darin geübt. Unser Nebeneinander war eine gute Lehre.«

Sie nimmt in ihrem nilgrünen, engen Kleid im Sessel Platz. Aufreizend zeigen sich ihre Schenkel. Fabienne ist sehr gut in dieser Art nonverbaler Kommunikation und gibt ihm mit allergrößter Deutlichkeit zu verstehen, dass diese Schenkel von einem anderen Mann begehrt werden. Das Adrenalin fließt auf beiden Seiten.

Für Michael ist es ungewohnt, dass Fabienne Regie führt. »Ich nehme an, die letzte Übung wird dir ebenfalls leicht fallen.«

»Das hängt von deiner Kooperationsbereitschaft ab!«, erwidert sie kalt.

»Ich höre!«

Fabienne öffnet ihre Tasche und reicht ihm ein Kuvert. »Ein Vorschlag von meinem Anwalt, wie wir die Sache regeln können. Mach dir ein Bild. Da wir klare Verhältnisse haben, könnten wir alles über meinen Anwalt abwickeln. Du hast aber die Wahl. Kostet allerdings doppelt Honorar.«

In der Regel nimmt Michael den Standpunkt anderer Personen kaum zur Kenntnis, wenn er mit seinem eigenen nicht übereinstimmt. In diesem Fall aber ist er von vornherein zur Kooperation bereit. »Gut! Ich werde den Vorschlag prüfen.«

»Fein! Gib Bescheid, wenn du damit durch bist.«

Wiederum sieht sich Michael in der Defensive. Sie ist es, die ihm sagt: *Es ist aus – vorbei!*

»Ich gestehe, du hast mich überrascht!«

Fabienne erhebt sich aus dem Sessel. »Unsere Ehe war quadratisch, praktisch, gut, aber ohne Nähe, Zärtlichkeit und Lebensfreude. Und nur das zählt – aber das wirst du nie verstehen.«

5
Frankfurt

Montagmorgen. Michael ist nach dem einschneidenden Wochenende froh, sich wieder in die Arbeit stürzen zu können. Er steht in seinem Büro, umringt von Assistent Bullinger, Außendienstleiter Hammerstein und Steger vom Controlling. Anlass ist die Umsatzentwicklung von *Bonegold* und der Reporting-Termin in London.

Michael hört Steger ungeduldig zu. Emotionslos interpretiert dieser die neuesten Zahlen: »Der Umsatzrückgang von *Bonegold* im Vergleich zum Vorjahresmonat Juli beträgt 15 Prozent. Im Monat August werden wir tendenziell eher bei einem Minus von 20 Prozent landen.«

»Das sieht ja nach einem Sturmtief aus.«

»Der Druckabfall ist beachtlich«, bemerkt Bullinger.

Michael wendet sich an Hammerstein: »Bodo, erzähl uns, wo die Ursachen liegen!«

Hammersteins Analyse deckt sich mit dem, was Faust Michael am Samstag im »Via Veneto« schilderte. Ein trockener, klinischer

Bericht mit vielen Fußnoten, in dem die Regionalleiter als Quellen fungieren. Michael fordert Bodo auf: »Mach mir einen Bericht fertig. Ich benötige ihn bis 12.00 Uhr.«

Am Nachmittag trägt Michael in Elliots Büro die Fakten der Situationsanalyse vor, so dass Elliot seine Schlussfolgerungen selbst ziehen kann. Auch Fox ist anwesend, obwohl er formell bereits aus Elliots Führungsstab ausgeschieden ist. Michael lässt sich davon nicht irritieren, wenngleich er ahnt, dass sich Fox durch die Entwicklung in seinen Prognosen voll und ganz bestätigt fühlt.

Michael fasst zusammen: »Wir müssen London überzeugen, dass wir durch eine Fortsetzung der aggressiven Herangehensweise in Deutschland Schiffbruch erleiden werden. Wir müssen auch deutlich machen, dass der Umsatzrückgang zum Teil auf einen übertriebenen Ärztemustereinsatz zurückzuführen ist. Die Urlaubszeit verschärft die Lage obendrein.«

Big Shot hält Michaels Analyse für äußerst besorgniserregend. Vor allem Michaels Einschätzung, dass erst mit einem neuen Kommunikationskonzept eine Wende zu erwarten ist. Die Begründungen wirken auf ihn zwar überzeugend, aber er ist weit entfernt davon, dies seinen Marketingleiter auch spüren zu lassen.

Fox grinst schadenfroh. »Herr Westfeld, erinnern Sie sich noch an unsere Auseinandersetzung Anfang des Jahres? Ich sagte damals: *Die Umsatzerwartungen in diesem Jahr sind in Anbetracht der neuen Situation unrealistisch. Ihre Schätzung für* Bonegold *ist eine einzige Fata Morgana!*«

»Ich kannte Ihre Position schon damals. Und auch jetzt teile ich Ihren Pessimismus nicht.«

Fox entgegnet rechthaberisch: »Sie werden die Umsatzschätzung nach unten korrigieren müssen. Das dicke Minus habe ich vorausgesehen. Nun dürfen Sie die schlechten Zahlen nach oben hin rechtfertigen. Hätten Sie sich über meinen realistischen Ansatz nicht hinweggesetzt, wäre Ihnen diese Peinlichkeit erspart geblieben.«

»Sie denken einfach zu kurzfristig. Wir werden das Blatt noch wenden!«

Fox grinst und hofft auf eine Bestätigung durch Elliot. Was Big Shot in diesem Moment wirklich bewegt, ist die Frage, welche Maßnahmen er für sich ergreifen muss, um das drohende Unheil unbeschadet zu überstehen.

Michael stellt die entscheidende Frage: »Wer informiert London?«

Elliot erwidert reserviert: »Ich möchte, dass Sie das übernehmen. Sie besitzen das nötige Detailwissen und können die prekäre Lage glaubwürdig darstellen. Gehen Sie hin und halten Sie die Welt an!«

Michael fühlt sich nicht geschmeichelt. Der letzte Satz entlarvt in seinen Augen eher die wahre Haltung Elliots. Er hätte ebenso gut sagen können: »Halten Sie Ihren Kopf hin!«

Als Michael in seinem Büro die Analyse für London vorbereitet, triumphiert Fox gegenüber Elliot: »Ich wusste es. Unser großer Marketingchef wird die Sache gegen die Wand fahren!«

Elliot diszipliniert Fox: »Da feixen Sie zu früh! Wir handeln hier auf Befehl Londons. Erarbeiten Sie mir ein Strategiepapier für das zweite Halbjahr. Thema: Fehler und Chancen mit *Bonegold*! Ich erwarte das Papier nach meinem Urlaub auf dem Schreibtisch.«

Als sich Fox zur Tür bewegt, fragt Elliot beiläufig: »Was ist mit Ihrem Dossier, von dem Sie mir berichteten?«

Fox ist wie elektrisiert: »Selbstverständlich Herr Elliot. Ich habe alles zusammengestellt. Mit Ihrem Einverständnis könnte ich sicher noch einige Fakten mehr hinzufügen. Geben Sie grünes Licht, damit mir das Kosten-Controlling zuarbeiten kann.«

»Ich werde mit Steger sprechen. Ich erwarte umgehend Ihren Report.«

»Sehr gern …«

Kurz danach meldet Elliot sich bei Michael am Telefon: »Westfeld, was ich noch sagen wollte: Begründen Sie den Umsatzeinbruch in London durch die Punkte Urlaubszeit und Mustereinsatz. Das klingt plausibel. Lassen Sie alles andere außen vor! Wir gewinnen dadurch etwas Zeit. Den Rest regeln wir nach meinem Toskana-Urlaub.«

6

London

Der Lufthansa-Airbus aus Frankfurt durchbricht die niedrige Wolkendecke über London und setzt unter Regenböen auf einer der Landebahnen in Heathrow auf. Das Inselwetter passt zu Michaels Gemütslage. Er blickt auf das Rollfeld hinaus und murmelt: »Begräbniswetter!« Dann legt er den Kopf wieder zurück.

Er hat das Gefühl, als würde er zu seiner eigenen Beerdigung fahren. Das schwierigste Kapitel steht ihm jedenfalls noch bevor: Wie wird der Texaner auf die Situation reagieren? Was für ein Batzen Geld wurde für Topas aus dem Fenster geworfen? Und wie hat dieser Wahnsinn dem Geschäft geschadet? Das Ende ist immer noch nicht absehbar.

Der Airbus dockt am Terminal an. Michael schnappt sich seinen Aktenkoffer. Die Gänge des Airports sind verzweigt und extrem lang, ähnlich denen eines Fuchsbaus. Das Taxi bringt ihn zügig zum PO-Center Europa.

Kleopatra führt ihn diesmal sofort in Williams' Büro. Drei Europamanager vom Ressort Selling-based CRM, Verkauf von Arzneimittel und Medizinprodukten, treffen gleichzeitig ein. Der Empfang ist frostig. Doch Michael lässt sich nicht täuschen, denn die Hölle gefriert nie.

Der Texaner ist ein Schauspieler und liebt anspruchsvolle Rollen. Der Marschall erklärt die Lage: »Meine Herren, Gewinn ist die Differenz zwischen Einnahmen und Ausgaben. Mich interessiert daher nur eines: Was tun Sie, um diese Differenz wieder zu vergrößern?« Ohne Umschweife fordert er Michael zum Rapport auf: »Mike, wo steht Ihr Regiment?«

Michael übergeht den Zynismus und kommt sofort zu den Kernpunkten seiner Analyse. Schon nach wenigen Sätzen unterbricht ihn Al und schlüpft in der Rolle des wohlmeinenden Sadisten: »Erzählen Sie mir nicht, wie die Lage ist, Mike! Ich will von Ihnen wissen, bis wann Sie das Minus bei *Bonegold* ausgleichen. Erstens! Zweitens! Drittens!«

Michael blickt in Williams' lauerndes Gesicht. Seine Emotionen gehen mit ihm durch: »Erstens, wir führen den Verordnern Bullenketten durch ihre Nasenringe! Zweitens, wir ziehen ihre Köpfe herab bis auf die Rezeptblöcke! Drittens, wir lassen erst wieder los, wenn *Bonegold* draufsteht!«

Die Selling-Manager erstarren, als würde Williams jeden Moment ein Erschießungskommando herbeizitieren. Verzögert schlägt sich Al plötzlich auf die Schenkel: *»Haha! Hahaha! Hahahahahaha! What a Joke!«*

Die Manager stutzen, doch dann löst sich auch bei ihnen die Anspannung. Lachsalven füllen den Raum.

»Idioten!«, brüllt Al zornig aus vollem Hals. Die Männer fahren erschrocken zusammen. Betretenes Schweigen breitet sich aus. Gefährlich leise wendet sich Al an Michael: »Mike, bis wann?«

»Silvester!«

Michael blickt in die Augen eines Gangsters: eisgrau und eiskalt. Williams' Faust knallt auf den Tisch. »Wir haben Millionen Euro investiert. Noch nie gab es derart zuverlässige Analysen über einen Konkurrenten! Und? Was habt ihr in Deutschland damit erreicht? Ein lächerliches Ergebnis! So wahr ich Vice President bin: Deutschland wird bis Silvester eine radikale Umstrukturierung erleben!«

Auf einen groben Klotz gehört ein grober Keil, denkt sich Michael. Lächelnd erwidert er: »Ihre Entscheidung! Aber, im Ernst, Al, wer arbeitet dann für Sie an der Vergrößerung der Differenz zwischen Einnahmen und Ausgaben?«

Bedrohlich verengen sich Williams' Augen. Vermutlich besitzt Al eine Art Schalter, mit dem er seine Mimik an- und abstellen kann. Michael blickt in ein nacktes Gesicht. Doch ein Wunder geschieht: Im Bruchteil einer Sekunde entscheidet sich Williams gegen eine Exekution Michaels. Stattdessen wendet er sich an den Manager zu seiner Linken: »Wie viele Arbeitsplätze werden in Deutschland bei der jetzigen Kosten-Nutzen-Relation wegfallen?«

»Rund fünfzig!«

Al wendet sich an Michael: »Sehen Sie, Mike, das ist Ihr Verdienst. Machen Sie das Ihren Versagern im Außendienst klar!«

Michael steht auf und beugt sich über den Tisch. Ohne Rücksicht auf Position und Karriere sieht er den Texaner an. »Al, niemand hier im PO-Center Europa wagt es offenbar, Ihnen die Wahrheit zu sagen. Nehmen Sie zur Kenntnis: Ich führe in Deutschland ein erfolgsorientiertes Team, das die Hosen nach zwei Monaten Konkurrenz-Wirrwarr keinesfalls voll hat. *Wir* haben nicht einen einzigen Dollar zum Fenster rausgeschmissen. Sie allein sitzen vor dem Millionenloch ›Topas‹, in das *Sie* stürzen werden, denn es waren *Ihre* Pläne, denen wir loyal gefolgt sind.«

»Schnauze!«, zischt Williams zornig.

Michael entgegnet ruhig: »Folgen Sie meinen Vorschlägen, Al, und wir füllen das Loch. Jedenfalls haben wir in Deutschland eine ganze Menge gelernt.«

Michaels Kalkül geht auf. Der Texaner schätzt Rückgrat. Er zügelt seine Aggressionen: »Mike, ich will Fakten, Pläne, Termine!«

»Fakten: Wir sind in der Anwendung eindeutig unterlegen! Aber wir haben die längere Praxiserfahrung. Pläne: Marktausweitung mittels Öffentlichkeitsarbeit! Einstellung der Undercover-Aktivitäten gegenüber GlobalPharm! Wir werden sie auf diese Art nicht mehr herausfordern. Termine: Es bleibt beim 31. Dezember! Bis dahin werden wir alles unternehmen, damit ein ausgeglichenes Ergebnis erzielt wird.«

Al reagiert in gewohnter Manier: »Mich interessiert nur das Ergebnis!«

»Al, unsere Arbeit definiert sich nicht nur über Gewinn und Rendite! Unsere Ärzte richten sich weder nach unseren Umsatzerwartungen noch nach unseren Marketingplänen. Das Vertrauen in unsere Medikamente ist das Kapital, das auf Dauer den größten Gewinn abwirft. Dieses Vertrauen zu gewinnen, daran arbeiten unsere Mitarbeiter täglich!«

Al schlüpft wieder in die Rolle des Feldmarschalls: »Ich werde vor nichts zurückschrecken! Fünfzig Planstellen! Das wird meine

Strafaktion gegen Deutschland sein, wenn Ihre Vertrauens-Kampagne scheitern sollte!«

Er wird es nie begreifen, denkt sich Michael. Er stellt eine letzte Forderung: »Ich benötige Flexibilität und Entscheidungsfreiheit!«

»Die haben Sie!«

7
London – Frankfurt, über den Wolken

Williams' Worte hallen nach: »Minus bei *Bonegold* ausgleichen! Mike, bis wann? Mich interessiert nur das Ergebnis! Ich werde vor nichts zurückschrecken!«

Das Umsatzergebnis wird zur Nagelprobe erklärt. Das Schicksal vieler Mitarbeiter hängt von ihm ab.

In Michael keimt ein Verdacht. Er versucht das Erlebte zu analysieren. Warum war Williams derart fixiert auf das kurzfristige Umsatzziel? Jedermann weiß doch, dass sich Verordnungsgewohnheiten schnell ändern können. Es entspricht auch grundsätzlich dem Motiv des Fortschrittsdenkens der Menschen, Neues und Besseres auszuprobieren. Entsprechend flexibel müssten die Antworten sein.

Nein, es muss ein stärkeres Motiv geben, denn Williams' Drohungen zeugen von einer nie erlebten Skrupellosigkeit. Michaels Urteil steht fest: Al ist ein ausgewachsenes Exemplar eines Charakterschweins, jemand, der Ziele verfolgt, die nur ihm persönlich nutzen. Mitarbeiter, die ihm dafür nicht dienlich sind, streicht er wie einen überflüssigen Kostenblock. Rücksichtnahme und Kompromissbereitschaft sind nur Fesseln, die ihn an der Erreichung seiner Ziele hindern.

Michael ist mit sich im Reinen: Er hat Mut bewiesen, Offenheit praktiziert, Lösungen angeboten, ist nicht zum opportunistischen Jasager geworden und hat keine Angst vor den Ausbrüchen des Texaners gezeigt.

Als er in Frankfurt in das Taxi steigt, beschäftigt ihn beharrlich die Frage: Welches Motiv treibt diesen Cowboy?

Al hat sich in seinen Augen längst für den Rausschmiss von fünfzig Mitarbeitern entschieden. Michaels moralischer Widerstand bricht hervor: Würde er Williams' Entscheidungen weiterhin mittragen, würde er selber zum Mittäter werden.

Er entschließt sich, als Erstes Laura Lasalle zu kontaktieren.

8

Berlin-Grunewald

Montagmorgen gegen 06.00 Uhr in der Spohrstraße, unweit von Lauras Wohnung, vernimmt Topas die Stimme seines Komplizen aus dem Kopfhörer. »Sie verlässt das Haus.«

Topas drückt die Stoppuhr. »Welche Richtung?«

»Sie nimmt den Wildpfad, wie immer! Sie kommt auf dich zu.«

Eine Weile herrscht Stille. Topas kann sich sicher fühlen. Die mit dunkler Folie präparierten Seitenscheiben seines Caravans schützen ihn. Als Laura federnden Schrittes an der Ecke Wildpfad/Spohrstraße in den Wald einbiegt, gibt er grünes Licht: »An die Arbeit! Du hast maximal zwanzig Minuten Zeit.«

Sein Komplize erwidert: »Bin auf dem Weg zur Garage.«

Der Mann trägt einen blauen Overall. Dazu eine passende Baseballmütze. Quer über dem Rücken ist der Aufdruck »Mobil Service Berlin« zu lesen. Dünne Handschuhe bedecken seine Hände. In der Rechten trägt er einen flachen Werkzeugkoffer, in der Linken einen Mikrohandsender. Er drückt eine Taste. Das angepeilte Garagentor öffnet sich. »Bin drin!«, meldet er, als sich das Schwingtor hinter ihm wieder schließt.

Topas kontrolliert die Stoppuhr und ist zufrieden: »Perfektes Timing!«

Sein Komplize ist im Team *der* Spezialist für elektronische Bremssysteme und deren Manipulationen. In den Achtzigern hatte er das erste Mikroprozessor-basierte ABS-System mitentwickelt. Er weiß, wie die modernen Standards funktionieren. Weiß, wie ein modernes Bremssystem beim Anfahren am Berg hilft, wie es die Bremsscheiben bei Regen trocknet, weiß, wie es vorsorglich den Bremsdruck erhöht, wenn man das Gaspedal unüblich schnell löst, und wie das sanfte, ruckfreie Ausrollen elektronisch zu beherrschen ist. Vor allem aber versteht der Mann wie kein anderer, die Systeme zu manipulieren, ohne Spuren zu hinterlassen …

Nach fünfzehn Minuten fragt Topas nach: »Wie weit bist du?«

Die Stimme aus dem Kopfhörer klingt rau: »Platziere gerade das GPS. Zwei Minuten noch.«

Eine knappe Stunde später sitzen beide in einem Café am Kurfürstendamm. Topas setzt die Tasse ab. Er wirkt übermüdet. »Wird es funktionieren?«

Der Elektronikspezialist reicht ihm einen handlichen Sender und zeigt auf den roten Knopf: »Wann immer du es willst. Wo immer du es willst.«

Topas nimmt ihn an sich. Sein Gegenüber zieht ein Etui aus seinem Jackett und öffnet die Deckel. Zwei Abdrücke eines Zylinderschlüssels sind deutlich zu erkennen. Er übergibt Topas das Etui: »Wahrscheinlich ihre Zweitschlüssel.«

Topas zeigt sich erfreut.

9
Berlin

Laura hat Brisson um ein Gespräch unter vier Augen außerhalb der gewohnten Umgebung gebeten. Das Restaurant »Dressler«, Unter den Linden, ist dafür der geeignete Ort. Auf der großen Sonnenterrasse, wo andere Gäste inmitten regen Treibens den Weltstadtboulevard beobachten, will sie ihren Chef verpflichten, die mit *Osteo-Forte* erzielten Ergebnisse Woodbridge gegenüber mit klarer Linie zu vertreten. Das heißt: Schluss mit den unterschiedlichen Statements, Schluss mit der Inflation an Vorgaben, Schluss mit dem Schaulaufen in den Meetings mit GATES, für das Brisson inzwischen berühmt ist.

In der Auseinandersetzung mit MDW hat man zwar die Nase noch vorn, aber die schwindende Akzeptanz des Themas Osteoporose bei den Verordnern ist nicht wegzudiskutieren.

Ein Perspektivwechsel, eine neue Grundorientierung in der Auseinandersetzung mit dem Marktgegner ist erforderlich, um insgesamt wieder ein positives Umfeld für die Indikation zu schaffen. Die Urlaubszeit, so ihre Überlegung, ist der richtige Zeitpunkt, um das Problem in den Griff zu bekommen.

Laura hat sich etwas verfrüht. Sie nimmt am reservierten Tisch Platz. Als der Kellner sich nach ihren Wünschen erkundigt, klingelt das Handy.

»GLOBALPHARM, Lasalle!«

»Westfeld, MDW! Können Sie sprechen?«

Laura ist sprachlos.

»Können Sie ungestört sprechen?«, wiederholt sich Michael.

»Oh! Ja. Ich kann.«

»Frau Lasalle, wir beide haben uns in der Vergangenheit zu Fehlern hinreißen lassen. Es gibt einiges zu korrigieren.«

»Ich bin völlig überrascht. Um was geht es genau?«

»Es geht um unsere engagierten Mitarbeiter und unsere Kunden.«

»Sie überraschen mich immer mehr!«

»Ich schlage ein Treffen vor. Ich hoffe sehr, Sie nehmen an.«

»Wer steckt hinter diesem Vorschlag?«

»Ich! Niemand sonst.«

Laura überlegt. Blitzartig ist sie sich der Gefahr bewusst, dass das Gespräch mitgeschnitten werden kann.

Michael vergewissert sich: »Sind Sie noch dran?«

»Ja. Kann ich Sie zurückrufen?«

Michael versteht. Er gibt die Nummer seines Fitness-Centers durch. »Heute Abend um zwanzig Uhr?«

»Okay!«

»Danke!« Erleichterung schwingt in seiner Stimme mit.

Sie drückt ihn weg und kann ihre Verblüffung nur mühsam verbergen.

Im gleichen Moment betritt Brisson Dresslers Terrasse. Er walzt auf sie zu wie die Inkarnation von Orson Welles. Die Wärme lässt ihn schwitzen, das Sakko baumelt über seiner Schulter. Er hat seit Opio kein Gramm abgenommen.

Laura begrüßt ihn: »Vielen Dank, dass Sie gekommen sind.«

Seine Erwiderung ist ein Kopfnicken. Nervös hängt er sein Sakko über die Rückenlehne. Beim Zurückziehen des Stuhls bleibt das Bein am Tischfuß hängen. Ungeduldig rüttelt er ihn hin und her.

Laura fühlt, dass irgendetwas mit ihm nicht stimmt. Endlich hat er den Stuhl in Position gebracht. Während er darauf niedersinkt, fallen seine Blicke auf Lauras raffiniert geschnittenes Wolford-Top. Bevor der Kellner seine Frage nach den Getränken loswerden kann, wischt er sich den Schweiß von der Stirn und sagt seufzend: »Jeder Tag hat seine eigene Plage!«

»Das klingt nach Ärger.«

Daraufhin platzt er mit der Neuigkeit heraus: »Ich hatte gerade ein Gespräch mit Woodbridge. Der Chief Operating Officer, die rechte Hand Connollys, kontaktierte mich vor einer guten Stunde.«

»New York? Zu dieser frühen Zeit? Das ist ungewöhnlich.« Dann verweist sie auf den wartenden Kellner.

Nachdem Getränke und das Mittagsmenü bestellt sind, nimmt Brisson den Faden wieder auf. »Ungewöhnlich? Es brennt lichterloh, Frau Lasalle!«

»Wie das?«

»Die Woodbridge-Elite zürnt uns. Die Börsenkurse sind nach Bekanntgabe der Ergebnisse vom letzten Jahr explodiert. Alles blickt nun gespannt auf uns und die Entwicklung von *Osteo-Forte*. Die Vorankündigungen in den USA waren euphorisch. Man erwartete in Deutschland einen raketenartigen Start. Doch wie Sie selbst am besten beurteilen können, zeichnet sich schon nach einem Monat ein Stillstand in der Umsatzentwicklung ab. Man befürchtet, von der internationalen Presse ein Versagerimage verpasst zu bekommen!«

Laura reagiert empört: »Das ist doch absurd!«

»Psssst! Bitte nicht so laut!«

Mit gedämpfter Stimme fährt sie fort: »Was heißt hier Stillstand? Wir sind erst seit sechs Wochen im Markt. Der Großhandel hat sich großzügig bevorratet! Dazu der Mustereinsatz und die Urlaubszeit! Obendrein die niederträchtigen Machenschaften von MDW. Das will nicht nur berücksichtigt, sondern auch verkraftet werden.«

»Woodbridge interessieren unsere Probleme nicht. Wenn der Aktienkurs stagniert, dann rückt uns eben Connollys rechte Hand auf die Pelle. Und sollten die Kurse in den Keller gehen, werden wir am Tag danach Zeit haben, hier unter den Linden auf und ab zu wandern.«

Laura insistiert: »Wer kennt eigentlich drüben unsere genaue Situation?«

»Unsere Anlaufschwierigkeiten sind bekannt. Ich nehme an, sie sind dort über das meiste unterrichtet.«

»Berichten Sie direkt?«

Brisson blickt zu Seite: »Natürlich!«

»Herr Brisson, ich möchte Sie etwas fragen!«

Brisson patscht ihr onkelhaft auf den Arm: »Nur zu!«

»Werden Sie von Woodbridge gezwungen, permanent die Beichte abzulegen?«

Jetzt kokettiert Brisson: »Ich kann *Ihnen* die Beichte abnehmen. Es würde immer unser Geheimnis bleiben.«

»Sind Sie sich dessen sicher?«

»Absolut. Das Beichtgeheimnis verpflichtet auch mich zur Schweigsamkeit!«

»Dann sollten Sie mir jetzt verraten, welche Seite Rosinski im Beichtstuhl einnimmt.«

Es folgt ein unangenehmes Schweigen. Dann sagt er mit fester Stimme: »Zu Ihrem eigenen Schutz: Lassen Sie Rosinski aus dem Spiel!«

Laura blickt zwei Schritte voraus und bleibt unbeirrt. »Seit wann fertigt Rosinski für Sie Hintergrundberichte an? Er versucht in Ihrem Auftrag an alle Informationen heranzukommen, auch an Konzeptstudien, die meine Kreativabteilung gerade erarbeitet. Geschieht dies alles in Ihrem Auftrag?«

Brisson zögert. Dann meint er: »Ich bin mit seiner Arbeit sehr zufrieden. Ich denke da vor allem an eine Studie, die er über Selbsthilfegruppen angefertigt hat. Lesenswert und wegweisend übrigens.«

Laura hat erfasst, woher der Wind weht. »Herr Brisson, ich sehe hier eine Wiederholung dessen, was wir eigentlich strikt vermeiden wollten. Hinter meinem Rücken geschehen Dinge, die ich nicht hinnehmen werde. Ich bin sicher, dem COO wird das nicht gefallen.«

Brisson reagiert aufbrausend: »Was wollen Sie damit andeuten?«

Laura erwidert ruhig: »Wer kann es schon hinnehmen, wenn in der eigenen Abteilung herumgeschnüffelt wird? Außerdem werden unsere Aktionen weiterhin torpediert. Diesmal aber nicht von außen.«

»Das müssen Sie mir schon näher erklären!«

»Erinnern Sie sich an die Rückholung der Anwendungsbeobachtungen? Wir haben alle Unterlagen eingesammelt. Trotzdem ist ein Original an MDW weitergeleitet worden, wie unsere Anwälte feststellen konnten. Und das erst *nach* Opio!«

»Ich verstehe Sie immer noch nicht.«

»Wir haben einen Maulwurf in unseren Reihen.«

Brisson ist nervös. »Wen verdächtigen Sie?«

»Ich überlasse es Ihrer Fantasie. Aber ich bin für lückenlose Aufklärung der Machenschaften. Egal woher sie rühren! Sie finden auf Ihrem Schreibtisch eine Dokumentation der Ereignisse der letzten Wochen. Diese Beichte ist übrigens für Woodbridge bestimmt. Ich halte den Dienstweg ein, indem ich Sie hiermit vorab informiere.«

»Sie … Sie wagen …« Weiter kommt Brisson nicht, da das Essen serviert wird. Laura wartet ab.

Kaum ist das Essen serviert, legt Brisson los: »Ich verbiete Ihnen, über meinen Kopf hinweg mit Woodbridge in dieser Art in Kontakt zu treten.«

»Wer garantiert mir sonst, dass die Informationen je dort ankommen, wo sie ankommen sollen?«

Brisson schnappt nach Luft wie ein Karpfen im Trockenen: »Frau Lasalle, ich warne Sie. Gehen Sie nicht zu weit!«

»Herr Brisson, ich wiederhole mich: Woodbridge erhält von mir eine Dokumentation der Ereignisse, um unsere aktuelle Situation besser einschätzen zu können. Dazu gehören auch die Vorfälle im eigenen Haus.«

Brisson droht: »Ziehen Sie Ihren Bericht zurück!«

»Sorry! Er ist schon unterwegs.«

10

Brisson fährt zurück in sein Büro. Zeile für Zeile liest er Lauras Bericht an Woodbridge. Sein Blutdruck steigt. »Dafür werden sie mich hängen …«, murmelt er.

Der Bericht beweist, dass MDW fast zeitgleich Kenntnis von den eingeleiteten Aktionen hatte. Und das trotz aller elektronischen Sicherheitsmaßnahmen. Es konnte keinen Zweifel geben: Der Maulwurf führte seine Wühlarbeit direkt im Hause durch. Dazu auch noch die Offensive von Frau Lasalle.

Das Problem Rosinski, denkt er, wird größer und größer. Für einen kurzen Augenblick wünschte er sich, jemand möge ihn erledigen und alles wäre vorüber. Dieses sinnlose Belauern, für das es keinen klaren Auftrag gibt, wo alles, was man greifen will, zurückweicht, muss ein schnelles, unauffälliges Ende finden …

Er hatte es schon lange geahnt: Rosinski spielt falsch. Den ersten Verdacht hatte er bereits nach dem Launch-Event in Opio geschöpft, als Rosinski nicht mit ihnen zurückgeflogen war, und danach hatte er unauffällig Erkundigungen einziehen lassen. Eine Suite im Hotel »Carlton« in Cannes? Woher nimmt jemand wie Rosinski das Geld, um sich einen solchen Luxus zu leisten? Das Dossier über seinen »Vertrauten« Rosinski, das ihm inzwischen vorliegt, zeigt noch andere Ungereimtheiten auf. Ausschweifungen mit Edelhuren, für die 1000 Euro pro Nacht nichts waren. Ein VIP-Jagdausflug zur Bärenjagd in den Karpaten. Derlei Vergnügungen sind mit einem Gehalt, wie es Rosinski nach seiner Herabstufung verdiente, auf Dauer nicht zu finanzieren. Brisson hat dafür nur eine Erklärung.

Bisher sah er sich gezwungen stillzuhalten, da Rosinski über Vorgänge Kenntnis besitzt, die ihn selbst die Position kosten können. Doch wenn Rosinski wirklich mit falschen Karten spielt, dann ist der Mann für ihn, Brisson, zu einem unkalkulierbaren Risiko geworden.

Zum Abwägen bleibt keine Zeit. Brisson sieht sich zum Handeln gezwungen.

Das Gespräch mit Rosinski ist kurz: »Du weißt, welches Schicksal einen Verräter erwartet?«

»Das gleiche Schicksal, das dich ereilen wird.«

»Ich sage dir auf den Kopf zu, dass du für MDW spionierst.« Brisson schiebt ihm ein Schriftstück über den Schreibtisch. »Nimm deinen Hut. Ich sorge dafür, dass der Fall lautlos abgeschlossen wird.«

»Ich habe in deinem Auftrag die Meldungen vertuscht. Ich habe Anspruch auf deine Hilfe.«

»Unterschreibe!«

»Und wenn ich mich weigere?«

Brisson zuckt die Achseln. »Es ist deine Beerdigung. Aber ich schwöre dir: Du wirst in dieser Firma nie wieder einen Fuß auf die Erde bekommen.«

II

Berlin – Frankfurt

20.00 Uhr! Laura wählt die Nummer, die Michael Westfeld ihr gegeben hat. »Westfeld am Apparat.«

»Lasalle hier!«

»Danke für Ihren Rückruf.«

»Herr Westfeld, Sie haben mir heute Mittag einen Vorschlag unterbreitet. Was versprechen Sie sich davon?«

Michael antwortet, ohne zu zögern: »Mein Vorschlag: Lassen Sie uns einen Weg beschreiten, auf dem beide Konzerne wieder zur Normalität zurückfinden.«

»Ein interessanter Gedanke. Handeln Sie auf eigene Faust oder auf Weisung?«

»Ich habe Handlungsfreiheit.«

»Was hat Sie veranlasst, diesen außergewöhnlichen Weg zu beschreiten?«

»Ich vermute, dass Sie und ich auf der gleichen Seite stehen, wenn es um Fragen des fairen Wettbewerbs geht.«

»Wollen Sie mir den Eiffelturm verkaufen?«

»Wenn er mir gehört, warum nicht?«

»Diese Art von Spiegelfechterei kann ich nicht bewundern.«

»Ein ehrliches Nein hätte mich unter kein besseres Licht gestellt!«

»Dann als Test Ihrer Ehrlichkeit, Herr Westfeld: Haben Sie unseren Computer in Opio geklaut?«

»Ja.«

Laura ist auf alles eingestellt, nur nicht auf eine solche Antwort. »Mhm!«

Michael bleibt stumm.

Nach einer Pause stellt Laura fest: »Ihr einfaches ›Ja‹ verblüfft mich.«

»Die Sache hat uns allen nur geschadet!«

»Was stellen Sie sich also vor?«

»Wir werden nichts mehr unternehmen, was dem Geschäft schaden könnte. Ich bin eher für eine Kooperation.«

»Wollen Sie sagen, dass Sie bereit sind, in Zukunft ohne Wirtschaftsspionage den Markt zu bearbeiten?«

»Besser hätte ich es nicht formulieren können. Ja, darüber sollten wir reden.«

»Machen Sie einen Vorschlag.«

Michael erwidert spontan: »Was halten Sie von einem Treffen?«

»Wo und wann?«

»Ich komme auch nach Berlin.«

»Gut. Haben Sie Ihren Kalender parat?«

»Ja!«

»Wie sieht es kommenden Freitag bei Ihnen aus?«

»Passt!«

»Treffpunkt?«

»Ich buche das Swissôtel, am Kurfürstendamm. Das ›Restaurant 44‹ befindet sich im Hause. Eine gute Adresse.«

»Wann?«

»Neunzehn Uhr?«

»Abgemacht!«

12

Berlin

Freitagnachmittag. Als das Telefon klingelt und auf dem Display »Brisson« erscheint, ignoriert Laura den Anruf und macht sich auf den Weg in die Tiefgarage. Das Treffen mit Westfeld zwingt sie, das Büro frühzeitig zu verlassen.

Gedanklich beschäftigt sie die Vorstellung, einen Codex auf den Weg bringen zu können, der beide Seiten zur Fairness verpflichtet. Das Treffen gewinnt durch bühnenreife Zwischenspiele über ihren Woodbridge-Bericht an Bedeutung. Harris war gerade aus dem Urlaub zurück. Gegen 10.00 Uhr hatten sie sich zum Informationsaustausch verabredet. »Es brodelt! Dein Woodbridge-Bericht ist sehr mutig. Respekt!« Das Wort »Respekt« ist bei Harris immer zweifach besetzt. Entweder meint er: »Das bewegt etwas!«, oder: »Davon sollte man lieber die Finger lassen!«

Harris neigte in diesem Fall jedoch mehr zur zweiten Interpretation. Das hatte seinen Grund: Im »Golden Spoon«, dem Direktionsrestaurant, begegnete er Brisson, der mit dem Finanzchef bei einem zweiten Frühstück Lauras Bericht diskutierte. Er hatte den Eindruck, sie fühlten sich ertappt. Als sie sich die Hand reichten, schob Brisson aus Versehen den Bericht vom Tisch. Harris hob ihn auf, und Brisson verlegte sich auf das Konversationsthema Urlaub.

Kurz darauf verließ Harris den »Golden Spoon« und ging in sein Büro. Auf dem Gang lief ihm Brissons Sekretärin über den Weg. Harris schätzt ihre Qualitäten. Sie ist Brissons Gedächtnis, zuständig für alle seine Alibis und für die Schließung der Lücken zwischen Theorie und Praxis. »Haben Sie mir eine Kopie von Lasalles Woodbridge-Bericht gemacht?«

»Oh, da haben Sie Pech. Das ist Verschlusssache!«

Harris veräppelt sie: »Welche Geheimstufe?«

»Geheimstufe?«

»Ja, Verschlusssachen besitzen Geheimstufen! Je nachdem, was drinsteht.«

»Na, da kann ich Ihnen was erzählen. Die Telefone zwischen Berlin und New York laufen seit Tagen heiß. Mit dem Geld könnte ich mir glatt eine Eigentumswohnung leisten.« Daraufhin dämpft sie ihre Stimme: »Wissen Sie, mein Chef kriegt kein Auge mehr zu. Das hätte Frau Lasalle nicht tun dürfen. So ein Ärger! Vor Monaten reichte es, wenn mein Chef das Deckblatt des Verkaufsberichtes auf den Tisch bekam. Und heute? Sie werden es nicht glauben: Das morgendliche Zahlenwerk hat es tatsächlich geschafft, *Die Welt* auf Platz zwei zu verdrängen. So etwas hat es in den letzten zwanzig Jahren noch nie gegeben …«

Es war definitiv kein einziges Exemplar im Umlauf. Natürlich wusste Harris, dass er den Bericht ohne Probleme an der Quelle bekommen konnte, doch was ihn interessierte, waren die Wellen, die er inzwischen schlug. Brissons unbedachte Äußerungen in verschiedenen Sitzungen ließen alle Ohren klingeln. Ohne Brissons Auffälligkeiten hätte kaum jemand der Sache große Aufmerksamkeit geschenkt. Doch *Osteo-Forte* und dem Woodbridge-Bericht gehörten die internen Schlagzeilen. Das kursierende Gerücht war mit drei Worten zu umschreiben: »*Osteo-Forte* floppt!«

Jeder interessierte sich plötzlich für die Tagesumsätze, obwohl dieses Segment nur einen Bruchteil dessen beisteuerte, was der Konzern insgesamt erwirtschaftete.

Am Mittwoch ging Laura zu Brisson. »Machen Sie der Gerüchteküche den Garaus! Es kann doch nicht sein, dass Sie beliebig interpretiert werden, nach der Devise: ›Was unser Chef zu *Osteo-Forte* eigentlich sagen wollte …‹!«

Er wies sie ab: »Es gibt nichts mehr zu diskutieren!«

Brissons bester Vertrauter Rosinski glänzte derweil durch Abwesenheit. Nach Aussage seiner Sekretärin hatte er sich krankgemeldet, aber keiner wusste so richtig wieso. Brisson sprach offen darüber, dass er nach einem Spezialisten für besondere Aufgaben der Marktbeobachtung Ausschau halte, als sei Rosinski für ihn erledigt. Unter anderen Umständen hätte die Gerüchteküche gebrodelt, aber es gab Wichtigeres zu bereden. Jedenfalls schien ihn niemand sehr zu vermissen.

Am Donnerstag ließ Brisson endlich ein positiv formuliertes Rundschreiben zu *Osteo-Forte* als Mail verschicken. Darin machte er deutlich, dass man sich in der Startphase befinde. Das Schreiben endete mit der Darstellung des guten Halbjahresergebnisses der German Division.

Am Freitagmorgen brachte Alexa einen Ordner, so dick wie das Telefonbuch von Berlin, der die Daten von annähernd fünfhundert Selbsthilfegruppen in Deutschland enthielt. Die ausgewählten Adressen reichten von den Dachverbänden und Kuratorien über Netzwerke bis hinunter zu regionalen Basisgruppen.

Die Agenturen stehen bereit. Am kommenden Montag soll der Startschuss zur Patientenmobilisierung fallen.

Alexa mustert Laura: »Die Hochsteckfrisur steht dir verdammt gut.«

Laura antwortet ironisch: »Ich habe meine Kriegsvorbereitungen getroffen.«

»Was immer es sein mag, ich bin sicher, du wirst diesen Krieg gewinnen«, verabschiedet sich Alexa ins Wochenende.

13

Bekannte Gefahren sind nicht das Problem, sagt sich Laura, sondern die unbekannten, die einem keine Zeit zur Vorbereitung lassen. Sie hat gelernt, dass in Ad-hoc-Situationen meist keine guten Entscheidungen getroffen werden. Um dies auszuschalten, lässt sie sich mit aktuellen Informationen über MDW versorgen.

Nach ihrem neuesten Kenntnisstand führt sie Westfelds Kontaktaufnahme auf die eklatanten Umsatzrückgänge von *Bonegold* zurück. Der Zeitpunkt, um Forderungen durchzusetzen, ist daher denkbar günstig. Das könnte auch helfen, eine Tür aufzustoßen, hinter der sich die Vorfälle von Opio verbargen, deren Aufklärung aus Rücksichtnahme auf das Konzernimage unter den Teppich gekehrt wurde.

Sie brennt darauf, einen Blick hinter diese Tür zu werfen.

»Und nun«, sagt sie und steckt sich die Haare nochmals fest, »sitze ich mit dem Täter an einem Tisch!«

Als sie sich sorgfältig schminkt, lauscht sie einem Bericht über eine EU-Konferenz in London, der sich mit dem Thema Betrug und Korruption im Gesundheitswesen auseinander setzt. Als eine der erfolgreichsten Fahndungsbehörden erwies sich der britische *Counter Fraud and Security Management Service* (CFSMS), der gerade einen Pharmabetrug aufgedeckt hatte, bei dem es darum ging, dass ein deutscher Hersteller über seinen Ableger in England überteuerte Generika vertrieb und das britische Gesundheitssystem um rund 300 Millionen Euro prellte. Auch die Europazentrale von MDW soll unter der Beobachtung des CFSMS stehen.

Laura blickt auf die Uhr. »Irgendetwas ist über dich gekommen«, gesteht sie sich ein. Sie kontrolliert ihr neues Outfit im Spiegel: ein dunkelblaues, tailliertes Top aus hochwertigem Feinstrick. Blickfang ist der angesetzte Schal aus reinem Seiden-Satin. Dazu ein edel bedruckter zweilagiger Samtrock mit hohem Schlitz an der Seite. Die untere Lage und der Volant sind aus wunderbarer

Seiden-Georgette. An ihre Beine schmiegen sich Stiefel aus Veloursleder mit Lederschnürung, silberfarbenen Ösen und hohem Absatz. »Gib zu: So viel Zeit und Geld für einen einzigen Termin hast du selten investiert!«

Laura steigt in das bestellte Taxi. »Zum Swissôtel, ›Restaurant 44‹!« Auf die Frage, was man so über das Restaurant zu hören bekommt, antwortete der Fahrer ohne Umschweife: »Es ist eines der besten! Um da zu essen, müsste ich allerdings noch viele Fahrten von Grunewald zum Kudamm machen.« Letzteres ist für Laura etwas mehr an Information, als sie sich wünscht.

Das Fünf-Sterne-Swissôtel befindet sich direkt am Kurfürstendamm, nur wenige Gehminuten von der Gedächtniskirche und dem KaDeWe entfernt.

Der Portier eskortiert Laura zum Fahrstuhl. Die Hotellobby liegt im ersten Obergeschoss. Zur Linken befindet sich der Eingang zum Restaurant. Zwei livrierte Ober begrüßen Laura betont aufmerksam. Als sie auf eine Reservierung angesprochen wird, erwidert sie: »Herr Westfeld erwartet mich!« Ein weiterer Livrierter begleitet sie in das Innere eines schnörkellosen Ambientes. Die wenigen Gäste verlieren sich an den Tischen.

Ein schneller Blick zum Eingang. Michael, der eine knappe halbe Stunde früher im Restaurant eingetroffen ist, entdeckt Laura zuerst. Sein erster Gedanke: »Berlin hat viele Frauen, doch nur wenige Göttinnen!« Die Blicke der anderen Gäste wandern mit ihr. Michaels zweiter Gedanke: »Diese Frau ist jedes Risiko wert.« Daraufhin huscht ein Lächeln über sein Gesicht.

Laura lächelt ebenfalls, als sie auf ihn zukommt. Sie sieht hinreißend aus. Mit schwungvoller Geste streckt sie die Hand aus.

»Ich freue mich, dass Sie gekommen sind«, sagt Michael als Begrüßung.

Laura entgegnet prompt: »Ihr Vorschlag hat Eindruck auf mich gemacht.«

Michael versucht, entspannt zu reagieren. »Mhm! Ich denke, jeder Versuch macht Sinn, wenn man bereit ist, am rauen Stein zu arbeiten.«

»Arbeiten am rauen Stein? Was wollen Sie damit sagen?«, fragt Laura amüsiert.

»Für Sokrates war diese Metapher das Sinnbild der Unvollkommenheit und des Verstandes. Ich glaube, er meinte damit, dass wir an uns selbst arbeiten müssen wie an einem Stein, der zum Bau eines Tempels taugen soll.«

Der Ober, der mit melodischer Stimme raffinierte Cocktails und Aperitifs empfiehlt, kommt ihrer Antwort zuvor.

Michael sagt zu Laura: »Bitte, wählen Sie!«

»Das ungewöhnliche Treffen hat es verdient. Bringen Sie uns bitte zwei Glas Champagner!«

Ein paar Sekunden lang herrscht Schweigen. Michael fragt: »Wollen wir einen Blick in die Karte …?«

Mit einem sachten Kopfschütteln verneint Laura. »Herr Westfeld, lassen Sie uns Klarheit schaffen. Ich will wissen, mit welcher Einstellung Sie hier am Tisch sitzen. Sind Sie der reuige Marketingleiter von MDW, der nach faulen Kompromissen sucht, oder sind Sie der Mensch, der für die vielen Schwierigkeiten, die wir hatten, Verantwortung übernehmen will?«

Michael antwortet darauf nachdenklich: »Ich will, dass meine Mitarbeiter um des Profits wegen nicht mehr mit Moral und Gewissen in Konflikt geraten. Darin sehe ich einen wichtigen Teil meiner Verantwortung.«

»Moral steht oft auf schwachen Füßen, wenn handfeste Interessen im Spiel sind. Vor allem, wenn man sich einen Vorteil ergaunert und zugleich guter Hoffnung sein kann, der Strafe zu entgehen. Daher meine Frage an Sie: Wo waren Ihre Moral und Ihr Gewissen, als Sie uns in Opio den Laptop klauten?«

»Ich selbst war nie in Opio.«

Laura ist verdutzt. »Sagten Sie nicht …?«

»Ja … Wir haben ihn klauen lassen! Man hat mich aber mit Details nie belastet.«

»Waren Sie nicht eingeweiht?«

»Ich habe nur die Auswertung vorgenommen.«

Laura fixiert Westfelds Augen: »Hatten Sie die Idee?«

Michael schüttelt den Kopf: »Nein!«

Lauras Gespür sagt ihr, dass ihr Gegenüber die Wahrheit sagt. »Fühlen Sie sich benutzt?«

»Im Nachhinein kann ich das bejahen.« Der Ober tritt heran und serviert den Champagner.

Laura wartet, bis er sich zurückgezogen hat, dann setzt sie nach: »Eine Frage noch, Herr Westfeld: Wo waren Sie gerade, als Sie an jenem Samstag meinen Anruf aus Nizza entgegennahmen?«

»Ganz in Ihrer Nähe!«

»Wie nah?«

»Sehr nah! Sie standen keine zwei Meter von mir entfernt.«

Laura ist verblüfft. Gleichzeitig glüht ihre Neugier. Im geeigneten Moment wird sie darauf zurückkommen. Die Gläser erklingen: »Auf die Arbeit am rauen Stein!«

Auf ein Zeichen Michaels tritt der Ober heran und reicht die zweigeteilte Speisekarte, eine Wahl zwischen traditioneller und experimenteller Küche!

Beide entscheiden sich für die experimentelle Küche, ein »Sommerzauber-Menü«, das aus drei Gängen besteht, inklusive einer Weinempfehlung zu jedem Gang.

Laura registriert, dass Michaels Blick einen Augenblick zu lang auf ihren Brüsten ruht. Sie würde gern seine Gedanken lesen. Doch bohrende Fragen drängen auf Antworten. Laura beschließt, den Anfang zu machen. Sie hebt das Glas und hält es ins Licht. »Wir trinken Champagner, doch hinter uns stapelt sich noch das ganze schmutzige Geschirr. Nehmen wir uns die Zeit für den Abwasch?«

»Meinetwegen.«

»Also, wie lautet Ihr Angebot?«

»Einstellung des Störfeuers!«

»Bitte konkret!«

»Keine aggressiven Aktionen mehr, die unser Image und unsere Reputation bei den Ärzten schädigen. Dafür mehr Konzentration auf die Indikation selbst, damit das Gesprächsklima in den Praxen wieder besser wird.«

»Mit Verlaub, Herr Westfeld, das ist mir zu schwammig. Ich

fordere Sie auf, dafür zu sorgen, dass die Verantwortlichen in Ihrem Konzern die Spionageaktivitäten und die damit verbundenen Angriffe auf unser Unternehmen unverzüglich einstellen.«

»Frau Lasalle, ich bin nicht der Vorstandsvorsitzende von MDW. Aber ich versichere Ihnen, dass wir in Deutschland nichts mehr benutzen werden, sollte es illegal aus Ihrer Quelle beschafft worden sein.«

»Das heißt, Sie können nicht garantieren, dass wir weiter ausspioniert werden.«

»Nein.«

»Was macht es dann für einen Sinn, wenn wir uns hier Gedanken machen?«

»Weil wir einen entscheidenden Vorteil haben, wenn wir die Winkelzüge derer durchschauen, die sich davon viel versprechen.«

Laura wird energisch: »Ich will das kriminelle Spiel nicht erst durchschauen müssen. Es muss von vornherein unterbunden werden!«

»Das wäre wünschenswert. Aber vergessen Sie nicht: Ich bin es, der Ihnen eingesteht, dass wir einen Fehler gemacht haben.«

»Ist Ihre Loyalität verhandelbar?«

»Grundsätzlich nein! Nur mein Gewissen stelle ich darüber.«

In diesem Moment wird Erbsenschaum mit Saiblingskaviar, glasierten Möhrchen und gegrillten Jacobsmuscheln in Jasminöl serviert. Passend dazu wird ein Sauvignon Blanc kredenzt. Die Aromen sind markant.

Michael und Laura genießen still die Komposition. Laura nimmt schließlich den Faden wieder auf: »Kommen wir zum Kern der Sache. Was passiert, wenn ich Ihren Vorschlag ablehne?«

»Eine Entscheidung, die ich akzeptieren würde. Trotzdem denke ich, dass die Gemeinsamkeiten zwischen uns überwiegen.«

Laura lächelt. »Was macht Sie da so sicher?« Sie beschließt, ihm auf den Zahn zu fühlen: »Ich denke, für Sie wird es schwierig werden, das Minus von *Bonegold* kurzfristig in ein Plus zu verwandeln.«

Michael bleibt gelassen: »Sie und ich kennen doch die Umsatzsituation in unseren Konzernen. Ich muss ständig das Minus erklären, und Sie kämpfen sicher ebenfalls jeden Tag mit ›Deckblattlesern‹, die sich nur an Kennzahlen orientieren und nicht verstehen wollen, dass unsere Ärzte zurzeit ihre Bäuche lieber in die Urlaubssonne halten, anstatt *Osteo-Forte* zu rezeptieren. Aber ich sehe eine Möglichkeit, dass wir beide Probleme in den Griff bekommen können.«

Lauras Lächeln wird breiter. »Sie ziehen einfach *Bonegold* aus dem Handel!«

»Das hätten Sie wohl gerne. Im Ernst, wenn es uns gelingt, den Markt erheblich auszuweiten, werden beide Konzerne genügend Neueinstellungen bekommen. Damit reduzieren sich auch die Probleme.«

»Das dürfte in der Tat die beste Chance sein.«

Zwei Ober treten heran und servieren den zweiten Gang: Glattbuttfilet Müllerinart mit Kartoffeln, glasierter Zitrone und Petersilieneis. Dazu wird ein Weißburgunder eingeschenkt.

Laura blickt bewundernd auf ihren Teller: »Herr Westfeld, Sie haben fabelhaft gewählt. Eine wirklich kreative Küche.«

»Danke, und guten Appetit!« Michael kommt auf Lauras Antwort zurück: »Sie sagten vorhin, dass eine Marktausweitung unsere beste Chance wäre.«

»Das sehe ich so.«

»Dann könnte man die Schlacht doch gemeinsam schlagen.«

Laura skeptisch: »Glauben Sie wirklich, dass sich das realisieren ließe?«

»Natürlich! Vorausgesetzt wir haben Vertrauen zueinander und einen heißen Draht.«

Laura lässt sich mit ihrer Antwort Zeit. »Das mit dem Stein ist zwar eine schöne Metapher, doch ich erlebte vor Wochen durch Ihre Schnüffler einen wahren Felssturz. Um im Bild zu bleiben: Noch vor einer Stunde hätte ich geschworen, dass Ihr restliches Leben nicht ausreichen würde, um all diese Bruchstücke zu behauen, geschweige denn daraus einen Tempel des Vertrauens zu bauen.«

»Frau Lasalle, mag die Arbeit daran bis in die Ewigkeit dauern, entscheidend ist es, damit zu beginnen!«

»Dann beginnen Sie!«

»Eine schnelle Rekrutierung von neuen Patientinnen wird nur über eine geschickte Öffentlichkeitsarbeit gelingen. Sie wissen genauso gut wie ich, dass wir demnächst dazu Kampagnen starten werden. Daraus ergibt sich jede Menge Bedarf an Abstimmung und Koordination. Ich möchte nur einige wenige Möglichkeiten nennen: Wer macht was? Welchen Experten schicken Sie ins Rennen, welchen wir? Welche Medien werden eingeschaltet? Mit welchen Botschaften mobilisieren wir die Frauen, wer hat zu welchen Journalisten die besten Kontakte?«

»Das wäre sicher sehr effizient. Was ist mit den Selbsthilfegruppen?«

»Auch das ließe sich optimieren.«

Laura fixiert Michaels Augen. »Herr Westfeld, ich möchte eines klarstellen: Egal wie wir in Zukunft vorgehen werden, es darf nie mehr geschehen, dass unsere Aktivitäten durch Sie mit Abmahnungen, einstweiligen Verfügungen oder sonstigen Einsprüchen unterlaufen werden.«

Michael sieht sich am Ziel: »Frau Lasalle, glauben Sie mir: Wir in Frankfurt verfolgen keine Strategie der kontinuierlichen Wirtschaftsspionage. Ich werde alles daransetzen, um ein solches Vorgehen hier in Deutschland zu verhindern.«

Das ist es, was Laura hören wollte. Sie hebt ihr Glas: »Auf unseren privaten Ehren-Kodex!«

»Wie steht es mit der Nebenwirkungskampagne gegen *Bonegold*?«

»Werden wir nicht weiter verfolgen.«

Michael ist zufrieden: »Auf das Vertrauen!«

Lauras Interesse an Michael ist geweckt. Wann hat mich einer das letzte Mal auf diese Weise neugierig gemacht?, sagt sie stumm.

»Glauben Sie, dass in solch kurzer Zeit Vertrauen entstehen kann?«

»Ich glaube, Vertrauen entsteht aus einem Code, dem Code unserer zweiten Sprache, die über oder unter der liegt, mit der man spricht. Diese Stimme sagt uns, ob jemand authentisch und glaubwürdig ist.«

Authentisch klingt auch die Stimme des Obers: »Geschmortes vom Atterochsen mit Trüffeljus, kaltem Apfel, Roter Bete und Jalapenosalat. Dazu ein Glas Cabernet Sauvignon ›Firefinch‹ aus Südafrika.«

Michael greift sich spontan das Glas. »Nennen Sie mich Michael.«

»Ich heiße Laura!«

Die Befangenheit ist verflogen. Aversionen, Misstrauen und Feindbilder spielen plötzlich keine Rolle mehr. Entspannt plaudert man über persönliche Interessen, Hobbys, Urlaube, Kochkünste und über Einstellungen zum Leben.

Das Dessert passt zum Ausklang: Delice von Himbeeren, Passionsfrucht und Glandujaschokolade mit Kokosmilchreiseis. Dazu ein Gläschen Impérial Cuvée »Marietheres« aus Österreich.

Als letzte Gäste verlassen sie das Restaurant. Sie tauschen ihre Visitenkarten. Michael begleitet Laura hinunter zum Taxistand. Als die Aufzugtüren schließen, nimmt er sie bei den Schultern und nähert sich ihr sacht. Die zarte Berührung wird von Laura erwidert.

Bevor sie in das Taxi steigt, umarmen sie sich. Sie löst sich sanft: »Falls noch etwas ist, wo kann ich dich erreichen?«

»Im ›Swissôtel‹, Zimmer 1309!«

Stumm wiederholt sie die Zahl. »Eine gute Nacht!«

Michael hält ihr die Tür auf. »Komm gut nach Hause!«

Als Laura ihre Wohnung betritt, ist es 01.30 Uhr. Sie greift zum Telefon, wählt das »Swissôtel« und lässt sich mit Zimmer 1309 verbinden. Michael ist dran: »Ja, bitte?«

»Hast du Lust, mit mir gegen 10.00 Uhr zu frühstücken?«

Sein geatmetes »Ja« pulsiert in ihr fort …

14

Während Michael im »Swissôtel« seine Tasche packt, beginnt Laura in Grunewald auf ihrer Veranda den Frühstückstisch einzudecken. Es ist halb neun, und eine sommerliche Morgensonne lässt Grunewald in gleißendem Licht erstrahlen. Gut ausgeschlafen, fühlt sie sich entspannt wie schon lange nicht mehr.

Das Treffen im »Restaurant 44« war für sie mehr als nur ein geschäftlicher Erfolg gewesen. Hatten sie nicht Vertrauen zueinander gefasst, und war sie mit Michael nicht schneller übereingekommen, als sie vermutet hatte? Jedenfalls ist sie sehr erleichtert über die getroffenen Absprachen. Der Nutzen ist nicht zu überbieten, schon deshalb nicht, da sie nur wenigen in der eigenen Firma trauen kann.

Doch da war noch etwas anderes zu spüren. Ein Hauch des Glücks während der ersten Berührung. Sie findet kein Wort dafür, keinen Ausdruck für diese empfundene Nähe. Sie konnte das nur fühlen, und an diesem sonnigen Morgen findet sie es einfach angenehm prickelnd, zwei Gedecke aufzulegen.

Zu ihrer Stimmung passt auch das weiße Top, das sie mit einem dunkelblauen Minirock kombiniert hat. Als einzigen Schmuck gönnt sie sich eine Spange mit blauer Schleife, die ihr Haar zu einem Pferdeschwanz bindet. Das dezent aufgetragene Make-up lässt ihren Teint samtig und ebenmäßig wirken und sorgt für eine frische Ausstrahlung.

Während sie die Kaffeemaschine vorbereitet, erinnert sie sich für einen Moment an so manchen leeren Samstag mit Yves. Mit einer beflügelten Stimme befreit sie sich von den düsteren Gedanken: »Endlich mal wieder ein freudiges Wochenende!«

Michael verlässt das Swissôtel mit einem Blumenstrauß. Seine Gedanken kreisen um die schöne Frau. Er nimmt sich ein Taxi nach Grunewald. Während der Fahrt kontrolliert er seinen Flugschein. Frankfurt erscheint von Berlin an diesem Morgen so weit entfernt wie New York. Er wählt eine Servicenummer, lässt sich mit Lufthansa verbinden und bucht seinen Rückflug auf die letzte Maschine um.

Der Verkehr fließt langsam. Seine Gedanken kreisen wieder um Laura und ihre völlig überraschende Einladung zum gemeinsamen Frühstück. Das hätte er sich gestern um die gleiche Zeit nicht träumen lassen. Michael mochte schon immer selbstbewusste Frauen. Besonders hellwache Klugheit. Genau das zieht ihn an. Im Falle von Laura kommt aber noch etwas anderes hinzu: eine besondere Art, sich zu bewegen, und ihre Ausstrahlung, die ihn magisch anzieht.

Das Taxi nähert sich dem Stadtteil Grunewald. In Gedanken sieht er Laura vor sich. Freudige Erwartung erfüllt ihn.

15

Das Taxi hält in der Griegstraße. Etwas verfrüht drückt Michael ihre Klingel. Kurz darauf summt der Öffner. Wenig später steht er im ersten Stock vor Lauras Wohnung. Sie öffnet die Tür, tritt zurück und bittet Michael mit einer schwungvollen Geste in den lichtdurchfluteten Eingangsbereich. Er schreitet durch die Tür, die sie hinter ihm schließt. Michael dreht sich um, überreicht den Blumenstrauß: »Einen wunderschönen guten Morgen! Eine schöne Idee von dir.« Laura nimmt den Strauß dankend in Empfang.

Michael betrachtet ihren frechen Mini. Für einen Moment wird es vollkommen still. »Du siehst toll aus«, sagt er schließlich mit einem schelmischen Lächeln.

Michael trägt ein blaues, eng anliegendes Strickhemd, das seine dunkel gebräunten, muskulösen Arme zur Geltung bringt. Laura hebt langsam ihre rechte Hand und berührt seinen Oberarm. Die Berührung wirkt elektrisierend. Ihre Blicke treffen sich. Wie in Trance lässt sie den Blumenstrauß aus der Hand gleiten. Seine Linke umfasst ihre Schulter, während die Rechte sich um ihre Taille legt. Sie holt kurz Luft und schmiegt ihren Körper katzensanft an den seinen.

Die Intimität der Wohnung verstärkt die Sehnsucht der beiden nach Zärtlichkeiten. Er zieht Laura noch enger an sich heran. Sie liegen sich in den Armen, als würden sie eine vertraute Gewohnheit auskosten. Er fühlt, wie Laura tief, aber gleichmäßig zu atmen beginnt. Als höre einer auf den anderen, atmen sie bald in einem Rhythmus, halten sich dabei ganz fest. Für beide ist das der Moment der Erlösung aus monatelanger Enthaltsamkeit.

Michael beginnt, sie auf Stirn, Schläfen, Nasenspitze zu küssen und die Wangen zu liebkosen. Schließlich treffen ihre Lippen weich aufeinander. Die Pulsfrequenzen beschleunigen sich. Der Saum von Lauras Mini ist nach oben gerutscht. Sie trägt einen Tanga. Michaels Hände greifen ihren herrlichen Po.

Sie küssen sich leidenschaftlich. Laura löst sich, schlüpft an ihm vorbei in ihr Wohnzimmer. »Komm!« Michael folgt ihr. Sie schließt die Tür zum Balkon, streift den Mini ab, zieht sich das Top über den Kopf und wirft es zur Seite. »Komm!«, wiederholt sie.

Laura hat eine Figur wie aus einem Edeldessous-Katalog. Ihr Anblick in weißer, eleganter Spitzenwäsche wirkt atemberaubend. Rasch entkleidet er sich, während sie ihre Haare öffnet. Michael zieht Laura an sich, öffnet ihren BH, küsst ihren Hals, die Spitzen ihrer Brüste. Laura drückt ihn sanft in den Sessel. Michael umfasst ihre Taille, seine Lippen wandern vom Nabel abwärts bis zu dem süßen Nichts, das noch ihre Scham verhüllt.

Sekunden später kniet sie vor ihm und steigert seine Lust mit ihren Lippen, während Michael vor Wonne in ihren langen Haaren wühlt.

»Komm!«, sagt nun Michael. Laura steht auf, macht einen kleinen Schritt zurück und streift ihren Tanga ab. Michael nimmt sie bei den Hüften. Sie wiegt sich aufreizend. Früchte, lockend und verführend. Zarte Berührungen, nach denen sie sich so lange gesehnt haben. Ihr Gesicht ist über seinem, sie hält die Augen geschlossen. Dann spreizt sie die Beine und senkt sich langsam auf seinen Schoß herab. Ihre Finger verflechten sich. Eine einzige stille, schwebende Bewegung. Der Moment ist gekommen, in dem sich ihre Seelen zu streicheln beginnen. Ein Gefühl wahnsinniger Lust überkommt beide.

Wogend wie ein Schilf in den Wellen bewegen sich ihre Körper, ihre Leidenschaft gleicht der Dünung einer aufgewühlten See. Sie türmt sich auf und bricht sich endlich hoch auf ihrem Kamm. Die Gischt rast herab, zerstäubt, die nächste Woge reißt sie fort …

16

Laura ruht auf dem Laken ihres Bettes. Michael, neben ihr, lässt seine Hand sanft über ihre Schulter, Rücken, Hüfte und Schenkel gleiten. »Mein Gott, wie hat mir das gefehlt! Du bist wundervoll.«

Sie reagiert mit Neugier: »Wann hast du das eigentlich bemerkt?«

»In Hamburg. Im März, als wir im Hotel Atlantik an einem Tisch saßen.«

Sie schlingt ihre Arme um seinen Hals: »Liebster. Wir haben Monate verschenkt!«

»Ich war sprachlos! Erinnerst du dich an deine Worte, als ich gerade beim Frühstück saß?«

»Natürlich: ›Heute ist der Tag, Herr Westfeld, an dem Sie zur Kenntnis nehmen müssen, dass wir die Art ihrer Informationsbeschaffung durchschaut haben. Es ist vorbei mit dem Abschöpfen unserer Daten! Außerdem werden Sie die Konsequenzen Ihrer Wühlarbeit bald zu spüren bekommen.‹ Das waren meine Worte. Und?«

»Wir haben die Konsequenzen, weiß Gott, gespürt.«

Sie stupst mit ihrer Nasenspitze die seine: »Hast du darauf gewartet, dass ich etwas zu dir sage?«

»Ja, den ganzen Abend, ich dachte immer, du wirst mich noch einmal auf Opio ansprechen.«

»Das war zu dem Zeitpunkt schon Geschichte.«

»Du warst sehr mit Pöttinger beschäftigt. Später habe ich euch noch in der Bar gesehen.«

Sie legt sich zurück in die Kissen, verschränkt die Arme hinter dem Kopf, was Michael animiert, die Spitzen ihrer Brüste mit seinen Lippen zu liebkosen. Laura sagt gedankenverloren: »Pöttinger! Mein Gott! Eine Story für sich.«

»Nicht nur er. Ich glaube, wir haben Gesprächsstoff für die nächsten Jahre.«

»Da bin ich mir sicher. Weißt du eigentlich, dass wir beide uns schon zu Jahresanfang begegnet sind?«

»Wo?«

»In der Senator-Lounge, Airport München.«

Michael überlegt einen Moment. »Ja, ich kann mich erinnern. Ich bin nach Frankfurt geflogen.«

»Du hast mir vom ersten Moment an gefallen.« Sie senkt den Ton ihrer Stimme: »Herr Westfeld war da ganz businesslike! Ernst und unnahbar! Verschlossen hat er sich gezeigt, als hinge er schweren Gedanken nach. Ich habe ihn eine ganze Weile beobachtet.« Bevor Michael etwas erwidert, blickt Laura auf die Uhr und ruft: »Wahnsinn! Es ist kurz vor eins! Zeit für unser Frühstück. Du hast mich richtig hungrig geliebt!«

Michael greift ihre Schilderung noch einmal auf: »So, so! Du hast mich also heimlich beobachtet! Das muss bestraft werden.« Er greift Laura bei den Schenkeln, dreht sie auf den Bauch und klatscht zärtlich auf ihre Pobacken. Laura ruft: »Liebling, so wird das nie was mit dem Frühstück!«

»Wir hätten uns schon in Hamburg zum Frühstück verabreden können.«

»Das holen wir alles nach!« Sie drückt ihm einen Kuss auf die Lippen und verschwindet ins Bad. Durch die Tür ruft sie: »Kannst du die Kaffeemaschine anstellen?«

Etwas später sitzen sie am gedeckten Tisch und erzählen von ihren privaten Schwierigkeiten, die sie seit Jahresbeginn hinter sich gebracht haben. Dazu Geschichten und Szenen ihrer wichtigsten Lebensstationen. Zwischendurch macht Laura einen Vorschlag: »Bleib doch bis morgen. Es gibt so viel zu erzählen …« Dann nimmt sie seine Hand. »Deine Tasche bringt das Taxi.« Michael ist glücklich, bis Sonntag bleiben zu können.

»Okay! Dann lasse ich heute Abend für uns den Italiener kommen. Einverstanden?«

»Gute Idee«, erwidert Michael.

Die Zeit vor und nach dem Abendessen ist ausgefüllt mit Erzählungen und Informationen über die beruflichen Ereignisse. Sie sprechen über das, was sie wirklich vor und nach Opio gefühlt und gedacht, was sie bemerkt, was sie sonst noch beobachtet und wie sie sich in gewissen Situationen verhalten haben. Laura ist bestürzt über Michaels Offenbarungen. An ein derart professionelles illegales Vorgehen hätte sie nie geglaubt. Laura zeigt Michael ihren Bericht an Woodbridge, in dem sie manches nur als »Vermutungen« formulieren konnte.

Es ist kurz vor Mitternacht, als sie zu dem Schluss kommt: »Wir werden uns noch mehr vorsehen müssen.«

»›Vorsehen‹ ist eine leichte Untertreibung angesichts dessen, was rings um uns passiert. Ich denke, wir müssen sofort Vorkehrungen treffen, damit uns niemand auf die Schliche kommen kann.«

»Okay, fangen wir an«, versetzt Laura.

»Nach allem, was auf dem Tisch liegt, werden sie es nicht lustig finden, wenn sie herausbekommen, wie nahe wir uns sind.«

»Hast du Bedenken?«

»Ja! Wir müssen uns vor unseren eigenen Topmanagern schützen.« Nach einer kleinen Pause fährt Michael fort: »Es muss doch der Albtraum aller Bosse sein, wenn sie befürchten müssen, dass die Aktivitäten ihrer Intelligence-Services enttarnt werden können.«

»Da ist was dran. Wie du mir Williams geschildert hast, traue ich ihm zu, dass er Topas oder irgendeinen anderen Schlüssellochgucker darauf ansetzt, dich genauso abzuhören und zu observieren, wie er es mit mir getan hat.«

»Euer Connolly ist nicht weniger gefährlich. Drängte er nicht mit seinen hochgesteckten Zielen zu Anfang des Jahres in die Medien?«

Laura erwidert: »War nicht zu übersehen! Der selbst inszenierte Held arbeitet hart an seinem Image. Das erzeugt Druck nach unten.«

»Was wir dringend brauchen, mein Engel, sind Crypto-Handys, sonst können wir uns in den nächsten Tagen nicht einmal Zärtlichkeiten zuflüstern.«

»Liebling! Spätestens Mittwoch bin ich bei dir in Frankfurt, mit oder ohne Crypto-Handy. Was bedeutet Crypto?«

»Die Sprachübertragung wird verschlüsselt. Dieser Schlüssel gilt als nicht knackbar. Im Handel sind sie unter dem Kürzel ›TopSec-Handys‹ zu bekommen. Ich kümmere mich am Montag darum.«

Laura kommt noch einmal auf die AWB-Aktion zurück: »Was glaubst du? Woher sind die Unterlagen gekommen?«

»Es ist doch ein Leichtes, an so etwas ranzukommen. Ein einziger kooperativer Arzt reicht.«

»Schon, aber wir haben sie komplett wieder eingesammelt.«

»Dann such in der eigenen Firma. Du kannst sicher sein, dass diese Leute die Loyalität deiner Kollegen schon getestet haben. Sie nehmen einen ins Visier, suchen gezielt nach menschlichen Schwächen und machen sich an ihn heran.«

»Das heißt, wir müssten einen Maulwurf in der Abteilung haben.«

»Es gibt in jedem Unternehmen Frustrierte – Manager, die ihre Position eingebüßt haben, finanziell zurückgestuft oder sonst irgendwie gedemütigt wurden. Das Geld wächst außerdem für diese Klientel nicht mehr auf den Bäumen. In solchen Persönlichkeiten nistet die Rache und die Gier, sich schadlos zu halten. Hast du jemanden im Verdacht?«

Laura brauchte nicht lange zu überlegen. »Hab ich. Ist bei euch schon mal der Name ›Rosinski‹ aufgetaucht?«

»Ich kann das ja überprüfen.«

»Mein Gott! Ich habe vieles für möglich gehalten, doch so einen Sumpf habe ich nicht erwartet. Ich muss blind gewesen sein.«

»Ehrgeizig?«

»Ich gebe zu, meine Karriere ist mir wichtig.«

»Ich habe mich nie dafür aufgerieben. Es gibt wichtigere Dinge im Leben.«

»Ich bin eine Frau. Ich muss besser sein.« Laura überlegt einen Moment. »Geh der Sache mit Rosinski nach. Vielleicht bekommen wir noch einige Trümpfe in die Hand.«

»Ich werde es herausfinden.«

Sie verlassen den Balkon. Als sie sich zusammen auf dem Bett ausstrecken, genießen sie das Glück, den Zauber der ersten Berührung zu wiederholen. Sie sind süchtig danach.

17

»Wie lange fahren wir zum Flughafen?«, fragt Michael.

»Es ist Sonntag – höchstens eine halbe Stunde«, antwortet Laura. Während sie zur Garage geht, blickt sie sich unwillkürlich um.

Michael bemerkt ihr Verhalten. Als sie losfahren, sagt er neckisch: »Könnte es sein, dass du gerade die Spannung einer Observierung auskostest?«

»Ich entwickle wohl Anzeichen von Verfolgungswahn. Hat MDW in seinem unüberbietbaren Arzneischatz etwas gegen solche Psychosen?«

Michael beugt sich hinüber zum Fahrersitz und flüstert ihr ins Ohr: »Es gibt nur eine Medizin, die dich davon erlösen kann.«

»Lass mich raten: dich!«

»Ja – dreimal täglich!«

Michael denkt an die Stunden des Vormittags zurück, als sie die Grenze vom Schlaf zum Erwachen überschritten. Laura legte ein Knie auf seinen Bauch und kroch dicht an ihn heran. Er spürte, wie ihr Körper sich anspannte und sich aufmachte, den Tag aufs Lustvollste zu begrüßen. Schöner kann ein Morgen nicht beginnen …

Nach dem Frühstück kamen sie noch einmal auf Lauras Woodbridge-Bericht zu sprechen. Michael ist sich sicher, dass dieser Bericht bald in London vorliegen wird …

Sie sind zu der Auffassung gekommen, einer raffgierigen Elite zu dienen, einer Subkultur, die dabei ist, sich sukzessive von ihrem wirtschaftlichen und gesellschaftlichen Auftrag zu entfernen. Zum Selbstzweck verkommen, verfolgen Connolly und Williams ungezügelt ihre eigenen Interessen. Von Unrechtsbewusstsein keine Spur.

»Dein Bericht ist mutig! Respekt!«

»Was werden sie deiner Meinung nach machen?«

»Schwer zu sagen. Wenn man die Wahrheit derart ungeschminkt auf den Schreibtisch geknallt bekommt, brennt diese erst mal ein Loch durch die Platte. Connolly lässt sicher ein Feuerwehrteam anrücken. Mal sehen, wie geübt sie sind. Eines aber wird man den Amerikanern auf keinen Fall unterstellen dürfen: mangelnden Willen zum Gegenschlag!«

»Sind es immer nur die kriminellen Manager in den USA?«

»Ist schon schlimm, was auf der anderen Seite des Teiches passiert. Aber diese Strategien werden in Europa erprobt. Das alles passiert direkt vor unserer Haustür.«

Laura sagt nach einer Weile des Überlegens: »Es tut wahnsinnig gut, mit dir darüber reden zu können.«

»Engelchen, dafür bin ich schließlich da!«

Als sie sich am Flughafen in den Armen halten, flüstert Michael Laura ins Ohr: »Ich wünsche mir, dass wir uns von diesem Albtraum befreien.«

18

Buschdorf, Brandenburg

Es dämmert. Ein Mann parkt seinen Wagen am Rande einer Waldlichtung. Die Scheinwerfer erlöschen. Penibel breitet er auf der Rückbank seines Wagens firmeninterne Unterlagen aus. Dokumente und ein von ihm verfasstes Schriftstück, das alles enthüllen wird.

Für die beschafften Unterlagen wurde er von seinen Auftraggebern großzügig entlohnt: mit Barem, Großwildjagden und Frauen!

Er fühlt sich von allen Seiten verfolgt, überwacht und bedroht. Schläft nur zwei, drei Stunden am Stück. Nachts höchstens vier. Dafür futtert er den Frust in sich hinein und trinkt Unmengen von Bier. Sein aktuelles Gewicht heute morgen: zweihundertzwanzig Pfund. Seine Frau leidet sehr.

Das Schlimmste aber ist die Gewissheit, dass man ihn bald entlarven wird, wenn nicht schlimmer … An dem Gedanken reibt er sich auf, bekommt den Kopf nicht mehr frei.

Er blickt auf die Rückbank, die auf ihn den Eindruck eines fahrbaren Büros macht. Den handgeschriebenen Brief an seine Frau legt er auf den Fahrersitz.

Der Mann ahnt nichts von seinen Verfolgern. Ahnt auch nicht, dass der Standort seines Wagens durch einen heimlich angebrachten GPS-Sender kontrolliert wird.

Dem Forst zwischen Basta und Buschdorf nähert sich ein BMW. Der Beifahrer kontrolliert das GPS. »Nur noch 2,5 Kilometer Abstand!«

Sein Fahrer fragt ruhig: »Direkt vor uns?«

»Nein, mitten im Wald! Wie es aussieht, parkt er auf einer Lichtung. Vielleicht vernascht er schon wieder eine von seinen gekauften Weibern! Was soll ihn sonst in diese entvölkerte Gegend locken?«

»Keine Ahnung. Ruf den Boss an!«

Topas entscheidet: »Liquidieren!«

Der Mann am Rand der Lichtung ist entschlossen. Die Welt, die ihm jetzt verbleibt, kontrolliert er ganz allein. Seine Handgriffe sind überlegt und sicher. Auf Knopfdruck öffnet sich der Kofferraum, in dem das Gewehr liegt. Geübt lädt er die großkalibrige doppelläufige Schrotflinte, mit der er sonst auf Tauben schießt. Er geht nur wenige Schritte ins Gebüsch. Seine Lippen umschließen den kalten Doppellauf – mit dem Daumen drückt er ab …

19

Die Verfolger streifen sich Handschuhe über die Hände, setzen OP-Hauben auf und ziehen sich über ihre Schuhe Plastikschoner. Topas gibt dem Fahrer über Funk Anweisung: »Stell fest, ob er es ist! Wir müssen sicher sein!«

Dieser blickt in die Richtung des Toten und schickt seinen Beifahrer zur Leiche: »Kontrollier seine Papiere und such den Wagenschlüssel!«

»Ach du heilige Scheiße …« Rasch zieht er aus dem Jackett des Toten die Brieftasche, wirft einen Blick darauf, steckt sie ihm wieder zu. Dann fischt er sich den Wagenschlüssel aus der Hosentasche, rennt weg und übergibt sich ins Unterholz.

Der Fahrer brüllt: »Kotzen kannst du später! Bring den Schlüssel und die Tasche!« In wenigen Minuten ist der Innenraum des Wagens leer geräumt. Der Fahrer prüft die Umgebung. Schließlich lenkt er den PKW mit durchdrehenden Rädern brutal ins Unterholz. Danach ziehen sie den Toten in die gleiche Richtung.

Der Fahrer blickt sich um: »Los, weg hier!«

Neuntes Kapitel

»Komplott«

September

GlobalPharm
Headquarter, Woodbridge, Virginia USA

Episode IX.

Sir Ed Connolly: »Ist Deutschland auf Linie?«

Chief Operating Officer: »Sir, die Treppe wird wieder von oben gekehrt!«

»Darauf sollten wir uns nicht verlassen!«

»Was erwarten Sie?«

»Ein Fiasko wie in Opio darf es nicht mehr geben. Außerdem ist das Abweichen von unseren Strategien einzelner Manager mit allen Mitteln zu unterbinden.«

»Wir haben daraus gelernt. Ein Intelligence-Service wurde für Deutschland verpflichtet. Er hat seine Arbeit bereits aufgenommen.«

»Gut so! Die Dienste werden dafür bezahlt, subversive Aktionen einzelner Manager frühzeitig zu erkennen und einzugreifen, bevor mir ein illoyaler Enthüllungsbericht einer Verkaufsleiterin auf den Schreibtisch flattert.«

»Sir, wir haben die Sache wieder unter Kontrolle!«

»Davon gehe ich aus! Trotzdem will ich die ganze Wahrheit über die Hintergründe des Woodbridge-Berichtes wissen.«

»Wir arbeiten daran.«

»Geben Sie der Frau Lasalle keine Chance, ihren Kopf aus der Schlinge zu ziehen. Bestrafen Sie ihren Alleingang.«

»Sir, ich habe verstanden!«

»Wie entwickelt sich die Nebenwirkungskampagne *Bonegold*?«

»Sir, sie verschärft sich durch eine Häufung von Kiefernekrosen.«

»Blasen Sie damit das Zeug endlich vom Markt!«

»Sir, wir verschärfen die Kampagne.«

E-Mail IX

AN DIE MEDICAL DRUG WORLD, ZENTRALE DEUTSCHLAND, FRANKFURT AM MAIN

Von:	Al Williams, Vice President Pharmaceutical Operation Center Europe, London
Gesendet:	September 01. 07:00
An:	Dr. John Elliot, Chief of Commercial Operation Center Germany
Cc:	–
Betreff:	Umsatzeinbruch *Bonegold* und Konsequenzen

Sehr geehrter Herr Elliot,

es ist Ihnen leider nicht gelungen, die negative Tendenz der Umsatzentwicklung von *Bonegold* umzukehren. Dieser Fakt ist für das Pharmaceutical Operation Center Europe völlig inakzeptabel.

Ich werde daher vor Ort mit Ihnen die überfälligen Maßnahmen zum Aufschwung des Deutschland-Geschäftes einleiten. Unabhängig davon zwingt uns der Umsatzeinbruch zur Durchsetzung der angekündigten Konsequenzen.

Ich erwarte dazu Ihre aussagefähige Analyse zur Umsatzsituation *Bonegold*:

- Ihre Aufstellung »Kostenreduzierung«, die dem Einsparungsvolumen von 50 Planstellen entspricht,
- Ihren Nachweis über die bisher eingeleiteten Maßnahmen.

Ich möchte keinen Zweifel daran lassen, dass nur ein rascher, messbarer Erfolg Änderungen in der Organisationsstruktur mit entsprechenden personellen Umbesetzungen abwenden kann.

Bereiten Sie meinen Aufenthalt wie üblich in Wiesbaden vor.

Mr Al Williams
Medical Drug World
Vice President Pharmaceutical Operation Center Europe
London

I

Frankfurt

Michael landet Sonntag Nacht. Er benutzt eine Telefonzelle, um Laura mitzuteilen, dass seine Maschine planmäßig in Mainhattan angekommen ist. Ein Taxi bringt ihn zu seinem Appartement, unweit der Börse.

In den Zimmern duftet es frisch. Natalja, seine Perle, hat wie immer am Freitag seine Wohnung auf Hochglanz getrimmt. Das glatt gestrichene blaue Laken des unbenutzten Bettes hat fast etwas Vorwurfsvolles.

Er öffnet die Fenster. Von Norden grüßt der »Kapitalistendom«, wie die Kuppel der Börse genannt wird. Gewiss, nach diesem Wochenende ist der Kurs seiner privaten Aktien wieder stark gestiegen …

Routinemäßig ruft er nebenbei seine E-Mails ab. Darunter auch eine von Elliot. Der Inhalt ist kurz und explosiv: »Massive Androhungen von Sanktionen aus London – Williams kommt persönlich nach Frankfurt – alle Termine am Montag absagen!« Ironisch kommentiert er die Nachricht: »Die Schlacht geht weiter!«

Die letzte Mail ist von Bullinger. Rob bittet um einen Rückruf vor Dienstbeginn. Michael greift zum Hörer: »Hallo, Rob! Hab gerade deine Mail gelesen. Was gibt's?«

»Elliot will alle neu eingeleiteten Aktivitäten von *Bonegold* auf den Prüfstand stellen lassen.«

»Wen hat er damit beauftragt?«

»Das Controlling, eventuell noch eine externe Beraterfirma und – du wirst es nicht glauben – Fox! Alle sind sehr nervös. Elliot rotiert, denn Al Williams hat seinen Besuch angekündigt.«

»Hab's gerade gelesen.«

»Er hat mich übrigens noch am Freitag antreten lassen.«

»Was wollte er?«

»Aushorchen über das, was wir in der Abteilung über die Marktsituation denken!«

»Was hast du ihm gesagt?«

»Sommerzeit, Musterflut, Verunsicherung über die Nebenwirkungen bei den Ärzten – die Wahrheit eben. Ich sagte ihm, dass die neue Kampagne, die wir in Taormina starten werden, uns aus dem Tief führen wird.«

»Und?«

»Ich habe nicht den Eindruck, dass er daran glaubt. Dafür machte er eine denkwürdige Bemerkung.«

»Welche?«

»Er sprach von Einsparpotenzialen.«

Michael ist klar, was Elliot damit meint, reagiert aber abwiegelnd: »Das kann alles Mögliche bedeuten.«

Rob fragt besorgt: »Was glaubst du, wo sie ansetzen werden? Bestimmt nicht bei Bleistiftspitzern, Klopapier und Konferenzgetränken!«

»Ich habe es geahnt. Das ist doch alles nicht normal. Informierst du mich rechtzeitig über Details?«

»Ja, wenn ich sie kenne.«

2

Frankfurt

Am Morgen, gegen 07.00 Uhr, passieren Elliot und Fox die Sicherheitskontrolle im »Zentralen Finger« und fahren direkt hinauf in Big Shots Büro. Fox bewegt sich schwerfällig. Die Nacht war eine lange, verlorene Schlacht mit seinen Skrupeln gewesen. Am Ende hatte er sie in Äppelwoi ertränkt. Martha konnte ihn nicht abhalten. Die seelische Zerrissenheit ihres Mannes geht ihr sehr zu Herzen.

Fox' Augen sind rot, und mit jedem Atemzug dröhnt sein Schädel. Er wirkt deprimiert. Elliot dagegen hat es eilig: »Was haben Sie über Westfeld herausgefunden?«

Fox reicht ihm das Dossier. »Ich habe kritische Positionen mit Gelb markiert.«

Elliot nimmt die Mappe und blättert hektisch darin. Plötzlich reagiert er aufbrausend: »Das sind doch Peanuts! Haben Sie mich nicht verstanden? Ich brauche wasserdicht recherchierte Vorgänge, keine Belegsammlung! Wo sind die Facts, die Sie angekündigt haben?«

Fox spürt Schmerzen in seiner Herzgegend. Kleinlaut erwidert er: »Ich … ich habe mich offenbar getäuscht!«

Elliot springt auf. Die Wut steht ihm ins Gesicht geschrieben. »Fox! Ich frage Sie noch einmal: Ist Westfeld zu packen? Haben Sie Fakten, die ausreichen, ihn zu feuern?«

Eingeschüchtert antwortet Fox: »Nein … leider … Auf dem Papier …«

Elliots Stimme überschlägt sich: »Sie …! Sie sind ein Versager! Eine Niete!«

Fox schnappt nach Luft, taumelt, fällt in den Sessel. Elliot beobachtet ihn argwöhnisch. Fox ringt nach Luft. Starr blickt er auf Big Shot. Seine Stimme krächzt: »Ich warne Sie!«

»Sie warnen mich? Fox – es ist aus! Reichen Sie Ihre Kündigung ein, bevor wir Sie rausschmeißen. Und nun verlassen Sie unverzüglich mein Büro!«

Fox stemmt sich hoch, greift sich an die linke Brustseite. Gurgelnd kommt es aus seiner Kehle: »Sie Schwein …!« Dann taumelt er und bricht zusammen. Sein Körper fällt gegen die Tür. Lisa Scherz, Elliots Sekretärin, hört den dumpfen Schlag, kann die Tür aber nicht öffnen, da sie von Fox' Körper blockiert wird. Elliot zieht ihn am Fuß zur Seite. Frau Scherz blickt entsetzt auf den Körper.

Elliot reagiert: »Rufen Sie Frau Dr. Krupp und sagen Sie mir Bescheid, wenn hier wieder aufgeräumt ist.« Daraufhin verschwindet er in das Vorstandskasino. Als er zurückkehrt, zeigt sich Lisa fassungslos: »Hoffentlich stirbt Herr Fox nicht.«

»Ach was! Der ist zäh. Außerdem geht er sowieso.«

»Der Notarzt kämpft um sein Überleben.«

Elliot eiskalt: »Dann warten wir es eben ab.«

Lisa reagiert entsetzt: »Herr Dr. Elliot …?«

»Hören Sie: Rollen Sie Ihre Trauerfahne wieder ein. Noch ist es nicht so weit. Außerdem haben wir zu tun! Nehmen Sie Platz.«

Während sich Lisa die Augen trocknet, geht Elliot zum Tagesgeschäft über. »Wie Sie wissen, schwebt morgen Mr Al Williams ein.«

Frau Scherz fragt mit erstickender Stimme: »Welches Programm?«

»Dinner in Wiesbaden, Nassauer Hof, mit Kasinobesuch. Dann der übliche Frankfurt-Trip. Schlemmen, Begleitservice mit allem Drum und Dran, ein paar Einkäufe, Weinverkostung!«

»Geld für Auslagen?«

»Machen Sie ein Kuvert fertig.«

»Wie viel?«

»Das Übliche!«

»Zwanzigtausend Euro?«

»Machen wir fünfundzwanzig. Der besonderen Umstände wegen.«

Als seine Sekretärin alles notiert hat, blickt Elliot auf seine Uhr: »Der Termin mit Westfeld ist gestrichen.«

3

Kaum ist Elliot allein, drischt er auf die Schreibtischplatte. Ein Wortschwall bricht aus ihm heraus: »Himmel, Arsch! Fickt mich doch diese Sau ins Knie. Wie konnte ich diesem Scheißer nur auf die Toilette folgen? Was bin ich für ein Idiot! Ich hätte es längst merken müssen. Dieser Schleimer benahm sich doch wie ein Wackel-Dackel auf der Hutablage.«

Elliot erinnert sich noch genau, wie großspurig Fox ihm Sprengstoff ankündigte, als er ihn im Juli wie beiläufig über mögliche Unregelmäßigkeiten Westfelds anbaggerte. Vermutlich dachte er sich einfach, wenn man nur tief genug nachgräbt, ist bei jedem was zu finden …

Gelegenheiten gibt es schließlich genug. Da gibt es die meist vierstelligen »Trostpflaster« aus dem sprudelnden Budget »Kickback« – Schmiergelder, deren Verwendung keiner kontrolliert. Bei der Vergabe von Events gibt es Agenturen, die ideenreiche Konzepte präsentieren und noch ideenreicher die Kasse des Auftraggebers zu füllen wissen. Als ergiebige Jagdgründe erweisen sich auch Geschäftsreisen und vor allem Bewirtungen. In dieser Vorstellung durchleuchtete Fox Michaels Spesen und Projektabrechnungen des letzten Jahres, in der Hoffnung, ihn damit ans Messer liefern zu können.

Elliot giert nach dem versprochenen Sprengstoff. Monatelang schon wurmen ihn Westfelds Alleingänge. Das hat es unter ihm noch nie gegeben. Ein Europaboss pflegt mit einem nationalen Marketingleiter über alle Hierarchien hinweg Vertraulichkeiten der Marke »top secret«!

Elliot empfindet, dass er eine Klapperschlange am Hals großzieht. Die Gefahr wächst, dass sie eines nahen Tages ihre Giftzähne in seinen Hals schlagen wird. Das teuflische Dilemma: Er sieht sich gezwungen stillzuhalten, um sie nicht zu reizen. Der Zeitpunkt ist gekommen, um sich das Reptil Westfeld endlich vom Halse zu reißen. Die Vorstellung, morgen Williams die Giftzähne präsentieren zu können, stellt sich nun als Illusion dar. Die ganze Sache droht ihm aus den Händen zu gleiten.

Sein Blick fällt auf den Aktenordner. Er zischt: »Nur Belege, nichts, was man gebrauchen kann!«

Michael geht währenddessen verklärt durch die Flure. In Gedanken ist er bei Laura. Der Anruf von Frau Scherz hat ihn nicht erreicht. Als die Lifttüren sich öffnen, steht ihm plötzlich Frau von Ambesser weinend gegenüber. »Was ist mit Ihnen? Kann ich helfen?«

Mit erstickender Stimme versucht sie Worte zu finden: »Mein Gott! Der Arme … Unser Herr Fox … Unfassbar …«

Schon eilen Mitarbeiterinnen der Abteilung herbei und begleiten Juliane in ihr Büro. Im gleichen Moment öffnet sich der zweite Aufzug. Steger, vom Kosten-Controlling, betritt die Etage. Sein Gesicht ist kalkweiß. Michael blickt ihn an. Steger senkt seinen Kopf. »Exitus!«

»Was ist passiert?«

»Fox – Herzinfarkt. Der Notarzt hat noch versucht, ihn zu reanimieren. Umsonst … Verdammter Stress …«

Michael ungläubig: »Aus heiterem Himmel?«

Steger zögerlich: »Am Freitag war er noch bei mir … Sehr gehetzt, sehr missgelaunt – wegen Ihnen und Elliot.«

»Wie das?«

Steger blickt Michael einige Sekunden in die Augen: »Eine brisante Geschichte. Darüber sollten wir sprechen.«

Michael nimmt Steger zur Seite. »Ich bin auf dem Weg zu Elliot. Gibt es etwas, was ich wissen sollte?«

Steger verharrt einen Moment.

»Los, sprechen Sie!«

»Fox verlangte von mir Ihre monatlichen Ausgaben für Symposien und Firmenveranstaltungen sowie alle Honorarabrechnungen, Vergütungen und Zuwendungen an externe Referenten, die von Ihnen abgezeichnet wurden. Dazu Ihre persönlichen Abrechnungen.«

»Was?«

Steger blickt sich um. Dann fährt er leise fort: »Nehmen Sie sich vor Elliot in Acht! Fox war bei ihm im Büro, als er zusammenbrach.«

4

Michael betritt den Lift. Während der Aufzug nach oben schießt, kommt ihm das Bild eines Bleilots vor Augen, mit dem ein Maurer alten Schlages sein eigenes Werk immer wieder prüft. Angestoßen von außen, pendelte seines in den letzten Monaten unablässig. Nun aber, durch Fox' Ableben, pendelt es aus. Die Wahrheit zeigt sich. Das Gebäude des Vertrauens steht schief …

Angekommen in der Vorstandsetage, hat er für sich eine Entscheidung getroffen. Sekretärinnen stehen tuschelnd im Gang. Instinktiv greift er an seine Krawatte, um sie zu justieren. Sie blicken besorgt in seine Richtung. Michael nickt.

Kurz darauf betritt er Elliots Vorzimmer. Frau Scherz blickt auf.

Ihr Augen-Make-up ist verwischt. »Oh, Herr Westfeld! Der Termin hat sich erledigt. Ich konnte Sie nicht mehr erreichen.«

»Schon gut. Sie wissen, was passiert ist?«

Sofort fließen Tränen. »Furchtbar …«, schluchzt sie.

Michael zeigt auf Elliots Büro. Bevor sie etwas sagen kann, hat Michael die Tür geöffnet. Elliot legt gerade den Hörer auf. Erstarrt sitzt er auf seinem Sessel. Seine Stimme schnarrt: »Unser Termin ist gecancelt!«

Michael tritt vor Elliots Schreibtisch.

»Was wollen Sie?«, fragt Big Shot verunsichert.

»Die Wahrheit!«

Elliots Augenlider schließen sich zu einem Schlitz. »Ich bin Ihnen keine Rechenschaft schuldig.«

»Das sehe ich anders!«

»Verlassen Sie mein Büro!«

»Warum musste Fox für Sie meine Abrechnungen durchschnüffeln?«

Elliot aufgewühlt: »Verschwinden Sie!«

»Dann werden andere Personen meine Fragen beantworten!«

Michaels Androhung zeigt Wirkung. Elliot lenkt ein: »Lassen Sie uns vernünftig reden …«

Michael eisig: »Warum haben Sie Fox angewiesen, mir nachzuschnüffeln?«

Elliots Mundwinkel zucken. »Er unterstützte in meinem Auftrag das Kosten-Controlling!«

»Herr Elliot, Sie sind ein Lügner und ein Feigling!« Michael geht zur Wand und nimmt eine hinter Glas gefasste Urkunde ab. Darauf sind in goldenen Lettern die Unternehmensleitlinien eingeprägt.

> Wir wollen allen Mitarbeitern und Mitarbeiterinnen unabhängig von Geschlecht, Religion und Herkunft optimale Entwicklungschancen bieten. Unsere Zusammenarbeit zeichnet sich durch Vertrauen, persönliche Integrität, gegenseitigen Respekt und offene Kommunikation aus.

Michael hebt die Urkunde über seinen Kopf und zerschmettert den Rahmen auf Elliots Schreibtisch. »Für Sie sind das doch nichts als leere Phrasen!«

Das Glas zerspringt in tausend Stücke. Elliot blickt fassungslos mit offenem Mund auf das Meer von Scherben.

5

London – Frankfurt

Williams hat seine Beine locker übereinander geschlagen. Als Morgenlektüre hat er gerade Laura Lasalles »Woodbridge-Bericht« verschlungen. Topas arbeitet verdammt effektiv, geht es ihm durch den Kopf. Er legt den Bericht in sein Schreibtischfach und stellt fest: »Die Dame hat verflucht gute Argumente. Daraus lässt sich was machen.«

Während er versucht, einen eigenen Plan zu entwickeln, schweifen seine Gedanken ab. Dabei betrachtet er die geometrischen Schatten der Fenstersprossen an den weißen Wänden seines Büros …

Im September wird das Muster aus Licht und Schatten durch die tief stehende Sonne besonders scharf projiziert. Der September ist Williams' Lieblingsmonat. Der Monat, in dem er in der Vergangenheit erfolgreich die Weichen für seine Karriereziele gestellt hat. Es war zur gleichen Jahreszeit gewesen, als er sich entschied, in die Dienste von MDW zu treten. Und es ist wiederum September, da er sich neu orientieren wird.

Der Zeitpunkt ist in seinen Augen optimal gewählt. Frau Lasalle verfolgt, ihrem Bericht nach zu urteilen, keine weitere Konfrontation, doch wird sie sich seiner Meinung nach damit in Woodbridge nicht durchsetzen können.

Al hat die Realitäten längst begriffen. Die Auseinandersetzung im eigenen Haus über die Nebenwirkungen von *Bonegold* wird sich eher noch verschärfen. Die dramatisch zunehmenden Probleme können nicht mehr wegdiskutiert werden. Das Umsatzziel wird regulär nicht mehr zu erreichen sein, doch es gibt eine sichere Möglichkeit, die Zahlen zu schönen. Die »Optik« wird stimmen. Er und Mike werden es richten. Die fette Prämie ist so gut wie sicher. Williams schmunzelt in sich hinein.

Als sein Handy klingelt, ist er sich sicher, dass John Fireman dran ist. John ist der erfolgreichste Headhunter von RCC Consultants International, New York. Williams' Name steht seit Jahren in dessen Datenbank, und John wird ihm gleich sagen, dass zum ersten Januar eine neue Herausforderung auf ihn warten wird.

Williams nimmt das Gespräch an: »Hi, John!«

Fireman meldet sich. Ein Mann, der jede Floskel meidet: »Al, Sie machen den Job!«

»Danke, John!«

Fünf Worte gebären den Augenblick der Gewissheit. Williams reibt sich vor Freude die Hände. Die Weiche ist gestellt. Sein Karrierezug rollt auf einer neuen Strecke ...

Zur gleichen Zeit eilt Michael zurück in sein Büro. Er muss schnell sein. Schneller jedenfalls als Elliot. Er wirft die Tür hinter sich ins Schloss. Ein Tastendruck genügt. Die Leitung ist frei. Cleopatra meldet sich. Michael sagt: »Bitte verbinden Sie mich mit Mr Williams. Es ist dringend!«

Es dauert nur Sekunden, dann hat er den Vice President am Apparat.

Als Stimme klingt unerwartet beschwingt: »Hi, Mike! Was kann ich für Sie tun?«

Mit wenigen Sätzen hat Michael geschildert, was sich im Zentralen Finger ereignet hat. Auch über Elliots verdecktes Ränkespiel.

»Mike, ich habe Ihnen schon immer gesagt: *Sie* sind mein Mann! Elliot wird alt. Er hat die Sache nicht mehr im Griff. Lassen Sie Steger sofort ein Protokoll über das, was passiert ist, anfertigen. Ich erwarte das Schriftstück am Nachmittag hier in London. Damit werden wir Elliot eine Lehre erteilen.«

Michael ist völlig überrascht. »Al, Sie haben für morgen Ihren

Besuch in Frankfurt angekündigt. Ich hätte Sie gern unter vier Augen gesprochen.«

»Sehen wir uns nicht morgen Abend beim Dinner in Wiesbaden?«

»Nicht dass ich wüsste.«

»Ein Versäumnis Elliots.«

»Dann also bis morgen Abend.«

»Bis dann, Mike!«

6

Frankfurt

Elliot durchlebt das Geschehene noch einmal. Jedes Wort von Michael hämmert in seinem Kopf. Es kommt selten vor, dass seine Hand vor Erregung zittert. »Du verdammter Bastard!«

Seine Sekretärin schaut kreidebleich durch den Türspalt. Sie entdeckt die Scherben. »Ich rufe den Hausmeister!«

Elliot versucht zu begreifen. Er reibt sich die Schläfen. Er hört Stimmengewirr vor seinem Büro. Aufgeschreckt durch den lauten Disput und das splitternde Glas, sammelten sich Mitarbeiter auf dem Flur. Wie ein Schauspieler, der seinen Text vergessen hat, tritt er vor sie hin. Fragen werden gestellt.

Big Shot geht nicht darauf ein. Zornig erhebt er seine Stimme: »Gehen Sie an Ihre Arbeit!« Fassungslos wenden sich die Menschen ab.

Elliot kehrt in sein Büro zurück. Die peinliche Situation martert ihn. Erst der Tod von Fox, dann die ungeheuerliche Frechheit Westfelds. Er hatte ihn, Big Shot Elliot, als einen Lügner und Feigling bezeichnet. Hass bricht sich Bahn.

»Dieses verwöhnte Bürschchen! Parlieren, charmieren, auf Stil bedacht, das ist seine Masche!« Mit einem Mal scheint Elliot von neuer Kraft beseelt zu sein. Westfeld muss weg. Unverzüglich! Er fällt die Entscheidung, Westfeld mit sofortiger Wirkung zu beurlauben. Gerade als er die Nummer der Personalabteilung wählt, öffnet seine Sekretärin die Tür und ruft: »London ist in der Leitung!«

»Stellen Sie rein!«

»Elliot am Apparat. Morgen, Mr Williams!«

»Stimmt es, dass Fox gerade in ihrem Büro verstorben ist?«

Elliot ist perplex und beginnt zu heucheln: »Leider ein Infarkt. Schicksalhaft. Wir sind alle sehr, sehr betroffen. Wir sind wie gelähmt …«

Die andere Seite schweigt.

Elliot verunsichert: »Sind Sie noch dran …?«

Williams erwidert: »Mein Beileid den Angehörigen!« Und nach einer Pause: »Ihre Lähmung werden wir morgen diskutieren. Haben Sie alles arrangiert?«

»Alles so, wie Sie es sich wünschen.«

»Übrigens, Sie haben Westfeld vergessen. Er wird an unserem Dinner teilnehmen!«

Für einen Moment herrscht tiefes Schweigen. Nach einer Weile antwortet Big Shot tonlos: »Wie Sie wünschen.«

Ein schwarzer Montag! Er massiert sich erneut seine Schläfen. Elliot weiß, dass er sich keinen Fehler mehr leisten darf …

7

Es ist kurz vor 11.00 Uhr. Michaels Telefon steht nicht still. Klatsch und Gerüchte über die Vorstandsetage gehörten schon immer zu den spannendsten Themen.

Fragen stürmen auf ihn ein: »Wissen Sie Genaueres über den Hergang? Was war los zwischen Ihnen und Elliot? Werden Köpfe rollen …?« Michael lässt sie unbeantwortet.

Eine stellt er sich selbst: Hätte die Eskalation vermieden werden können? Sicher ist es für Big Shot nicht einfach gewesen, den direkten Draht zwischen ihm und Williams zu tolerieren. Aber hatte er im Frühjahr nicht alles selbst eingefädelt und ihn nach London geschickt? Es war Elliots Idee gewesen!

Die Konsequenzen jedenfalls sind fatal, denn mit Fox' Tod und Elliots Ränkespiel ist das Vertrauensverhältnis zwischen ihnen irreparabel zerbrochen …

Michaels Gedanken konzentrieren sich auf den morgigen Tag. Williams wird aus London zur »Schlachtung« anreisen, wie im Firmenjargon Rausschmisse und Degradierungen bezeichnet werden. Wer wird der Betroffene sein? Dem Texaner ist nicht zu trauen …

Westfeld wählt Steger an. Er informiert ihn über den Verlauf des Gespräches mit Elliot. Danach greift Michael den Vorschlag von Williams auf: »Erstellen Sie bitte sofort ein Protokoll.«

Steger ist kooperativ. »Mach ich. Schon zu meiner eigenen Absicherung.«

»Williams stattet uns morgen einen Besuch ab. Er erwartet den Schriftsatz noch heute in London.«

Ihm kommt die Idee, Juliane von Ambesser zu kontaktieren. Sie hat die Intrigen hautnah erlebt. Er begibt sich auf den Gang. Im gleichen Moment kommen ihm zwei Sicherheitsleute entgegen. Sie haben gerade Fox' Büroräume verschlossen. Frau von Ambesser, so hört er, ist nach Hause geschickt worden. Elliot hat schneller reagiert als vermutet.

Zurück in seinem Büro, lässt er sich ihre private Telefonnummer geben.

Juliane hebt ab. »Westfeld! Verzeihen Sie die Störung, Frau von Ambesser, aber dürfte ich mit Ihnen kurz über Herrn Fox sprechen.«

Michael merkt, dass sie mit ihren Tränen kämpft. »Herr Westfeld, ich möchte da nicht hineingezogen werden. Bitte, verstehen Sie mich.«

»Ich verstehe, aber geben Sie mir die Chance, Licht in das Dunkel zu bringen.«

Er spürt, wie Frau von Ambesser mit ihrer Entscheidung kämpft: »Ich gestatte Ihnen eine einzige Frage.«

»Was hat Fox zu so früher Stunde bei Elliot gewollt?«

»Es ging um Sie! Mein Chef war sehr verbittert über seine Degradierung. Er ließ sich missbrauchen, Ihre Abrechnungen und Belege zu kontrollieren, denn er war besessen vom Glauben, dadurch eines Tages seine Position wieder einnehmen zu können ...«

»Ich danke Ihnen für Ihre Offenheit. Außerdem verdienen Sie meinen Respekt: Sie haben in den letzten Monaten vieles auf sich genommen. Eine Bitte noch.«

»Wenn ich kann ...«

»Sprechen Sie noch mit Frau Fox?«

»Ja, ich erwarte ihren Anruf.«

Michael fühlt sich erleichtert. »Es wäre für alle hilfreich, wenn Frau Fox sich in allen Belangen direkt an London wenden würde.«

Nach einer Pause sagt Juliane: »Das ist ein guter Tipp!«

8

Es ist kurz vor 12.00 Uhr. Michael wirft einen Blick auf seine Agenda. Gelb markiert springt ihm das Stichwort »Medikamentensicherheit« ins Auge. Er drückt die Taste seiner Sekretärin: »Verbinden Sie mich bitte mit Frau Nawratil!«

Während Michael wartet, klemmt er sich den Telefonhörer zwischen Ohr und Schulter, loggt sich in den Computer ein, startet Outlook und ruft seine E-Mails ab.

»Nawratil!« Wie immer klingt ihre Stimme verbindlich und angenehm.

»Westfeld! Schön, dass ich Sie erreiche.«

»Was kann ich für das Marketing tun?«

»Ich benötige dringend eine umfassende Analyse über die Häufigkeit von Osteonekrosen des Kiefers unter Bisphosphonaten.«

»Sie haben Glück! Ich habe darüber gerade eine umfassende Recherche abgeschlossen.«

»Kann ich eine Kopie haben?«

Nawratil blättert das Papier. »Herr Westfeld, wie ich sehe, stehen Sie leider nicht auf dem Verteiler.«

Michael erwidert sarkastisch: »Sind wir denn mit *Bonegold* derart betroffen?«

»Das kann ich so nicht beantworten.«

»Dann filtern Sie doch bitte die Publikationen heraus, in denen *Bonegold* mit Kiefernekrosen in Zusammenhang gebracht wird.«

Frau Nawratil schweigt etwas zu lange, was Michael misstrauisch macht. »Tut mir Leid, Herr Westfeld. Das geht nicht mehr direkt. Herr Elliot hat angeordnet, dass derartige Anfragen seiner Zustimmung bedürfen.«

»Im Allgemeinen oder im Besonderen?«

»Ich denke, das gilt im Besonderen für *Bonegold*.«

Michael reagiert energisch: »Stellen Sie bitte die Unterlagen zusammen. Sie bekommen grünes Licht entweder von Elliot oder direkt aus London.«

»In Ordnung!«

»Frau Nawratil, noch etwas: Mich interessieren vor allem die neuesten Fälle. Außerdem: Wann ist der letzte Fall in Deutschland gemeldet worden und, wenn möglich, von wem?«

»Okay!«

Michael legt auf. Er wittert, dass etwas in der Luft liegt. Diese Art von Geheimnistuerei ist neu. Sein Büro bringt die Anfrage an Elliot sofort auf den Weg.

Dann blickt Michael auf seinen Bildschirm. Eine Mail von Laura ist darunter. Er öffnet das Schreiben: » ... *rufe mich bitte gegen 13.00 Uhr unter der bekannten Nummer an!*« Ein Blick auf die Uhr: Es passt!

»Bin in einer knappen Stunde wieder zurück!«, meldet er sich im Büro ab. Der kleine Fahrstuhl bringt ihn in die Garage. Im Wagen lässt sich ungestörter telefonieren. Als er sich in den Verkehr einordnet, blickt er instinktiv in den Rückspiegel, um zu überprüfen, ob ihm jemand folgt. Zehn Minuten später biegt er in eine ruhige Seitenstraße ein und hält in einer Parkbucht. Michael wählt Lauras Nummer. Ein ungetrübtes Lächeln huscht über sein Gesicht, als sie sich meldet. »Es tut gut, deine Stimme zu hören.«

»Mir auch, Liebling. Bei mir überschlagen sich die Dinge, privat wie beruflich. Deshalb wollte ich dich dringend sprechen.«

»Bei uns in der Zentrale ereignete sich heute Morgen auch ein Drama. Aber du zuerst! Was war los?«

»Die Manifestation der Kiefernekrose bei meiner Mutter hat sich bestätigt. Sie schreitet voran trotz Antibiotikatherapie. Und trotz bester Mundhygiene sind für sie Sekretabsonderungen einfach scheußlich. Sie bekam jetzt einen vakuumgeformten Vinyl-Mundschutz, damit sie sich die Zunge nicht wund scheuert. Am schlimmsten sind aber die heftigen Schmerzattacken. Inzwischen bekommt sie schon Opiate! Ich mache mir Vorwürfe wegen der Therapie mit *Osteo-Klast*. Ich habe es ihr doch damals so ans Herz gelegt.«

Michael tröstet sie: »Glaub mir, du kannst nichts dafür. Kein Mensch konnte etwas Derartiges erahnen. Die Datenlage ist auch heute noch nicht eindeutig.«

»Das sieht unser Konzern völlig anders. Brisson hat mich heute zu sich zitiert. Er führte sich auf wie ein Vollstrecker. Alle Vorschläge in meinem Woodbridge-Bericht wurden missbilligt. Dafür bekam ich die Anweisung, mich strikt an die vorgegebenen Leitlinien zu halten. Ernste Konsequenzen werden mir angedroht, falls ich davon in Zukunft abweiche.«

»Wie sehen die Leitlinien aus?«

»Du wirst es nicht fassen: Wir werden verpflichtet, wieder über Nebenwirkungen bei *Bonegold* zu reden.«

»Das alte Lied?«

»Nein! Ein neues. Dafür klingt es schriller.«

»Wie schrill?«

»Wir sprechen in Kürze bei unseren Kunden eine deutliche Sprache über auftretende Kiefernekrosen unter der Therapie von *Bonegold*!«

Michael reagiert aufgebracht: »Die wissen nicht, was sie tun! So ein Wahnsinn!«

»Das sehe ich genauso. Unabhängig davon befürchte ich aber, dass an der Sache insgesamt was dran sein könnte. Viele Nebenwirkungen zeigen sich eben erst nach Jahren. Siehe *Osteo-Klast* und meine Mutter!«

»Das wäre eine Katastrophe, Laura.«

»Es ist eine! Wie kann man nur so blauäugig sein und glauben, diese Nebenwirkung beschränkt sich nur auf euer *Bonegold*. Für mich sind die festgestellten Nebenwirkungen ein Effekt, der die ganze Medikamentengruppe betrifft. Ganz klar ein Klasseneffekt.«

»Unsere Abteilung für Medikamentensicherheit hat darüber gerade eine Recherche durchgeführt.«

»Kennst du die Ergebnisse?«

»Noch nicht. Ich habe intern noch eine Hürde zu nehmen.«

Laura insistiert nicht weiter. »Apropos, ich fliege morgen nach München zu Professor Pöttinger. Ich will endlich Gewissheit darüber haben, wie meiner Mutter geholfen werden kann.«

»Ich halte ihr die Daumen. Wie ist denn die Prognose?«

»Die Kiefernekrose schreitet voran. Sie ist am Verzweifeln, und die Fachärzte in Bremen meinen, dass die Chancen für eine Genesung schlecht stehen. Das macht mich fertig.«

»Wir haben gute Kontakte zu hervorragenden Mund-, Kiefer- und Gesichtschirurgen. Soll ich mich darum kümmern?«

Laura überlegt. »Pöttinger hat das auch schon mal angesprochen. Ja, bitte mach das!«, sagt sie dann entschlossen und atmet tief durch: »Doch nun erzähl du: Was für ein Drama spielte sich bei euch ab?«

»Ich habe dir doch am Wochenende von Fox erzählt. Erinnerst du dich?«

»Ist das der, der dir versucht hat ein Bein zu stellen?«

»Genau. Er erlag in Elliots Büro heute Morgen einem Herzinfarkt.«

»Mein Gott! Wie das?«

»Hässliche Intrigen. Fox wollte mich über ›Unregelmäßigkeiten‹ in meinen Abrechnungen bei Elliot ans Messer liefern. Die Sache dürfte jedoch danebengegangen sein.«

»Hat das Konsequenzen?«

»Das wird sich noch herausstellen. Morgen treffe ich übrigens Williams in Wiesbaden.«

»Überraschend?«

»Kann man so sehen. Nach dem, was inzwischen vorgefallen ist, keine einfache Situation für Elliot und mich.«

»Ich habe das Gefühl, Liebling, da braut sich was über unseren Köpfen zusammen. Sir Ed ist nervös und zu allem fähig, und euer Williams ist es auch. Sie versuchen alles unter Kontrolle zu halten und scheuen keine Mittel und Wege.«

»Hast du einen konkreten Hinweis?«

»Denk an Opio! Es wäre doch nur logisch, wenn sie auch unser gesamtes Umfeld kontrollieren.«

Michael nach einer Pause: »Damit könntest du richtig liegen ...«

»Wir müssen uns vorsehen. Ich mach dir einen Vorschlag: Wir gehen auf Nummer sicher, treffen uns direkt am Flughafen und checken kurzfristig in einem Hotel am Flughafen ein.«

Michael überlegt keine einzige Sekunde: »Okay! Wann landet deine Maschine?«

»Ich lande mit LH 189 um 17.15 Uhr!«

»Ich freue mich auf dich.« Dann flüstert er: »Ich sehne mich nach dir!«

»Ich auch ... Ich liebe dich!«

Michael steuert wieder den »Zentralen Finger« an. Nach der Mittagspause will er sich über den aktuellen Stand der »Promi-Kampagne« berichten lassen. Eine interne Bezeichnung für die Einbindung bekannter Schauspielerinnen und Olympiasiegerinnen, die sich für die bevorstehenden Osteoporose-Aufklärungsfeldzüge in der Öffentlichkeit anmieten ließen. Die Vorstellung der Auserwählten soll auf Sizilien in Taormina, im berühmten Grand Hotel Timeo, stattfinden. Ein weiteres Event im Reigen von Medizinjournalisten und Osteoporose-Experten, mit Blick auf den Ätna.

Michael fällt es schwer, sich auf die Präsentation zu konzentrieren. Fragen und Überlegungen zu den Nebenwirkungen fluten durch sein Gehirn und drängen darauf, gelöst zu werden. Er sucht Frau Nawratil auf. Charmant lächelnd erbittet er ihre Hilfe: »Ich benötige die Unterlagen dringend zur Vorbereitung für das Treffen mit Vizepräsident Williams. Elliot ist außer Haus, und wie ich gerade erfahren habe, soll ich morgen schon darüber referieren.«

Frau Nawratil zweifelt noch: »Da bringen Sie mich aber in einen Konflikt!«

»Ich kann mir natürlich die Erlaubnis dafür direkt aus London holen, aber was für einen Eindruck würde das machen? Dann denken die, wir kriegen das intern nicht geregelt. Das wäre nicht gut für die Abteilung und sicher auch nicht im Sinne Dr. Elliots. Zeigen Sie ein bisschen Flexibilität.«

Endlich gibt sie nach: »Na gut, Herr Westfeld! Wenn das so ist …«

9

München

Laura wird sofort zu Professor Pöttinger vorgelassen. Als sie eintritt, erhebt er sich von seinem Schreibtisch, klemmt sich eine Akte unter den Arm, kommt auf Laura zu und begrüßt sie wie eine Vertraute. Laura erwidert seine herzliche Begrüßung. Daraufhin blickt sie sich kurz um. Kein Vergleich mit seiner alten Praxis. Er bittet sie zur Sitzecke. »Wasser, Saft, Kaffee?«

»Kaffee und ein Glas Mineralwasser, bitte.«

Pöttinger mustert Laura. Die Intensität seines Blickes ist ihr, wie schon so oft, unangenehm. Schließlich sagt er: »Man sieht es Ihnen an: Sie machen sich große Sorgen um Ihre Mutter.« Daraufhin schlägt er eine Akte auf. Laura erkennt auf den ersten Blick, dass es die Krankenakte ihrer Mutter ist.

Ohne Umschweife kommt sie auf den Kern ihrer Befürchtungen zu sprechen: »Wie ist Ihre Einschätzung? Ist die jahrelange Therapie mit *Osteo-Klast* für die Kiefernekrose ursächlich verantwortlich?«

Pöttinger weicht ihrem Blick nicht aus und legt seine Stirn in Falten: »Frau Lasalle, ich beantworte solche Fragen niemals mit Ja oder Nein, bevor ich mir nicht sicher bin.«

»Wie unsicher sind Sie sich?«

»Als wissenschaftlich geschulter Arzt muss ich mich auf die Statistik berufen. Und diese enthüllt mir vor allem das verkorkste Verhältnis zwischen Mensch und Zahl. Sie wissen es doch auch: Millionen von Verordnungen stehen wenige Nebenwirkungen entgegen. Statistiken helfen aber auch kein Schicksal zu vermeiden, wie das Ihrer Mutter.«

»Was sagt Ihnen denn Ihr Gewissen?«

Pöttinger spiegelt die Frage zurück: »Was sagt das Gewissen Ihrer Firma?«

»Die hat keines!«

»Sie überraschen mich.«

»Der Beweis liegt auf der Hand. Unser Konzern sieht *Bonegold* angeschlagen und geht gerade dazu über, MEDICAL DRUG WORLD die Nebenwirkungen ihres Medikaments um die Ohren zu hauen.«

»Das ist kurzsichtig. Die Nebenwirkungen werden sich nicht nur auf das Mittel Ihrer Konkurrenz beschränken.«

»Bis jetzt liegt keine einzige Meldung von unerwünschten Arzneimittelwirkungen bei uns vor.«

»Keine einzige?«

»Ich habe intern angefragt. Keine einzige in Deutschland!«

»Das kann nicht sein, Frau Lasalle. Ich weiß ganz sicher von *einer* gemeldeten Nebenwirkung …«, Pöttinger zieht einen Meldebogen aus der Akte und reicht ihn Laura über den Tisch, »… nämlich der hier!«

Laura blickt auf das Datum. Es stammt von Anfang Januar. Dann erblickt sie die Initialen des Patienten: »N. S.« und sagt: »Meine Mutter! Nanette Svensson!«

Pöttinger nickt. »Ein Meldebogen ging an das BfArM, der andere an Ihre Zentrale nach Berlin.« Dann tippt er auf den Meldebogen: »Und nicht nur diese. Zwei weitere Meldungen habe ich vor vier Wochen verschickt.«

Laura wirkt versteinert: »Ich verstehe das nicht …« Sie stockt. Von keiner einzigen hat sie Kenntnis erhalten.

Pöttinger fährt fort: »Ich habe in den letzten Monaten alle meine Patientinnen schriftlich anfragen lassen. Für die letzten fünf Jahre bekam ich insgesamt sieben positive Rückmeldungen.«

»Welche Medikamente sind davon betroffen?«

»Drei Kiefernekrosen unter *Bonegold*, zwei weitere mit *Osteo-Klast*, und zwei Patientinnen wurden mit Infusionen behandelt.«

»Beweist das nicht doch einen kausalen Zusammenhang?«

»Wie ich schon sagte. Statistisch gesehen ist ein kausaler Zusammenhang zwischen der Anwendung von Bisphosphonaten und dem Auftreten von Osteonekrosen des Kiefers nicht gesichert. Möglicherweise tritt der Effekt bevorzugt bei Patienten auf, die durch Tumor-Erkrankungen oder durch Chemo-, Radio- und Steroidtherapien eine Prädisposition für Osteonekrosen haben, wobei ein zahnmedizinischer Eingriff als Auslöser fungieren kann.«

»Meine Mutter hatte aber keine derartigen begleitenden Therapien.«

»Der Fall Ihrer Mutter beunruhigt mich daher auch am meisten.«

Laura lehnt sich zurück. »Warum?«

»Ich melde Nebenwirkungen nicht erst bei Vorliegen eines begründeten Verdachts, sondern bereits zu einem Zeitpunkt, in dem die Verursachung der beobachteten unerwünschten Arzneimittelwirkungen durch ein bestimmtes Arzneimittel nicht völlig unwahrscheinlich ist. Das war bei Ihrer Mutter der Fall. Nun hat sich für mich die Situation dramatisch verschärft.«

»Klären Sie mich bitte auf!«

Pöttinger spreizt die Finger seiner Hände. Die Spitzen berühren sich, als wolle er ein Gebet zum Himmel schicken. »Ich halte Kontakt zu Ärzten einer New Yorker Klinik für Mund- und Kieferchirurgie. Ihnen fällt eine Häufung von Patienten mit hartnäckigen Knochenentzündungen und -nekrosen auf, die klinisch einem Krankheitsbild nach Bestrahlung des Kiefers gleichen. Während sie diese bekannten Osteoradionekrosen mit ein bis zwei Personen pro Jahr weiterhin selten beobachten, dokumentieren sie nach einer retrospektiven Auswertung innerhalb von zweieinhalb Jahren

63 Patienten, die unter Bisphosphonaten eine Knochennekrose des Kiefers entwickelt haben, ohne dort zuvor bestrahlt worden zu sein. Und das ist das Ergebnis aus einer einzigen Fachklinik!«

»Nach Tabletten oder Infusionen?«

»Beides. Häufiger natürlich bei Infusionen, der deutlich höheren Dosis wegen. Für mich aber ein Klasseneffekt. Bisphosphonate, einmal verabreicht, verweilen Monate bis Jahre, eventuell lebenslang im Knochen und werden nicht verstoffwechselt. Fazit: Wir sehen jetzt erst die Auswirkungen von *Osteo-Klast*, dem ältesten Präparat im Markt.«

»Dann tragen die Patienten ja Zeitbomben in sich!«

»Wenn man es drastisch formulieren will …«

»Was wird nun aus meiner Mutter? Wie ist Ihre Prognose?«

»Leider nicht gut, Frau Lasalle. Ausbildungen weiterer Nekrosen trotz Absetzens des Medikaments sind beschrieben. Aber ich rate auf jedem Fall zu einem guten MKG-Chirurgen.«

»Danke für den Rat. Ich habe das schon in die Wege geleitet.«

»Ich will Ihnen aber keine falschen Hoffnungen machen. Nach meinem Kenntnisstand führen chirurgische Maßnahmen meist nicht zu einer dauerhaften Sanierung. Eher verschlechtert sich der Lokalbefund mittelfristig weiter.«

Laura schlägt die Hände vor ihr Gesicht. »Das ist ja der blanke Horror!«

»Tut mir Leid. Ich fühle mit Ihnen.«

Laura erhebt sich. »Herr Professor Pöttinger, wir werden nicht nur unsere Orthopäden, sondern vor allem unsere Zahnärzte über die Zusammenhänge aufklären und warnen müssen!«

Pöttinger erhebt sich ebenfalls. »Ja, Ursachenforschung ist dringend geboten, um die genaue Pathogenese aufzudecken.«

»Und wir werden unsere *Osteo-Forte*-Kampagne völlig überdenken müssen.«

»Ich denke, auf den Vorstandsetagen beider Pharmakonzerne ist ein Umdenken dringend erforderlich.«

Laura schüttelt den Kopf: »Ethik rechnet sich nicht. Wir sind demnächst mit unseren Experten in Paris. Schade, dass Sie nicht dabei sein können. Ich werde mich aber dafür einsetzen, dass wir das Thema ins Programm nehmen.«

»Ich hätte Sie voll unterstützt. Doch ich bin, wie Sie wissen, am gleichen Wochenende mit MDW in Sizilien. Und ich verspreche Ihnen: Bisphosphonate und Kiefernekrosen werden dort *mein* Thema sein.«

»Schade, dass sich die Termine überschneiden. Ich hätte Sie gern mit in Paris gehabt.«

Laura verlässt die Privatklinik und steigt in das wartende Taxi. Angesichts des Schicksals ihrer Mutter sieht sie sich in der Pflicht.

10

Wiesbaden

Michael betritt um 18.30 Uhr die Orangerie des »Nassauer Hofes«. Die Begrüßung durch den Empfangschef ist von ausgewählter Höflichkeit. Er und Big Shot sind hier Stammgäste. Der vornehm blau-weiß dekorierte Tisch in der von Elliot bevorzugten Nische ist noch verwaist. Der Ober bietet einen Platz an der Bar an. Auf Wunsch serviert er Bitter Lemon. Wenig später erscheint Elliot. Er entdeckt Michael auf dem Barhocker. Entschlossen steuert Big Shot auf ihn zu. Michael blickt in seine Augen. Elliots Jochbeine spannen die Wangen …

Big Shot verfolgt einen Plan: Er tritt nah an Michael heran. Die Brauen werden zu einem Strich, und seine Augen verengen sich zu Schlitzen. »Was Sie wissen sollten …« Elliots bevorzugte Formulierung, wenn er Unangenehmes verkündet. »Am Tod von Fox tragen Sie Mitschuld. Seit langem haben Sie ihn gemobbt. Mich haben Sie zudem grob beleidigt! Und die Verfehlung Ihrer Umsatzziele, ein einziges Desaster! Sie sind ab morgen beurlaubt! Ziehen Sie die Konsequenzen!«

Michael wird es mit einem Schlag eiskalt. »Sie wollen mich wohl verschaukeln! Sie haben sich selbst aufs Kreuz gelegt, und jetzt erdreisten Sie sich, dass *ich* die Suppe für *Sie* auslöffle?«

»Zügeln Sie sich! Wer hatte mit den Umsatzprognosen Recht? Fox oder Sie?«

»Das spielt keine Rolle! Sie haben Fox benutzt und ihn in den Infarkt getrieben.«

»Herr Westfeld, es reicht! Ich verbiete Ihnen hiermit, Ihre Büroräume zu betreten. Unter Aufsicht können Sie morgen Ihre persönlichen Sachen einpacken. Sie haben wohl hoffentlich begriffen, wer hier die Karten mischt.«

Am liebsten würde Michael entgegnen, dass er ihm nichts mehr zu sagen habe und sich nur noch aufspiele. Doch er erwidert stattdessen: »Wir werden sehen …«

Der Ober nähert sich und fragt nach dem Aperitif.

»Champagner!« Elliot ordert ihn ohne eine Sekunde der Überlegung.

Kurz darauf wird die Eingangstür von einem Mann aufgehalten. Williams betritt das Restaurant. Er gibt der Person ein Trinkgeld. Diese reicht ihm eine schwarze dünne Ledermappe. Williams lässt sich vom herbeieilenden Chef den Mantel und die Mappe abnehmen. Gleichzeitig inspiziert Williams die Stuckdecke, als würde er dort oben Sicherheitskameras neben den Engelsskulpturen vermuten. Dann entdeckt er Elliot und Michael. Seine Arme breiten sich aus wie die Schwingen eines Albatros. »Was für eine Überraschung! Ich hätte nicht geglaubt, Sie so friedlich vereint zu sehen. Wo haben Sie Ihre schusssicheren Westen und Maschinenpistolen abgelegt?«

Elliot lächelt säuerlich. Williams reicht seine Hand zum Gruß. Der Bewegung nach hätte er auch einen Colt ziehen können. »Willkommen in Wiesbaden, Al!«, erwidert Michael.

Williams lässt seinen Blick schweifen. Die Stille und die gedämpfte Beleuchtung im Restaurant animieren den Texaner zu der Frage: »Sind wir hier im Kloster?« Und an Elliot gerichtet: »Wann kommen die Nonnen?«

Elliot quält sich ein Lachen ab und winkt linkisch den Ober heran. Den angebotenen Champagner stürzt Al hinunter und schüttelt sich. Dann legt er Michael jovial seine Hand auf die Schulter.

Mit der anderen dreht er geringschätzig das Glas. »Mike, mal ehrlich: Mein Bourbon ist besser!«

Seine Bemerkung krönt er mit einem schallenden Gelächter. Elliot fühlt sich gefoltert. Michael zeigt sich amüsiert.

Williams blickt auf die Uhr. Für Elliot das Signal, die Plätze am Tisch einzunehmen. Das Dinner soll auf Wunsch des Texaners bis spätestens um 22.00 Uhr beendet sein. Nicht weil er Schlaf benötigt, nein, Williams hat große Lust aufs Kasino …

Dann flüstert er Elliot etwas zu. Dieser zückt ein prall gefülltes Kuvert und reicht es ihm diskret. Der Texaner prüft wohlwollend die Dicke. Die anflutende Vorfreude treibt ihn zur Eile. Er schreitet zum Rundtisch und lässt sich auf den ausgewählten Stuhl fallen.

Elliot ist nervös. Während der Ober die Gänge des ausgewählten Menüs verkündet, fliegen seine Blicke zwischen Michael und Williams hin und her. Für sein Empfinden hofiert der Texaner Westfeld viel zu sehr. Der Ober entfernt sich. Es wird still am Tisch, die Atmosphäre wird plötzlich eisig. Williams blickt zu Elliot und zeigt sein Hyänenlächeln.

»Mr Elliot, ich habe mich entschieden. Nach Ihnen beginnt die neue Zukunft von MDW Germany!«

Elliots Augen weiten sich. Er weiß nur zu gut, was die Worte bedeuten. Dennoch stemmt er sich gegen diese Erkenntnis. Kämpferisch erhebt er die Stimme: »Neue Zukunft?«

»Eine Zukunft ohne Sie, Mr Elliot! Ab sofort!«

Elliot reagiert trotzig: »Warum wollen Sie gerade ohne *mich* weitermachen. Das müssen Sie mir schon erklären.«

Williams' Stimme wirkt wie ein Schneidbrenner: »Denken Sie an das Frühjahr und den Besuch der Staatsanwaltschaft in Ihrer Abteilung. Die horrenden Schweigegelder! Gestern dann der tödliche Infarkt von Fox in Ihrem Büro. Die Intrigen schlagen Wellen bis in mein Büro nach London. In Ihrer Abteilung herrscht Aufruhr! Sie hätten Mrs Fox am Telefon erleben sollen …«

Eine niederschmetternde Aburteilung. Die Art der Demontage wirkt auf Michael entwürdigend. Überraschend für ihn: kein Wort über *Bonegold* und seine Umsätze …

Elliot faltet die Hände, presst die Fingerspitzen auf die Knöchel, bis sie weiß anlaufen. »Was haben Sie vor?«

Williams lächelt aufmunternd, als würde er Elliot eine Beförderung mitteilen: »Im Ressort Kosten-Controlling warten interessante Aufgaben auf Sie.«

Elliot kann es nicht glauben. In Stegers Abteilung? Williams will mich zur Kündigung treiben, schießt es ihm durch den Kopf. Bleich im Gesicht, erhebt er sich. Hass kocht in ihm hoch. »Eine Unverschämtheit, Mr Williams!«

»Sie sollten sich besser wieder setzen!«

Doch Elliot überhört ihn. Mit Blick auf Michael sagt er in verächtlichem Ton: »Wer hat sich denn dieses Spiel ausgedacht? Herr Westfeld oder Sie?«

Williams schroff: »Sie selbst, Herr Elliot. Sie vergessen, was *ich* Ihnen vorwerfe!«

Elliot blickt auf sein Champagnerglas und schwört sich, diesen prickelnden Genuss, Zeuge seiner schwärzesten Stunde, nie mehr anzurühren. Dabei wundert er sich, zu welch abstrusen Gedanken er angesichts der eigenen Katastrophe fähig ist …

Dann reagiert er couragiert: »Mr Williams: Sie werden nie Herr meines Schicksals sein, und es wird Ihnen nicht gelingen, meinen Ruf in den Schmutz zu ziehen! Ich wünsche den Herren guten Appetit!«

Im Moment, als Elliot das Restaurant verlässt, zeigt Williams den erhobenen Daumen. »So schlägt man Gegner aus dem Feld!« Daraufhin ordert der Texaner Bier und drängt darauf, das Menü serviert zu bekommen.

Michael ist, als hätte er gerade der Verlesung eines Todesurteils beigewohnt.

Al scheint seine Gedanken lesen zu können: »Mike, das war gerade Personalpolitik für Fortgeschrittene.«

Michaels Instinkt mahnt zur Vorsicht. Er verkneift sich jede Kritik: »Al, ich bin beeindruckt!« Als dieser zufrieden lächelt, schiebt Michael die Frage nach: »Aber war Elliot, insgesamt gesehen, nicht sehr erfolgreich?«

Al lacht lauthals: »Erfolg? Mike, wovon träumen Sie? Erfolg zählt nichts. Eine relative Sache. Man hat ihn, oder man biegt ihn sich zurecht. Das ist zwar eine harte Lektion, doch im Topmanagement zählen nur Schachzüge, die am Ende den Sieg über den Gegner herbeiführen.«

Michael nickt stumm.

Während Elliot den ersten Gang in sich hineinschlingt, fährt er fort: »Mike, ich biete Ihnen eine einmalige Chance.«

»Lassen Sie hören.«

»Sie werden in Zukunft mein Mann vor Ort sein!«

»Um was geht es konkret?«

»Wir machen uns aus dem Staub!«

Michael ist verblüfft. Williams lehnt sich zurück. Gönnerhaft klingen seine Worte: »Mike, ich habe Großes mit Ihnen vor. Ich erwarte daher, dass Sie mir ab heute bedingungslos folgen.«

»Al, Sie können sich auf meine Loyalität verlassen!«

»Ich habe nichts anderes erwartet.«

»Ich biete Ihnen an, Chef in Deutschland zu werden!«

»Elliots Nachfolger?«

»Ich glaube nicht, dass Sie als Erbe Elliots groß herauskommen werden. Ihre Karriere bei MDW können Sie abhaken. Sie ist ein sterbender Schwan. Sie werden sich, wie ich auch, neu orientieren müssen.«

»Sie überraschen mich völlig.«

»Weil Sie das Spiel nicht beherrschen.«

»Erklären Sie mir die Regeln?«

»*Bonegold* ist am Ende. Sie wissen von den neuen schweren Nebenwirkungen?«

»Ich habe mir einen Überblick verschafft. Die Fälle von Kiefernekrosen steigen. Aber eine Kausalität zwischen *Bonegold* und Kiefernekrosen ist nicht erwiesen.«

»New York sieht schon längst einen Zusammenhang. Sie verfügen über die besseren Daten. Das ist für das Geschäft tödlich.«

»Auf Dauer wird sich das nicht verheimlichen lassen.«

»Natürlich nicht! Aber auf dieser Basis, Mike, können wir niemals planen. So ein Medikament nimmt man vom Markt. Trotzdem werden wir aus dem Minus von *Bonegold* schon im nächsten Monat ein eindruckvolles Plus machen.«

Michael zeigt sich ungläubig: »Sind wir unter die Zauberer gegangen?«

»Überlegen Sie! Noch ist Vertrauen in der Ärzteschaft vorhanden. Entscheidend ist daher, dass wir das Schlachtfeld *Bonegold* mit einem letzten Sieg verlassen. Die Leichen lassen wir von unseren Nachfolgern abräumen.«

»Ich verstehe nicht.«

Williams beugt sich weit über den Tisch: »Mike, ich bin ab Januar Präsident von GATES PHARMACY, und ich mache Sie zum Chef von GATES in Deutschland! Jeff Bloomberg ist eine Pflaume und wird seinen Posten zum Jahresende räumen!«

Michael ist wie vom Blitz getroffen. Williams triumphiert: »Nun, gefällt Ihnen mein Schachzug?«

Michael spielt das Spiel mit: »Atemberaubend genial!«

»Mike, wir werden daher in aller Ruhe unsere Startbedingungen bei GATES optimieren. Also machen wir dem Arzneimittelgroßhandel in dieser Woche noch ein unwiderstehliches Angebot mit *Bonegold*!«

»Wie unwiderstehlich?«

»Wir locken sie mit attraktiven Bar-Rabatten.«

»Wie attraktiv?»

»So attraktiv jedenfalls, dass die Großhändler schwach werden. Ich werde alles absegnen. Schätzungsweise werden wir bei dieser Aktion mehr absetzen, als wir für die Erreichung unserer Prämien benötigen. Streuen Sie außerdem das Gerücht, dass ab Januar die Preise erhöht werden. Die Großhändler werden sich mit *Bonegold* voll saugen wie trockene Schwämme.«

»Das leuchtet ein.«

Williams zeigt sein Hyänenlächeln: »Aber nur für drei Monate, Mike. Das ist Marketing für Fortgeschrittene!«

»Was wird aus der Planstellenreduzierung?«

»Lassen Sie Elliot rechnen, bis er schwarz wird. Heizen Sie die

Gerüchteküche ruhig an. Das verunsichert und kostet Motivation. Darauf sind wir nun wirklich nicht mehr angewiesen.«

»Hinter uns die Sintflut?«

»Genau! Im Januar werden Sie Boss von Gates Pharmacy in Deutschland sein und ich Präsident im World Headquarter, New York.«

Michael legt das Besteck aus den Händen und erhebt sein Glas.

Al stößt mit ihm an: »Auf uns und unsere Zukunft!«

Daraufhin winkt er dem Ober und fordert ihn auf, ihm die schwarze Ledermappe zu bringen. Als er sie in seinen Händen hält, entnimmt er ihr einen Bericht, reicht ihn Michael und sagt bedeutungsvoll: »Sie können einen Blick hineinwerfen. Von einer mutigen Dame formuliert.«

Michael blickt ihn fragend an: »Mutige Dame?«

»Ab Januar ist Frau Lasalle von GlobalPharm Ihre Mitstreiterin.«

Michael liest das Deckblatt. *»Osteo-Forte vs. Bonegold Germany-Report / Woodbridge«*. Zum Schein vertieft er sich in den ersten Absatz …

Williams schwadroniert: »Ihre Vorschläge sind zwar konstruktiv, doch die obersten Bosse sind sauer!«

Michael spielt den Souveränen: »Ich kenne die Dame. Interessant, ihren Blickwinkel kennen zu lernen.«

»Im Vertrauen, Mike: Die wunderbaren Vorschläge der Dame sind von Woodbridge gerade abgeschmettert worden!«

»Wie sind wir in den Besitz des Berichtes gekommen? Und woher wissen wir, dass er abgelehnt wurde?«

»Wir schöpfen unsere Informationen direkt aus der Quelle.«

»Ich vermute, Berlin.«

»Der Vorgänger von Frau Lasalle hat uns beliefert …«

Michael sieht sich im Ziel. Er lenkt das Gespräch auf die neue Promi-Kampagne: »Wie verhalten wir uns in Taormina gegenüber der Presse und der angeheuerten Prominenz?«

»Wer spricht zu *Bonegold*?«

»Professor Pöttinger! Er wird nach meiner Intervention das Thema Kiefernekrosen nicht zur Sprache bringen.«

Williams süffisant: »Mike! Warum denn nicht? Gibt es etwas Ehrlicheres, als bei diesem Event die Hosen herunterzulassen? Verpflichtet uns nicht die Ethik darauf, die Wahrheiten ans Licht zu bringen?«

»Das ist Harakiri!«

»Nein! Das ist genial! Genial für unsere Zukunft! Also: Schritt für Schritt. Die Aktion ›Großhändler‹ genießt Priorität. Nach erfolgreichem Abschluss geben Sie diesem Professor grünes Licht. Er kann sich mit seinen Nekrosen in Taormina so richtig austoben!« Williams erhebt sein Glas: »Auf unsere Gesundheit!«

Michael tut es ihm gleich. »Cheers! Al, Sie werden sich Taormina doch hoffentlich nicht entgehen lassen?«

»Keine Zeit, Mike! Die Sache mit GATES beansprucht mich voll und ganz.« Der Texaner blickt auf die Uhr, nimmt den Bericht wieder an sich und drängt zum Aufbruch. »Ich werde den Ablauf in Taormina beobachten lassen.«

II

Der Airport Frankfurt gleicht einer riesigen Fabrikhalle, in der unablässig alles in Bewegung ist. In der Anonymität der Menge zwischen Ankunft und Abflug verlieren die Menschen ihre Aura und tarnen sich mit der ganzen Intimität der Öffentlichkeit. Ein Traum für Paare, die unerkannt bleiben wollen. Man geht in der aufgeregten Masse derjenigen unter, die lachen, scherzen, winken, sich abhetzen, sich umarmen, aneinander klammern, sich küssen oder Tränen vergießen.

Das schöne spätherbstliche Wetter der Vortage wurde durch die nasskalte Jahreszeit abgelöst. Im Flughafengebäude merkt man davon nichts. Michael schlüpft aus seinem Übergangsmantel. Er wartet, wie verabredet, bei Harrods' Stehimbiss und blickt mit der Nervosität eines Mannes auf seine Uhr, der bangt, von seiner Geliebten versetzt zu werden. Er weiß: Laura fliegt nur mit Handgepäck, so entfällt die Wartezeit am Gepäckband. Vielleicht noch fünfzehn Minuten …

Als Laura am Eingang erscheint, treffen sich ihre Blicke. Sie geht auf ihn zu. Ihr Lächeln ein Code, eine zweite, lautlose Sprache. Sie umarmen sich inniglich. Ihr Kuss ist für Michael die Befreiung von der Last der Tage.

Langsam lösen sie sich. Michael zeigt auf den reservierten Bistrotisch: »Setzen wir uns? Wie war dein Flug?«

»Unruhig. Besonders der Anflug. Mistwetter! Du weißt ja, ich fliege nicht gern.« Mit der Hand streicht sie sich die Haare hinter das Ohr und sagt befreit: »Jetzt bin ich froh, dass ich bei dir bin.«

Michael nimmt ihre Hand. »Ich habe dich sehr vermisst.«

»Als ich im Flieger saß, schloss ich die Augen und bildete mir ein, ich fliege zu dir nach Florenz.« Laura schließt ihre Augen und schwärmt: »Wärme, Abendsonne, wir beide, und ein kleines Ristorante irgendwo in der Toskana …«

Michael streicht ihr über die Wange. »Mir geht es momentan genauso.« Ihr Blick geht zum Buffet. »Ich habe Hunger!«

»Wie groß?«

»Am besten ein halbes Wildschwein auf Toast.«

Michael lacht: »Soll ich für uns auswählen?«

»Ja, bitte. Ich mach es uns inzwischen hier in der Ecke nett!«

Michael wählt verschiedenartig zubereitete Crevetten, Scampi, Lachs, Oliven und getrocknete Tomaten aus, dazu bestellt er Baguette und zwei Gläser Champagner. Als sie auf ihr Wiedersehen anstoßen, fühlt sich Laura gelöst: »Der erste Moment in dieser Woche, an dem ich mich entspannen kann.«

Während sie die Schmankerl vom Buffet genießen, bittet Laura Michael, ihr vom Treffen mit Williams zu berichten.

»Deine Vermutung war richtig. Rosinski ist der Verräter! Williams hat mir verraten, dass dein Vorgänger uns beliefert.«

»Hurensohn! Ich hab's geahnt! Damit ist er erledigt!«

»Es kommt noch dicker! Ich habe ein tolles Angebot bekommen!«

»Erzähle!«

»Halte dich fest: Ich werde Chef von Gates Pharmacy in Deutschland!«

»Du machst Witze.«

»Keineswegs …«

Als er mit seinen Schilderungen endet, ist Laura fassungslos: »Der Mann gehört an den Pranger! Ich glaube, in unseren Konzernen herrscht der blanke Wahnsinn. Überall das Gleiche. Der Fisch fängt immer am Kopf zu stinken an – im Topmanagement.«

Michael gibt sich gelassen. »Dieser Texaner ist jetzt die unangefochtene Autorität in Europa.«

»Wie wirst du dich entscheiden?«

Michael entschlossen: »Ich werde das nicht mitmachen. Diese Machenschaften lassen sich mit meinem Gewissen nicht vereinbaren.«

Laura legt ihre Hand auf seinen Arm. »Überstürze nichts! Es steht zu viel auf dem Spiel, Liebling.«

Schweigend nippen sie an ihren Gläsern. Michael bezahlt. Dann nimmt er Laura in den Arm: »Komm, wir gehen. Ich glaube, ich habe einen Ausweg gefunden …«

12

Als sie zusammen das Hotelzimmer betraten, war nichts mehr wichtig außer ihrer Zweisamkeit. Der Alltag blieb augenblicklich vor der Tür. Zwei Liebende – nichts sonst …

Als Laura aus dem Bad kam, war sie verwandelt. Die Haare fielen ihr bis auf die Schultern, und an ihre langen Beine schmiegten sich schwarze halterlose Strümpfe. Der gesamte Raum war verzaubert, schien aufgeladen von knisternder Erotik. Michael hatte die Vorhänge zugezogen und brennende Teelichter im Raum verteilt. Er liebte ihre besondere Art, sich zu bewegen, ihre seidige Haut und ihren Duft, der einen verzückte. Als sie sich an ihn schmiegte, dachte Michael unwillkürlich an eine Nymphe, die soeben dem verwunschenen, mit Seerosen bedeckten Teich entstiegen war. Er zog sie aufs Laken. Laura rollte sich auf den Rücken, während sich Michael über sie beugte. Sie schloss ihre Augen. Lauras Kopf lag auf dem ausgebreiteten blonden Fächer ihrer Haare. Seine Hände begannen sanft ihre weibliche Topografie zu erkunden. Streichelten hier, reizten dort. Als sie wieder ihre Augen öffnete, spiegelte sich tiefe Sehnsucht darin. Sie gestanden sich erneut ihre Liebe und ließen sich von ihrer Leidenschaft davontragen, bis sie vor wohliger Erschöpfung einschliefen …

Kurz vor Mitternacht. Michael liegt auf dem Rücken und verfolgt halb wach das Spiel von Lauras Fingern entlang seiner Schenkel. Mit den Fingerkuppen wandert sie mit ihrer Hand langsam auf und ab, verweilt wie in Trance, verteilt Zärtlichkeiten.

Mitternacht ist vorüber. Michael fragt: »Hast du auch etwas geschlafen?«

»Ja, ein wenig.« Laura kuschelt sich an Michael und flüstert nahe seinem Ohr: »Bin aber durch einen schlechten Traum aufgewacht.«

»Was hast du geträumt?«

»Ach, immer der gleiche Traum. Er verfolgt mich seit einigen Wochen.«

»Magst du darüber reden?«

»Ja. Meine Mutter erscheint … Ihr Zustand ist grauenhaft.«

»Schrecklich!«

»Ja! Sie macht mir im Traum bitterste Vorwürfe …«

Michael richtet sich halb auf. »Ich habe heute Morgen einen Top-MKG-Chirurgen in Düsseldorf genannt bekommen. Wenn du es wünscht, werde ich meinen Einfluss nutzen, damit sie sofort einen Termin bekommt.«

»Ja, bitte! Ich werde morgen sofort mit meiner Mutter darüber sprechen.«

Michaels Stimme klingt besorgt: »Unabhängig von deiner Mutter – ich bin mir sicher, dass die bekannt gewordenen Nebenwirkungen für die gesamte Wirkstoffgruppe zu einem Desaster werden.«

Laura legt ihren Kopf auf seinen Bauch: »Ach, Liebling, wir sind schon wieder beim Geschäft!«

»Dafür sind wir auch hier, mein Engel!«

»Du hast ja Recht. Darf ich dir dein Glas füllen?«

»Ja, bitte.«

Während Laura die Sektgläser wieder füllt, fragt sie nach: »Stichwort Medikamentensicherheit: Kennst du inzwischen die Ergebnisse der Recherche?«

»Kenn ich. Über einhundert dokumentierte Fälle allein in den USA.«

»Das deckt sich in etwa mit dem, was ich in München erfahren habe.«

»Für mich tickt hier eine gewaltige Zeitbombe. Nach dem, was jetzt schon vorliegt, müssten alle Ärzte vor dem unkritischen Einsatz von Bisphosphonaten gewarnt werden.«

Laura pflichtet bei: »Man müsste in allen Fachinformationen und Beipackzetteln auf diese Nebenwirkungen hinweisen.«

Laura reicht Michael ein Glas und sagt mit gespielter Ironie: »Du hast es doch auch gehört: Ein kausaler Zusammenhang ist nicht bewiesen!«

»Brauchen wir noch mehr Beweise?«

»Du hättest gestern bei unserem Freund Pöttinger in München dabei sein sollen.«

»Und?«

»Er hat dasselbe gefordert: Warnung und Aufklärung!«

»Dann hat er dir sicher gesagt, dass er das Thema in Taormina nicht zur Sprache bringen wird.«

»Inzwischen hat er sich entschieden, die Nekrosen zum Thema zu machen. Und ich werde den Punkt in das Fortbildungsprogramm für Paris aufnehmen.«

»Das erleichtert die Sache. Was wird aber dein Chef dazu sagen?«

»Brisson wird das erst lesen, wenn das Programm schon gedruckt ist.«

»Machst du das im Alleingang?«

Um Lauras Lippen spielt ein Lächeln: »Nun, es ist alles sehr eilig. Letzte Chance … sozusagen.«

»Wer wird das Referat halten?«

»Ich werde Wellenstein anrufen.«

»Wird er es machen?«

»Er wird müssen!«

Michael setzt sich auf die Bettkante und dreht bedächtig sein Glas. »Warum legen wir eigentlich die beiden Fortbildungen nicht einfach zusammen und decken bei der Gelegenheit die Machenschaften und Vertuschungsversuche unserer Konzerne auf?«

»Das würden sie uns als Komplott auslegen.«

»Das Komplott im Komplott!«

Lauras Stimme klingt unsicher: »Wir sind keine Wissenschaftler. Und wenn es zum Schwur kommen sollte, werden die Profis in unseren Konzernen die Statistiken derart frisieren, dass am Ende die Unbedenklichkeit bewiesen ist.«

»Nein! Pöttinger wird genau dem einen Riegel vorschieben. Er wird die Fakten eindringlich genug darstellen.« Michael sieht sich in einer Zwickmühle. »Laura, mir läuft die Zeit davon. Ich kann nicht einfach zusehen, mit welcher Kaltschnäuzigkeit der Texaner abkassiert. Dazu nutzt er die Gunst der Stunde und stiftet mich noch dazu an, dass Pöttinger in Taormina verbrannte Erde hinterlassen soll. Und das nur, damit sein Stern am Ende noch heller am internationalen Managerhimmel leuchtet als je zuvor.«

»Zugegeben, das ist dreist.«

»Das ist mehr als dreist! Ich werde mich für Williams' dreckige Pläne nicht verbiegen. Ich werde dafür sorgen, dass er gegen die Wand fährt.«

»Ich würde dich gern dabei unterstützen, aber ich selbst habe nichts Konkretes in der Hand.«

»Hat nicht deine Mutter *Osteo-Klast* eingenommen?«

»Ja, hat sie. Und Pöttinger hat auch angeblich einen Meldebogen für unerwünschte Arzneimittelwirkungen an GLOBALPHARM weitergeleitet. Er ist allerdings bei mir nicht aufgetaucht.«

Michael blickt durch das leere Glas. Dann springt er plötzlich auf. Laura blickt erstaunt zu ihm auf. Er beugt sich zu ihr herab: »Das ist es, Laura! Genau! Pöttinger sagt die Wahrheit. Du kannst ihm glauben. Geh dem Meldebogen nach!«

Laura zeigt Unbehagen: »Was vermutest du?«

»Deine Mutter war doch im Januar bei Pöttinger, also *vor* der Ausbietung von *Osteo-Forte*?«

»Stimmt!«

»Klar! Jemand hatte ein Interesse daran, die Sache zu vertuschen. So eine Meldung stört doch zu diesem Zeitpunkt erheblich. Kritische Geister könnten auf die richtige Fährte gelockt werden. Ich vermute eine vorsätzliche Vertuschung eurer obersten Heeresleitung. Und die Gesundheitsbehörden reagieren so träge, dass jeder Monat ein Gewinn für GLOBALPHARM ist.«

»Wenn deine Vermutungen stimmen …«

Michael nimmt Lauras Kopf in seine beiden Hände und sagt eindringlich: »Sie haben schmutzige Spielchen gespielt, spioniert, sabotiert. Einige Dinge sind schier unglaublich. Gestern hielt mir Williams deinen Bericht an Woodbridge unter die Nase …«

Laura entzieht sich seinen Händen, steht auf und geht einige Schritte auf und ab. Nach einer Pause erwidert sie mit Verachtung: »Es ist unfassbar. Aber wie kam Rosinski an *meinen* Bericht?«

»Er hat sich ihn besorgt oder gezielt zugesteckt bekommen.«

Laura ist aufgebracht: »Es reicht! Sei versichert, ich gehe dem Meldebogen nach, und noch etwas: Solltest du Recht behalten, verlege ich mein Expertentreffen von Paris nach Sizilien.«

Michael lächelt befreit. »Gratuliere! Ich sehe uns zusammen in Taormina.«

Laura greift in ihr Bordcase und entnimmt ihm zwei Handys. Eines davon reicht sie Michael: »Abhörsicher! Ab heute ärgern sich die Lauscher … Komm unter meine Decke. Wir haben nur noch ein paar Stunden – mein Flieger geht um sieben Uhr!«

13

Grunewald

Neun Uhr morgens. Regenwolken kommen und ziehen vorbei, der Wind frischt auf und dreht von Nordost auf Südwest. Das erste große Herbsttief rast vom Nordatlantik heran. Der Wind wirbelt die Blätter vor sich her.

Ein Mann im hellen Overall steigt aus einem weißen Mercedes Sprinter. Den Rücken seines Overalls ziert ein blauer Aufdruck: »*Telefonbau Habicht Communications*«. Er lenkt seine Schritte in die Griegstraße. Vor dem roten Backsteinhaus verlangsamt er seinen Schritt. Er steckt einen neu angefertigten Schlüssel in den Zylinder des Eingangstores. Über das Mikrofon meldet er den Erfolg: »Passt!«

Erst in Lauras Wohnung beschleunigt er Schritte und Arbeitstakt. Er geht daran, die Wohnung zu verwanzen.

Als er wieder aus dem Haus tritt, setzen Regenböen ein. Der Mann lenkt seinen Schritt in Richtung Wildpfad. Diesmal geht er schnell, den Blick fest auf die Pflastersteine gerichtet. Auf die Sekunde genau pickt ihn der weiße Mercedes Sprinter wieder auf …

14

Noch am Flughafen Tegel hat Laura mit ihrer Mutter gesprochen. An diesem Morgen ging es ihr besonders schlecht. Sie ernährt sich seit Tagen nur noch mit Astronautennahrung, und ihren Kaffee trinkt sie inzwischen mit dem Strohhalm. Sie hat stark abgenommen. Fast zehn Kilo. Laura versuchte ihr Hoffnung zu machen, erzählte ihr von dem Chirurgen aus Düsseldorf. Doch in ihrem Zustand half das wenig …

Laura betritt das Bürogebäude. Sie grüßt den Sicherheitsmann hinter dem Panzerglas. Das neue Gesicht, etwas zerknittert, so um die fünfzig, konzentriert sich auf den Bildschirm seines Monitors. Laura schiebt ihre Smartcard in den Scanner. Das Gerät gibt sie wieder frei, doch die Tür gleitet nicht wie üblich zur Seite. Der Mann hinter dem Panzerglas blickt auf. Die Gegensprechanlage verleiht seiner Stimme einen knarrenden Ton. »Frau Lasalle?«

»Ja, bitte?«

Sein Blick wirkt desinteressiert. »Bitte begeben Sie sich in das Zimmer 1003! Benutzen Sie den Fahrstuhl.« Die Videokamera hinter dem Sicherheitsmann ist direkt auf sie gerichtet. Der Mann drückt einen Knopf, und die Glastür gleitet zur Seite.

Zum Aufzug hin durchschreitet sie ein unsichtbares Spalier von Fragen. Was ist passiert? Was bedeutet das? Zimmer 1003? Das Büro befindet sich auf der Vorstandsetage …

In wenigen Sekunden bringt sie der Fahrstuhl in den zehnten Stock. Dort wird Laura von einem ihr unbekannten Mann in Empfang genommen. »Frau Lasalle?«

»Ja!«

Er zeigt ihr eine Plakette: »Kriminalsekretär Ruesch. Bitte folgen Sie mir.«

Der Mann öffnet die Tür zu Zimmer 1003. Brisson sitzt mit einem weiteren Herrn an einem Besprechungstisch. Als Laura eintritt, erheben sich beide. Brisson reicht Laura die Hand zum Gruß. Er hat ein Pokergesicht aufgesetzt und zeigt auf sein Gegenüber. Der groß gewachsene Mann mit perfekt gekämmtem grauem Haar stellt sich mit selbstsicherer Stimme vor: »Kriminalhauptkommissar Mahler!«

Alles an ihm ist Autorität. Er sieht vornehm aus und verkörpert in seiner selbstgewissen Art die Haltung eines Mannes, der es gewohnt ist, Menschen gegenüberzutreten, denen vor Beklemmung die Mimik einfriert. Vor ihm liegt ein Notizbuch. Lächelnd zeigt er auf den gepolsterten Stuhl an der Stirnseite des Tisches: »Nehmen Sie doch bitte Platz.«

Laura setzt sich, wartet ab. Ohne Umschweife nennt der Kriminalbeamte den Grund seiner Anwesenheit: »Frau Lasalle, es geht um Herrn Dr. Rosinski. Ich erhoffe mir Ihre Mithilfe bei der Klärung einiger Fragen. Wann haben Sie ihn zum letzten Mal gesehen oder gesprochen? Bitte erinnern Sie sich!«

Laura ist überrascht: »Oh, da muss ich überlegen.« Sie zückt ihren Terminplaner. »Das war vor knapp zwei Wochen. Freitag!« Und an Brisson gerichtet: »Das war, als wir die Planungen für Paris besprochen haben. Was ist mit ihm?«

Der Kommissar ignoriert die Frage. »Hatten Sie den Eindruck, dass Herr Dr. Rosinski stark unter Druck steht?«

»Schwer zu beurteilen«, entgegnet Laura.

»Sie haben also nichts Auffälliges an seinem Verhalten festgestellt?«

»Nein.«

»Wir wissen von Frau Rosinski, dass er Papiere, Akten und Unterlagen mit sich herumschleppte, die er kaum aus den Augen verlor, dazu hektische Telefonate führte. Es müssen ihrer Meinung nach brisante Vorgänge sein. Erzählen Sie mir bitte, mit welchen Aufgaben Herr Dr. Rosinski betraut ist.« Der Hauptkommissar blickt abwechselnd zu Brisson und Laura.

Laura macht eine eindeutige Handbewegung zu Brisson: »Ich bin gegenüber Herrn Rosinski nicht weisungsbefugt.«

Brisson räuspert sich. Von seiner rhetorischen Eleganz ist kaum etwas zu spüren, als er erwidert: »Herr Rosinski … Er ist von mir mit Marktbeobachtungen, Recherchen und Analysen zu unseren Präparaten betraut.«

»Können Sie das präziser formulieren?«

Brisson bleibt im Ungefähren: »In den letzten Monaten analysierte er permanent das Marktsegment Osteoporose und dazu alle Marktbesonderheiten. Natürlich gehört auch die Beobachtung dazu, was unsere Mitbewerber im Markt so treiben.«

»Pflegt er Kontakte zu anderen Firmen?«

»Wir haben Kooperationspartner, wie GATES PHARMACY. Bei Besprechungen ist Herr Rosinski meist mit eingebunden.«

Der Hauptkommissar wendet sich wieder an Laura: »Wie steht es mit seiner Loyalität?«

»Ich habe sie nie in Frage gestellt.«

»Können Sie sich vorstellen, dass Herr Rosinski mit Informationen aus Ihrem Hause handelt?«

Laura erkennt die gestellte Falle: »Wer vermag das schon zu beurteilen?«

»Wer ist Ihr größter Marktgegner?«

»Mitunter wir selbst und unsere Fehleinschätzungen.«

Der Hauptkommissar schmunzelt. »Ich bin mir sicher, Sie haben meine Frage verstanden.«

»Ich sträube mich, gegen meine Überzeugungen zu antworten. Aber rein vom Umsatz her gesehen, ist MEDICAL DRUG WORLD noch die Nummer eins.«

Der Hauptkommissar macht sich Notizen. »Eine Frage, Frau Lasalle, die Sie nicht zu beantworten brauchen: Wie kommen Sie mit Dr. Rosinski, rein beruflich gesehen, aus?«

»Uns verbindet eine gesunde Rivalität.«

»Gibt es etwas in Ihrem Aufgabenbereich, was Sie als besonders schützenswert ansehen, da es Ihrer Konkurrenz sonst einen entscheidenden Vorteil verschaffen könnte?«

»Eine ganze Menge. Da gibt es Ergebnisse aus Forschung und Entwicklung, Meldungen über Nebenwirkungen, ein neues Gesundheitsmarketing oder bessere Kommunikationsstrategien, um nur einige Punkte zu nennen.«

»Hat Dr. Rosinski darauf offiziell Zugriff, oder kann er sich Zugriff verschaffen?«

»Zugriff? Ich denke, das ist eine Frage der persönlichen Energie, die ein Mensch dafür einsetzt. An irgendeinem Punkt werden die Konzepte vorgestellt und diskutiert. Während der konzeptionellen Phase wird der Kreis der Insider, wie üblich, klein gehalten.«

»War Rosinski nicht einmal Ihr Vorgesetzter?«

»Ja.«

Der Kommissar wendet sich an Brisson: »Hat er unter dieser Degradierung gelitten?«

»Er ist unbeirrt, wenn es um den Erfolg des Unternehmens geht. Herr Rosinski ist zudem sehr zuverlässig und verschwiegen. Er hat nach seiner Ablösung durch Frau Lasalle schnell seinen Weg gefunden.«

»Seine Frau schildert ihn als sehr verbittert.«

»Zu Beginn vielleicht enttäuscht und ernüchtert, ja …«

»Hat es finanzielle Einbußen für ihn gegeben?«

»Grundsätzlich nein. Nur bei den Prämienzahlungen wurde er nicht mehr berücksichtigt. Er hat zurzeit keine direkte Umsatzverantwortung.«

»Zum Abgleich benötigen wir die genauen Zahlen.«

Ein unauffälliges Zittern von Brissons Händen verrät innere Anspannung: »Wie Sie wünschen. Ich werde alles veranlassen.«

»Danke für Ihre Kooperation.« Daraufhin wendet er sich an Laura. »Nun zu Ihrer Frage von vorhin: Herr Dr. Rosinski wurde von seiner Frau als vermisst gemeldet.«

»In welche Richtung ermitteln Sie?«

»In alle Richtungen.« Er klappt sein Notizbuch zu. »Ich danke Ihnen!«

Als sie sich erheben, schiebt er wie beiläufig eine weitere Frage nach. »Wissen Sie etwas über seine Leidenschaft zur Großwildjagd?«

Laura reagiert erstaunt: »Elefanten, Löwen, Bären?«

»In diese Richtung etwa.«

Brisson weiß mehr: »Nein. Sein Jagdrevier liegt östlich von Berlin. So viel hat er vor langer Zeit einmal preisgegeben.«

Laura verlässt Zimmer 1003. Ohne dass es Brisson mitbekam, hat eine seiner Antworten ihr eine entscheidende Erkenntnis offenbart. Sie begibt sich sofort in ihr Büro, um intern über den Verbleib der von Professor Pöttinger gemeldeten Nebenwirkung zu recherchieren …

15

Laura begibt sich in die Abteilung Arzneimittelsicherheit. Dort wartet Frau Ferris auf sie. Eine stille, liebenswerte Frau, die alles auswertet und archiviert, was an Nebenwirkungsmeldungen bundesweit eingeht. Laura ist sich bewusst, dass sie wahrscheinlich nur diese eine Chance hat, an die Informationen heranzukommen, die sie dringend für ihre Entscheidung benötigt.

Die Frauen geben sich die Hand. Agnes Ferris hat ein Muttermal am Hals, knapp über dem Kragen ihrer Bluse. Unwillkürlich bedeckt sie den Fleck mit ihrer Hand. »Guten Morgen, Frau Lasalle! Was kann ich für Sie tun?«

»Professor Pöttinger in München benötigt für seinen Vortrag in Paris von uns aktuelle Daten.«

»Geht es ihm um *Osteo-Forte*?«

»Primär *Osteo-Klast*. Er benötigt die Nebenwirkungsmeldungen der letzten zwölf Monate. Ich habe ihm zugesagt, dass er heute noch Nachricht von mir bekommt. Können Sie mir unkompliziert helfen?«

Frau Ferris strahlt und zeigt sich hilfsbereit. »Frau Lasalle, das haben wir gleich.« Und mit Stolz verkündet sie: »Das machen wir doch per Knopfdruck.« Zielstrebig geht sie an einen Bildschirm und loggt sich über das Keyboard ein. Dann gibt sie verschiedene Befehle ein und fragt nebenbei: »Wie wollen Sie die Auswertung? Nach Datum, Regionen oder nach Art der Begleiterscheinungen? Ich kann aber auch bestimmte Kombinationen abfragen und, wenn gewünscht, auch die Einzelfallberichte auswerfen.«

»Oh! Das ist interessant. Professor Pöttinger behandelt auch meine Mutter und hat uns im Januar, wie er mir sagte, eine Nebenwirkungsmeldung mit *Osteo-Klast* geschickt. Fangen wir doch einfach mit dem Einzelfallbericht meiner Mutter an. Ihr Name ist Nanette Svensson.«

»Ein schöner Name. Das haben wir gleich …« Frau Ferris holt sich die Suchmaske auf den Bildschirm und gibt die Initialen »N. S.« ein. »Wann ist Ihre Mutter geboren?« Es folgt das Geburtsdatum, danach »01« für den Monat Januar und am Ende gibt sie in die Rubrik »behandelnder Arzt« den Namen Pöttinger ein. Nach wenigen Sekunden erscheint die erste Seite des Erfassungsformulars auf dem Bildschirm. Laura kennt den Aufbau des Bogens, sagt aber nichts. Frau Ferris überfliegt das Formular und triumphiert: »Da ist Ihre Frau Mutter! Stimmt alles …«

Laura lobt Frau Ferris: »Respekt! Das geht ja wirklich schnell! Mich interessiert die Rubrik Nebenwirkungen.«

Frau Ferris zeigt auf das erste Kästchen. »Steht gleich am Anfang. Am besten, Sie lesen selbst!«

»Können Sie ein wenig zoomen?«

»Das machen wir sofort …«

Laura liest und traut ihren Augen nicht: *Schwere Gastritis, Obstipation und muskuloskeletäre Schmerzen …*

Nichts ist vermerkt über den Verdacht einer Osteonekrose. Sie unterdrückt ihre Verwunderung. »Sagen Sie, Frau Ferris: Wer überträgt den Inhalt der Originalmeldung in unser IT-System?«

»In der Regel ich.«

»Wo bewahren Sie die Originale auf?«

»Haben Sie Zweifel …«

»Nicht an Ihrer Zuverlässigkeit. Ich würde aber gern aus einem wichtigen dienstlichen Grund einen Abgleich machen.«

»Frau Lasalle, das verstößt zwar gegen alle Vorschriften, doch da es offenbar um Ihre Mutter geht, will ich das gern überprüfen.« Energisch steht sie auf, öffnet die Tür zum Nebenraum, zieht ein Hängeregister aus dem Wandschrank und blättert im Register vor und zurück. Nach wenigen Augenblicken zeigt sie sich ratlos: »Das verstehe ich nicht. Ausgerechnet bei Ihnen. Das ist mir noch nie passiert. Das Original ist nicht hinterlegt. Das kann eigentlich nicht sein! Tut mir Leid.«

»Wer besitzt denn außer Ihnen noch eine Zugangsberechtigung?«

»Mein Chef, meine beiden Kolleginnen und Herr Dr. Rosinski. Aber ich kann mich nicht erinnern, ihn hier jemals gesehen zu haben.«

Laura holt tief Luft. Ihr ist, als müsse sie sich auf einen Abstieg in große Tiefe vorbereiten. »Können Sie mir den Bogen meiner Mutter ausdrucken?«

Frau Ferris nickt zustimmend. Laura setzt alles auf eine Karte: »Es müssen noch weitere drei Meldungen von Professor Pöttinger eingegangen sein. Bitte, auch hier benötige ich die Einzelfallberichte zum Abgleichen.«

»Ich weiß nicht …«

»Frau Ferris, tun Sie *uns* den Gefallen. Dann kann ich *Ihnen* helfen.«

»Na gut …«

Laura nimmt den Ausdruck ihrer Mutter an sich. »Ich danke Ihnen sehr, Frau Ferris. Darf ich Sie noch um einen weiteren Gefallen bitten?«

»Nur zu!«

»Bitte stellen Sie für Professor Pöttinger die Auswertung nach der Nebenwirkung ›Osteonekrosen des Kiefers‹ zusammen. Wir sollten das Ergebnis nach Datum sortieren und die Orte hinzufügen. Das Ganze bitte getrennt nach *Osteo-Klast* und *Osteo-Forte*, falls für unser neues Medikament etwas gemeldet worden ist.«

Frau Ferris reagiert sofort: »Die Auswertung liegt bereits vor. Ich mache sie regelmäßig auf Anweisung von Herrn Brisson für Herrn Rosinski.«

Laura flunkert: »Ich weiß, Frau Ferris. Doch Herr Rosinski ist momentan schwer zu erreichen. Am besten, Sie schicken mir die Auswertung per Mail rüber. Dann kann ich sie bequem an Professor Pöttinger weiterleiten.«

Frau Ferris lächelt: »Selbstverständlich. Ich geh gleich dran.«

In ihrem Büro angekommen, prüft Laura sofort Pöttingers Bericht. Initialen, Geburtsdatum ihrer Mutter, das Medikament, die Adresse und Anschrift Pöttingers stimmen. Allerdings differieren zwei Angaben im Gegensatz zu Pöttingers Aussagen: Sie differieren in der Angabe der unerwünschten Wirkungen und in der Rubrik *»Wer wurde zusätzlich informiert?«*. Auf dem Meldebogen ist nur das Kästchen »Hersteller« angekreuzt. Im Kästchen »BfArM« fehlt das Kreuz …

Laura wählt die Nummer von Professor Pöttinger. Sie bittet ihn, ihre Recherche in der Berliner Zentrale zu unterstützen. Pöttinger erklärt sich bereit und lässt Laura die Faxkopie aller Originale seiner Meldungen übermitteln.

Eine knappe Stunde später blickt sie fassungslos auf die Faxkopien. Die entscheidenden Angaben im eigenen Erfassungssystem sind demnach manipuliert …

Sie erinnert sich an Brissons verräterische Worte: »Herr Rosinski ist zudem sehr zuverlässig und verschwiegen …«

Als sie in ihrer Wohnung eintrifft, wählt sie über das Crypto-Handy Michaels Nummer. Sie berichtet ihm über das, was sie herausgefunden hat. »Du hast mit deiner Vermutung richtig gelegen. Der Beweis liegt vor mir. Hier wird vertuscht! Brisson und Rosinski stecken unter einer Decke!«

»Und? Was machst du jetzt?«

Laura hat sich entschieden: »Wir sind zusammen in Taormina! *Wir* werden ihnen eine Lehre erteilen!«

»Super! Ich bin stolz auf dich!«

Danach kommt sie auf das geführte Gespräch mit Professor Mansfeld in Düsseldorf zurück. »Meine Mutter wird morgen sicher stationär aufgenommen.«

Sie beschließen, dass Laura von Düsseldorf nach Frankfurt weiterreist, damit sie die Nacht zusammen verbringen können. Am nächsten Tag würde Laura von Frankfurt aus wieder nach Berlin zurückfliegen.

16

Düsseldorf

Laura nimmt sich einen Tag Urlaub, fliegt nach Bremen und bringt ihre Mutter noch am gleichen Tag mit einem Mietwagen in die Mansfeld-Klinik nach Düsseldorf.

Die Klinik liegt in bequemer Entfernung zum Flughafen Düsseldorf und steht im Ruf, eine der luxuriösesten und modernsten Privatkliniken in NRW zu sein. Das dreistöckige Gebäude ist mit einer Rauchglasfassade verkleidet, und es gehört offensichtlich zur Philosophie des Betreibers, Krankenhausatmosphäre zu vermeiden. Decken und Wände sind mit Tropenholz-Imitation verkleidet, und die Schritte in der Halle werden durch einen hochwertigen Teppichboden gedämpft.

Laura schiebt ihre Mutter mit dem Rollstuhl zur Rezeption. Nana leidet trotz starker Analgetika unter heftigen Trigeminusschmerzen. Das Gewebe der Mundhöhle ist stark entzündet und angeschwollen. Die Nahrungsaufnahme ist fast unmöglich. Sie wird in der Privatklinik für Mund-Kiefer-Gesichts-Chirurgie sofort stationär aufgenommen.

Nach der Eingangsuntersuchung bittet Professor Mansfeld Laura in sein Sprechzimmer. Er klemmt die Röntgenaufnahmen unter die Leiste des Lichtbords und zeigt auf den rechten Unterkiefer. Seine Stimme ist ungewöhnlich leise, so dass sich Laura anstrengen muss, um ihn zu verstehen. »Wie Sie erkennen können, leidet Ihre Mutter hier, in der Region des entfernten Zahnes, unter einer erheblichen Osteolyse. Leider müssen wir anhand dieses Befundes feststellen, wie Sie sehen, dass auch Dentogen-entzündliche Osteolysen an den Wurzeln der benachbarten Zähne stattfinden.«

Laura ist bestürzt: »Schreitet der Prozess etwa noch voran?«

»Es scheint so. Reparative Vorgänge am Knochen werden offenbar durch Bisphosphonate verhindert oder verzögert. Der genaue Mechanismus ist bislang noch ungeklärt. Jedenfalls zeigt der freiliegende Knochen keine Tendenz zur Sekundärheilung. Außerdem scheint er gegenüber etablierten chirurgischen und medikamentösen Behandlungskonzepten therapieresistent zu sein. Leider!«

»Herr Professor, gibt es denn irgendeinen therapeutischen Ansatz, der eine weitere Zersetzung des Kieferknochens meiner Mutter stoppt?«

»Alle Behandlungsempfehlungen, die ich Ihnen zum jetzigen Zeitpunkt aufzählen kann, entbehren einer breiten Datenlage.«

»Was verspricht nach Ihrer Erfahrung Aussicht auf Erfolg?«

»Nach dem vorliegenden Befund werden wir um eine Kieferteilresektion nicht herumkommen.«

»Welche Risiken bestehen bei diesem Eingriff?«

»Selbst wenn diese Maßnahme zur klinischen Ausheilung der

Kiefernekrose führt, so sind die Folgen für die Kau-, Sprech- und Schluckfunktion ausgesprochen ungünstig.«

Laura überlegt: »Ich glaube, meine Mutter hat keine andere Wahl.«

»Ich werde sehr schonend vorgehen.«

Laura fasst Vertrauen: »Ich bin sicher, Herr Professor, Sie werden meine Mutter so weit herstellen, dass sie wieder Freude am Leben hat.«

»Ich versuche nur, meine Arbeit so gut wie möglich zu machen. Sprechen Sie bitte mit Ihrer Mutter darüber.«

»Sie wird zustimmen.«

Mansfeld legt seine Stirn in Falten: »Frau Lasalle, ich habe noch eine Forderung an Ihren Konzern.«

»Ja bitte?«

»Drei Dinge dürfen für Sie wie für uns Ärzte ab sofort relevant sein: Die Tatsache, dass ein lange Zeit eingeführtes und vom Nebenwirkungsprofil augenscheinlich bekanntes Medikament eine neue unerwünschte Wirkung präsentiert, muss in das Bewusstsein aller gehoben werden, die Bisphosphonate verordnen. Denken Sie an die Millionen von Verordnungen, die allein in den letzten Jahren erfolgten. Außerdem verlange ich von Ihrem Unternehmen, dass die interdisziplinäre Kommunikation zwischen den Fachärzten offen und ohne Vorbehalt gefördert wird. Und schließlich fordere ich, dass Sie ein unabhängiges Netzwerk unterstützen, das die Fallsammlung manifester Kiefernekrosen unter einer BP-Therapie zum Inhalt hat!«

Laura erwidert knapp: »Ich werde mich für Ihre Forderungen einsetzen!« Als sie sich verabschieden will, kommt ihr eine Idee. »Ach, Herr Professor Mansfeld! Eine Frage: Würden Sie sich für dieses Thema auch persönlich einsetzen?«

»Keine Frage!«

»Darf ich Sie bitten, in Ihren Kalender zu blicken?«

Mansfeld holt sich den Terminkalender vom Schreibtisch. »Um was geht es?«

»Einen Osteoporose-Workshop in Taormina mit Experten aus

Deutschland. Sie könnten vor diesem Forum Ihre drei Forderungen aus Sicht der MKG-Chirurgie darstellen.«

Mansfeld überlegt einen Moment. »Das hört sich gut an.«

»Für eine bessere interdisziplinäre Zusammenarbeit wäre dies sicher von großem Vorteil.«

»Mhm! Ich habe an diesem Wochenende zwar schon einen Termin, würde aber Taormina Priorität einräumen.«

Laura überlegt: »Herr Professor, ich habe eine Idee.«

»Bitte!«

»Alle Daten über Nebenwirkungen von Bisphosphonaten sollten bei der FDA dokumentiert sein. Durch den ›Freedom of Information Act‹, das Gesetz zum freien Informationszugang, wären wir doch in der Lage, diese abzurufen.«

»Natürlich! Das werde ich sofort angehen.«

Laura reicht dem Professor ihre Karte. »Dann bitte ich Sie, mir das Thema umgehend mitzuteilen. Um alles Weitere kümmert sich meine Assistentin Frau Alexandra Georgiou persönlich.«

»Wann sind Sie wieder in Berlin?«

»Morgen um acht.«

Laura geht auf die Station, um sich von ihrer Mutter zu verabschieden. Die Stationsschwester fängt sie ab. »Ihre Mutter schläft. Wir haben ihr ein Sedativum gegeben.«

Laura blickt auf die schlafende Mutter. Ihre Augen füllen sich mit Tränen. Nana zeigt ein bleiches Gesicht. Die Nasensonde zur Ernährung ist gelegt, und über einen venösen Zugang wird ein Antibiotikum infundiert. Sie streichelt Nana die Wange und hält still ihre Hand.

Danach ruft sie Sabrina an. Ihre Schwester spürt Lauras seelische Belastung: »Mach dir keine Vorwürfe wegen Nana. Du hast es ja nur gut gemeint.«

»Das tröstet mich nicht. Ich fühle mich so ohnmächtig.«

Als sie die Privatklinik verlässt, haben für sie die moralischen Begriffe »Gewissen« und »Pflicht« einen neuen Stellenwert erhalten …

17
Frankfurt

Die Kaffeemaschine gluckst, im Fernsehen läuft RTL-Aktuell, das Handy piept, und gleichzeitig klingelt Michaels Telefon. Die tägliche Mischung aus Pharmawelt und Privatsphäre nach Feierabend. Laura macht sich frisch, während Michael die letzten Anrufe abarbeitet. Danach schaltet er die Mailbox scharf. Der Pulk der ewig Aufgeregten ist nun chancenlos.

Laura und Michael sitzen sich bei ihrem Italiener händchenhaltend gegenüber. Endlich Muße und Zeit, die wichtigen Dinge des Lebens zu besprechen.

Laura berichtet, während sie speisen, ausführlich über den Zustand ihrer Mutter und über das Gespräch mit Professor Mansfeld.

Michael ist zuversichtlich: »Deine Mutter ist bei Mansfeld in besten Händen.« Und als Laura vorschlägt, ihn als Referent in Taormina mit einzubinden, stimmt Michael sofort zu: »Eine gute Idee. Das wird unserer Sache nützen.«

»Ich habe ihn außerdem motivieren können, mit Hilfe des Gesetzes zur Informationsfreiheit bei der FDA die gespeicherten Daten der Nebenwirkungen von Bisphosphonaten abzufragen.«

Michael spontan: »Mensch, das könnte Pöttinger für uns auch tun.«

»Sprich morgen mit ihm. Doppelt genäht hält besser!«

»Mach ich!« Michael nippt an seinem Glas. »Übrigens – Neuigkeiten über Rosinski?«

»Ich glaube an kein Verbrechen. Für mich hat er sich aus dem Staub gemacht.«

»Das Motiv?«

»Zwischen ihm und Brisson gibt es einen Deal. Und … Brisson ist ein Gangster!«

»Rosinski hat die Nebenwirkungen auf Anweisung von Brisson unterschlagen.«

»Das würde vieles erklären.«

»Brisson hat ihn vor dem Kommissar als zuverlässig und verschwiegen hingestellt. Verschwiegen war er – wie immer man's nimmt. Rosinski war es schließlich auch, der meinen Woodbridge-Bericht an euch weitergeleitet hat.«

Michael kneift die Augen zusammen: »Kann sein, dass ihn die Dienste in der Mangel haben.«

Stille.

»Wenn das so ist, dann wissen sie auch von unserer Verbindung.«

»Das werden wir bald merken. Wir sollten daher unser weiteres Vorgehen bis Taormina genau abstimmen.«

Laura und Michael kommen überein: keine negative Argumentation über die Medikamente! Dagegen soll unter dem Ätna mit einem Paukenschlag sichergestellt werden, dass die Bevölkerung in Zukunft vor gefährlichen Nebenwirkungen geschützt wird.

Michael erkundigt sich über den Stand der Organisation: »Geht mit den Buchungen alles glatt?«

»Die Flugkapazität ist nach Auskunft der Lufthansa gesichert. Die Option hat bis Freitag Gültigkeit. Ich lasse gerade die Paris-Verträge wegen der Stornokosten prüfen. Die Information über die Verlegung des Workshops wird von Alexa und mir an die Teilnehmer herangetragen. Wellenstein wird von mir persönlich auf den letzten Drücker informiert, so dass er nichts mehr torpedieren kann. Ich traue ihm nicht über den Weg.«

»Brisson wird explodieren, wenn er dahinterkommt!«

»Ja, wenn … Es ist sowieso nur noch eine Frage der Zeit, dass die Vertuschungsversuche ihn selbst erreichen. Das wird ihn den Kopf kosten.«

Als sie wieder Michaels Appartement betreten, nimmt Laura an Michaels stilvollem Esstisch Platz. Neben dem Regency-Tisch dominieren Empire-Leuchter und ein riesiger Spiegel über einer französischen Kommode den Raum. Michael stellt sich hinter Laura und fängt an, ihr den Nacken und die Schultern zu massieren. »Ein harter Tag für dich.«

»Praller geht es kaum …«

»Du bist stark verspannt. Komm, lass uns relaxen …«

Zehntes Kapitel

»Taormina«

Oktober

GlobalPharm
Headquarter, Woodbridge, Virginia, USA

Episode X

Sir Ed Connolly: »Wie ernst ist die Gefahr?«

Chief Operating Officer: »Sir, unsere Juristen raten dringend zur Kooperation mit MDW.«

»Sind wir erpressbar?«

»Sir, wir sind es!«

»Wie stehen die Chancen, wenn wir dagegen vorgehen?«

»Juristisch oder politisch?«

»Beides!«

»Sir! Juristisch haben wir keine Chance. Politisch müssen wir zusammen mit MDW *sofort* bei der FDA unseren Einfluss geltend machen, da auch unser *Osteo-Klast* betroffen ist. Der Osteoporose-Weltmarkt kann durch Auflagen der FDA komplett wegbrechen.«

»Wer hat uns in diese fatale Situation gebracht?«

»Rosinski, ein Mitarbeiter in Deutschland, hat den Stein ins Rollen gebracht. Er hat sich zwar selbst gerichtet, doch durch die Dienste ist MDW in den Besitz von Unterlagen gekommen, die Rosinski für die Staatsanwaltschaft zusammengestellt hatte.«

»Nehmen Sie sofort Kontakt mit MDW New York auf, und signalisieren Sie unsere Bereitschaft zur Kooperation. Holen Sie die Kuh vom Eis.«

»Yes, Sir!«

»Brisson ist mir persönlich für dieses Desaster verantwortlich! Stellen Sie fest, was dieser Rosinski preisgegeben hat.«

»Sir, die Recherchearbeit ist eingeleitet.«

»Ich erfuhr von einer Liaison zwischen Lasalle und Westfeld von MDW. Sollte mich das interessieren?«

»Sir, wir überwachen das Paar.«

E-Mail X

AN DIE MEDICAL DRUG WORLD, ZENTRALE DEUTSCHLAND, FRANKFURT AM MAIN

Von: Al Williams, Vice President Pharmaceutical Operation Center Europe, London
Gesendet: Oktober 01. 07:00
An: Westfeld, Michael, Marketingleiter / GE PKN / *Bonegold*, Frankfurt a. Main
Cc: –

Betreff: Umsatzsteigerung *Bonegold*

Lieber Mike,

herzlichen Glückwunsch zu dem überwältigenden Umsatzergebnis von *Bonegold*. Ich habe nie daran gezweifelt, dass wir unsere Ziele erreichen werden.

Ich gratuliere auch zur Erringung der vollen Prämien für Sie und Ihre Mitarbeiter. Wo wir arbeiten, sind wir immer besser als unsere Mitbewerber, und das sollte auch in Zukunft so bleiben.

Die neuen Herausforderungen warten bereits. Ich warte dagegen noch auf ein Signal von Ihnen, dass Sie sie annehmen werden.

Auf eine weitere gute und erfolgreiche Zusammenarbeit.

Ihr
Al Williams
Medical Drug World
Vice President Pharmaceutical Operation Center Europe, London

I

Buschdorf, Brandenburg

»Da vorn! Neben dem Wagen liegt einer …!«

»Du … der rührt sich nicht.«

»Komm, wir hauen ab!«

Zwei Jungen in weiten Latzhosen und schmuddeligen alten Tennisschuhen entdeckten beim Abenteuerspiel erst Rosinskis Wagen, dann seine halb verweste Leiche.

Hauptkommissar Mahler empfindet den Tatort unter der Herbstsonne durchaus idyllisch. Der gefärbte Mischwald bildet einen märchenhaften Hintergrund. Eine Lichtung, über die sich in der späten Nachmittagssonne Nebelbänke ausbreiten, und eine alte, verfallene Holzhütte, die Moos und Flechten schon längst besiegt haben. Unpassend, dass sich in dieser Idylle jemand derart grausam hinrichten musste …

Die Fakten der Spurensicherung sind eindeutig: Die Tatwaffe, eine doppelläufige Schrotflinte, konnte sichergestellt werden. Brieftasche, Wagenschlüssel, Ausweispapiere ebenso. Anscheinend fehlt nichts.

Mahler fragt den Mann der Spurensicherung: »Wie konnte sich der Mann auf so brutale Art umbringen?«

»Die Waffe, die er gegen sich gerichtet hat, wirkte verheerend. Ich kann nicht einmal erkennen, ob er sich die Mündung in den Mund oder an die Stirn gesetzt hat. Die Fragmente der Schädeldecke liegen weit verstreut. Er hat sich buchstäblich den Kopf weggepustet.«

»Sonst irgendeine Spur von Gewalteinwirkung?«

»Da müssen wir die gerichtsmedizinischen Untersuchungen abwarten. Außerdem sind Füchse an der Leiche dran gewesen …«

»Irgendeine Besonderheit?«

Der Mann zeigt in die entgegengesetzte Richtung. »Sehen Sie die Fahnen?« Mahler nickt. »Bei der linken liegen Fragmente der Schädeldecke, bei der rechten Fahne die Leiche.«

Mahler erkennt die Distanz. »Ist das denkbar?«

»Das werden uns die Ballistiker beantworten.«

Mahler überlegt einen Augenblick. »Wie lange, schätzen Sie, ist er schon tot?«

»Mindestens zwei Wochen – eher drei.«

»Lassen Sie die Gegend weiträumig nach einer Aktentasche und Schriftstücken absuchen. Nach Auskunft seiner Frau hat er immer ein halbes Büro mit sich geführt.«

Mahler blickt sich noch einmal um. Er ahnt das Ergebnis der Spurensicherung und des gerichtsmedizinischen Gutachtens: Suizid! Und er weiß: Der Entschluss zu solch grausiger Ausführung setzt starke Motive voraus. Doch sie werden wohl im Verborgenen bleiben. Wie auch Rosinskis Tasche samt aller Schriftstücke …

2

Frankfurt – London

Um halb neun am Montagmorgen spielt sich Michael die Umsätze von *Bonegold* auf den Bildschirm. Er genießt das allmorgendliche Ritual. Besonders an diesem Montag. Das Wochenende in Berlin war befreiend und beschwingt. Zum einen, weil Taormina kaum mehr torpediert werden kann, zum anderen wegen der mit Laura getroffenen Entscheidung, den Schritt in die Öffentlichkeit zu wagen, ohne Rücksicht auf persönliche Nachteile. Die Woche der Entscheidung ist angebrochen …

Als er sich die Großhandelsumsätze vom Freitag ansieht, betritt Rob das Büro. Sein Gesicht strahlt vor Freude. »Hast du schon gesehen?«

»Was?«

»*Bonegold* explodiert!«

»Bin gerade dabei, die Sprengkraft zu bewundern …« Ein Blick auf den Bildschirm genügt. Der Umsatz hat sich auf das Jahr hin gesehen verdoppelt.

Rob schlägt mit der flachen Hand vor Begeisterung auf die Schreibtischplatte: »Mensch! Wir haben das Jahresziel jetzt schon erreicht! In einem einzigen Monat! He!« Dann streckt er seine Hand aus: »*Give me five!*«

Michael schüttelt den Kopf: »Du jubelst zu früh! Das ist ein Trick!«

Rob verunsichert: »Trick? Wie soll ich das verstehen?«

»Ein Verkaufstrick!«

»Wie? Was?«

»Vor wenigen Wochen habe ich im Auftrag von London den Großhändlern ein unwiderstehliches Angebot unterbreitet. Jetzt haben sie sich mit *Bonegold* voll gesaugt.«

Rob bewundernd: »Das ist ja clever!«

»Das kann man wohl sagen.« Und ironisch fügt Michael hinzu: »Kannst jetzt Hammerstein anrufen. Er braucht nur noch für den Abfluss der Ware zu sorgen.«

Rob ernüchternd: »Jetzt verstehe ich …«

»Mach dir keine Gedanken. Freu dich über die Prämie. Kein Mensch kann sagen, wie das Geschäft im nächsten Jahr laufen wird.«

Nachdem Rob ernüchtert sein Büro aufgesucht hat, wählt Michael Als Nummer. Williams meldet sich: »Hallo, Mike!«

»Hi, Al! Haben Sie gesehen?«

»Klar! Wie ich vorausgesagt habe.« Es folgt eine lange Pause. »Mike, ich glaube, Sie sind mir eine Erklärung schuldig.«

Michael denkt an seine Verbindung mit Laura und weicht aus: »Möglich. Aber ich habe vorher noch etwas zu erledigen.«

»Mike! Was ist los mit Ihnen? Ich erwarte den Eingang Ihrer Kündigung. Vollziehen Sie endlich den Schritt in eine bessere Zukunft!«

»Keine Sorge. Sie liegt in den nächsten Tagen auf Ihrem Tisch! Versprochen!«

Al gibt sich zufrieden: »Okay! Was macht Taormina?«

»Pöttinger wird sein Referat wie abgesprochen halten. Er wird unser *Bonegold* anprangern!«

»Nein!« Williams' Antwort knallt wie ein Pistolenschuss. »Er wird etwas anderes verkünden müssen, oder wir stornieren seinen Vortrag und laden ihn aus.«

»Wie das?«

»Ich habe Signale aus Woodbridge. Es liegt im Interesse der Allianz von Gates und GlobalPharm, mit uns zu kooperieren.«

»Was heißt ›kooperieren‹?«

»Unsere Dienste haben gute Arbeit geleistet. Wir zwingen sie, sich mit uns an einen Tisch zu setzen.«

»Und zu was werden wir sie zwingen?«

»Zu einer globalen Vertuschung der zunehmenden Kiefernekrosen, was sonst? Mit unserem langen Arm müssen wir außerdem auf die FDA Einfluss nehmen. Der Osteoporose-Markt ist zu kostbar, um ihn von Behörden in die Tonne treten zu lassen.«

Michael stellt sich ahnungslos: »Hat die Allianz das überhaupt nötig?«

»Sie sind selbst mit *Osteo-Klast* betroffen. Mit zunehmender Tendenz. Dass auch *Osteo-Forte* dran sein wird, ist doch nur eine Frage der Zeit. Der Markt reagiert sensibel auf Horrormeldungen.«

»Die Kehrtwendung des Jahres!«

»Mike, Sie können das regional auch im Einklang mit Frau Lasalle regeln.« Dann lacht er dreckig: »Ein glücklicher Zufall, wie?«

Michael lacht mit: »Das kann man wohl sagen!«

3
Grunewald

Laura schreckt auf. Ihre Zeitschrift gleitet vom Schoß. Die Walzermelodie des schnurlosen Telefons neben ihrem Sessel hat sie aus dem Schlaf gerissen. Benommen drückt sie auf die grüne Taste.

»Hallo?«

»Habe ich Ihre Aufmerksamkeit?«, vernimmt sie eine Männerstimme.

Laura ist mit einem Schlag hellwach.

»Wer sind Sie?«

»Mein Name ist Greg Kleist.«

»Was wollen Sie?«

»Meine Aufgabe ist, darüber zu wachen, dass Firmenanweisungen strikt eingehalten werden.«

»Was?« Laura vermutet einen Spinner am anderen Ende. »Sind Sie sicher, die richtige Nummer gewählt zu haben?«

»Absolut, Frau Lasalle! Sie sind Verkaufsleiterin bei GLOBALPHARM Deutschland und gerade dabei, sich selbst den Strick um den Hals zu legen.«

Laura bleibt die Spucke weg. »Woher nehmen Sie diese Frechheit?«

Die Erwiderung klingt wie ein Befehl: »Ich warne Sie! Sie werden niemandem eine Lehre erteilen. Taormina könnte Ihr Schicksal besiegeln!« Der Mann kappt die Verbindung.

Laura ist wie gelähmt. Sie zwingt sich, trotz ihrer Empörung, einen kühlen Kopf zu behalten. Das Display zeigt »Anrufer unbekannt«. Die Uhrzeit: 00.20 Uhr.

Barfuß wandert sie durch ihre Wohnung. Ein heftiger Regenschauer trommelt an die Fenster. Sie überlegt fieberhaft, setzt sich an den Sekretär und macht Notizen. Beim Stichwort Taormina verliert sie die Fassung. Sie schlägt mit der Faust auf die Schreibtischplatte: »Verdammt, woher hat er das gewusst ... woher hat dieser Bastard das verdammt noch mal gewusst?« Sie steht auf, geht ins Bad, blickt in den Spiegel: bleich ... wie ein Gespenst.

Ihre Gedanken kreisen immer wieder um den letzten Satz. ... *Taormina könnte Ihr Schicksal besiegeln* ... Blitzartig durchfährt sie ein Gedanke: Es gibt nur einen Menschen, mit dem sie über Taormina gesprochen hat: Michael! Am Crypto-Handy – hier in ihren eigenen vier Wänden ...

»Das gibt ...«, schreit sie, hält sich jedoch vor Schreck die Hand vor den Mund. Dann sagt sie stumm: »Das gibt es nicht!«

Es hat nirgendwo sonst ein Gespräch gegeben. Das Gespräch konnte nur hier in ihrer Wohnung abgehört worden sein.

Ihr Puls rast. Sie zieht sich regenfest an, nimmt Schirm und Wagenschlüssel. Auf der Treppe durchfährt sie der Gedanke, dass sie sogar in ihrem Wagen abgehört werden kann. Sie entschließt sich, trotz des miesen Wetters, die Griegstraße hinunterzulaufen. Dann wählt sie Michaels Nummer. Als er sich schlaftrunken meldet, überschlägt sich Lauras Stimme: »Stell jetzt keine Fragen! Geh auf die Straße und rufe mich zurück! Hörst du! Auf die Straße!«

Nach wenigen Minuten sprudelt das gerade Durchlebte aus ihr heraus. Michael ist entsetzt: »Deine Wohnung muss verwanzt sein!«

»Was machen wir jetzt?«

Michael antwortet konzentriert: »Sie sind nervös, kennen aber keine Details. Sie versuchen dich einzuschüchtern. Ab sofort gilt: Telefonate nur noch außerhalb deiner Wohnung!«

»Das ist verrückt, Michael. Muss ich erst auf die Straße laufen, um dich zu sprechen?«

»Vielleicht tut es auch der Balkon.«

»Im Augenblick kann ich mit deinem Humor nichts anfangen.«

»Entschuldige, Engel. War nicht so gemeint. Wir müssen nun clever und mutig sein und in unserem Job Normalität zeigen.«

»Ich habe verstanden. Aber Normalität wird es nicht geben. Ich bin sicher, jedes Wort, das ich spreche, ob zu Hause, im Büro oder sogar im Wagen, wird mitgehört und aufgezeichnet.«

»Seh ich genauso. Deswegen müssen wir unsere Pläne durchziehen. Wir gehen an die Öffentlichkeit. Nur davor werden sie Respekt haben!«

4
Berlin

Laura lässt sich einen Kaffee bringen. Alexa hat harte Arbeit geleistet. Die Verlegung des Tagungsortes nach Sizilien wurde von ihr gegenüber den Teilnehmern logisch begründet: Überbuchung des Hotels in Paris …

Laura selbst erledigte ihre wichtigen Telefonate vom Café Josty aus. Die Verhandlung mit der Agentur verlief konstruktiv. Die Stornokosten sind kaum der Rede wert, da man sich darauf einigen konnte, eine ähnliche Veranstaltung innerhalb von zwölf Monaten nachzuholen. Das Zimmerkontingent im »Timeo« reicht, Gott sei Dank, aus.

Das Wichtigste aber ist, dass Wellenstein sich mit dem »interdisziplinär« besetzten Workshop einverstanden erklärt hat. MKG-Chirurg Professor Mansfeld hat als Referent zugesagt. Laura musste zwar Wellensteins nachgeschobene Forderungen mit großzügigem Sponsoring erfüllen, dafür will er dem Aufbau eines Netzwerkes »Osteonekrosen unter Bisphosphonaten« nichts in den Weg legen. Die Frage nach einer aktiven Unterstützung des Projektes ließ er offen. Die Entscheidung wollte er zu einem späteren Zeitpunkt fällen. Über die Verlegung des Tagungsortes wird ihn Laura aber erst drei Tage vor Abreise informieren …

Zurück im Büro, lektoriert sie noch einmal die beiden Versionen der Tagungsprogramme, die in Druck gehen sollen. Speziell für Brisson bleibt Paris offiziell als Tagungsort bestehen. Einen Tag vorher – und keine Stunde früher – würde Brisson Kenntnis über den Wechsel erhalten. Ebenfalls über die Teilnahme von Professor Mansfeld und dessen Thema: *»Osteonekrosen des Kiefers unter Bisphosphonaten – eine interdisziplinäre Herausforderung«*.

Offen bleibt die Frage, ob und wie Brisson kurzfristig darauf noch Einfluss nehmen wird … Ein Blick auf die Uhr. Für 15.00 Uhr hat sich Harris angesagt, der aus den Staaten zurück ist.

Ein Stockwerk über ihr sitzt er Brisson gegenüber. Harris berichtet über seine Eindrücke aus Woodbridge, als Frau Scherz eintritt. »Hauptkommissar Mahler für Sie am Telefon.«

Brisson wirft Harris einen unsicheren Blick zu. »Stellen Sie durch!«

Harris beobachtet Brisson, während er den Anruf entgegennimmt. Nach wenigen Sekunden versteinert seine Haltung. Dann fragt er den Mann am anderen Ende: »Was können Sie mir über die näheren Umstände sagen?«

Harris ahnt Schlimmes.

Brisson senkt den Kopf. Nach einer Weile sagt er: »Darauf kann ich Ihnen keine Antwort geben.« Und wenig später gereizt: »Ich kenne meine Verantwortung!« Er legt auf.

Harris steht fragend vor Brissons Schreibtisch. Dieser atmet tief durch. »Rosinski ist tot. Vermutlich Selbstmord!«

»Selbstmord …? Aber wieso?«

»Er hat sich's wohl verdient.«

Harris weiß nicht mehr, was er sagen soll. Brisson darauf geschäftsmäßig: »Ich muss Sie bitten, mein Büro zu verlassen.«

Harris geht, die Tür schließt. Brisson lässt sich mit dem Headquarter in Virginia verbinden. Das Gespräch ist schroff und kurz.

Der Chief Operating Officer zitiert Brisson nach Woodbridge.

5

Harris überbringt Laura die Nachricht. Sie zeigt sich bestürzt über den Tod Rosinskis. Harris hat das Bedürfnis zu reden: »So was tut doch niemand aus heiterem Himmel. Was denkst du?«

Laura hypothetisch: »Reue, verletztes Ehrgefühl, Aussichtslosigkeit, private Probleme? Wahrscheinlich eine Mischung aus allem. Wer will das schon genau wissen. Hast du etwas über den Hergang in Erfahrung bringen können?«

»Ich habe nur mitbekommen, was Brisson am Telefon sagte. Mir gegenüber machte er danach eine abfällige Bemerkung.«

»Wie abfällig?«

»Er sagte: Rosinski hat sich's verdient.«

Laura denkt: Wenn es einer verdient hätte, dann Brisson! Das Thema ist jedoch zu heiß, um es im Büro zu vertiefen. Sie motiviert Harris: »Ich mach dir einen Vorschlag. Wir gehen uns ein bisschen die Füße vertreten.«

Harris ist einverstanden. Laura lenkt ihre Schritte in das Sony-Center. Sie finden einen freien Tisch im Lindenfoyer. Die Geräuschkulisse ist ideal für vertrauliche Gespräche …

Laura zeichnet die letzten Wochen nach, während Harris seine Eindrücke aus Woodbridge schildert. Sein Bericht endet mit dem Fazit: »Ich traf nur wenige Kollegen, denen ich mein Vertrauen schenken würde. Meist begegnete ich Menschen mit programmierten Gesichtszügen von blindem Optimismus. Du glaubst es nicht, sie hatten alles drauf: Entschlossenheit, Scheinheiligkeit, Zuversicht, Betroffenheit – und vorgetäuschte Unwissenheit.«

Laura stellt die entscheidende Frage: »Was denkt man über uns?«

»Wir gelten als rebellisch. Wir halten in ihren Augen die vorgegebene Marschrichtung nicht ein. Sie lassen aber auch keinen Zweifel aufkommen: Wer sich nicht an die Regeln hält, katapultiert sich selbst aus der Bahn.«

Darauf Laura: »Und du meinst, ich habe mich nicht an die Regeln gehalten.«

»Ja. Du musst wirklich vorsichtig sein. Die Art deines Berichtes zur Wettbewerbssituation zwischen uns und MDW findet in Woodbridge keine Zustimmung.«

»Aber wenn meine Strategie für Deutschland die bessere ist?«

»Wenn sie jemanden aus Deutschland von besserer Strategie reden hören, greifen sie zum Revolver.«

»Du übertreibst!«

»Keineswegs! Nur für die eigene Strategie klopft sich das Woodbridge-Management gegenseitig auf die Schulter. Kurz gesagt: Was nicht von ihnen kommt, gilt als Verrat an der Sache.«

»Diese Arroganz ist unerträglich!«

Richard besorgt: »Denk an deine Karriere. Tu einfach das, was sie von dir verlangen.«

Laura würde am liebsten erwidern: Ich bin doch kein dressierter Hund! Doch sie entgegnet: »Ich bin loyal!«

»Dann würde ich an deiner Stelle ein klares Zeichen setzen.«

Laura stimmt zum Schein zu: »Das werde ich. Versprochen!«

Dann kehrt sie in ihr Büro zurück. Im Eingangskorb liegt ein schwarz umrahmter Brief. Sie liest:

An alle Mitarbeiter und Mitarbeiterinnen!

Ich bedaure, Ihnen mitteilen zu müssen, dass unser Kollege Dr. Marco Rosinski durch einen selbst verschuldeten Jagdunfall ums Leben gekommen ist. Seine sterbliche Hülle wurde heute gefunden.

Herr Dr. Rosinski war ein hoch geschätzter Mitarbeiter, der auf allen Positionen in unserem Unternehmen Beachtliches geleistet hat.

Wir alle, die ihn gekannt haben, werden ihn als Kollegen, Menschen und Freund schmerzlich vermissen.

Wir trauern tief um Dr. Marco Rosinski. Unser Mitgefühl gehört den Angehörigen.

Dr. Jean-Claude Brisson
Geschäftsführung GlobalPharm Deutschland

6

Woodbridge

Brisson, der mit dem Jetlag kämpft, trinkt aus einem Plastikbecher schwarzen Kaffee. Er beobachtet, wie Mitarbeiter auf dem Flur flüsternd die jüngsten Neuigkeiten austauschen.

Matt Eagle, als Chief Operating Officer der wichtigste Mann nach Sir Ed, lässt wenig später zum Gespräch bitten. Er sitzt mit drei seiner Untergebenen an der anderen Seite des Tisches und studiert zwei Schriftstücke. Einer der Männer zu seiner Linken blickt zu Brisson auf und zeigt stumm auf den einzigen Stuhl gegenüber.

Eagle beginnt ohne Umschweife: »Jeder, der ein Desaster provoziert, soll Gelegenheit bekommen, sich vor uns zu entlasten.«

Brisson fühlt sich einem Verhör ausgesetzt und reagiert erregt: »Da gibt es nichts zu entlasten. Rosinski hat gegen meine Anweisungen gehandelt.«

»Das ist weniger als Trinkgeld, was sie mir da anbieten.«

»Ich habe nicht mehr anzubieten. Es gibt keine Sensationen.«

»Dann will ich Ihrem Gedächtnis auf die Sprünge helfen. Rosinskis Tod brachte MDW in den Besitz von brisanten Dokumenten. Sie werden nun benutzt, um uns in ihre Spur zu pressen.«

»Was für Dokumente?«

»Ich stelle hier die Fragen! Was wusste Rosinski?«

»Er wusste von den gemeldeten Nebenwirkungen zu *Osteo-Klast*.«

»Wie konnte er an die Unterlagen herankommen?«

»Er managte *Osteo-Klast*, bevor Frau Lasalle ihn ablöste. Er bekam die Meldungen als Erster auf den Tisch, und er ließ sie verschwinden – aus Angst, sie könnten die *Osteo-Forte*-Ausbietung gefährden.«

»Warum hatte er danach immer noch Zugriff auf unsere Datenbanken! Was musste er in Ihrem Auftrag vertuschen?«

»Er handelte eigenmächtig.«

»Aus welchem Motiv?«

»Ich vermute …«

»Für Vermutungen werden Sie nicht bezahlt! Was hat ihn in den Tod getrieben?«

»Die Hintergründe entziehen sich meiner Kenntnis.«

Eagle antwortet lautstark: »Weder sein Verrat noch sein Tod sind isolierte Ereignisse! Sie sind Teil einer massiven innerbetrieblichen Kampagne, die von Ihnen gelenkt wurde. Abwechselnd lief sie gegen, dann wieder für Rosinski. Sie haben ihn zur Manipulation der Meldebögen angestiftet! Sie allein haben das Desaster zu verantworten!«

Brisson stockt: »Es … Es gab keine Kampagne.«

»Unsere Recherchen zeichnen ein anderes Bild. Sie sind für alle Folgen verantwortlich!«

Brisson kleinlaut: »Ich verlange Beweise!«

»Es gibt genügend Beweise! Gegen Sie! Einige bekamen wir von MDW.«

»Von MDW?«

»Rosinski hat für MDW in Ihrer Division spioniert. Sein Hass auf Sie trieb ihn in das andere Lager.«

Brisson lenkt ein: »Ja, ich habe Fehler gemacht.«

»Fehler?«

»Als ich Rosinski durch Frau Lasalle ersetzte und ihn dennoch für spezielle Aufgaben heranzog.«

»Sie haben ihn für Ihre persönlichen Zwecke benutzt!«

»Ich habe bei allen Entscheidungen immer nur den Erfolg unseres Konzerns im Auge gehabt!«

»Erfolg? Mobbing ist Ihr Hobby! Mobbing verführt Menschen dazu, die Hand, die sie füttert, zu beißen. Rosinski hat ihnen gleich den Arm abgebissen!«

Brisson unterwürfig: »Ich werde alles tun, die Sache vergessen zu machen.«

»Vergessen? Damit ist es jetzt nicht mehr getan!«

»Was erwarten Sie?«

»Sie werden sich mit Al Williams an einen Tisch setzen. Der Feldzug gegen *Bonegold* ist beendet. Wir wollen Frieden im Markt.«

»Wie von Frau Lasalle vorgeschlagen?«

»Das war gestern!« Eagle flüstert mit seinen drei Untergebenen. Einer deutet auf das Papier. Der COO nickt zustimmend und diktiert Brisson zwei Punkte: »Erstens: Sie werden mit Williams Waffenstillstand vereinbaren! Zweitens: Sie werden Ihre Experten unverzüglich für die Unbedenklichkeit von *Osteo-Klast* und *Osteo-Forte* zu Felde ziehen lassen. Erfolgreich, versteht sich! Das ist Ihre letzte Chance.«

Brisson hoffnungsvoll: »Die Chance bietet sich schon in Paris! Aber wie wird die FDA auf das Problem der Osteonekrosen reagieren, und was machen wir, wenn unsere Behörden das aufgreifen?«

»Wir werden unseren Einfluss geltend machen. Diese Nebenwirkungen sind seltene Episoden! Sehr seltene. Überzeugen *Sie* Ihre Zweifler in Deutschland!«

7
Woodbridge – London

Der COO greift zum Telefon. »Al, wir werden unsere Absprachen schon in Paris in die Tat umsetzen. Brisson wird Sie darüber eingehend informieren.«

Williams antwortet darauf: »Und wir werden in Taormina in gleicher Weise verfahren. Ich habe dazu strikte Anweisungen erteilt.«

»Haben Sie Westfeld im Griff?«

»Er frisst mir aus der Hand. Was ist mit Frau Lasalle?«

Eagle lacht: »Wir hoffen, Ihr Herr Westfeld hat nicht nur privat Einfluss auf sie.«

Williams süffisant: »Davon gehe ich aus.«

Eagle: »Übrigens, Brisson muss mit Wellenstein über die Inhalte seines Referats sprechen. Lassen Sie parallel Professor Pöttinger einnorden.«

Williams stimmt zu. Dann erkundigt er sich: »Wie wird die FDA auf die zunehmenden Horrormeldungen von Osteonekrosen reagieren?«

»Überlassen Sie das uns. Wir werden genau das bekommen, was wir brauchen. Ein Zertifikat über die völlige Unbedenklichkeit der oralen Bisphosphonate.«

»Das wird jeden Skeptiker überzeugen.«

»Überzeugung hin oder her: Der Ball muss flach gehalten werden. Wir haben die Macht. Niemand sonst! Also, Mr Williams, gemeinsam sind wir stark!«

8
Hamburg

Die Bäume um die Binnenalster zeigen sich herbstlich bunt. Es ist Mittagszeit, als Brisson im Restaurant des Atlantik-Hotels am reservierten Tisch seinen Platz einnimmt. Er trägt einen schwarzen

Anzug und eine rote, optimistische Krawatte. Das Outfit täuscht, denn der immense Druck, der auf ihm lastet, lässt sein Gesicht maskenhaft erscheinen.

Zu seiner Rechten hat gerade Professor Wellenstein Platz genommen, der auf die Bitte Brissons schon gegen Mittag nach Hamburg gekommen ist, obwohl er erst am Abend für die Region Nord einen Vortrag über Osteoporose halten wird.

Unvermittelt beginnt Brisson seine Forderungen zu stellen: »Ich bin seit gestern aus New York zurück. Unser oberstes Management in den Staaten erwartet Ihre Unterstützung.«

Wellenstein, der sich gerade in die Speisekarte vertieft, blickt auf: »Wenn ich kann …«

»Sie können!«

Wellenstein belustigt: »Sicher?«

»Völlig! Es geht um den kausalen Zusammenhang der Osteonekrosen des Kiefers unter der Therapie mit Bisphosphonaten. Wir erwarten eine klare Aussage von Ihnen über die völlige Unbedenklichkeit von *Osteo-Klast* und *Osteo-Forte* während des Workshops am kommenden Wochenende.«

»Völlig unbedenklich? Meine wissenschaftlichen Erkenntnisse …«

Brisson fällt ihm ins Wort: »Lieber Herr Professor Wellenstein, ich will nicht lange mit Ihnen über Wissenschaft und Moral diskutieren. Da sind Sie mir haushoch überlegen. Ich halte mich an eiserne Regeln: Jeder Mensch hat seinen Preis.«

Wellenstein angesäuert: »Herr Brisson, auch wenn wir hier in der Hanse- und Handelsstadt Hamburg sind, ich bin kein ›Koof-Mich‹!«

Brisson aalglatt: »Ich respektiere Ihre Haltung. Ich bitte Sie doch lediglich, sich der Auffassung der FDA anzuschließen.«

Wellenstein stutzt: »Da wissen Sie mehr als ich. Wie ist denn die Auffassung der FDA zu Ihrem *Osteo-Klast*?«

Brisson zieht eine Mail aus Woodbridge aus seiner Tasche und überreicht sie Wellenstein: »Das aktuelle Statement der FDA auf unsere Anfrage.«

Wellenstein überfliegt das Schreiben. Sein Interesse wird von der Kernaussage gefesselt: »Es gibt zu Kiefernekrosen im Zusammenhang mit einer oralen Bisphosphonat-Therapie nur einzelne anekdotische Berichte.«

Seine Gesichtszüge hellen auf: »Das ist ja zitierfähig!« Nach einigen Augenblicken stellt er im Gegenzug seine Forderung: »Die Wissenschaft und die Arzneimittelsicherheit jedoch haben ihren Preis, Herr Brisson!«

Brisson spendierfreudig: »Nur zu!«

Wellenstein sieht in seinem Kollegen Mansfeld einen Konkurrenten heranwachsen. Seinen Plan, die Errichtung eines Zentralregisters für die Erfassung von Osteonekrosen unter Bisphosphonaten, will er sich zu Eigen machen: »Herr Brisson, bisher sind immer nur Einzelfälle berichtet worden. Es ist aber erforderlich, möglichst alle Verdachtsfälle in *einem* Register zu vereinigen, um die Konstellation der Entwicklungsrisiken zu erarbeiten sowie Details zum Entstehungsmechanismus zu erkennen. Ich fordere daher für mich exklusiv die finanzielle Unterstützung für die Einrichtung eines Zentralregisters in Deutschland und für die Koordination der interdisziplinären Datenerhebung.«

»Eine gute Idee. Wir werden das Projekt unterstützen.«

Wellenstein zwinkert mit dem rechten Auge: »Wir wollen doch möglichst überhaupt keine Fälle von Kiefernekrosen im Zusammenhang mit BP-Therapie dokumentieren. Und wenn schon, dann sollten sie fachkompetent unter Kontrolle gehalten halten. Nicht wahr?«

Brisson lächelt das erste Mal und bekräftigt: »Eine sehr gute Idee, Professor Wellenstein. Wirklich!«

»Ich werde in Taormina das Zentralregister ins Leben rufen.«

Brisson zeigt sich irritiert: »Sie meinen in Paris.«

»Nein, Taormina. Frau Lasalle hat mich vor wenigen Tagen über den Wechsel des Tagungsortes informiert. Das Hotel in Paris war überbucht.«

Brisson entschuldigt seine Wissenslücke: »Das muss in den Tagen gewesen sein, als ich in Virginia war.«

Wellenstein reagiert entspannt: »Ich ziehe Taormina Paris sowieso vor. Endlich wieder einmal eine interessante Location!«

»Ja, ich auch!«, erwidert Brisson mit einem gequälten Lächeln.

»Achten Sie bitte darauf, dass ich in Taormina ebenfalls ein Doppelzimmer benötige.«

»Selbstverständlich!«

Brisson kommt auf Taormina zurück: »Haben Sie zufällig das geänderte Programm dabei?«

»Nein. Es müsste aber heute in meinem Büro eingegangen sein. Übrigens habe ich von einem Kollegen erfahren, dass auch MDW an diesem Wochenende auf Sizilien tagt. Im gleichen Hotel zum gleichen Thema.« Als Wellenstein sich verabschiedet, sagt er süffisant: »Steht etwa eine Mega-Fusion der beiden Giganten an?«

Als Brisson allein ist, zieht er hektisch das Programm aus der Aktentasche. Er ist sich verdammt sicher, dass er sich nicht getäuscht hat. Wie in Zeitlupe, als fürchte er, was seine Augen sehen würden, dreht er die Einladungskarte um hundertachtzig Grad und fokussiert die Mitte. Auf dem frisch gedruckten Programm prangt der Name des Tagungsortes: *Paris*.

9
Berlin – Woodbridge – London

Wie ein waidwundes Tier umkreist Brisson die Sitzgruppen in der Hotellobby und starrt vor sich hin. Seine Gedanken rasen. Die parallele Tagung von MDW in Taormina, dazu im gleichen Hotel, muss von langer Hand geplant worden sein. Fragen martern sein Gehirn: »Was steckt dahinter? Warum diese Irreführung? Warum?«, fragt er sich stumm. »Was ist ihr Motiv?«

Wie betäubt sinkt er in einen Sessel, wo er für ein paar Augenblicke verharrt, um die nächsten Schritte zu überlegen. Er darf sich keinen einzigen Fehler mehr leisten.

Am Ende sieht sich Brisson gezwungen, der Sache auf den Grund zu gehen, und gleichzeitig genötigt, sich gegenüber Woodbridge abzusichern. Sein Blick fällt auf die Uhr. Ihm bleiben noch rund achtundvierzig Stunden, um einzugreifen …

Er begibt sich zur Dame am Informations-Schalter. Diese lächelt und fragt: »Herr Dr. Brisson, was kann ich für Sie tun?«

»Ich möchte eines Ihrer Business-Büros mieten!«

»Sieht gut aus. Nummer zwei ist frei!«

Brisson betritt durch eine Glastür den kleinen Besprechungs- und Arbeitsraum, der mit modernster IT-Technik ausgestattet ist. Er wählt die Nummer seines Büros. Von seiner Sekretärin erfährt er, dass ein geändertes Programm vorliegt. Er ist gerade durch den internen Verteiler der Abteilung Lasalle eingegangen. Auf seine Frage hin bekommt er die Bestätigung: »Ja, Taormina statt Paris! Ihr Flugticket wurde auch umgebucht.«

Über alle Kontaktnummern versucht er Laura zu erreichen. Vergeblich. Die Abteilung seiner Verkaufsleiterin ist verwaist. Ihr Team befindet sich schon seit zwei Tagen vor Ort auf Sizilien, und sie selbst hat sich bereits in der Firma abgemeldet. Brisson erteilt seiner Sekretärin die Anweisung: »Faxen Sie mir die Unterlagen!«

Wenig später vergleicht er die beiden Programme. Er ist entsetzt. Neu aufgenommen ist das Thema eines Professors aus Düsseldorf. Dieser referiert zum Thema *»Osteonekrosen des Kiefers unter Bisphosphonaten – eine interdisziplinäre Herausforderung«*. Ein einziger Albtraum!

Sein zitternder Finger drückt erneut die Tasten des Telefons. Diesmal wählt er die Nummer mit amerikanischer Vorwahl. Woodbridge. Seine Stimme klingt mechanisch, als er mit dem COO verbunden wird. Mit wenigen Sätzen erklärt er ihm, mit was er gerade konfrontiert worden ist.

Eagle fordert Brisson auf, beide Programm nach Woodbridge zu faxen und die Telefonnummer bekannt zu geben, unter der er in der nächsten Stunde zu erreichen ist.

»Verbinden Sie mich sofort mit Al Williams, MDW London!«, weist Matt Eagle seine Sekretärin an.

In knappen Worten informiert Eagle Williams über die Ereignisse. Am Ende fragt er ihn: »Wussten Sie davon?«

»Nein.«

»Was sagen Sie dazu?«

Williams erwidert: »Das größte Risiko ist Ihre Verkaufsleiterin in Germany. Veranlassen Sie, dass die Frau sofort aus dem Verkehr gezogen wird, und Brisson soll den Professor einfach ausladen.«

»Frau Lasalle fliegt morgen nach Taormina. Brisson kann sie nicht erreichen.«

Nach einer kurzen Pause erwidert Williams: »Wir können das Problem für Sie aus der Welt schaffen. Okay?«

»Okay!« Eagle hakt nach: »Wie sehen Sie Lasalles Verbindung zu Westfeld? Ist er ein Risiko für sie?«

»Nein! Da bin ich ganz sicher. Er läuft in der Spur! Ich sehe keinen Handlungsbedarf.«

Claude Brisson sitzt regungslos in dem angemieteten Büro und starrt auf das Telefon. Das Summen schreckt ihn aus seiner Versenkung auf. Er reißt den Hörer an sein Ohr.

»Ja …?«

Eagles Stimme ist hart und ohne Emotion. »Laden Sie Professor Mansfeld aus! Um Frau Lasalle kümmern wir uns. Fliegen Sie nach Taormina, und managen Sie vor Ort die Tagung. Erfolgreich! Das ist Ihre letzte Chance!«

»Ja, aber …« Brisson hört nur noch das Freizeichen.

10

Laura ist seit zwanzig Minuten in ihrem Mercedes auf dem Weg zum Flughafen Tegel. Das bestellte Taxi kam nicht. Die Zeit war knapp geworden.

»Sie benutzt ihren eigenen Wagen!«, schnarrt eine Stimme aus dem Kopfhörer. Ein Lächeln huscht über das Gesicht von Topas.

Darauf hatte er gesetzt. Gebannt starrt er auf das optische Signal seines GPS-Monitors …

Laura ist auf der Avus schneller unterwegs als erlaubt. Am Westkreuz gerät sie in einen Stau. Auf dem Stadtring kann sie wieder Gas geben. Am ICC beschleunigt sie bis auf einhundertzwanzig Stundenkilometer.

Topas liegt mit seiner Einschätzung richtig. Sein Wagen ist auf dem Hecker Damm, nahe dem Flughafen Berlin-Tegel, optimal postiert.

Laura fährt auf die Rudolf-Wissel-Brücke zu. Ein Blick auf die Uhr. Sie atmet durch und nimmt den Fuß vom Gas. »Bin gut in der Zeit!«, sagt sie zu sich selbst.

Topas hält im gleichen Moment auf der Weltlinger Brücke, etwa einen Kilometer hinter der Abzweigung zum Flughafen.

Lauras schwarzer Mercedes rollt auf den Zubringer zum Flughafen in eine scharfe Linkskurve …

Die tiefstehende Sonne im Süden blendet, als Topas den Knopf eines Senders drückt. Die auf dem Chip installierten Mikroprozessoren und Mikrocontroller in Lauras Mercedes verarbeiten in Millisekunden die empfangenen Daten. Schlagartig beschleunigt der Wagen mit Vollgas. Lauras Reflex auf das Bremspedal ist verzögert. Sie reißt die Augen auf, ihr Schrei erstickt. Der Tritt auf das Pedal geht ins Leere …

Völlige Schwärze wechselt ins Dämmrige und wandelt sich in Benommenheit. Die Stimmen um Laura herum werden stärker – wie die Schmerzen. Das Licht … Die Qualen werden durch das Licht geweckt. Sie sind westlich der Sonne und südlich der Stirn. Diese schmerzgetränkte Benommenheit – eine externe Realität …

Die Schmerzen sind zyklischer Natur. Je dunkler desto weniger, je heller umso heftiger. Laura hat keine Ahnung, wo sie ist, es kümmert sie auch nicht. Ihre Erinnerung kreist wie eine sterbende Fliege. Dann die erste wirklich klare Wahrnehmung, außerhalb der Benommenheit: das Einatmen frischer Luft.

»Halloooo! Frau Lasalle! Höööören Sie mich? Hören Sie mich?«, singt eine weit entfernte Stimme. Irgendwann blickt sie in ein junges Gesicht, das über ihr schwebt.

Ihre Sinne beginnen sich rasch zu koordinieren, bis schließlich die Welt wieder stabil ist.

Laura wird mit der Bahre hochgehoben und in einen Krankenwagen geschoben. Im gleichen Moment erwacht ihr Wille. Sie überprüft die Bewegungsfähigkeit jedes einzelnen Gliedes ihrer Extremitäten, spannt die Muskeln, testet die motorische Kontrolle, hebt und senkt Arme und Beine. Es gelingt ihr. Sie schickt einen Dank in den Himmel. Als die Türen geschlossen werden, fragt sie den Sanitäter: »Wo ist meine Handtasche, Aktentasche? Mein Gepäck?«

Der Mann deutet auf einen Plastiksack: »Aktentasche und Handtasche befinden sich dort im Sack.«

»Und mein Gepäck?«

»Im Kofferraum. Ihr Wagen wird abgeschleppt und sichergestellt.«

»Bringen Sie mich bitte zum Flughafen.«

»Wir bringen Sie in die Unfallaufnahme der Uni Virchow.«

»Bringen Sie mich zum Flughafen! Ich muss meine Maschine nach Düsseldorf bekommen.«

»Bleiben Sie bitte ruhig. Wir sind gleich in der Klinik.«

»Mir geht es gut …«

Topas beobachtet auf der Brücke Lauras Abtransport. Als ihr demolierter Mercedes auf dem Transporter des Abschleppdienstes unter der Brücke aus seinem Blickfeld entschwindet, holt er ein Handy heraus und drückt eine Kurzwahlnummer.

»Auftrag erfüllt.«

II

Der Unfallarzt betrachtet die Reihe der Röntgenbilder: »Sie haben Glück gehabt, Frau Lasalle! Nichts gebrochen und auch keine inneren Verletzungen. Die Halswirbel sind unauffällig. Auf der linken Seite des Kopfes haben Sie zwar ein tastbares Hämatom, aber sonst keine ernste Schädelverletzung. Die Symptome lassen auf eine Gehirnerschütterung schließen. Außerdem haben Sie sich einige Prellungen zugezogen. Ich rate Ihnen, zur Beobachtung noch ein, zwei Tage hier zu bleiben. Auf der Privatstation steht ein Bett zur Verfügung.«

Laura richtet sich auf. »Ich danke Ihnen. Ich bin auf dem Weg nach Düsseldorf.«

»Das sollten Sie sich überlegen.«

»Ich muss!«

»Auf eigenes Risiko.«

Laura nickt.

Der Unfallarzt deutet zur Schleuse: »Fühlen Sie sich in der Lage, den Unfallhergang zu schildern?«

»Jederzeit!«

»Die Polizei wartet auf Sie im Vorraum.«

Bevor sich Laura den Fragen der Polizei stellt, informiert sie Michael über den Unfall. Am Ende flüstert sie: »Mach dir keine Sorgen! Ich bin okay!«

Michael besorgt: »Was schlägst du vor?«

»Ganz einfach. Ich versuche die nächste Maschine zu bekommen. Ich melde mich, sobald ich hier raus bin.«

Dann kontrolliert sie ihre Aktentasche, überfliegt den Inhalt: Programm der Tagung, Hotelreservierung, Flugtickets, Honoraranweisungen und Laptop. Danach prüft sie ihre Handtasche auf Ausweis, Geldbörse und Kreditkarten. Alles ist vollständig …

Die beiden Polizeibeamten sitzen um einen kleinen Tisch. Laura schildert den Hergang. Der Beamte notiert: plötzliches Vollgas bei gleichzeitigem Versagen der Bremsen …

Einer von ihnen prüft die Wagenpapiere und stellt danach fest: »Das Zulassungsdatum liegt zwar erst zwei Jahre zurück, trotzdem werden wir veranlassen, dass Ihr Wagen auf technische Mängel hin untersucht wird.«

»Wo befindet sich mein Wagen?«

»Auf einem gesicherten Gelände.«

Der Rest der Formalitäten ist rasch erledigt, der Flug telefonisch umgebucht und das Reisegepäck durch ein Taxi zum Flughafen gebracht.

Laura ruft die Station ihrer Mutter an und lässt ausrichten, dass sie sich verspäten wird. Danach nimmt sie eine hohe Dosis Schmerzmittel, um den Flug zu überstehen.

12

Michael ist mit dem ICE in Düsseldorf eingetroffen. Der gemeinsame Weiterflug nach Catania ist für den nächsten Tag gebucht. Er wartet auf Laura im Terminal. Es ist 18.45 Uhr, als sie erschöpft in Michaels Arme sinkt. Sie schließt die Augen. Für einen Moment stehen sie regungslos.

»Wie fühlst du dich?«

»Besser. Viel besser!« Laura verzieht ihr Gesicht.

»Hast du Schmerzen?«

»Nur ein paar Prellungen, aber mein Kopf ist kurz vor dem Zerspringen. Ich muss eine Tablette nehmen.«

Michael zieht den Gepäcktrolley: »Erst ins Hotel?«

»Nein, lass uns gleich in die Klinik fahren. Meine Mutter wartet seit Stunden. Und bitte kein Wort über meinen Unfall.«

Das Gepäck wird in das Taxi verladen. Laura sagt: »Ich erzähle dir alles in Ruhe, wenn wir im Hotel sind.«

»Okay!«

Laura nimmt auf der Rückbank Platz. Michael setzt sich neben den Fahrer, gibt das Ziel bekannt und blickt zurück, als ob er kontrollieren wollte, ob dem Taxi jemand folgt. Der Verkehr ist sehr dicht, und im blendenden Licht der Scheinwerfer lässt sich nichts ausmachen.

Laura aktiviert ihr Diensthandy und prüft ihre Mailbox. Ein Anruf von Professor Mansfeld ist darunter, der auf ihr Eintreffen in der Klinik wartet. Sie wählt die Rückruffunktion und lässt ausrichten, dass sie sich auf dem Weg befindet.

Michael dreht sich um und sagt bedeutungsvoll: »Ich glaube, ich kann dir sagen, worum es geht.« Und mit Blick auf den Taxichauffeur fügt er hinzu: »Gleich, wenn wir da sind …«

Laura antwortet: »Ich mache für einen Moment die Augen zu.« Ihr ist, als wäre ihr Körper in Zement gegossen. Sie sehnt sich nach einem Bad, einem bequemen Bett und nach wärmender Haut …

In Gedanken sortiert sie die Ereignisse der letzten Wochen. Sie waren voll gepackt mit einer Flut von Recherche-Aktivitäten. Von der Überwachung der Organisation der Veranstaltungen und den zahlreichen Konferenzen und Sitzungen ganz zu schweigen. Nebenher hat sie die Untersuchungsergebnisse über *Osteo-Klast* beim BfArM angefordert und alles gelesen, was sie über den Stand der amerikanischen und europäischen Osteonekrose-Forschung finden konnte. Gleichzeitig hat sie sich mit den Professoren Mansfeld und Pöttinger sowie mit anderen Fachärzten über das Thema intensiv ausgetauscht. Parallel dazu feilte sie an der Presseverlautbarung für Taormina. Bis zuletzt …

Das Taxi parkt vor der Klinik. Michael instruiert den Taxifahrer: »Warten Sie bitte auf uns. Es geht anschließend weiter ins Hotel.«

Laura macht Michael mit Professor Mansfeld bekannt. Dann ist »Nana« Thema. Den ersten Eingriff hat Mansfeld vor drei Tagen vorgenommen. Er entfernte Teile des erkrankten Unterkieferknochens. Eine ausgedehnte Mandibulabeteiligung erforderte jedoch einen radikaleren Eingriff als geplant, denn die nekrotischen Knochenanteile mussten so weit entfernt werden, bis er auf eine gesunde, blutende Knochenoberfläche stieß. Ebenfalls entfernte er die untergegangenen Gewebsanteile. Der Mandibulabogen konnte jedoch erhalten werden, da das verbleibende Gewebe noch ausreichend durchblutet war. Die Rekonstruktion des Defektes der Mandibula wird in einem zweiten Schritt erfolgen. Sie soll mit eigenem Knochenmaterial erfolgen …

Mansfelds Stimme klingt zuversichtlich: »Ihrer Mutter geht es den Umständen entsprechend gut. Neben der antibiotischen Therapie führen wir eine hyperbare Sauerstoffbehandlung durch. Die Fortführung einer konsequenten Mundhygiene ist Pflicht. In den nächsten zwei Wochen wird sich entscheiden, ob wir Erfolg haben.«

Kurz darauf betreten sie zusammen das Krankenzimmer. Nanas Gesicht ist kaum zu erkennen. Es ist angeschwollen und verpflastert. Drainagen leiten Wundsekret ab. Sie ist bei Bewusstsein, kann jedoch nicht sprechen. Laura beugt sich über ihre Mutter. Tränen der Rührung fließen auf beiden Seiten. Professor Mansfeld und Michael ziehen sich diskret zurück …

Nach einer halben Stunde verabschiedet sich Laura: »In drei Tagen bin ich zurück!« Und lautlos fügt sie hinzu: »Sie werden nicht ungestraft davonkommen, das verspreche ich dir!«

13

Laura betritt wieder Mansfelds Büro. Die Herren diskutieren über Taormina. Wie sich herausstellte, wurde Mansfeld gegen Mittag von Brisson angerufen. Er forderte ihn auf, von seinem Thema Abstand zu nehmen. Ohne jede Begründung. Kurz darauf rief auch Wellenstein an. Mansfeld war aber für ihn nicht zu sprechen.

Laura klärt ihn über die Vertuschungsversuche beider Firmen auf.

Statt Zeit damit zu verschwenden, Verachtung zum Ausdruck zu bringen, sagt Mansfeld knapp: »Ich werde dazu beitragen, dass die Öffentlichkeit über die Gefahren aufgeklärt wird!«

Laura ist erleichtert: »Wir danken Ihnen! Ich schlage vor, wir ziehen uns in Taormina morgen Abend nach dem Dinner zu einem Gespräch zurück, um die genaue Marschroute festzulegen.«

Laura und Michael erheben sich. Man wünscht sich einen guten Flug und eine gesunde Anreise nach Sizilien.

14

»Wo schlafen wir?«

»Ich habe ein knuffiges Hotel für uns herausgesucht.«

Laura schmiegt sich an seine Schulter. Dann steigen sie in das wartende Taxi. Michael weist den Fahrer an: »Zum Hotel Nikko!«

Als sie es sich im Zimmer bequem machen, betrachtet Michael Lauras blaue Flecken. Er reagiert erschrocken: »In dem Zustand dürftest du nicht fliegen.«

Laura reagiert tapfer: »Gleich nehme ich wieder meine Schmerzmittelchen, und du pflegst mich liebevoll. Wirst schon sehen, morgen bin ich wieder fit!«

Als sie kuscheln, flüstert sie: »Es ist so verdammt schwer, unsere Liebe gegen diesen perfiden Alltag zu verteidigen.«

Michael küsst sie zärtlich: »Erzähl mir bitte genau, was passiert ist.«

Laura schildert aus ihrer Erinnerung den Hergang des Unfalls. Sie endet mit der Feststellung: »Bremsen und Gas sind manipuliert worden. Es passierte exakt in der scharfen Kurve des Zubringers.«

»Ich weiß nicht, was diese Mistkerle noch mit uns vorhaben. Ich traue unseren obersten Bossen ja vieles zu, aber es fällt mir doch verdammt schwer zu glauben, dass sie uns nach dem Leben trachten.«

Laura erwidert: »Ich sehe die Hochglanzbroschüre vor mir, in der behauptet wird, wie ernsthaft der Firma am Wohlergehen ihrer Mitarbeiter gelegen ist. Ihr einziges Bestreben ist es aber, die einmal vorgegebene Linie durchzusetzen. Und wer davon abweicht, wird abserviert!«

»Das klingt barbarisch.«

»Das *ist* barbarisch!«

»Wenn du dich nicht krümmst und Staub frisst, wirst du beseitigt. Ich werde mich erst wieder sicher fühlen, wenn wir nach Taormina die Öffentlichkeit hinter uns haben.«

Laura erwidert im Ton der Überzeugung: »Sie wird hinter uns stehen.«

Sie blickt stumm zur Decke.

Michael streichelt liebevoll ihre Wange: »An was denkst du?«

»An übermorgen. Wir werden beruflich geliefert sein – keine Pharmafirma stellt uns je wieder ein.«

»Darüber habe ich mir auch schon meine Gedanken gemacht. Kannst sicher sein, in diesem Match hast du keinen zweiten Aufschlag!«

»Was glaubst du? Wie werden sie reagieren?«

»Das ist relativ leicht abzuschätzen.«

»Erzähl …«

15
Taormina

Es heißt, der Ätna und die Bucht von Taormina spiegeln das Antlitz der Erde. Der große Baumeister aller Welten hat alles dafür getan, dass seine Erde so aussieht, und er hat alles dafür getan, um an diesem Ort Augen, Geist und Fantasie der Menschen zu verführen. Auf der Terrasse des Hotels Timeo gelingt dies auf Anhieb.

Byzantiner, Araber und Normannen schätzten zudem die strategische Bedeutung des Platzes hoch über dem Meer. Michael beeindruckte beides, als er vor Monaten das Hotel auswählte. Ein symbolträchtigerer Ort ist kaum zu finden, um der Wahrheit zum Triumph zu verhelfen …

Der Flug von Düsseldorf nach Rom und der Weiterflug nach Catania verlaufen überraschend reibungslos. Unter einer strahlenden Sonne umfliegen sie den rauchenden, schneebedeckten Ätna an seiner Südflanke. Der Airbus landet pünktlich.

Laura wird von Alexa, Michael von Rob abgeholt. Beide haben in den letzten zwei Wochen die Flüge der Teilnehmer koordiniert. Sie sind daher wenig erstaunt über die gemeinsame Ankunft ihrer Chefs. Die Strecke bis nach Taormina bewältigen sie mit dem Hotel-Shuttlebus. Etliche der Teilnehmer sind bereits eingetroffen.

Darunter einige prominente Sportlerinnen und Schauspielerinnen und wissbegierige Journalisten der Tages- und Fachpresse. Brisson kommt mit der nächsten Maschine. Mansfeld, Pöttinger und Wellenstein werden am späten Nachmittag zusammen mit den restlichen Teilnehmern in Catania landen. Über Al Williams ist nichts bekannt …

Serpentinen führen hinauf zum Hotel, einem Gebäudekomplex am Hang des Monte Tauro, hoch über der halbrunden Bucht Taorminas, gleich gegenüber dem Ätna.

Alexa und Rob haben einen Begrüßungscocktail organisiert. Vor dem Gang zur Rezeption betreten sie die sonnenverwöhnte Terrasse. Das Panorama ist atemberaubend. Bucht und Vulkan berühren die Seele!

Der Ätna bietet ein faszinierendes Schauspiel. Seit Tagen spuckt er wieder Asche und Lava. Glutströme walzen sich auf seiner Nordflanke abwärts. Michael hebt das Glas zu einem Toast: »Man sagt, *Aid-na* leitet sich aus dem Sanskrit ab und bedeutet ›der Brennende‹. Ich wünsche mir, dass auch unsere Experten, unsere prominenten Botschafter und Fachjournalisten für die Wahrheit brennen!«

Laura erwidert: »Auf die Ächtung der unsäglichen Gier und Verantwortungslosigkeit unserer Manager.«

Sie leeren ihre Gläser und begeben sich zur Rezeption. Lobby, Restaurant und Bar befinden sich auf einer Ebene. Die Gestaltung der Räume ist mondän, garniert mit viel Vergangenheit, einem Hauch Museum, kombiniert mit einer verschwenderischen Behaglichkeit und Eleganz. Das Hotel selbst erweist sich als ein Labyrinth aus Treppen, Fluren, Zimmern und Tagungsräumen, die sich auf vier Ebenen verteilen.

Als Laura ihren Koffer auspackt, meldet sich ihr Handy mit einem Walzer. Es ist Harris, der vom Airport Frankfurt aus anruft. Alle eingeladenen Teilnehmer beider Konzerne sind an Bord. Ein Blick auf die Uhr, dann sagt sie zu Michael: »In vier Stunden, Liebling, werden wir unsere Gäste auf der Terrasse willkommen heißen!«

16

Brisson traut seinen Augen nicht. Er entdeckt Laura, kurz bevor sie zusammen mit Michael die Terrasse betritt. Was sucht sie hier? Hatte Williams nicht zugesagt, sich um sie zu »kümmern«?

Für tiefschürfende Überlegungen bleibt keine Zeit. Entschlossen steuert er auf Laura zu. Im Auge seines emotionalen Hurrikans herrscht keine Windstille! »Guten Abend, Frau Lasalle. Kommen Sie bitte mit mir.«

Auf diese Situation ist Laura vorbereitet. Sie hat mit Michael jede erdenkliche Möglichkeit in den letzten Tagen und Stunden durchgespielt. Ein Blick zu ihm genügt. Michael macht eine kleine Handbewegung. Brisson ignoriert ihn. Dann folgt Laura ihrem Chef durch eine Glastür in einen kleinen Besprechungsraum.

»Ab sofort sind Sie von Ihrer Position als Verkaufsleiterin entbunden und hiermit freigestellt. Ich fordere Sie auf, alles zu unterlassen, was unsere Geschäftsinteressen beeinträchtigen könnte. Am besten, Sie verlassen das Tagungshotel umgehend!«

Laura fixiert Brissons Augen. Provozierend langsam erwidert sie: »Ich akzeptiere derartige Entscheidungen nur von Mr Edward Connolly persönlich!«

Brisson reagiert aufbrausend: »Ich bin hier derjenige …«

Laura unterbricht ihn schroff: »Sir Ed gab mir Order: Was es auch sei, ich soll Ihre Androhungen ignorieren!«

Brisson, kalkweiß im Gesicht: »Was? Sie wagen es …!«

Erhobenen Hauptes geht Laura Richtung Tür. Sie blickt sich um: »Außerdem werden Sie heute noch Besuch von Europol bekommen. Mein Wagen wurde manipuliert; es sollte ein tödlicher Unfall werden. Das mörderische Komplott gegen mich, die Vertuschungen der Nebenwirkungen von *Osteo-Klast* und der mysteriöse Selbstmord von Rosinski werden Sie hinter Gitter bringen.« Dann blickt sie souverän auf ihre Armbanduhr. »Am besten, Sie warten in Ihrem Zimmer, bis Sie abgeholt werden! Das erspart Ihnen viele Peinlichkeiten vor unseren Kunden und unangenehme Fragen der Journalisten.« Laura zupft ihren Rock zurecht. »Herr Brisson – ich habe zu tun. Sie entschuldigen mich …«

17

Lauras und Michaels Gäste sind vom Hotel Timeo rundweg begeistert.

Die Begrüßung am späten Nachmittag auf der Terrasse erfolgt in getrennten Gruppen. Ebenfalls das Dinner. Während die Professoren Mansfeld und Pöttinger am Dinner teilnehmen, lassen sich Wellenstein und Brisson nicht blicken.

Inzwischen hat Brisson verzweifelt versucht, mit dem COO in Kontakt zu treten, ebenso mit Al Williams. Ohne Erfolg. In Woodbridge wie auch in London hatten sich die Herren ins Wochenende verabschiedet. Er musste jetzt ganz allein mit der Situation fertig werden.

Alexas Überprüfung der Gästeliste ergab, dass Wellenstein sein Zimmer inzwischen bezogen hatte. Er war in Begleitung einer jungen OP-Schwester angereist und verzichtete auf das Dinner. Als Brisson Wellenstein über das Haustelefon anrief, verbat sich dieser die Störung. Vor dem Frühstück sei genügend Zeit, um alles Wichtige zu besprechen …

Nach dem Dinner treffen sich Michael und Laura wieder und ziehen sich mit den Professoren Mansfeld und Pöttinger, wie verabredet, zurück.

Pöttinger berichtet über Williams' Anruf, der ihn noch vor der Abreise nach Taormina erreichte: »Eine Zumutung, dieser Mr Williams! Wagte er doch zu sagen: ›Ich brauche Sie nicht! Ich kriege immer den richtigen Wissenschaftler mit den richtigen Ergebnissen, wenn ich dafür bezahle …‹«

Michael zeigt sich betroffen. Pöttinger knurrt: »Ich freue mich auf die Begegnung mit Wellenstein. Morgen werde *ich* ihn abfackeln.«

Zusammen gehen sie noch einmal den Ablauf ihres Programms

durch. Der Überraschungseffekt zu Beginn der beiden Workshops soll das Gesetz des Handelns in Michaels und Lauras Hände legen. Sie werden daher den Workshop gemeinsam eröffnen und dabei die Änderung des Programms begründen.

Gleich zu Beginn sollen die Fakten präsentiert werden. Pöttinger will den Workshop mit den Ergebnissen seiner USA-Recherche einleiten. Eine Reihe amerikanischer Fallstudien mit Patienten, bei denen unter der Therapie mit Bisphosphonaten Osteonekrosen des Kiefers auftraten. Damit will er die beschwichtigende Verlautbarung der FDA, wonach es sich nur um »anekdotische« Einzelberichte handeln soll, konterkarieren. Ergänzend dazu wird Pöttinger die gemeldeten Fälle aus Deutschland auflisten. Insbesondere diejenigen, die er selbst gesehen hat …

Pöttinger schlägt vor: »Frau Lasalle, Sie sollten gleich danach die Fachpresse und die anwesenden Kollegen über die internen Vertuschungsversuche in Ihrer Firma aufklären. Und Sie, Herr Westfeld, könnten im Anschluss daran die Presse über die cleveren Marketing-Gepflogenheiten Ihres Europachefs Williams in Kenntnis setzen. Wie weit Sie da gehen wollen, liegt bei Ihnen.«

Michael versetzt: »Sehr weit!«

Danach ist das Referat von Professor Mansfeld vorgesehen. Anhand des Arzneiverordnungsreports wird er die gewaltige Zunahme der Verordnungszahlen der Bisphosphonate in den zurückliegenden Jahren darstellen. Aktuelle Fallbeispiele von Kiefernekrosen sollen das Publikum aufrütteln. Damit soll die Gefahr einer Zeitbombe bewusst gemacht und die Notwendigkeit einer interdisziplinären Zusammenarbeit dargestellt werden.

Die Frage, ob Professor Wellenstein danach noch das Wort ergreifen würde, konnte niemand beantworten …

In der Bar beim Absacker hob Pöttinger sein Glas: »Erdbeben und Vulkanausbrüche haben das Antlitz Siziliens seit seinem Ursprung immer wieder verändert. Mut und Taten von Menschen werden morgen ein Stück Pharmawelt verändern!«

18

Die Bühne zur Aufdeckung des Komplotts ist gefegt. Laura und Michael genießen beim Morgenkaffee die Terrasse des Hotels Timeo und blicken hinüber zum faszinierenden Feuerzauber des Ätna. Laura berührt Michaels Hand. »Er ist der wirkliche Star! Seine Lava wählt unbeirrt ihren Weg.«

»›La Montagna‹ lässt sich nichts vorschreiben – wie wir!«, erwidert Michael kämpferisch.

Laura blickt sich um. »Siehst du Brisson oder Wellenstein?«

»Bis jetzt nicht.«

»Dann lass uns die Sache angehen!«

Die beiden Tagungsräume liegen direkt nebeneinander und sind nur durch eine Faltwand voneinander abgeschottet. Das Team und die Techniker haben gute Arbeit geleistet. Als Laura den Laptop auf dem Techniktisch erblickt, kommen ihr unweigerlich die Erinnerungen an Opio hoch. Sie und Michael gehen getrennt in ihre jeweiligen Tagungsräume. Professor Pöttinger folgt Michael, Mansfeld Laura.

Es kann pünktlich begonnen werden. Die Türen schließen sich. Niemand ahnt etwas von dem speziellen Drehbuch, das den Ablauf der Tagung bestimmen wird. Mansfeld nimmt am Referententisch Platz. Der Stuhl neben ihm mit dem Namensschild »Wellenstein« ist noch verwaist. Laura wartet einen Moment. Im gleichen Augenblick wird die Eingangstür geöffnet. Brisson, gefolgt von Wellenstein, betritt den Saal.

Brisson steuert sofort auf das Stativ mit dem Saalmikrofon zu, während Wellenstein seinen Platz neben Mansfeld einnimmt. Auf ein Zeichen Lauras schaltet der Techniker Brissons Mikrofon auf »stumm«. Auf ein weiteres Zeichen faltet sich die Trennwand automatisch auf. Brisson und Wellenstein blicken ebenso verdutzt wie das Publikum.

Die beiden Podien werden von Hilfskräften rasch zusammengeschoben. Laura und Michael betreten mit Funkmikrofonen die nun gemeinsame Bühne.

Michael ergreift das Wort: »Nacktheit provoziert. So auch die nackte Wahrheit! Das Agieren der Konzerne GlobalPharm, Gates Pharmacy und Medical Drug World bei der Vertuschung von Nebenwirkungen auf dem Indikationsfeld Osteoporose ist ein abschreckendes Beispiel von Pharmamacht, vor allem für die betroffenen Patientinnen. Ein Komplott, von höchster Ebene aus gelenkt. Im Verdacht stehen der Chairman von GlobalPharm, Edward Connolly, und Dr. Brisson! Außerdem der Europa-Präsident von MDW, Al Williams, und das Topmanagement in New York. Meine Damen und Herren, wir heißen Sie hier im Hotel ›Timeo‹ herzlich willkommen zum wichtigsten Osteoporose-Workshop des Jahres! Werden Sie Zeuge bei der Aufdeckung dieses gewissenlosen Komplotts!«

Brisson springt auf das Podest: »Lügen! Alles Lügen!«

Im Saal herrscht Fassungslosigkeit. Die Journalisten machen sich eilig Notizen …

Während Michael Brisson vom Podest drängt, übernimmt Laura die Moderation. Gleichzeitig entdeckt sie die hoteleigene Überwachungskamera im linken oberen Eck, direkt über dem Eingang. Eine zweite befindet sich spiegelbildlich auf der gegenüberliegenden Seite. »Meine Damen und Herren, lassen Sie sich über die Manipulationen gemeldeter Nebenwirkungen informieren. Um der Harmlosigkeit der Bisphosphonate Glaubwürdigkeit zu verleihen, nimmt man sogar vehement Einfluss auf die Meinungsbildung der FDA. Die vielleicht letzte Institution an Glaubwürdigkeit. Aber was manch einem Fachunkundigen der schöne Schein von Glaubwürdigkeit ist, ist dem Eingeweihten ein schlechter Witz. Sie werden erkennen: Auch hier geht es nur um eines: um die Sicherung des Profits!«

Michael übernimmt wieder: »Meine Damen und Herren, lassen Sie uns hinter die Kulissen blicken! Wir bitten daher Herrn Professor Dr. Andreas Pöttinger um sein Referat.«

Brisson verlässt daraufhin unter Protest den Saal, während Wellenstein regungslos den Worten seines Todfeindes lauscht. Laura nimmt den Stuhl neben ihm ein.

Als Pöttinger das FDA-Statement der »anekdotischen Einzelberichte« mit den recherchierten Ergebnissen widerlegt, ist Wellensteins Konzept durchkreuzt.

Es kommt zum Eklat. Wütend springt er auf, knallt seine Unterlagen auf den Tisch und brüllt: »Diesen propagandistischen Schund höre ich mir nicht weiter an! Ich lege den Vorsitz dieses unwissenschaftlichen Workshops nieder!«

Pöttinger kontert trocken: »Tun Sie das, Herr Kollege! Ich verstehe Ihre Wut, da Sie als einer der Eifrigsten in unserem Kreise gelten, dem der eigene Geldbeutel und die Interessen der Pharmakonzerne wichtiger sind als die Aufklärung über Behandlungsrisiken.«

Wellenstein keilt zurück: »Das werden Sie bei Gericht widerrufen müssen!«

Im Saal herrschen daraufhin tumultartige Zustände. Dank der Autorität und Integrität Pöttingers beruhigen sich die Teilnehmer wieder. Man nimmt sich Zeit. Fragen werden gestellt und erschöpfend beantwortet.

Empörung macht sich noch einmal breit, als Michael schonungslos Al Williams' Machenschaften an den Pranger stellt, einschließlich dessen geplanten Wechsels zur Konkurrenz nach dem Motto: *Nach mir die Sintflut!*

Ohne Pause geht man in die einzelnen Arbeitsgruppen: Unter der Leitung der Herren Professoren Mansfeld und Pöttinger wird der Aufbau eines unabhängigen interdisziplinären Netzwerkes »Osteonekrosen und Bisphosphonate« beschlossen.

Parallel dazu leiten Laura und Michael zusammen mit der Werbeagentur den Workshop »Patientenselbsthilfegruppen und Öffentlichkeitsarbeit«. Ein Blick genügt, auch in diesen Räumlichkeiten befinden sich hoteleigene Überwachungskameras …

Die Werbeagentur stellt ihr Konzept vor. Danach ergreift Laura das Wort. Ihre Ausführungen lassen den »Aushänge-Promis« das Blut stocken: »Wenn Ministerinnen, Gattinnen von Ministerpräsidenten, Schauspielerinnen, Olympiasiegerinnen oder Fernsehmoderatorinnen sich guten Glaubens für die Behandlung der Osteoporose einsetzen, dann können wir uns der öffentlichen Wahrnehmung sicher sein. Aber ich warne unsere anwesenden Gäste, sich nach den heutigen Veröffentlichungen als ›Pressure Group‹ der Pharmaindustrie missbrauchen zu lassen.«

Betretenes Schweigen herrscht im Raum. Die Gesichter der Damen zeigen Bestürzung …

Dann wendet sich Laura an die Vertreter der Patientenselbsthilfegruppen. Unwillkürlich blickt sie wieder zur Kamera hoch. Inzwischen spürt sie, dass alles irgendwohin live übertragen wird. »Meine Damen und Herren, jede Gruppe, die sich von uns unterstützen lässt, ist im gleichen Moment nur noch eine scheinbar unabhängige Interessenvertretung. Ihre Gruppen sind längst Teil der Marketingstrategie unserer Konzerne, da sie indirekt Druck auf Entscheidungsträger im Gesundheitswesen ausüben. Glaubwürdigkeit, meine Damen und Herren, ist Ihr wichtigstes Kapital. Und gerade deshalb suchen wir die Partnerschaft mit Ihnen. Passen Sie also auf, dass eine falsch verstandene Partnerschaft dieses Kapital nicht zerstört. Bleiben Sie unabhängig und lehnen Sie im Zweifelsfall eine Unterstützung ab, auch wenn es Ihnen wirtschaftlich schwer fällt!« Beifälliges Gemurmel begleiten ihre Ausführungen.

Zum Schluss erhalten alle Fachjournalisten die vorbereiteten Pressemappen zusammen mit den recherchierten Unterlagen. Danach stellen sich Michael und Laura noch offenen Fragen …

Die letzte Frage stellt ein Medizinjournalist einer großen deutschen Tageszeitung: »Sie haben uns anhand von Fakten die Verstrickungen von Ärzten, Wissenschaft, Politik und Institutionen mit Pharmakonzernen im Bereich der Osteoporose aufgedeckt. In welcher Größenordnung schätzen Sie die daraus weltweit resultierenden Gesundheitsschäden der Menschen, die zurzeit mit Bisphosphonaten therapiert werden?«

Michael antwortet: »Wir haben heute ein Netzwerk ins Leben gerufen, das für Deutschland arbeiten wird. Schreiben Sie und appellieren Sie an die ärztliche Ethik, dass es dringend notwendig ist, Nebenwirkungen zu melden. Zum anderen wird demnächst eine

Studie durchgeführt, mit der ein bestehendes signifikantes Risiko nachgewiesen werden kann. Erst dann werden wir die Größenordnung abschätzen können. Nach allem, was wir aber wissen, ist zu vermuten, dass hier eine Zeitbombe ungeahnter Sprengkraft tickt.«

Die Journalisten sind zufrieden. Am Ende ergreift Laura noch einmal das Wort. Dabei blickt sie in Richtung des Journalistenpulks: »Wir haben auch an Sie eine dringende Bitte. Herr Westfeld und ich fühlen uns seitens unserer Konzerne nicht nur belauscht und ausspioniert, sondern auch ernsthaft bedroht. Ich selbst hatte vor zwei Tagen einen mysteriösen Unfall mit meinem Wagen, der mich das Leben hätte kosten können. Die kriminaltechnischen Untersuchungen laufen in Berlin. Herr Brisson, mein Chef, hat mir zudem vor diesem Workshop die Kündigung in die Hand gedrückt und mir gesagt, ich sollte unverzüglich das Hotel verlassen. Wir benötigen daher die Öffentlichkeit. Sie wird in Zukunft unser bester Schutz sein. Wir danken Ihnen! Der Workshop ist damit offiziell beendet.«

Kaum dass die Türen sich öffnen, beginnt im Hotel die Jagd nach Brisson. Die Meute der Journalisten eilt über Gänge und Treppen in die oberen Ebenen. Schließlich stellen sie ihn in der Lobby. Umringt von Journalisten, prasseln Fragen auf ihn nieder.

»Was sagen Sie zu den dargelegten Fakten von Frau Lasalle und Herrn Westfeld?«

»Ich … für mich sind das keine … Ich meine, das sind keine Tatsachen … Das waren Meinungsäußerungen frustrierter Mitarbeiter … Wichtigtuer …«

»Die Fakten werden von den beiden unabhängigen Experten bestätigt. Warum sollten sie die Unwahrheit verbreiten?«

»Das habe ich nicht behauptet. Wir werden die so genannten Fakten überprüfen. Professor Wellenstein ist da anderer Meinung.«

»Wird Herr Professor Wellenstein nicht von Ihnen dafür bezahlt, was er sagt?«

»Er hat jedenfalls keinen einzigen Fall gesehen!«

»Die Fälle stammen aus den Datenbanken beider Konzerne! Aus welchem Motiv heraus bestreiten Sie das?«

»Ich muss das erst überprüfen.«

»Kann es sein, dass Sie auch jetzt noch alles versuchen, um die sich anbahnende Katastrophe zu vertuschen?«

»Ich warne ganz einfach vor Panikmache!«

»Warum verschweigen Sie die Tatsache, dass verantwortliche Stellen in Ihrem Konzern die gleiche Auffassung vertreten wie Frau Lasalle?«

»Darüber ist mir nichts bekannt.«

»Wie viele Kiefernekrosen sind noch nötig, bevor Sie die Bremse ziehen?«

»Ich bezweifle einen kausalen Zusammenhang.«

»Warum setzen Sie dann Ihre Unterschrift unter Schriftstücke, die beweisen, dass auch Sie eine Verbindung sehen?«

»Ich werde nichts mehr sagen!« Brisson flüchtet in Richtung seines Zimmers.

Ein Journalist brüllt ihm nach: »Läuft hier ein Komplott gegen die Menschheit? Sie Feigling, Sie – und so etwas schimpft sich Manager!«

Michael und Laura begeben sich zusammen mit Mansfeld und Pöttinger auf die sonnenüberflutete Terrasse. Harris kommt mit einem Tablett Champagnergläser. Alexa und Rob bringen zwei Eiskübel. Darin stecken die Flaschen. Alexa schenkt ein: »Von uns gestiftet für den grandiosen Sieg der Moral. Wir sind stolz auf unsere Chefin und auf Sie, Herr Westfeld!«

Laura hebt das Glas in Richtung der Professoren: »Wir sind auch stolz auf Sie, da Sie bewiesen haben, dass Sie gewissenhaft und respektvoll mit dem Wohl Ihrer Patientinnen umgehen! Und dies in aller Öffentlichkeit und vor Ihren Kollegen!«

19

Nach dem Abendessen verabschieden sich Laura und Michael von ihren Gästen. Sie ziehen sich zurück in einen Winkel, wo Michael Laura behutsam in seine Arme schließt. »Das Schlimmste ist überstanden, mein Engel.«

»Ich muss schon wieder an morgen denken.«

»Mach dir keine Sorgen, es wird so kommen, wie ich es voraussehe. Sie werden uns mit sofortiger Wirkung freistellen und wegen Geschäftsschädigung kündigen. Damit müssen wir rechnen. Doch wir werden auf Wiedereinstellung klagen. Das wird ihnen überhaupt nicht gefallen. Unser Fall besitzt ab heute ein öffentliches Interesse. Der Skandal würde erst richtige Publizität bekommen, sollten beide Konzerne sich auf eine gerichtliche Auseinandersetzung einlassen. Das werden sie nie riskieren. Sie werden uns darum ein ›großzügiges‹ Angebot unterbreiten. Den Rest erledigen für uns die Anwälte.«

Laura erleichtert: »Wollen wir hoffen, dass es so kommt.« Nach einer Pause sagt sie noch einmal: »Lass es uns ganz fest hoffen!«

»Taormina wird für uns eine Reise ohne Reue sein!«

Abends sitzen sie auf ihrem kleinen Zimmerbalkon und beobachten den Ätna. Der Berg zeigt sich mit der beginnenden Dunkelheit in all seiner Pracht. Glühende Kaskaden von flüssigem Gestein ergießen sich über seine Flanken. Die orange-roten Glutfarben leuchten intensiver, je dunkler es wird.

Michael legt zärtlich seinen Arm um Lauras Schulter. Seine Lippen berühren sanft ihren Nacken. Dann flüstert er: »Sag mir, was du empfindest.«

»Brennende Sehnsucht …«

Über dem Leuchten der Lavaströme zeigt sich das Glitzern der Sterne. Die Nacht wird vollkommen sein, der kommende Tag muss sich darin erst beweisen …

GlobalPharm
Headquarter, Woodbridge, Virginia, USA

Episode XI

Sir Ed Connolly: »Wir sind in der Lage, Taormina live am Bildschirm zu erleben, können aber nicht verhindern, dass uns Nobodys den Weltmarkt Osteoporose zerschlagen!«

Chief Operating Officer: »Sir, ein gelungenes Komplott gegen uns. Wir konnten ihre Pläne nicht durchkreuzen. Ich erwarte Ihre Entscheidung.«

»Wir sind die Schurken und sie die Opfer! Ich mag dieses Image nicht. Verhindern Sie um jeden Preis, dass daraus ein medizinisch-juristischer Komplex wird. Keine Öffentlichkeit! Nehmen Sie persönlich Einfluss darauf.«

»Bis zu welchem finanziellen Limit?«

»Es gibt keines!«

»Sir, welche Strategie verfolgen wir in Zukunft mit *Bonegold*?«

»Keine! Es gibt ertragreichere Geschäftsfelder.«

»An welche denken Sie?«

»Impotenz, Haarausfall, Übergewicht, Anti-Aging! Attraktivität spielt eine entscheidende Rolle in der Wahrnehmung der Menschen. Dafür werden Unmengen von Geld ausgegeben.«

»Eine Abkehr von Forschung und Entwicklung?«

»Ist es ein Wunder? Machen wir dort weiter, wo die Renditen mit am höchsten sind – und wo sich kein Schwein für Nebenwirkungen interessiert. Nicht einmal für tödliche …«

Mitarbeiter von GlobalPharm und Angehörige

Edward Connolly, genannt ›Sir Ed‹, Chairman World Global-Pharm, Woodbridge, Virginia, USA
Matt Eagle, Chief Operating Officer
Dr. Jean-Claude Brisson, Geschäftsführer Deutschland
Dr. Richard Harris, persönlicher Assistent von Brisson und Lobbyist in Berlin
Dr. Marco Rosinski, Verkaufsleiter Deutschland
Kati Braun, genannt ›Laufmasche‹, Rosinskis Sekretärin
Laura Lasalle, Produktgruppen-Managerin »Osteoporose«, verantwortlich für die Neuausbietung von *Osteo-Forte;* später Verkaufsleiterin
Yves, ihr Mann
Nanette Svensson, Lauras Mutter, Patientin bei Professor Andreas Pöttinger
Sabrina, Lauras Schwester, Betriebswirtin, Mitinhaberin einer PR-Agentur
Alexandra Georgiou, Assistentin und Vertraute von Laura Lasalle
Markus Frey, Zentraler Außendienstleiter
Tim Starnberg, Produktmanager für *Osteo-Klast* und *Osteo-Forte*
Lola Limbrock, Med.-wiss. Referentin für *Osteo-Klast* und *Osteo-Forte*

Mitarbeiter von Gates Pharmacy

Jeff Bloomberg, Geschäftsführer Deutschland
Kenneth Moore, Stellvertreter von Bloomberg
Rudolf Wess, Zentraler Außendienstleiter
Dr. Miriam Bergmann, Produktmanagerin
Ulf Lehnert, Med.-wiss. Referent
William Spiegel, Markt- und IT-Spezialist

Mitarbeiter von Medical Drug World (MDW) und Angehörige

Al Williams, Vice President MDW, Leiter Pharmaceutical Operations Europe, London
Dr. John Elliot, Ressortleiter Deutschland
Lisa Scherz, Elliots Sekretärin
Dr. David Fox, Leiter der Geschäftseinheit »Praxis-Klinik-National / Bone-Health«
Martha, seine Frau
Juliane von Ambesser, Sekretärin von Fox
Michael Westfeld, Marketingleiter der Geschäftseinheit, verantwortlich für *Bonegold*
Fabienne, seine Frau
Maja Weber, genannt ›Biene‹, Westfelds Sekretärin
Robert Bullinger, Betriebswirt, Assistent von Westfeld
Walter Steger, Controller, verantwortlich für Umsatz-, Budget-, und Kostenkontrolle
Ben Scott, Leiter der Geschäftseinheit Herz-Kreislauf
Bodo Hammerstein, Zentraler Außendienstleiter
Johannes Faust, Außendienstleiter München
Tillmann Ziege, Außendienstleiter Stuttgart
Dr. Harry Besen, Außendienstleiter Frankfurt
Paul-Maria Schneider, Außendienstleiter Köln
Hermann Fassbender, Außendienstleiter Dortmund

Dr. Dieter Lachmann, Außendienstleiter Berlin
Gerold Maß, Außendienstleiter Hamburg
Wolfgang Müller, Außendienstleiter Dresden

Prof. Dr. med. Andreas Pöttinger, Orthopäde, München
Prof. Dr. med. Karl-Otto Wellenstein, Orthopäde, Berlin
Prof. Dr. med. Herbert Mansfeld, Mund-Kiefer-Gesichts-Chirurg, Düsseldorf

Ben Hartmann, genannt ›Topas‹, Wirtschaftsspion im Dienst von MDW
Mahler, Hauptkommissar, Berlin

Dank an meinen Freund und Lektor Dr. Helmut Pesch für seine konstruktive Hingabe an dieses Buchprojekt. Danke für alles, was wir in dem vergangenen Jahrzehnt geschaffen haben …

Meinem Agenten Peter Molden für seine Unterstützung.

Dank an Frau Dr. med. Dr. med. dent. Christiane Gutsche, Fachärztin für Mund-, Kiefer- und Gesichts-Chirurgie, Düsseldorf, für die fachliche Beratung.

Meinem Freund Herrn Professor Dr. med. Reiner Bartl, Leiter des Bayerischen Osteoporosezentrums der Universität München, für die gemeinsamen Jahre im erfolgreichen Kampf gegen die Volkskrankheit Osteoporose.

Meiner Frau Heidi, Erstleserin und Ratgeberin für die tägliche Fortentwicklung des Thrillers.

Meiner Schwägerin Birgit für ihre brillanten Ratschläge.

Dank allen Informanten, die aus naheliegenden Gründen ungenannt bleiben möchten.

Nur der Mörder weiß,
wem die Stunde schlägt

David Baldacci
MIT JEDEM SCHLAG
DER STUNDE
Roman
576 Seiten
ISBN 978-3-404-15793-8

Eine junge Frau, ermordet im Wald. An ihrem Handgelenk eine ungewöhnliche Uhr. Der Zeiger zeigt eins. Hat der Zodiac-Killer wieder zugeschlagen?
Sean King und Michelle Maxwell sind Ex-Agenten des Secret Service. Als der nächste Mord geschieht, sehen sich Sean und Michelle in das makabere Spiel eines Mannes hineingezogen, der im Stundentakt tötet.
»Ein absolut faszinierender komplexer Thriller ... mit einer überaschenden Wendung am Schluss, die Baldacci-Lesern wieder einmal vor Augen führt, warum sie diesen Autor so lieben.«
Publishers Weekly

Bastei Lübbe Taschenbuch

»BLACKMAIL enthält mehr als Sex und Skandale. Es ist bevölkert mit Figuren, die nur allzu real sind.« THE WASHINGTON POST

Greg Iles
BLACKMAIL
Roman
624 Seiten
ISBN 978-3-404-15802-7

Als im Mississippi die nackte Leiche eines Mädchens gefunden wird, ist die ganze Gemeinde von Natchez geschockt – am meisten aber der Anwalt Penn Cage. Denn er muss erfahren, dass sein bester Freund, der Arzt Drew Elliott, der ihm als Junge einmal das Leben gerettet hat, ein Verhältnis mit der Schülerin hatte und somit unter Mordverdacht steht. Wider Willen übernimmt Penn den Fall und wird hineingerisen in einen Sog von Erpressung, Rassenpolitik und sexuellen Begierden. Seine einzige Chance, den Freund zu retten, ist die Wahrheit zu finden. Eine Wahrheit, die keiner wissen will ...

Bastei Lübbe Taschenbuch